御製

佛光恩照　三千大千　隨緣徧滿

恒沙法界　普度衆生　悉證菩提

身心安泰　年時豐稔　風雨調順

日月升恒　乾坤清寧　百昌蕃熾

上下樂利　中外協和　庶物咸亨

萬善圓成　情與無情　同登正覺

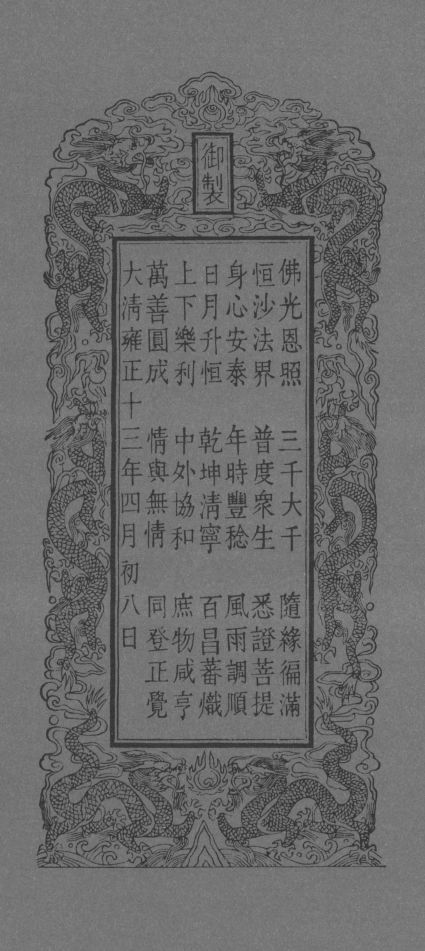

大清雍正十三年四月初八日

道神足無極變化經

西晉安息三藏安法欽譯

清刻龍藏佛說法變相圖

道神足無極變化經卷第一

西晉安息三藏安法欽譯

聞如是一時佛遊於忉利天上在巴質樹下紺瑠璃石佛坐其上爲母說法盡夏三月與大比丘僧衆俱比丘八千皆得羅漢諸垢已索神足備具能在所作爲菩薩七萬二千人神通已達皆得陀隣尼悉知一切人心之所行所欲自在徧至諸無央數佛刹時佛與無央數之衆眷屬圍遶而爲說法爾時諸天衆中有二天子一名曰月二名曰月星天子在衆會中坐於是月天子從座起更整衣服前下右膝叉手長跪白佛言願欲說者今欲所問佛言恣所欲問於是月天子踊躍即說偈問佛言

爲一切大悲　純厚而得前　立之得至道

甚淨於甘露　既已得自安　滅除諸垢穢
復能安一切　是故願欲問　於無數劫中
所行甚勤苦　悉捨諸所有　布施無猒足
爲一切等心　等憂於衆人　今願用是故
欲問人中尊　其有見佛身　衆好自莊嚴
皆發踊躍意　所得因福田　廣長無邊際
無量過大海　是故今欲問　其德無過者
亦無有異意　復無有異心　三界將中雄
了知一切念　其身所當行　未曾隨他人
是故今欲問　於世之大智　若有德無德
歎譽及毀謗　有名若無名　若苦及與樂
皆知世八事　分別而具了　是故願欲問
已離於諸畏　復護一切人　自身等無異
於是無增減　三界皆悉爾　有慈於他人
不疑無瞋恨　是故願欲問　持行譬如地
布施與持戒　其心甚清淨　寧自歿身命
終不犯於戒　如身口所行　意亦復如是
是故願欲問　過度於世者　忍辱調其意
豎立而自損　是皆智所造　悉見勤苦處
諸好惡瞋恚　一切皆能忍　是故願欲問
所爲皆辯說　精進力甚强　超越於諸義
爲世作勤苦　未曾自爲身　晝夜常仍求
如駛流入海　是故願欲問　其德知與天
於是諸欲事　三界不復爲　一切諸恩愛
皆悉能降伏　禪句皆已具　神足亦復然
是故願欲問　人中之猛雄　於是大智慧
已度無所樂　劫劫諸惡事　皆悉爲捨離
若在於空閑　自在知諸法　是故願欲問
別於俗而作　神足功德智　滅諸不可行
從是到他剎　不譽慈心想　供養於諸佛

於佛亦無想　是故願欲問　愛世人示現
是時魔皆來　悉共大聚會　即以道法力
衆魔皆自壞　於是降魔已　自致道乃成
是故願欲問　其功爲最勝　一切住於地
金座地涌出　即時逮覺道　佛智不可量
便起到他處　皆悉解諸義　是故願欲問
人中之最上　一切智功德　爲尊中復尊
已得如佛意　如法說經行　合會爲已度
導師爲一切　以故問其義　三界皆蒙恩

於是月天子說偈讚佛已白佛言世尊云何菩薩摩訶薩逮大神通智之特得最度無極云何菩薩得不可思議善權方便得知他人心之所議云何菩薩得知一切法爲一行爲一味爲一入爲一教說云何得智自恣爲他人說云何菩薩得甚深戒不有放逸行自致無上正真道而不離佛所問如是世尊願爲解說之佛告月天子善哉善哉天子欲習如來業欲被大僧那僧涅欲入大戰中作大導師欲度一切欲作大船欲轉大法輪欲作大布施欲作大法身欲作大法雨欲然大法火欲擊大法鼓欲舉大法旛欲說大法界欲放大法聲欲治大法瑛欲現大法智欲斷邪見祀祠欲建立滿大祠乃欲作如是狀貌不可計數事乃爲一切故持是義以問如來佛語天子諦聽諦聽善思念之吾當爲汝說之菩薩摩訶薩得大智至甚深微戒自致無上正真之道成最正覺如是天子聽佛世尊所說於是月天子與諸大衆叉手受教而聽佛語天子菩薩有四事法逮得第一差別大通之特何等爲四一者得知一切法狀貌無所增

滅二者求索一切法三者一切法無有盡得定安隱得學之證四者不見一切諸法離於法性者不於餘法界有所希望而想視是爲四事云何天子知法之狀貌知過去亦空當來亦空今現在亦空諸所有亦皆空如空如是天子長坐三昧索空各不知處是名爲悉了知如是天子知是處名爲分別曉了曉了諸決便持轉相教授是處知處造立處分别處如是處解義處展轉相傳是名曰功德如是天子云何得一切法法亦不想我我亦不想法法起則起法住則住天子一切法如是是我所非我所悉已無菩薩如是者爲轉前爲轉前者便不復樂起滅處所以者何諸所有無所有故於無所有於餘法而思惟雖思惟不於餘法有所學亦不有所説亦不有所

住雖於餘法作大明於法亦不爲亦不學如是天子云何菩薩得知諸法等如虚空心天子造作三界如是天子心無有形亦不可見無住止處亦不可知如幻是心心法求心亦不可得如是心心法求心了不可得是心復不可知如是心一切法亦不可得復不可得持法了無所有視諸所有審如化如影如是知一切法已爲過已過者一切諸不學而自知如是知諸法等如虚空如是天子如虚空不可見亦無有生亦無有長者知一切諸法亦復如是如是虚空亦如虚空寂而清淨如是諸法亦寂而清淨如是天子云何菩薩得知一切諸法法性如是天子菩薩作是學諸法亦不見亦不可得眼亦不見耳耳亦不知耳耳亦不見眼眼亦不知眼鼻亦不見舌舌

亦不知舌舌亦不見鼻鼻亦不知鼻鼻亦不見身身亦不知身身亦不見意意亦不知意一切諸法若行若住法當云何而等知法性爲在所如是眼見知分别於法不言是不是亦不隨以是故得知常住處亦不於法作衰所以者何外亦不入内亦不受於衰不衰當作如是知如是見亦不於法有所生有所住如是住爲悉見如是天子是爲法性如是法性亦不起亦不滅於是處無所有然復現諸法以住無所生無所起是止處如是審諦如當眼所見智亦爾亦不於法性亦無所脱而興隆而住止彼諸法法性以畢定如是天子是爲四事法菩薩得大神通智之特得最度無極如是天子云何爲神通云何爲智天子神通者於一切諸法要義悉知彼一一之智皆悉了是故天子名爲神通於一切諸法而自知我我名天子我者而不很是爲法黠如是天子菩薩用是故疾得大神通之特智於所願而無猒所以者何欲滿所願故如是智天子過於人眼逺得天眼淨悉見十方不可計無央數億千萬諸佛刹中於諸刹中見諸佛世尊及諸弟子衆持天耳悉聞諸佛世尊所説法皆悉聞知諸佛刹土中一切人民學不學上中下事皆悉了知能持神足遍遊到諸佛刹悉知前世無央數劫中所更索知一切人意中所念所從來生本末皆悉逺知持是智以自證便能爲一切説法如是智天子菩薩摩訶薩逺得一切智佛所住者皆得住疾逮得諸佛法成無上正眞之道最正覺佛爾時便説偈言

於是大神通　悉爲已滿足　善權之所施
見則功德相　如是皆從一　悉了知諸法
甚深淨戒德　亦皆由是致　以如是之故
皆悉知諸法　終不於是行　念有踰過者
一切諸所有　其法亦如是　譬之如虛空
法義無差特　於是審諦法　爾乃得見法
不疑於法界　用是曉了知　不以服法故
而悉具足知　分別而曉了　自致得神通
其諸過去法　皆悉爲虛空　諸有當來法
亦復無所有　今諸現在法　亦等悉如空
如是所見者　一切皆同等　是三世諸法
皆悉如虛空　亦非是我所　亦不非是我
以自知一生　一切亦復爾　如是諸所見
便爲得轉信　於彼如是知　功德不復同
爲一切說法　亦不想於法　亦無有恚恨
不言是與非　亦不有所疑　亦復無所學
其已如是者　便爲立諸法　於是諸所習
爲皆無有餘　於是無餘法　諸法皆悉爾
亦不於異法　而復有所見　如是亦不生
亦不爲復有　於是無所入　亦復無所得
便爲逮得德　爲一切說法　普演於法義
於道無所念　其心於三界　爲已甚佳快
心已如是者　爲都不可見　無色若如影
其像亦如是　於法有所求　其心爲已止
若有於是法　欲求索其心　法亦不見心
心亦不見法　其於如是心　心而復求心
心已如是者　悉已見諸習　諸法亦如是
無能黠法者　諸所有思想　不能作妨礙
一切未成法　我當悉辦之　其法如虛空
常住無增減　譬若如虛空　所生無所有

其已如是者　爲見一切法　亦不於虛空
而有所作爲　如是名爲好　諸法亦如是
眼亦不見耳　耳亦不見眼　舌亦不見鼻
鼻亦不見舌　身亦不見意　意亦不見身
各各在其處　處處不相見　若從他人聞
或自從已知　如是而悉能　爲人說法界
法界如是者　乃爲悉平等　六衰不知我
我亦不知衰　如是皆悉知　所學諸法事
學已如是者　其慧無有量　爲悉見十方
無數億千佛　及與弟子衆　尊說法悉聞
其有於是法　廣普爲人說　於是無量慧
爲已甚清淨　善說戒之德　而具足得聞
曉了於諸義　分別爲皆滿　皆悉知一切
具心之所念　便以神足力　遊於億刹土
巨億千萬劫　無數恒邊沙　前世之所行
皆悉見了知　而便於是行　爲已逮五通
便因是前近　安隱無上覺　佛之所住者
皆爲已得住　其未逮道者　當道求其義
於是視諸法　皆空無所見　便發踊躍意
歡喜無過者　一切諸魔衆　無能動其毛
疾逮得正覺　無上之最尊

天子復有四事法菩薩摩訶薩逮得不可思議善權方便之功德何等爲四一者逮前世智慧功德二者其有無所依者寒凍者苦者苦痛者愁憂者若見是輩衆苦毒者便發意踊躍欲救之皆教令求佛道三者以諸法持佛意繫於一切持前世久遠功德福祐勸助復持一切過去諸佛福祐功德勸助皆令解脫憂苦放赦去離都持是功德奉上諸勤苦厄難者四者未曾發意不滿一切願亦未曾

發意漏脱使人不至道道亦未曾令一切不至道如我心欲至道道亦迎我心如是智便迎於心心便逮道智持漚和拘舍羅於功德而增益不於法界有所壞於所可思議法所學無有猒足於諸功德亦不猒足如是作諸功德倍復無猒足不於心法有所亡心於功德亦無所亡常奉行於布施心清淨無所希望常奉持禁戒而不缺減於忍辱力無不動轉加於精進而不懈怠於禪三昧而不亂於智慧而不愚常供養於一切而無所貪以慈報恩而無所憂思惟所生逮無所生憂其所說法憂欲令皆度脱天子菩薩行如是其有知小福者以漚和拘舍羅所作無央數不可量如是天子菩薩於是一切法逮得不可計智於諸法無所不知無所不了何以故天子

一切法空無相不願如是空不可計心逮得不可計作小功德持漚惒拘舍羅所作無央數不可量何以故如道不可量心亦如是如是行不可量無邊際不可量法隨無邊際不可量法如是諸佛世尊道法亦復無邊際不可量復次天子菩薩以漚惒拘舍羅於一切行皆悉過上過上已隨一切人所喜樂布施者所求者說法者以法而度脱之復次天子菩薩已如是者逮得無央數不可計所行法則於布施持戒忍辱精進一心智慧皆悉具足於勤苦人無輕易之心於戒無所缺減以戒有所長益爲一切人忍辱若罵詈輕易者皆悉忍之於精進合會諸善德於禪逮得諸定於智慧無所罣礙復次天子菩薩以漚惒拘舍羅於弟子而現行隨其法敎化之自於

內無所希望於辟支佛而現行以其法教化之於其內無所希望如是天子菩薩以是四事法得不可思議善權慧佛爾時說偈言

其苦凡有二　謂我及他人　自滅於我苦
并復能滅彼　憂念一切人　令心了道事
於法心亦爾　皆使解一義　用福一切人
三世勤苦行　諸佛所行福　一切皆勸助
以是功德福　奉上施一切　於諸心所願
疾逮得佛慧　令一切發意　皆學正眞道
心不於餘道　而復有所求　心不希望道
視亦不可見　道相心如是　心相亦俱然
法等如是等　於我亦無我　自知見功德
增益淨功德　於身無所增　法界難思議
常住於道處　是乃爲求佛　其心未曾念
豪尊以自益　心恒存於道　精進而不懈
布施而無猒　常堅護於戒　忍辱亦如是
不造立人根　日日行精進　常自念身空
於禪而寂靜　慧能度一切　養育於一切
所住如蓮華　施與持清淨　不望於他人
常願求佛慧　諸法具了知　曉習一切法
其慧難思議　爲一切說法　而無有躓礙
若有應此行　是則爲菩薩　皆悉解了空
施少報無量　不想有與無　心未曾放恣
悉知一切行　如所願度脫　布施隨所欲
說法種降伏　既施而無悔　於戒不虧缺
忍辱及精進　禪慧不自大　布施與持戒
忍辱及精進　於禪定三昧　慧施而降調
其於聲聞行　及與辟支佛　隨所樂度脫
於內而不隨　堅住於是法　菩薩無所著
權慧難思議　疾逮降一切

復次天子菩薩有四事法一切法爲一味爲一入爲一說其智皆解達於衆義何等爲四如是天子菩薩於法界得一切智功德而無所破壞信一切諸法皆空亦不於法界言是我作非我作何以故是我作亦非不是我作皆非所以者何壞諸不可習便逮得皆知一切法智天子是爲四事法菩薩得知一切法爲一味爲一入爲一說如是智爲悉解達衆智義如是知如是視若於俗若於道便以慈轉法教若有行者行之若有恩者恩之若有住立者立之便以法住立之以法大悲而轉之不於衆法言念是尊者是爲卑亦不於入法亦不於行法亦不於若干法而有所見習知凡人法便復行凡人法於凡人法亦無所舉亦無所下於是一事壞習法亦爾便廣說一切法於諸法界不見有所壞何以故爲得一忍爲忍於空於忍空而不疑如一入諸法入亦爾如無所生入天子如是菩薩爲親近佛世尊無上正眞之道亦不想念近佛不近佛何以故亦不見壞一事所以者何亦不見一切人異亦不見道異亦不見一切人亦復不見於道佛爾時說偈言

不於法界言是非　不於法界無所壞
法界如是一切如　若不思惟不了義
已信於法一切空　六衰久長與空會
一切法寂得自在　若一處空餘皆爾
於法無見無能視　亦復無我不可護
若我學得如是者　如爲審諦曉道意
行應寂靜逮空藏　上與相隨諸法處
皆知諸法爲寂然　於是寂靜無不可

世最世間法皆知　於是不疑不轉還
不斷於願願來願　聞法常念不懈慢
於無央數不可計　其身所作不自見
展轉五道不見法　凡人羅漢乃能知
凡人所習常念說　如是之事羅漢法
亦復不舉亦不下　寂靜不受爾乃知
一切法數皆悉知　不於法界有所壞
忍辱虛空等無異　諸法虛空皆如是
忍辱如空無所念　一切諸法入一智
如無從生不生習　如是所行道不難
如是親近無量道　於是心念無懈倦
若我他人法如是　所求無得則覺道

天子菩薩復有四事法於甚深戒行不放逸何等爲四如是天子菩薩自思惟何等名爲戒如是自視身所行善皆知身所行善口所言善心所念善是名曰爲戒云何身所行口所言心所念不犯身事不殺不盜不婬是名爲身行善云何口所言善不惡口不兩舌不妄言不綺語是爲口所言善云何意所念善不嫉不恚不邪見是名爲意所念善如是爲自視悉見用是故皆具得如身口意所行不作是事無有能普說其德者亦不青黃赤白紅不離色亦不眼識而可識如是亦不意識分別而可識何以故於是不生無所生於起無所起如是不生無所生不起無所起於是便逮得無能說普演之德是時心安住而不搖如是不相逢無能普演如是無有能普演說亦不自言我能作是說作是行者心亦不可見如是說心戒亦復不可見迹如是天子菩薩逮得甚深戒之德復次天子菩薩逮知

離所見身功德知於所見無所起若戒若無戒等無所住復次天子菩薩逮得住入甚深法要作如是伺諸所學事深遠之行皆悉行於一切諸乘行皆悉行是名曰爲戒如是行爲不自欺亦不欺他人如是者名曰甚深戒復次天子菩薩得不犯戒不虧戒不亡戒云何菩薩不犯於戒不虧於戒不亡於戒天子能自護者便能護於戒天子自知者便能知戒不輕易於戒於所學無所缺於戒而不亡用是故不亡於戒一切他人法皆悉知何所是他人我爲在何所亦不恨他人亦爾天子用是故能度脱一切人天子是爲四法菩薩得甚深戒而不放逸佛爾時便說偈言

身口意所行　法潔淨復淨　其行勝珍寶
是戒應菩薩　是十無過上　黠持護菩薩
身口意不虧　是戒爲最黠　不作亦不生
於生而無生　無種無處住　無智云何得
不會不作戒　眼視不可見　亦非耳鼻口
非身意所識　不造六情根　所住亦無處
是戒甚清淨　戒亦無所住　守戒不放逸
於戒無我想　護戒無戒想　以是得深戒
於是見身行　離於諸所見　不隨妄見處
於戒無想念　如律入深法　諸行皆辦畢
滅有便能護　於戒無異想　有我便有戒
無我亦無戒　是說爲恐畏　知我則有戒
空寂戒無念　寂靜戒無著　空寂戒無時
寂戒不思惟　不虧戒無上　於戒不貢高
戒亦無我想　是則甚深戒　於戒甚勇悍
不爲不善戒　一戒具衆行　一切法叵得
戒有想爲癡　無戒言守戒　是爲滅戒果

不脫於五道　遠離諸所見　我所皆不用
戒亦無所見　不畏於五道　視不見爲見
不增不善戒　於我而無病　習戒皆悉見

道神足無極變化經卷第一

音釋

竪神羽切立也　駛音史疾也　瑛於京切玉光也　很下懇切不聽從也
黠胡八切慧也　躓礙躓陟利切跲也礙牛代切阻也妨也

道神足無極變化經卷第二

西晉安息三藏安法欽譯

於是月天子白佛言世尊甚可怪如來深微乃如是是佛世尊無上正真甚可怪菩薩所施行如是名爲眼見諸法行不起自好益身敗道之行從久遠已斷離身想之行於無央數劫行而不墮聲聞辟支佛地而不墮落究竟於道滿足佛法有幾法行世尊菩薩於深法行不於億百千萬佛而作證佛語天子菩薩有四事逮深法行不於億百千萬佛所而作證何等爲四如是天子菩薩堅住於諸要持一切智出家大吼逮精進而不弱爲一切故捨諸所有堅住於施與便逮大悲事如佛所說所問皆報答逮得善權方便於一切功德已成復成於餘德天子是爲四事菩薩於深法行不於無央數億百千佛所而求證佛於是說偈言

堅住於所作　其智亦如是　前世所作智
亦終不放捨　以一切智故　所爲而不憂
一切像色貌　皆悉具了知　所行常精進
終不爲放逸　心亦不懈倦　所行亦如是
其諸所作爲　皆悉憂一切　如是於衆生
常而有等心　常與大悲意　憂念一切人
愍傷諸勤苦　皆欲令安隱　願疾得作佛
斷絶諸苦惱　逮得衆珍寶　其處不可盡
常以善權慧　教學諸方便　勤力作功德
行具無猒足　所造有究竟　其行常如應
安之於道次　不悉念居處　以如是法者
悉皆堅持之　菩薩行是者　諸行皆悉了
於是甚深法　所行皆備具　於億百千佛

所作不懈倦
爾時月天子問佛言云何菩薩得甚深之行佛告天子菩薩亦不於凡人法有所望亦不於佛法有所求亦不於凡人法有所望於佛法凡人法等無有異不於凡人法有所求於佛法亦無所得亦無所亡於凡人亦無異於佛法亦無異亦不作是念不言凡人法不尊佛法爲尊於凡人法亦無所斷於佛法亦無所斷如是生生復生是名曰凡人法如是佛法是二法爲空爲寂爲定如是爲知無處亦不於凡人法有所求亦不於佛法有所求不於凡人法處有所有亦不於佛法處有所有如是二者亦不見凡人亦不見不凡人如是知爲如眼見所見者皆空皆無相皆亦無願如是智慧如眼所見如是智爲佛法亦不於佛有與無亦不念於是有所安有所苦亦不念是好是醜是皆空亦如空空亦不於空而見空亦不知亦不求何以故已是習有老有起故如是天子法法乎法名法住法滅法寂於是亦不自見亦無所見亦不自知亦無所知所以者何若凡人若弟子若辟支佛若三耶三佛若受決若深行天子菩薩不於諸法空佛法空何以故如是天子法法乎法音聲彼善音是善音於是不可得如是不可得於是爲無我如是爲無我於是不說有住不住而去天子諸法如是不可數佛法亦不別天子其譬如是當作是視諸法佛法常念作是行復念如是行於是起無識念行於無識念於佛法亦無所惟如此者爲以應從思惟爲以起不復作是智不於法界有所增亦不在

亦不不在復次習法智無能於法有所增減所以者何若有愛欲法無愛欲法皆覺知何所是欲何所爲無欲已了知於是不復隨是故天子菩薩得甚深之行終不見於法亦終不於佛法如是視如是見如是觀爲不見作是視天子菩薩衆魔若魔天不能壞如是說天子佛說如是天子白佛言世尊菩薩摩訶薩所作甚奇特具足知是諸慧事乃如是了知於生死乃作是求道而不懈倦如是起滅上下不可盡佛言天子譬如幻如化若來若去若坐若所求若所說亦皆無所有天子譬幻化欲知一切諸法悉如是一切諸所起滅過去當來今現在其劫數亦如是菩薩亦不念起亦不念前世所行天子復問云何世尊菩薩若不念有起生處佛何以復來上忉利

天到所生母所盡夏三月世尊不從摩耶生耶佛報天子言如來所生不用生死法住如如住如者不來不去佛生如是佛復言天子佛從般若波羅蜜生諸佛世尊皆從般若波羅蜜生何以故三十二大人相不從摩耶生天子般若波羅蜜如是學般若波羅蜜佛母身三十二大人相皆從學般若波羅蜜月天子白佛言我熟思惟般若波羅蜜無所生無所滅云何世尊言般若波羅蜜是諸佛之母乎佛報言如天子所言菩薩當學菩薩所學逮般若波羅蜜便得佛身相三十二大人之相歸之十種力四無所畏佛十八法大慈大悲三三昧獨行遊步佛慧知他人意皆來歸之此皆不從摩耶生是故天子當知佛慧從般若波羅蜜生有無央數諸慧之事不可計

今粗舉其事皆悉如是天子復問諸佛世尊法皆悉具足如是如來如如者隨如得成如是天子所見事如是視佛從般若波羅蜜生亦不從生般若波羅蜜不於法有想根亦無起根亦無爭除云何世尊般若波羅蜜所生答言天子如法如來如如者隨所作法於是法不生不起不滅如是天子不生不起不滅如是如是異爲智慧慧從般若波羅蜜生名曰怛薩阿竭從般若波羅蜜所生如是生爲不復生不起不滅如是天子不生不起不滅菩薩學疾近般若波羅蜜天子般若波羅蜜智不可盡復不可盡般若波羅蜜復言世尊是智慧云何思惟云何當知是般若波羅蜜不可盡智復言天子不於智慧思惟而有智如是天子於智慧有思惟有智是不爲智慧

不可盡慧何以故天子心知有勞終不能得不可盡知當令知是不爲智慧天子智慧無思惟智若智慧有盡不爲智慧天子復問云何世尊不可盡從何所問從何所知答言天子是不可盡不從放恣而等求復問世尊是不放恣爲何等類答言天子諸惡行於三界而不捨亦不離三界中諸惡已復捨三界諸惡行如是天子各隨所爲不放恣其報云何於三界不起不滅是其報復問世尊頗有弟子從是間遊過三界爲人說法者不佛言天子於欲界能爲弟子說弟子法不能於欲界有所益於色界無色界能爲弟子說弟子法都無所益以三昧遊三界而說法不能了佛世尊之所說亦不見以三昧力遊於欲界有所說而無色天子雖遊欲界復不能有所脫

以三昧力遊於色界無色界無色界所說而無益於色界無色界都不能有所脫雖遊三界但能自脫身不能益他人如是天子雖知三界不戀於三界坐守空法亦不習於欲界不能於色界亦復不能於無色界如是不能於三界亦不生於三界亦生於三界所去亦不知處如是天子是輩捐身於是處無能知亦不見往亦不見還何以故一切諸法於三界不相逢天子譬如虛空不生不可見無有作者不復會以過去如是天子三界一切諸法皆如是說是法時天諸天衆中七萬二千天子遠塵離垢諸法法眼淨萬六千天子前世已作功德今復聞說是法皆發阿耨多羅三耶三菩心八千菩薩得不起法忍爾時衆會者皆承佛威神皆自見未曾所見華在其械上悉以散佛應時佛威神令是華遍滿忉利天上是時釋提桓因前白佛言甚可怪世尊是諸族姓子所散華本所不見爾時月天子語釋提桓因言拘翼世尊亦是未曾可見者華亦如是何以故拘翼持是心見世尊者是心爲滅盡不可得見如是拘翼其有可見之事皆前所未曾見釋提桓因問天子仁者云何見佛天子報如是世尊見我我見世尊亦復如是釋提桓因又問云何見答言拘翼如來如如色如如痛想行識如如我住是見如來拘翼我不以色觀如來亦不以痛想觀如來亦不以行識見如來所以者何色自然不起不滅痛想行識亦爾是五陰法之相是相不相皆如普照拘翼如來如是不可見拘翼復有欲見如來當如佛見我我見佛亦爾

復問天子云何如佛見仁天子答言今佛在此自可問佛於是釋提桓因前白佛言云何世尊如來見月天子佛言不以色見亦不痛癢思想生死識見亦不以前世見亦不持當來見亦不現在見亦不凡人見亦不於凡人解脫見亦不於學見亦不於不學法事見亦不阿羅訶見亦不阿羅訶法事見亦不於弟子法見亦不於辟支佛地見亦不於佛地見所見如是拘翼如是爲見佛如是見佛爲無所見如是無所見是爲等見如是示現是名爲一切示現審諦示現如是觀拘翼是名爲如如來如來於法界無所缺減拘翼於拘翼意云何如來如是見如是觀爲見何等答言是名爲見佛世尊如來是名爲得不於色如是如來於此無有能得計數者復問世尊如是爲見佛耶答言如是拘翼菩薩爲逮得無所從生忍於一切諸法界皆爲等住亦不離是法而見法釋提桓因復白佛言是月天子爲得無所從生法忍佛答釋提桓因言持是事自以問月天子當爲汝發遣於是釋提桓因問月天子仁者今爲得是無所從生法忍耶月天子答言拘翼頗有無所生所起不釋提桓因言不也天子復言拘翼設無所生不起者云何復問得無所從生法忍天子復言拘翼法界無所生其譬正如此是故法界亦不起亦不滅都不可知爾時釋提桓因便發是念言如月天子所說爲已得無所從生法忍爲逮近佛爲逮三耶三菩提爾時月天子知釋提桓因心所念語釋提桓因言拘翼無所得忍者得三耶三菩坐不難有不得忍者

去三耶三菩坐大遠釋提桓因復言天子云何作是說天子報言拘翼已得忍者能作是說其不得是者不能近三耶三菩阿惟三佛坐得無所從生忍故能說無所從生如無所生如是者道釋提桓因復問天子道從何所求天子答言拘翼道於三界而無我作是求道釋提桓因復問三界無我云何求天子答言如法者不生不生復不生道當作是求作是求已如是求不求於求是者爲無所起是時釋提桓因白佛言甚可怪世尊月天子所說甚深乃爾從何所沒而來生此於是沒當復生何所時月天子語釋提桓因言拘翼如幻師化作男子若女人從何所沒來生於此於是歿復生何所釋提桓因復報言天子了幻與化無起無滅不可見不可知是無所有

天子語拘翼言如是說幻化從無合會來生滅亦至無合會所如是幻化黠慧者所不用亦不不近釋提桓因言如是天子如所說天子報釋提桓因言拘翼如卿所問我所答亦爾如卿諸法如幻化念欲持是事以問佛是天子從何所歿而來生此於是歿當生何所天子語釋提桓因言於拘翼意云何如如來化所化如若去來上下可見知不釋提桓因答言天子如是不可得見天子復言是化寧可有所作爲不釋提桓因言能有所作天子復言如是拘翼化一切諸法等如此若去來上下作是觀拘翼於是無能有所作於拘翼意云何不於是見色聲香味細滑法亦爾是化人寧能見聞知如是事不釋提桓因言天子不可得見聞知天子言如是拘翼如是一

切分數知諸法亦如是若見若聞若心念法亦不染亦不汙亦不於是止亦不近亦不離於見於聞於念如是所語如是法爲一切說爲衆所說而無有異於是釋提桓因白佛言世尊是月天子說無處所不生不起不滅是天子不在弟子地不在菩薩地見菩薩云何當憶念無央數劫生死之事育養衆生云何都不可得知佛語釋提桓因言拘翼其有菩薩得不起法忍者亦不念生亦不念起亦不念滅欲覩是輩菩薩當如觀百歲般泥洹阿羅漢不可得知何以故是亦無他人想亦無我想復無無他人想復無無我想復如是拘翼精進樂勤苦行菩薩所作亦不念生亦不念滅亦無他人想亦無我想諸法體性本皆泥洹如是拘翼一切亦不縛亦不解不了知是法是菩薩爲是故爲解爲示現思念故爲起大悲是菩薩不疲猒於無央數拘利百千劫而不懈怠譬如拘翼有人墮火坑中有大悲男子不愛軀體不惜壽命捨五所欲及諸所樂入火坑中抱是人出亦自出復出彼人於拘翼意云何是人所作爲難不釋提桓因言世尊是人所作甚難甚難佛言如是拘翼是何足爲難菩薩所作又難於此以脫諸欲發意欲持諸供養之具以其所有將護給與一切如是拘翼復有過於是者以是光明之德照示一切如是皆過一切弟子及辟支佛上菩薩摩訶薩自致阿耨多羅三耶三菩阿惟三佛復次拘翼如是說從何所殁來生於此聽有拘翼東方於是國分從是佛刹度九十二那術百千佛國名羅陀那薩遮世界中

以衆寶爲樹其枝葉華實無央數色其經行處以無央數寶而校成其國中所有皆衆寶以爲校莊無空缺處其地皆紺瑠璃無央數寶以相雜廁復次拘翼有世界名羅陀那先祇是世界拘翼佛名羅陀那文陀羅帝耶阿毋竭羅油如來無所著等正覺今現在說法其佛國中無有母人亦不聞母人亦無弟子緣一覺道純是菩薩滿佛刹中復次拘翼是寶豪場出過上聚如來無所著等正覺其世尊一一說法七十二拘刹菩薩皆得不起法忍菩薩得是忍已意念若豪多珍寶上天世大姓一切皆以斷用是故一切諸佛刹皆悉爲之動即時三千大千刹中若干無央數珍寶蓮華雜華色甚鮮好悉滿其中以散佛上皆於佛上化成華蓋遍覆佛刹已是菩薩便踊於虛空飛到他方佛前而供養禮事欲遊問訊欲聞法復次拘翼得法忍菩薩不樂住一處便能遍到諸佛刹不得法忍菩薩不能到他方復次拘翼彼佛世尊出來十二劫彼佛所止處夜常三說法說法已七十二拘刹菩薩得不起法忍如是拘翼不得不起法忍菩薩不能到他方刹得不起法忍者乃能到他方佛刹如是菩薩乃於彼間歿而生他方刹土如是拘翼以是比類當作是視如是不可計億佛刹諸菩薩皆悉爾拘翼是彼珍寶積聚刹土中所有一切皆無有憂入三惡道亦無苦智亦無樂智亦無所問亦無所說亦無勤苦亦無食飲何以故諸菩薩以法歡喜爲飲食彼土中無羅漢辟支佛名如是拘翼珍寶積聚國土中是刹中世尊寶豪場出過

上聚如來至眞等正覺是月天子從彼佛剎歿來生此忉利天故來欲見佛禮我遶我問訊我欲有所問故來因是所問會無央數千人廣有所知又會餘菩薩於不起法忍皆使滿具拘翼是月天子故來見佛欲護一切法欲持於法佛般泥洹已後最後法欲盡時當於是間得道生於人中持是所說甚深甚深法廣有所照普以教授滿百千人於是不起法忍皆樂欲學久遠最後法欲盡時於是盡歿生第四兜術天會於彌勒菩薩所講說諸佛世尊道事不可計數百千天子前世初未曾起道意今聞是說皆發阿耨多羅三耶三菩心彌勒來下得正覺時是菩薩承事彌勒佛萬歲居家常供養彌勒及衆僧乃後時與四千人俱以家之信出家爲道便作沙門作

沙門已於彌勒如來至眞等正覺所盡形壽常持法彌勒般泥洹後至於法住常持法於是賢劫中千佛中少四佛皆當供養承事爾所佛於是諸佛世尊所說經常修梵淸淨之行最後過七恒沙等劫當於是世作佛號字月光曜如來無所著等正覺所願皆滿於時月星天子語是天子言善哉今爲佛之所授決當得阿耨多羅三耶三佛卿本有何等恩有何等供養作何等愛敬喜樂歡喜事施於佛乃使如來獨授卿決是時月天子語月星天子言如來者亦不以善與人決亦不有所畏故與人決亦不言是人可與是不可與菩薩者自學菩薩法世尊便記其決卿云何作是問我仁有何等恩於佛所使佛作是敬作是愛作是念作是歡喜作是賜遺月星天子

問月天子言是歡喜當從何所見月天子答月星天子言歡喜從心求月星天子復言心不想心誰作是踊躍者報言踊躍不可持亦不可獲是上踊躍如不可獲踊躍之最也月天子語月星天子如是踊躍於是踊躍有所不可者不爲踊躍是踊躍於放逸事而不爲於是踊躍中而常踊躍不復生廢退意如是月星天子當於是法求用是故得踊躍於法所作而不放逸於是求於是不求亦不離求何以故不於法界求亦不於所求如是月星天子

道神足無極變化經卷第二

音釋

裓古得切衣前襟也　拘翼翼音亦拘翼帝釋別名也　痛癢痛他貢切疼也癢以兩切膚瘍欲搔也　羅陀那薩遮梵語也此云珍寶審諦奧藏　羅陀那先祇梵語也此云珍寶積聚　羅陀那文陀羅帝耶阿丹竭羅油梵語也此云珍寶豪場過出上聚

道神足無極變化經卷第三

西晉安息三藏安法欽譯

於是月星天子語月天子言如是菩薩學名爲學菩薩從問何所是菩薩學報言天子菩薩學於菩薩於是無身無身行無口無口行無意無意行是爲菩薩學菩薩於身無所學亦無所獲亦無所失亦無所亡如是天子菩薩學復言天子如是學爲如來所授決耶月天子語月星天子言不作是學者世尊不與決何以故不念於是學不念有所説亦不念我亦不念有所求亦不念我有所學是名爲學語分部於世不合會其有言我作是學爲不諦爲非説不念言有我亦不言是諦亦不言我是菩薩學復問若有幾事天子得審諦報住答言於所願常高舉而不下亦不中間於願常在心未曾休懈雖有是而不作是法爲最是法不如於是法審諦覺知是名爲住爲審諦住復問言天子持何所法得如來授決報言不於凡人法有所捨亦不於佛法有所得用是故如來授決天子如是法無所捨於是法無所得我以是故爲如來所授決復問如是凡人爲皆授決何以故如者不捨凡人亦不捨凡人法於佛法亦無所得復言天子何因緣爲凡人法復言法空法界亦空復言天子何因緣爲佛法如者拘利佛亦如報言天子能於虚空界於法界能有所捨不報言天子不於如如者於拘利佛爲可有所得不報言不也天子如是天子次第説於凡人法無所捨於佛法無所得用是爲如來所授決復言云何於空界法界於如於拘利佛從

是得決耶報言天子不爾復問言云何天子於空界於法界於拘如於拘利佛於是不得決餘諸佛復從何所得決報言怛薩如受決如空界法界怛薩拘利佛如是天子法乎法如此法乎法也如是授決是爲受決爲得決已不離阿耨多羅三藐三菩提不離阿惟三佛於是月星天子前白佛言世尊是月天子逮得深慧所說乃爾佛言如是說法天子菩薩爲逮得忍若求索若發遣若於一切諸法界若說若有所說不能於法界有所見不能有所語亦不能有所傳何以故於法界無所語亦無所說如是法界如是人界如是人界是爲佛力處如是佛力處一切諸法如是如是天子如是菩薩爲如法住如是住不復信餘事亦不隨餘事如是者當復因何等令佛有所說爾時賢者大目揵連於釋提桓因宮紫紺殿上爲諸天子衆說法爾時大目揵連從座起便彷徉心念言如來無所著等正覺在此閻浮提爲已空閻浮提有無央數人飢虛欲作功德不見佛不聞法於所作爲轉減於是大目揵連作是念已持天眼遍視閻浮提便見佛如來無所著等正覺在萍沙宮中食與大比丘衆千二百五十人俱是時大目揵連復自見在佛左而坐自見身形被服坐在佛邊無有增減復自思惟得無世尊還閻浮提復更視巴質樹下見佛世尊與無央數諸天衆圍遶而爲說法見舍利弗坐佛之右自見目連與諸比丘坐佛之左復與大比丘俱於是賢者大目揵連見甚大可怪諸佛世尊所作爲不可思議諸佛世尊爲大威神爲

大能爲大分於閻浮提說法如故而不斷絕於第二忉利天上爲諸天說法爾時大目揵連復大疑怪復更諦視見佛在舍衛祇桓給孤獨園與無央數衆圍遶而爲說法復自見在於會中如其像貌舍利弗摩訶迦旃延邠耨須菩提離越賢者子劫頻奴一切諸大弟子衆皆悉見如在舍衛如在羅閱祇如在忉利天於是大目揵連復重思惟閻浮提復見迦維羅衛大國尼拘類見佛從尼拘類園出入迦維羅衛大國而行分衛復見比丘形像如目連於是復見佛在維耶離大國與大比丘衆俱至離垢月童子家飲食目連復自見色像貌與大比丘衆俱於是大目揵連見佛在波羅柰大國從分衛還自見色像貌亦在其中復思惟遍視閻浮提所在處皆見有佛若樹下若巖石間及閻浮提地上佛悉遍滿皆見佛比丘僧俱圍遶若千百千所在聚落皆悉遍見於是目連重復甚大疑怪更思惟已持天眼視鬱單越見佛與比丘僧俱受食亦自見身在其中亦見餘弟子復視弗于逮亦見佛在大衆中而爲說法於拘耶尼地亦復如是見佛世尊坐禪無央數千衆皆見爲佛作禮諸弟子衆亦各各隨其色像貌而坐三昧三摩越亦自見身在其中於是目連倍復疑怪復坐思惟地上諸神於是復見佛與諸弟子衆亦復自見在其中及衆弟子如是虛空中諸神亦見佛在其中爲虛空中諸無央數百千諸天而爲說法亦自見身與衆弟子在其中如是第一四王天上焰天兜術天尼摩羅提天波羅尼蜜天惒耶拔致天乃至

梵天徧視復見佛在梵天與無央數百千梵天圍遶而爲說法亦自見身色像貌及一切衆會者皆悉如大目揵連神足變化在所作爲皆悉爾自見在中爲一切而說法皆如目連復變諸會者皆如舍利弗比丘智慧光明於大衆中爲師子吼如是比丘各各自以慧力爲說大弟子法於是目揵連驚怖衣毛爲竪甚可怪踊躍歡喜則生善心三返自稱譽言乃爾乃爾諸佛世尊甚大可怪無罣礙行所作亦甚可怪大踊所成歡喜踊躍五體投地讚歎言南無佛爾時聞大音聲響忉利天皆爲震動於是無央數百千天子聚會俱到佛所白佛言惟世尊何因緣有是大音聲感動是地乃爾所問如是如來佛言如是天子大目揵連於佛大地踊躍自歸五體投地感動使爾佛言如是天子是比丘目連當自來問於是比丘目連起住疾疾往到佛所前以頭面著佛足遶佛三帀已住佛前叉十指爲佛作禮是時目連於佛前說偈言

持力不可稱　佛爲已逮得　如佛之所行
世雄難思議　垢垢已離三　心意皆已調
天人之中尊　一切所供養　雖有百千日
滿於虛空中　盲者無所見　盲者不蒙光
十力放光明　弟子因所見　一切諸弟子
不能及佛明　從胎盲無見　弟子行亦爾
不能知佛慧　亦復不能持　雖有信受是
如來之法教　於是無能知　不及尊所行
譬若如大海　欲比牛跡水　其德如須彌
喻之於芥子　如日之光明　寧與螢火等
佛世尊之德　弟子不能及　不可以須彌

方之譬芥子　日月之光明　比之於螢火
比之牛跡水　不可以大海　比之於弟子
不可以菩薩　譬若如盲人　以比有目者
若復有乞人　以比遮迦越　譬如月光明
比之以星宿　如佛世尊德　弟子不能當
在於人間行　復現須彌頂　所現譬如幻
一切蒙福祐　不知佛在彼　我憶天下空
不復得見佛　及與比丘僧　我於此宮舍
常止坐其中　爲諸天婇女　教誡說法事
便自以天眼　觀視閻浮利　即見諸百國
謂之無福地　思惟是天下　便即見世尊
在於羅閱祇　與弟子共食　在萍沙王家
處於大宮中　與諸衆會俱　眷屬而圍遶
在於是見佛　譬現氷山雪　自見目連身
住止在佛左　又見舍利弗　侍在佛之右
并復及於餘　一切諸弟子　我自意呼佛
下在閻浮利　還在忉利天　佛故在其處
於是熟自視　止在忉利天　諦復自思惟
處在閻浮利　又復見世尊　在於舍衛國
坐於大衆中　一切廣說法　亦復自見身
在於大會中　亦見舍利弗　及與諸弟子
復現於釋種　現行而分衛　見在維耶離
而行受人食　現至波羅奈　行步而出入
諸有所在處　皆自見其身　現到鬱單越
與諸弟子衆　共行而分衛　見到阿耨達
亦現在於彼　與其弟子衆　皆坐而共食
又復見世尊　現至拘耶尼　復在弗于逮
爲無數拘利　而爲說其義　皆自見目連
在彼作變化　自現神足力　示人本所行
於是諸地神　見其所居處　虛空諸神天

爲之理法事　皆悉具示之　令覩無上法
在於四王天　皆爲說正法　於焰天所見
亦復悉如是　見在兜術天　亦復見魔天
現於尼摩羅　波耶尼審天　悉見諸弟子
并及與世尊　在於梵天上　所見亦如是
爲諸拘利梵　皆爲其說法　於是自見身
遍在諸梵中　一切餘弟子　其衆皆如是
前諸過去佛　所行皆如是　經行及與樹
若龕及臥處　於是皆悉見　無數諸法王
其如是比類　皆如釋師子　我自在是間
所見甚可怪　其所見法事　雄特無過是
諸佛之世尊　可怪放光明　乃作是變化
神足中最尊　在於忉利天　說法不往來
悉遍閻浮利　處處皆悉見　國邑與郡縣
聚落及餘處　常等讚歎之　爲其而說法
如我之所覩　爲皆見世尊　并見諸弟子
爲皆得寂定　大拘路拘路　復及與離越
迦旃延分耨　及與大迦葉　我皆爲已見
諸佛世尊跡　無數所讚歎　聞之若如海
於是悉自見　其身皆在中　無央數之衆
其場聚如是　如是大音聲　爲在須彌頂
以是禮世尊　其德難思議　恐怖求自歸
衣毛爲之竪　今願持五體　頭面自歸禮
如是大音聲　普周無不聞　諸是三千界
皆爲大震動　在於須彌頂　廣放大光明
我亦於是住　皆悉而遍見　我於是驚怖
疾疾到佛所　時即便往詣　前見人中尊
而問於是法　恐懼心所怪　皆施行何等
能作是變應　何所是佛事　惟願爲說之
如是閻浮利　天上亦如此　於東西南北

四面俱皆爾　若在於梵天　虛空亦復爾
我自呼有德　施祐謂爲益　自恃得道時
神足爲無比　我求甚駛疾　燋燒道根本
違失如來行　遠離於佛慧　於是自思念
是心無解脫　本造當如是　發心求佛道
今悔無所益　於行爲了盡　諸情悉已斷
於佛法無益　譬如人入海　行採求衆寶
捨摩尼不取　而更求淤泥　自察如我智
并復及餘人　棄於世尊行　而反求弟子
若疑有懈怠　是行不得佛　精進發道意
合會諸善德　如是勤苦行　可得過三界
其能作是行　佛慧可疾得　惟願稽首禮
歸命諸世尊　其有逮得是　持最尊佛慧
能現無極變　獨有釋師子　諸有見聞者
疑惑爲求除

爾時佛讚賢者大目揵連如汝境界能視能見復次目連如諸世尊境界不可思惟令一切人及蜎蜚蠕動皆得辟支佛都合會是智共消息不能知不能見何況汝一弟子而欲計量知是一處之所作尚不能知況佛境界而欲得知耶如是目揵連復次當來輩皆共聚會是輩聚會已共坐一處視道變化如是如來等正覺變化現道神足名爲道變化神足變化無極變化法言所說目連則言如是世尊賢者大目揵連聞佛所說已自見身在蓮華上放身光明而在梵天自於其處所語四天下皆聞於是目連說偈言

佛出於世間　甚爲難得值　無數億百千
難計拘利劫　譬如優曇鉢　其華甚難值
如是佛難見　世尊過於是　譬之若尊王

飛行遮迦越　常而有神足　福德力亦爾
其子有千人　七寶皆悉具　往到於佛所
聽受上法言　梵天與帝釋　所欲得自在
若欲樂天上　復樂於人間　五樂以自娛
恣心歡喜樂　往到法王所　一切可得願
若能有棄離　一切諸愛欲　到於泥洹寂
如服甘露味　其欲逮無極　得最神足力
當詣世雄所　聽受上法言　若有辟支佛
及與諸弟子　於是兩足中　佛爲最尊上
降伏於魔王　并及諸官屬　當往到如來
見於法之王

於是大目揵連發起無央數那術億百千天子欲界色界疾疾各以所有天華天香天傅飾華天澤香皆持欲往到佛所各持是華供養散於佛上以頭面稽首禮佛足却住一面於是目揵連以神足力聚會諸天衆共在一處已便往到佛所前以頭面著佛足皆却住一面佛爾時語目連言目連聽我所說道神足變化無極法言於是目連受敎而聽復次目連三千大千剎土百億日月百億大海百億須彌山百億四天下是名三千大千世界爲一佛剎於目連意云何呼一閻浮利謂我於是中得道目連莫作是視何以故目連於一切四天下隨其所願上中下而爲說法知誰當得阿惟三佛誰在毋腹中誰在兜術天誰復般泥洹皆悉知復次目揵連於是三千大千剎土東方去是四天下萬三千四天下其四天下世界名無塵有佛號字比羅耶摩提今現在說法復次目連彼四天下世界人民無婬怒癡常親近道法樂聽受奉行彼有

求菩薩道者少求辟支佛道者求弟子行者甚衆多復次目連彼佛如鏡明無垢一一所説法九十九億人解弟子乘於彼不説沙門之四德不如是聞説沙門之四德何等四德須陀洹斯陀含阿那含阿羅漢復次目連彼世界人在一坐皆得六通之證逮八惟務禪皆自念知爲脱放生死歡喜踊在虛空中去地七仞坐於虛空便般泥洹身中出火還自燒身亦無有骨亦不見灰都無所有如是目連彼佛現在説法寂然度人寂然般泥洹彼世界無取無與若飢渴所念飯食皆自然在前衣被服飾譬如忉利天上若起若滅若生不因母人胞胎生無有女人因福自然而生其地皆作黄金色復次目連彼佛如來國土人民壽五百歲有長有短於目連意云何能知彼佛如鏡明無垢如來不目連則言不知彼土如來則我身是我於彼間以法而教導如是目連如是此名爲道神足無極之變化也一切弟子辟支佛皆悉過其上復次目連於是三千大千刹土南方去是萬八千四天下世界名羅陀那三披有世界其世界有三寶黄金白銀水精彼世界佛號羅陀那揵頭如來至眞等正覺今現在而説法如是目連復次彼佛如來爲辟支佛行者説法彼佛世界少菩薩弟子行者於彼刹沒生於空無佛處於彼處皆當得辟支佛於目連意云何知彼佛寶品如來無所著等正覺不目連言不知天中天佛言則我身是我於彼間以法教導人如是名爲道神足無極之變化也一切弟子及辟支佛去佛甚遠復次目連於是三

千大千刹土西方去是四天下二萬二千四天下其世界名羅陀那質多其世界有七寶黃金白銀瑠璃水精碼碯赤真珠硨磲是爲七寶如是目連彼世界以寶爲樹其經行處皆寶以寶爲交露帳以寶爲欄楯皆以雜寶而校莊之以寶爲浴池中有八味之水食飲皆自然念便自然至譬如兜術天上諸天被服飲食彼土人民亦如是彼國土不聞母人亦不見母人亦無有母若生者亦無男子母人合會者亦無婬泆於欲亦不婬泆於財亦不婬泆於憪慢亦不從胞胎生彼世界一切人生皆從蓮華藏化生於彼目連復次寶意世界佛號寶等有如來無所著等正覺於彼說法彼佛如來不說餘事純以菩薩篋藏令一切發三菩心令不可復計阿僧祇人皆得無所從生法忍復不可計阿僧祇人皆受決當爲阿耨多羅三耶三菩彼佛世界無有弟子緣一覺行者皆悉菩薩亦無有恩愛心亦不念滿彼四天下彼國如來壽八萬四千歲其土人民壽亦如是有長有短彼國人壽盡不墮三惡道不生邊地彼國菩薩若於是壽盡倍復生清淨刹土面見諸佛世尊於彼天若天龍揵沓惒其心不念一等無異皆有薩芸若意諸天龍揵沓惒雖有是名志願同一雖若干智等以無上智若諸天龍揵沓惒若人常服於智如是於目連意云何彼寶等有如來現在說法汝知不目連言不及天中天佛言彼佛則我身是我於彼間以法而敎導如是此名爲道神足無極之變化也非是羅漢辟支佛所能及知復次目連於是三千大

千刹土北方去是四天下世界三萬六千四天下各無恐懼世界其世界有兩寶黄金白銀彼佛世界無泥犁身無畜生身無餓鬼不畏生邊地於彼無有虧戒者於所見亦不毀亦不虧種姓亦不於餘道及尼揵波和而有所信知彼目連無恐懼四天下世界佛號無畏與如來無所著等正覺於彼說法其佛如來便往到佛樹下到佛樹下已七十二億那術魔往到其所是諸魔是時如來現如菩薩求道未逮薩芸若是時魔便化作七十二億那術樹是時菩薩亦化作七十二億那術菩薩各坐一一所作樹下是時魔恐怖而大驚怪自念言何所爲審是菩薩者欲於是座牽出之是時諸化菩薩語魔化幻如汝諸魔衆一切諸法皆亦如是云何言何所審是菩薩者而欲牽出之我於是間禪念思惟如我前後所作福常發阿耨多羅三藐三菩心以勸人令發意求菩薩道汝云何無勸助意反欲牽出菩薩禪定思惟若我所作惡事不勸人令求菩薩者自然滅去何須乃欲相牽耶以是故非汝所能牽莫於是而作自侵於是魔復問菩薩言汝作幾所福而發阿耨多羅三耶三菩心復能勸人令索菩薩道報言衆魔譬如恒邊沙一沙爲一佛刹滿其中珍寶持是施與持是發道意其所作功德復過於是如是復次衆魔如恒邊沙等世界一切人皆滿其中施以所安恭敬承事至千劫中如是功德福祐持用求道魔復問言卿所作功德乃爾其有牽菩薩奪處者其罪云何菩薩報言如所說爾所恒邊沙一切令若有索鑿是

人眼皆出之則作罪如是爲多不魔報甚多菩薩報魔言若牽菩薩者其罪甚倍多於是是爲牽阿耨多羅三耶三菩爾時魔衆七十二億那術以是方便見是變化皆發阿耨多羅三耶三菩心是時諸發意菩薩天華天香天傅飾華天澤香皆舉持散菩薩上天上千種諸妓樂持用供養娛樂菩薩如是音樂聲皆說如是疾疾令三界之導師疾成阿耨多羅三耶三菩阿惟三佛作是讚歎已便見菩薩坐於樹下已得阿耨多羅三耶三菩阿惟三佛於是更有異百千天子心念如是諸魔衆今來到是不復入三惡道亦當得脫便當發阿耨多羅三耶三菩心於是無恐懼施言今得佛是故名無恐懼如來何以故名爲無恐懼施無恐懼與審如是說是名時諸世界皆聞知佛爲得道佛言如是目連彼世無恐懼施如來則我身是我於彼世界以法而教導如是目連如來名爲道神足無極之變化也一切弟子緣一覺所不能持

道神足無極變化經卷第三

音釋

紺 古暗切含也謂青而含赤色也　彷徉 彷符方切徉余章切彷徉徙倚之貌　蜎蜚 蜎縈員切蟲行貌蜚芳微切翔也　蠕動 蠕音軟蟲動也　比羅耶摩提 梵語也此云如鏡明無垢　羅陀那三披 梵語也此云寶等　羅陀那揵頭 梵語也此云寶品　羅陀那質多 梵語也此云寶意　薩芸若 梵語也此云一切智若尒者切

道神足無極變化經卷第四

西晉安息三藏安法欽譯

復次目連於是三千大千刹土東南方去是刹八萬四千四天下國土名三曼陀質其佛名質多拘蟲怛薩阿竭阿羅訶三耶三佛如來無所著等正覺現在說法彼四天下世界盡甚好東西南北十八街巷珍寶滿地柔輭譬如天衣地生柔輭之草高四寸其地所有各各異種衆色如是皆悉遍行步若下足蹈地草皆柔輭可意足舉則生如故其地皆平如掌目連是遍等世界皆如此有城名颰陀鬱沉其城中人安隱豐饒熾盛大樂東西長三十二俞旬南北廣十二俞旬如是目連彼善尊城人皆共居其中其國人民繁裔多於鶖迦摩竭拘留諸人民數如是目連其幻華如來世尊於善尊城中遊行止頓其中一會說法爲師子吼令三十那術人皆得阿羅漢復有三十那術人得阿那含復有三十那術人得斯陀含復有三十那術人得須陀洹復有三十那術人發辟支佛行復倍不可計數人發阿耨多羅三耶三菩心復異不可計數人皆悉作功德目連是彼四天下世界有樹名末頭三披譬如蜜其華果實常有不乏其華果實味譬如百味飲食彼若男子母人欲得一華一果得以食之安隱飽滿七日不飢不羸色貌不減身體康强輕便有氣力食是已訖如服甘露亦無小便亦不大行亦無涕唾彼無田種植者無舉假償債者其國中皆共食是華果彼國初不知有貧富俱等無異彼世界如來目連有九十六億那術百千弟

子衆其菩薩衆復倍於弟子有園名三曼陀拘蟲有雜果諸弟子衆食飲常在是園中坐其弟子衆菩薩衆皆坐樹下若欲食時樹自然動揺華果落墮皆在鉢中食飲飽訖樹不動揺華果不墮還如本故如是目連彼世界所有事物過倍於是不可計目連彼世界如來則我身是我於彼世界以法而教導如是目連名爲如來道神足無極之變化也一切諸弟子緣一覺所不及知復次目連於是三千大千刹土西南方去是四天下世界七萬四天下世界其世界名比實颰塡有八萬國王一一天下有八萬城城外有八萬聚落八萬王所治處八萬城八萬四千小城一一處城聚落處城小城拘利百千皆滿其中彼諸王皆奉行法非法之事皆悉除盡是諸王各有八萬四千夫人婇女爾時婇女端正世之最上一一諸王各有五百太子一一諸王各有萬二千女是萬二千女皆端正於世最上是諸王法無鞭杖亦無兵器是諸王各各自治在其國目連彼容受世界佛號彼夕多羅陀那賴比怛薩阿竭阿羅訶三耶三佛如來無所著等正覺現在說法彼如來目連得阿耨多羅三耶三菩時於彼四天下踊在虛空中去地七仞結加趺坐一加趺坐放大光明彼時四天下世界皆悉相見雨於天華諸音樂器不鼓自鳴一一樂器出百千音聲地爲六反震動諸妓音樂譬如梵音聲不可計百千所作功德所致轉於法輪一切諸欲垢皆悉盡無餘泥洹持菩薩所知爲衆說法彼如來說法以是四天下世界八萬諸王及夫人

婇女諸子諸女見佛變化已乃皆發阿耨多羅三耶三菩心彼國中一切人民男子女人男兒女兒皆遠塵離垢諸法眼生是諸王及夫人婇女諸兒諸女從佛求作沙門是時如來皆悉聽爲沙門爲沙門已在在所處在所處及城郭縣邑聚落其所至到處皆步行不乘車馬卧起飲食常於寺舍不復田作種植皆食自然天人來下而悉供養是時如來再會説法時一切諸弟子行者皆得斯陀含菩薩行者皆得歡喜忍三會説法時一切人皆得阿那含菩薩行者皆逮得五通四會説法時一切皆得阿羅漢菩薩行者皆得不起法忍夫人婇女男女皆得不起法忍爾時夫人婇女及諸女皆轉女人身悉得男子不復見女像時彼如來皆授決爲阿耨多羅三耶三菩於目連意云何乃知彼土寶放光明如來無所著等正覺不目連言不及天中天佛言則我身是名爲如來道神足無極之變化也是故目連一切弟子緣一覺所不能及知也

復次目連於是三千大千刹土西北方去是五萬五千四天下世界其世界名揵沓提世界純以涔勤迦抄羅栴檀其栴檀大如一錢者價當是世彼世界有樹三曼陀揵陀彼世界一一樹其香四百里其土皆生蓮華大如車輪一華者有不可計百千葉無央數色其華柔軟如天綩綖華生高二丈華其香遍四天下香甚香彼世界四天下栴檀爲交露經行處亦皆栴檀波曇華來在兩邊彼世界無城郭縣邑聚落但有交露帳覆蓋其上其世界人民食飲譬如第五尼曼羅天上復次彼

放香普熏世界佛號揵陀勿頼比如來無所著等正覺現在説法彼如來世界純是菩薩行無有弟子縁一覺行者其彼世界四天下悉徧滿皆得神足其菩薩皆得不可思議忍彼菩薩輩中有菩薩名薩惒曇無惟屈羅遊得不可議願事已得三忍神通爲達其所報答皆悉過上供養甚多不可計諸佛復次目連彼一切法無極積聚菩薩自念今欲問佛儻肯説者而欲問之作是念已便從座起放身一一毛之光明照四百里放身光明徧境界若干百種華無央數色色甚鮮好是華在於虛空去地七仞心念欲持是供養應時虛空中聞柔輭音樂之聲譬如天樂是音樂聲皆出八種法印之聲一一法印之聲出八萬四千拘利經卷出七萬二千偈是時菩薩便踊在虛空中結跏趺坐會九十六拘利那術百千人皆作阿惟越致地皆得無所從生法忍當爲阿耨多羅三藐三菩如是像色貌菩薩目連滿彼世界一切人無有盲者亦無傴者亦無跛者亦無聾者無貧者無醜惡者彼一切人民皆是菩薩有三十二大人相其世界無有他餘異雜行彼國中亦無飲食者但以禪歡喜爲飲食其國中無有羌虜夷狄雜類之人亦無三惡道亦無邊地亦不於彼間歿而到他方國土生若有歿滅者便逮得如來佛言如是目連彼世界如來則我身是我於彼土以法而教導是名道神足無極之變化也一切弟子縁一覺所不能及知復次目連於是三千大千刹土東北方去是四萬二千四天下世界其世界名楡末陀那彼世界

人民婬欲甚多貪婬瞋恚愚癡慳貪鬪憒强頷諸根習邪無信嫉妬犯惡多疑弊惡急性懶惰懈怠喜忘憨無所畏有吾我人壽命無黠智譬如野禽畜獸不知慚羞無有禮節心意癡狂彼世界醜惡面目無色無所省録其處土但有淤泥及諸不淨生活勤苦衣食不充喜鬪更相罵詈六月一雨一歲再雨五穀不豐惡行所致其世界地堅如鐵石碌礫不平譬如蒺蔾蹈傷人脚毒惡止上及地但生荆棘彼世界所出水人民飲之濁惡鹹苦臭穢不淨衣被皆用草芻貧窮困厄更相看視轉相作使彼世界國王急性常喜瞋恚其中人民役使作務甚大勤苦治生田作穀粟錢財王皆奪取鞭杖暴虐無不被殃如是目連其國界中現世受殃甚劇乃爾如是比類彼復倍過此其世界中人命盡皆墮地獄餓鬼畜生三惡道中復次目連彼四天下世界如來名振波迦論貞陀摩那迦樓如來無所著等正覺而爲說法彼佛如來目連現十八大變化而爲說法七百歲說法竟七百歲無有一人解法者是時世尊亦不猒倦說法如故常持大悲而爲解說如是目連彼佛世尊若至聚落郡國縣邑若散居恒遊行無一處所到其國人民罵詈輕易挽摵唾言持怒作等其世尊悉忍誘恤養護欲使度脫得至泥洹目連是時如來於爾所歲中說法常養護之說法時有八萬四千那術人皆得阿羅漢復八萬四千那術人得阿那含復八萬四千那術人得斯陀含復八萬四千那術人得須陀洹諸大衆一日之中皆除鬚髮作沙門悉受

大戒是時學者不學者於三月中前所諸惡從佛受誨皆得離之一時俱般泥洹彼佛恒常在復養護緣一覺及菩薩行者其所作罪惡故而生彼國彼受苦痛乃爾一時皆得畢離於是目連復白佛言惟世尊是輩菩薩作何等罪生於彼國土佛告目連菩薩有四事法往生彼國何等爲四一者倚菩薩名而求供養不學菩薩事二者目連於菩薩事不能行而懈怠雖見亦復不能持三者目連菩薩見餘菩薩得供養便妬嫉之言何以供養是斷截他人功德而輕易之四者目連菩薩不能護身口意以是故得是用是事目連得生彼國目連佛言彼佛則我身是我於彼國以法教導人名爲如來權道神足無極之變化也弟子緣一覺所不能及知其如是目連如來於是三千大千世界作佛事如是目連如汝輩不盡悉現所以者何弟子不能及持以是故不能悉見復次目連於是三千大千世界百拘利四天下世界彼如來隨一切意而爲說法復次有四天下世界如梵天形像被服而爲說法彼世界如來不出家除鬚髮復次有如釋提桓因形體被服而爲說法或如日天王形體被服而爲說法或復如遮迦越王形體被服而爲說法如是比目連於是三千大千世界中如一切人之所願而爲說法如是比無央數復有異無央數不可計數佛剎土所爲一切弟子緣一覺所不能及知目連譬如月宮殿日宮殿日月天各坐其殿亦復不出亦復不入坐照見天下如是目連佛世尊亦不從是起亦不到彼坐悉見不可計

佛刹悉皆示現隨一切人上中下之所願皆養護之而爲説法是賢者大目揵連白佛言何所審是佛世尊者若忉利天若閻浮利若天宮若三千世界此彼四天下世界復異世界説法乃爾所世界何所審是佛者我曹當云何知無極大覸之義大界之服云何得知目連所問如是世尊佛告大目揵連言如汝所問能受持不今爲汝説之目連譬如幻師化作人若男子若女人何所審是男女者目連白佛言無有審是者何以故是幻呪術力之所成於是無有持佛語目連是幻誰之所化是幻能所作耶目連白佛言可作世尊佛語目連如是一切諸法如幻化而無持在所作爲如是目連幻師所化術力所成化幻多有所作爲是幻皆等無有持如是目連如來以智慧一切諸刹而等示現如是皆悉無持爲一切所作而常等如是爲佛事以是故爲大無極達覸如是等所爲之大報如目連諸佛世尊皆一等無若干如是比目連諸法常等住如諸法等住成道亦爾法界而無持亦不若干目連汝熟思惟如來於廣遠諦尋跡求佛能化作恒邊沙如來三十二相一等無異亦能令説法六十衆事所説同聲是諸如來悉皆知一切人心之所行是諸如來皆悉知一切人當得解脱者如解脱印印六情根而爲説法令稍稍得滿智是諸如來爲一切現説法以一切聞之皆奉行等知諸苦集盡是諸如來有三事變化説法爲四面等説法是諸如來悉現諸佛事於目連意云何乃爾所諸佛何所審是最特者如來幻幻如來何

者爲特目連白佛言於是中如來無有能得知特者何以故如怛薩如怛薩所作而無增減於怛薩無若干作若色若像若報答若慧若神足若說法若脫一切人如是如來於是衆事不能若干說如是目連所作如是作如是現如化幻分諸法亦爾是故諸法無有特無若干如此目連化幻分知諸法亦爾凡人於此不能作若干乃況諸佛世尊何以故目連一切諸法習於空故念猒不用欲不欲若有若無即住其中能所作如所得於法界亦不起亦不滅目連如法界如來皆見皆知皆覺如是目連如令閻浮利地人滿其中如來示現示現變化若作如來若作比丘僧其人展轉不自知爲如來若比丘僧置是閻浮利中人目連滿是四天下若天若人及蜎蜚蠕動之類諸可所生者目連爾所人皆住佛前乃爾久遠前世是一切皆住於佛前皆現如來若比丘展轉不相知復置是四天下目連於是三千大千剎土中一切蜎蜚蠕動之類滿其中皆令得人身得人身已皆令一等如是目連得人身得人身已皆一種類皆現如來比丘僧展轉不相知目連復置是三千大千剎土人民如是目連東方恒邊沙剎土東方南方西方北方四維上方下方如是十方一切諸世界是爲甚多不可計界都普一切皆令得作人身得作人身已如是人輩目連如來一種類一一皆使如如來皆復作比丘僧如是輩展轉復不能自知復置目連十方十恒邊沙佛剎中目連如如來今坐於是持佛眼視諸佛剎中持佛所知譬如是數於百

千劫說不能究竟如是不可計佛剎於是闓坐見乃爾所佛剎如怛薩阿竭慧譬喻所說令一切皆如辟支佛索不能知不能數不能稱不能視辟支佛尚皆不能知何況弟子以是故如來皆見知如是百如是千如是百千如是拘利百千如是恒迦羅如是頻慼如是阿壽如是阿僧祇如是不可計數如是恒邊沙如是三千大千不可計數國皆悉徧滿中如是目連佛言如是數無所罣礙眼所見直一而視而不瞤晛視亦不延頸視持佛眼一而視遍悉見十方不可計無央數難思議無邊無際剎土中如是比論佛剎土其中人民及蜎蜚蠕動之類如是如是比一切薩恕薩之界多於地土之分如是薩恕薩前世初未嘗有行皆令得人身已皆使作遮迦越王一

一遮迦越王各各坐有官屬一遮迦越王者其官屬都盧皆如爾所遮迦越王展轉如是如是目連都盧爾所遮迦越王官屬爲一遮迦越王官屬如此數如是比皆爲如來其像色貌皆一種類如是因緣一切皆住在前一一遮迦越王及其官屬在前皆各自見有如來諸比丘僧諸遮迦越王各自乎獨有如來謂其餘皆無各各皆悉各各自見一如來謂餘爲無各各皆悉爾如是諸遮迦越王及其官屬身一一諸毛皆各一如來一如來皆各有比丘僧如是皆是如來道神足無極之變化其闓是者不敢微意言非是如來無極示現之變化也若有起念是眞爲如來無極示現變化之所爲如是爲不可計慧所爲事目連如是於目連意云何如我今乃爾所人皆

立之於遮迦越王處如是品福分如是品福分皆使得作遮迦越王七寶皆具如是福分寧多不目連白佛言甚多甚多天中天使一人得者其福無能計量乃爾所人不可計不可限甚多安過之安佛言目連如是所說當受持熟思惟之如是諸薩恕薩作遮迦越王所福分如是福分甚多不如如來一毛之福出過是上無央數於是目連白佛言如是爲是如來之德是爲如來爲大神足爲大分爲大能如是世尊我悔無所及何以故於諸法神通達而自損目連復白佛言彼諸一切聞是如來道神足無極之大變化皆逮得大德其有聞已發一心念其中事欲求解脱欲學逮滿欲得是道神足無極之變化者爲發阿耨多羅三耶三菩心世尊如此輩人當頭面禮之所以者何如是人得不久是輩終不復畏墮三惡道亦不復疑如是如是義亦不願天龍鬼神揵沓恕亦不願作梵天如是世尊目連於是聞道神足無極變化起住叉手發聲言南無佛世尊當爲聞是輩人作禮令是人疾逮所願欲發者已發者皆令是輩人逮得無極如佛無極令心於是不復轉不猶豫不復疑信爾時諸天龍閱叉揵沓恕釋梵護持世者供養於佛以及於法言皆悉願樂是時百千種諸音樂器不鼓而自鳴天優鉢羅波曇拘文分陀利華滿於忉利天上聞是法言品所説時七萬二千那術諸天從本來作功德皆發阿耨多羅三耶三菩心皆説是言我曹於後當來世當在諸天及世間人前作大師子吼如今日佛世尊師子之吼爾時月

天子月星天子前白佛言世尊是族姓子族姓女於是法言品所説若受若持若念若説於大衆中普廣説之當得幾所福祐功德佛語天子於是三寶若族姓子族姓女不斷不忘求逮以於是法言若自持爲他人説何以故如天子聞是法亦不於弟子心有所求亦不於辟支佛心有所求心常在阿耨多羅三耶三菩何以故持淨解脱天子得利諸根於是法言爲逮爲起道起歡喜心於解脱而不疑天子當持是法言而廣説之不斷三寶而得住於是法言若持若諷誦若爲人説於天子意云何不斷三寶而常住若有於是法若持若説於天子云何不斷於三寶而住供養於千佛衣被飲食牀卧具病瘦醫藥所當得於百千劫中寧有能計是人所得功德者不無有能知者世尊佛言如是天子於是所説法言有智黠者知是福不可計無有限量若有於是法言若持於衆中説其福過是無能計者於是彌勒白佛言世尊是法言名爲何等當云何持奉行佛語彌勒卿彌勒是法言名爲於忉利天所説持一名爲道神足無極變化持是屬累以相寄卿彌勒當審諦持於大會中審諦具足説之彌勒如是像經於閻浮利天下甚難得聞如是彌勒如我所説佛説已皆歡喜月天子月星天子彌勒菩薩賢者大目揵連諸天龍閱叉揵陀羅阿須倫阿須倫民莫不樂聞歡喜前爲佛作禮

道神足無極變化經卷第四

音釋

三曼陀質梵語也此云遍等質多拘蟲梵語也此云幻華

颰陀鬱沉梵語也此言善尊裔以制切謂苗裔種類也末頭

三披梵語也此云此樹洟延知切鼻液也唾吐卧切口液也三

曼陀拘蟲梵語也此云法園比實颰塡梵語也此云容受

彼勿多羅陀那賴比梵語也此云寶放光明揵沓提

梵語也此云香氣揵巨言切沓達合切三曼陀揵陀梵語也此云其

香普熏揵陀勿賴比梵語也此云香氣放光明薩恕曇無

惟屈羅遊梵語也此云一切無極積聚恕音和曇音潭傴委羽切僂

也謂背不伸也跛布火切謂足偏磨行不正也揄末陀那梵語也此

云應時閙慣閙女教切慣古外切謂喧閙慣亂也强頷强渠良切暴貌

頷五葦切頷頷肆惡貌憨呼甘切謂愚癡之甚也碌磏碌盧谷切磏千

木切碌磏多石貌振波迦論眞陀摩那迦樓梵語也此

云傷悲憐念挽撼挽武綰切撼彌列切猶言牽撼也睥睨睥匹詣切

睨五計切睥睨邪視也

說無垢稱經

唐三藏法師玄奘奉　詔譯

清刻龍藏佛說法變相圖

說無垢稱經卷第一

唐三藏法師玄奘奉　詔譯

序品第一

如是我聞一時薄伽梵住廣嚴城菴羅衛林與大苾芻衆八千人俱菩薩摩訶薩三萬二千皆爲一切衆望所識大神通業修已成辦諸佛威德常所加持善護法城能攝正法以大師子吼聲敷演美音遐振周遍十方爲諸衆生不請善友紹三寶種能使不絕降伏魔怨制諸外道永離一切障及蓋纏念定總持無不圓滿建立無障解脫智門逮得一切無斷殊勝念慧等持陀羅尼辯皆獲第一布施調伏寂靜尸羅安忍正勤靜慮般若方便善巧妙願力智波羅蜜多成無所得不起法忍已能隨轉不退法輪咸得無相妙印所印善

知有情諸根勝劣一切大衆所不能伏而能調御得無所畏已積無盡福智資糧相好嚴身色像第一捨諸世間所有飾好名稱高遠踰於帝釋意樂堅固猶若金剛於諸佛法得不壞信流法寶光澍甘露雨於衆言音微妙第一於深法義廣大緣起已斷二邊見習相續演法無畏猶師子吼其所講說乃如雷震不可稱量過稱量境集法寶慧爲大導師正直審諦柔和微密妙達諸法難見難知甚深實義隨入一切有趣無趣意樂所歸獲無等等佛智灌頂近力無畏不共佛法已除所有怖畏惡趣復超一切險穢深坑永棄緣起金剛刀仗常思示現諸有趣生爲大醫王善知方術應病與藥愈疾施安無量功德皆成就無量佛土皆嚴淨其見聞者無不蒙益諸有所作亦不唐捐設經無量百千拘胝那庾多劫讚其功德亦不能盡其名曰等觀菩薩不等觀菩薩等不等觀菩薩定神變王菩薩法自在菩薩法幢菩薩光幢菩薩光嚴菩薩大嚴菩薩寶峯菩薩辯峯菩薩寶手菩薩寶印手菩薩常舉手菩薩常下手菩薩常延頸菩薩常喜根菩薩常喜王菩薩無屈辯菩薩虛空藏菩薩執寶炬菩薩寶吉祥菩薩寶施菩薩帝網菩薩光網菩薩無障靜慮菩薩慧峯菩薩天王菩薩壞魔菩薩電天菩薩現神變王菩薩峯相等嚴菩薩師子吼菩薩雲雷音菩薩山相擊王菩薩香象菩薩大香象菩薩常精進菩薩不捨善軛菩薩妙慧菩薩妙生菩薩蓮華勝藏菩薩三摩地王菩薩蓮華嚴菩薩觀自在菩薩得大勢菩薩梵網菩薩寶

杖菩薩無勝菩薩勝魔菩薩嚴土菩薩金髻菩薩珠髻菩薩慈氏菩薩妙吉祥菩薩珠寶蓋菩薩如是等上首菩薩摩訶薩三萬二千復有萬梵持髻梵王而爲上首從本無憂四大洲界爲欲瞻禮供養世尊及聽法故來在會坐復有一萬二千天帝各從餘方四大洲界亦爲瞻禮供養世尊及聽法故來在會坐并餘大威力諸天龍藥叉健達縛阿素洛揭路荼緊捺洛莫呼洛伽釋梵護世等悉來會坐及諸四衆苾芻苾芻尼鄔波索迦鄔波斯迦俱來會坐

爾時世尊無量百千諸來大衆恭敬圍遶而爲說法譬如大寶妙高山王處于大海巍然迥出踞大師子勝藏之座顯耀威光蔽諸大衆時廣嚴城有一菩薩離呫毗種名曰寶性與離呫毗五百童子各持一蓋七寶莊嚴往菴羅林詣如來所各以其蓋奉上世尊奉已頂禮世尊雙足右遶七帀却住一面佛之威神令諸寶蓋合成一蓋遍覆三千大千世界而此世界廣長之相悉於中現又此三千大千世界所有大寶妙高山王一切雪山目眞隣陀山摩訶目眞隣陀山香山寶山金山黑山輪圍山大輪圍山大海江河陂泉池沼及百拘胝四大洲渚日月星辰天宮龍宮諸尊神宮并諸國邑王都聚落如是皆現此寶蓋中又十方界諸佛如來所說正法皆如響應於此蓋内無不見聞時諸大衆覩佛神力歡喜踊躍歎未曾有合掌禮佛瞻仰尊顔目不暫捨默然而住爾時寶性即於佛前右膝著地合掌恭敬以妙伽他而讚佛曰

目淨修廣妙端嚴　皎如青紺蓮華葉
已證第一淨意樂　勝奢摩他到彼岸
久積無邊清淨業　獲得廣大勝名聞
故我稽首大沙門　開導希夷寂路者
既見大聖以神變　普見十方無量土
其中諸佛演說法　於是一切悉見聞
法王法力超群生　常以法財施一切
能善分別諸法相　觀第一義摧怨敵
已於諸法得自在　是故稽首此法王
說法不有亦不無　一切皆待因緣立
無我無造無受者　善惡之業亦不亡
始在佛樹降魔力　得甘露滅勝菩提
此中非心意受行　外道群邪所不測
三轉法輪於大千　其輪能寂本性寂
希有法智天人證　三寶於是現世間

以斯妙法濟群生　無思無怖常安寂
度生老死大醫王　稽首無邊功德海
八法不動如山王　於善不善俱慈愍
心行如空平等住　孰不承敬此能仁
以斯微蓋奉世尊　於中普現三千界
諸天龍神宮殿等　故禮智見功德身
十方神變示世間　一切皆如光影等
衆覩驚歎未曾有　故禮十方大智見
衆會瞻仰大牟尼　靡不心生清淨信
各見世尊在其前　斯則如來不共相
佛以一音演說法　衆生隨類各得解
皆謂世尊同其語　斯則如來不共相
佛以一音演說法　衆生各各隨所解
普得受行獲其利　斯則如來不共相
佛以一音演說法　或有恐畏或歡喜

或生猒離或斷疑　斯則如來不共相
稽首十力諦勇猛　稽首已得無怖畏
稽首至定不共法　稽首一切大導師
稽首能斷衆結縛　稽首已住於彼岸
稽首普濟苦群生　稽首不依生死趣
已到有情平等趣　善於諸趣心解脱
牟尼如是善修空　猶如蓮華不著水
一切相遣無所遣　一切願滿無所願
大威神力不思議　稽首如空無所住

爾時寶性說此伽他讚世尊已復白佛言如是五百童子菩薩皆已發趣阿耨多羅三藐三菩提彼咸問我嚴淨佛土惟願如來哀愍爲說淨佛土相云何菩薩修淨佛土作是語已佛言寶性善哉善哉汝今乃能爲諸菩薩請問如來淨佛土相及問菩薩修淨佛土汝今諦聽善思念之當爲汝等分別解說於是寶性及諸菩薩咸作是言善哉世尊惟願爲說我等今者希垂聽受爾時世尊告衆菩薩諸有情土是爲菩薩嚴淨佛土所以者何諸善男子一切菩薩隨諸有情增長饒益即便攝受嚴淨佛土隨諸有情發起種種清淨功德即便攝受嚴淨佛土隨諸有情應以如是嚴淨佛土而得調伏即便攝受如是佛土隨諸有情應以如是嚴淨佛土悟入佛智即便攝受如是佛土隨諸有情應以如是嚴淨佛土起聖根行即便攝受如是佛土所以者何諸善男子菩薩攝受嚴淨佛土皆爲有情增長饒益發起種種清淨功德諸善男子譬如有人欲於空地造立宮室或復莊嚴隨意無礙若於虛空終不能成菩薩如是知一切法

皆如虛空惟爲有情增長饒益生淨功德即便攝受如是佛土攝受如是淨佛土者非於空也復次寶性汝等當知發起無上菩提心土是爲菩薩嚴淨佛土菩薩證得大菩提時一切發起大乘有情來生其國純意樂土是爲菩薩嚴淨佛土菩薩證得大菩提時所有不諂不誑有情來生其國善加行土是爲菩薩嚴淨佛土菩薩證得大菩提時發起任持妙善加行一切有情來生其國上意樂土是爲菩薩嚴淨佛土菩薩證得大菩提時具足成就善法有情來生其國修布施土是爲菩薩嚴淨佛土菩薩證得大菩提時一切能捨財法有情來生其國修淨戒土是爲菩薩嚴淨佛土菩薩證得大菩提時圓滿成就十善業道意樂有情來生其國修安忍土是爲菩薩嚴淨佛土菩薩證得大菩提時三十二相莊嚴其身堪忍柔和寂靜有情來生其國修精進土是爲菩薩嚴淨佛土菩薩證得大菩提時諸善勇猛精進有情來生其國修靜慮土是爲菩薩嚴淨佛土菩薩證得大菩提時具足成就正念正知正定有情來生其國修般若土是爲菩薩嚴淨佛土菩薩證得大菩提時一切已入正定有情來生其國四無量土是爲菩薩嚴淨佛土菩薩證得大菩提時常住慈悲喜捨有情來生其國四攝事土是爲菩薩嚴淨佛土菩薩證得大菩提時諸有解脫所攝有情來生其國巧方便土是爲菩薩嚴淨佛土菩薩證得大菩提時善巧觀察諸法有情來生其國修三十七菩提分土是爲菩薩嚴淨佛土菩薩證得大菩提時通達

一切念住正斷神足根力覺支道支圓滿有情來生其國修迴向土是爲菩薩嚴淨佛土菩薩證得大菩提時其國具足衆德莊嚴善說息除八無暇土是爲菩薩嚴淨佛土菩薩證得大菩提時其國永離惡趣無暇自守戒行不譏彼土是爲菩薩嚴淨佛土菩薩證得大菩提時其國無有犯禁之名十善業道極清淨土是爲菩薩嚴淨佛土菩薩證得大菩提時壽量決定大富梵行所言誠諦常以輭語眷屬不離善宣密意離諸貪欲心無瞋恚正見有情來生其國諸善男子如是菩薩隨發菩提心則有純淨意樂隨其純淨意樂則有妙善加行隨其妙善加行則有增上意樂隨其增上意樂則有止息隨其止息則有發起隨其發起則有迴向隨其迴向則有寂靜隨其寂靜則有清淨有情隨其清淨有情則有嚴淨佛土隨其嚴淨佛土則有清淨法教隨其清淨法教即有清淨妙福隨其清淨妙福則有清淨妙慧隨其清淨妙慧則有清淨妙智隨其清淨妙智則有清淨妙行隨其清淨妙行則有清淨自心隨其清淨自心則有清淨諸妙功德諸善男子是故菩薩若欲勤修嚴淨佛土先應方便嚴淨自心所以者何隨諸菩薩自心嚴淨即得如是嚴淨佛土爾時舍利子承佛威神作如是念若諸菩薩心嚴淨故佛土嚴淨而我世尊行菩薩時心不嚴淨故是佛土雜穢若此佛知其念即告之言於意云何世間日月豈不淨耶而盲者不見對曰不也是盲者過非日月咎佛言如是衆生罪故不見世尊佛土嚴淨非如來咎舍

利子我土嚴淨而汝不見爾時持髻梵王語舍利子勿作是意謂此佛土爲不嚴淨所以者何如是佛土最極嚴淨舍利子言大梵天王今此佛土嚴淨云何持髻梵言唯舍利子譬如他化自在天宮有無量寶功德莊嚴我見世尊釋迦牟尼佛土嚴淨有無量寶功德莊嚴亦復如是舍利子言大梵天王我見此土其地高下丘陵坑坎毒刺沙礫土石諸山穢惡充滿持髻梵言唯大尊者心有高下不嚴淨故謂佛智慧意樂亦爾故見佛土爲不嚴淨若諸菩薩於諸有情其心平等功德嚴淨謂佛智慧意樂亦爾便見佛土最極嚴淨爾時世尊知諸大衆心懷猶豫便以足指按此大地即時三千大千世界無量百千妙寶莊嚴譬如功德寶莊嚴佛無量功德寶莊嚴土一切大衆歎未曾有而皆自見坐寶蓮華爾時世尊告舍利子汝見如是衆德莊嚴淨佛土不舍利子言唯然世尊本所不見本所不聞今此佛土嚴淨悉現告舍利子我佛國土常淨若此爲欲成熟下劣有情是故示現無量過失雜穢土耳舍利子譬如三十三天共寶器食隨業所招其食有異如是舍利子無量有情生一佛土隨心淨穢所見有異若人心淨便見此土無量功德妙寶莊嚴當佛現此嚴淨土時寶性所將五百童子一切皆得無生法忍八萬四千諸有情類皆發無上正等覺心時佛世尊即攝神足於是世界還復如故求聲聞乘三萬二千諸天及人知有爲法皆悉無常遠塵離垢得法眼淨八千苾芻永離諸漏心善解脫

顯不思議方便善巧品第二

爾時廣嚴城中有大菩薩離呫毗種名無垢稱已曾供養無量諸佛於諸佛所深植善根得妙辯才具無生忍逮諸總持遊戲神通獲無所畏摧魔怨力入深法門善於智度通達方便大願成滿明了有情意樂及行善知有情諸根勝劣智度成辦説法淳熟於大乘中決定修習於所作業能善思量住佛威儀入心慧海諸佛咨嗟稱揚顯説釋梵護世常所禮敬爲欲成熟諸有情故以善方便居廣嚴城具無盡財攝益貧窮無依無怙具清淨戒攝益一切有犯有越以調順忍攝益瞋恨暴嫉楚毒以大精進攝益一切懈怠懶惰安住靜慮正念解脫等持等至攝益一切諸有亂心以正決擇攝益一切妄見惡慧雖爲白衣而具沙門威儀功德雖處居家不著三界示有妻子常修梵行現有眷屬常樂遠離雖服寶飾而以相好莊嚴其身雖現受食而以靜慮等至爲味雖同樂著博弈嬉戲而實恒爲成熟有情雖禀一切外道軌儀而於佛法意樂不壞雖明一切世間書論而於內苑賞玩法樂雖現一切邑會衆中而恒最爲説法上首爲隨世教於尊卑等所作事業示無與乖雖不希求世間財寶然於俗利示有所習爲益含識遊諸市衢爲護群生理諸王務入講論處導以大乘入諸學堂誘開童蒙入諸婬舍示欲之過爲令建立正念正知遊諸妓樂若在長者長者中尊爲説勝法若在居士居士中尊斷其貪著若在刹帝利刹帝利中尊教以忍辱若在婆羅門婆羅門中尊除其我

慢若在大臣大臣中尊教以正法若在王子王子中尊示以忠孝若在内官内官中尊化正宫女若在庶人庶人中尊修相似福殊勝意樂若在梵天梵天中尊示諸梵衆靜慮差別若在帝釋帝釋中尊示現自在悉皆無常若在護世護世中尊守護一切利益安樂是無垢稱以如是等不可思議無量善巧方便慧門饒益有情其以方便現身有疾以其疾故國王大臣長者居士婆羅門等及諸王子并餘官屬無數千人皆往問疾時無垢稱因以身疾廣爲說法言諸仁者是四大種所合成身無常無强無堅無力朽故迅速不可保信爲苦爲惱衆病之器多諸過患變壞之法諸仁者如此之身其聰慧者所不爲怙是身如聚沫不可撮摩是身如浮泡不得久立是身如陽燄從諸煩惱渴愛所生是身如芭蕉覩無有實是身如幻從顛倒起是身如夢爲虚妄見是身如影從業緣現是身如響屬諸因緣是身如雲須臾變滅是身如電念念不住是身無主爲如地是身無我爲如水是身無有情爲如火是身無命者爲如風是身無有補特伽羅與虚空等是身不實四大爲家是身爲空離我我所是身無知如草木等是身無作風力所轉是身不淨穢惡充滿是身虚僞雖假覆蔽飲食將養必歸磨滅是身多患四百四病之所集成是身易壞如水隧級常爲朽老之所逼迫是身無定爲要當死是身如怨害周遍毒蛇之所充滿是身如空聚諸蘊界處所共合成諸仁者於如是身應生猒離於如來身應起欣樂所以者何如來身

者無量善法共所集成從修無量殊勝福德智慧所生從修無量勝戒定慧解脫解脫知見所生從修慈悲喜捨所生從修布施調伏寂靜戒忍精進靜慮解脫等持等至般若方便願力智生從修一切到彼岸生修六通生修三明生修三十七菩提分生修止觀生從修十力四無畏生從修十八不共法生從斷一切不善法集一切善法生從修諦實不放逸生從修無量清淨業生諸仁者如來之身功德如是汝等皆應發心求證汝等欲得如是之身息除一切有情病者當發阿耨多羅三藐三菩提心是無垢稱為諸集會來問疾者如應說法令無數千人皆發阿耨多羅三藐三菩提心

說無垢稱經卷第一

音釋

軛 乙革切不捨善軛菩薩名也　**緊捺洛** 梵語也亦云緊那羅此云疑神又云人非人　**離呫毗** 梵語也亦云離車此云邊地主呫昌栗切又託協切　**坑坎** 坑丘庚切坑壍也坎苦感切險也小阱也　**補特伽羅** 梵語也或云福伽羅或云富特伽羅此云數取趣謂數數往來諸趣也伽求迦切　**隧級** 隧徐醉切道也又徑路皆曰隧級訖立切階級也水之隧級言虛假無常也

說無垢稱經卷第二

唐三藏法師玄奘奉　詔譯

聲聞品第三

時無垢稱作是思惟我嬰纏斯疾寢頓于牀世尊大悲寧不垂愍而不遣人來問我疾爾時世尊知其所念哀愍彼故告舍利子汝應往詣無垢稱所問安其疾時舍利子白言世尊我不堪任詣彼問疾所以者何憶念我昔於一時間在大林中宴坐樹下時無垢稱來到彼所稽首我足而作是言唯舍利子不必是坐爲宴坐也夫宴坐者不於三界而現身心是爲宴坐不起滅定而現諸威儀是爲宴坐不捨一切所證得相而現一切異生諸法是爲宴坐心不住內亦不行外是爲宴坐住三十七菩提分法而不離於一切見趣是爲宴坐不捨生死而無煩惱雖證涅槃而無所住是爲宴坐若能如是而宴坐者佛所印可時我世尊聞是語已默然而住不能加報故我不任詣彼問疾爾時世尊告大目連汝應往詣無垢稱所問安其疾時大目連白言世尊我不堪任詣彼問疾所以者何憶念我昔於一時間入廣嚴城在四衢首爲諸居士演說法要時無垢稱來到彼所稽首我足而作是言唯大目連爲諸白衣居士說法不當應如尊者所說夫說法者應如法說時我問言云何名爲如法說耶彼即答言法無有我離我垢故法無有情離情塵故法無命者離生死故法無補特伽羅前後際斷故法常寂然滅諸相故法離貪著無所緣故法無文字言語斷故法無譬說遠離一切波浪思故法遍

一切如虛空故法無有顯無相無形遠離一切行動事故法無我所離我所故法無了別離心識故法無有比無相待故法不屬因不在緣故法同法界等入一切眞法界故法隨於如無所隨故法住實際畢竟不動故法無動搖不依六境故法無去來無所住故法順空隨無相應無願遠離一切增減思故法無取捨離生滅故法無執藏超過一切眼耳鼻舌身意道故法無高下常住不動故法離一切分別所行一切戲論畢竟斷故唯大目連法相如是豈可說乎夫說法者一切皆是增益損減其聽法者亦復皆是增益損減若於是處無增無減即於是處都無可說亦無可聞無所了別尊者目連譬如幻士爲幻化者宣說諸法住如是心乃可說法應善了知一切有情根性差別妙慧觀見無所罣礙大悲現前讚說大乘念報佛恩意樂清淨法詞善巧爲三寶種永不斷絶乃應說法世尊彼大居士說此法時於彼衆中八百居士皆發無上正等覺心時我世尊黙無能辯故我不任詣彼問疾爾時世尊告迦葉波汝應往詣無垢稱所問安其疾大迦葉波白言世尊我不堪任詣彼問疾所以者何憶念我昔於一時間入廣嚴城遊貧陋巷而循乞食時無垢稱來到彼所稽首我足而作是言唯大迦葉雖有慈悲而不能普捨於豪富從于貧乞尊者迦葉住平等法應次行乞食爲不食故應行乞食爲欲壞彼於食執故應行乞食爲欲受他所施食故應行乞食以空聚想入於聚落爲欲成熟男女大小入諸城邑趣佛家想詣

乞食家爲不受故應受彼食所見色與盲等所聞聲與響等所鼰香與風等所食味不分別受諸觸如智證知諸法如幻相無有自性無有他性無有熾然無有寂滅尊者迦葉若能不捨八邪入八解脱以邪平等入正平等以一摶食施于一切供養諸佛及衆賢聖然後可食如是食者非有雜染非離雜染非入靜定非出靜定非住生死非住涅槃爾乃可食諸有施於尊者之食無小果無大果無損減無增益趣入佛趣不趣聲聞尊者迦葉若能如是而食於食爲不空食他所施食時我世尊聞説是語得未曾有即於一切諸菩薩等深起敬心甚奇世尊斯有家士辯才智慧乃能如是誰有智者得聞斯説而不發於阿耨多羅三藐三菩提心我從是來不勸有情

求諸聲聞獨覺等乘惟教發心趣求無上正等菩提故我不任詣彼問疾爾時世尊告大善現汝應往詣無垢稱所問安其疾時大善現白言世尊我不堪任詣彼問疾所以者何憶念我昔於一時間入廣嚴城而行乞食次入其舍時無垢稱爲我作禮取我手鉢盛滿美食而謂我言尊者善現若能於食以平等性而入一切法平等性以一切法平等之性入于一切佛平等性其能如是乃可取食尊者善現若能不斷貪恚愚癡亦不與俱不壞薩迦耶見入一趣道不滅無明并諸有愛而起慧明及以解脱能以無間平等法性而入解脱平等法性無脱無縛不見四諦非不見諦非得果非異生非離異生法非聖非不聖雖成就一切法而離諸法想乃可取食若尊

者善現不見佛不聞法不事僧彼外道六師滿迦葉波末薩羯離瞿舍離子想吠多子無勝髮褐拏迦衍那離繫親子是尊者師依之出家彼六師墮尊者亦墮乃可取食若尊者善現墮諸見趣而不至中邊入八無暇不得有暇同諸雜染離於清淨若諸有情所得無諍尊者亦得而不名爲清淨福田諸有布施尊者之食墮諸惡趣而以尊者爲與衆魔共連一手將諸煩惱作其伴侶一切煩惱自性即是尊者自性於諸有情起怨害想謗于諸佛毁一切法不預僧數畢竟無有般涅槃時若如是者乃可取食時我世尊得聞斯語猶拘重闇迷失諸方不識是何言不知以何答便捨自鉢欲出其舍時無垢稱即謂我言尊者善現取鉢勿懼於意云何若諸如來所作化者以是事詰寧有懼不我言不也無垢稱言諸法性相皆如幻化一切有情及諸言說性相亦爾諸有智者於文字中不應執著亦無怖畏所以者何一切言說皆離性相何以故一切文字性相亦離都非文字是則解脫解脫相者即一切法世尊彼大居士說是法時二萬天子遠塵離垢於諸法中得法眼淨五百天子得順法忍時我默然頓喪言辯不能加對故我不任詣彼問疾爾時世尊告滿慈子汝應往詣無垢稱所問安其疾時滿慈子白言世尊我不堪任詣彼問疾所以者何憶念我昔於一時間在大林中爲諸新學苾芻說法時無垢稱來到彼所稽首我足而作是言唯滿慈子先當入定觀苾芻心然後乃應爲其說法無以穢食置於寶器應先了知

是諸苾芻有何意樂勿以無價吠瑠璃寶同諸危脆賤水精珠尊者滿慈勿不觀察諸有情類根性差別授以少分根所受法彼自無瘡勿傷之也欲行大道莫示小徑無以日光等彼螢火無以大海内於牛跡無以妙高山王内於芥子無以大師子吼同野干鳴尊者滿慈是諸苾芻皆於往昔發趣大乘心祈菩提中忘是意如何示以聲聞乘法我觀聲聞智慧微淺過於生盲無有大乘觀諸有情根性妙智不能分別一切有情根之利鈍時無垢稱便以如是勝三摩地令諸苾芻隨憶無量宿住差別曾於過去五百佛所種諸善根積習無量殊勝功德廻向無上正等覺心隨憶如是宿住事已求菩提心還現在前即便稽首彼大士足時無垢稱因爲說法令於無上正等菩提不復退轉時我世尊作如是念諸聲聞人不知有情根性差別不白如來不應輒爾爲他說法所以者何諸聲聞人不知有情諸根勝劣非常在定如佛世尊故我不任詣彼問疾爾時世尊告彼摩訶迦多衍那汝應往詣無垢稱所問安其疾迦多衍那白言世尊我不堪任詣彼問疾所以者何憶念我昔於一時間佛爲苾芻略說法已便入靜住我即於後分別決擇契經句義謂無常義苦義空義無我義寂滅義時無垢稱來到彼所稽首我足而作是言唯大尊者迦多衍那無以生滅分別心行說實相法所以者何諸法畢竟非已生非今生非當生非已滅非今滅非當滅義是無常義洞達五蘊畢竟性空無所由起是苦義諸法究竟無所有是空義

知我無我無有二是無我義無有自性亦無他性本無熾然今無息滅無有寂靜畢竟寂靜究竟寂靜是寂滅義說是法時彼諸苾芻諸漏永盡心得解脫時我世尊默然無辯故我不任詣彼問疾爾時世尊告大無滅汝應往詣無垢稱所問安其疾時大無滅白言世尊我不堪任詣彼問疾所以者何憶念我昔於一時間在大林中一處經行時有梵王名曰嚴淨與萬梵俱放大光明來詣我所稽首作禮而問我言尊者無滅所得天眼能見幾何時我答言大仙當知我能見此釋迦牟尼三千大千佛之世界如觀掌中阿摩洛果時無垢稱來到彼所稽首我足而作是言尊者無滅所得天眼爲有行相爲無行相若有行相即與外道五神通等若無行相即是無爲不應有見云何尊者所得天眼能有見耶時我世尊默無能對然彼諸梵聞其所說得未曾有即爲作禮而問彼言世孰有得眞天眼者無垢稱言有佛世尊得眞天眼不捨寂定見諸佛國不作二相及種種相時彼梵王五百眷屬皆發無上正等覺心禮無垢稱欻然不現故我不任詣彼問疾爾時世尊告優波離汝應往詣無垢稱所問安其疾時優波離白言世尊我不堪任詣彼問疾所以者何憶念我昔於一時間有二苾芻犯所受戒深懷媿耻不敢詣佛來至我所稽首我足而謂我言唯優波離今我二人違越律行誠以爲耻不敢詣佛願解憂悔得免斯咎我即爲其如法解說令除憂悔得清所犯示現勸導讚勵慶慰時無垢稱來到彼所稽首我足而作是

言唯優波離無重增此二苾芻罪當直除滅憂悔所犯勿擾其心所以者何彼罪性不住內不出外不在兩間如佛所說心雜染故有情雜染心清淨故有情清淨如是心者亦不住內亦不出外不在兩間如其心然罪垢亦然如罪垢然諸法亦然不出於如唯優波離汝心本淨得解脫時此本淨心曾有染不我言不也無垢稱言一切有情心性本淨曾無有染亦復如是唯優波離若有分別有異分別即有煩惱若無分別無異分別即性清淨若有顛倒即有煩惱若無顛倒即性清淨若有取我即成雜染若不取我即性清淨唯優波離一切法性生滅不住如幻如化如電如雲一切法性不相顧待乃至一念亦不暫住一切法性皆虛妄見如夢如燄如揵達婆城一切法性皆分別心所起影像如水中月如鏡中像如是知者名善持律如是知者名善調伏時二苾芻聞說是已得未曾有咸作是言奇哉居士乃有如是殊勝慧辯是優波離所不能及佛說持律最爲其上而不能說我即告言汝勿於彼起居士想所以者何惟除如來未有聲聞及餘菩薩而能制此大士慧辯其慧辯明殊勝如是時二苾芻憂悔即除皆發無上正等覺心便爲作禮而發願言當令有情皆得如是殊勝慧辯時我默然不能加對故我不任詣彼問疾爾時世尊告羅怙羅汝應往詣無垢稱所問安其疾時羅怙羅白言世尊我不堪任詣彼問疾所以者何憶念我昔於一時間有諸童子離呫毗種來詣我所稽首作禮而問我言唯羅怙羅汝佛之

子捨轉輪王位出家爲道其出家者爲有何等功德勝利我即如法爲說出家功德勝利時無垢稱來到彼所稽首我足而作是言唯羅怙羅不應如是宣說出家功德勝利所以者何無有功德無有勝利是爲出家唯羅怙羅有爲法中可得說有功德勝利夫出家者爲無爲法無爲法中不可說有功德勝利唯羅怙羅夫出家者無彼無此亦無中間遠離諸見無色非色是涅槃路智者稱讚聖所攝受降伏衆魔超越五趣淨修五眼安立五根證獲五力不惱於彼離諸惡法摧衆外道超越假名出欲淤泥無所繫著無所攝受離我我所無有諸取已斷諸取無有擾亂已斷擾亂善調自心善護他心隨順寂止勤修勝觀離一切惡修一切善若能如是名眞出家時無垢稱告諸童子汝等今者於善說法毗柰耶中宜共出家所以者何佛出世難離無暇難得人身難具足有暇第一最難諸童子言唯大居士我聞佛說父母不聽不得出家無垢稱言汝等童子但發無上正等覺心勤修正行是即出家是即受具成苾芻性時三十二離呫童子皆發無上正等覺心誓修正行時我默然不能加辯故我不任詣彼問疾爾時世尊告阿難陀汝應往詣無垢稱所問安其疾時阿難陀白言世尊我不堪任詣彼問疾所以者何憶念我昔於一時間世尊身現少有所疾當用牛乳我於晨朝整理常服執持衣鉢詣廣嚴城婆羅門家佇立門下從乞牛乳時無垢稱來到彼所稽首我足而作是言唯阿難陀何爲晨朝持鉢在此我言居士

爲世尊身少有所疾當用牛乳故來至此時無垢稱而謂我言止止尊者莫作是語勿謗世尊無以虛事誹毀如來所以者何如來身者金剛合成一切惡法并習永斷一切善法圓滿成就當有何疾當有何惱唯阿難陀默還所上莫使異人聞此麤言無令大威德諸天及餘佛土諸來菩薩得聞斯語唯阿難陀轉輪聖王成就少分所集善根尚得無疾豈況如來無量善根福智圓滿而當有疾定無是處唯阿難陀可速默往勿使我等受斯鄙恥若諸外道婆羅門等聞此麤言當作是念何名爲師自身有疾尚不能救云何能救諸有疾乎可密速去勿使人聞又阿難陀如來身者即是法身非雜穢身是出世身世法不染是無漏身離一切漏是無爲身離諸有爲出過衆數諸數永寂如此佛身當有何疾時我世尊聞是語已實懷慚愧得無近佛而謬聽耶即聞空中聲曰汝阿難陀如居士言世尊真身實無諸疾但以如來出五濁世爲欲化導貧窮苦惱惡行有情示現斯事行矣阿難陀取乳勿慚時我世尊聞彼大士辯說如來不知所云默無酬對故我不任詣彼問疾

如是世尊一一別告五百聲聞諸大弟子汝應往詣無垢稱所問安其疾是諸聲聞各各向佛說其本緣讚述大士無垢稱言皆曰不任詣彼問疾

菩薩品第四

爾時世尊告慈氏菩薩摩訶薩言汝應往詣無垢稱所問安其疾慈氏菩薩白言世尊我不堪任詣彼問疾所以者何憶念我昔於一

時間爲覩史多天王及其眷屬說諸菩薩摩訶薩等不退轉地所有法要時無垢稱來到彼所稽首我足而作是言尊者慈氏惟佛世尊授仁者記一生所繫當得無上正等菩提爲用何生得受記乎過去耶未來耶現在耶若過去生過去生已滅若未來生未來生未至若現在生現在生無住如世尊說汝等苾芻剎那剎那具生老死即歿即生若以無生得受記者無生即是所入正性於此無生所入性中無有受記亦無證得正等菩提云何慈氏得受記耶爲依如生得受記耶爲依如滅得受記耶若依如生得授記者如無有生若依如滅得授記者如無有滅無生無滅眞如理中無有授記一切有情皆如也一切法亦如也一切聖賢亦如也至於慈氏亦如也

若尊者慈氏得授記者一切有情亦應如是而得授記所以者何夫眞如者非二所顯亦非種種異性所顯若尊者慈氏當證無上正等菩提一切有情亦應如是當有所證所以者何夫菩提者一切有情等所隨覺若尊者慈氏當般涅槃一切有情亦應如是當有涅槃所以者何非一切有情不般涅槃佛說眞如爲般涅槃以佛觀見一切有情本性寂滅即涅槃相故說眞如爲般涅槃是故慈氏勿以此法誘諸天子勿以此法滯諸天子夫菩提者無有趣求亦無退轉尊者慈氏當令此諸天子捨於分別菩提之見所以者何夫菩提者非身能證非心能證寂滅是菩提一切有情一切法相皆寂滅故不增是菩提一切所緣不增益故不行是菩提一切戲論一切

作意皆不行故永斷是菩提一切見趣皆永斷故捨離是菩提一切取著皆捨離故離繫是菩提永離一切動亂法故寂靜是菩提一切分別永寂靜故廣大是菩提一切弘願不測量故不證是菩提一切執著一切諍論皆遠離故安住是菩提住法界故隨至是菩提隨眞如故不二是菩提差別法性皆遠離故建立是菩提實際所立故平等是菩提一切眼色乃至意法皆悉平等如虛空故無爲是菩提生住異滅畢竟離故遍知是菩提一切有情所有心行皆遍知故無間是菩提內六處等所不雜故無雜是菩提一切煩惱相續習氣永遠離故無處是菩提於眞如中一切方處所遠離故無住是菩提於一切處不可見故唯名是菩提此菩提名無作用故無浪是菩提一切取捨永遠離故無亂是菩提常自靜故善寂是菩提本性淨故明顯是菩提自性無雜故無取是菩提離攀緣故無異是菩提隨覺諸法平等性故無喻是菩提一切比況永遠離故微妙是菩提極難覺故遍行是菩提自性周遍如虛空故至頂是菩提至一切法最上首故無染是菩提一切世法不能染故如是菩提非身能證非心能證世尊彼大居士說此法時於天衆中二百天子得無生法忍時我默然不能加辯故我不任詣彼問疾爾時世尊告光嚴童子汝應往詣無垢稱所問安其疾光嚴童子白言世尊我不堪任詣彼問疾所以者何憶念我昔於一時閒出廣嚴城時無垢稱方入彼城我爲作禮問言居士從何所來彼答我言從妙菩提來

我問居士妙菩提者爲何所是即答我言淳直意樂是妙菩提由此意樂不虛假故發起加行是妙菩提諸所施爲能成辦故增上意樂是妙菩提究竟證會殊勝法故大菩提心是妙菩提於一切法無忘失故清淨布施是妙菩提不悕世間異熟果故固守淨戒是妙菩提諸所願求皆圓滿故忍辱柔和是妙菩提於諸有情心無恚故勇猛精進是妙菩提熾然勤修無懈退故寂止靜慮是妙菩提其心調順有堪能故殊勝般若是妙菩提現見一切法性相故慈是妙菩提於諸有情心平等故悲是妙菩提於諸疲苦能忍受故喜是妙菩提恒常領受法苑樂故捨是妙菩提永斷一切愛恚等故神通是妙菩提具六神通故解脫是妙菩提離分別動故方便是妙菩提成熟有情故攝事是妙菩提攝諸有情故多聞是妙菩提起眞實行故調伏是妙菩提如理觀察故三十七種菩提分法是妙菩提棄捨一切有爲法故一切諦實是妙菩提於諸有情不虛誑故十二緣起是妙菩提無明不盡乃至老死憂苦熱惱皆不盡故息諸煩惱是妙菩提如實現證眞法性故一切有情是妙菩提皆用無我爲自性故一切諸法是妙菩提隨覺一切皆性空故降伏魔怨是妙菩提一切魔怨不傾動故不離三界是妙菩提遠離一切發趣事故大師子吼是妙菩提能善決擇無所畏故諸力無畏不共佛法是妙菩提普於一切無訶猒故三明鑒照是妙菩提離諸煩惱獲得究竟無餘智故一刹那心覺一切法究竟無餘是妙菩提一切智智

圓滿證故如是善男子若諸菩薩真實發趣具足相應波羅蜜多具足相應成熟有情具足相應一切善根具足相應攝受正法具足相應供養如來具足相應諸有所作往來進止舉足下足一切皆從妙菩提來一切皆從諸佛法來安住一切諸佛妙法世尊彼大居士說是法時五百天人皆發無上正等覺心時我默然不能加辯故我不任詣彼問疾爾時世尊告持世菩薩汝應往詣無垢稱所問安其疾持世菩薩白言世尊我不堪任詣彼問疾所以者何憶念我昔於一時間在自住處時惡魔怨從萬二千諸天女等狀如帝釋鼓樂絃歌來至我所與其眷屬稽首我足作諸天樂供養於我合掌恭敬在一面立我時意謂真是帝釋而語之言善來憍尸迦雖福應有不當自恣當勤觀察諸欲戲樂皆悉無常於身命財當勤修習證堅實法即語我言唯大正士可受此女以備供侍我即答言止憍尸迦無以如是非法之物而要施我沙門釋子此非我宜所言未訖時無垢稱來到彼所稽首我足而謂我言非帝釋也是惡魔怨嬈汝故耳時無垢稱語惡魔言汝今可以此諸天女迴施於我是我在家白衣所宜非諸沙門釋子應受時惡魔怨即便驚怖念無垢稱將無惱我欲隱形去為無垢稱神力所持而不能隱盡其所力種種方便亦不能去即聞空中聲曰汝惡魔怨應以天女施此居士乃可得還自所天宮是惡魔怨以怖畏故俛仰而與時無垢稱語諸女言是惡魔怨以汝施我今諸姊等當發無上正等覺心即隨所

應爲說種種隨順成熟妙菩提法令其趣向正等菩提復言姊等已發無上正等覺心有大法苑樂可以自娛不應復樂五欲樂也諸天女言唯大居士云何名爲大法苑樂無垢稱言法苑樂者謂於諸佛不壞淨樂於正法中常聽聞樂於和合衆勤敬事樂於其三界永出離樂於諸所緣無依住樂於諸蘊中觀察無常如怨害樂於諸界中無倒觀察如毒虵樂於諸處中無倒觀察如空聚樂於菩提心堅守護樂於諸有情饒益事樂於諸師長勤供侍樂於惠施中離慳貪樂於淨戒中無慢緩樂於忍辱中堪調順樂於精進中習善根樂於靜慮中知無亂樂於般若中離惑明樂於菩提中廣大妙樂於衆魔怨能摧伏樂於諸煩惱能遍知樂於諸佛土遍修治樂於相隨好莊嚴身中極圓滿樂於其福智二種資糧正修習樂於妙菩提具莊嚴樂於甚深法無驚怖樂於三脫門正觀察樂於般涅槃正攀緣樂不於非時而觀察樂於同類生見其功德常親近樂於異類生不見過失無憎恚樂於諸善友樂親近樂於諸惡友樂將護樂於巧方便善攝受樂於諸法中歡喜信樂於不放逸修習一切菩提分法最上妙樂如是諸姊是爲菩薩大法苑樂此法苑樂諸大菩薩常住其中汝等當樂勿樂欲樂時惡魔怨告天女曰汝等可來今欲與汝俱還天宮諸女答言惡魔汝去我等不復與汝俱還所以者何汝以我等施此居士云何更得與汝等還我等今者樂法苑樂不樂欲樂汝可獨還時惡魔怨白無垢稱唯大居士可捨此女

一切所有心不耽著而惠施者是爲菩薩摩訶薩也無垢稱言吾已捨矣汝可將去當令汝等一切有情法願滿足時諸天女禮無垢稱而問之言唯大居士我等諸女還至魔宫云何修行無垢稱言諸姊當知有妙法門名無盡燈汝等當學天女復問云何名爲無盡燈耶答言諸姊譬如一燈然百千燈冥者皆明明終不盡亦無退減如是諸姊夫一菩薩勸發建立百千拘胝那庾多衆趣求無上正等菩提而此菩薩菩提之心終無有盡亦無退減轉更增益如是爲他方便善巧宣説正法於諸善法轉更增長終無有盡亦無退減諸姊當知此妙法門名無盡燈汝等當學雖住魔宫當勸無量天子天女發菩提心汝等即名知如來恩眞實酬報亦是饒益一切有情是諸天女恭敬頂禮無垢稱足時無垢稱捨先制持惡魔神力令惡魔怨與諸眷屬忽然不現還於本宫世尊是無垢稱有如是等自在神力智慧辯才變現説法故我不任詣彼問疾爾時世尊告長者子蘇達多言汝應往詣無垢稱所問安其疾時蘇達多白言世尊我不堪任詣彼問疾所以者何憶念我昔自於父舍七日七夜作大祠會供養一切沙門婆羅門及諸外道貧窮下賤孤獨乞人而此大祠期滿七日時無垢稱來入會中而謂我言唯長者子夫祠會者不應如汝今此所設汝今應設法施祠會何用如是財施祠爲我言居士何等名爲法施祠會彼答我言法施祠者無前無後一時供養一切有情是名圓滿法施祠會其事云何謂以無上菩提行

相引發大慈以諸有情解脫行相引發大悲以諸有情隨喜行相引發大喜以攝正法攝智行相引發大捨以善寂靜調伏行相引發布施波羅蜜多以化犯禁有情行相引發淨戒波羅蜜多以一切法無我行相引發堪忍波羅蜜多以善遠離身心行相引發精進波羅蜜多以其最勝覺支行相引發靜慮波羅蜜多以聞一切智智行相引發般若波羅蜜多以化一切衆生行相引發修空以治一切有爲行相引發無相以故作意受生行相引發無願以善攝受正法行相引發大力以善修習攝事行相引發命根以如一切有情僕隸敬事行相引發無慢以不堅實貿易一切堅實行相引發證得堅身命財以其六種隨念行相引發正念以修淨妙諸法行相引發意樂以勤修習正行行相引發淨命以淨歡喜親近行相引發親近承事聖賢以不憎恚非聖行相引調伏心以善清淨出家行相引發清淨增上意樂以常修習中道行相引發方便善巧多聞以無諍法通達行相引發當居阿練若處以正趣求佛智行相引發宴坐以正息除一切有情煩惱行相引發善修瑜伽師地以具相好成熟有情莊嚴清淨佛土行相引發廣大妙福資糧以知一切有情心行隨其所應説法行相引發廣大妙智資糧以於諸法無取無捨一正理門悟入行相引發廣大妙慧資糧以斷一切煩惱習氣諸不善法障礙行相引發證得一切善法以隨覺悟一切智智一切善法資糧行相引發證得一切所修菩提分法汝善男子如是名爲法

施祠會若諸菩薩安住如是法施祠會名大施主普爲世間天人供養世尊彼大居士說此法時梵志衆中二百梵志皆發無上正等覺心我於爾時歎未曾有得淨歡喜恭敬頂禮彼大士足解寶瓔珞價直百千慇懃奉施彼不肯取我言大士哀愍我故願必納受若自不須心所信處隨意施與時無垢稱乃受瓔珞分作二分一分施此大祠會中最可猒毀貧賤乞人一分奉彼難勝如來以神通力令諸大衆皆見他方陽燄世界難勝如來又見所施一分珠瓔在彼佛上成妙寶臺四方四臺等分間飾種種莊嚴甚可愛樂現如是等神變事已復作是言若有施主以平等心施此會中最下乞人猶如如來福田之想無所分別其心平等大慈大悲普施一切不求果報是名圓滿法施祠祀時此乞人見彼神變聞其所說得不退轉增上意樂便發無上正等覺心世尊彼大居士具如是等自在神變無礙辯才故我不任詣彼問疾如是世尊一一別告諸大菩薩令往居士無垢稱所問安其疾是諸菩薩各各向佛說其本緣讚述大士無垢稱言皆曰不任詣彼問疾

說無垢稱經卷第二

音釋

齅 許救切以鼻擸氣也　掔 方容切　詰 契吉切問也　懼不 不俯九切可否也懼不謂懼也不懼也　不也 不分勿切與弗通不可也　脆 此芮切小耎物易斷也　欻 許勿切欻然猶忽然也　羅怙羅 梵語也亦云羅睺羅此云執日怙音户　淤泥 淤依據切淤泥滋滓濁泥也　嬈 爾沼切亂也　姊 蔣兕切女兄也　耽著 耽都含切樂也著直畧切耽著謂耽樂附著也　僕隷 僕步木切隷郎計切僕隷給勞辱之役者

說無垢稱經卷第三

唐三藏法師玄奘奉　詔譯

問疾品第五

爾時佛告妙吉祥言汝今應詣無垢稱所慰問其疾時妙吉祥白言世尊彼大士者難爲酬對深入法門善能辯說住妙辯才覺慧無礙一切菩薩所爲事業皆已成辦諸大菩薩及諸如來祕密之處悉能隨入善攝衆魔巧便無礙已到最勝無二無雜法界所行究竟彼岸能於一相莊嚴法界說無邊相莊嚴法門了達一切有情根行善能遊戲最勝神通到大智慧巧方便趣已得一切問答決擇無畏自在非諸下劣言辯詞鋒所能抗對雖然我當承佛威神詣彼問疾若當至彼隨已力能與其談論於是衆中有諸菩薩及大弟子釋梵護世諸天子等咸作是念今二菩薩皆具甚深廣大勝解若相抗論決定宣說微妙法教我等今者爲聞法故亦應相率隨從詣彼是時衆中八千菩薩五百聲聞無量百千釋梵護世諸天子等爲聞法故皆請隨往時妙吉祥與諸菩薩大弟子衆釋梵護世及諸天子咸起恭敬頂禮世尊前後圍繞出菴羅林詣廣嚴城至無垢稱菩薩所問疾時無垢稱心作是念今妙吉祥與諸大衆俱來問疾我今應以已之神力空其室內除去一切牀座資具及諸侍者衛門人等唯置一牀現疾而臥時無垢稱作是念已應時即以大神通力令其室空除諸所有唯置一牀現疾而臥時妙吉祥與諸大衆俱入其舍但見室空無諸資具門人侍者唯無垢稱獨寢一牀時無

垢稱見妙吉祥唱言善來不來而來不見而見不聞而聞妙吉祥言如是居士若已來者不可復來若已去者不可復去所以者何非已來者可施設來非已去者可施設去其已見者不可復見其已聞者不可復聞且置是事居士所苦寧可忍不命可濟不界可調不病可療不可令是疾不至增乎世尊慇懃致問無量居士此病少得痊不動止氣力稍得安不令此病源從何而起其生久如當云何滅無垢稱言如諸有情無明有愛生來既久我今此病生亦復爾遠從前際生死以來有情既病我即隨病有情若愈我即隨愈所以者何一切菩薩依諸有情久流生死由依生死便即有病若諸有情得離疾苦則諸菩薩無復有病譬如世間長者居士唯有一子心極憐愛見常歡喜無時暫捨其子若病父母亦病若子病愈父母亦愈菩薩如是愍諸有情猶如一子有情若病菩薩亦病有情病愈菩薩亦愈又言是疾何所因起菩薩疾者從大悲起妙吉祥言居士此室何以都空復無侍者無垢稱言一切佛土亦復皆空問何以空答以空空又問此空爲是誰空答曰此空無分別空又問空性可分別耶答曰此能分別亦空所以者何空性不可分別爲空又問此空當於何求答曰此空當於六十二見中求又問六十二見當於何求答曰當於諸佛解脫中求又問諸佛解脫當於何求答曰當於一切有情心行中求又仁所問何無侍者一切魔怨及諸外道皆吾侍也所以者何一切魔怨欣讚生死一切外道欣讚諸見菩薩

於中皆不猒棄是故魔怨及諸外道皆吾侍者妙吉祥言居士此病爲何等相答曰我病都無色相亦不可見又問此病爲身相應爲心相應答曰我病非身相應身相離故亦身相應如影像故非心相應心相離故亦心相應如幻化故又問地界水火風界於此四界何界之病答曰諸有情身皆四界起以彼有病是故我病然此之病非即四界界性離故妙吉祥言菩薩應云何慰喻有疾菩薩令其歡喜無垢稱言示身無常而不勸猒離於身示身有苦而不勸樂於涅槃示身無我而不勸成熟有情示身空寂而不勸修畢竟寂滅示悔先罪而不說罪有移轉勸以已疾愍諸有情令除彼疾勸念前際所受衆苦饒益有情勸憶所修無量善本令修淨命勸勿驚怖精勤堅勇勸發弘願作大醫王療諸有情身心衆病令永寂滅菩薩應如是慰喻有疾菩薩令其歡喜妙吉祥言有疾菩薩云何調伏其心無垢稱言有疾菩薩應作是念今我此病皆從前際虛妄顛倒分別煩惱所起業生身中都無一法眞實是誰可得而受此病所以者何四大和合假名爲身大中無主身亦無我此病若起要由執我是中不應妄生我執當了此執是病根本由此因緣應除一切有情我想安住法想應作是念衆法和合共成此身生滅流轉生唯法生滅唯法滅如是諸法展轉相續互不相知竟無思念生時不言我生滅時不言我滅有疾菩薩應正了知如是法想我此法想即是顛倒夫法想者即是大患我應除滅亦當除滅一切有情如是

大患云何能除如是大患謂當除滅我我所執云何能除我我所執謂離二法云何離二法謂内法外法畢竟不行云何二法畢竟不行謂觀平等無動無揺無所觀察云何平等謂我涅槃二俱平等所以者何二性空故此二既無誰復爲空但以名字假說爲空此二不實平等見已無有餘病唯有空病應觀如是空病亦空所以者何如是空病畢竟空故有疾菩薩應無所受而受諸受若於佛法未得圓滿不應滅受而有所證應離能受所受諸法若苦觸身應愍險趣一切有情發趣大悲除彼衆苦有疾菩薩應作是念既除已疾亦當除去有情諸疾如是除去自他疾時無有少法而可除者應正觀察疾起因縁速令除滅爲說正法何等名爲疾之因縁謂有縁慮諸有縁慮皆是疾因有縁慮者皆有疾故何所縁慮謂縁三界云何應知如是縁慮謂正了達此有縁慮都無所得若無所得則無縁慮云何絶縁慮謂不縁二見何等二見謂内見外見若無二見則無所得既無所得縁慮都絶縁慮絶故則無有疾若自無疾則能斷滅有情之疾又妙吉祥有疾菩薩應如是調伏其心唯菩薩菩提能斷一切老病死苦若不如是已所勤修即爲虚棄所以者何譬如有人能勝怨敵乃名勇健若能如是永斷一切老病死苦乃名菩薩又妙吉祥有疾菩薩應自觀察如我此病非眞非有一切有情所有諸病亦非眞非有如是觀時不應以此愛見纏心於諸有情發起大悲唯應爲斷客塵煩惱於諸有情發起大悲所以者何菩薩

若以愛見纏心於諸有情發起大悲即於生死而有疲猒若爲斷除客塵煩惱於諸有情發起大悲即於生死無有疲猒菩薩如是爲諸有情處在生死能無疲猒不爲愛見纏繞其心以無愛見纏繞心故即於生死無有繫縛以於生死無繫縛故即得解脱以於生死得解脱故即便有力宣説妙法令諸有情遠離繫縛證得解脱世尊依此密意説言若自有縛能解他縛無有是處若自解脱能解他縛斯有是處是故菩薩應求解脱離諸繫縛又妙吉祥何等名爲菩薩繫縛何等名爲菩薩解脱若諸菩薩味著所修靜慮解脱等持等至是則名爲菩薩繫縛若諸菩薩以巧方便攝諸有生無所貪著是則名爲菩薩解脱若無方便善攝妙慧是名繫縛若有方便善攝妙慧是名解脱云何菩薩無有方便善攝妙慧名爲繫縛謂諸菩薩以空無相無願之法而自調伏不以相好瑩飾其身莊嚴佛土成熟有情此諸菩薩無有方便善攝妙慧名爲繫縛云何菩薩有巧方便善攝妙慧名爲解脱謂諸菩薩以空無相無願之法調伏其心觀察諸法有相無相修習作證復以相好瑩飾其身莊嚴佛土成熟有情此諸菩薩有巧方便善攝妙慧名爲解脱云何菩薩無有方便善攝妙慧名爲繫縛謂諸菩薩安住諸見一切煩惱纏縛隨眠修諸善本而不迴向正等菩提深生執著此諸菩薩無巧方便善攝妙慧名爲繫縛云何菩薩有巧方便善攝妙慧名爲解脱謂諸菩薩遠離諸見一切煩惱纏縛隨眠修諸善本而能迴向正等菩提

不生執著此諸菩薩有巧方便善攝妙慧名爲解脱又妙吉祥有疾菩薩應觀諸法身之與疾悉皆無常苦空無我是名爲慧雖身有疾常處生死饒益有情曾無猒倦是名方便又觀身心及與諸疾展轉相依無始流轉生滅無間非新非故是名爲慧不求身心及與諸疾畢竟寂滅是名方便又妙吉祥有疾菩薩應如是調伏其心不應安住調伏不調伏心所以者何若住不調伏心是凡愚法若住調伏心是聲聞法是故菩薩於此二邊俱不安住是則名爲菩薩所行若於是處非凡所行非聖所行是則名爲菩薩所行若處觀察生死所行而無一切煩惱所行是則名爲菩薩所行若處觀察涅槃所行而不畢竟寂滅所行是則名爲菩薩所行若處示現四魔所行而越一切魔事所行是則名爲菩薩所行若求一切智智所行而不非時證智所行是則名爲菩薩所行若求四諦妙智所行而不非時證諦所行是則名爲菩薩所行若正觀察内證所行而故攝受生死所行是則名爲菩薩所行若行一切緣起所行而能遠離見趣所行是則名爲菩薩所行若行一切有情諸法相離所行而無煩惱隨眠所行是則名爲菩薩所行若正觀察無生所行而不墮聲聞正性所行是則名爲菩薩所行若攝一切有情所行而無煩惱隨眠所行是則名爲菩薩所行若正欣樂遠離所行而不求身心盡滅所行是則名爲菩薩所行若樂觀察三界所行而不壞亂法界所行是則名爲菩薩所行若樂觀察空性所行而求一切功德所行

是則名爲菩薩所行若樂觀察無相所行而求度脫有情所行是則名爲菩薩所行若樂觀察無願所行而能示現有趣所行是則名爲菩薩所行若樂遊履無作所行而常起作一切善根無替所行是則名爲菩薩所行若樂遊履六度所行而不趣向一切有情心行妙智彼岸所行是則名爲菩薩所行若樂觀察慈悲喜捨無量所行而不求生梵世所行是則名爲菩薩所行若樂遊履六通所行而不趣證漏盡所行是則名爲菩薩所行若樂建立諸法所行而不攀緣邪道所行是則名爲菩薩所行若樂觀察六念所行而不隨生諸漏所行是則名爲菩薩所行若樂觀察非障所行而不希求雜染所行是則名爲菩薩所行若樂觀察靜慮解脫等持等至諸定所行而能不隨諸定勢力受生所行是則名爲菩薩所行若樂遊履念住所行而不樂求身受心法遠離所行是則名爲菩薩所行若樂遊履正斷所行而不見善及與不善二種所行是則名爲菩薩所行若樂遊履神足所行而無功用變現自在神足所行是則名爲菩薩所行若樂遊履五根所行而不分別一切有情諸根勝劣妙智所行是則名爲菩薩所行若樂安立五力所行而求如來十力所行是則名爲菩薩所行若樂安立七等覺支圓滿所行不求佛法差別妙智善巧所行是則名爲菩薩所行若樂安立八聖道支圓滿所行而不猒背邪道所行是則名爲菩薩所行若求止觀資粮所行不墮畢竟寂滅所行是則名爲菩薩所行若樂觀察無生滅相諸法

所行而以相好莊嚴其身成滿種種佛事所行是則名爲菩薩所行若樂示現聲聞獨覺威儀所行而不棄捨一切佛法緣慮所行是則名爲菩薩所行若隨諸法究竟清淨本性常寂妙定所行非不隨順一切有情種種所樂威儀所行是則名爲菩薩所行若樂觀察一切佛土其性空寂無成無壞如空所行非不示現種種功德莊嚴佛土饒益一切有情所行是則名爲菩薩所行若樂示現一切佛法轉於法輪入大涅槃佛事所行非不修行諸菩薩行差別所行是則名爲菩薩所行說是一切菩薩所行希有事時是妙吉祥所將衆中八億天子聞所說法皆於無上正等菩提發心趣向

不思議品第六

時舍利子見此室中無有牀座竊作是念此諸菩薩及大聲聞當於何坐時無垢稱知舍利子心之所念便即語言唯舍利子爲法來耶求牀座耶舍利子言我爲法來非求牀座無垢稱言唯舍利子諸求法者不顧身命何況牀座又舍利子諸求法者不求色蘊乃至識蘊諸求法者不求眼界乃至意識界諸求法者不求眼處乃至法處諸求法者不求欲界色無色界又舍利子諸求法者不求佛執及法僧執諸求法者不求知苦斷集證滅及與修道所以者何法無戲論若謂我當知苦斷集證滅修道即是戲論非謂求法又舍利子諸求法者不求於生不求於滅所以者何法名寂靜及近寂靜若行生滅是求生滅非謂求法非求遠離諸求法者不求貪染所以

者何法無貪染離諸貪染若於諸法乃至涅槃少有貪染是求貪染非謂求法又舍利子諸求法者不求境界所以者何法非境界若數一切境界所行是求境界非謂求法又舍利子諸求法者不求取捨所以者何法無取捨若取捨法是求取捨非謂求法又舍利子諸求法者不求攝藏所以者何法無攝藏若樂攝藏是求攝藏非謂求法又舍利子諸求法者不求法相所以者何法名無相若隨相識即是求相非謂求法又舍利子諸求法者不共法住所以者何法無所住若與法住即是求住非謂求法又舍利子諸求法者不求見聞及與覺知所以者何法不可見聞覺知若行見聞覺知是求見聞覺知非謂求法又舍利子諸求法者不求有爲所以者何法名無爲離有爲性若行有爲是求有爲非謂求法是故舍利子若欲求法於一切法應無所求說是法時五百天子遠塵離垢於諸法中得法眼淨時無垢稱問妙吉祥仁者曾遊十方世界無量無數百千俱胝諸佛國土何等佛土有好上妙具足功德大師子座妙吉祥言東方去此過三十六殑伽沙等諸佛國土有佛世界名曰山幢彼土如來號山燈王今正現在安隱住持其佛身長八十四億踰繕那量其師子座高六十八億踰繕那量彼菩薩身長四十二億踰繕那量其師子座高三十四億踰繕那量居士當知彼土如來師子之座最爲殊妙具諸功德時無垢稱攝念入定發起如是自在神通即時東方山幢世界山燈王佛遣三十二億大師子座高廣嚴淨

甚可愛樂乘空來入無垢稱室此諸菩薩及大聲聞釋梵護世諸天子等昔所未見先亦未聞其室欻然廣博嚴淨悉能包容三十二億師子之座不相妨礙廣嚴大城及贍部洲四大洲等諸世界中城邑聚落國土王都天龍藥叉阿素洛等所住宫殿亦不迫迮悉見如本前後無異時無垢稱語妙吉祥就師子座與諸菩薩及大聲聞如所敷設俱可就坐當自變身稱師子座其得神通諸大菩薩各自變身爲四十二億踰繕那量昇師子座端嚴而坐其新學菩薩皆不能昇師子之座時無垢稱爲說法要令彼一切得五神通即以神力各自變身爲四十二億踰繕那量昇師子座端嚴而坐其中復有諸大聲聞皆不能昇師子之座時無垢稱語舍利子仁者云何不昇此座舍利子言此座高廣吾不能昇無垢稱言唯舍利子宜應禮敬山燈王佛請加神力方可得坐時大聲聞咸即禮敬山燈王佛請加神力便即能昇師子之座端嚴而坐舍利子言甚奇居士如此小室乃能容受尒所百千高廣嚴淨師子之座不相妨礙廣嚴大城及贍部洲四大洲等諸世界中城邑聚落國土王都天龍藥叉阿素洛等所有宫殿亦不迫迮悉見如本前後無異無垢稱言唯舍利子諸佛如來應正等覺及不退菩薩有解脫名不可思議若住如是不可思議解脫菩薩妙高山王高廣如是能以神力内芥子中而令芥子形量不增妙高山王形量不減雖現如是神通作用而不令彼四大天王三十三天知見我等何往何入唯令所餘覩神

通力調伏之者知見妙高入乎芥子如是安住不可思議解脫菩薩方便善巧智力所入不可思議解脫境界非諸聲聞獨覺所測又舍利子若住如是不可思議解脫菩薩四大海水深廣如是能以神力內一毛孔而令毛孔形量不增四大海水形量不減雖現如是神通作用而不令彼諸龍藥叉阿素洛等知見我等何往何入亦不令彼魚鼈黿鼉及餘種種水族生類諸龍神等一切有情憂怖惱害唯令所餘覩神通力調伏之者知見如是四大海水入於毛孔如是安住不可思議解脫菩薩方便善巧智力所入不可思議解脫境界非諸聲聞獨覺所測又舍利子若住如是不可思議解脫菩薩如是三千大千世界形量廣大能以神力方便斷取置右掌中如陶家輪速疾旋轉擲置他方殑伽沙等世界之外又復持來還置本處而令世界無所增減雖現如是神通作用而不令彼居住有情知見我等何去何還都不令其生往來想亦無惱害唯令所餘覩神通力調伏之者知見世界有去有來如是安住不可思議解脫菩薩方便善巧智力所入不可思議解脫境界非諸聲聞獨覺所測又舍利子若住如是不可思議解脫菩薩或諸有情宜見生死多時相續而令調伏或諸有情宜見生死少時相續而令調伏能以神力隨彼所宜或延七日以爲一劫令彼有情謂經一劫或促一劫以爲七日令彼有情謂經七日各隨所見而令調伏雖現如是神通作用而不令彼所化有情覺知如是時分延促唯令所餘覩神通力

調伏之者覺知延促如是安住不可思議解脫菩薩方便善巧智力所入不可思議解脫境界非諸聲聞獨覺所測又舍利子若住如是不可思議解脫菩薩能以神力集一切佛功德莊嚴清淨世界置一佛土示諸有情又以神力取一佛土一切有情置之右掌乘意勢通遍到十方普示一切諸佛國土雖到十方一切佛土住一佛國而不移轉又以神力從一毛孔現出一切上妙供具遍歷十方一切世界供養諸佛菩薩聲聞又以神力於一毛孔普現十方一切世界所有日月星辰色像又以神力乃至十方一切世界大風輪等吸置口中而身無損一切世界草木叢林雖遇此風竟無搖動又以神力十方世界所有佛土劫盡燒時總一切火內置腹中雖此火勢熾焰不息而於其身都無損害又以神力過於下方無量俱胝殑伽沙等諸佛世界舉一佛土擲置上方過於俱胝殑伽沙等諸佛世界一佛土中如以針鋒舉小棗葉擲置餘方都無所損雖現如是神通作用而無緣者不見不知於諸有情竟無惱害唯令一切覩神通力調伏之者便見是事如是安住不可思議解脫菩薩方便善巧智力所入不可思議解脫境界非諸聲聞獨覺所測又舍利子若住如是不可思議解脫菩薩能以神力現作佛身種種色像或現獨覺及諸聲聞種種色像或現菩薩種種色像諸相隨好具足莊嚴或復現作梵王帝釋四大天王轉輪王等一切有情種種色像或以神力變諸有情令作佛身及諸菩薩聲聞獨覺釋梵護世轉輪

王等種種色像或以神力轉變十方一切有情上中下品音聲差別皆作佛聲第一微妙從此佛聲演出無常苦空無我究竟涅槃寂靜義等言詞差別乃至一切諸佛菩薩聲聞獨覺說法音聲皆於中出乃至十方諸佛說法所有一切名句文身音聲差別皆從如是佛聲中出普令一切有情得聞隨乘差別悉皆調伏或以神力普於十方隨諸有情言音差別如其所應出種種聲演說妙法令諸有情各得利益唯舍利子我今略說安住如是不可思議解脫菩薩方便善巧智力所入不可思議解脫境界若我廣說或經一劫或一劫餘或復過此智慧辯才終不可盡如我智慧辯才無盡安住如是不可思議解脫菩薩方便善巧智力所入不可思議解脫境界亦不可盡以無量故爾時尊者大迦葉波聞說安住不可思議解脫菩薩不可思議解脫神力歎未曾有便語尊者舍利子言譬如有人對生盲者雖現種種差別色像而彼盲者都不能見如是一切聲聞獨覺皆若生盲無殊勝眼聞說安住不可思議解脫菩薩所現難思解脫神力乃至一事亦不能了誰有智者男子女人聞說如是不可思議解脫神力不發無上正等覺心我等今者於此大乘如燋敗種永絕其根復何所作我等一切聲聞獨覺聞說如是不可思議解脫神力皆應號泣聲震三千大千世界一切菩薩聞說如是不可思議解脫神力皆應欣慶頂戴受持如王太子受灌頂位生長堅固信解勢力若有菩薩聞說如是不可思議解脫神力堅固信解

一切魔王及諸魔衆於此菩薩無所能爲當於尊者大迦葉波説是語時衆中三萬二千天子皆發無上正等覺心時無垢稱即語尊者迦葉波言十方無量無數世界作魔王者多是安住不可思議解脱菩薩方便善巧現作魔王爲欲成熟諸有情故大迦葉波十方無量無數世界一切菩薩諸有來求手足耳鼻頭目髓腦血肉筋骨一切支體妻妾男女奴婢親屬村城聚落國邑王都四大洲等種種王位財穀珍寶金銀真珠珊瑚螺貝吠瑠璃等諸莊嚴具房舍牀座衣服飲食湯藥資產象馬輦輿大小諸船器仗軍衆如是一切逼迫菩薩而求乞者多是安住不可思議解脱菩薩以巧方便現爲斯事試驗菩薩令其了知意樂堅固所以者何增上勇猛諸大菩薩爲欲饒益諸有情故示現如是難爲大事凡夫下劣無復勢力不能如是逼迫菩薩爲此乞求大迦葉波譬如螢火終無威力映蔽日輪如是凡夫及下劣位無復勢力逼迫菩薩爲此乞求大迦葉波譬如龍象現威鬭戰非驢所堪唯有龍象能與龍象爲斯戰諍如是凡夫及下劣位無有勢力逼迫菩薩唯有菩薩能與菩薩共相逼迫是名安住不可思議解脱菩薩方便善巧智力所入不可思議解脱境界説此法時八千菩薩得入菩薩方便善巧智力所入不可思議解脱境界

説無垢稱經卷第三

音釋

殑伽 梵語也此云天堂來河名也以從高處來故殑其陵其拯二切伽求迦切

踰膳那 梵語也亦名由旬此云限量如此方一驛地或四十六十八十里也踰音俞膳時戰切

鼈 必列切水甲蟲也

黿 愚袁切似鼈而大曰黿

鼉 唐何切水蟲有足似蜥蜴而長大曰鼉

說無垢稱經卷第四

唐三藏法師玄奘奉　詔譯

觀有情品第七

時妙吉祥問無垢稱云何菩薩觀諸有情無垢稱言譬如幻師觀所幻事如是菩薩應正觀察一切有情又妙吉祥如有智人觀水中月觀鏡中像觀陽燄水觀呼聲響觀虛空中雲城臺閣觀水聚沫所有前際觀水浮泡或起或滅觀芭蕉心所有堅實觀第五大觀第六蘊觀第七根觀十三處觀十九界觀無色界衆色影像觀燋敗種所出牙莖觀龜毛等所作衣服觀夭歿者受欲戲樂觀預流果所起分別薩迦耶見觀一來果受第三有觀不還果入母胎藏觀阿羅漢貪瞋癡毒觀得忍菩薩慳恪犯戒恚害等心觀諸如來習氣相續觀生盲者覩見衆色觀住滅定有出入息觀虛空中所有鳥跡觀半擇迦根有勢用觀石女兒所有作業觀佛所化起諸結縛觀諸畢竟不生煩惱觀夢寤已夢中所見觀不生火有所焚燒觀阿羅漢後有相續如是菩薩應正觀察一切有情所以者何諸法本空真實無我無有情故妙吉祥言若諸菩薩如是觀察一切有情云何於彼修於大慈無垢稱言菩薩如是觀有情已自念我當爲諸有情說如斯法令其解了是名真實修於大慈與諸有情究竟安樂如是菩薩修寂滅慈無諸取故修無熱慈離煩惱故修如實慈三世等故修不違慈無等起故修無二慈離内外故修無壞慈畢竟住故修堅固慈增上意樂如金剛故修清淨慈本性淨故修平等慈等虛

空故修阿羅漢慈永害結賊故修獨覺慈不待師資故修菩薩慈成熟有情無休息故修如來慈隨覺諸法真如性故修佛之慈覺悟睡夢諸有情故修自然慈任運等覺諸法性故修菩提慈等一味故修無偏慈愛憎斷故修大悲慈顯大乘故修無諍慈觀無我故修無猒慈觀性空故修法施慈離師捲故修淨戒慈成熟犯戒諸有情故修堪忍慈隨護自他令無損故修精進慈荷負有情利樂事故修靜慮慈無愛味故修般若慈於一切時現知法故修方便慈於一切門普示現故修妙願慈無量大願所引發故修大力慈能辦一切廣大事故修若那慈了知一切法性相故修神通慈不壞一切法性相故修攝事慈方便攝益諸有情故修無著慈無礙染故修無詐慈意樂淨故修無諂慈加行淨故修無誑慈不虛假故修深心慈離瑕穢故修安樂慈建立諸佛安樂事故唯妙吉祥是名菩薩修於大慈妙吉祥言云何菩薩修於大悲無垢稱言所有造作增長善根悉皆棄捨施諸有情一切無悋是名菩薩修於大悲妙吉祥言云何菩薩修於大喜無垢稱言於諸有情作饒益事歡喜無悔是名菩薩修於大喜妙吉祥言云何菩薩修於大捨無垢稱言平等饒益不望果報是名菩薩修於大捨妙吉祥言若諸菩薩怖畏生死當何所依無垢稱言若諸菩薩怖畏生死常正依住諸佛大我又問菩薩欲住大我當云何住曰欲住大我當於一切有情平等解脫中住又問欲令一切有情解脫當何所除曰欲令一切有情解脫除

其煩惱又問欲除一切有情煩惱當何所修曰欲除一切有情煩惱當修如理觀察作意又問欲修如理觀察作意當云何修曰欲修如理觀察作意當修諸法不生不滅又問何法不生何法不滅曰不善不生善法不滅又問善不善法孰爲本曰以身爲本又問身孰爲本曰欲貪爲本又問欲貪孰爲本曰虛妄分別爲本又問虛妄分別孰爲本曰倒相爲本又問倒相孰爲本曰無住爲本妙吉祥言如是無住孰爲其本無垢稱言斯問非理所以者何夫無住者即無其本亦無所住由無其本無所住故即能建立一切諸法時無垢稱室中有一本住天女見諸大人聞所說法得未曾有踊躍歡喜便現其身即以天華散諸菩薩大聲聞衆時彼天華至菩薩身即便墮落至大聲聞便著不墮時聲聞衆各欲去華盡其神力皆不能去爾時天女即問尊者舍利子言何故去華舍利子言華不如法我故去之天女言止勿謂此華爲不如法所以者何是華如法唯尊者等自不如法所以者何華無分別無異分別唯尊者等自有分別有異分別於善說法毗奈耶中諸出家者若有分別有異分別則不如法若無分別無異分別是則如法唯舍利子觀諸菩薩華不著者皆由永斷一切分別及異分別觀諸聲聞華著身者皆由未斷一切分別及異分別唯舍利子如人有畏時非人得其便若無所畏一切非人不得其便若畏生死業煩惱者即爲色聲香味觸等而得其便不畏生死業煩惱者世間色聲香味觸等不得其便又舍利

子若煩惱習未永斷者華著其身若煩惱習已永斷者華不著也舍利子言天止此室經今幾何天女答言我止此室如舍利子所住解脫舍利子言天止此室如是久耶天女復言所住解脫亦何如久時舍利子默然不答天曰尊者是大聲聞具大慧辯得此小問默不見答舍利子言夫解脫者離諸名言吾今於此竟知何説天曰所説文字皆解脫相所以者何如此解脫非内非外非離二種中間可得文字亦爾非内非外非離二種中間可得是故無離文字説於解脫所以者何以其解脫與一切法其性平等舍利子言豈不以離貪瞋癡等爲解脫耶天曰爲諸增上慢者説離一切貪瞋癡等以爲解脫若爲遠離增上慢者即説一切貪瞋癡等本性解脫舍利子言善哉天女汝何得證慧辯若斯天曰我今無得無證慧辯如是若言我今有得有證即於善説法毗奈耶爲增上慢舍利子言汝於三乘爲何發趣天女答言我於三乘並皆發趣舍利子言汝何密意作如是説天曰我常宣説大乘令他聞故我爲聲聞自然現覺真法性故我爲獨覺常不捨離大慈悲故我爲大乘又舍利子我爲化度求聲聞乘諸有情故我爲聲聞我爲化度求獨覺乘諸有情故我爲獨覺我爲化度求無上乘諸有情故我爲大乘又舍利子譬如有人入瞻博迦林一切唯齅瞻博迦香終無樂齅草麻香等如是若有止此室者惟樂大乘功德之香終不樂於聲聞獨覺功德香等由此室中一切佛法功德妙香常所熏故又舍利子諸有釋梵

四大天王那伽藥叉及阿素洛廣説乃至人非人等入此室者皆爲瞻仰如是大士及爲親近禮敬供養聽聞大法一切皆發大菩提心皆持一切佛法功德妙香而出又舍利子吾止此室十有二年曾不聞説聲聞獨覺相應言論唯聞大乘諸菩薩行大慈大悲不可思議諸佛妙法相應言論又舍利子此室常現八未曾有殊勝之法何等爲八謂舍利子此室常有金色光明周遍照曜晝夜無異不假日月所照爲明是爲一未曾有殊勝之法又舍利子此室常有一切世間人非人等入此室已不爲一切煩惱所害是爲二未曾有殊勝之法又舍利子此室常有一切釋梵四天王等及餘世界諸大菩薩集會不空是爲三未曾有殊勝之法又舍利子此室常聞菩薩六種波羅蜜多不退法輪相應言論是爲四未曾有殊勝之法又舍利子此室常作天人妓樂於諸樂中演出無量百千法音是爲五未曾有殊勝之法又舍利子此室常有四大寶藏衆珍盈溢恒無有盡給施一切貧窮鰥寡孤獨無依乞求之者皆令稱遂終不窮盡是爲六未曾有殊勝之法又舍利子此室常有釋迦牟尼如來無量壽如來難勝如來不動如來寶勝如來寶燄如來寶月如來寶嚴如來寶音聲如來師子吼如來一切義成如來如是等十方無量如來若此大士發心祈請應時即來廣爲宣説一切如來祕要法門説已還去是爲七未曾有殊勝之法又舍利子此室常現一切佛土功德莊嚴諸天宮殿衆妙綺飾是爲八未曾有殊勝之法唯舍

利子此室常現八未曾有殊勝之法誰有見斯不思議事而復發心樂求聲聞獨覺法乎時舍利子問天女言汝今何不轉此女身天女答言我居此室十有二年求女人性了不可得當何所轉唯舍利子譬如幻師化作幻女若有問言汝今何不轉此女身爲正問不舍利子言不也天女幻既非實當何所轉天曰如是諸法性相皆非真實猶如幻化云何乃問不轉女身即時天女以神通力變舍利子令如天女自變其身如舍利子而問之言尊者云何不轉女身時舍利子以天女像而答之言我今不知轉滅男身轉生女像天女復言尊者若能轉此女身一切女身亦當能轉如舍利子實非是女而現女身一切女身亦復如是雖現女身而實非女世尊依此密意說言一切諸法非男非女爾時天女作是語已還攝神力各復本形問舍利子尊者女身今何所在舍利子言今我女身無在無變天曰尊者善哉善哉一切諸法亦復如是無在無變說一切法無在無變是真佛語時舍利子問天女言汝於此歿當生何所天女答言如來所化當所生處我當生彼舍利子言如來所化無歿無生云何而言當所生處天曰尊者諸法有情應知亦爾無歿無生云何問我當生何所時舍利子問天女言汝當久如證得無上正等菩提天女答言如舍利子還成異生具異生法我證無上正等菩提久近亦爾舍利子言無處無位我當如是還成異生具異生法天曰尊者我亦如是無處無位當證無上正等菩提所以者何無上菩提

無有住處是故亦無證菩提者舍利子言若爾云何佛說諸佛如殑伽沙現證無上正等菩提已證當證天曰尊者皆是文字俗數語言說有三世諸佛證得非謂菩提有去來今所以者何無上菩提超過三世又舍利子汝已證得阿羅漢耶舍利子言不得而得得無所得天曰尊者菩提亦爾不證而證證無所證時無垢稱即語尊者舍利子言如是天女已曾供養親近承事九十有二百千俱胝那庾多佛已能遊戲神通智慧所願滿足得無生忍已於無上正等菩提永不退轉乘本願力如其所欲隨所宜處成熟有情

菩提分品第八

時妙吉祥問無垢稱云何菩薩於諸佛法到究竟趣無垢稱言若諸菩薩行於非趣乃於佛法到究竟趣妙吉祥言云何菩薩行於非趣無垢稱言若諸菩薩雖復行於五無間趣而無恚惱忿害毒心雖復行於那落迦趣而離一切煩惱塵垢雖復行於諸傍生趣而離一切黑闇無明雖復行於阿素洛趣而離一切傲慢憍逸雖復行於琰魔王趣而集廣大福慧資粮雖復行於無色定趣而能於彼不樂趣向雖復示行貪欲行趣而於一切所受欲中離諸染著雖復示行瞋恚行趣而於一切有情境界離諸瞋恚無損害心雖復示行愚癡行趣而於諸法遠離一切黑闇無明以智慧明而自調伏雖復示行慳貪行趣而能棄捨諸內外事不顧身命雖復示行犯戒行趣而能安立一切尸羅杜多功德少欲知足於小罪中見大怖畏雖復示行瞋忿行趣而

能究竟安住慈悲心無恚惱雖復示行懈怠行趣而能勤習一切善根精進無替雖復示行根亂行趣而常恬默安止靜慮雖復示行惡慧行趣而善通達一切世間出世間信至究竟慧波羅蜜多雖復示行諂詐行趣而能成辦方便善巧雖復示行密語方便憍慢行趣而為成立濟度橋梁雖復示行一切世間煩惱行趣而性清淨究竟無染雖復示行衆魔行趣而於一切佛法覺慧而自證知不隨他緣雖復示行聲聞行趣而為有情說未聞法雖復示行獨覺行趣而為成辦大慈大悲成熟有情雖復現處諸貧窮趣而得寶手珍財無盡雖復現處諸缺根趣而具相好妙色嚴身雖復現處卑賤生趣而生佛家種姓尊貴積集殊勝福慧資粮雖復現處羸劣醜陋衆所憎趣而得勝妙那羅延身一切有情常所樂見雖復現處諸老病趣而能畢竟除老病根超諸死畏雖復現處求財位趣而多修習觀無常想息諸希求雖復現處宮室妓女諸戲樂趣而常超出諸欲淤泥修習畢竟遠離之行雖復現處諸頑嚚趣而具種種才辯莊嚴得陀羅尼念慧無失雖復現處諸邪道趣而以正道度諸世間雖復現處一切生趣而實永斷一切趣生雖復現處般涅槃趣而常不捨生死相續雖復示現得妙菩提轉大法輪入涅槃趣而復勤修諸菩薩行相續無斷唯妙吉祥菩薩如是行於非趣乃得名為於諸佛法到究竟趣時無垢稱問妙吉祥何等名為如來種性願為略說妙吉祥言所謂一切僞身種性是如來種性一切無明有愛

種性是如來種性貪欲瞋恚愚癡種性是如來種性四種虚妄顛倒種性是如來種性如是所有五蓋種性六處種性七識住種性八邪性種性九惱事種性十種不善業道種性是如來種性以要言之六十二見一切煩惱惡不善法所有種性是如來種性無垢稱言依何密意作如是説妙吉祥言非見無爲已入正性離生位者能發無上正等覺心要住有爲煩惱諸行未見諦者能發無上正等覺心譬如高原陸地不生殟鉢羅華鉢特摩華拘母陀華奔茶利華要於卑濕穢淤泥中乃得生長此四種華如是聲聞獨覺種性已見無爲已入正性離生位者終不能發一切智心要於煩惱諸行卑濕穢淤泥中方能發起一切智心於中生長諸佛法故又善男子譬如植種置於空中終不生長要植卑濕糞壤之地乃得生長如是聲聞獨覺種性已見無爲已入正性離生位者不能生長一切佛法雖起身見如妙高山而能發起大菩提願於中生長諸佛法故又善男子譬如有人不入大海終不能得吠瑠璃等無價珍寶不入生死煩惱大海終不能發無價珍寶一切智心是故當知一切生死煩惱種性是如來種性爾時尊者大迦葉波歎妙吉祥善哉善哉極爲善説實語如語誠無異言一切生死煩惱種性是如來種性所以者何我等今者心相續中生死種子悉已燋敗終不能發正等覺心寧可成就五無間業不作我等諸阿羅漢究竟解脱所以者何成就五種無間業者猶能有力盡無間業發於無上正等覺心漸能

成辦一切佛法我等漏盡諸阿羅漢永無此能如鈌根士於妙五欲無所能爲如是漏盡諸阿羅漢諸結永斷即於佛法無所能爲不復志求諸佛妙法是故異生能報佛恩聲聞獨覺終不能報所以者何異生聞佛法僧功德爲三寳種終無斷絶能發無上正等覺心漸能成辦一切佛法聲聞獨覺假使終身聞說如來力無畏等乃至所有不共佛法一切功德終不能發正等覺心爾時衆中有一菩薩名曰善現一切色身問無垢稱言居士父毋妻子奴婢僕使親友眷屬一切侍衞象馬車乘御人等類悉爲是誰皆何所在時無垢稱以妙伽他而答之曰

慧度菩薩母　善方便爲父　世間眞導師
無不由此生　妙法樂爲妻　大慈悲爲女
眞實諦法男　思空勝義舍　煩惱爲賤隷
僕使隨意轉　覺分成親友　由此證菩提
六度爲眷屬　四攝爲妓女　結集正法言
以爲妙音樂　總持作園苑　大法成林樹
覺品華莊嚴　解脫智慧果　八解之妙池
定水湛然滿　七淨華彌布　洗除諸垢穢
神通爲象馬　大乘持作車　調御菩提心
遊八道支路　妙相具莊嚴　衆好而綺間
慚愧爲衣服　勝意樂爲鬘　具正法珍財
曉示爲方便　無倒行勝利　迴向大菩提
四靜慮爲牀　淨命爲茵蓐　念智常覺悟
無不在定心　旣飡不死法　還飲解脫味
沐浴妙淨心　塗香上品戒　殄滅煩惱賊
勇健無能勝　摧伏四魔怨　建妙菩提幢
雖實無起滅　而故思受生　悉現諸佛土

如日光普照　盡持上妙供　奉獻諸如來
於佛及自身　一切無分別　雖知諸佛國
及與有情空　而常修淨土　利物無休倦
一切有情類　色聲及威儀　無畏力菩薩
刹那能盡現　雖覺諸魔業　而示隨所轉
至究竟方便　有表事皆成　或示現自身
有諸老病死　成熟諸有情　如遊戲幻法
或現劫火起　天地皆熾然　有情執常相
照令知速滅　千俱胝有情　率土咸來請
同時受彼供　皆令趣菩提　於諸禁呪術
書論衆技藝　皆知至究竟　利樂諸有情
世間諸道法　遍於中出家　隨方便利生
而不墮諸見　或作日月天　梵王世界主
地水及火風　饒益有情類　能於疾疫劫
現作諸良藥　蠲除諸疾苦　令趣大菩提
能於饑饉劫　現作諸飲食　先除彼飢渴
說法令安泰　能於刀兵劫　修慈悲靜慮
令無量有情　欣然無恚害　能於大戰陣
示現無朋黨　往復令和好　勸發菩提心
諸佛土無量　地獄亦無邊　悉往其方所
拔苦令安樂　諸有傍生趣　殘害相食噉
皆現生於彼　利樂名本生　示受於諸欲
而常修靜慮　惑亂諸惡魔　令不得其便
如火中生華　說爲甚希有　修定而行欲
希有復過此　或現作婬女　引諸好色者
先以欲相招　後令修佛智　或爲城邑宰
商主及國師　臣僚輔相尊　利樂諸含識
爲諸匱乏者　現作無盡藏　給施除貧苦
令趣大菩提　於諸憍慢者　現作大力士
摧伏彼貢高　令住菩提願　於諸恐怖者

方便善安慰　除彼驚悸已　令發菩提心
現作五通仙　清淨修梵行　皆令善安住
戒忍慈善中　或見諸有情　現前須給侍
乃爲作僮僕　弟子而事之　隨彼彼方便
令愛樂正法　於諸方便中　皆能善修學
如是無邊行　及無邊所行　無邊智圓滿
度脫無邊衆　假令一切佛　住百千劫中
讚述其功德　猶尚不能盡　誰聞如是法
不願大菩提　除下劣有情　都無有慧者

不二法門品第九

時無垢稱普問衆中諸菩薩曰云何菩薩善能悟入不二法門仁者皆應任己辯才各隨樂說時衆會中有諸菩薩各隨所樂次第而說時有菩薩名法自在作如是言生滅爲二若諸菩薩了知諸法本來無生亦無有滅證得如是無生法忍是爲悟入不二法門復有菩薩名曰勝密作如是言我及我所分別爲二因計我故便計我所若了無我亦無我所是爲悟入不二法門復有菩薩名曰無瞬作如是言有取無取分別爲二若諸菩薩了知無取則無所得無所得故則無增減無作無息於一切法無所執著是爲悟入不二法門復有菩薩名曰勝峯作如是言雜染清淨分別爲二若諸菩薩了知雜染清淨無二則無分別永斷分別趣寂滅跡是爲悟入不二法門復有菩薩名曰妙星作如是言散動思惟分別爲二若諸菩薩了知一切無有散動無所思惟則無作意住無散動無所思惟無有作意是爲悟入不二法門復有菩薩名曰妙眼作如是言一相無相分別爲二若諸菩薩

了知諸法無有一相無有異相亦無無相則知如是一相異相無相平等是爲悟入不二法門復有菩薩名曰妙臂作如是言菩薩聲聞二心爲二若諸菩薩了知二心性空如幻無菩薩心無聲聞心如是二心其相平等皆同幻化是爲悟入不二法門復有菩薩名曰育養作如是言善及不善分别爲二若諸菩薩了知善性及不善性無所發起相與無相二句平等無取無捨是爲悟入不二法門復有菩薩名曰師子作如是言有罪無罪分别爲二若諸菩薩了知有罪及與無罪二皆平等以金剛慧通達諸法無縛無解是爲悟入不二法門復有菩薩名曰師子慧作如是言有漏無漏分别爲二若諸菩薩知一切法性皆平等於漏無漏不起二想不著有想不著無想是爲悟入不二法門復有菩薩名淨勝解作如是言有爲無爲分别爲二若諸菩薩了知二法性皆平等遠離諸行覺慧如空智善清淨無執無遣是爲悟入不二法門復有菩薩名那羅延作如是言世出世間分别爲二若諸菩薩了知世間本性空寂無入無出無流無散亦不執著是爲悟入不二法門復有菩薩名調順慧作如是言生死涅槃分别爲二若諸菩薩了知生死其性本空無有流轉亦無寂滅是爲悟入不二法門復有菩薩名曰現見作如是言有盡無盡分别爲二若諸菩薩了知都無有盡無盡要究竟盡乃名爲盡若究竟盡不復當盡則名無盡又有盡者謂一剎那一剎那中定無有盡則是無盡有盡無故無盡亦無了知有盡無盡性空是

爲悟入不二法門復有菩薩名曰普密作如是言有我無我分別爲二若諸菩薩了知有我尚不可得何況無我見我無我其性無二是爲悟入不二法門復有菩薩名曰電天作如是言明與無明分別爲二若諸菩薩了知無明本性是明明與無明俱不可得不可算計超算計路於中現觀平等無二是爲悟入不二法門復有菩薩名曰喜見作如是言色受想行及識與空分別爲二若知取蘊性本是空即是色空非色滅空乃至識蘊亦復如是是爲悟入不二法門復有菩薩名曰光幢作如是言四界與空分別爲二若諸菩薩了知四界即虛空性前中後際四界與空性皆無倒悟入諸界是爲悟入不二法門復有菩薩名曰妙慧作如是言眼色耳聲鼻香舌味身觸意法分別爲二若諸菩薩了知一切其性皆空見眼自性於色無貪無瞋無癡如是乃至見意自性於法無貪無瞋無癡此則爲空如是見已寂靜安住是爲悟入不二法門復有菩薩名無盡慧作如是言布施迴向一切智性各別爲二如是分別戒忍精進靜慮般若及與迴向一切智性各別爲二若了布施即所迴向一切智性此所迴向一切智性即是布施如是乃至般若自性即所迴向一切智性此所迴向一切智性即是般若了此一理是爲悟入不二法門復有菩薩名甚深覺作如是言空無相願分別爲二若諸菩薩了知空中都無有相此無相中亦無有願此無願中無心無意無識可轉如是即於一解脫門具攝一切三解脫門若此通達是爲悟

入不二法門復有菩薩名寂靜根作如是言佛法僧寶分別爲二若諸菩薩了知佛性即是法性法即僧性如是三寶皆無爲相與虚空等諸法亦爾若此通達是爲悟入不二法門復有菩薩名無礙眼作如是言是薩迦耶及薩迦耶滅分別爲二若諸菩薩知薩迦耶即薩迦耶滅如是了知畢竟不起薩迦耶見於薩迦耶薩迦耶滅即無分別無異分別證得此二究竟滅性無所猜疑無驚無懼是爲悟入不二法門復有菩薩名善調順作如是言是身語意三種律儀分別爲二若諸菩薩了知如是三種律儀皆無作相其相無二所以者何此三業道皆無作相身無作相即語無作相語無作相即意無作相意無作相即一切法俱無作相若能隨入無造作相是爲悟入不二法門復有菩薩名曰福田作如是言罪行福行及不動行分別爲二若諸菩薩了知罪行福及不動皆無作相其相無二所以者何罪福不動如是三行性相皆空空中無有罪福不動三行差別如是通達是爲悟入不二法門復有菩薩名曰華嚴作如是言一切二法皆從我起若諸菩薩知我實性即不起二不起二故即無了別無了別故無所了別是爲悟入不二法門復有菩薩名曰勝藏作如是言一切二法有所得起若諸菩薩了知諸法都無所得則無取捨既無取捨是爲悟入不二法門復有菩薩名曰月上作如是言明之與闇分別爲二若諸菩薩了知實相無闇無明其性無二所以者何譬如苾芻入滅盡定無闇無明一切諸法其相亦爾如

是妙契諸法平等是爲悟入不二法門復有菩薩名寶印手作如是言欣猒涅槃生死爲二若諸菩薩了知涅槃及與生死不生欣猒則無有二所以者何若爲生死之所繫縛則求解脫若知畢竟無生死縛何爲更求涅槃解脫如是通達無縛無解不欣涅槃不猒生死是爲悟入不二法門復有菩薩名珠髻王作如是言正道邪道分別爲二若諸菩薩善能安住正道邪道究竟不行以不行故則無正道邪道二相除二想故則無二覺若無二覺是爲悟入不二法門復有菩薩名曰諦實作如是言虛之與實分別爲二若諸菩薩觀諦實性尚不見實何況見虛所以者何此性非是肉眼所見慧眼乃見如是見時於一切法無見無不見是爲悟入不二法門如是會中有諸菩薩隨所了知各別說已同時發問妙吉祥言云何菩薩名爲悟入不二法門時妙吉祥告諸菩薩汝等所言雖皆是善如我意者汝等此說猶名爲二若諸菩薩於一切法無言無說無表無示離諸戲論絶於分別是爲悟入不二法門時妙吉祥復問菩薩無垢稱言我等隨意各別說已仁者當說云何菩薩名爲悟入不二法門時無垢稱默然無說妙吉祥言善哉善哉如是菩薩是眞悟入不二法門於中都無一切文字言說分別此諸菩薩說是法時於衆會中五千菩薩皆得悟入不二法門俱時證會無生法忍

說無垢稱經卷第四

音釋

夢寤 寤五故切夢寤謂寐覺也

鰥寡 鰥姑還切丈夫六十無妻曰鰥女子五十無夫曰寡

頑嚚 嚚疑巾切頑嚚心不則德義之經爲頑口不道忠信之言爲嚚

殟鉢羅 梵語也亦云優鉢羅此云青蓮花殟烏骨切

燋 兹消切火所傷也

茵蓐 茵音因車重席又褥也蓐音辱薦席也

饑饉 饑居希切穀不熟曰饑饉渠吝切菜不熟曰饉

悸 其據切懼也

瞬 輸閏切無瞬菩薩名也

說無垢稱經卷第五

唐三藏法師玄奘奉　詔譯

香臺佛品第十

時舍利子作是思惟食時將至此摩訶薩說法未起我等聲聞及諸菩薩當於何食時無垢稱知彼尋思便告之曰大德如來爲諸聲聞說八解脫仁者已住勿以財食染汙其心而聞正法若欲食者且待須臾當令皆得未曾有食時無垢稱便入如是微妙寂定發起如是殊勝神通示諸菩薩大聲聞衆上方界分去此佛土過四十二殑伽沙等諸佛世界有佛世界名一切妙香其中有佛號最上香臺今現在彼安隱住持彼世界中有妙香氣比餘十方一切佛土人天之香最爲第一彼有諸樹皆出妙香普熏方域一切周滿彼中無有二乘之名唯有清淨大菩薩衆而彼如來爲其說法彼世界中一切臺觀宮殿經行園林衣服皆是種種妙香所成彼佛世尊及菩薩衆所食香氣微妙第一普熏十方無量佛土時彼如來與諸菩薩方共坐食彼有天子名曰香嚴已於大乘深心發趣供養承事彼土如來及諸菩薩時此大衆一切皆覩彼界如來與諸菩薩方共坐食如是等事時無垢稱遍告一切菩薩衆言汝等大士誰能往彼取妙香食以妙吉祥威神力故諸菩薩衆咸皆默然時無垢稱告妙吉祥汝今云何於此大衆而不加護令其乃爾妙吉祥言居士汝今不應輕毀諸菩薩衆如佛所言勿輕未學時無垢稱不起于牀居衆會前化作菩薩身真金色相好莊嚴威德光明蔽於衆會而

告之曰汝善男子宜往上方去此佛土過四十二殑伽沙等諸佛世界有佛世界名一切妙香其中有佛號最上香臺與諸菩薩方共坐食汝往到彼頂禮佛足應作是言於此下方有無垢稱稽首雙足敬問世尊少病少惱起居輕利氣力康和安樂住不遙心右遶多百千帀頂禮雙足作如是言願得世尊所食之餘當於下方堪忍世界施作佛事令此下劣欲樂有情當欣大慧亦使如來無量功德名稱普聞時化菩薩於衆會前上昇虛空舉衆皆見神通迅疾經須臾頃便到一切妙香世界頂禮最上香臺佛足又聞其言下方菩薩名無垢稱稽首雙足敬問世尊少病少惱起居輕利氣力康和安樂住不遙心右遶多百千帀頂禮雙足作如是言願得世尊所食之餘當於下方堪忍世界施作佛事令此下劣欲樂有情當欣大慧亦使如來無量功德名稱普聞時彼上方菩薩衆會見化菩薩相好莊嚴威德光明微妙殊勝歎未曾有今此大士從何處來堪忍世界爲在何所云何名爲下劣欲樂尋問最上香臺如來惟願世尊爲說斯事佛便告曰諸善男子於彼下方去此佛土過四十二殑伽沙等諸佛世界有佛世界名曰堪忍其中佛號釋迦牟尼如來應正等覺今現在彼安隱住持居五濁世爲諸下劣欲樂有情宣揚正法彼有菩薩名無垢稱已得安住不可思議解脫法門爲諸菩薩開示妙法遣化菩薩來至此間稱揚我身功德名號幷贊此土衆德莊嚴令彼菩薩善根增進彼菩薩衆咸作是言其德何如乃作是

化大神通力無畏若斯彼佛告言諸善男子是大菩薩成就殊勝大功德法一刹那頃化作無量無邊菩薩遍於十方一切國土皆遣其往施作佛事利益安樂無量有情於是最上香臺如來以能流出衆妙香器盛諸妙香所熏之食授無垢稱化菩薩手時彼佛土有九百萬大菩薩僧同時舉聲請於彼佛我等欲與此化菩薩俱往下方堪忍世界瞻仰釋迦牟尼如來禮敬供事聽聞正法并欲瞻仰禮敬供事彼無垢稱及諸菩薩惟願世尊加護聽許彼佛告曰諸善男子汝便可往今正是時汝等皆應自攝身香入堪忍界勿令彼諸有情醉悶放逸汝等皆應自隱色相入堪忍界勿令彼諸菩薩心生媿恥汝等於彼堪忍世界勿生劣想而作障礙所以者何諸善男子一切國土皆如虛空諸佛世尊爲欲成熟諸有情故隨諸有情所樂示現種種佛土或染或淨無決定相而諸佛土實皆清淨無有差別時化菩薩受滿食器與九百萬諸菩薩僧承彼佛威神及無垢稱力於彼界没經須臾頃至於此土無垢稱室欻然而現時無垢稱化九百萬師子之座微妙莊嚴與前所坐諸師子座都無有異令諸菩薩皆坐其上時化菩薩以滿食器授無垢稱如是食器妙香普熏廣嚴大城及此三千大千世界無量無邊妙香熏故一切世界香氣芬馥廣嚴大城諸婆羅門長者居士人非人等聞是香氣得未曾有驚歎無量身心踊悅時此城中離呫毗王名爲月蓋與八萬四千離呫毗種種種莊嚴悉來入于無垢稱室見此室中諸菩

薩衆其數甚多諸師子座高廣嚴飾生大歡喜歎未曾有禮諸菩薩及大聲聞却住一面時諸地神及虛空神并欲色界諸天子衆聞是妙香各與眷屬無量百千悉來入于無垢稱室時無垢稱便語尊者舍利子等諸大聲聞尊者可食如來所施甘露味食如是食者大悲所熏勿以少分下劣心行而食此食若如是食定不能消時衆會中有劣聲聞作如是念此食甚少云何充足如是大衆時化菩薩便告之言勿以汝等自少福慧測量如來無量福慧所以者何四大海水乍可有竭是妙香食終無有盡假使無量大千世界一切有情一一摶食其食摶量等妙高山如是摶食或經一劫或一劫餘猶不能盡所以者何如是食者是無盡戒定慧解脫解脫知見所生如來所食之餘無量三千大千世界一切有情經百千劫食此香食終不能盡於是大衆皆食此食悉得充滿而尚有餘時諸聲聞及諸菩薩并人天等一切衆會食此食已其身安樂譬如一切安樂莊嚴世界菩薩一切安樂之所住持身諸毛孔皆出妙香譬如一切妙香世界衆妙香樹常出無量種種妙香時無垢稱問彼上方諸來菩薩汝等知不彼土如來於其世界爲諸菩薩云何說法彼諸菩薩咸共答言我土如來不爲菩薩文詞說法但以妙香令諸菩薩皆悉調伏彼諸菩薩各各安坐妙香樹下諸妙香樹各各流出種種香氣彼諸菩薩聞斯妙香便獲一切德莊嚴定獲此定已即具一切菩薩功德時彼上方諸來菩薩問無垢稱此土如來釋迦牟尼

爲諸有情云何說法無垢稱曰此土有情一切剛强極難調化如來還以種種能伏剛强語言而調化之云何名爲種種能伏剛强語言謂爲宣說此是地獄趣此是傍生趣此是餓鬼趣此是無暇生此是諸根缺此是身惡行是身惡行果此是語惡行是語惡行果此是意惡行是意惡行果此是斷生命是斷生命果此是不與取是不與取果此是欲邪行是欲邪行果此是虛誑語是虛誑語果此是離間語是離間語果此是麤惡語是麤惡語果此是雜穢語是雜穢語果此是貪欲是貪欲果此是瞋恚是瞋恚果此是邪見是邪見果此是慳悋是慳悋果此是毀戒是毀戒果此是瞋恨是瞋恨果此是懈怠是懈怠果此是心亂是心亂果此是愚癡是愚癡果此受所學此越所學此持別解脫此犯別解脫此是應作此非應作此是瑜伽此非瑜伽此是永斷此非永斷此是障礙此非障礙此是犯罪此是出罪此是雜染此是清淨此是正道此是邪道此是善此是惡此是世間此出世間此是有罪此是無罪此是有漏此是無漏此是有爲此是無爲此是功德此是過失此是有苦此是無苦此是有樂此是無樂此可猒離此可欣樂此可棄捨此可修習此是生死此是涅槃如是等法有無量門此土有情其心剛强如來說此種種法門安住其心令其調伏譬如象馬㦟悷不調加諸楚毒乃至徹骨然後調伏如是此土剛强有情極難調伏如來方便以如是等苦切言詞慇懃誨喻然後調伏趣入正法時彼上方諸來菩薩聞

是説已得未曾有皆作是言甚奇世尊釋迦牟尼能爲難事隱覆無量尊貴功德示現如是調伏方便成熟下劣貧匱有情以種種門調伏攝益是諸菩薩居此佛土亦能堪忍種種勞倦成就最勝希有堅牢不可思議大悲精進助揚如來無上正法利樂如是難化有情無垢稱言如是大士誠如所説釋迦如來能爲難事隱覆無量尊貴功德不憚劬勞方便調伏如是剛强難化有情諸菩薩衆生此佛土亦能堪忍種種勞倦成就最勝希有堅牢不可思議大悲精進助揚如來無上正法利樂如是無量有情大士當知堪忍世界行菩薩行饒益有情經於一生所得功德多於一切妙香世界百千大劫行菩薩行饒益有情所得功德所以者何堪忍世界略有千種修集善法餘十方界清淨佛土之所無有何等爲十一以惠施攝諸貧窮二以淨戒攝諸毁禁三以忍辱攝諸瞋恚四以精進攝諸懈怠五以靜慮攝諸亂意六以勝慧攝諸愚癡七以説除八無暇法普攝一切無暇有情八以宣説大乘正法普攝一切樂小法者九以種種殊勝善根普攝未種諸善根者十以無上四種攝法恒常成熟一切有情是爲十種修集善法此堪忍界悉皆具足餘十方界清淨佛土之所無有時彼佛土諸來菩薩復作是言堪忍世界諸菩薩衆成就幾法無毁無傷從此命終生餘淨土無垢稱言堪忍世界諸菩薩衆成就八法無毁無傷從此命終生餘淨土何等爲八一者菩薩如是思惟我於有情應作善事不應於彼希望善報二者菩

薩如是思惟我應代彼一切有情受諸苦惱我之所有一切善根悉迴施與三者菩薩如是思惟我應於彼一切有情其心平等心無罣礙四者菩薩如是思惟我應於彼一切有情摧伏憍慢敬愛如佛五者菩薩信解增上於未聽受甚深經典暫得聽聞無疑無謗六者菩薩於他利養無嫉妬心於已利養不生憍慢七者菩薩調伏自心常省已過不譏他犯八者菩薩恒無放逸於諸善法常樂尋求精進修行菩提分法堪忍世界諸菩薩衆若具成就如是八法無毀無傷從此命終生餘淨土其無垢稱與妙吉祥諸菩薩等於大衆中宣說種種微妙法時百千衆生同發無上正等覺心十千菩薩悉皆證得無生法忍

菩薩行品第十一

佛時猶在菴羅衛林爲衆說法於衆會處其地欻然廣博嚴淨一切大衆皆現金色時阿難陀即便白佛世尊此是誰之前相於衆會中欻然如是廣博嚴淨一切大衆皆見金色佛告具壽阿難陀曰是無垢稱與妙吉祥將諸大衆恭敬圍遶發意欲來赴斯衆會現此前相時無垢稱語妙吉祥我等今應與諸大士詣如來所頂禮供事瞻仰世尊聽受妙法妙吉祥曰今正是時可同行矣時無垢稱現神通力令諸大衆不起本處并師子座住右掌中往詣佛所到已置地恭敬頂禮世尊雙足右遶七帀却住一面向佛合掌儼然而立諸大菩薩下師子座恭敬頂禮世尊雙足右遶三帀却住一面向佛合掌儼然而立諸大聲聞釋梵護世四天王等亦皆避座恭敬頂

禮世尊雙足却住一面向佛合掌儼然而立於是世尊如法慰問諸菩薩等一切大衆作是告言汝等大士隨其所應各復本座時諸大衆蒙佛教勑各還本座恭敬而坐爾時世尊告舍利子汝見最勝菩薩大士自在神力之所爲乎舍利子言唯然已見世尊復問汝起何想舍利子言起難思想我見大士不可思議於其作用神力功德不能算數不能思惟不能稱量不能述歎時阿難陀即便白佛今所聞香昔所未有如是香者爲是誰香佛告之言是諸菩薩毛孔所出時舍利子語阿難陀我等毛孔亦出是香阿難陀曰如是妙香仁等身內何緣而有舍利子言是無垢稱自在神力遣化菩薩往至上方最上香臺如來佛土請得彼佛所食之餘來至室中供諸大衆其間所有食此食者一切毛孔皆出是香時阿難陀問無垢稱是妙香氣當住久如無垢稱言乃至此食味皆消盡其香猶住阿難陀曰如是所食其經久如當皆消盡無垢稱言此食勢分七日七夜住在身中過是已後乃可漸消雖久未消而不爲患具壽當知諸聲聞乘未入正性離生位者若食此食要入正性離生位已然後乃消未離欲者若食此食要得離欲然後乃消未解脱者若食此食要心解脱然後乃消諸有大乘菩薩種性未發無上菩提心者若食此食要發無上菩提心已然後乃消已發無上菩提心者若食此食要當證得無生法忍然後乃消其已證得無生忍者若食此食要當安住不退轉位然後乃消其已安住不退位者若食此食要

當安住一生繫位然後乃消具壽當知譬如世間有大藥王名最上味若有衆生遇遭諸毒遍滿身者與令服之乃至諸毒未皆除滅是大藥王猶未消盡諸毒滅已然後乃消食此食者亦復如是乃至一切煩惱諸毒未皆除滅如是所食猶未消盡煩惱滅已然後乃消阿難陀言不可思議如是大士所致香食能爲衆生作諸佛事佛即告言如是如是如汝所説不可思議此無垢稱所致香食能爲衆生作諸佛事爾時佛復告阿難陀如無垢稱所致香食能爲衆生作諸佛事如是於餘十方世界或有佛土以諸光明而作佛事或有佛土以菩提樹而作佛事或有佛土以諸菩薩而作佛事或有佛土以見如來色身相好而作佛事或有佛土以諸化人而作佛事或有佛土以諸衣服而作佛事或有佛土以諸卧具而作佛事或有佛土以諸飲食而作佛事或有佛土以諸園林而作佛事或有佛土以諸臺觀而作佛事或有佛土以其虚空而作佛事所以者何由諸有情因此方便而得調伏或有佛土爲諸有情種種文詞宣説幻夢光影水月響聲陽燄鏡像浮雲健達縛城帝網等喻而作佛事或有佛土以其音聲語言文字宣説種種諸法性相而作佛事或有佛土清淨寂寞無言無説無訶無讃無所推求無有戲論無表無示所化有情因斯寂寞自然證入諸法性相而作佛事如是當知十方世界諸佛國土其數無邊所作佛事亦無數量以要言之諸佛所有威儀進止受用施爲皆令所化有情調伏是故一切皆名佛

事又諸世間所有四魔八萬四千諸煩惱門有情之類爲其所惱一切如來即以此法爲諸衆生而作佛事汝今當知如是法門名爲悟入一切佛法若諸菩薩入此法門雖見一切成就無量廣大功德嚴淨佛土不生喜貪雖見一切無諸功德雜穢佛土不生憂恚於諸佛所發生上品信樂恭敬歎未曾有諸佛世尊一切功德平等圓滿得一切法究竟真實平等性故爲欲成熟差別有情示現種種差別佛土汝今當知如諸佛土雖所依地勝劣不同而上虛空都無差別如是當知諸佛世尊爲欲成熟諸有情故雖現種種色身不同而爲障礙福德智慧究竟圓滿都無差別汝今當知一切如來悉皆平等所謂最上周圓無極形色威光諸相隨好族姓尊貴清淨尸羅定慧解脱解脱知見諸力無畏不共佛法大慈大悲大喜大捨利益安樂威儀所行正行壽量説法度脱成熟有情清淨佛土悉皆平等以諸如來一切佛法悉皆平等最上周圓究竟無盡是故皆同名正等覺名爲如來名爲佛陀汝今當知設令我欲分別廣説此三句義汝經劫住無間聽受窮其壽量亦不能盡假使三千大千世界有情之類皆如阿難得念總持多聞第一咸經劫住無間聽受窮其壽量亦不能盡此正等覺如來佛陀三句妙義無能究竟宣揚決擇惟除諸佛如是當知諸佛菩提功德無量無滯妙辯不可思議説是語已時阿難陀白言世尊我從今去不敢自稱得念總持多聞第一佛便告曰汝今不應心生退屈所以者何我自昔來但

說汝於聲聞衆中得念總持多聞第一非於
菩薩汝今且止其有智者不應測量諸菩薩
事汝今當知一切大海源底深淺猶可測量
菩薩智慧念定總持辯才大海無能測者汝
等聲聞置諸菩薩所行境界不應思惟於一
食前是無垢稱示現變化所作神通一切聲
聞及諸獨覺百千大劫示現變化神力所作
亦不能及時彼上方諸來菩薩皆起禮拜釋
迦牟尼合掌恭敬白言世尊我等初來見此
佛土種種雜穢生下劣想今皆悔愧捨離是
心所以者何諸佛境界方便善巧不可思議
爲欲成熟諸有情故如如有情所樂差別如
是如是示現佛土雖然世尊願賜少法當還
一切妙香世界由此法故常念如來說是語
已世尊告彼諸來菩薩言善男子有諸菩薩
解脫法門名有盡無盡汝今敬受當勤修學
云何名爲有盡無盡言有盡者即是有爲有
生滅法言無盡者即是無爲無生滅法菩薩
不應盡其有爲亦復不應住於無爲云何菩
薩不盡有爲謂諸菩薩不棄大慈不捨大悲
曾所生起增上意樂一切智心繫念寶重而
不暫忘成熟有情常無猒倦於四攝事恒不
棄捨護持正法不惜身命求習諸善終無猒
足常樂安立迴向善巧詢求正法曾無懈倦
敷演法教不作師捲常欣瞻仰供事諸佛故
受生死而無怖畏雖遇興衰而無欣戚於諸
未學終不輕陵於已學者敬愛如佛於煩惱
雜能如理思於遠離樂能不躭染於已樂事
曾無味著於他樂事深心隨喜於所修習靜
慮解脫等持等至如地獄想而不味著於所

遊歷界趣生死如宮苑想而不猒離於乞求者生善友想捨諸所有皆無顧吝於一切智起迴向想於諸毀禁起救護想於波羅蜜多如父母想速令圓滿於菩提分法如翼從想不令究竟於諸善法常勤修習於諸佛土恒樂莊嚴於他佛土深心欣讃於自佛土能速成就爲諸相好圓滿莊嚴修行清淨無礙大施爲身語心嚴飾清淨遠離一切犯戒惡法爲令身心堅固堪忍遠離一切忿恨煩惱爲令所修速得究竟經劫無數生死流轉爲令自心勇猛堅住聽佛無量功德不倦爲欲永害煩惱怨敵方便修治般若刀仗爲欲荷諸有情重擔於蘊界處求遍了知爲欲摧伏一切魔軍熾然精進曾無懈怠爲欲護持無上正法離慢勤求善巧化智爲諸世間愛重受化常樂習行少欲知足於諸世法恒無雜染而能隨順一切世界於諸威儀恒無毀壞而能示現一切所作發生種種神通妙慧利益安樂一切有情受持一切所聞正法爲起妙智正念總持發生諸根勝劣妙智爲斷一切有情疑惑證得種種無礙辯才敷演正法常無擁滯爲受人天殊勝喜樂勤修清淨十善業道爲正開發梵天道路勸進修行四無量智爲得諸佛上妙音聲勸請説法隨喜讃善爲得諸佛上妙威儀常修殊勝寂靜三業爲令所修念念增勝於一切法心無染滯爲善調御諸菩薩僧常以大乘勸衆生學爲不失壞所有功德於一切時常無放逸爲諸善根展轉增進常樂修治種種大願爲欲莊嚴一切佛土常勤修習廣大善根爲令所修究竟

無盡常修迴向善巧方便諸善男子修行此法是名菩薩不盡有爲云何菩薩不住無爲謂諸菩薩雖行於空而於其空不樂作證雖行無相而於無相不樂作證雖行無願而於無願不樂作證雖行無作而於無作不樂作證雖觀諸行皆悉無常而於善根心無猒足雖觀世間一切皆苦而於生死故意受生雖樂觀察內無有我而不畢竟猒捨自身雖樂觀察外無有情而常化導心無猒倦雖觀涅槃畢竟寂滅而不畢竟墮於寂滅雖觀遠離究竟安樂而不究竟猒患身心雖樂觀察無阿賴耶而不棄捨清白法藏雖觀諸法畢竟無生而常荷負利衆生事雖觀無漏而於生死流轉不絕雖觀無行而行成熟諸有情事雖觀無我而於有情不捨大悲雖觀無生而於三乘不墮正位雖觀諸法畢竟空寂而不空寂所修福德雖觀諸法畢竟遠離而不遠離所修智慧雖觀諸法畢竟無實而常安住圓滿思惟雖觀諸法畢竟無主而常精勤求自然智雖觀諸法永無幖幟而於了義安立佛種諸善男子修行此法是名菩薩不住無爲又善男子以諸菩薩常勤修集福資糧故不住無爲常勤修集智資糧故不盡有爲成就大慈無鈌減故不住無爲成就大悲無鈌減故不盡有爲利益安樂諸有情故不住無爲究竟圓滿諸佛法故不盡有爲成滿一切相好莊嚴佛色身故不住無爲證得一切力無畏等佛智身故不盡有爲方便善巧化衆生故不住無爲微妙智慧善觀察故不盡有爲修治佛土究竟滿故不住無爲佛身安住

常無盡故不盡有爲常作饒益衆生事故不住無爲領受法義無休廢故不盡有爲積集善根常無盡故不住無爲善根力持不斷壞故不盡有爲爲欲成滿本所願故不住無爲於永寂滅不希求故不盡有爲圓滿意樂善清淨故不住無爲增上意樂善清淨故不盡有爲恒常遊戲五神通故不住無爲佛智六通善圓滿故不盡有爲波羅蜜多資糧滿故不住無爲本所思惟未圓滿故不盡有爲集法財寶常無猒故不住無爲不樂希求少分法故不盡有爲堅牢誓願常無退故不住無爲能令誓願究竟滿故不盡有爲積集一切妙法藥故不住無爲隨其所應授法藥故不盡有爲遍知衆生煩惱病故不住無爲息除衆生煩惱病故不盡有爲諸善男子菩薩如是不盡有爲不住無爲是名安住有盡無盡解脫法門汝等皆當精勤修學爾時一切妙香世界最上香臺如來佛土諸來菩薩聞說如是有盡無盡解脫門已法教開發勸勵其心皆大歡喜身心踊躍以無量種上妙香華諸莊嚴具供養世尊及諸菩薩幷此所說有盡無盡解脫法門復以種種上妙香華散遍三千大千世界香華覆地深没於膝時諸菩薩恭敬頂禮世尊雙足右繞三帀稱揚讚頌釋迦牟尼及諸菩薩幷所說法於此佛土欻然不現經須臾間便還彼國

說無垢稱經卷第五

音釋

芬馥芬敷文切馥房六切芬馥香氣也儱悷儱力董切悷郎計切儱悷謂多惡不調也慓幟慓畢遥切亦幟也立木繫帛於上曰慓幟昌志切旗也此謂慓幟猶表識也

說無垢稱經卷第六

唐三藏法師玄奘奉詔譯

觀如來品第十二

爾時世尊問無垢稱言善男子汝先欲觀如來身故而來至此汝當云何觀如來乎無垢稱言我觀如來都無所見如是而觀何以故我觀如來非前際來非往後際現在不住所以者何我觀如來色眞如性其性非色受眞如性其性非受想眞如性其性非想行眞如性其性非行識眞如性其性非識不住四界同虛空界非六處起超六根路不雜三界遠離三垢順三解脫隨至三明非明而明非至而至至一切法無障礙障實際非際眞如非如於眞如境常無所住於眞如智恒不相應眞如境智其性俱離非因所生非緣所起非有相非無相非自相非他相非一相非異相非即所相非離所相非同所相非異所相非即能相非離能相非同能相非異能相非此岸非彼岸非中流非在此非在彼非中間非內非外非俱不俱非已去非當去非今去非已來非當來非今來非智非境非能識非所識非隱非顯非闇非明無住無去無名無相無強無弱不住方分不離方分非雜染非清淨非有爲非無爲非永寂滅非不寂滅無少事可示無少義可說無施無慳無戒無犯無忍無恚無勤無怠無定無亂無慧無愚無諦無忘無出無入無去無來一切語言施爲斷滅非福田非不福田非應供非不應供非能執非所執非能取非所取非相非不相非爲非不爲無數離諸數無礙離諸礙無增無減

平等平等同眞實際等法界性非能稱非所稱超諸稱性非能量非所量超諸量性無向無背超諸向背無勇無怯超諸勇怯非大非小非廣非狹無見無聞無覺無知離諸繫縛蕭然解脱證會一切智智平等獲得一切有情無二逮於諸法無差別性周遍一切無罪無愆無濁無穢無所礙著離諸分別無作無生無虛無實無起無盡無曾無當無怖無染無憂無喜無猒無欣一切分別所不能縁一切名言所不能説世尊如來身相如是應如是觀不應異觀如是觀者名爲正觀若異觀者名爲邪觀爾時舍利子白佛言世尊此無垢稱從何命終而來生此堪忍世界世尊告曰汝應問彼時舍利子問無垢稱汝從何歿來生此土無垢稱言唯舍利子汝於諸法遍知作證頗有少法可歿生乎舍利子言唯無垢稱無有少法可歿生也無垢稱言若一切法遍知作證無歿生者云何問言汝從何歿來生此土又舍利子於意云何諸有幻化所生男女從何處歿而來生此舍利子言幻化男女不可施設有歿生也無垢稱言如來豈不説一切法如幻化耶舍利子言如是如是無垢稱言若一切法自性自相如幻如化云何仁者欻爾問言汝從何歿來生此土又舍利子歿者即是諸行斷相生者即是諸行續相菩薩雖歿不斷一切善法行相菩薩雖生不續一切惡法行相爾時世尊告舍利子有佛世界名曰妙喜其中如來號爲無動是無垢稱爲度衆生從彼土歿來生此界舍利子言甚奇世尊如此大士未曾有也乃能捨彼

清淨佛土而來樂此多雜穢處無垢稱曰唯舍利子於意云何日光豈與世間闇冥樂相雜住舍利子言不也居士曰日輪纔舉衆冥都息無垢稱曰日輪何故行贍部洲舍利子言爲除闇冥作照明故無垢稱曰菩薩如是爲度有情生穢佛土不與一切煩惱雜居滅諸衆生煩惱闇耳爾時大衆咸生渴仰欲見妙喜功德莊嚴清淨佛土無動如來及諸菩薩聲聞等衆佛知衆會意所思惟告無垢稱言善男子今此會中諸神仙等一切大衆咸生渴仰欲見妙喜功德莊嚴清淨佛土無動如來及諸菩薩聲聞等衆汝可爲現令所願滿時無垢稱作是思惟吾當於此不起于座以神通力速疾移取妙喜世界及輪圍山園林池沼泉源谿谷大海江河諸蘇迷盧圍繞

峯壑日月星宿天龍鬼神帝釋梵王宮殿衆會并諸菩薩聲聞衆等村城聚落國邑王都在所居家男女大小乃至廣説無動如來應正等覺大菩提樹聽法安坐海會大衆諸寶蓮華往十方界爲諸有情作佛事者三道寶階自然涌出從贍部洲至蘇迷頂三十三天爲欲瞻仰禮敬供養不動如來及聞法故從此寶階每時來下贍部洲人爲欲觀見三十三天園林宮室每亦從此寶階而上如是清淨妙喜世界無量功德所共合成下從水際至色究竟悉皆斷取置右掌中如陶家輪猶華鬘貫入此世界示諸大衆其無垢稱旣作是思不起于牀入三摩地發起如是殊勝神通速疾斷取妙喜世界置于右掌入此界中彼土聲聞及諸菩薩人天大衆得天眼者咸

生恐怖俱發聲言誰將我去誰將我去惟願世尊救護我等惟願善逝救護我等時無動佛爲化衆生方便告言諸善男子汝等勿怖汝等勿怖是無垢稱神力所引非我所能彼土初學人天等衆未得殊勝天眼通者皆悉安然不知不見聞是語已咸相驚問我等於今當何所往妙喜國土雖入此界然其衆相無減無增堪忍世間亦不迫迮雖復彼此二界相雜各見所居與本無異爾時世尊釋迦牟尼告諸大衆汝等神仙普皆觀見妙喜世界無動如來莊嚴佛土及諸菩薩聲聞等耶一切咸言世尊已見時無垢稱即以神力化作種種上妙天華及餘末香與諸大衆令散供養釋迦牟尼無動如來諸菩薩等於是世尊復告大衆汝等神仙欲得成辦如是功德莊嚴佛土爲菩薩者皆當隨學無動如來本所修行諸菩薩行其無垢稱以神通力示現如是妙喜界時堪忍土中有八十四那庾多數諸人天等同發無上正等覺心悉願當生妙喜世界世尊咸記皆當往生無動如來所居佛土時無垢稱以神通力移取如是妙喜世界無動如來諸菩薩等爲欲饒益此界有情其事畢已還置本處彼此分離兩衆皆見爾時世尊告舍利子汝已觀見妙喜世界無動如來菩薩等不舍利子言世尊已見願諸有情皆住如是莊嚴佛土願諸有情成就如是福德智慧圓滿功德一切皆似無動如來願諸有情皆當獲得自在神通如無垢稱世尊我等善獲勝利瞻仰親近如是大士其諸有情若但聞此殊勝法門當知猶名善獲勝

利何況聞已信解受持讀誦通利廣爲他說況復方便精進修行若諸有情守得如是殊勝法門便爲獲得法珍寶藏若諸有情信解如是殊勝法門便爲紹繼諸佛相續若諸有情讀誦如是殊勝法門便成菩薩與佛爲伴若諸有情受持如是殊勝法門便爲攝受無上正法若有供養學此法者當知其室即有如來若有書寫供養如是殊勝法門便爲攝受一切福德一切智智若有隨喜如是法門便爲施設大法祠祀若以如是殊勝法門一四句頌爲他演說便爲已近不退轉位若善男子或善女人能於如是殊勝法門信解忍受愛樂觀察即於無上正等菩提已得授記

法供養品第十三

爾時天帝釋白佛言世尊我雖從佛及妙吉祥聞多百千法門差別而未曾聞如是所說不可思議自在神變解脫法門如我解佛所說義趣若諸有情聽聞如是所說法門信解受持讀誦通利廣爲他說尚爲法器決定無疑何況精勤如理修習如是有情關閉一切惡趣險徑開闢一切善趣夷塗常見一切諸佛菩薩降伏一切外道他論摧滅一切暴惡魔軍淨菩提道安立妙覺履踐如來所行之路復言世尊若諸有情聽聞如是所說法門信解受持乃至精勤如理修習我當與其一切眷屬恭敬供養是善男子善女人等世尊若有村城聚落國邑王都受持讀誦開解流通此法門處我亦與其一切眷屬爲聞法故共詣其所諸未信者當令其信諸已信者如法護持令無障難爾時世尊告天帝釋善哉

善哉如汝所說汝今乃能隨喜如來所說如是微妙法門天帝當知過去未來現在諸佛所有無上正等菩提皆於如是所說法門略說開示是故若有諸善男子或善女人聽聞如是所說法門信解受持讀誦通利廣爲他說書寫供養即爲供養過去未來現在諸佛又天帝釋假使三千大千世界滿中如來譬如甘蔗及竹葦麻稻山林等若善男子或善女人經於一劫或一劫餘恭敬尊重讚歎承事以諸天人一切上妙安樂供具一切上妙安樂所居奉施供養於諸如來般涅槃後供養一一全身舍利以七珍寶起窣堵波縱廣量等四洲世界其形高峻上至梵天表柱輪盤香華旛蓋衆珍妓樂嚴飾第一如是建立一一如來七寶莊嚴窣堵波已經於一劫或一劫餘以諸天人一切上妙華鬘燒香塗香末香衣服旛蓋寶幢燈輪衆珍妓樂種種供具恭敬尊重讚歎供養於意云何是善男子或善女人由此因緣獲福多不天帝釋言甚多世尊難思善逝百千俱胝那庾多劫亦不能說其福聚量佛告天帝如是如是吾今復以誠言語汝若善男子或善女人聽聞如是不可思議自在神變解脫法門信解受持讀誦宣說所獲福聚甚多於彼所以者何諸佛無上正等菩提從此生故惟法供養乃能供養如是法門非以財物天帝當知無上菩提功德多故供養此法其福甚多爾時世尊告天帝釋乃往過去不可思議不可稱量無數大劫有佛出世名曰藥王如來應正等覺明行圓滿善逝世間解無上丈夫調御士天人

師佛世尊彼佛世界名曰大嚴劫名嚴淨藥王如來壽量住世二十中劫其聲聞僧有三十六俱胝那庾多數其菩薩衆十二俱胝時有輪王名曰寶蓋成就七寶主四大洲具足千子端嚴勇健能伏他軍時王寶蓋與其眷屬滿五中劫恭敬尊重讚歎承事藥王如來以諸天人一切上妙安樂供具一切上妙安樂所居奉施供養過五劫已時寶蓋王告其千子汝等當知我已供養藥王如來汝等今者亦當如我奉施供養於是千子聞父王敎歡喜敬受皆曰善哉一切恊同滿五中劫與其眷屬恭敬尊重讚歎承事藥王如來以諸人天一切上妙安樂供具一切上妙安樂所居奉施供養時一王子名爲月蓋獨處閑寂作是思惟我等於今如是殷重恭敬供養藥王如來頗有其餘恭敬供養最上最勝過於此不以佛神力於上空中有天發聲告王子曰月蓋當知諸供養中其法供養最爲殊勝即問云何名法供養天答月蓋汝可往問藥王如來世尊云何名法供養佛當爲汝廣説開示王子月蓋聞天語已即便往詣藥王如來恭敬慇懃頂禮雙足右繞三帀却住一面白言世尊我聞一切諸供養中其法供養最爲殊勝此法供養其相云何藥王如來告王子曰月蓋當知法供養者謂於諸佛所説經典微妙甚深似甚深相一切世間極難信受難度難見幽玄細密無染了義非分別知菩薩藏攝總持經王佛印所印分別開示不退法輪六到彼岸由斯而起善攝一切所應攝受菩提分法正所隨行七等覺支親能導發

辯說開示大慈大悲拔濟引安諸有情類遠離一切見趣魔怨分別闡揚甚深緣起辯內無我外無有情於二中間無壽命者無養育者畢竟無有補特伽羅性空無相無願無作無起相應能引妙覺能轉法輪天龍藥叉健達縛等咸共尊重稱歎供養引導衆生大法供養圓滿衆生大法祠祀一切聖賢悉皆攝受開發一切菩薩妙行眞實法義之所歸依最勝無礙由斯而起辯說諸法無常有苦無我寂靜發生四種法嗢柁南遣除一切慳貪毀禁瞋恨懈怠忘念惡慧驚怖一切外道他論惡見執著開發一切有情善法增上勢力摧伏一切惡魔軍衆諸佛聖賢共所稱歎能除一切生死大苦能示一切涅槃大樂三世十方諸佛共說於是經典若樂聽聞信解受持讀誦通利思惟觀察甚深義趣令其顯著施設安立分別開示明了現前復廣爲他宣揚辯說方便善巧攝護正法如是一切名法供養復次月蓋法供養者謂於諸法如法調伏及於諸法如法修行隨順緣起離諸邪見修習無生不起法忍悟入無我及無有情於諸因緣無違無諍不起異論離我我所無所攝受依趣於義不依於文依趣於智不依於識依趣了義所說契經終不依於不了義說世俗經典而生執著依趣法性終不依於補特伽羅見有所得如其性相悟解諸法入無藏攝滅阿賴耶息除無明乃至老死息除愁歎憂苦熱惱觀察如是十二緣起無盡引發常所引發願諸有情捨諸見趣如是名爲上法供養佛告天帝王子月蓋從藥王佛聞說

如是上法供養得順法忍即脱寶衣諸莊嚴具奉施供養藥王如來白言世尊我願於佛般涅槃後攝受正法作法供養護持正法惟願如來以神通力哀愍加威令得無難降伏魔怨護持正法修菩薩行藥王如來既知月蓋增上意樂便記之曰汝於如來般涅槃後能護法城時彼王子得聞授記歡喜踊躍即於藥王如來住世聖法教中以清淨信棄捨家法趣於非家既出家已勇猛精進修諸善法勤修善故出家未久獲五神通至極究竟得陀羅尼無斷妙辯藥王如來般涅槃後以其所得神通智力經十中劫隨轉如來所轉法輪月蓋苾芻滿十中劫隨轉法輪護持正法勇猛精進安立百千俱胝有情令於無上正等菩提得不退轉教化十四那庚多衆生令於聲聞獨一覺乘心善調順方便引導無量有情令生天上佛告天帝彼時寶蓋轉輪王者豈異人乎勿生疑惑莫作異觀所以者何應知即是寶燄如來其王千子即賢劫中有千菩薩次第成佛最初成佛名迦洛迦孫駄如來最後成佛名曰盧至四已出世餘在當來彼時護法月蓋王子豈異人乎即我身是天帝當知我説一切於諸佛所設供養中其法供養最尊最勝最上最妙最爲無上是故天帝欲於佛所設供養者當法供養無以財物

囑累品第十四

爾時佛告慈氏菩薩吾今以是無量無數百千俱胝那庚多劫所集無上正等菩提所流大法付囑於汝如是經典佛威神力之所住

持佛威神力之所加護汝於如來般涅槃後五濁惡世亦以神力住持攝受於贍部洲廣令流布無使隱滅所以者何於未來世有善男子或善女人天龍藥叉健達縛等已種無量殊勝善根已於無上正等菩提心生趣向勝解廣大若不得聞如是經典即當退失無量勝利若彼得聞如是經典必當信樂發希有心歡喜頂受我今以彼諸善男子善女人等付囑於汝汝當護念令無障難於是經典聽聞修學亦令如是所說法門廣宣流布慈氏當知略有二種菩薩相印何等爲二一者信樂種種綺飾文詞相印二者不懼甚深法門如其性相悟入相印若諸菩薩尊重信樂綺飾文詞當知是爲初學菩薩若諸菩薩於是甚深無染無著不可思議自在神變解脫法門微妙經典無有恐畏聞已信解受持讀誦令其通利廣爲他說如實悟入精進修行得出世間清淨信樂當知是爲久學菩薩慈氏當知略由四緣初學菩薩爲自毀傷不能獲得甚深法忍何等爲四一者初聞昔所未聞甚深經典驚怖疑惑不生隨喜二者聞已誹謗輕毀言是經典我昔未聞從何而至三者見有受持演說此深法門善男子等不樂親近恭敬禮拜四者後時輕慢憎嫉毀辱誹謗由是四緣初學菩薩爲自毀傷不能獲得甚深法忍慈氏當知略由四緣信解甚深法門菩薩爲自毀傷不能速證無生法忍何等爲四一者輕懱發趣大乘未久修行初學菩薩二者不樂攝授誨示教授教誡三者甚深廣大學處不深敬重四者樂以世間財施攝

諸有情不樂出世清淨法施由是四緣信解甚深法門菩薩爲自毀傷不能速證無生法忍慈氏菩薩聞佛語已歡喜踊躍而白佛言世尊所說甚爲希有如來所言甚爲微妙如佛所示菩薩過失我當悉皆究竟遠離如來所有無量無數百千俱胝那庾多劫所集無上正等菩提所流大法我當護持令不隱滅若未來世諸善男子或善女人求學大乘是真法器我當令其守得如是甚深經典與其念力令於此經受持讀誦究竟通利書寫供養無倒修行廣爲他說世尊後世於是經典若有聽聞信解受持讀誦通利無倒修行廣爲他說當知皆是我威神力住持加護世尊告曰善哉善哉汝無極善乃能隨喜如來善說攝受護持如是正法爾時會中所有此界及與他方諸來菩薩一切合掌俱發聲言世尊我等亦於如來般涅槃後各從他方別別世界皆來至此護持如來所得無上正等菩提所流大法令不隱滅廣宣流布若善男子或善女人能於是經聽聞信解受持讀誦究竟通利無倒修行廣爲他說我當護持與其念力令無障礙時此衆中四大天王亦皆合掌同聲白佛世尊若有村城聚落國邑王都如是法門所流行處我等皆當與其眷屬并大力將率諸軍衆爲聞法故往詣其所護持如是所說法門及能宣說受持讀誦此法門者於四方面百踰繕那皆令安隱無諸障難無有伺求得其便者爾時世尊復告具壽阿難陀曰汝應受持如是法門廣爲他說令其流布阿難陀曰我已受持如是法門世尊如

是所說法門其名何等我云何持世尊告曰如是名爲說無垢稱不可思議自在神變解脫法門應如是持時薄伽梵說是經已無垢稱菩薩妙吉祥菩薩具壽阿難陀及餘菩薩大聲聞衆并諸天人阿素洛等聞佛所說皆大歡喜信受奉行

說無垢稱經卷第六

音釋

開闢　闢毗亦切啓也亦開也
窣堵波　梵語也此云方墳又云圓塚窣蘇沒切堵音覩
華鬘　鬘莫班切
協　檄頰切和也
踊躍　踊尹竦切跳也躍弋約切舉身而上曰躍
輕懱　懱莫結切輕懱謂輕易相陵懱也

阿惟越致遮經

西晉三藏法師竺法護譯

清刻龍藏佛說法變相圖

阿惟越致遮經卷第一

西晋三藏法師竺法護　譯

不退轉法輪品第一

聞如是一時佛遊舍衛國祇樹給孤獨園與大比丘眾千二百五十人俱彼時世尊於後夜起三昧正受號離垢光文殊師利童子菩薩亦以普明三昧彌勒菩薩導眾大士普顯三昧於是賢者舍利弗後夜寤起自出其室發心往詣文殊師利欲入其室未入之頃見佛神室則前進矣觀十方蓮華不可稱計圍繞佛屋又復遥聞大音樂聲若干種響其大蓮華自然演光遍照祇樹悉周舍衛靡不見焉三千大千佛之境界光曜巍巍時舍利弗即止不行抑而不俟文殊師利不自覺耳處于其室住文殊師利前覩跏趺坐憺然而定

時舍利弗即爲彈指氶不寤矣聲發洪音亦不興也又一心觀文殊師利現大變化感動如此自察其身在於大海愕然欲出文殊師利三昧之室了不能退將以神足超踊於空亦復礙矣盡現神力不得遊騰又見巳身與文殊師利及其室宇自然東行時舍利弗立文殊師利前結跏趺坐視之無猒爾時東方度是佛土恒沙等剎其世界名不退轉音佛號最選光明蓮華開剖賢者舍利弗從文殊師利見彼聖尊一切毛孔悉出蓮華又其蓮華各周四十萬里皆照三千大千佛土彼諸蓮華有十萬數妙寶爲莖及以金剛紫磨黃金師子之座一切菩薩皆坐其上於無上正眞之道逮不退轉以得總持五通自樂成就法忍三十二相莊嚴其身最選光明蓮華開剖如來至眞等正覺齋生蓮華清淨無瑕其色百千不可稱數青瑠璃莖姝妙交絡上好旃檀珍寶爲座殊異珠鈴垂布四面彼座獨空文殊師利即處於上與其蓮華師子之座踊變上至三十三天尋還詣佛稽首作禮繞佛三帀還坐蓮華彼世尊前叉手自歸於是最選光明蓮華開剖如來等正覺問文殊師利仁者何來抵至此土文殊師利答曰唯然世尊從忍界來爾時彼佛侍者號柔音軟響菩薩大士志于無上正眞之道逮不退轉則蓮華上更整衣服長跪叉手問彼佛曰其斯忍土離是幾何其佛告曰西方去此恒沙等剎有忍世界是文殊師利從彼土來柔音軟響菩薩又問佛言其忍世界佛號云何今現在乎世尊告言字曰能仁如來至眞等正覺

現在釋法又問佛言其佛大聖云何現法佛言開三道教侍者又問何謂爲三聲聞緣覺及弘佛道釋迦文佛說法如此是三道教侍者又問諸佛世尊說經開化不普等乎佛言悉等柔音輭響又問佛言何謂爲等世尊告曰講不退轉此謂平等又問何故能仁如來至真等正覺宣三道教其佛告言彼土人民剛強難化心劣意弱難以一乘救化度矣以是之故諸佛世尊善權方便而爲說法能仁如來興五濁世此以善權隨時之義而濟度之又復問曰唯然世尊彼忍世界講法所化勤勞之難乃如是乎佛言實然有勤危患侍者復問我等世尊快哉善利不生彼土佛言且止無得說此宜當捨之自改悔過又問何故改往修來而忍世界講法甚難以故吾等

不願彼土世尊答曰諸賢莫念重說此辭當自改過所以者何於是佛土修二十億那術百千劫殖衆德本不如忍界從明至食爲人講說度無極法開化愚冥歸命三寶令受五戒釋子聲聞緣覺之道是菩薩大士甚難於彼何況誨之使爲沙門捐俗近道以法將護勸助導示善法之義或復唱顯立之大道此爲菩薩大士難及之教所以者何其忍世界多有患難又問何患世尊答曰柔音輭響使賢者身壽於那術億百千劫聞受無數諸佛國土本命極長不可窮究共計忍界懷婬怒癡無量惡法而不可盡令吾口說彼人罪福因緣所著又以佛慧了了分別其忍世界瑕穢之垢未央可竟爾時柔音輭響菩薩大士三返揚聲而歎頌曰妙哉能仁如來最慈師

子人中之王道德巍巍無所罣礙念世尊明肅然恭敬因本功德其意之願而爲衆生乃忍勞謙講說道義除婬怒癡無量誓法教發聲聞緣覺之心開化以漸使逮佛聖顯導深慧用一切故遊衆德本志無榮冀諸菩薩等取七寶華其色光曜無數百千清淨無埃又無量葉生金剛莖其華之藕上獨交露微妙旃檀衆寶合成瓔珞分布而爲莊嚴心達眼明宿之本德所發興化現雅聖行猶如幻化欣悅感意踊在虛空手執此華遥向釋迦文如來至眞等正覺顧彼忍界一心散華如雨寶蓋繒綵幢旛秉志供養能仁如來以散衆香而燒旃檀雜香擣香自於彼土五心投地西向稽首應時讚曰南無能仁佛等正覺及彼忍界菩薩大士無極德鎧志於精進意無慢恣德備巍巍其心究竟極尊聖妙奉於正法以法爲力慈愍衆生而奮大光等習一乘異口同音俱共歎曰願欲奉覲能仁如來至眞等正覺及諸菩薩佛之教訓令不斷絶於是最選光明蓮華開剖如來闡諸菩薩歌頌之聲察其心源爲諸菩薩大士演以佛法分別要義令心悅豫告菩薩言諸族姓子汝等寧覲能仁無著等正覺及忍世界諸菩薩學人民之處修彼佛教順化衆生欲度危厄志懷慈愍於深妙法未嘗恐懼不以爲難未嘗謗訕殖衆德本心無所著不望想報奉於六度無極之行菩薩大士生忍世界即崇能仁如來宿之本願遵奉正法以道爲力學諸佛行菩薩答曰唯然世尊承佛聖旨普悉見矣又及去來現在諸佛之慈恩也永無疑網最

選光明蓮華開剖如來等正覺告柔音輭響菩薩汝等當與文殊師利俱至忍界奉修訓誨使心燿然柔音輭響菩薩白文殊師利吾等欲詣能仁如來觀忍世界承仁聖慧令願得果文殊答曰快哉行矣衆族姓子諸佛世尊難見難遇所以者何億世時有當共僉然供養奉事所以出世於十方界矜愍衆生化入大道令逮覺慧當爲一切蚑行喘息人物之類恭順修禮諸佛世尊諮問經典令十方人獲致上慶菩薩答曰令吾等身與尊者俱奉見諸佛歸命啓受習學聖智慈化群黎於是文殊師利稽首禮彼最選光明蓮華開剖如來至真等正覺繞其三帀與諸菩薩恭肅敬意及舍利弗聞佛說法受其教命視佛無猒觀身五事若如幻化各以華香旃檀雜香擣香繒綵幢旛以供養佛蒙佛本德心堅意固遵奉三寶欲度衆生奉侍佛焉說此適竟如伸臂頃忽然不現則至東方恒沙等剎佛世尊前皆聽諸佛等演是經講不退轉方等無垢清淨之明彼諸佛土悉無女人亦無聲聞緣覺佛教一切佛土德義悉等鮮潔之命猶如最選光明蓮華開剖如來佛土等無差特菩薩道場充滿佛國彼諸世尊蓮華皆同出其裔中文殊師利普如座上感動變化威儀如一供養諸佛東方南方西方北方東南西南西北東北上方下方時於十方各如恒沙諸佛之土文殊師利悉現其前無不周徧彼諸如來盡悉講是不退轉輪方等無瑕一切侍者恭然肅肅志存大道在蓮華上長跪叉手自問其佛能仁如來何故興此三道之

教悉欲往詣能仁如來諮啓法化從文殊師利求恩見濟十方諸佛亦告諸菩薩曰汝等侍衛文殊師利俱至能仁如來佛土於是忍界閻浮提處夜尚未明賢者阿難時見光明從軒窻入即從卧起欲出精舍覩其祇洹光曜如畫仰視虛空亦不見月察其祇樹但覩其水青青如璧柔輭且清了不復見樹木房室心自念言今日旦當講大深法以故先現此之瑞應於時阿難舉足入水水不著足無所濕溺欣然大悅往詣神室欲見世尊見千萬蓮華繞佛神室又聞洪音作若干妓蓮華出光照於祇洹及舍衛城三千大千世界靡不明達志懷欣豫偏袒右肩長跪叉手稽首作禮自歸於佛明星出時夜已向曉諸大蓮華繞佛室者此大蓮華入於祇洹正住於中

阿難心念今吾宜往爲佛施座此則說法本之瑞應適布座竟尋時三千大千世界六返震動十方佛土各十恒沙亦復如是大音咸達莫不驚欣青蓮華紅蓮華黄蓮華白蓮華普徧佛國自然生樹枝葉華實亦已茂盛諸比丘衆各欲出屋不能自致見祇樹園爲水所溺水輭且清住精舍戶惟見大光各心念言今日當說大微妙法以故先現此之變應彼時世尊能仁大聖從三昧興出其神室就師子座佛身適坐應時十方一切世界諸佛世尊身奮大光色色各異不可稱計於彼黎民莫不覩焉於是文殊師利周於十方與衆菩薩遊諸佛土普供養徧是大菩薩導衆大士神足示現不可思議救利萌類特順佛法教化度脫隨衆所樂而以開導爲十方人各

說法竟文殊師利見能仁如來坐師子牀諸菩薩俱於祇樹園從地涌出與無央數億億百千那術兆姟一切菩薩繞佛世尊無量之帀各化蓮華不可稱計有十萬葉其色各異以供養佛是諸蓮華布佛境界無空缺處又此菩薩散栴檀香雜香擣香妙香其香悉熏三千大千國土皆興美香布施遵戒忍辱精進一心智慧善權方便神通之香分流法香六度無極菩薩微妙道慧之香具足經義修行之香是輩衆香盡演大光其明周徧十方佛前勇猛意强承佛威化供養能仁如來至眞等正覺過大精進勤修正道其心堅固莫能踰者歸命如來時文殊師利與諸菩薩一切衆生莊嚴如意摩尼現衆寶樹八品行行有名寶樹邊豎幢旛交露珠帳紫磨黃金而以校成明月珠地化造屋室講堂樓閣天窻軒牖刻鏤龍蹏泉源陂池江河之流苑囿泉水中生蓮華青紅黃白葉皆明珠無不周徧地出甘露有八味水欲悅衆生示現大道發菩薩意之所當行故爲一切垂哀變化文殊師利承佛聖旨順已道力能仁如來本之所願故以此變開化衆生柔音輭響菩薩等俱多所勸助不可思議無心不心善思唱導被大德鎧順其精進身行高德昔心所志莊嚴虛空一切畢竟皆住佛前於是世尊遊以道教放法光明照文殊師利及諸菩薩大士之等使有牀座應時自然十萬蓮華從佛身出光色無數不可稱限百千顯曜而獨照明以寶爲莖珍寶之珠徧垂周帀摩尼交露栴檀雜香師子之座是諸菩薩大士之衆皆坐其

上處于虛空時能仁佛齋中有光號曰金剛又名救濟衆生之類而放此明億百千蓮華光曜各異無能計量蓮華光明清淨微妙紫磨金色交露之帳其香鮮潔顯照十方無所罣礙此蓮華中自然化出億千蓮華一切諸佛皆受法界平等一類訓誨衆生超度脫門及言教聲空無思想不願之法無有邪行不起不滅三世等空其目清淨自然軌迹化出億千名寶蓮華文殊師利安詳雅步其心寂然則坐其上不著佛身佛體無相心念世尊覺了一切所志三昧號踰金剛而學能仁如來至真等正覺之法則行越空無不慕三昧於是世尊見文殊師利及十方佛國菩薩大士坐訖悉定修諸佛法供養過去無數大聖文殊師利所見攝持心不怯弱順佛道行處師子座時佛則告賢者阿難汝去徧令舍衞祇樹園中内外比丘比丘尼清信士清信女信樂三寶佛法衆僧殖諸德本行欲向成悉使來集今當說法阿難受教徧行宣令比丘對曰吾等今夜見大瑞應即時察知當講大法演深要事欲得往會不能自致時阿難問何所妨礙答曰皆見祇樹爲水所溺水青如壁柔輭且清不見樹木屋室悉沒惟見大光以此之故不能自致於是阿難具以啓佛佛告阿難此比丘等閉隔不解都無有水橫造水想如此比丘無水謂有不但齋是心意不開無色痛癢思想生死之識反謂有矣不持信謂持不奉法想奉未致八等心想獲矣道迹往來不還無著之道亦復然矣不成聲聞心念辦矣不了緣覺心想致矣汝復更往重

告來會阿難受勑一一令語如世尊教還曰佛言今四部衆皆來集會於是世尊告賢者目連汝至三千大千世界悉呼深學菩薩大士被無極鎧志求大乘比丘比丘尼清信士清信女天龍鬼神揵沓和阿須倫迦留羅眞陀羅摩睺勤人與非人使知今日有大法會未聞之要四部弟子人與非人或在天上或處世間皆以奉敬過去諸佛志於大乘學住一道心慕大慧妙尊最上巍巍無極菩薩大士被巨德鎧求利法義精進不廢悉使來會聽深妙法目連受教承佛聖旨自以道力如伸臂頃徧三千大千世界宣告如是未曾有法當共普聽尋以神足還住佛前白世尊曰宣告已周爾時四輩圍繞充滿四十萬里諸天龍神住於虛空五十萬里無空缺處爾時文殊師利白世尊曰今四輩人悉來聚會諸天龍神塡於虛空悉共一心叉手禮佛皆觀如來威神之變光曜煒燁靡不通達衆會坐定恭恭肅肅願佛說法於時世尊即尋欣笑七寶蓮華從地涌出蓮華之葉有無央數百千交露之帳如大高車超天帝座垂明月珠赤珠瓔珞衆珍爲幢向於八方欲濟八難一切衆會四輩弟子比丘比丘尼清信士清信女諸天龍神揵沓和等人與非人悉坐其上普察尊顏文殊師利所從菩薩大士之等相好具足威神巍巍悉同一類在蓮華上一心叉手恭敬無量察佛聖德及文殊師利志求大道於是文殊師利前白佛言今四輩衆諸天龍神咸皆渴仰願佛講說不退轉輪離垢之法此比丘比丘尼清信士清信女諸天龍

神無央數千懷篤信想奉法之想志八等想道迹往來不還無著聲聞緣覺各與此想是故世尊蠲除此念何故如來光于持信至於奉法顯緣覺行於是世尊默然不應舍利弗白佛言唯然大聖吾於後夜寤起出屋詣文殊師利覩世尊室則欲進前見十萬蓮華繞如來室出大光明照于祇樹舍衛國城及三千大千剎土聞洪法音妓樂之聲惟佛解說此何感應佛言今當講此不退轉輪文殊師利俱共分別是之本瑞阿難白佛今於後夜見大光明從軒窻入寤從坐起出見祇洹爲水所溺水輭且清不見樹木及與精舍但見大光此何感應佛言今文殊師利當說深法不退轉輪是之本瑞於是世尊爲賢者阿難說頌曰

此諸佛不我　一乘而無上　其輭音勇猛
因緣與問斯　是乘則清淨　佛道無有上
普柔音勇猛　今所與問斯　此乘無想念
清淨離調戲　普輭音勇猛　今所與問斯
普輭音所問　拯濟一切乘　非處無所成
不起亦不滅　一切所咨嗟　此不成道果
世尊爲本無　此教則成實　普輭音勇猛
今所與問此　於此離響者　一切聲平等
普輭音所問　因動而有聲　其聲不可獲
法無響無字　普輭音所問　法聲等如風
離形無所立　欲令度響著　阿難且聽是
普音之所問　道正法時身　塗想亦復空
諸佛等正覺　空寂無有相　設說若不說
一切法無住　平等覺無色　道迹之所趣
獲來不還返　此佛所說法　離形遠衆相

如虛空無數　佛道如不著　此爲普音問
過去當來佛　于今亦復然　爲現道慧意
未嘗見有塗　不可覩法界　但以音聲耳
分別經本無　此法乃爲道　布施度無極
淨戒亦復然　忍辱度無極　此說現佛道
精進度無極　一心亦俱然　智慧度無極
現道之慧明　佛善權方便　神通度彼岸
假聲講佛道　於俗無所著　爲現三乘教
宣揚說果聲　導師之所講　隨順察本性
吾與五濁世　知劣懈廢人　故爲佛乘者
使人成大聖　吾現四果者　已成無著道
因音謂聲聞　諸法無緣會　所謂衆合會
教皆有所立　現在獲因緣　故說目前法
羅漢謂聲聞　因覩成緣覺　永不起法忍
菩薩之所覩　其空無有相　平等禪不願

三脫之門音　以故說泥洹　不著於往古
來現在亦然　十方之所興　不起無所有
普音今所問　深法妙無量　逮力之至誠
不廢致果想　以專於一乘　不想一切法
故啓問於佛　德果之緣念　此三世平等
空寂而無想　已度一切音　不倚著佛道
猶如有二十　江水之流沙　菩薩數如此
普音之所化　從諸佛聽採　菩薩所修行
三塗適平等　讚揚入大乘　普音志勇猛
爲決除衆網　興著生德果　故問吾道慧
此佛所建立　修願亦如是　遊演三乘等
以濟勤苦患　普音志勇猛　因爲此等造
啓導師講法　示菩薩道行　諸天億百千
處空供養佛　志好於德果　欲決此猶豫
是四輩比丘　比丘尼居士　想著於德果

故分別令解　普柔是以問　拔除諸疑網
此諸菩薩會　猶欲採此法

持信品第二

於是世尊說此偈已賢者阿難前問佛言唯然大聖文殊師利令問如來不退轉輪乎告曰如是乃當講說不退轉輪耶佛言阿難諸佛世尊因不退轉爲應說法阿難又問最勝何緣轉持篤信至於緣覺如來惟顯菩薩法乎答曰如此阿難當知惟暢菩薩經典爲上所以者何吾身何故與五濁世用懈廢者志懷羸劣諸佛當以善權方便隨時之宜講說經道少有志樂微妙之訓多慕卑劣是以如來善權方便而爲現法開演大乘乃應本要是以觀心順所發意而救度之志若得入調柔安隱無所造立苦樂得除誘無從生不起不滅無爲之安漸向大慧一切之智於是世尊默而不語也爾時阿難問文殊師利如來何故默而不言答曰俗人少有信此法說此諸羅漢無數百千心中愕然不解如來何故說此殊異經教吾今目覩是四輩人心隔狐疑曷因如來演處持信至于奉法緣覺有礙欲令進達此無數億諸天龍神咸共猶豫何因如來顯叙菩薩道迹往來不還無著緣覺之道無量菩薩億百千姟不了世尊以菩薩道歎詠執信至于奉法四果緣覺一切江河川流泉源窒不通行飛鳥在室不能進退日月不前翳無光曜黤黮晝昏所以者何此法微妙難解如此是故如來默然不言彼時十萬蓮華繞佛室者一切同聲咸共勸助唯然世尊講不退輪清淨方等經典之要吾等嘗

從九十二億百千姟佛聞此經慧於斯佛土弘修是法時舍利弗復前求哀惟願大聖演不退輪吾今後夜與文殊師利俱遊等至十方無數佛土聞諸佛世尊說是妙法於時虛空中八十五億百千姟天自歸請求欲令如來說不退輪吾等此土從九十二億百千姟佛諮受此法賢者阿難復白佛言惟願加哀說不退輪何因世尊咨嗟篤信奉法之義至于緣覺此四輩人靜然無聲欲聽世尊分別說之令無央數百千之衆閉結不解何故世尊光顯菩薩持信奉法至於緣覺當決大疑惟願如來興隆大哀蠲除所滯普共證明信此聖道佛告阿難如是如來至眞等正覺不釋明證而說經道阿難白佛何謂明證衆祐答曰明證經籍及諸聽者然後說法如來法力最明等覺因其明證而爲分別阿難諦聽善思念之今爲汝了如來所因光美菩薩持信奉法至于緣覺於是阿難與諸大衆受教而聽佛言阿難何因如來讚揚菩薩篤持信乎於是菩薩開化無量不可計人使立篤信得覩諸佛已見大聖不著佛身色痛癢思想生死識亦無所慕五陰如空是謂菩薩執持篤信又阿難菩薩信諸法空如來所說等無有異又阿難菩薩信成佛慧心自念言何因致是平夷之智了不見慧之所歸趣如是等觀謂持篤信又菩薩不信五欲獲致道力是謂篤信又菩薩何緣調心分流法施獨逮如來至眞等正覺其心憺然篤于法施心懷此念是謂持信又菩薩一切所有皆能惠施不惜身命勸助於道不擇布恩無所矜惜一切

是福勸助於道等造空觀不見菩薩如是察正則謂爲信又菩薩篤于佛道而心不荒好寂寞法攘捨六情不慕諸種志於聖軌其不篤道開化立之令順佛經勸使興樂發大道意不得彼心而無所著等於法界何謂知等唯言聲矣等諸四大諸種叵獲又信所作萬物無常苦空非身則致此力信聖戒義而無放逸清淨之業定意正受寂滅無爲信一切界悉歸空盡身等無異是則信根如此等觀不捨衆生觀一切人法界同等則不復見法界所在所以者何一切群黎究歸法界假使篤信諸法如此是則持信又菩薩皆信衆生諸有欲貪亦不有受猶空自然不見衆生之所立居省視一切蚑行喘息人物之類悉是泥洹所以者何衆生空故審實本無故見衆生悉爲泥洹令無數人奉信如此以是菩薩則謂持信於是佛頌曰

開化無數人　令見無量佛　於彼無所著
是則謂持信　信解一切法　分别皆爲空
篤樂如此教　是則謂持信　志慕於道慧
心常思於彼　吾已當因縁　逮心所志明
於五樂之欲　未曾信樂之　以得此信力
是則謂持信　信於奉禁戒　吾何因逮成
興行於法施　猶如佛大聖　彼勇猛之士
心信行布施　志無所想報　是則謂持信
敢有乞求者　一切等心施　既與無施想
是則謂持信　好樂於惠與　一切無貪垢
皆已向聖道　是則謂持信　蠲除於六情
覩了無所求　以獲得法力　是則謂持信
恭肅向於佛　究竟心鮮潔　常篤於道法

是則謂持信　遠捨於六病　其心無所求
五陰已永除　是則謂持信　若人不好道
勸化令欣樂　不疑於佛法　是則謂持信
若見歡喜者　勸導其道意　自察心不得
是則謂持信　慧平等六衰　法界不差特
於土無所獲　土界言聲耳　心常思終始
苦空無吾我　於慧有大力　是則謂持信
好修聖禁戒　清淨無放逸　戒定具足成
是則謂持信　好樂寂然界　衆生亦復然
彼爲有至相　是則謂持信　不捨一切人
法界亦如是　計彼衆生種　經界無思議
如法界無異　是信乃爲了　以故歎篤信
菩薩無所畏　衆生皆自然　計了無住處
普了明法空　彼處不可得　一切人無爲
其群黎亦空　此爲寂泥洹　故爲一切顯
菩薩若勇猛　解衆生如此　以故得名號
稱揚於持信　行篤法如是　歎之爲持信
阿難當持是　分別說亦然　阿難吾因此
導行道無餘　是法成等覺　菩薩演光明

如是阿難如來至眞等正覺以此之故歎立菩薩則爲持信計現此義善權方便而開導之

阿惟越致遮經卷第一

音釋

寤（五故切寤寐覺也）　憺（徒感切恬靜也）　愕（五各切驚遽貌）　剖（普后切析也）　姝（昌朱切美好也）　抵（都禮切至也）　逮（待戴切及也）　擣（都皓切舂也）　鎧（可亥切甲也）　奮（方問切揚也）　謗訕（謗補曠切訕所晏切謗訕誹毀也）　㸌（虛郭切雲消貌）　蚑（去縊切蟲行貌）　喘（昌兗切疾息也）　牖（以久切）

鏤 盧候切雕刻也

龒䟽 龒力同切房龒也䟽山於切綺䟽也

苑囿 苑於阮切養禽獸處曰苑囿於救切苑有垣曰囿

痛癢 痛他貢切癢余兩切

揵沓和 梵語也亦云乾闥婆此云香陰揵巨言切沓達合切

煒燁 煒于鬼切燁域輒切煒燁光明也

窒 知栗切塞也

黭黮 黭幺減切黮吐感切黔黮重雲㒵

攘 汝羊切袪迷也

叵 普火切不可也

阿惟越致遮經卷第二

西晉三藏法師竺法護譯

奉法品第三

佛告阿難如來至眞等正覺何因讚揚菩薩奉持法乎菩薩於此存於佛道而不退轉執持覺軌了了分別不越法界不可思議逮得經籍所可總持常處不動志順法句質一切疑諸法自然無所倚著所可總持不有依立順於總持不專經本志常樂聖欽敬道者於一切法而無所受以不受行乃爲演法志性仁調進止安隱講寂然經於此持法不倚不捨一切自然則聖道相以獲此義未甞越失其身所行體常堅住世非有處何謂善住常觀察之未甞見此身安諦住自順正法等于境界不去不來作是解知諸佛菩薩所可說法逮得此籍清淨無垢見一切法無合無散覩諸經典忽然不見所以不見諸法無爲以故不見以不見法則無所持知界虛空則演經籍諸想自然不有調戲無形清涼離心無心心不可得設不可得則爲道心而無去來講寂然行不有言說無所慕求於法如此無依因者所以不倚不典法貌常順經典是菩薩法而無所著不生泥洹彼說此義猶如顯致不慕種性以獲如此捨諸種性逮菩薩行無所得法於諸往返不去不來一切諸慧無去來今執信如是不動不搖不退不捨奉持諸法不急不緩是謂持法得菩薩道既得聖行則無所得以成如是菩薩大士名曰奉法

佛於是頌曰

一切諸佛法　未甞有退轉　奉持經如此

是則爲持法　講諸佛佛法　無想不自然
甚深不可得　是則爲持法　未甞毀諸界
法界無思議　以得致彼義　則謂爲持法
奉法慇懃慤　諸佛之所演　其心無所著
則謂爲持法　所執無進退　一切法自然
衆經無所著　則謂爲持法　不立於寂滅
奉持履大迹　以隨順彼典　則謂爲持法
道常爲法身　慕求微妙說　棄捐於懈怠
是則爲持法　聽經則採受　學思而翫習
性仁遊居安　是則爲持法　常講憺然義
執經而不著　得致無想行　是則爲持法
堅心立於道　明智行無住　於身常非身
彼解深如是　以致於空身　法界則平等
無往亦無來　分別身諸想　諸佛及菩薩
所可講說法　普逮此經典　是則爲持法

一切法無爲　彼界甚清淨　以奉此經者
是則爲持法　廣察一切經　適見便不見
若不見諸法　彼則無所持　是諸界皆空
則爲講法界　自然離衆想　無形不調戲
其心捨諸有　志亦不可得　設不能逮心
此念爲最上　所志無有意　講法寂然義
無言無所著　是心乃爲尊　以能奉此法
所與不有著　不倚於諸界　是則爲持法
菩薩所奉法　如是應經籍　不依無所舉
示現無有造　如是行善訓　順彼諸種性
以得是義者　故讚揚種性　以殖於此性
謂爲菩薩義　能順此總持　是則爲持法
了不見諸法　一切無所趣　其若咸馳至
亦不是彼法　當來亦無趣　其解一切法
分別了總持　不制不動搖　非捨無所追

彼則與造法　不舉無所下　總持樂於法
於諸法無法　講說不有著　不得於諸經
是則爲持法　阿難吾以故　開演菩薩行
逮致微妙道　是則讚諸法　阿難吾以故
歌頌奉法者　用人想道玄　開導此等類
降此無數法　菩薩之所讚　善權亦安隱
故歎於此經

佛告阿難是故如來至眞等正覺讚揚菩薩總持之法此所現義亦善權方便

八等品第四

佛告阿難如來至眞等正覺何故讚揚菩薩八等之義於此菩薩遠于八邪獲致脱門而無所著不倚八正度凡夫法立於道義獲致中正超于凡俗願立道慧不見得塗出於邪徑常住正觀獲平等跡離於貪身願住道義逮致佛身除起人想常思佛教等心一切遠衆生著常處無倚諸法悉斷所以者何法不可獲身所崇力離世俗籍慕度世典獲定法界不逮道法亦不離俗釋有無義遵修平夷捨斷著想去來現在心念無殊不得道意所以者何等志一切遵修普慧毒火刀杖不能危身悉捨諸界致于佛土不離諸道立無去來道所徃來輒弘大安故曰菩薩塗不有住所以者何佛道則空是故無處以無所住刀不向身無能害者斯謂獲安適逮此行無學不學亦非所求不得聖賢志未甞慕以是之故刀不能害身無能動揺一切道空分別空慧刀不能害用弘大慈愍於衆生得寂定界逮憺然界弘施悲哀棄捐恚心其行慈者則發明慧以慈化世成就大哀不得人處厥慈

具足刀不能傷等於欲界色界無色界等于法界平均之界道無若干不與識念無有嗔恚離於調戲寂然無音法界如此度諸所有菩薩造行諸可專心一切音聲所至到處法莫有所奉不住終始群黎所趣但音聲耳所爲了了講法化者有無說想與其言也以捨我想度諸音聲越于等邪逮得是教解一切法言音聲耳亦不獲法莫有度者是謂八等未甞慕著一切音聲佛於是頌曰

以住於八等　逮致八解門　於八無所著
是謂爲八等　越八凡夫行　得住於正義
不覩中間慧　是謂爲八等　超度俗夫行
得住於佛道　於是無所獲　是謂爲八等
遠離衆邪見　遵修於正見　獲致平等道
是謂爲八等　以除於貪已　而立正聖道
逮致得佛身　是謂爲八等　棄捐衆生想
常志修佛行　平均吾我人　是謂爲八等
得越衆生想　往於無所處　諸法盡逝過
是謂爲八等　捐離於俗法　奉修聖正教
而致寂然義　是謂爲八等　所去爲俗法
佛道亦如是　於此法無得　是謂爲八等
言有一本耳　無有二無際　蠲除如此念
是謂爲八等　不處於中間　無志斷著行
道慧如平一　是謂爲八等　不得過去心
當來亦如是　平夷於現在　是謂爲八等
始無心所由　其發道意者　此心不可獲
何緣如致道　以入無所著　如聖無可獲
以故刀與毒　莫能危之者　脫離於五道
衆想之所由　具足於往返　是故謂無欺
道捨不周旋　所言音聲耳　棄除諸響者

是故不自欺　不得其所由　從來亦如斯
去來唯音耳　但勸於學者　安化故有言
其安亦復空　以應如此學　故能不自欺
菩薩所翫習　了學如此慧　一切無所斷
是謂不自欺　彼不自貪已　設有利刀刃
不能加害身　莫有動揺者　普慈於一切
樂道之大哀　捐除恚害心　利刀莫能加
設有欲害者　自計身空無　而致獲佛道
刀則何緣傷　逮得憺然句　棄除諸惡道
一切殃盡滅　刀刃不能害　成就於明慧
聖達無所乏　顯曜逮佛道　以故刀不害
欲界及色界　無色爲三界　等同斯三界
是故不自欺　等種成正覺　不見名別異
無陰豈所淨　清淨遠調戲　入斯平等跡
故曰爲菩薩　若著音聲者　無離於五道
雖言至法界　講其無所去　以逮不任忍
謂之爲八等　分別諸響應　講說寂然法
無念非有名　故謂爲八等　除釋一切音
而得無聲界　是謂爲八等　不著一切響
因聲解諸法　一切法自然　諸法無有名
不見有度者　阿難我是故　讚揚正八等
義響而趣斯　是亦無所獲

佛告阿難如來至眞等正覺歎美菩薩演八等聲斯義所趣權慧方便也

道跡品第五

佛復告阿難如來何故咨嗟菩薩爲道跡乎軌能通流至於佛心菩薩住此諸所興造永無所立不進不懈度一切法逮于佛法不著仁慧非倚於法無所著行而弗有處具足妙行得獲聖跡精進菩薩其力堅强心慈忍辱

未嘗懈怠捐除慢墮慕求妙道世尊最上不著聖行亦無所住存在斯道而求諸法其所索者永無可獲未嘗動摇雖住於道計聖生死佛慧平等棄離衆樂而等陰蓋滅除一切貪身邪見勤修觀佛察彼精進以覩聖執悉除諸想超度吾我是謂道跡不著佛路得無爲覺不疑聖慧佛之戒禁弗倚於世不覩其戒以無所見則不有求戒莫而慕除釋三結正住三界乃獲大安護衆生想不倚不塗捨一切著乃得佛道致寂然跡不計身命一切所有施而無惜諸根常悦捐除恚色遵修聖行雖以惠與無所放施救群生厄既有所度不住無爲越一切想與無念法棄捐人想而逮斯慧不懼衆會論于寂義用淨佛道超度諸難不畏生死所以者何逮憺然法而無瑕穢聖化妙安知無往來鋤衆類想但正道明志清淨行時佛而頌曰

講論彼道跡　佛聖無思議　計衆有住者
則爲道所將　聖慧最上安　不倚衆相綑
空寂不有住　於彼無所得　以獲斯道者
菩薩志堅强　唯趣是聖教　世尊無有上
志道不有貪　心常採大慧　以是爲道跡
不倚無所著　所謂生死想　佛念亦如是
具足正平等　是謂解道跡　無有衆陰蓋
演析於道法　是故除一切　了斯爲道跡
衆生皆倚身　與心觀佛道　其意志所察
常覩于聖路　身本時與結　凶危想有我
以故無塵埃　不著于佛道　初志懷狐疑
將無不得佛　以釋斯猶豫　正立于佛道
假使識於戒　及佛所演禁　蠲除諸戒想

無應不應禁　超度於三結　等住于三界
則獲致佛道　分別衆生想　習空明軌迹
而願求大慧　逮志聖寂然　不著于佛道
常捨心布施　棄捐嗔恚色　以故無有命
存道無放逸　一切不矜悄　救濟衆惱患
是故謂道跡　住處于上路　未嘗與諸想
當習無所著　斯已而不懼　所遊無禁戒
若習諸經籍　善權捨諸求　覺了衆音響
處世無所畏　設至於衆會　則不有諸難
便唱憺然法　淨治于聖道　造時與人想
以解自然行　用無強著故　則捨衆畏難
若捨衆患害　便不畏終始　逮得淨然道
離垢安最上　等了惡道休　斯以無所懼
平等上聖軌　道恩則不離　斯即菩薩法
爲現道跡事　用懈廢劣人　導利彼故說
以微妙善權　講論佛聖道　若入菩薩者
是以爲唱導　導師所演法　常合善方便
本行亦若茲　志慕于佛道　我是故阿難
分別說道跡　矇冥如意塞　多想求如此
爲說不能解　愚騃心冥冥　謗訕慧精進
聽諸志深要　阿難吾是故　歎美於道跡
設了菩薩無　是輩能解耳　無數百千籍
訓化於道跡　履軌之音聲　爲現佛道明

佛告阿難如來至眞等正覺光曜菩薩謂爲道跡當知是義善權方便也

往來品第六

佛復告阿難如來何故暢說菩薩爲往來乎於是菩薩入於佛道不可思慧志求聖覺無量因緣於諸憒鬧無所與造設致大道慧斷諸緣慕索佛明求不亂禪越一切定釋諸塵

埃乃逮致法等佛典籍了一切經惟求此義如來所護道德之明人未嘗動無所轉移則爲法界憂念衆生心閉意塞遭衆苦患不了經典慕求佛道立之此慧而志大明根力覺意三解脫門定意正受分別是義吾身如何開化衆人令慕佛道當以此明勸化道場而求佛眼心無陰蓋若入正觀導利世間所志慧因諸聖之上其不了慧一切諸法之所歸趣明不可獲以是之聖不求衆生便當立之於此諸慧了法無處以故當來覩群萌界求無心處慕於不念非得彼界不來不往成就衆生往亦不往開化人民了黎民處分別此義隨其開化覩是諸法一切衆生皆存法界察以不見等御法界則省一切經典平夷觀于大道以佛聖慧不得人無了人道等求如是像無持之慧離垢塵埃故慧無非處其以無慧求大明軌不可望聖是慧慧中之大明慧不有諸求亦無所慕是謂聖明之智菩薩所行能得是者以故求來此謂往來於是頌曰

此智有往來　佛慧難思議　是故謂往來
志求於佛道　開化多因緣　乃成於佛路
是事順慧均　慕求不復還　不倚一切禪
勸化諸塵埃　欲救濟斯等　具足於往來
佛經平等法　分別人無相　曉了如本無
以故謂往返　所可獲法者　達了一切慧
吾亦當獲是　欲求所住處　未嘗勸衆生
及計諸法界　故謂於往來　不近所歸處
憂念無數人　少智旣遭患　欲立於斯慧
則求佛大道　根力及覺意　講詠三脫禪

分別斯義已　故求佛聖道　志慕於道場
過去佛所倚　故謂爲往來　則立存大聖
慕樂慈愍眼　佛眼無思議　是故爲往來
慕于佛大道　諸佛之聖求　世尊微妙義
自志斯深慧　一切智最上　明智之所了
一切法之歸　其慧不可得　及以求道者
濟之無數人　立之於上慧　以故爲往來
來者有所求　懐來覩佛界　人界不可議
故以爲往來　於彼救衆生　省察衆生界
求之不可得　故以爲往來　慕心於法界
群黎無所趣　及一切人界　若曉了彼處
順所遊分別　覩一切諸法　見已則不現
常一心定意　求佛大聖道　如是微妙慧
無垢如清淨　而明所分別　其智不可獲
菩薩所欣樂　開化於衆生　則獲彼明智
何緣來至此　吾是故阿難　論講于往來
爲少智之人　覩示所興念　吾是故阿難
論説於往來　人懐精進者　爾乃曉了此
有德者分別　解深妙之義　能獲於斯等
速得成大道

佛告阿難如來至眞等正覺班宣菩薩爲往來當知是義亦是善權方便也

不還品第七

佛復告阿難何故如來説美菩薩爲不還乎於是菩薩一切所存處處造行超越諸有而遠佛明蠲除諸行降伏此已則不復還所以者何見一切法不有往還超度凡夫捐捨俗慧入佛明智獲無所住諸法平夷所以者何用致寂界非動凡夫不立聖道塞諸惡路免濟情欲於食無食逮上明迹拔去諸見則無

所著無有諸邪六十二見已越生死觀於泥洹踰之無爲釋棄衆想不隨經籍淨垢惡道捐棄貢高不懷自大出於無黠憂惱之源破壞愛欲滅除衆冥拔去貪樂捨置塵埃驕慢自恣止息斯礙遠離世智故思佛乘等獲聖慧菩薩捐志捨愛欲界則習本淨過去聖藏之志厥慧無上諸佛所解欲以顯思一切衆生極尊無極爲一切乘此則佛慧菩薩獲斯諸想無想等除一切狐疑之界菩薩逮是則不復還又問阿難其有人不住於道悉當立之以道是者覺了衆生明爾則道能覺如是則制人想所以者何知於空事人界難議平等道慧所以者何分別若此群黎之種則空淨界人種亦空遠於衆想一切諸人與空無特計不有身不獲久住彼則亦空虛空無空免一切想無念致道蠲除衆生虛空之想無棄不棄所以者何一切諸法皆爲平淨一切衆生而無所捐等於所釋故無所得已不有獲是以不來此者乃計爲之不還有爲無爲於一切法覺了所會越度諸患故謂不還於是佛頌曰

彼則無所生　造行如所處　蠲除諸所住
是謂不復還　曉知於往還　不著一切法
所住不可得　是故不還此　其凡夫之行
及佛世雄教　不然無所量　故謂不復還
諸法無復來　亦不復諸往　以獲無去來
是謂不復還　其人未嘗往　不至于三塗
逮致佛道明　則謂爲不還　決除一切欲
於食而不著　得至於道場　則謂爲不還
衆見之所行　分別六十二　不墮於彼際

則謂爲不還　此法無終始　已捨離諸畏
斯慧如本無　是故不至此　所應無爲寂
不著諸塵勞　斷除彼衆想　是故不詣此
已斷諸惡道　洗去衆垢著　學寂然無爲
則謂不復還　降伏於弊魔　及官屬兵刃
永無有衆念　是故不詣此　挽拔癡憂慼
蠲除愛欲根　斷截盛貪婬　是故不詣此
除制諸塵垢　拔去於衆想　究竟至尊慧
故謂不復還　捐去衆愁慼　破壞於貢高
憶斷於五陰　故謂不復還　志乘得光明
佛乘無有上　不貪愛欲患　故謂不復還
已知佛藏處　諸藏中第一　過去佛所辦
是故不詣此　彼處於尊乘　佛聖無有上
截去諸狐疑　是故不詣此　受于無數人
勸立於佛道　以得立聖軌　是故不詣此
曉了空無界　等心於人界　遠離諸著想
是故不詣此　曉了一切界　法界亦如空
衆生不可得　是故不詣此　分別黎民界
虛空無思念　一切法如之　是故不詣此
其人而無心　退除於衆想　諸念不成道
則謂爲不還　吾是故阿難　歎說於不還
諸事永不來　得住於佛道

佛告阿難是故如來至眞等正覺歎美菩薩爲不還亦當知此爲善權方便也

無著品第八

佛復告阿難何謂如來歎美菩薩爲無著也是菩薩没一切行離於處土不倚諸佛度脫衆生不有所造塵勞之垢及與苦樂已滅色欲救濟一切故謂爲無著弗得衆生不獲欲埃非貪如是故謂無著釋去侵欺處無所住

一切法空以了寂靜不習衆想諸想已定則際衆恩不計有人壞滅所志而知空法得無所著佛道無思具足不怙故謂無著演説典籍破壞衆瑕歎於往古佛等正覺教當來現在而不放逸清淨離穢惟論寂然故謂無著菩薩大士開化諸人立于佛道求聖路者於一切法而無所慕具足慈心行佛之仁永不有處彼慈如此故謂無著化立衆生亦不得人究竟大哀曉了不處故謂無著爲衆生故加恩見道法無法想斷除如此故謂無著讃揚覺力計有願數獲於不住拔除衆根志化衆生了清淨法使成道義求不有倚故謂不著都不於處制不貪身於諸萬物非有所依求及與衆會不毀萬物講有爲法如是無本故謂無著遊諸佛土去無所至不起本末覩佛聖尊覺道無寂故謂無著非有依處立如斯土於無量刹平等諸國不調戲界清淨不住福德之域空無諸刹不退轉地無有女人釋去塵勞睡眠之志得佛聖國除陰蓋土降魔官屬去諸怨敵入寂然土感動變化立於願刹去衆求國菩薩具足佛之威曜住無所住覩獲佛意淨印印衆多所安國捨離一切瓔珞寶飾衆垢之瑕究無爲地一切最尊成如是像微妙佛處諸法皆空具足道行故謂無著蠲除衆樂諸想不可於一切法不嗔不怒寂平等乘則爲佛慧身口心同習無上寂慕求聖道不著軌迹不想思人悲念衆生無心不心勸化無數億百千人使立大道開示萌類使念佛法等諸人物導利無數衆庶黎民令發聖意而無等倫一切諸法均空特異

本空慧同立之不想能等如是知無所倚已了若此應其衆生而爲說法不慕諸利無倚經籍具足離想講法如是永不有言多所化濟不見度人救於衆生斷著諸事免諸貪瞋趣越貢高覩一切法不起不滅開化群黎萬物之想令不壞色痛痒思想生死之識凡夫不動則應解脫而立佛法著道迹者化之不倚則成除勗導利所依令無佛想則爲免濟勸發菩薩弘不念心救道因緣諸憒亂意離癡狂詐具足三昧成就定意不懷衆想拔於邪智令覩正慧化發聲聞慕反迹者制倚父毋妻子舍宅兄弟姊妹令除恩愛度著國土財色萬物貪求之想塵勞顛倒開化諸著萬物之想慕離於家而爲寂志懈廢羸劣等脫諸相成入佛土欲垢之法興發道意心不有二未曾生念是無爲法此生死法因緣無緣道意俗心犯戒護禁開化此輩與二想者使其無念度諸根本故曰無著衆祐賢聖懈怠精進男子女人頑愚聰達明聖暗結導利此等令無二心救進衆生故曰無著是謂菩薩成不退意或有受莂又復不著斯諸菩薩近道遠道分別此義不生二想得逮聖路至不起餘而般泥洹便離發意而不有倚緣此諸法以開化人如是自然解一切法演無根本故曰無著時佛歎曰

釋除一切行　所導亦如是　棄捐諸言教
故曰爲無著　鋤捐諸塵埃　度脫勤苦患
救濟于衆生　名之曰無著　察人不可得
欲垢亦如之　諸法無可獲　故曰爲無著
蠲去諸顛倒　立心處不惑　分別知法空

可曰爲無著　了解知空義　無有諸想著
除去一切願　號曰爲無著　捐除一切想
及人衆惡念　心無邪亂意　故曰爲無著
解空無所依　佛道不可量　勗勉大精進
故曰爲無著　講經所因緣　憺靜無調戲
勸人立道德　與名曰無著　眞人修行慈
欲令衆生安　勸人不可得　故曰名無著
本無講經籍　加恩衆生類　未嘗有人想
故曰爲無著　正眞根力覺　爲人分別說
已身遠此慧　故曰爲無著　知人之寂定
清淨法致道　開演大聖教　故曰爲無著
不信諸萬物　現目之所覩　一切虛無有
是謂爲無著　無倚諸佛土　在國行仁義
平等覺所處　爲衆生講法　眞人覺正教
則覩于無見　如諦觀聖覺　是謂爲無著
成就自然國　今我得知之　究竟無本始
是謂爲無著　除去諸所知　心不懷嗔害
應眞如無根　習成寂然道　定意而不滅
靜怕無所起　念道亦如是　故謂爲無著
人物不增動　衆生界如是　億萠亦普然
化之立道義　群生及與道　所處永無念
計慧悉平一　是謂爲無著　平等無像類
一切法亦然　心正若如道　故曰無思念
所謂爲應眞　諸法非所著　能爲人分別
寂爾而無倚　爲人講法義　雖言而無教
普度無量人　見衆不有動　衆生無可獲
諸民除斷著　拔人離邪見　度衆勤苦惱
一切法不起　所處亦無滅　觀衆生諸想
脫群民困厄　無增壞諸色　痛痒亦如是
想識於生死　濟之令無他　不動賢聖法

凡夫亦如斯 立之以佛義 度使悉無著
衆人懷果想 及緣覺之念 超越於覺意
爲人說此法 以興發道心 常依所布施
戒忍亦如是 故講無所倚 知解之顛倒
興習於精進 以除斯諸想 故說無著法
道意之所念 邪智若慧明 於此無所倚
故說無著法 是法不生念 了別無若干
而說如此法 故說無所著 自計已有身
聲聞多所念 以爲除此想 故說無著法
諸法非有思 解知不若干 演說斯無根
故曰爲無著 父母兄弟子 室家之所有
則爲生死行 不能成佛道 慕妻及姊妹
所倚皆歸望 設其不有依 故名曰無著
造興生死事 則有親族念 見因有情欲
吾宿之友黨 自念身有我 心馳衆諸事
分別墮顛倒 必則處魔教 棄捐於生死
終始之災患 讚揚泥洹德 故說於無著
所講勞垢法 興衰及諍訟 斯皆言聲耳
是曰爲無著 衆所多競利 放逸貪萬物
欲救此等類 故說無著法 戀慕室家者
心念行學道 頑鈍意如斯 顯譽於無著
惟見卑賤法 不覩眞妙義 弗省於衆念
故度至無著 除棄凡夫義 專精慕佛法
拔去衆民求 故曰爲無著 若覩善惡行
如是衆數法 無量人亦然 故救於無著
以具諸相好 精進不可計 而倚於此相
仁賢得濟度 莊嚴諸佛土 成就尊上法
依怙覺正剎 度之至無著 無爲法之義
若得或不獲 斯乃聖道行 則能立正願
無戒不覩犯 放逸及智慧 暗昧輭弱人

便著斯二事　衆生與此想　諸念不可計
蠲除若干意　故説無著法　存慕聖衆祐
亦念於無德　分别凡夫法　故説無所著
以得如是行　男子及女人　賢聖與凡夫
斯則與二心　人起此二事　愚行之所爲
用倚是二際　故度至無著　迴動不退轉
興造而不作　欲以近聖道　故興心此念
獲致於大道　不起無所滅　心常懐想著
用求於無爲　於彼受衆生　仁人念萌類
以故曰無著　救濟諸求想　是則菩薩法
爲現阿羅漢　因以發法忍　自謂爲無著
講説羅漢事　斯應爲菩薩　名住無所著
獲致無上道

佛告阿難如來至眞等正覺讚歎説菩薩無著亦當知之善權方便也

聲聞品第九

佛告阿難何故如來光曜菩薩爲聲聞乎菩薩大士開化無數不可計人令聞佛法分别經籍故謂聲聞使聽聖道淨不放逸故謂聲聞使聽無爲安隱甘露根力覺意意止意斷具足此事速至道慧故謂聲聞令得空慧身無堅固暗昧之人閉塞不解所以者何乃貪已身諸入之事眼存爲色了觀如是則成佛眼其目普見不可思議眼無所倚究竟此目致一切法故謂聲聞計此諸法如呼之響莫得著音非有説者亦無聽者無香想香亦不有臭譬如有人卧出夢中齅種種香計此無香此則惑事思想所爲一切諸香人所齅者譬若如夢而無堅固解斯音者則謂聲聞舌之味味亦復爲空若如肉叚而爲舌惑智者

了之不爲味惑譬如聚沫以離諸論無可爲喻明者觀之知無所有不可得持想著味者則致惡罪莫思六界以分別味心則開解意不放逸若知此者心想無爲各各分別謂所聽義而聞此空故謂聲聞曉了其身諸入之事聽之爲空身自寂然未曾有生不知所起無生不生則爲聖道故謂聲聞若所聽者皆無所有解身自然不起不滅故謂聲聞聽于布施惠以法行不可思議佛猶此路致於佛道心有所施不自見心以無意志逮得聖慧所以者何如其所種必獲其實亦不有果說果之聲聽衣食施計物之施所與薄耳一切所捨法施爲尊無得貪惜莫懷施想雖有所惠不得希望譬如幻人無有心意不興想念欲成行者無得想施所以者何施不希望則順道教故謂聲聞離諸所音一切塵埃都無所聽離諸有爲不可以音聽受佛法分別諸響而無所倚所以者何二事造聲雖有二事則無所有因緣合致則有二事用有人故而致法音故謂聲聞於是佛頌曰

使無央數人　聞佛無念法　以故謂聲聞
則勇猛菩薩　聞寂定之道　憺靜不放逸
無量人聽法　故謂爲聲聞　聽憺怕安隱
諸樂非有像　以故爲聲聞　至寂然無爲
聽于覺根力　具足意止斷　自究竟斯事
故謂爲聲聞　聽身所有空　不可得堅固
愚騃之所慕　故當曉了體　其目無所覩
所聽亦如茲　衆生爲見侵　暗塞不了了
若得成佛眼　等目不可議　致之在本無
開化諸暗昧　無量人聞經　諸法非有興

此以得名號 稱存于聲聞 其無所聽受
了之如呼響 不見有說者 亦復無所聞
所以名聲聞 令衆人聽受 計本不有聞
莫爲音所惑 譬如人寐夢 齅於無數香
怳惚不可得 遊逸齅於空 了香亦如此
未嘗有齅香 無量人失志 菩薩令開明
計舌無所倚 肉段不知味 設使肉鮮甘
舌亦當識之 無倚此諸想 念美爲凶危
六界不可念 分別諸味種 菩薩大勇猛
目覩分別此 因聽而致之 故曰爲聲聞
自分別已體 是則空自然 能了此虛無
則無起不生 若無所與隆 則解此聖道
令群黎聽法 是則謂聲聞 計身言本淨
無形不可得 是者莫有人 聽此爲聲聞
猶如幻化生 滅盡則亦空 若有覩衆相
了之爲聲聞 又聽所施與 法施不可念
是軌爲聖路 爾乃成佛道 隨其本所種
獲果亦如之 不可思議施 成大道無念
衣食施薄福 法施爲最廣 未曾有悋惜
此則聖慧塗 弘無想之心 布施不有著
如是惠施者 疾致成佛道 釋去一切心
計耳無所聞 超度諸合會 故謂爲聲聞
因呼有響應 假使不著音 則於衆聖尊
佛法無有上 諸可不聞響 一切而無倚
不二無若干 暢音有聲聞 無數佛演法
令彼聞其音 計所聞如響 樂人成佛道
善遊諸佛土 所聞不以亂 平等覺所處
世尊無有上 聽于三千世 所住如虛空
計人等倚寂 若泥洹無形 世人所著想
計倚有四大 是則爲虛空 泥洹爲想念

解諸種如是　莫得計堅固　本無生死者
不滅盡塵勞　萬物不究竟　計人弗可得
此諸法寂然　未有覩衆界　令黎民聽此
夙夜亦如之　彼不與衆念　我化諸人間
使人得聽法　如此爲弟子　所聞無所聞
故歎曰聲聞　雄人念往古　聽受最上法
覩不分別經　一切法一切　講音無所漏
救度一切會　爲衆人說法　是則爲聲聞
則講無爲界　清淨不放逸　諦觀無說法
佛法亦如是　觀法不去遠　佛之所讚揚
彼法亦不近　是故無所倚　所以謂弟子
聽釆隨此教　勸化於群黎　斯乃爲聞法
阿難我是故　講說聲聞化　假號曰弟子
則菩薩大士

佛告阿難是故如來至眞等正覺歎說菩薩爲聲聞當知是義亦善權方便也

阿惟越致遮經卷第二

音釋

慤（苦角切誠也謹也）鋤（士魚切）析（先擊切分也）矜悁（矜居陵切自負貌悁烏玄切憂也）朦（莫紅切月將入也）黠（胡八切慧也）勗（許玉切勉也）恍惚（恍詡往切惚呼骨切恍惚似有如無也）

阿惟越致遮經卷第三

西晉三藏法師竺法護譯

緣覺品第十

佛告阿難何故如來班宣菩薩爲緣覺乎於是菩薩目覩諸法何謂目覩一切法空無有像類而不可壞現在覺觀法不可滅故謂緣覺諸佛經籍不可思議曉了諸萌悉如泥洹無有内外則不可獲一切諸法不起不滅人之本際則泥洹也所號本淨但著言耳則無所有法不可逮因名演稱語無所違所以者何其言則空口之所說不解已無法本之際佛道之無分別觀斯故曰緣覺目察色陰但是聲耳此色陰者計於色生惟有名矣以離言聲則無有陰其色陰者無身無我所以者何因口作號所言亦空不起不滅所言自然不著吾我不得久存況口言乎目覩色陰則爲痛痒痛痒陰滅則不有名因口之説號爲痛痒痛痒陰無身無我所以者何所謂痛陰其言則空不起不滅言不著身則無所住況於言乎曉痛痒陰即觀想陰若寂想陰則無思想想陰號耳無身無我所以者何口之所説思想陰者其言則空不起不滅分別言已不著自然心無所立何況口言觀想陰已則生死陰已滅行陰則無生死所謂行陰無身無我所以者何所號行陰言其則空不起不滅但著言耳不得久存況口所説觀行陰已則有識陰假使識陰憺然寂滅則無識陰但陰聲耳所以者何其號識陰是則空耳不起不滅其言自然無所住止況言説乎是五陰者皆無所有分別本無故曰緣覺所以者何

斯口之言緣對而致無緣不緣諸因講說有言無言五陰之事於此一切來無所著不造衆因故曰緣覺於是佛頌曰

目覩一切法　分別知之空　不著於諸色
究竟莫有相　現在觀此法　解空知自然
分別了憺怕　不可得根源　現在獲於斯
曉五陰如此　則爲平等覺　緣覺無思念
衆生志無爲　其心不可獲　本際無有起
淨無無思議　一切人不起　觀見無所滅
諸法無動興　是謂爲無爲　衆生皆泥洹
省察是所趣　無人猶若影　故曰爲無爲
不用是名稱　羣黎爲泥洹　不起無所滅
如口所歎詠　敢可說悉空　人不解非言
是故爲衆生　示現說泥洹　口所發假言
無處亦無念　因口而有訓　求本不可得
陰不在本際　口言無所顯　諸聲所稱說
人際亦無念　一切願泥洹　本無及始際
憺然無放逸　則救有所歸　本淨遊于響
衆生亦復然　無形則空寂　本淨無心念
法本爲若此　假名而讚揚　其源不可得
所以有言說　不以諛諂事　而可分別解
其際則空無　便了衆生本　其言不依講
口言無所顯　諸羣黎如此　則不著人本
所發陰則空　其聲無所別　其說亦如此
而際亦復然　其無諦如是　覺已無所念
是則平等道　緣覺無思議　覺了於本色
此但陰聲耳　寂滅斯色陰　則無有言聲
自然釋之去　是則曰無形　吾我旣自然
覩之無有處　因言謂之陰　色本不有身
其聲皆歸空　不起亦不滅　因口而造言

求本不可得　其說因癡興　號之謂色陰
現在觀識陰　諸聲無所有　此陰已寂滅
則無有響陰　於此遠離身　所謂吾我者
計已自然空　未嘗有堅住　口之所緣陰
識陰則虛空　口言本則寂　不起無所滅
若有所頌說　察之悉本無　無黠之所言
故演爲色陰　諸音無有說　其限不可得
不起無所滅　無處而不決　無塵勞侵欺
亦不造諸法　不執無所捨　莫調不泥洹
彼亦無寂滅　不有所覩見　不樂施欲埃
不怠不精進　不亂不一心　彼亦無守戒
非物可成就　何故當持禁　五道非有念
無思亦如斯　不恐無所畏　不脆而不縛
雖講無所演　是爲色所入　一切法晋然
無獲莫著言　現在逮是覺　無盡之法說
以成是三昧　則無諸響聲　目自分別此
響之等如稱　諸法亦如是　無言不有著
曉了因緣者　知音無所有　故號平等道
是謂爲緣覺

佛告阿難菩薩大士現在分別有明無明是行非行有識不識色與不色六入無入諸習不習痛痒非痛痒恩愛莫愛所受捨受有與不有生若不生老病死患一切自然察之本無如是觀者故曰緣覺於是佛頌曰

現在了無慧　未嘗倚爲明　不成立有形
若如水中影　聰達曉諸義　不著一切法
假使不倚經　是則慧者相　明與身無異
一切諸法相　覺了此緣趣　故曰爲緣覺
所號身之行　其軀無所造　求不有內外
則超生死體　終始猶芭蕉　非根無有貌

不起莫有滅　等譬如虛空　現在曉了此
則勇猛菩薩　斯號平等聖　緣覺如無念
分別一切法　寂行如幻化　其識自然爾
現在曉了之　忽然解斯心　知識行如之
諸所導示想　明識諸法空　分別識其然
一切無所著　了如是法者　知識亦如幻
所可號名色　身及諸音聲　衆貌空不成
是謂自然相　心馳騁六情　如幻化無言
現語非音聲　計自然悉空　从遠來習之
因發諸入處　彼則分別習　名自然如空
習以成悉無　遊念起衆更　若曉習本寂
則知法無住　目覩習自然　觀衆更悉寂
不與凶罪殃　故曰爲緣覺　曉了諸痛痒
皆空如本淨　譬如泡起瓨　至竟空無形
斷除衆恩愛　則從無著法　情欲已永盡
故曰爲緣覺　若受而不受　則空無所有
非形何成就　譬之如野馬　吾無所興想
身生亦如是　計本自然生　無根非有形
以離起滅法　則不畏當終　未當復成身
一切得自在　現在獲此慧　永無有著者
又緣覺之音　則造菩薩行

佛告阿難如來至真等正覺以是之故讚揚菩薩爲緣覺也亦當知是善權方便如來用是之故光曜菩薩大士持信奉法八等道迹往來不還無著聲聞緣覺也

釋果想品第十一

賢者阿難而說偈言

世尊所演說　假號名泥洹　喻之若虛空
度於無所有　雖有所講說　則非以辭言
諸佛行善權　合集說法耳

於是阿難說此偈已前白佛言惟天中天其世人民不解如來至眞等正覺隨時之化則自侵欺不了如來何因分別菩薩大士持信奉法至于緣覺也世尊告曰若有明者於過去佛積功累德心開意達不見侵欺所以者何曉了諸法譬若幻夢影響野馬水月所以者何菩薩大士分別此慧則不自侵殷勤修學如來之法精進不懈則不自枉佛於是頌曰

世尊之所讚　讚揚於聖道　是故之因緣
菩薩行勇猛　少智懈怠者　不能解此義
故當修精進　如來以此說　道意所遊生
世尊有開化　故分別此慧　清淨之明哲
彼解道意者　智聖不可獲　若致得知軌
心覺五事空　空者不知空　寂定非不言
悉除一切音　故讚唱空法　捉空無所得
未嘗能獲者　假使不可持　則知爲空義
設有解是五　分別了空慧　成得無放逸
則不自侵欺

爾時五億比丘志懷持信即從座起住世尊前叉手自歸異口同音而歌頌曰

今世尊大聖　蠲除諸狐疑　平等覺所宣
志立于大道

復有五億比丘聞是之說皆悉奉行悉住佛前等心頌曰

惟世之光曜　吾今離猶豫　聖尊之所歎
分別佛大道　志願奉法迹　正慧無罣礙
道德自然成　開化諸十方

復有七億比丘懷八等想聞此歎頌即從座起叉手而立俱歌頌曰

志所懷八等　今則釋疑網　心已分别了
所因見八等
復有十億比丘懷道迹念自從座起义手而
立同說偈言
導師及吾類　以獲致法明　乃知平等覺
所因演道迹
復有二百五十萬比丘志懷往來心則從座
起义手自歸同歎頌曰
我等本依倚　志懷往來心　今日永無難
存亡無放逸
復有五十億比丘懷不還想而說頌曰
導師尊無上　今日無調戲　永捨諸果想
致聖道光曜
復有三十五億比丘懷無著想與立四禪即
從座起义手說是偈曰

今吾不猶豫　逮致無餘法　解諸乘平等
譬之若如幻
復有五十八億比丘意懷聲聞即從座起义
手而立則讚頌曰
吾等犯斯言　意欲度衆生　所演謂聲聞
今日乃達知
復有五億比丘即從座起與緣覺想义手而
立同心頌曰
今日乃自覩　緣覺之所因　世尊分别說
緣覺無思想
復有百萬比丘尼謂成道迹往來不還無著
果想即從座起义手而立說是頌曰
吾了平等法　則捨女人身　各各成佛聖
當爲世最上
復有八百八十萬清信士清信女悉懷道迹

想往來不還念即從座起叉手立佛前心同意等俱共班宣而頌曰
吾等念心淨　譬如瑠璃器　於是當捨家
興佛之法教
復有六十億姟彼諸天人住于虛空而雨天華散於佛上俱供養世尊即下叉手立於佛前而歌頌曰
吾本懷諸乘　果想亦如是　今日已永除
覺成無上道

降魔品第十二

于時無數百千比丘舍利弗目揵連須菩提阿難律離越劫賓奴等從座起叉手而立白世尊言吾等今日聖道具足不違大意降棄魔怨備究五逆得悉五樂成就邪見捨離正見吾等今日已害無數萬千人命悉成佛道至無餘界而已滅度時世尊默然於是衆中無量百千諸來在會聞此所言而皆狐疑此謂何乎義所趣耶心懷冥然如阿羅漢乃興此言豈況凡夫住者直立坐者默坐不能起立賢者阿難承聖尊旨悉知無數百千諸衆心之所念問文殊師利曰聞耆年言會者皆疑不審所論爲何歸趣又佛世尊默然不言文殊師利乃曰惟仁阿難此經名曰不退轉輪菩薩之地是耆年等所可講說諸得不退菩薩大士目覩信耳阿難又問耆年何故說此言耶世尊默然此耆年等於無上正眞不退轉也答曰唯然當成正覺不得迴還也文殊師利謂賢者阿難無黠之行則曰其母是諸人者究盡除害無善思想貪著情色斯則爲父除不善想遠諸情念至無著意釋凡夫

法洗蕩不淨想别聖俗碎破衆念不壞大法興如來意以除諸想於一切法無所從生是故耆年講說此語吾等今日具足五逆所以然者逆無往返耆年所言成五樂者察其五樂皆如夢幻影響野馬了知此慧行無缺減則爲五樂所以者何無有根本設無其源則爲盡除乃應平等講具聖慧即逮法忍此者名曰五樂備足耆年所說吾等今日得離正見住邪見者覩一切法皆處邪見欺哉諸法詐妄至誠盡無所有譬之虚空非有像貌虚實去來悉無歸趣不可將護所以者何其本自然計此諸法則皆平一如諸法等邪見亦然此比丘輩非等無邪所以者何以離諸想致佛聖道獲衆覺法飽滿經義而無所得是故阿難是諸比丘悉共說言吾等今日具足邪見釋子正見此耆年等所謂今日吾等害無數百千人命說斯語時不可計無數千萬人神聞之諸法譬若如幻夢影響野馬蠲除人想無有吾我遠壽命人超衆德本發大道意無所植種興修道義及餘比丘比丘尼清信士清信女捨我人壽無身之想不復頻更終始之患所以者何無我人想不盡想求盡無餘逮致究竟不起法忍故說此言吾等今日害無數百千人命斯諸耆年屬者所云今日吾等逮得佛道致無餘界而滅度者開化無量億百千人命棄衆塵埃令獲聖道所以者何皆發無上正真道意說此語時悉逮無所從生法忍以故咨嗟自讚頌言今日我類拔去情欲成佛道法無塵勞形除有餘穢故謂我輩今獲大道於無餘界而滅度矣是賢

者等以在大乘不願在天唯仁阿難族姓子族姓女發無上正眞道意以超俗事其心清淨不爲俗法之所繫縛乃應發心赴一切義道捨諸想究竟經典則無餘界而滅度矣是爲阿難習菩薩乘行菩薩者不習日行愚騃之人隨日念耳非明智者所以者何設無此誠信要御諸天宮殿則無光明便無出入過去無晦則無晝夜便不思想愚冥之人興晝夜念菩薩大士寂修大道習善知識無有穹志晝夜想也所以者何求除衆念乃致佛道於是文殊師利則說頌曰

所謂不懷施　愛已計有身　彼若不斷除
則謂不動搖　分別於瞋恚　自然不生想
聖道以無處　彼則不可動　所可殺母者
終始所由生　拔去此根源　則謂爲害命
不順念爲父　所樂情欲法　是等解本無
究竟莫有貌　化之歸無身　不知明所趣
不動無所住　向者故說此　所修羅漢法
凡夫法亦然　諸可盡愛欲　向者故說此
本與有爲想　察吾我自然　諸法無所壞
則無音聲說　如來之所知　古昔之所念
即拔此根株　則謂無從生　已捨是想樂
等同而無二　假使曉了斯　則謂等平教
所言五欲樂　俗人讚此五　蠲除非常想
念之如幻化　具足不乏少　則壞愛欲無
以故此等類　世尊前歎之　分別諸罪福
譬之若如夢　究竟無從生　其慧曉了斯
識邪瞋恚法　空寂無能固　邪見爲欺哉
彼分別妙智　一切法不實　莫有近法者
虛事不可倚　如虛空無處　普解脫一切

故歎爲正見　此法則平夷　了慧見正等
厥愚冥之人　起人想則沒　索人不可得
則無有死者　無量人起生　則捨壽命想
便以無衆念　計命者罪重　蠲除衆生想
非有計壽命　以故說此言　吾害無數人
捨諸塵勞埃　法無應不應　解道無形貌
則無所壞除　降伏諸魔力　逮清淨道法
諸法莫有諍　不起不有滅

時文殊師利說此偈已應時五千懷狐疑者心開意解獲大光明而得具成有起無所從生法忍各取身衣供養奉上文殊師利同時說言願令吾等致是法慧所說若斯開化羣黎分別深慧無所罣礙亦如仁者於是世尊讚文殊師利曰善哉善哉斯最妙勝決諸疑網近佛聖籍賢者阿難前白佛言文殊師利何所開化而今世尊讚之如是世尊則曰文殊師利誘化無數百千人類令入大道悉解了此深經之義阿難白曰唯然世尊講不退轉輪入聖軌乎佛言如是阿難講不退輪與化大道所以者何文殊師利則是善友導利羣黎阿難又問唯天中天今此比丘立佛前者悉懷持信奉法之念八等道迹往來不還無著聲聞緣覺之想此輩之類發大道意耶世尊告曰是輩懈廢羸劣心蒙無愷悌志難可開化慢懈不進意在衣食非習深法慕于法利與有爲事憒鬧之緣咸於八等迷惑卒暴而不安詳諸根不定放逸其心貢高自大志計有身及壽命人不捨衆瑕犯戒貪嫉想求佛法悉從惡友樂于邪智不肯奉受智度無極順從外緣貪利財色衣食之樂古今已

來夙興夜寐而不專精違失道義兩舌惡口妄言綺語其志懷害轉共諍訟重于罪福不信空無相不願之法蠲於衆行不起不滅壞一切法求無有想此之謂也於是佛默然無所加言賢者阿難承佛威神問文殊師利曰何故世尊默而不言文殊師利報曰最於後末五濁世時人法如是不信深經佛故默然阿難又問頗有信者悉不篤乎答曰信者少耳譬如阿難明智者尠愚冥人多所以者何不樂修行以故不了如是阿難其聞善法尠有好喜多不欣樂設有信者爲衆棄捐不見恭敬所入郡國縣邑墟聚諸人忽笑所以者何宿罪由致陰蓋所覆本功德薄阿難又問向者講說少有信者義何所趣文殊師利答曰是輩之類則爲捨佛不信大道阿難白佛

惟願演之樂者雖尠聞佛所說悉當欣踊爾時世尊周觀四方便出其舌覆三千大千世界因從舌根出大光明照恒沙等刹時四部衆承佛聖旨目覩東方恒沙等國諸佛世尊咸說此法不退轉輪是同會者悉遥聞之等無差別四輩之會覩斯變化一切等心異口同音皆白佛言惟願大聖遵崇所歎不退轉輪如佛所言誠不有異吾等目視無量不可思議諸佛世尊講斯深經等無差特惟佛說之於是世尊還内其舌告阿難言厥妄言者寧獲斯舌阿難啓曰不也天中天奉至誠者開化正義積累功德遵無數劫闡于大慧乃致此耳是故聖尊惟當說之設族姓子有信樂者學雖寡尠聞是說已覩其明證即當欣然順之不廢佛告阿難一切四輩未遭斯典

志於髣髴比丘比丘尼清信士清信女天龍鬼神阿須倫揵沓惒真陁羅摩睺勒聞是經籍得不退轉當至無上正真道最正覺而於此土講於法義等無有異如我今也爾時四輩及天龍鬼神欣然大悅疑網永裂皆手擎華香共散佛首上諸有女人下身寶瓔以散佛上心同意等普白佛言今日大聖如來至真等正覺乃無二言佛復告阿難實如所云誠不有異如來所演實無二言除諸瘕瑕愚冥之貪假使慧觀佛天中天則獲如願阿難問佛何謂慧觀佛世尊問之汝不解之乎答曰不敏安能及之衆祐告曰假使有人聞能仁佛皆不退轉成佛聖路所以者何佛道普慧有益無損除貪恚癡豈況一華奉如來乎吾滅度後若持舍利供養自歸悉得如意阿難又問精進不疑專心聽經皆不退轉當成佛耶佛言其有人聞能仁佛皆當逮得無上正覺所以者何設不爾者佛語爲異則有二言佛問阿難如拘類樹蔭五百車若五百衆處在其下悉荷覆蓋其種大小答曰甚小佛言阿難如拘類樹其種小小漑灌時節稍稍長大而布枝葉廣覆四遠況篤佛道聞聖尊名亦當如是斯種德本漸備其行非壞不腐至於無上正真之道所以者何此一切法植種之源亦非倚佳羣萌本無故不有敗一切法種無所倚演阿難問佛惟佛說之是聖本願諸佛世尊道法然耶佛言本發意願其聞我名悉不退轉成最正覺諸佛之法皆亦應然所以者何諸佛法等阿難又問設使等者何用願乎佛告阿難菩薩大士聞說斯經假

使發願或不與願會當證明逮聞是法阿難白佛言未嘗有世尊斯法微妙諸佛世尊乃以大慧開化羣黎佛言如是如是阿難諸覺洪明多所開化立于聖旨吾於佛土慈愍蚑行喘息之類不惜身命一切所有施而不恪精進不懈於一切法而無所著行菩薩法積功累德欲救衆生修深經籍乃得佛道阿難問佛難及世尊今說此經弊魔不來廢亂學者不令與德發于無上正眞道耶佛言魔不聞之所以者何文殊師利神足之變也於是文殊師利即釋威神時魔波旬遥於虛空聞講不退法輪之聲聽能仁佛所說法言心懷恐懼衣毛則豎口說此言已得勝我共於力勢已空余界無復國土愁憂涕淚老極憔悴譬如百歲男子朽耄時魔波旬體變如此與四部兵合集三千大千世界各各與魔及魔官屬等類諸天往詣佛所兵仗嚴整衆魔之威逼加菩薩初成佛時現於身老執杖戰疚面皺皮緩置四部兵住於虛空普共遥聞不退轉能仁佛音心悉得定時魔自知非我所有孤獨一身而無侍從直前詣佛白世尊曰今吾一身都無侍從羸瘦老極無將扶者又無力勢不能自勝已空我界三界國土如來大慈咸哀衆生亦可憐我世尊盡度未空吾界而無扶我給授水漿佛告魔言人種甚多不可思議假使諸佛日日興盛如恒沙等發起無量不可稱計億百那術衆生之類人種不盡魔白佛言唯然世尊人種雖多今吾孤獨不有徒使無扶接余假令行道忽極躃地不能自起願見安撫得歡喜悅惟願世尊哀

速撫育使眷屬與佛告魔言且自安志不聞斯法離於信者悉是汝伴魔即歡喜善心生矣意與口言吾當化人雖聞是法令不信樂志懷狐疑已有猶豫必從我教時魔波旬復白佛言惟願加哀弘以大慈重見慰撫令吾踊躍無有憂慼佛向者講聞能仁名悉不退轉必當逮成無上正真之道願聖默然勿宣是旨是羣萌黨聞便加精進立于大道佛報魔言汝且安心勿得懷懼當令衆生不立道意存於人種人人各安使不動搖不震于色痛想行識佛當開導不離邪見非立正觀及六十二諸所疑惑一切無動不念過去當來今現在非離害羣生殺盜婬嫉妄言兩舌惡口綺語及嫉恚癡亦不勸人入于正道亦不化人於布施持戒忍辱精進一心智慧亦不教人導奉四恩惠施人愛利人等利一切救濟合度無所倚動不想人種無念父母兄弟妻子及與男女釋除親友夙夜日月一月半月諸動之想波旬且安吾當勸人令除六度無極思想及大道意十力無畏根力覺意八正之行佛法聖衆及一切智道義之想化諸羣黎於一切法使不動轉時魔歡喜不能自勝即於其處顏色竊窕面目光澤華散佛上繞佛三帀則偈說曰

平等覺世尊　吾心本欣踊　正覺言無特
所造必如意

於是魔波旬說此偈已即還天宮與諸眷屬五樂自娛不復憂慼發大意者世尊說此降魔品時三千大千刹土六種震動阿難白佛今魔威德地大動乎佛言講是降魔品時六

萬四千人得不起法忍阿難又問寧有狐疑不了者世尊曰向者見此悉懷疑結心各念言余已聞之此語何謂何所歸乎不復相見阿難白佛惟願世尊速爲衆會現大光明決其疑網所以如來爲魔說之波旬且安吾化羣黎使不住道於是衆生界而不動摇不發道意無倚智慧不捨邪見不處正觀於六十二疑而不轉移亦無去來現在之想非離殺盜貪婬妄言綺語兩舌惡口及嫉恚癡令不施與戒忍精進一心智慧不順父母兄弟妻子無有晝夜一月半月離是衆想亦非動摇令不奉六度無極及無所畏根力覺意佛法聖衆并一切智使不轉移波旬且安吾當開化一切衆生使不動義不立於行唯然世尊所因講斯速分別之使此會者無餘疑結心開意解及於後世邊地諸國遭值聖明稟受經典持諷誦讀勿復猶豫爾時世尊則說頌曰

聖道無所住　慧軌非有處　說此大義時
人解及應造　塗及一切人　無二不有處
佛以是故說　令學非有處　莫能動衆生
人種亦如是　一切不有形　至竟無所獲
羣黎類皆空　人界不可思　彼則普無念
曉了一切慧　衆人不可動　假名曰身念
四大而合成　此滅度空寂　分別五陰空
自然不有動　滅度不可獲　設總而不移
陰止無所震　曉了不吾我　離形寂然空
究竟非有著　身與五陰同　衰行亦如之
無行以爲行　諸陰猶虛空　所謂寂定界
不起亦不生　斯諸陰蓋入　未能傾轉者

計已身吾我　其法莫搖者　尚不獲曷震
故佛說此言　衆生不侵欺　計本不可得
逮之而無心　自然不可獲　所可云諸見
凡有六十二　無自然如斯　猶如水中月
其六十二見　譬之若如影　離有形無我
自然不動震　過去當來想　現在亦如之
諸想無處所　譬之如野馬　是法空無念
計人不可得　諸衆生無處　則不可動搖
其人喜殺生　由入大曠野　立志於滅度
故不可轉動　雖轉於衆生　彼則無所有
計日不可得　則曰而不動　說道有過去
未嘗有生者　佛以了故說　人而不可動
假使殺生者　法施無思議　以乃成道慧
彼則不可動　所謂邪婬者　愛欲無可得
以故分別說　彼則不可動　其妄言之法
起者不有脫　精進而獨尊　彼則不可動
兩舌及惡口　讒言不如是　觀一切諸講
如幻如無形　皆無有處所　不可有所倚
諸陰譬如響　其念莫有者　所謂不懷施
愛已計有身　聖道以無處　彼則不可動
分別於瞋恚　自然不生想　彼若不可斷
則謂不可搖　曉了衆邪見　奉修於正法
超度諸有言　彼則不可動　動勸助智慧
一切寶清淨　慇哀著色財　蠲捨衆惡罪
所見及奉戒　捨遠於聖道　智慧不與此
莫求於正真　異學懷邪心　斯外諸忍辱
等求平等道　不倚於無爲　精進于三事
異道之明說　是不歸聖慧　此謂明智行
多修於三昧　倚一切諸想　非佛之所歎
亦不勸助彼　愛欲之瑕疵　非明哲之稱

得不與衆想　佛慧不可量　菩薩行勇猛
攝取衆生類　則爲說此義　雖愛無所動
寂除衆生想　則發菩薩意　道意無所起
彼則不可動　思父母兄弟　姊妹及男女
一切猶如幻　彼則不可動　一切是諸念
計之無所有　羣黎法悉空　彼則不可動
其夙夜之想　一月十五日　一切除想念
譬如野馬水　布施奉禁戒　忍辱精進想
一切於此念　是諸想不動　定意之智慧
菩薩之道力　修於無所畏　釋除諸志念
覺意及思道　勉去聖軌慕　明智未甞動
不爲諸想惑　佛法之所求　如此衆聖想
無有若干念　言行之所動　佛慧無罣礙
道想之所依　則爲遠佛道　佛聖非思議

佛分明說化魔品時十億之衆壞除疑網成就大明逮不起法忍得法忍已一切同心說此偈言

弘道之尊聖　佛軌忽無思　爲吾等大師
道勗斷狐疑　具一切光明　使住佛明道
其曜照十方　目覩億千佛　普見衆庶原
於色無所著　蒙世尊之恩　吾等法眼淨

爾時百億人衆各脫身衣以覆佛上供養大聖則歎斯言令一切人逮聞此法光明具足所願必獲阿難白佛其有聞是開化魔經受持諷誦爲得何福佛言其福大浩阿難復問何謂爲浩佛言若善男子善女人明旦供養百佛日中晡時人定夜半天曉肅肅各各供養百佛世尊一日一夜共合六百佛一切所安隨其所宜如此比像具足千歲其福多少阿難言福大多大多天中天不可爲喻佛言

假使是分別魔經受信不疑德過於彼

阿惟越致遮經卷第三

音釋

憺徒感切安也　黠胡八切慧也　尠息淺切少也　蚑詰利切蟲行貌　耄莫報切人年九十曰耄　疚尤呪切顫疚也　躃房益切倒也　讒鋤銜切譖也　勗許玉切勉也

阿惟越致遮經卷第四

西晋三藏法師竺法護譯

如來品第十三

爾時三菩薩各從遠來見此變化佛所演法得未曾有阿難白佛此三菩薩從何所來世尊告曰東方去是恒沙等刹有世界曰身超須彌山住在本土聞説斯經故來到是時三菩薩來住佛前皆以香華供養世尊俱白佛言余等僉然信樂斯法不懷狐疑所以者何心中爟然譬如目覩如來至真等正覺恩之所覆時一菩薩前白佛言如我所言至誠不虚吾於是經都無狐疑第二菩薩復白佛言余於此法亦復不疑第三菩薩復白佛言我之所言至誠不虚所謂佛者吾則是佛曉了斯經無有疑網爾時衆中無數百千諸來會者悉共义手不樂本座佛興於世此徒何故乃宣斯言其餘衆人各各默聲各心念言今佛現在自當分別阿難復白佛此等菩薩皆號云何佛告阿難一菩薩者名得如來住第二菩薩名志得世尊音第三菩薩名志逮得佛聲如是阿難如彼所言等無有異其義趣此阿難白佛言今此無數百千之衆擾動不安悉各义手一心向佛不知斯義爲何趣也是輩功德轉當增加譬如男子端正姝好顔貌潔白淨水自洗以栴檀香熏浴其體著好衣畢其人體色益自光曜是輩功德信樂大道义手向佛福轉難及佛爾時説頌曰

如來知過去　當來亦如是　見諸法本無
故曰爲如來　悉達現在事　未來悉覬覦
不造立三行　究竟如無想　如往古諸佛

所覺不可計　無從來一等　故曰爲如來
如往古諸佛　所倚求聖道　覺者亦當然
故曰爲如來　諸法本所立　道聲寂然定
音歸不可得　故曰爲如來　專應過去戒
當來亦復然　現在獲本無　故曰爲如來
如勇猛忍辱　爲菩薩之人　彼學亦如是
此人則無上　本爲菩薩時　獲勤力如是
志所行精進　故曰爲如來　如諸法平等
所說無特異　不著念在有　故曰爲如來
平等不有念　常自然等正　無有平等想
非思莫發念　本無成三昧　具足此音聲
遵修於定意　故曰爲如來　諸法悉本淨
本無不有處　一切無所稱　因緣不有形
曉了智慧相　明空法亦爾　至誠無所疑
智慧度無極　如聖之所度　逮本無思議

彼明不可得　則無量滅度　猶獲智慧奕
過度亦復然　以是慧無處　故曰爲如來
佛道不可獲　如意之所念　不得一切法
故曰爲如來　獲致於無爲　假使多所逮
諸法非有數　歎道不可限　世尊之威曜
無所修軌迹　彼道則雅諦　悉從智慧興
道尊如無漏　各分別如是　彼道則正眞
塗志應自然　有曉了聖化　法所御平等
將令至本無　故曰爲如來　聖與平等同
所住順明軌　道與身本無　故名爲如來
今吾講說法　聲平等如是　假使住於斯
爾乃求大道　我是故阿難　口出是語耳
此事如所言　則爲識之行　曉了不退轉
則勇猛菩薩　故以修精進　讚揚其義耳
阿難是因緣　菩薩志所演　所以謂如來

勇猛菩薩智　順此諸因緣　其法爲何類
何因謂世尊　菩薩修無畏　講道億百劫
所因成大聖　佛道無思念　成就慧明跡
皆自爲身求　求都無所畏　故曰爲世尊
未曾懼生死　終始無所立　以是度羣生
故曰爲世尊　何謂畏生死　云何住終始
何因度衆生　世尊最正覺　無導利法者
法亦不有壞　非堅無有散　度人勤苦患
是不畏生死　此非住終始　度羣黎如此
故曰爲世尊　未曾懼諸法　永不畏諸義
及一切佛經　令聞無數法　非底不有邊
衆生法悉空　諸佛道自然　不覩諸法本
即依順此經　專精於諸法　知空法自然
不恐無所畏　曉了道慧空　知諸法侵欺
分別無所倚　精進次第演　則解諸法本

勗勉一切難　棄捐衆惡道　未曾有恐懼
免衆生惡塗　過度億人民　越終始大懼
常不動生死　爾乃度羣生　過之度彼岸
至上尊無爲　得致號之人　故曰爲世尊
爲人分別說　諸法猶虛空　亦不有畏難
故曰爲世尊　因依一切法　多所而開導
道平等無異　聖則不可獲　衆生等於彼
則速成佛道　分別說如此　則無所畏難
開化閑隔人　度無數羣生　超越諸所畏
故曰爲世尊　釋去諸人想　遵修于道念
拔除羣萌志　故曰爲世尊　得離衆思想
菩薩無所慕　以故得號字　世尊之名稱
寂滅致等法　曉了一切義　當來所立志
則亦謂世尊　不求上妙道　彼亦不求名
若脫無爲稱　爲人講經義　道捨衆憍慢

則不有立願　人求尊名稱　則不慕佛道
計音如響等　因與衆想念　貪著虛僞聲
我名譽乃爾　不存一切響　口言無所著
菩薩不放逸　故曰爲世尊　大聖所説音
如是譬像法　假有菩薩號　故曰爲世尊
以故當了之　莫不迷惑者　至誠求佛道
無數無有漏　是緣及餘事　歎説世尊音
阿難知隨因　而號爲菩薩　我是故阿難
口出此語耳　所緣諸明智　佛號爲世尊
覺了衆塵埃　未嘗爲之惑　平等覺除欲
是故號曰佛　何以爲世尊　顯示斯名號
曷從言白佛　而講説道法　佛法無所有
曉了空寂滅　一切無有著　故號字爲佛
覺了體悉空　見體無所屬　彼不有堅固
身不可久得　愚騃離慧明　不要謂常要
覺此悉本無　故號曰爲佛　分別無明慧
自然不有形　逮得大聖智　故名曰爲佛
過去所與想　分別學無想　曉衆想無處
不爲念所惑　覺知往古色　無生不有處
愚者爲想惑　計色無所成　分別色本無
不可得根源　不著一切法　則無有痛痒
曉想譬如幻　無物不有形　已分別斯慧
一切法如是　總持無所行　一切身無苦
空義非有御　故身不可得　人身不堅要
若如芭蕉樹　悉分別此義　故號曰名佛
其識自然空　計身無有内　外亦不可獲
識之何等類　覩識無所有　一切法亦然
不得處形貌　究竟不可獲　識之所知然
計本悉等寂　若了曉想者　則莫有所見
明不作是觀　一切人亦然　羣生萌類同

以故無能知　自然不有啓　諸法無所行
一切莫有受　人法亦俱然　一切法忍過
覺了未曾生　無若干放逸　故號曰爲佛
曉了佛衆經　所經如正諦　一切法無處
故名號曰佛　如空諦法爾　所覺經本無
猶佛道無異　莫能得根本　從始發意來
所因志大道　則了不有心　諸法無所獲
何緣發其志　而慕求聖道　其心與道同
覺了無形貌　吾以故阿難　演出此經耳
所因講聖軌　吾爲佛導師　以斯法像類
其音號曰佛　假使作彼教　乃爲求佛道
則得近正道　其知是法者　不復懷二心
一切法如是　不疑佛經籍　則致世最上
若解此講者　普說法若斯

佛分別說此如來世尊佛義之時則無央數百千人衆前白佛言吾等除疑無復結網所以菩薩因由得名號之如來世尊爲佛曉了此法自逮見心一切法空人爲之惑父母妻子戀恨恩情如來手授深妙之義其心堅住不復輕發了不動法如空不搖無能震者如是世尊一切諸法無所轉移所以者何諸法如空爾時無數百千之衆稽首佛足繞聖三帀則還復坐

開化品第十四

爾時有菩薩名諸根常悅說是頌曰

衆人與果想　救濟于異念　平等於實道
稽首世明智　常講說德實　演果爲平等
得平夷正覺　稽首世明智　無數人貪果
倚行衆生實　佛悉度此等　稽首世明智
說法無差特　所住而正均　覺諸法平等

稽首世明智　人多慕德果　勖勉令不著
解脱衆顛倒　稽首世明智　所與德具足
使衆堅住道　成就一切德　稽首世明智

於是諸根常悦菩薩說偈讚佛已繞佛三帀去佛不遠瞻聖尊顏不以爲猒心開意悦於是蓮華首藏菩薩即從座起蓮華散佛已而說讚曰

衆人皆懷想　度脱諸所著　永離於恐懼
稽首上能仁　寂除一切處　說法無境界
英雄超諸受　稽首上能仁　尊解諸法空
自然無堅固　平等法越難　稽首上能仁
斷除諸根株　衆生著塵勞　免濟使無畏
稽首上能仁　無恐而不懼　爲大師子吼
超度諸境界　稽首上能仁　無有衆憂患
感惱已永盡　心除遠凶害　稽首上能仁

蓮華首藏菩薩大士讚佛已竟即白佛言若人行此當爲作禮最後世時聞是深經智慧明達未曾恐懼復有菩薩名離欲迹前白佛言假使有人聞此深經歡喜信者則謂明智當以華香夙夜供養復有菩薩號曰廣心前白佛言說此經法普與佛道不疑此者德不可量致供養利其心堅固信是經者所願者得其不信者爲魔所固則隨魔行復有菩薩號曰蓮華目前白佛言而讚頌曰

若信是經者　爲世作眼明　無有狐疑心
指示人道路

復有菩薩名心信悦佛前說頌曰

聞斯經法者　歡喜信爲上　是等之人輩
則爲世神明

復有菩薩號喜神靈而說頌曰

其聞是經者　信之而不疑　爲世之威神
人中之上尊
復有菩薩名曰常感前白佛言而説頌曰
若有疑是經　當爲興悲哀　志在虛妄法
則數數生死
復有菩薩名曰寶衣而説偈曰
無數億衣服　清淨善微妙　疾化度尊長
今未曾狐疑
復有菩薩名曰禪食佛前説頌曰
其信此深經　當爲施美食　一切米具足
專精大聖行
復有菩薩名曰見人住聖佛前説頌曰
其疑是經者　當爲興悲哀　啼哭墮泣淚
不信深經法　或從地獄來　或還入惡道
用須臾之間　狐疑此像法　爲惡友所攝
不解深妙義　爲疑網所縛　以故歸非處
則不順正義　觀瞋恚懷惱　於是所住時
喻之如凶獸　既不修道術　懈怠不精進
信邪無智慧　不信此典籍　慕終始羣生
著吾我恩愛　倚在三界患　不信斯微妙
懷害爲愚冥　著在欲所樂　貪倚自見身
誹謗是道教　志慕好衣服　追逐美飲食
少存清白法　故誹謗斯經　人在樂欲界
貪慕無德實　其人則自遠　不近於世尊
復有菩薩名曰棄惡法佛前説頌曰
當棄是輩人　譬如遠溷廁　愚者疑此經
倚界而求脱　當共遠離之　猶若死臭屍
其疑深經者　遠之當如此　有人誹謗者
如賊危聚落　則住在冥處　見惡意捨之
覩此即當馳　是賊凶惡物　若誹謗此經

不見意無亂

爾時阿難前白佛言未曾有天中天是諸菩薩分別經慧乃如是乎因三昧力説是語耶承佛聖旨曉了之乎佛言承佛威神緣此經義得三昧力逮至無爲所以者何今是住者族姓子等於六十億諸佛聞此經籍信樂讚頌亦如於今志三昧力承佛威神講此經典所以者何如彼所言等無有異則爲明證阿難問佛其聞是經即歡喜信而不狐疑族姓子族姓女得何福祐佛告阿難族姓子族姓女志求無上正真之道假使七寶滿此天下施與如來若復有人聞是深經即歡喜信非以狐疑福過於彼佛言置是滿天下寶如恒沙等諸佛世界滿中珍寶供養如來其聞此經歡喜信者福過于彼佛爾時頌曰

假使是天下　七寶滿其中　以供施如來
世尊成諦慧　智人聞是經　信樂不迴動
此福最爲多　其德不可限　使如恒沙等
諸佛界如是　供養聖世尊　不及聞是經

阿難白佛言族姓子族姓女聞是經法而歡喜信持諷誦讀其福如何佛言若族姓子族姓女求無上正覺百劫供養如來布施持戒忍辱精進一心智慧又得五通各各百劫曉了世間無所復疑不受此經其人則爲不供養佛佛爾時頌曰

若具足百劫　奉供養世尊　飲食普備悉
則不供養佛　其受是經者　則奉於大聖
捨離倚道想　法供養諸佛　如此順尊教
乃爲奉事佛　法供養等覺　如來則法身
假使此百劫　選擇好衣服　奉世尊正等

此非供養佛　其受是經者　乃爲尊恭肅
此應奉事佛　勝以衣被服　若於百劫中
明珠好華香　進世尊等覺　不應供養佛
設有受此經　堅除倚果想　是則爲供養
世尊最上慧　若起七寶塔　爲世雄興立
皆高如須彌　不爲供養佛　假使受此經
不自覩吾我　是供養最尊　一切無有上
若具足百劫　有人奉禁戒　不持此經籍
彼戒無名聞　其受是經者　此戒大名稱
若奉清淨禁　此戒無有上　無量不可議
明智順是經　因緣而奉事　其禁常備足
彼禁悉究竟　不謂之毀戒　其學是經者
即當如上教　其不學是經　則非求佛道
奉聖雖具足　則亦無所學　修禁如是像
分別此經義　其持是卷者　禁戒則具足

假使百劫中　一心奉忍辱　設有瞋罵者
皆忍一切人　若受是經者　聞持而諷誦
此忍最爲上　微妙不可量　或斷手足者
心未曾懷恨　不猒不以劇　其心初不起
如是之忍辱　行之於百劫　遵行如是者
此忍無有持　若受是經者　聞持而諷誦
此忍最爲上　微妙不可量　若持是經卷
其忍最爲上　巍巍無等倫　則不有虛僞
不斷至誠教　佛慧莫有上　非輕毀此經
一切逮如願　假使百劫中　精進不懈怠
夙夜與不寐　一切得如願　若修學此經
講說成明智　是精進爲上　勤修無踰者
若滿百劫中　爲五通神仙　不逮聞是經
則爲無神足　假使受此法　分別而無著
神通爲已達　一切莫有上　設於百劫中

修奉於智慧　超度世間明　娛樂所倚行
如不學此卷　則不成智慧　斯聖達勇猛
能持此深經　此者則道智　曉了聖明慧
若聞深經要　歡喜受奉持　有分別深慧
曉諸法所趣　當從說是經　此像之智慧
修習正經典　一切無有二　故修精進行
順持要經籍

爾時賢者阿難於佛前說頌曰

假使四千里　若遠四千里　則往聽是經
順度佛德果　便徃到其家　不以道爲難
智者當速行　所在推是經　其欲速禪思
越度諸一切　誦說此經道　受持解其義
設求一切安　志慕菩薩行　講說是經典
則至安樂國　得覩平等覺　阿彌陀無念
而修隨經義　一切佛所演

佛言善哉善哉阿難審如所言等無有異族姓子族姓女讀此經者諷誦之時其心不亂離一切想自在其舍見佛世尊讀經不亂臨壽終時目覩無數諸佛世尊所以者何族姓子族姓女一切諸佛皆救護之受持是經而讀諷誦之所致也

師子女品第十五

爾時私休童女與五百童女俱問佛言唯然世尊女人若學是經卷者獲何功德設諷誦讀福何所趣佛言女人若求無上正眞之道欲學此經觀餘女人所以者何若學此經專精不亂不效他女貪於塵勞猶是之緣致女人身私休又問何謂女人之塵勞也爲欲所惑奚受女身答曰若有女人見他婦女端正姝好寶瓔珞身不以顏樂自觀察已譬如穢

厠心不樂欲造汙露觀非以爲清若貪樂是則受女身又計女人多懷嫉妬心口各異而不相副不應前後雖見比丘但求名聞不用經法多懷瞋恚喜會人客未曾求利如此像經若讀誦者心在著求其志憒亂遊于塵埃以是之故受女人形不能除罪此以女人設除愛欲不興邪想受此經本持諷誦讀所以者何是深尊經除女塵色又問假使女人不願其身受此經法持諷誦讀以何因緣轉女像耶佛言欲轉女身受此經籍持諷誦讀不願女人常畏穢之譬如有人見大熾火自投其中而口說言莫令火燒無使傷肌於童女意云何彼人言爾寧得願乎答曰不得天中之天所以者何計於火種主有所燒爛壞肌肉不得無傷佛言如是此經亦然燒盡塵埃愛欲無餘設使貪著情欲之態累世自危是故女人欲轉是身速當究竟成於聖道見無央數諸佛世尊備無量辯當受此經持諷誦讀私休童女及五百人俱白佛言吾等省念世尊往古從定光佛如來至眞等正覺受此經本持諷誦讀爲無量億百千之衆演說其義阿難白佛此私休身雖爲女人則非女也所以者何今吾最後而目察覩私休童女示現變化乃如是乎愍傷女人欲以度脫攝諸男子不見處所以是感動化衆女人佛言阿難其私休者非男非女無有此法所以者何觀諸法本不得男子亦無女人一切諸法皆無可獲等不差特所以者何如是計之非男非女私休童女分別此經無所罣礙逮得法明是故阿難若有女人欲求男子當順私休

修行之法受是經卷持諷誦讀爾時五百比丘尼前白佛言吾等之類從今日始受是經本持諷誦讀不樂女人穢猒此身從今以往不復坐寐諷誦此經通利乃定時佛讚曰善哉是之所說諷誦斯言被大德鎧通達精進不慕女像是故仁者益加勤修受此經本持諷誦讀時比丘尼聞佛所說欣然大悅即脫身衣以覆佛上而歎頌曰

我今日得樂　望爲男子身　正覺言無異
必獲世上尊

於是五百長者妻聞比丘尼被是德鎧即從座起前白佛言惟天中天吾從今始受此經卷持諷誦讀願令我等獲得自在不繫綴人莫察他顏離於魔使難固之患所以者何正使女人生於王家則有所屬不得自在盡其形壽給事夫壻是故我等今日始遵精進假使有人說此經中一句之義不敢誹謗至窮命盡不近夫壻令我等讀解此經於時世尊讚長者妻言善哉善哉是女人等今於佛前大師子吼此言甚佳被無極鎧如人所志不察他顏不負重擔十月懷軀亦不加遭而入胞胎所生佛國清淨佛土無女人處莫有瑕疵阿難問佛此諸姊等所生世界其號云何而無瑕疵佛言世界號寶蓮華藏當生彼土又問佛言聖號爲何如來至眞等正覺佛言佛號一切諸寶妙珍之光如來至眞等正覺現在說法是長者妻學此經籍見彼如來時長者妻歡喜踊躍善心生矣即解頸著百千之寶七寶珠瓔以散佛上同聲說偈言

今日獲大望　當棄女人身　等覺言無時

口演至誠語 當除此愚形 女人殃罪體
癡騃志貪著 不解知本無 非更於胞胎
除去所受身 逮得無上義 未曾有所處

時長者妻說是偈已瞻佛尊顏目未曾瞬

歎法師品第十六

於是天帝釋則取天華以散佛上而白佛言唯然世尊吾已奉受此微妙經答曰是故拘翼蒙此經恩天阿須倫不興戰鬬於是文殊師利欲以開化無數百千人民之衆使立德本前白佛言如來至真等正覺本發道意而諷誦此大法之本佛言是故仁者於不可計百億那術菩薩最尊光明智聖普遍十方諸佛之土猶日宮殿無所不照說是語時此之國土六返震動遍雨天華阿難白佛地何故動而雨天華佛告阿難無數億天聞文殊師利之所讚詠心懷踊躍散此天華而興立願吾等亦當受是經卷逮得道慧如文殊師利適說此言衆罪悉畢得近此經以故欣然稽首佛足復禮文殊師利是故地動阿難問佛是經之德廣大無極其聞此經其德不小不可妄遇佛言如是阿難族姓子族姓女前後供養無央數佛爾乃逮聞是經法耳若聞信樂受持諷誦則爲天上天下聖神佛語阿難假使是經所流布處則不虛妄有佛比倫若有受持諷誦學者則壞羅網降伏弊魔則逮法瑛而演法明勗勉衆冥得至道場若有從我聞是經籍歡喜受持而諷誦學則爲佛子從法身生欲服聖食坐於佛樹如吾坐時講說經法如佛所演當受是經持諷誦讀阿難問佛唯願世尊說當來者後豈有人受此經

法持諷誦讀佛言阿難於今現在佛前信者彼人後世乃信之耳受持諷誦佛觀天上天下人間諸魔梵天沙門梵志諸天人民及阿須倫不聞是經後世聞之而信樂者未之有也於今聞者後乃信耳譬如長者及長者子財富無數獨處藏寶行到他國於阿難意計之云何其人藏寶不還得耶答言得之所以者何知其藏處求輙得之佛言如是今聞是經後世歸之猶取藏寶如佛於此道眼覩之其今現世聞是經法歡喜信者受持諷誦後世必獲亦如阿難汝坐佛前聽是深經

譏謗品第十七

爾時阿難白佛言其聞是經而不信樂呰毁誹謗罪何所趣佛告阿難汝且黙然用是問爲阿難白佛願佛説之若不信者聞誹謗罪或能自改佛言得五逆罪又復如害三千大千世界人命其罪云何阿難言甚多甚多天中天凶殃無量佛言誹謗法者罪至於此若復有人破壞損毁恒邊沙等佛之塔寺佛泥洹後火燒寺舍罪寧多不答曰甚多甚多天中天是輩之人不當見聞佛言阿難當爲其人現説此罪若復有人毁亂滅盡過去當來現在佛法其罪如何阿難言其罪甚深不可稱計佛言謗是經者其殃如斯若止餘人使不學者罪當柰何佛言假使三千大千世界衆生修行十善又發無上正眞道意若有一人盡挑其眼彼罪如何阿難言甚多甚多天中天無央數劫中常當生盲又泥犂火燒之難竟佛語阿難我故語汝殷勤囑累假使有人誹謗禁止一人不得爲此法罪踰於彼阿

難又問若復有人發求大道狐疑是經亦不誹謗罪何所趣佛言其人發意前後狐疑若干之數常當違遠諸佛世尊隨其疑數又從疑數更若干劫乖闊道教阿難白佛若不信喜禁止衆人令不學之其人受殃身大小如受罪多少佛言且止阿難用是問爲阿難白佛願世尊演說此四輩中或有爾者及當來世邊地之土諸大國人聞是經法多有疑者當令信解不復誹謗佛言其人身當長一萬姟周遍勤苦毒痛不可計之阿難問佛言其舌大小佛言其舌廣長各四萬里駕犁耕舌五百億載各五百億歲當呑銷銅其火焰赫及雨身上燒炙焦煮所以者何此不護口之所致也於是四輩諸來衆會衣毛皆豎淚出而懼顛倒躃地同時舉聲求哀悔過當爲是善男子善女人請救其罪乃當毒痛若干之惱其身長大苦不可言復有餘人其淚流面前白佛言不能自察今世後世心起狐疑今現佛前及違十方諸佛世尊經籍之教陰蓋所覆不自見過今悉自歸佛前首罪不敢覆藏惟佛原之譬如愚騃無知之人乖其正理自覩罪咎惟佛大哀願見原赦佛告四輩善哉善哉族姓子族姓女疑於是法觀已過罪悔彼殃釁猶日除冥爾時阿難前白佛言今此衆會志懷狐疑亦當復獲如此罪耶佛言阿難雖懷狐疑今復悔過是輩之罪猶當輕微阿難又問願佛說之佛言臨壽終時遭地獄痛一一毛孔當更無數不可計患猶是餘息所以者何在於佛前捨疑悔過加及十方無數諸佛哀施恩德是故阿難善男子善女

人當自察之得身如此遭無量痛聞是經卷歡喜不當狐疑其不欲捨佛法聖衆去來今佛聖法之教當信是經持諷誦讀

囑累品第十八

賢者阿難白世尊曰諸佛大聖悉等同一說不退輪乎佛言如是等無有異阿難問佛假使諸佛同等講不退輪何因大聖向者說言假使有人不欲違遠佛法聖衆佛所與顯去來今佛不當遠離此經之卷阿難又問佛說法何所光與佛言不退轉衆為顯佛法合集聚會不退轉種如來所演也阿難又曰諸不退轉菩薩大士應聖衆乎佛言阿難清淨正意發大道心觀察此意是輩皆應不退轉衆阿難白佛至未曾有諸佛世尊善權方便隨時之義顯揚大道爾時天帝釋即以天華散於佛上而歎頌曰令一切人承善權方便演說經籍佛言拘翼其聞是經歡喜信者此輩之人猶當以此善權方便說法開化多所發起亦復如我等無有異爾時有無數諸天之衆皆以天華供養世尊俱說斯言令一切人逮得此法阿難白佛惟願世尊建立大慈令是經卷後世人蒙之佛告阿難善男子善女人來在此會後世必值得是經卷假使蹉跌在大海中應得是經畢當聞之所以者何過去諸佛之所神變攝是經法阿難白佛雖為過去諸佛威神亦復現在今者如來至真等正覺之所建立也說是語時三千大千世界六返震動應時佛前無央數億百千之華衆寶蓮華自然踊出普光衆會各照十方恒沙等國爾時會者遍見十方恒沙等剎佛世尊

前有寶蓮華億百千葉無不達者也時天帝釋自變其形作長者身擎若干華分布四輩而說此言願持此華以散如來至眞等正覺又加供養此深經義四輩如言各各取華散諸佛上衆會皆見所散之華在諸佛上化成華蓋應時四輩各白佛言此何本瑞光明巍巍乃如是乎地大震動又衆寶華化現佛前所散諸華一切佛上變成寶蓋佛言阿難皆是經卷之變應也是故當知建立此經流布一切受者則思爾時阿難復白佛言今者世尊聖旨之德建此經也佛言如是建立護已及現在佛亦復若此等無差特阿難問佛今此經卷所名云何如何奉持佛言阿難是經名曰不倚果實除得迹想又名持信奉法道迹往來不還無著聲聞緣覺也又名開化蔽魔又名導奉六度無極當持所以者何聞此經若信樂者即當具足六度無極阿難又問云何信樂而奉持者具足六度無極佛語阿難若族姓子族姓女信喜是經不疑布施則度無極不毀失戒則禁無極在所忍辱則忍無極亦不懈怠離于怯弱則進無極所爲興立如不輕舉則禪無極一切無念等于諸法則智無極是故阿難說是經卷號之名曰六度無極又名不退轉輪方等之法阿難白佛唯然世尊聞是經名則爲大幸何況受持諷誦者乎佛言如是難值阿難又問聞是經名能超幾劫佛言阿難聞是經不退轉輪歡喜信者則當越除無數百千劫終始之患假使有聞棄除貢高信發道意是輩云何佛言阿難佛皆授決得爲無上正眞之道意也爾時

四輩衆會人人其前化有蓮華光色無量一一華者有無央數百千諸華各懷悅豫則取蓮華供養世尊同音歎曰願令吾等值是法世亦効如今分別說之時佛即笑便有妓樂而自然鳴聲聞十方無數千天空中雨華栴檀栗金及天心華諸天之衣散世尊上賢者阿難長跽义手前白佛言佛不妄笑會當有意佛語阿難今諸四輩天龍鬼神人及非人聞是經者後世所生輙值此經演說其義如我今日等無有異佛說是時賢者阿難文殊師利菩薩諸天世人莫不歡喜

阿惟越致遮經卷第四

太康五年十月十四日菩薩沙門法護於燉煌從龜茲副使羌子侯得此梵書不退轉法輪經口敷晉言授沙門法乘使流布一切咸悉聞知

音釋

㸌 虛郭切開朗貌　覬覦 覬羈致切覦庾俱切　騃 五駭切愚癡也　溷 胡困切圊厠也　綴 知衛切連也　缹 方有切蒸缹也　釁 許覲切釁隙也　蹉跌 蹉千箇切跌徒結切蹉跌足失據也　跽 渠委切

佛說寶雨經

唐三藏達磨流支等譯

清刻龍藏佛說法變相圖

佛說寶雨經卷第一（一名顯授不退轉菩薩記）

唐三藏達磨流支等譯

如是我聞一時薄伽梵住伽耶城伽耶山頂與大苾芻衆七萬二千人俱皆是阿羅漢諸漏已盡無復煩惱得真自在心善解脫慧善解脫如調慧馬亦如大龍已作所作已辦所辦棄諸重擔逮得已利盡諸有結明了正法心得自在到勝彼岸通達法界爲法王子於諸利養心無所著善得出家成具足戒意解圓滿住涅槃路惟除一人謂長老阿難陀猶居學地菩薩摩訶薩八萬四千人皆是一生補處於一切智現前能入隨順尊重得無所著陀羅尼門住首楞嚴三昧遊戲神通證無功用離一切障起大慈悲遍滿十方一切世界善攝無邊諸佛刹土空性所行安住無相

心如虚空如甚深海如妙高山八風不動亦如蓮華無所染著如明淨寶如鍊眞金爲欲利益諸有情故起無邊智入佛境界其名曰寶幟菩薩寶手菩薩寶印手菩薩寶冠菩薩寶髻菩薩寶積菩薩寶性菩薩寶頂菩薩寶幢菩薩金剛藏菩薩金藏菩薩寶藏菩薩德藏菩薩離垢菩薩如來藏菩薩智藏菩薩日藏菩薩定藏菩薩蓮華藏菩薩解脱月菩薩普月菩薩淨月菩薩觀自在菩薩大勢至菩薩普賢菩薩普眼菩薩蓮華眼菩薩普威儀菩薩端嚴菩薩普慧行菩薩法慧菩薩勝慧菩薩上慧菩薩金剛慧菩薩師子遊戲菩薩大音聲王菩薩師子吼菩薩甚深音聲菩薩無染著菩薩離一切垢菩薩日光菩薩月光菩薩智光菩薩智德菩薩賢德菩薩月德菩薩蓮華德菩薩寶德菩薩曼殊室利法王子菩薩摩訶薩等復有十六善大丈夫賢護菩薩而爲上首復有賢刧菩薩慈氏菩薩而爲上首復有四大王衆天四大天王而爲上首復有三十三天衆帝釋天王而爲上首復有時分天衆時分天王而爲上首復有知足天衆知足天王而爲上首復有樂變化天衆樂變化天王而爲上首復有他化自在天衆他化自在天王而爲上首復有白分魔王衆商主魔羅而爲上首復有梵天王衆大梵天王而爲上首復有淨居天衆摩醯首羅天王而爲上首復有無量百千阿素羅衆毗摩質多羅阿素羅王睒末羅阿素羅王婆稚阿素羅王羅怙羅阿素羅王等而爲上首復有無量百千諸龍王衆阿那婆達多龍王摩那斯龍

王娑揭羅龍王和修吉龍王等而爲上首復有無量百千諸龍王子威光而爲上首復有無量百千諸龍王采女及餘無量天龍藥叉健闥縛阿素羅揭路茶緊捺羅莫呼羅伽人非人等皆來集會時伽耶山頂周四踰繕那地及虛空無微塵許衆不充滿爲欲供養佛世尊故敷師子座其師子座高一踰繕那以無量百千綺妙繒綵寶鈴寶網寶蓋莊嚴復有百千繒帶垂下其師子座及地方處皆以金剛所成堅固難壞平坦如掌灑掃清淨散衆天華甚可愛樂於其地上出生無量百千葉金色蓮華瑠璃爲莖帝青爲臺香氣芬馥悅可衆心其座四邊生四寶樹高半踰繕那枝條蔭映三俱盧舍爾時如來於大衆中坐師子座以清淨智轉妙法輪降伏魔怨世法不染無有驚怖如師子王如清淨池亦如大海如妙高山如日光耀如月清涼如大龍王普雨法雨如梵天王超諸法衆以無量無邊諸弟子等及百千帝釋梵王護世四天王等一切大衆前後圍遶瞻仰尊顏目不蹔捨爾時世尊從於頂上放大光明蔽於衆會其所放光名曰普曜有無量光明而爲眷屬遍滿十方一切世界還於佛所右遶三帀攝入面門然佛面門無有異相譬如月光遍於虛空無有異相如是光明入佛面門無有異相亦復如是又如灌水及酥油等入於沙聚然彼沙等無有異相光入面門亦復如是爾時東方有一天子名曰月光乘五色雲來詣佛所右遶三帀頂禮佛足退坐一面佛告天曰汝之光明甚爲希有天子汝於過去無量佛所

曾以種種香華珍寶嚴身之物衣服卧具飲食湯藥恭敬供養種諸善根天子由汝曾種無量善根因縁今得如是光明顯耀天子以是縁故我涅槃後最後時分第四五百年中法欲滅時汝於此贍部洲東北方摩訶支那國位居阿鞞跋致實是菩薩故現女身爲自在主經於多歳正法治化養育衆生猶如赤子令修十善能於我法廣大住持建立塔寺又以衣服飲食卧具湯藥供養沙門於一切時常修梵行名曰月淨光天子然一切女人身有五障何等爲五一者不得作轉輪聖王二者帝釋三者大梵天王四者阿鞞跋致菩薩五者如來天子然汝於五位之中當得二位所謂阿鞞跋致及輪王位天子此爲最初瑞相汝於是時受王位已彼國土中有山涌出五色雲現當彼之時於此伽耶山北亦有山現天子汝復有無量百千異瑞我今畧説而彼國土安隱豐樂人民熾盛甚可愛樂汝應正念施諸無畏天子汝於彼時住壽無量後當往詣覩史多天宫供養承事慈氏菩薩乃至慈氏成佛之時復當與汝授阿耨多羅三藐三菩提記爾時月光天子從佛世尊聞受記已踊躍歡喜身心泰然從座而起遶佛七帀頂禮佛足即捨寶衣嚴身之具奉上於佛作如是言世尊我於今者親在佛前得聞如是本末因縁授阿耨多羅三藐三菩提記獲十善利作是語已遶佛三帀退坐一面爾時東方過殑伽沙世界有世界名蓮華其佛號曰蓮華眼如來應正等覺明行圓滿善逝世間解無上丈夫調御士天人師佛薄伽梵

爲諸菩薩開示正法其所演說惟是一乘彼佛刹中無有聲聞辟支佛名一切有情皆是阿鞞跋致迴向阿耨多羅三藐三菩提而彼世界諸菩薩等皆以禪定法喜爲食無段食等彼佛光明清淨遍滿不假日月星宿之光地平如掌無諸草木牆壁无礫及以山川清淨嚴飾爾時釋迦牟尼佛所放光明既遍其國而彼大衆倍增歡喜彼有菩薩名止一切蓋何故菩薩而受此名若諸有情聞其名者即能斷除諸障結縛名止一切蓋爾時止蓋菩薩乘佛光明詣彼佛所從蓮華下偏袒右肩右膝著地合掌恭敬而白佛言世尊如是種種清淨光明悅樂身心從何而至爾時蓮華眼如來告止蓋菩薩言善男子西方去此佛刹過殑伽沙世界有佛國土名曰索訶其中有佛號釋迦牟尼如來應正等覺明行圓滿善逝世間解無上丈夫調御士天人師佛薄伽梵若諸有情聞彼佛名於阿耨多羅三藐三菩提得不退轉如是種種清淨光明從彼如來之所現耳其有衆生遇斯光者身心悅樂爾時止蓋菩薩白佛言世尊以何因緣聞彼佛名即於阿耨多羅三藐三菩提得不退轉佛告止蓋菩薩善男子由彼如來往昔修菩薩行時發是誓願若我得成佛已一切有情聞我名者皆於阿耨多羅三藐三菩提得不退轉止蓋菩薩白其佛言世尊若如是者彼世界中諸有情等但聞佛名皆於菩提不退轉耶佛言不也止蓋菩薩言世尊彼諸衆生既已預聞彼佛名號云何於中有退不退佛言善男子但使得聞如來名號皆與彼

作不退因緣是故亦名阿鞞跋致善男子譬如植種未經腐敗至彼後時水土和合於意云何如是種子名爲生不止蓋菩薩白其佛言世尊如是種子無有損壞若遇因緣而定得生佛言善男子如是如是彼諸衆生由聞佛名必定當成阿鞞跋致得授阿耨多羅三藐三菩提記爾時止蓋菩薩白佛言世尊我今欲往索訶世界禮拜釋迦牟尼如來應正等覺承事供養尊重讚歎願見聽許爾時世尊告止蓋菩薩言善男子汝欲往彼今正是時其諸菩薩又白佛言世尊我亦欲往索訶世界禮拜親覲恭敬供養釋迦牟尼佛爾時世尊告彼諸菩薩言善男子汝若欲往今正是時汝等於彼國土莫生輕賤放逸之心所以者何彼國有情多諸貪欲瞋恚愚癡不敬沙門婆羅門造作非法麤惡獷戾矯詐輕險貢高我慢愛著慳悋嫉妬懈怠毀破禁戒行諸不善無量煩惱之所繫縛而彼如來能於惡世教化有情彼諸菩薩白其佛言世尊釋迦牟尼如來甚爲希有能爲難事佛告諸菩薩如是如是如汝所言於惡世中若諸有情一彈指頃能生淨信或持禁戒或離慳貪或起大悲發阿耨多羅三藐三菩提心過於清淨國土百千劫行爾時止蓋菩薩及諸菩薩承佛教已頂禮佛足從本住處將欲往詣索訶世界爲欲供養釋迦牟尼佛故即以種種神通變化示現寶樹華樹果樹劫波樹等皆以眞金瑠璃頗胝迦寶而嚴飾之高廣微妙枝條扶踈或復示現種種衣服嚴身之具妙香寶蓋諸天音樂如雲而下現如是等無量

變化謂衆菩薩言諸仁者彼索訶世界多諸苦惱汝等各現神變令彼有情獲最勝樂時諸菩薩皆曰唯然爾時止蓋菩薩及諸菩薩身出種種清淨光明其光遍滿三千大千世界其中所有地獄傍生琰魔鬼界蒙光觸身皆得離苦悉獲安樂慈心相向遠離貪瞋如父母想又於世界暗冥之中日月光明所不能及而皆大明各得相見威光照曜充滿世界所有諸山鐵圍山大鐵圍山目眞隣陀山摩訶目眞隣陀山并餘黒山上至梵世下至阿鼻地獄靡不周遍威光至處一切有情求食得食求衣得衣求乘得乘求財得財盲者得視聾者得聞狂者正念苦者得樂懷孕之者自然平安爾時止蓋菩薩與諸菩薩到索訶世界已詣伽耶山以諸菩薩威神力故三千大千世界寶網彌覆莊嚴顯現於虛空中遍布大雲雨天妙蓮華雜華妙果或雨天華鬘好香末香袈裟衣服珠蓋幢旛現如是等種種供具之時索訶世界一切有情皆得最上無量快樂爾時伽耶山頂及諸方國所有株杌一切叢林由菩薩威神力故悉不復現又復顯示一切寶樹華樹果樹栴檀沉水劫波樹等枝葉華果次第莊嚴甚可愛樂於虛空中奏天妓樂供養讚歎爾時止蓋菩薩摩訶薩即從坐起偏袒右肩右膝著地向佛合掌恭敬而白佛言世尊我欲少問如來應正等覺惟願聽許佛告止蓋菩薩言善男子隨汝所問當爲汝說一切如來皆同許可今汝應當善自攝心止蓋菩薩聞佛許已白佛言世尊云何菩薩得施圓滿云何淨戒圓滿云

何住忍圓滿云何精進圓滿云何靜慮圓滿云何般若圓滿云何方便善巧圓滿云何大願圓滿云何勝力圓滿云何得智圓滿世尊諸菩薩云何等於地云何等於水云何等於火云何等於風云何等於空云何得如月云何得如日云何如師子云何善調伏云何性寂靜云何如蓮華云何廣大心云何清淨心云何無猶豫心云何而得智慧如海云何而得微妙智善巧云何成就應理辯才云何而得解脫辯才云何而得清淨辯才云何能令一切衆生歡喜滿足云何言說令他信受云何名爲能說法者云何而得隨順法行云何而得法界善巧云何行於空云何行無相云何行無願云何得慈自性云何得悲自性云何得喜行云何得捨行云何能得遊戲神通云何能得離八無暇云何住菩提心而不退轉云何而得宿住智通云何而得近善知識云何而得遠離惡知識云何證得如來法身云何修得金剛之身云何而得爲大商主云何於道而得善巧云何演說得不顚倒云何常得諸三摩呬多云何菩薩受糞掃衣云何而得受用三衣云何而得不隨他行云何常乞食云何得一坐云何得一食云何得阿蘭若云何得樹下坐云何露地坐云何塚間住云何得常坐云何隨敷坐云何修瑜伽者云何能持素怛纜藏云何能持毗柰耶藏云何而得軌則所行境界具足威儀云何得離慳悋嫉妬云何於一切有情得平等心云何得善巧供養如來云何降伏我慢云何多淨信云何於世俗而得善巧云何於勝義而得善

巧云何深入緣起善巧云何自了知云何能知於世云何得生清淨佛土云何得處胎塵垢無染云何樂出家云何得淨命云何無疲倦云何奉順如來教勑常不違越云何和顏微笑永無顰蹙云何具足多聞總持云何善巧攝受正法云何爲法王子云何而得釋梵護世之所隨從云何了他意樂隨眠云何成熟有情善巧云何得隨順住云何共安隱住云何而得攝事善巧云何成就相好端嚴云何而得依止所作云何而得如藥樹王云何精勤修福德業云何修證變化善巧云何速證無上菩提爾時世尊告止蓋菩薩言善男子善哉善哉汝爲利益無量有情故爲安樂無量有情故爲哀愍一切世間故問如是義諦聽諦聽善思念之當爲汝說爾時止蓋菩薩聞是語已白佛言唯然世尊願樂欲聞佛言善男子有十種法諸菩薩摩訶薩若能成就即得施波羅蜜多何等爲十一者成就法施二者成就無畏施三者成就財施四者成就無希望施五者成就慈愍施六者成就不輕慢施七者成就恭敬施八者成就供養施九者成就無所依施十者成就清淨施善男子云何菩薩成就法施所謂攝受正法受持讀誦無所希求不爲利養恭敬故不爲名聞勝他故惟爲一切苦惱有情令罪銷滅演說妙法無所希望如爲王王子及旃陀羅子演說妙法心尚無二況爲一切大衆說法心不平等雖復行施而不恃此心生我慢善男子是名菩薩成就法施善男子云何菩薩成就無畏施所謂菩薩自捨離科罰及一切器仗

亦教他學捨離科罰及一切器仗又復觀察一切有情如父母想如男女想如親屬想何故菩薩作如是念如佛所說一切衆生未有不曾爲我父母男女親屬於微細蟲猶割身肉而布施之何況廣大有情而令驚怖是名菩薩成就無畏施善男子云何菩薩成就財施所謂菩薩觀見一切有情造極惡業施財攝取令彼遠離所作惡業安置善處復起思惟佛說布施是菩薩菩提由布施故得斷三種不善之法所謂慳悋嫉妬惡思是故我應學於如來隨所有財常行布施雖復施與不起慢心是名菩薩成就財施善男子云何菩薩成就不希望施所謂布施終不爲自身故不爲財物故不爲眷屬故不爲利養故然諸菩薩行布施時其心清淨由是因緣遠離一切希望報恩而行布施是名菩薩成就不希望施善男子云何菩薩成就慈愍施所謂菩薩見諸有情受於苦惱饑渴貧露衣服垢弊孤獨無怙無所依止遠離福業無所趣向由此菩薩作是思惟起慈愍心我爲利益彼有情故發阿耨多羅三藐三菩提心此諸有情受於苦惱無歸無怙無所依處流轉生死我當何時爲諸有情爲歸爲怙爲所依處由是菩薩慈愍纏心於常常時於恒恒時隨所有物施彼有情雖有饒益衆生善根終不恃此起於高慢是名菩薩成就慈愍施善男子云何菩薩成就不輕慢施所謂施時終不棄擲輕欺而與曾無瞋嫌邀頡之意不恃富貴自在傲慢非求多聞名稱憍逸所施與時歡喜恭敬尊重讚歎自手授與是名菩薩成就不

輕慢施善男子云何菩薩成就恭敬施所謂菩薩見阿遮利耶鄔波䭾耶及修梵行所有尊者恭敬頂禮問訊起居但是所作種種善根願我同作所作成就是名菩薩成就恭敬施善男子云何菩薩成就供養施所謂菩薩供養三寶云何供養佛謂於如來制多之中若華若香若散若燒及塗掃地若制多破壞應當修理是名菩薩善供養佛云何供養法謂諸菩薩聽聞正法若書寫受持讀誦通利思惟修習不顛倒思惟不顛倒修習是名菩薩善供養法云何供養僧謂供給衣服飲食卧具湯藥下至水器衆具皆足是名菩薩善供養僧如是供養佛法僧時是名菩薩成就供養施善男子云何菩薩成就無所依施所謂菩薩行布施時終不爲求天王位果及生

餘天亦不求人王及小王等是名菩薩成就無所依施善男子云何菩薩成就清淨施所謂菩薩行施之時觀察施物及能所施皆非實有離諸障礙雜染過患是名菩薩成就清淨施善男子若能成就此十種法是名菩薩成就施波羅蜜多復次善男子菩薩成就十種法即能圓滿戒波羅蜜多何等爲十一者守護波羅提木叉律儀二者守護菩薩淨戒律儀三者遠離一切熱惱四者遠離不如理思惟五者驚怖所作諸業六者驚怖所作違犯七者怖見他物八者要期堅固九者得淨尸羅而無所依十者尸羅三輪清淨善男子云何菩薩守護波羅提木叉律儀所謂菩薩善學如來所說素怛纜毗奈耶法善受學處菩薩修學及以學處不著種族故不執異見

故不著徒衆故不見補特伽羅過患生尊重心故是諸菩薩所修學處是名菩薩守護波羅提木叉律儀云何守護菩薩淨戒律儀所謂菩薩如是思惟若但學波羅提木叉終不令我得阿耨多羅三藐三菩提由是菩薩於諸如來素怛纜中所說菩薩學處及菩薩律儀戒我應修學何者是菩薩學處何者是菩薩律儀戒謂諸菩薩不住非處順時而語知時知方菩薩若不如是即令有情不生敬信由是菩薩隨順一切諸有情故令至菩提及爲已身菩提資糧速圓滿故成就具足威儀行法音聲柔輭辯才簡要無所執著恒修寂靜顏貌熙怡是諸菩薩於如來所說素怛纜中成就學處修律儀戒是名守護菩薩淨戒律儀云何菩薩遠離一切纏障熱惱所謂菩薩不爲貪瞋癡等毒火所燒亦復不爲闕緣衆具熱惱所燒以諸菩薩修習貪欲能對除法及遠離能起貪欲緣故何者是貪欲對除何者是起貪愛緣謂修不淨觀是貪對除世間妙色是貪緣起云何修習觀不淨法謂諸菩薩觀察自身髮毛爪齒皮膚血脉筋肉骨髓脾腎心肺肝膽腸胃生熟二藏肪膏腦膜洟唾涎淚膿汗脂痰瘡及塵垢大小便利流溢種種臭穢不淨如是觀察不淨體性深生猒離不起貪心設有頑嚚癡迷狂亂幼無了解見是事時尚不起貪何況智者由是菩薩修不淨觀云何遠離起貪愛緣謂諸菩薩見於世間端嚴妙相可愛色像便生染著適悅身心即自思惟如世尊說愛欲境界猶如幻夢悟已即無云何智者於幻夢境而起貪心

是名菩薩修習對除貪欲自性及起貪緣云何菩薩修瞋對除云何遠離能起瞋緣所謂菩薩於諸有情多修習慈由是因緣對除瞋恚若起瞋恚於因於緣有執著時彼諸菩薩由是伏滅瞋恚隨眠是名菩薩修習對除瞋及起瞋緣云何菩薩修癡對除云何遠離能起癡緣由彼菩薩如是觀察便得離癡由離癡故無諸熱惱遠離樂欲及衆資具是名菩薩修習對除癡及起癡緣云何菩薩而得遠離不如理思惟謂諸菩薩靜處獨坐終不思惟云我居靜處不雜亂住我順如來毗奈耶法其餘沙門婆羅門等皆雜亂住多所執著不順如來毗奈耶法是名菩薩遠離不如理思惟云何菩薩怖畏所作諸不善業謂諸菩薩起正思惟修諸善法以如來說諸苾芻等應當恭敬守護淨戒專修定業習學般若何以故以恭敬心作福德業能招端正可愛果報殊勝果報菩薩如是遠離一切諸不善業是名菩薩而能怖畏所作諸業云何菩薩驚怖違犯所謂菩薩見違犯中如微塵量深生怖畏下至少罪心懷大懼況多違犯而生隨喜何以故由如來說苾芻當知多服毒藥能令人死少服毒藥亦令人死苾芻當知若多犯罪即生惡趣若少犯罪亦生惡趣菩薩如是正思惟時驚怖違犯是名菩薩驚怖違犯云何菩薩怖見他物謂此菩薩與城邑聚落諸婆羅門刹帝利等心相體信彼婆羅門刹帝利等或以金銀末尼真珠珂貝珊瑚璧玉吠瑠璃寶及資身具而寄菩薩菩薩受時獨一無二雖無忌憚菩薩於彼終無惡思而輒

受用又復菩薩執知衆事若窣堵波物若四方僧物及僧祇等物於諸物中亦不受用何以故由世尊說若他飲食資生之具一切物等他不與時皆不應用菩薩如是起思惟已寧自割身肉而自食之然於他物終無侵犯是名菩薩怖見他物云何菩薩誓願堅固所謂菩薩若爲惡魔及魔天衆以諸妙欲來嬈菩薩令起貪愛菩薩於彼心無惑著而不退捨是名菩薩誓願堅固云何菩薩於淨尸羅心無所著謂諸菩薩善護禁戒終不起心以此尸羅令我生天及王等家是名菩薩於淨尸羅心無所著云何菩薩三輪戒淨謂諸菩薩於身語意皆得清淨云何身得清淨謂身所有一切惡行皆得永離何者是身惡行所謂殺生及不與取欲邪行業常遠離故是名身得清淨云何菩薩語得清淨謂語惡行皆得永離何者是語惡行謂虛誑離間麤惡雜穢等語常遠離故是名語得清淨云何菩薩意得清淨謂意所有一切惡行皆得永離何者是意惡行謂貪染瞋恚邪見皆遠離故是名意得清淨是名菩薩三輪戒淨善男子菩薩摩訶薩成就此十種法得尸羅圓滿

佛說寶雨經卷第一

音釋

摩醯首羅（梵語也此云大自在醯馨兮切）睒（失冉切）婆稚（梵語也此云圍圓稚直利切）羅怙羅（梵語也此云障持怙音戶）健闥縛（梵語也此云香陰健音乾闥他達切）緊捺羅（梵語也此云疑神緊居忍切捺乃曷切）踰繕那（梵語也此云限量繕時戰切）阿鞞跋致（梵語

也此云不退轉鞞賓彌切跋蒲撥切
殑伽 梵語也此云天堂來殑渠京切
礫 狼狄切小石也
獷戾 獷古猛切惡也戾郎計切很戾也
頗胝迦 梵語也此云水精頗普禾切胝張尼切
琰魔 梵語也此云靜息琰以冉切
孕 以證切妊也
呬 虛器切
塚 知隴切墳也
素怛纜 梵語也此云契經怛當割切纜盧瞰切
顰蹙 顰毘賓切蹙子六切顰蹙愁貌
擲 直陟切拋也
邀頡 邀於霄切遮遏也頡訖黠切減刻也
脾腎 脾頻彌切土藏也腎時忍切水藏也
肪 敷房切脂也
洟唾 洟他計切唾湯卧切
頑嚚 頑五還切嚚語巾切心不則德義之經為頑口不道忠信之言為嚚
窣堵波 梵語也此云方墳窣蘇骨切堵董五切
嬈 而沼切亂也

佛説寶雨經卷第二

唐三藏達磨流支等譯

復次善男子菩薩摩訶薩成就十種法得忍圓滿何等爲十一者内忍圓滿二者外忍圓滿三者法忍圓滿四者隨佛教忍圓滿五者無分限忍圓滿六者無分别忍圓滿七者不待事忍圓滿八者無恚忍圓滿九者悲忍圓滿十者誓願忍圓滿云何菩薩内忍圓滿善男子謂諸菩薩於内所有憂悲苦惱能安忍住心無逼迫是名菩薩内忍圓滿云何菩薩外忍圓滿善男子謂諸菩薩聞他麤言罵詈毁呰父母親屬阿遮利耶鄔波馱耶及聞誹謗佛法僧寶菩薩聞已不起瞋恨反報毁呰亦不爲彼瞋恚隨眠之所隨逐堪忍彼惱能安隱住是名菩薩外忍圓滿云何菩薩法忍圓滿謂諸菩薩於佛所説素怛纜中一切甚深微妙法義無來無去自性寂靜離分别取自性涅槃菩薩聞已不驚不怖作是思惟我若不了諸深妙法終不能得阿耨多羅三藐三菩提由是因縁攝取諸法思惟修習心生信解是名菩薩法忍圓滿云何菩薩隨佛教忍圓滿謂諸菩薩若起瞋恚爲損害時菩薩自應如是思惟而此瞋恚從何而起從何而滅是誰所起云何而起有所縁耶菩薩如是思惟彼能起之因了不可得能滅之因亦不可得能起既無所起非有乃至所縁皆不可得由是菩薩安忍而住瞋無縁起是名菩薩隨佛教忍圓滿云何菩薩無分限忍圓滿謂諸菩薩非晝分忍夜分不忍非夜分忍晝分不忍非自國忍他國不忍非他國忍自國不

忍非於名聞者忍無名聞者不忍非於無名聞者忍有名聞者不忍由是菩薩於一切時及一切國名聞有無皆悉能忍是名菩薩無分限忍圓滿云何菩薩無分別忍圓滿謂諸菩薩非惟父母妻子親屬於是處忍餘所不忍是故菩薩下至旃荼羅等亦能行忍是名菩薩無分別忍圓滿云何菩薩不待事忍圓滿謂諸菩薩修忍辱時不爲財物不爲驚怖不爲行恩不爲順世及羞恥故如是菩薩自性常忍是名菩薩不待事忍圓滿云何菩薩得無恚忍圓滿謂諸菩薩設未遇彼瞋恚因緣及未遇他瞋心常安忍若遇因緣及遇他瞋或復輕欺拳打手搏刀杖損害麤言毀責菩薩遇已作是思惟被輕毀業是我所造我今應受定非父母親屬所造是故我今歡喜忍受亦非內外地界所受水火風界亦復如是菩薩由是無倒觀察遇因緣時於瞋不瞋二俱能忍是名菩薩得無恚忍圓滿云何菩薩悲忍圓滿謂諸菩薩於彼貧苦一切有情爲作君主若王小王有大財寶多諸資具若爲一切貧苦有情罵詈呵責惱亂之時終無恚恨損害之心亦不自高現主威勢但起思惟此諸有情是我所攝我應養育而守護之由是菩薩不生損害以是因緣起大悲心忍受安住是名菩薩悲忍圓滿云何菩薩誓願忍圓滿謂諸菩薩如是思惟我曾於彼一切如來應正等覺所作師子吼誓修菩提成正覺已於生死海煩惱泥中濟拔一切諸有情等菩薩由是不生瞋惱是故我應精勤修習爲拔濟故爲成熟故爲欲調伏安樂有情若

自起瞋及損害彼即不含容云何而能生於悲忍濟拔有情善男子如有良醫善能針療見有衆生患目翳者作是思惟我應愍彼爲除眼翳令無闇障爾時良醫起思惟已自患眼闇善男子汝意云何而此醫師堪能療彼有情眼翳除闇障不止蓋菩薩白佛言不也世尊佛告止蓋菩薩言善男子菩薩亦爾作是思惟我今不應以般若針斷世間翳由自心有無明闇障如何能滅他無明惑由是因緣終不損害修忍安住是名菩薩得誓願忍圓滿善男子菩薩成就此十種法得忍圓滿復次善男子菩薩成就十種法得精進圓滿何等爲十一者如金剛精進二者得無逮精進三者離二邊精進四者廣大精進五者熾盛精進六者性常精進七者清淨精進八者不共精進九者不輕賤精進十者不倨傲精進善男子云何如金剛精進謂諸菩薩發起精進勤修而住諸有情界未涅槃者令證涅槃未得度者令其得度未解脱者令得解脱未安隱者令得安隱未現等覺者令現等覺菩薩如是勤修而住爾時天魔伺求其短將欲破壞至菩薩所作如是言善男子汝勿作此勤苦精進何以故我曾如是發起精進勤修而住諸有情界未涅槃者令證涅槃未得度者皆令得度未解脱者令得解脱未安隱者令得安隱未現等覺者令現等覺如此精進誑惑愚夫皆爲虚妄非真實法善男子如是勤修起精進者我未曾見一有情能於阿耨多羅三藐三菩提而現等覺善男子我知無量俱胝有情皆能證入二乘涅槃善男子

汝徒精進求虛妄法速捨是心離諸苦惱爾時菩薩作是思惟決定是魔惱壞於我菩薩悟已知是魔說而告之言汝惡思惟欲破壞我汝但自憂勿憂我事世尊已說魔羅波旬一切世間各隨逐業若自若共而感生處魔羅汝今亦隨逐業亦自亦共而感生處汝應如是隨業而往莫惱亂我無義利故又於長夜自受苦惱爾時魔羅情智狹劣自生慚恥即捨惡心隱没不現由是菩薩若一切魔王及諸魔衆來惱亂時欲求其短故相破壞而菩薩心終不傾動無不勇悍堅固不退是名菩薩如金剛精進善男子云何菩薩得無逮精進謂諸菩薩發起如是種種精進諸餘菩薩雖復久遠積集淨業安住眞性終不及此發起種種精進菩薩數分不及迦羅等分乃至計喻及鄔波尼殺曇分亦不能及何況一切聲聞緣覺是中菩薩發心精進力能攝取一切佛法復能捨離一切罪業諸不善法是名菩薩得無逮精進云何菩薩離二邊精進謂諸菩薩常起精進不增不減何以故以極增上生倨傲故以極下劣生懈怠故是故精進常不增減是名菩薩離二邊精進云何菩薩廣大精進謂諸菩薩發起精進願我如是當得如來妙色端嚴諸佛所有無見頂相圓光隨好微妙具足又復發起如是精進願我當得無量無礙諸佛大智及大威德勝義性等是名菩薩廣大精進善男子云何菩薩熾盛精進謂諸菩薩發起精進永離一切塵垢過患如末尼珠及紫金等遠離一切塵垢過患光明炫曜殊妙赫弈菩薩精進如是熾盛

永離一切塵垢過患何者名爲精進塵垢何者名爲精進過患所謂懈怠懶墮不節飲食不自知量非理作意起惡思惟如是說名精進塵垢亦名過患菩薩精進永能捨離是故精進清淨無垢鮮白熾盛無復過患是名菩薩熾盛精進云何菩薩性恒精進謂諸菩薩於諸威儀能常發起種種精進性恒勤勇無休廢時若身若心曾無懈倦是名菩薩性恒精進云何菩薩清淨精進謂諸菩薩發起如是恒常精進所有衆罪諸不善法無利益事障礙於道乃至微細極小不善一念惡心亦不發起況復廣大諸不善法是故菩薩皆悉除斷順涅槃理聖道資糧趣菩提分如是善法菩薩修習令增長廣大圓滿菩提是名菩薩清淨精進云何菩薩不共精進謂諸菩薩如是思惟設使十方殑伽沙界火聚遍滿如阿鼻獄過彼世界有一衆生受諸苦惱無歸無依及無怙恃菩薩哀愍彼一有情度猛火聚往彼教化尚不辭勞況多有情而不救濟菩薩如是大悲精進外道二乘所不能及是名菩薩不共精進云何菩薩不輕賤精進謂諸菩薩終不起心以我精進微弱下劣及懈怠故修習菩提自謂難得又復不作如是思惟我亦不能荷擔如是於無量劫及千萬劫積集苦行如救頭然方證菩提不作如是退屈之心由是菩薩發如是心所有過去如來應正等覺現在如來應正等覺未來如來應正等覺彼諸如來於無量劫精進修行皆現等覺由是諸佛非不多時修行精進得有如是現正等覺我亦如是理應多劫修種種行

當得阿耨多羅三藐三菩提以三世如來同行精進已成佛故又我寧為一切有情精勤修習而處地獄終不為巳修行精進而證涅槃是名菩薩不輕賤精進云何菩薩不倨傲精進謂此菩薩起精進時終不味著自倨傲輕他誰有智者希他思念而行精進是名菩薩不倨傲精進善男子菩薩摩訶薩能成就此十種法故得精進圓滿復次善男子菩薩成就十種法得靜慮圓滿何等為十一者積集福德二者能多猒離三者勤修精進四者具足多聞五者得不顛倒勤修領受六者法隨法行七者成利根性八者得心善巧九者得奢摩他毗鉢舍那善巧十者得不執著云何菩薩積集福德謂諸菩薩愛樂大乘復能積集一切善根所生之處攝善知識而能修習種種妙行又常願生大婆羅門家刹帝利家大居士家所生之處恒得正信由是因緣增長無量廣大善根為常不離善知識故善知識者所謂諸佛一切菩薩由是菩薩串習善根增長熾盛觀察世間苦惱逼迫衆病所集愚闇所蔽無所安住何以故以欲因縁故云何菩薩能多猒離謂諸菩薩由前因緣我今不應於此世間行於貪欲以彼貪欲但由妄情分别生故諸佛廣説一切貪欲種種過患所謂欲如尖標如鑹如劒亦如利刀又如毒蛇如水聚沫如肉腐敗臭穢可惡由是菩薩起猒離心剃除鬚髮而被法服出家正信趣於非家云何菩薩勤修精進謂此菩薩既出家已發大精進未得令得未解令解未證令證云何菩薩具足多聞謂此菩薩由前因

緣多聞領受於世俗諦及勝義諦深妙理中善能宣説云何菩薩得不顛倒勤修領受謂此菩薩於諸諦理領納於心精進修習無倒善巧云何菩薩法隨法行謂此菩薩得善巧已法隨法行所謂正語正業正命正思惟正精進正念正定正見是爲菩薩修習道支云何菩薩而得利根謂此菩薩習道支已利根明悟能正了知菩薩由此安住寂靜遠離執著一切憒閙不樂多言復能捨離欲尋恚尋害尋及不死尋遠離眷屬名稱利養云何菩薩得心善巧謂此菩薩由前因緣得心善巧身常寂靜觀察其心於善不善及與無記自念我今心住何性若住勝善清淨心生信樂歡喜云何勝善謂三十七菩提分法若住不善應當猒離發起精進便能永斷諸不善法

云何名爲諸不善法謂貪瞋癡貪有三種謂上中下云何上貪謂此貪欲遍滿身心隨順下劣心常染著於一切時無有慚愧云何無慚謂貪欲者恒起思惟尋求欲境心生愛重耽著讃美是名無慚云何無愧謂貪欲者爲欲因緣能於父母及餘尊者起於諍論輕欺損害重彼貪欲是名無愧諸貪欲者由是因緣生於惡處是故説名增上貪欲云何中貪謂貪欲者行貪欲已即生猒離起變悔心不復隨順是名中貪云何下貪謂貪欲者起貪欲時或摩觸身纔共語言或時見已欲心便息是名下貪所有一切活命資具心若執著總説名貪云何名瞋是瞋應知亦有三種謂上中下云何上瞋謂瞋恚者起種種瞋於五無間隨造一業或謗正法謗正法者其罪過

彼五無間業數分不及迦羅分不及乃至計喻鄔波尼殺曇分亦所不及由是因縁生捺洛迦若生人中形貌黲黑眼目恒赤爲人暴惡常行損害由是因縁生捺洛迦是名上瞋云何中瞋謂瞋恚者造罪業已速能改悔即起對除是名中瞋云何下瞋謂瞋恚者由起瞋故出麤惡言輕調譏嫌集不善業經一刹那及一臘縛一牟呼栗多即能改悔修習對除是名下瞋是癡應知亦有三種謂上中下云何上癡謂愚癡者恒住貪瞋曾無憂悔是名上癡云何中癡謂愚癡者起少不善即能於彼梵行者前發露懺悔不見惡業可愛重故是名中癡云何下癡謂愚癡者於佛所制非性戒中少有毀犯或一二三便能捨離是名下癡菩薩於彼貪瞋癡法皆能遮止由心善巧得善巧已終無喜樂於彼染著何以故得心善巧故若住無記即勤觀察惟起正念云何無記謂起心時心不在内亦不在外非住於善非住不善不住毗鉢舍那亦復不住於奢摩他而心下劣引起睡眠令心昧畧猶如士夫極重睡眠初覺之時根識昏昧不能明了住無記心亦復如是以無記心不明了故菩薩於中心精勇鋭安住歡喜是名菩薩得心善巧云何菩薩得奢摩他毗鉢舍那善巧謂此菩薩心善巧已觀察諸法如幻如夢思惟諸法此是善法此非善法此出離法此不出離法謂諸菩薩觀一切法皆依於心心爲自性心爲上首能攝受心善調伏心善了知心故能攝此一切諸法既善調伏又善了知由此因縁便能修習奢摩他法如是繫心

如是止心及安住心勤修如是奢摩他故便能安住心一境性菩薩住心一境性已入定觀察得離生喜樂心得喜已遠離欲界惡不善法及有尋有伺是名修行住初靜慮又離尋伺不味喜樂觀無常已出初靜慮住内等淨得定生喜樂是名菩薩入第二靜慮次猒離喜及觀苦已住捨正念正知及樂心安正受佛說成就住捨念樂入第三靜慮修行而住作空解已入第四靜慮便捨我執捨我執故苦樂亦斷憂喜滅故住不苦樂捨念清淨是名修習第四靜慮又菩薩觀身與虚空等既信解已捨諸色想滅有對想離種種想捨色想故滅有對想離異想故入無邊空是謂修習空無邊處超過一切空無邊已有識等生入無邊識是謂修住識無邊處超過一切

識無邊已入無所有是謂修住無所有處超無所有修習而住非想非非想處又諸菩薩遠離能緣想受心故名住滅定雖入彼定終不樂著出彼定已與慈心俱捨怨憎心遠損害想廣大無量平等無二極善修習於一方面意解遍滿入定而住諸餘三方四維上下周遍世間與悲心俱捨怨憎心離損害意廣大無量平等無二極善修習於一方面無邊世界意解遍滿入定而住諸餘三方四維上下周遍世間菩薩與喜心俱捨怨憎心離損害意廣大無量平等無二極善修習於一方面意解周遍入定而住諸餘三方四維上下周遍世間菩薩與捨心俱離怨憎心捨損害意廣大無量平等無二極善修習於一方面意解周遍入定而住諸餘三方四維上下周

遍世間云何菩薩得不執著謂此菩薩得五神通亦不執著常能希求菩提資糧諸法圓滿善男子菩薩摩訶薩成就此十種法故得靜慮圓滿復次善男子菩薩成就十種法得般若圓滿何等爲十一者無我善巧二者業果善巧三者有爲善巧四者生死流轉善巧五者捨離生死善巧六者得二乘善巧七者大乘善巧八者捨離魔業善巧九者得不顛倒般若十者得無等般若善男子云何菩薩得無我善巧謂諸菩薩學般若故能正觀色受想行識觀察色時生不可得集不可得滅不可得如是觀察受想行識生集滅法俱不可得以勝義中不可得故非於世俗勝義世俗諸法自性但有言說實無可得由是因緣菩薩長時不捨精進爲欲利益諸有情故如救頭然由是菩薩得無我善巧云何菩薩得業果善巧謂諸菩薩如是思惟一切世間自性皆空如戲場處健達縛城一切有情雖非實有然執著我由是不能通達聖道是諸有情如是思惟若無有我及無有情命者生者意生士夫若補特伽羅摩納縛迦若養育者即無善惡業異熟果體性可得以正般若如實了知是名菩薩得業果善巧云何菩薩得有爲善巧謂諸菩薩以正般若了知一切諸有爲法如是思惟諸有爲法念念遷謝無久住相猶如危露譬若瀑流云何如是法中而生貪著即懷憂惱若起執著易壞諸法何名智者由是因緣於滅壞法不樂執著起猒離心是名菩薩得有爲善巧云何菩薩得生死流轉善巧謂諸菩薩如是思惟一切世間無

明所覆常處生死爲愛羂縛由愛爲因而生於取由取爲因生善惡業由生業故令有相續由有爲因而起於生由生爲因故有老死憂悲苦惱衆苦集故如是展轉相續不斷如汲鑵輪上下迴轉生死相續亦復如是由此菩薩以正般若如實了知是名菩薩得生死流轉善巧云何菩薩得捨離生死善巧謂諸菩薩如是思惟離無明故不著諸行捨諸行故則無有愛遠離愛故則無有取能離取故有不相續捨彼有故則無有生能離生故永斷老死憂悲苦惱由是菩薩以正般若如實了知是名菩薩得捨離生死善巧云何菩薩得二乘善巧謂諸菩薩如是思惟此法能得預流一來及不還果阿羅漢故永盡諸漏斷諸結習無復相續生死流轉遊履湼槃思惟此法得辟支佛如犀角喻獨一而行一切菩薩以正般若了知此法終不取證何以故若諸菩薩如是思惟我爲利益諸有情界作師子吼我當拔濟住於生死諸有情類發大誓願終不獨一出離生死是名菩薩得二乘善巧云何菩薩得大乘善巧謂諸菩薩於學戒中觀學者不可得所學亦不可得戒所得果亦不可得然不執空墮於斷見是名菩薩大乘善巧云何菩薩而得捨離魔業善巧謂諸菩薩遠離一切不善丈夫亦不住彼惡國之中又能遠離隨世俗見修習呪術而求利養及尊重供養復能遠離障菩提法諸煩惱等而能修習諸對除道是名捨離魔業善巧云何菩薩得不顛倒般若謂諸菩薩修習般若於諸世間經書呪術工巧處中常爲教化諸

有情故終不爲已求知解故亦不爲身得爲聞故又復不爲得利養故爲開演聖教大威德故終不欲爲顯已德故專起思惟殊勝正教於如來制毗奈耶中示現功德終不隨於異道諸見是名菩薩得不顛倒善巧云何菩薩得無等般若謂諸菩薩所學般若趣過二乘一切世間天魔梵世及諸外道婆羅門等八部諸衆一切有情而無等於菩薩般若惟除如來應正等覺是名菩薩無等般若善男子菩薩能成就此十種法得般若圓滿

佛說寶雨經卷第二

音釋

毀呰 毀許委切譸也呰蔣氏切譏也 旃荼羅 梵語也此云嚴熾旃諸延切荼同都切 搏 補各切手擊也 療 力嶠切治也 翳 於計切障也 倨傲 倨居御切不遜也傲五到切慢也 炫 黃絹切明也 赫奕 赫呼格切奕羊益切赫奕光明盛大貌 荷擔 荷谷可切擔都甘切 串 古患切與慣同習也 尖 子廉切 鑹 七亂切短矛也 憒閙 憒古對切心亂也閙奴教切喧也 黲 七感切青黑色 瀑 蒲報切疾也 羂 古泫切網也 汲鑵 汲居立切鑵古玩切汲鑵汲水瓦器也 犀 先稽切獸名

佛說寶雨經卷第三

唐三藏達磨流支等譯

復次善男子菩薩成就十種法得方便善巧圓滿何等爲十一者得迴向方便善巧二者令諸外道歸向方便善巧三者轉捨境界方便善巧四者除遣惡作方便善巧五者救護有情方便善巧六者施與有情活命方便善巧七者得受取方便善巧八者捨離非處住於是處方便善巧九者示現教導勸勵慶喜方便善巧十者供養承事方便善巧云何菩薩得迴向方便善巧謂諸菩薩以非他攝所有果華晝夜六時奉獻諸佛及諸菩薩以此善根迴向阿耨多羅三藐三菩提菩薩以非他攝所有香樹若諸寶樹若劫波樹於晝夜六時供養諸佛及衆菩薩以此善根迴向阿耨多羅三藐三菩提菩薩又於素怛纜中所有廣大承事供養聞已起於淨信樂心迴此供養一切諸佛及諸菩薩又復菩薩能於十方諸菩薩所及餘有情所造善業令菩提資粮皆得圓滿發淨意樂深心慶喜以此善根迴向阿耨多羅三藐三菩提菩薩若以香華奉獻如來制多及佛形像以此迴向令諸有情離破戒垢得佛戒香菩薩又常灑掃塗地持此迴向令諸有情離惡威儀修善法式齊整圓滿又諸菩薩奉獻華蓋以此迴向令諸有情捨離熱惱又彼菩薩入僧伽藍發如是心令有情等入涅槃城出伽藍時願令有情出生死獄若開房門願令有情開諸善趣出世智門若閉房門願令有情閉惡趣門菩薩坐時願令有情皆得坐於妙菩提樹右脇卧

時願令有情安住涅槃從卧起時願令有情離纏障起若往便利願令有情向大覺路正便利時願令有情拔諸毒箭若洗淨時願令有情洗煩惱垢一切過患若洗手時願令有情離穢濁業若洗足時願令有情離障塵垢嚼楊枝時願令有情捨離垢穢菩薩自身所作諸業持此迴向利益安樂一切有情菩薩禮拜如來制多願令有情常得諸天及世間禮是名菩薩迴向方便善巧云何菩薩令諸外道歸向方便善巧謂此菩薩於彼彼類外道衆中能變化作諸外道形謂遮洛迦波利縛羅社迦昵健陀弗多羅於彼法中受持讀誦菩薩爲欲成熟有情如是思惟我若先作阿遮利耶則不能令傲慢有情隨順調伏由是我往外道法中示現出家爲作弟子既出家已勇猛精進隨彼修習種種諸行博學多聞究盡彼法乞麤穢食所作皆勝彼諸外道威儀行法由是菩薩爲諸外道尊重師範所有言説悉皆信受隨順調伏菩薩了知此諸有情歸問我已説彼外道邪見過失所學之法復非正教以不能説猒離貪欲令斷滅故由是外道受菩薩化捨離邪道入正法中菩薩又於一切外道修習五通梵行之中勤行精進證五神通又復修習成就靜慮諸三摩地三摩鉢底勝諸外道所得五通聰慧超彼爲作師範菩薩了知所化外道皆成熟已説彼靜慮諸三摩地三摩鉢底種種過失所學之法復非正教以彼不説猒離貪欲對除道故由是外道受菩薩化捨離邪道入佛法中是名菩薩令諸外道歸向方便善巧云何菩

薩轉捨境界方便善巧謂此菩薩觀見一切多貪有情方便調伏化作女身端嚴殊妙勝餘女身有情見者心生染著菩薩見彼如是染著即便於彼寢卧之處示現命終於一剎那一牟呼栗多現胮爛相臭穢可惡有情見已起大驚怖生苦惱心情深猒捨誰能令我離於如是穢惡之處爾時菩薩即於彼前隨機演說如是諸法於三種菩提定隨證一是名菩薩得轉捨方便善巧云何菩薩除遣惡作方便善巧謂此菩薩見諸有情造無間罪及起一切諸不善業失心憂悔菩薩往彼作如是言善男子云何失心憂悔而住彼有情言大士我造無間諸不善業恐於長夜受諸苦惱無利益故不安樂故以是因緣失心憂悔是時菩薩爲彼有情廣說正法令深悔過受菩薩戒若此有情未能悔過是時菩薩欲令彼人心生信伏爲現神通廣說彼人思惟之事有情由是於菩薩所生信伏心歡喜信樂生信樂已根性成熟菩薩爲彼廣說妙法彼人即能隨順領受菩薩又復於彼人前化作父母說如是言汝可觀之我即是汝同伴丈夫汝莫悔過此所造業畢竟不墮捺洛迦中亦不退失利益安樂如是說已即便殺害所現父母菩薩於彼有情之前示現神變彼人思惟有智之者尚殺父母不失神通況我無智而造此業墮捺洛迦退於利樂爾時菩薩爲彼有情演說妙法令其惡業漸得輕微猶如蚊翼是名菩薩除遣惡作方便善巧云何菩薩救護有情方便善巧謂此菩薩觀見有情根器成熟堪爲說法彼之有情造作一

切極不善業菩薩爲欲利益彼人方便調伏化作種種諸有情類應以大王身得調伏者即現大王身而爲説法應以小王身得調伏者即現小王身而爲説法應以婆羅門剎帝利身得調伏者即現婆羅門剎帝利身而爲説法應以天身得調伏者即現天身而爲説法應以執金剛身得調伏者即現執金剛身而爲説法應以怖畏得調伏者現作怖畏而爲説法應以繫縛殺害打罵得調伏者即爲示現如是等事而爲説法應以愛語得調伏者即現愛語而爲説法若有情類欲造彼彼無間罪時於菩薩身興損害意其得神通菩薩即爲示現種種方便或時遮止或復禁制或移向他方於彼人前又復示現似彼所造無間業事或復示現捨捺洛迦相制彼所造無間罪業令不現前其有未得神通菩薩善能觀察彼諸有情壽命長短見彼有情欲造無間作是思惟此諸有情將起重罪而發大悲心生憂惱菩薩觀彼猶如掌中置菴羅果作是思惟我爲利益一有情故能於阿鼻受大苦惱即此有情乃至未住無餘涅槃常能如是無别方便而能遮止此諸有情造惡業已將欲生彼捺洛迦中由我未得神通自在無有方便移彼不信壽命短促諸惡有情置於他方恐彼有情由不善業生阿鼻獄菩薩以是發起悲心思惟有情各隨自業無異方便而能救濟但起慈心平等教誡示爲科罰是名菩薩救護有情方便善巧云何菩薩施與有情活命方便善巧謂諸菩薩觀見有情不堪受法但求衣食以爲自足不能了知聖

法調伏菩薩教示此諸有情筭數技術文字注記如是事業爲成於善不成惡法是名菩薩施與有情活命方便善巧云何菩薩得受取方便善巧謂此菩薩得珍寶聚如妙高山而不受取若得下劣資生雜物而即受之何以故謂此菩薩如是思惟此諸有情慳悋嫉妬貪愛所蔽惜自他物不令自他而得受用由此因縁處生死海常被漂没菩薩欲令彼有情等於長夜中得具足利益及安樂故而便爲受雖受彼物不起貪愛無屬已心但爲供養諸佛法僧令諸有情同獲勝利及爲饒益貧苦有情施主由是歡喜踊躍是名菩薩得受取方便善巧云何菩薩捨離非處住於是處方便善巧謂諸菩薩觀見有情堪能受法於阿耨多羅三藐三菩提應現等覺然彼有情爲得聲聞辟支佛乘發起方便常勤修習菩薩説法令彼有情捨離二乘引導迴向大乘法中是名菩薩捨離非處住於是處方便善巧云何菩薩示現教導讚勵慶喜方便善巧謂諸菩薩能令有情未發菩提心者令發菩提心已發菩提心者雖復持戒心易知足若少精進而多懈怠菩薩教令常修精進若諸有情雖少持戒多有毁犯由是因縁信不清淨常無喜樂爲破戒垢覆心而住菩薩爲彼有情演説種種妙法令彼有情心生淨信歡喜悦樂是名菩薩示現教導讚勵慶喜方便善巧云何菩薩得承事供養方便善巧謂諸菩薩既得出家於諸利養知量知足所受利養無非法者又諸菩薩獨處閑靜入定而住隨順諸佛及菩薩行如是思惟我欲承

事供養如來謂此菩薩隨順思惟已而作種種承事供養一切如來得六殊勝波羅蜜多修行圓滿云何修六波羅蜜多諸行圓滿謂於承事供養等中嚴辦資具此是菩薩施波羅蜜多謂於承事供養等中發心饒益一切有情此是菩薩戒波羅蜜多謂於承事供養等中心能安住歡喜悅樂此是菩薩忍波羅蜜多謂於承事供養等中心無猒倦此是菩薩勤波羅蜜多謂於承事供養等中一心思惟此是菩薩靜慮波羅蜜多謂於承事供養等中心能種種差別觀察此是菩薩般若波羅蜜多是名菩薩承事供養方便善巧善男子菩薩成就此十種法得方便善巧圓滿復次善男子菩薩成就十種法故得願圓滿何等爲十一者無下劣願二者無怯弱願三者爲欲利益一切有情勤修行願四者爲諸佛如來讚歎發願五者善能摧伏一切魔願六者成就不由他願七者得無邊願八者不驚怖願九者不疲猒願十者得圓滿願云何菩薩無下劣願謂此菩薩不樂諸有而發於願是名菩薩無下劣願云何菩薩無怯弱願謂此菩薩不猒三界求離貪欲住於寂滅而發於願是名菩薩無怯弱願云何菩薩爲欲利益一切有情勤修行願謂諸菩薩發如是願諸有情界乃至盡證無餘涅槃我方於後證大圓寂是名菩薩爲欲利益一切有情勤修行願云何菩薩爲諸佛如來讚所發願謂此菩薩發如是願諸有情界乃至未發菩提心者皆願發心願發心已次第修行菩提分行次修行已坐菩提樹於彼已得坐道場者我

當承事恭敬供養請轉法輪若般涅槃我當勸請久住世間爲欲利益諸有情故是名菩薩爲諸佛如來讃所發願云何菩薩善能摧伏一切魔願謂此菩薩發如是願若我當來現等覺時於佛土中永無一切天魔之衆亦復不聞諸魔名字是名菩薩善能摧伏一切魔願云何成就不由他願謂此菩薩不由他故於阿耨多羅三藐三菩提而方發願然以般若觀有情界受於苦惱既觀見已爲欲救護發阿耨多羅三藐三菩提心是名菩薩而能成就不由他願云何菩薩得無邊願謂此菩薩不爲菩提少分資粮而發於願然此菩薩爲發大願偏覆左肩右膝著地起淨信心觀十方界現住諸佛一切菩薩或有菩薩住於苦行或坐道場或見諸佛或現等覺或轉法輪觀見彼已發淨意樂於彼十方諸佛菩薩或住苦行或現等覺及轉法輪菩薩於彼一一信解深心慶喜迴向阿耨多羅三藐三菩提是名菩薩得無邊願云何菩薩得不驚怖願謂諸菩薩有新發心聞甚深法聞於諸佛廣大威德聞諸菩薩遊戲神通聞於甚深方便善巧菩薩見已不驚不怖作是思惟謂諸如來所證菩提所住境界成熟有情皆無邊量於彼法中我不能知諸佛證知我應當知是名菩薩得不驚怖願云何菩薩不疲猒願謂諸菩薩雖見有情志性頑愚叉難調伏於此有情終不疲猒或有菩薩見諸有情志性頑愚難調伏者而生疲猒由疲猒故棄捨有情發如是願我求生於清淨世界終不用聞如是諸惡有情之名雖復願生清淨世界

終不得生以棄捨有情不成熟故於此義中又聰慧菩薩發如是心於諸世界諸有情中精進下劣有懈怠者頑嚚聾瘖如彼啞羊如是有情爲一切佛及諸菩薩觀察揀擇及遍有情界中無般涅槃法者並皆棄捨我今欲令如此有情悉當集會我佛刹中又我欲令此諸有情坐於道場成阿耨多羅三藐三菩提而此菩薩發如是心思惟之時念念之中諸魔宮殿悉皆震動又爲一切諸佛如來之所稱歎如是菩薩必定得生清淨佛土又能速疾於阿耨多羅三藐三菩提而現等覺是名菩薩得不疲猒願云何菩薩得圓滿願謂此菩薩坐道場已摧破魔軍於阿耨多羅三藐三菩提而現等覺願既圓滿無復更發善男子譬如酥油於其鉢中平滿盛已更不容受如極微量一滴酥油是故說名得圓滿願菩薩如彼盛酥油鉢能於菩提現等覺已願既滿足無復更發一切妙願是名菩薩得圓滿願善男子菩薩成就此十種法得大願圓滿復次善男子菩薩成就十種法修力圓滿何等爲十一者他不映蔽修力圓滿二者不被摧伏神力圓滿三者於福德力修習圓滿四者於般若力修行圓滿五者於眷屬力同得圓滿六者於神通力修得圓滿七者於自在力修得圓滿八者於總持力而得圓滿九者無能改易神變力圓滿十者他不違越教力圓滿善男子云何菩薩他不映蔽修力圓滿謂此菩薩一切外道諸異論者不能映蔽是名他不映蔽修力圓滿云何菩薩不被摧伏神力圓滿謂此菩薩諸有情中終無有能

摧菩薩力是名不被摧伏神力圓滿云何菩薩於福德力修習圓滿謂此菩薩修習一切世出世間所有福德菩提資粮悉皆積集無有少分不圓滿者是名菩薩於福德力修習圓滿云何菩薩於般若力修行圓滿謂此菩薩於諸佛法以正般若而觀見之惟除如來一切種智非不已證非不了知是名菩薩於般若力修行圓滿云何菩薩於眷屬力同得圓滿謂此菩薩所有眷屬於戒及見威儀淨命皆悉圓滿所有眷屬一切皆同菩薩所行是名菩薩於眷屬力同得圓滿云何菩薩於神通力修得圓滿謂此菩薩神通勝力超諸世間及彼二乘神通境界菩薩樂欲於一毛端安贍部洲乃至四洲若千世界二千三千大千世界又復菩薩樂欲於一微塵量中安處無量殑伽沙界如是世界若二若三若四若五或十二十三四五十乃至不可說不可說殑伽沙界安置於一極微塵中其微塵量不增不減彼諸世界於一微塵中各各安處不相障礙其中有情亦無嬈亂迫迮之相是名菩薩於神通力修得圓滿云何菩薩於自在力修得圓滿謂此菩薩意所樂欲七寶充滿大千世界饒益有情乃至樂欲種種諸寶於不可說不可說界皆得充滿是名菩薩於自在力修得圓滿云何菩薩於總持力而得圓滿謂此菩薩乃至聞於所說不可說不可說數諸佛土中一切如來演說正法義句有異名理不同菩薩能於一剎那中若一臘縛一牟呼栗多於義句名理領受了知並能修習是名菩薩於總持力而得圓滿云何菩薩

無能改易神變威力圓滿謂此菩薩所有神變惟除如來應正等覺一切有情終無有能改易菩薩是名菩薩得無改易神變威力圓滿云何菩薩得不違越教力圓滿謂此菩薩所有教勑言無有二有情信順無違越者惟除方便善巧利樂是名菩薩得不違越教力圓滿善男子菩薩成就此十種法修力圓滿復次善男子菩薩成就十種法得智圓滿何等爲十一者於補特伽羅無我智得圓滿二者於法無我智得圓滿三者於無限量智得圓滿四者於三摩地所行境界智得圓滿五者修神變智而得圓滿六者不攝取智修得圓滿七者觀有情所行智得圓滿八者於無功用智得圓滿九者諸法相智修得圓滿十者於出世智修得圓滿云何菩薩於補特伽羅無我智得圓滿謂此菩薩隨諸蘊相觀見生起又於諸蘊觀見滅壞菩薩正觀諸蘊生時性不堅固無實所作即是空性及正觀察諸蘊滅時體性破壞菩薩如是思惟諸蘊畢竟無我亦無有情無有命者無養育者無補特伽羅愚夫異生執著於我如是思惟蘊即非我我即非蘊然諸蘊中妄執有我不能了知真實法故生死流轉猶如旋輪菩薩如實了知諸法是名菩薩於補特伽羅無我智得圓滿云何菩薩於法無我智得圓滿謂此菩薩如實了知增益損減諸法體性菩薩又復如是思惟法之與名更互爲客但由虛妄分別安立法及名字俱無自性依想心量及隨世俗法及名字更互爲客非無有體及以作用此依他緣說有法性待他衆緣而得起故

菩薩如實了知一切待緣而起緣盡而滅是名菩薩於法無我智得圓滿云何菩薩於無限量智得圓滿謂此菩薩無限量智非初刹那起後刹那不起非此方起餘方不起以無礙智於一切刹那一切方所而常相續恒遍起故是名菩薩於無限量智得圓滿云何菩薩於三摩地所行境界智得圓滿謂此菩薩能悉了知二乘所得諸三摩地能悉了知菩薩所得諸三摩地及能了知一切如來諸三摩地又此菩薩亦能了知一乘修習住三摩地及三摩地所行境界亦能了知一切菩薩住三摩地及三摩地所行境界亦能了知如來所住諸三摩地及三摩地所行境界以如來力加持菩薩故能了知佛三摩地菩薩若以自所成就異熟果智即不能知佛三摩地

以自成就異熟果智能悉了知餘三摩地是名菩薩於三摩地所行境界智得圓滿云何菩薩修神變智而得圓滿謂此菩薩能正了知聲聞神變能正了知緣覺神變能正了知菩薩神變何況一切有情所有神變而不能知是名菩薩修神變智而得圓滿云何菩薩不攝取智修習圓滿謂此菩薩所成就智一切外道及諸惡魔聲聞緣覺不能攝取是名菩薩不攝取智修習圓滿云何菩薩觀有情所行智得圓滿謂此菩薩以清淨智觀有情界見有情中或未發菩提心或已發菩提心或未得菩提心或已得菩提心或已住初地乃至十地或已現等覺或正現等覺轉法輪時或於所化一切已辦入般涅槃或有聲聞乘般涅槃時或有辟支佛乘般涅槃時或生

善趣或生惡趣菩薩悉見是名菩薩觀有情所行智得圓滿云何菩薩於無功用智得圓滿謂此菩薩行住去來若動若寂用任運常起無功用智如人睡眠出息入息而無功用應知菩薩無功用智亦復如是於一切境智起無礙是名菩薩無功用智得圓滿云何菩薩諸法相智修得圓滿謂此菩薩了知諸法皆同一相謂能了知一相無相及諸幻相妄分別相是名菩薩諸法相智修得圓滿云何菩薩出世間智修習圓滿謂此菩薩得無漏智超過一切世間諸智是名菩薩出世間智修習圓滿善男子菩薩成就此十種法得智圓滿復次善男子菩薩成就十種法得如大地何等爲十一者廣大無量二者一切有情之所受用三者捨離恩怨四者普能承受大法雲雨五者爲諸有情之所依止六者諸善種子之所依處七者如大寶器八者如大藥器九者得不傾動十者得不驚怖善男子云何菩薩廣大無量猶如大地周遍廣大無有邊量菩薩如是周遍廣大福智資粮無有限量是名菩薩得廣大無量云何菩薩爲一切有情之所受用譬如大地爲種種資具一切有情之所受用菩薩如是攝取彼彼布施持戒忍辱精進靜慮般若波羅蜜等種種資粮爲諸有情之所受用是名菩薩爲一切有情之所受用云何菩薩捨離恩怨善男子譬如大地平等載育無恩無怨無瞋無喜種種之想菩薩如是於有情中無有恩怨不生瞋喜是名菩薩捨離恩怨云何菩薩普能承受大法雲雨譬如大地普能承受廣大雲雨悉皆

含容菩薩如是承受如來發起廣大善法雲雨能忍能持是名菩薩普能承受大法雲雨云何菩薩爲諸有情之所依止善男子譬如大地爲諸有情來去所依菩薩如是平等普爲一切有情往於善趣及向涅槃之所依故是名菩薩爲諸有情之所依止云何菩薩爲諸善種之所依處善男子譬如大地能爲一切種子依處菩薩如是能爲有情一切善法種子依處是名菩薩諸善種子之所依處云何菩薩如大寶器善男子譬如大地爲諸寶器能現種種諸珍寶故菩薩如是能現種種諸功德寶是名菩薩如大寶器云何菩薩如大藥器善男子譬如大地一切諸藥依之出現能除世間一切諸病菩薩如是諸大法藥依之而出所現法藥能滅世間煩惱諸病是名菩薩如大藥器云何菩薩得不傾動善男子譬如大地非蚊蚋等力所虧損世間諸風不能搖動菩薩如是不爲一切有情内外苦惱之所傾動是名菩薩得不傾動云何菩薩得不驚怖善男子譬如大地若有諸龍及諸獸王哮吼音聲無有驚怖菩薩如是聞彼諸魔一切外道哮吼音聲不生怖畏是名菩薩得不驚怖善男子菩薩成就此十種法得如大地

佛說寶雨經卷第三

音釋

嚼疾爵切齧也　昵尼質切　胮匹絳切脹也　聾盧東切　瞽果五切　迫迮迫博陌切迮側革切迫迮窄逼也　蚋儒稅切　哮吼哮虗交切吼許后切哮吼驚怒聲也

佛說寶雨經卷第四

唐三藏達磨流支等譯

復次善男子菩薩成就十種法得如於水何等爲十一者隨順善法二者常能生長一切白法三者歡喜淨信悅樂滋潤四者令一切煩惱相續朽敗五者自性澄清無濁潔淨六者息滅一切煩惱燒然七者捨離一切諸欲愛渴八者甚深難度九者於等不等地方充滿十者息滅一切諸煩惱塵善男子云何菩薩隨順善法譬如大水若行若流若出皆能隨順滋潤草木菩薩如是於諸善法隨順修行隨順流布隨順出離是名菩薩隨順善法云何菩薩能生一切白善之法善男子譬如水性能生一切草木叢林生已增長菩薩如是以三摩地水能生一切菩提分法生已增長乃至能成薩筏若樹以得一切佛果智樹所有種種諸白善法令諸有情之所受用是名菩薩能生一切諸白善法云何菩薩得歡喜淨信悅樂滋潤善男子譬如於水自性流潤及能令他一切滋潤菩薩如是常懷淨信歡喜悅樂自性滋潤及能令他一切有情歡喜淨信悅樂滋潤云何歡喜謂常希求出世間法云何淨信謂能歸依於佛法僧云何悅樂謂彼所有清淨之心而常悅樂是名菩薩歡喜淨信悅樂滋潤云何菩薩令一切煩惱相續根栽皆悉朽敗善男子譬如於水能令一切若樹若草其根腐敗菩薩如是以修行所依三摩地水能令一切煩惱根栽相續腐敗既腐敗已煩惱相續體不可得煩惱臭穢無有餘習是名菩薩令一切煩惱相續根栽

皆悉腐敗云何菩薩自性澄清無濁潔淨善男子猶如於水自性澄清無濁潔淨云何自性澄清謂能遠離纏及隨眠云何無濁謂能遠離貪瞋癡故云何潔淨能令諸根得潔淨故是名菩薩自性澄清無濁潔淨云何菩薩息滅一切煩惱燒然善男子猶如水性於有情熱惱及熱時熱處悉令息滅菩薩如是能以法水息滅有情諸煩惱熱是名菩薩息滅一切煩惱燒然云何菩薩捨離一切諸欲愛渴善男子猶如有情爲渴所逼若得於水即便止渴菩薩如是一切有情爲彼欲境渴所逼故生諸苦惱菩薩即爲雨大法雨有情由此離境界渴是名菩薩捨離一切諸愛欲渴云何菩薩甚深難度善男子如大深水甚爲難度菩薩如是成就般若圓滿甚深不爲諸

魔一切外道之所能度是名菩薩甚深難度云何菩薩於等不等地方充滿善男子如水暴流於等不等諸地方所皆悉遍滿菩薩如是法水暴流於等不等諸有情界遍能充滿由菩薩哀愍諸有情故發起暴流廣大法水而不逼迫諸有情界不同於水是名菩薩於等不等地方充滿云何菩薩息滅一切諸煩惱塵善男子譬如於水能令一切堅硬地方普皆柔輭及諸塵坌皆能正息菩薩如是以般若所依三摩地水令諸有情堅硬染心悉皆柔輭及能息滅煩惱塵坌是名菩薩息滅一切諸煩惱塵善男子菩薩成就此十種法等之於水復次善男子菩薩成就十種法等之於火何等爲十一者能燒諸煩惱聚二者能成熟佛法三者能乾諸煩惱泥四者如大

火聚五者如火光明六者能令驚怖七者能令安隱八者能令一切有情共得九者能令供養十者得不輕欺云何能燒諸煩惱聚善男子譬如大火能燒一切草木叢林諸穢惡聚菩薩如是以智慧火能燒一切纏及隨眠貪瞋癡等煩惱惡聚是名菩薩能燒一切諸煩惱聚云何菩薩能成熟佛法善男子譬如火性成熟一切種種飲食諸藥等物菩薩如是以內證般若成熟佛法而不退失是名菩薩成熟佛法云何菩薩能乾諸煩惱泥善男子譬如大火能乾於泥菩薩如是悉能乾竭諸煩惱泥是名菩薩能乾一切諸煩惱泥云何菩薩如大火聚善男子譬如有人極爲寒苦之所逼迫然大火聚得離寒苦菩薩如是若諸有情爲煩惱寒苦之所逼迫以般若火令得銷滅是名菩薩如大火聚云何菩薩如火光明善男子譬如有人於雪山頂泯陀羅山頂然大火聚赫弈熾盛光耀周遍一踰繕那或二踰繕那或三踰繕那菩薩如是以智慧明光耀周遍百踰繕那或千踰繕那或百千踰繕那乃至無量阿僧企耶諸世界中一切有情皆蒙智光明耀周遍有情遇此智光明故破壞一切無明黑闇是名菩薩如火光明云何菩薩能令驚怖善男子譬如獸王及諸惡獸見大火聚即生怖畏既驚怖已捨離於此遠至他方一切魔王及諸魔衆亦復如是若見菩薩心生怖畏由彼自念威光下劣捨離菩薩遠至餘處尚不欲聞菩薩之名何況近見是名菩薩能令驚怖云何菩薩能令安隱善男子譬如有人在於曠野飢渴困乏

險難艱辛迷失方所見大火聚即往趣之或遇村落或牧牛處彼人見已遠離一切所有怖畏心得安隱有情亦爾在於生死曠野險難飢渴困乏迷失正路見菩薩已遠離一切煩惱驚怖心得安隱是名菩薩能令安隱云何菩薩能令一切有情共得善男子譬如火聚溫煖勢力一切有情之所共得若王王等及旃荼羅子皆共得之菩薩亦爾所有恩力一切有情若王王等及旃荼羅子皆共得之是名菩薩能令一切有情共得云何菩薩能令供養善男子譬如火聚能令人間城邑聚落事火婆羅門剎帝利等之所供養菩薩亦爾應爲世間天人阿素洛等猶如佛想而皆供養是名菩薩能令供養云何菩薩得不輕欺善男子如微小火不可輕欺以性能燒故菩薩亦爾住解行位初學大乘雖未能有廣大威力一切世間天人阿素洛等終不輕慢何以故世間天龍藥叉健達縛阿素洛等了知菩薩不久坐於菩提道場當成阿耨多羅三藐三菩提是名菩薩得不輕欺善男子菩薩成就此十種法得如於火復次善男子菩薩成就十種法等如於風何等爲十一者等於風行無有處所二者等風所行究竟不盡三者能得摧破有情我慢山峯四者能得起於大法雲雨五者能得除滅一切有情煩惑熱惱六者能普施與一切有情等流淨法出息入息活命善巧七者能持無量大法雲雨八者能得安立最勝大法一切宮殿種種莊嚴九者能於衆會決定演說種種妙法猶如風吹諸劫波樹適意之華如雨而下十者於

阿僧祇劫積集無量清淨法輪及三摩地解脫總持於彼大海蘇迷盧山輪圍山等之所圍繞衆會之處若有衆生堪應調伏可成熟者發智風輪轉滅所依一切無餘善男子云何等於風行無有處所善男子譬如風行於一切處無有住著亦無處所無所依止亦無色相能作自事謂令一切宮室蘇迷盧山及諸海等有所動搖皆得成辦能令他見菩薩亦復如是行一切處得無所著何者是一切處謂蘊界處一切法中蘊謂色蘊受蘊想蘊行蘊識蘊界謂眼界色界眼識界耳界聲界耳識界鼻界香界鼻識界舌界味界舌識界身界觸界身識界意界法界意識界處謂眼處色處耳處聲處鼻處香處舌處味處身處觸處意處法處菩薩又於世出世間一切天人富貴熾盛轉輪聖王釋梵護世大自在天及聲聞緣覺諸地菩薩乃至一切智中於此諸處得無所著又能遠離非有非無非一性非異性非真實性非虛妄性等無量分別之所分別以無有所緣故然菩薩所行解脫無礙復能示現普遍十方無量無邊諸世界中現作釋梵護世等身爲欲饒益一切有情行一切處經於多劫終不可見由離邊際故以法性身遠離分別所分別故善男子是名菩薩等於風行無有處所善男子云何菩薩等風所行究竟不盡善男子如風順行無量世界能吹諸物速疾迴轉各有所作菩薩亦爾如風觸物速疾行於一切方所究竟不盡謂能行於一切如來道場衆會及諸菩薩道場衆會又於一切世間所有宮室之中普遍安

立宣暢演説周遍觀察世俗勝義無量諸法是名菩薩等風所行究竟不盡善男子云何菩薩能得摧破一切有情我慢山峯善男子譬如風吹能令曼陀羅山峯林低屈摧折墮落菩薩亦爾如彼風吹能令有情我慢憍醉縱逸峯林摧折墮落何者名爲我慢山峯謂諸有情恃已所有色力等相受用自在長壽無病能得活命工巧多聞聰明智慧有勝眷屬言詞辯了令衆樂聞由是憍醉自讚已能菩薩爲欲摧破有情我慢山峯故能示現色力之相受用等事最勝自在過於彼人爲説正法摧破有情我慢高山悉能安置清淨善處是名菩薩能得摧破我慢山峯善男子云何菩薩能得起於大法雲雨善男子譬如風力周遍四方發起大雲其雲如輪有種種色

雷音遠震如海中聲美妙明朗甚深柔輭又出種種音樂歌聲能令悦意電光爲鬘莊嚴晃耀晝夜恒常而雨大雨又雨種種諸寳之雨流注周徧彌覆百千俱胝那庚多界令諸有情歡喜悦樂又令世間一切草木叢林苗稼皆得生長菩薩亦爾以大悲爲風發起十方無邊世界種種身相以之爲雲所出光明晃耀殊勝色相顯現如彼電鬘光飾嚴淨爲諸有情之所愛樂出大音聲説真實法猶如雷震美聲深遠言詞差别有六萬種以此音聲爲盡虚空周遍法界一切有情雨大法雨覆護一切世界有情在於惡趣及諸無暇受苦之者皆令離苦復能加持此諸有情安置一切嚴淨世界普皆令得最勝喜悦生安樂心富貴熾盛令得種種相好圓光其光清淨

分明晃耀又於一切諸法會中以法雨水灌人天頂令得最勝歡喜悅樂成就圓滿一切世間及出世間諸白淨法皆令生長如彼雲雨能令藥草叢林苗稼皆得生長是名菩薩能廣發起大法雲雨善男子云何菩薩能得除滅一切有情煩惑熱惱善男子如風吹擊諸雲藏時周遍流注清淨香雨能作清涼除滅有情一切熱惱菩薩亦爾大悲爲風以正法爲水清淨戒香及不空願香饒益有情謂親近菩薩同居之時若聞說法若見若觸皆蒙獲益是名菩薩不空願香以此無上和合香水能令惡趣一切有情貪瞋癡等邪見惡行貧窮困苦於諸境界所愛乖離非愛和合起非法貪能生衆病如是熱惱皆得銷滅又能置於無憂惱地是名菩薩能得銷滅一切世間煩惱炎熱善男子云何菩薩能普施與一切有情等流淨法出息入息活命善巧善男子如因風力有出入息能令一切有情活命菩薩亦爾如彼風力能施一切白淨之法能與種種富貴滿足能令有情各得歡喜復次善男子譬如風力廣能安立一切世界種種莊嚴謂風能持金剛輪等七寶洲渚輪圍山大輪圍山四大洲渚蘇迷盧山大蘇迷盧山及除寶山香山雪山帝釋宮殿贍部洲等及小千中千大千世界菩薩亦爾大悲爲風謂能施與周遍十方一切有情諸福德聚悉令增長安立成就如因風力成就雪山菩薩施與世間福田應知亦爾如風成就四大洲渚蘇迷盧山等菩薩成就聲聞應知亦爾如風能持小千世界菩薩能成辟支佛果應知

亦爾如風成立中千世界如是成立菩薩乘果當知亦爾如風成立大千世界菩薩如是成如來身百福之相出過一切世間一切世界甚深清淨究竟圓滿遍虛空界聞佛名稱一切供養於一切時安立三摩呬多常住現前應知亦爾如風能成諸大海水菩薩成三摩地海應知亦爾如風成立小中大洲及諸山等菩薩成就諸陀羅尼以方便成熟諸弟子衆及一切有情應知亦爾如風成立帝釋宮殿菩薩能令清淨佛刹功德莊嚴應知亦爾如風能成劫波樹林菩薩成就諸地波羅蜜多及三摩地神通自在諸陀羅尼三明智光現正等覺力及無畏不共大悲於一切法最勝自在應知亦爾善男子何者名爲諸佛世尊百福之相善男子譬如十方一一方面

如阿僧企耶殑伽河沙世界其中所有一切有情一一成就十三千大千世界中所有輪王福德之聚彼諸有情成就如是福德之聚總爲一聚成一大轉輪王福德之量於其東方過前所說世界數量復有世界數量如前其世界中所有衆生一一成就如前所說一大輪王福德之量如是次第南西北方四維上下亦復如是乃至盡彼虛空界中一切世界所有衆生一一成就如前所說一大輪王福德之量善男子假使十方一一方面如阿僧企耶殑伽河沙世界其中所有一切有情一一成就十三千大千世界中所有帝釋福德之聚彼諸有情所成如是帝釋福德之聚以此福聚合成一大帝釋福德之量於其東方過前所說世界數量復有世界數量如前

其世界中所有衆生一一成就如前所說一大帝釋福德之量如是次第南西北方四維上下亦復如是乃至盡彼虛空界中一切世界所有衆生一一成就如前所說福德之量善男子譬如十方一一方面如阿僧企耶殑伽河沙世界其中所有一切有情一一成就十三千大千世界中所有梵王福德之聚彼諸有情所成如是梵王福德之量總爲一聚以是福聚合成一大梵王福德之量於其東方過前所說世界數量復有世界數量如前其世界中所有衆生一一成就如前所說一大梵王福德之量如是次第南西北方四維上下亦復如是乃至盡彼虛空界中所有衆生一一成就如前所說一大梵王福德之量善男子以如是筭數世界所有衆生成就聲聞及辟支佛證得十地大智光明法雲灌頂成十自在諸大菩薩福聚之量亦復如是善男子總以如是十方三世盡虛空際一切世界所有衆生微塵數等以彼如是一切種類若干有情福德之聚如是積數滿於百倍成就如來一毛孔中福德之量以彼如來一切毛孔福德之聚如是積數滿十阿僧企耶百千倍數成就八十隨好之中一隨好福德之量以彼一切隨好福德如是積數滿十不可說不可說倍成就如來二十九相如是積數滿十不可說不可說俱胝倍成就如來眉間白毫之相其白毫相光明嚴淨過於圓滿清淨日輪其量千倍如是積數滿十不可說不可說千俱胝倍成就如來無觀頂相其無觀頂相烏瑟膩沙之所莊嚴出過世間所有積

數滿十不可說不可說俱胝那庾多數百千倍成就如來梵音聲相其佛所出梵音聲有六萬分任運自在能種種說詞韻和雅一切世間無不等聞復令衆生歡喜滿足善男子是名諸佛百福之相善男子如來以是無盡福智資粮普遍之所莊嚴令一切有情而得受用善男子若於十方遍於法界盡虚空性諸世界中所有衆生悉住第十法雲之地皆得種種殊勝三業之所莊嚴於十自在中能得自在以贍部洲金而爲諸器種種諸寶之所莊嚴量如虚空其數等於殑伽河沙以此寶器盛取如來一毛孔中福德之聚於一刹那盛取而去盡未來際盛而復往如來一毛孔中福德之聚不增不減善男子一切如來百福體相不可思議何者諸地有十二種一

未發菩提心地二極喜地三離垢地四發光地五焰慧地六極難勝地七現前地八遠行地九不動地十善慧地十一法雲地十二普光明佛地何者是初未發菩提心地謂此菩薩出過一切愚夫所行滅壞之法勝於一切三界人天釋梵護世聲聞緣覺超過一切世間得殊勝三業種種莊嚴之所莊嚴圓光晃耀十方無邊一切世界由精進力一刹那中於阿僧企耶諸世界中來而復往無有障礙於一切世界四大洲中普現蓮華爲大光明寶網莊嚴以承其足於千世界中莊嚴寶座無量無邊精勤修行毗鉢舍那善能了知一切諸法於所緣境無有障礙意所喜樂能現十種廣大瑞相乃至示現阿僧企耶極大瑞相得不退轉來往諸方而無障礙故不思議

大光明網而能莊嚴無量佛刹善巧神變於不可說諸世界中示現能作無量無邊世界之主似佛影身爲主自在承受灌頂爲大施主能以一切世出世間雨於無量法寶光明作大祠會如雲普遍周帀施與終無限礙廣大莊嚴能令見者之所愛樂隨順一切世間有情意樂滿足又能震動阿僧企耶一切世界往返遊行哀愍無邊諸惡趣等一切有情復能供養無邊諸佛於一切法門悉能受持又於阿僧企耶諸三摩地總持解脫神通智明常能遊戲受樂無邊諸法苑樂無所希望於無邊數俱胝大劫得無功用離分別喜及增上光明經於無量俱胝那庾多百千蓮華數劫入於大乘種種修習利他之行攝取出離福智資粮由昔行因有無量種今得增長百千數倍以此增上最極增上信解法性於無間時得初地位此是菩薩未發證性菩提心地善男子譬如轉輪聖王已得超過人中色相而未能得過於諸天淨妙色相菩薩如是已得超過一切世間聲聞辟支佛地未得勝義菩薩之地復次普光明佛地者證離中邊無復餘垢於一切法而得自在一刹那中普遍觀察一切有情獲得一切義利之相復次云何名爲諸三摩地謂諸菩薩證三摩地有其十種一涌出寶三摩地二善住三摩地三不動三摩地四不退三摩地五寶積三摩地六日光三摩地七一切義成三摩地八智炬三摩地九現在佛前住三摩地十健行三摩地是諸菩薩證三摩地無量無邊以如是等而爲上首復次菩薩陀羅尼有十二種一

灌頂陀羅尼二有智者陀羅尼三音聲清淨陀羅尼四無盡意陀羅尼五無邊旋陀羅尼六海印陀羅尼七辯峯陀羅尼八蓮華莊嚴陀羅尼九入無著門陀羅尼十決定入無礙解陀羅尼十一諸佛莊嚴神變陀羅尼十二成就佛身無邊色相出現於世陀羅尼是諸菩薩證陀羅尼無量無邊以如是等而爲上首云何菩薩六種神通一天眼智通二天耳智通三他心智通四宿住隨念智通五神境智通六漏盡智通云何菩薩十種自在一命自在由此壽命經於無量阿僧企耶能持令住二心自在由心自在調伏方便入不可說諸三摩地能得自在三財自在由此示現一切世間莊嚴妙飾四業自在能隨諸業及於異熟而示現之五生自在能於一切世界示現受生六勝解自在謂能示現諸佛身相於諸世界充滿令見七願自在謂隨於彼非時非刹能現等覺八神通自在於一切世界示現無邊種種神變九法自在謂能於彼離中邊法門明了顯現十智自在謂於一刹那中遍能了知三世如來十力無畏無礙解脫佛不共法諸相隨好復能示現無上等覺又於一刹那中能遍了知三世諸佛一切刹土極微塵數又能示現起一切智現正等覺成就種種具足最勝此是菩薩十種自在云何菩薩十力一意樂力二增上意樂力三加行力四般若力五願力六修行力七乘力八神通力九菩提力十能轉法輪力云何菩薩四無所畏一聞陀羅尼受持讀誦演說其義得無所畏二由證無我不惱亂他及不現惡相俱

生無過守護威儀三業清淨得無所畏三以般若而爲方便善能通達所受持法常不忘失又能示現不爲放逸令諸有情出離清淨無有障礙得無所畏四不於餘乘而求出離終不忘失一切智心能得圓滿種種自在方便利益一切有情得無所畏是名菩薩四無所畏云何菩薩十八不共法一諸菩薩行施不隨他教二持戒不隨他教三修忍不隨他教四精進不隨他教五靜慮不隨他教六般若不隨他教七行於攝事能攝一切有情八能迴向九方便善巧爲主自在令一切有情有所修行復能示現於最上乘而得出離十不退大乘十一善能示現於生死涅槃而得安樂言音善巧能隨世俗文同義異十二智爲前導雖現前起種種受生而無所作離諸過失十三具足十善身語意業十四爲攝諸有情恒不捨離常能忍受一切苦蘊十五能爲示現一切世間之所愛樂十六雖於衆多苦惱愚夫及聲聞中住而不忘失一切智心如實堅固清淨莊嚴十七若受一切法王位時以繒及水繫灌其頂十八能不捨離諸佛正法示現希求是名菩薩十八不共之法

佛説寶雨經卷第四

音釋

薩筏若 筏房越切若爾者切
硬 魚孟切堅也
坌 步悶切塵坋也
阿僧企耶 梵語也此云無央數企遣禮切
俱胝 梵語也此云百億胝張尼切
那庾多 梵語也此云萬億庾勇主切

佛説寶雨經卷第五

唐三藏達磨流支等譯

善男子云何名爲如來十力一處非處智力二去來現在異熟業因要期智力三種種勝解智力四種種界智力五根勝劣智力六遍趣行智力七一切靜慮解脱三摩地三摩鉢底出離雜染清淨智力八宿住隨念智力九生死智力十漏盡智力是名如來十種智力云何如來四無所畏一諸法現等覺無畏二一切漏盡智無畏三障法不虚決定授記無畏四具足修行證於出離無畏是名如來四無所畏云何十八佛不共法一如來無有誤失二無卒暴音三無忘失念四無不定心五無種種想六無不擇捨七欲無減八精進無減九念無減十定無減十一慧無減十二解脱無減十三於過去世智見無著無礙十四於未來世智見無著無礙十五於現在世智見無著無礙十六一切身業智爲前導隨智而轉十七一切語業智爲前導隨智而轉十八一切意業智爲前導隨智而轉是名十八佛不共法善男子云何如來大悲善男子如來成就大悲有三十二種能於十方無量無邊一切世界諸有情中起於種種大悲不可思議云何三十二種大悲一者一切諸法皆無有我有情不信諸法無我是故如來爲彼有情而起大悲二者一切諸法無實有情衆生自謂有實有情是故如來爲諸有情起於大悲三者一切諸法無實命者有情謂言有實命者是故如來爲諸有情而起大悲四者一切諸法無補特伽羅有情執有補特伽羅

是故如來爲諸有情而起大悲五者一切諸法無實體性有情執法實有體性是故如來爲諸有情而起大悲六者一切諸法無實處所有情執著有實處所是故如來爲諸有情起於大悲七者一切諸法無實執藏有情妄執有實執藏是故如來爲諸有情起於大悲八者一切諸法無我我所有情執有實我我所是故如來爲彼有情起於大悲九者一切諸法無實主宰有情妄執有實主宰是故如來爲諸有情而起大悲十者一切諸法無實事物有情妄執有實事物是故如來爲彼有情起於大悲十一諸法無生有情妄執諸法有生是故如來爲諸有情而起大悲十二一切諸法無起無滅有情妄執有起有滅是故如來爲諸有情而起大悲十三一切諸法無有雜染有情妄執實有雜染是故如來爲諸有情而起大悲十四諸法無貪有情起貪是故如來爲諸有情而起大悲十五諸法離瞋有情起瞋是故如來爲諸有情而起大悲十六諸法離癡有情起癡是故如來爲諸有情而起大悲十七一切諸法皆因緣生自性寂靜自性清淨有情妄執有實可得是故如來爲諸有情而起大悲十八一切諸法無來而諸有情妄執有來是故如來爲彼有情起於大悲十九一切諸法無去而諸有情妄執有去是故如來爲彼有情起於大悲二十一切諸法無實造作有情妄執有實造作是故如來爲彼有情而起大悲二十一一切諸法無有戲論有情愛樂執有戲論是故如來爲彼有情而起大悲二十二諸法體空衆生執有

是故如來爲諸有情而起大悲二十三諸法無相有情妄執而行有相是故如來爲彼有情而起大悲二十四諸法無願有情妄執諸法有願是故如來爲彼有情而起大悲二十五此界有情安住世間由各執著互相諍論起貪瞋癡觀見如是諸有情故我今當爲有情說法令彼永斷貪瞋癡故是以如來爲諸有情起於大悲二十六謂諸有情安住世間具足顛倒墜險惡路墮於非處我應令彼諸有情等入眞實路由是如來爲諸有情起於大悲二十七此界有情戀著世間貪愛所蔽侵奪他財心無猒足我應令彼諸有情類得聖法財謂施戒聞等是故如來爲彼有情而起大悲二十八一切有情爲貪愛驅役耽染舍宅妻子財物諸穀麥等經求守護與諸財物而作奴僕我應爲彼演說妙法觀舍宅等畢竟無常不堅之法是諸有情妄作堅想是故如來爲諸有情起於大悲二十九此界有情互爲欺誑更相侵奪以惡活命我爲說法令諸有情得清淨活命是故如來爲諸有情而起大悲三十此界有情親近惡友得諸供養及讚歎等之所饒益自謂是我眞實知識我應爲彼一切有情眞善知識我應爲作畢竟善友令彼有情衆苦息滅而得究竟安樂涅槃是故如來爲諸有情而起大悲三十一三界有情在於居家一向煩勞衆苦器中於一切時愛樂戀著我應爲彼說如是法令諸有情於三界中而得出離是故如來爲彼有情而起大悲三十二解脱聖者作如是說一切諸法由因而生衆緣長養果相滋茂若諸

有情起於懈怠即爲捨離增上殊勝無染正智及最上涅槃此諸有情雖復希求下劣聲聞辟支佛乘我應爲彼說如是法令諸有情樂廣大慧希求佛智是故如來爲諸有情而起大悲善男子此是如來所成大悲有三十二種於有情中起應知即是菩薩摩訶薩真實福田威光熾盛具不退者復能利益一切有情善男子一切如來及諸菩薩得自在者所有功德無量無邊阿僧企耶此百福相而爲上首若諸如來經無量劫演說如是無量無邊諸功德相終不可盡我今略說爲令有情生喜樂故是名菩薩攝取有情清淨等流一切諸法出息入息活命善巧善男子云何菩薩能持無量大法雲雨善男子譬如風輪廣大無邊普遍世界堅固不動於成壞時能持雲雨海及大洲牟真隣陀山摩訶牟真隣陀山輪圍山大輪圍山諸香山等河林宮室以彼風輪爲所依持菩薩摩訶薩亦復如是以無量無邊諸陀羅尼而爲風輪發起一切正等覺雲如成劫時安立世界蘇迷盧山輪圍山大輪圍山香山雪山海及大洲河林宮殿又復流澍大法雲雨能持世間及出世間無邊法蘊百福之相諸地波羅蜜多一切三摩地諸陀羅尼神通自在力無畏等及無礙解不共大悲成就一切佛及菩薩是名菩薩能持無量大法雲雨善男子云何菩薩能得安立最勝宮殿種種莊嚴善男子譬如風力周遍安立一切宮殿種種莊嚴令諸草木萌芽增長根莖枝葉華果茂盛又復能令一切有情支分差別菩薩如是以無邊智無著智

無礙解智辯才智如風布列一切世間及出世間種種具足復能了知示現施與種種差別令當略說謂此諸法能生惡趣及生善趣所生爲主謂此諸法生捺洛迦及以傍生謂此諸法生琰魔界或生人天或生釋梵護世諸天謂此諸法所生之處色相端嚴人所喜見聰明智慧及好眷屬又菩薩善巧了知此法是諸明處種種技能種種工巧一切色類及諸異論又能顯示有聲聞種性故起聲聞乘有辟支佛種性故起辟支佛乘有大乘種性故起菩薩乘令當略說發起種種自利利他殊勝功德得普賢地及一切智復能了知此是諸地此是波羅蜜多此是諸三摩地此是諸陀羅尼此是神通此是諸明此是自在此是解脫此是諸力此是無畏此是無礙解

此是諸佛不共之法善男子菩薩以蓮華等數總持善巧建立如是無量諸法種種莊嚴善男子是名菩薩能得安立最勝大法一切宮殿種種莊嚴善男子云何菩薩能於衆會決定演說種種妙法猶如風吹諸劫波樹於常常時雨適意華如雨而下善男子如風吹動諸劫波樹適意之華如雨而下及諸珍寶莊嚴之具衣服飲食種種具足微風吹動展轉出現遍於天人衆生得已無復憂惱心生慶悅獲增上喜身心安樂歡娛遊戲受法苑樂於一切時色相端嚴威力速疾受諸勝樂而無退減菩薩亦爾猶如彼風於清淨世界請諸如來及諸菩薩於衆會中決定演說相應妙法雨法寶華如雨而下謂契經應頌記別諷頌自說緣起譬喻本事本生方廣希法

論議或上或下若順若逆種種演説復能示現一切世俗所有言説於其所緣無我法性寂靜清淨演説解釋離諸染相復能顯現一切諸法平等法門令有情入復能示現不可思議如幻諸法令如幻智之所趣向復令有情於一切法種種增長遊戲神通歡喜悦樂但有問答能令知足離於中邊發起廣大善巧神通由彼常能愛樂法苑身無疲猒語及意業終不違犯一切人天威德廣大具足受用一切諸法恒不退減常起般若明耀觀察趣向增上殊勝之法是名菩薩能於衆會決定演説種種妙法如劫波樹於常常時雨適意華如雨而下善男子云何菩薩於阿僧祇劫積集無量清淨法輪及三摩地解脱總持於彼大海及迷盧山輪圍山等之所圍繞衆會之處若有衆生堪應調伏成熟者中發智風輪轉滅所依一切無餘善男子譬如劫盡壞世界時以無礙風力速疾吹壞三千大千世界百千那庚多蘇迷盧山輪圍山等及諸大海破壞離散猶若虚空都無所有菩薩亦爾於多劫中積集種種福智資粮之所莊嚴能於一切衆會之中發智風輪以速疾神力示現神變發大音聲説諸法藴無礙法輪令一切有情所起我慢如山峯者皆得銷滅復能證得勝法光明毗鉢舍那常現在前如理思惟一切諸行内心正住三摩呬多諸三摩地皆得具足破壞離散諸藴界處一切諸行不堅之身了知一切虚妄分别即能超出一切世間無有色相不可思議增長出世福德圓滿復能示現一切色相了知轉得清淨所

依盡未來際一切時住是名菩薩於阿僧祇劫積集無量清淨法輪及三摩地解脱總持於彼大海及迷盧山輪圍山等之所圍繞衆會之處若有衆生堪應調伏成熟者中發智風輪轉滅所依一切無餘善男子菩薩成就此十種法等之於風爾時止蓋菩薩白佛言世尊説此十種法門種種具足甚爲希有一切有情悉皆喜足世尊若有天人於此法中能起淨信勝解修行如佛所説當證具足今世後世能得釋梵所有安樂一向利他佛告止蓋菩薩善男子如是如是觀彼有情當得出過一切世間若有能於是諸法中而修行者永斷一切諸不善法成就一切清淨善法爲諸世間之所歸依若誹謗者是名愚人墮於惡處受諸苦惱又爲一切世間天人阿素洛等之所輕賤復次善男子菩薩成就十種法故等於虛空何等爲十一者得離於垢二者得無所著三者能證寂靜四者證無邊般若五者得無邊智六者於平等法界能隨順行七者得淨勝解信一切法猶若虛空八者得無所住九者超過所行十者超過計度善男子菩薩成就此十種法故等虛空復次善男子菩薩成就十種法等於虛空何等爲十一者於可愛不可愛色中不貪不瞋二者於愛不愛聲中不貪不瞋三者於愛不愛香中不貪不瞋四者於愛不愛味中不貪不瞋五者於愛不愛觸中不貪不瞋六者於愛不愛法中不貪不瞋七者於利衰中不貪不瞋八者於毁譽中不貪不瞋九者於稱譏中不貪不瞋十者於苦樂中不貪不瞋善男子菩薩

成就此十種法等於虛空復次善男子菩薩成就十種法等之於月何者爲十一者能令一切有情身得悅樂二者得喜樂見三者增長白淨諸法四者能斷黑暗之法五者能令稱讚六者得身清淨七者得最上乘八者常得莊嚴九者得愛樂法十者得大威神及大威德善男子云何菩薩令一切有情身得悅樂善男子如月出現能作清涼性可愛樂令諸有情身得悅樂菩薩亦爾出現於世能除有情一切熱惱性可愛樂令一切有情身得悅樂云何菩薩得喜樂見善男子如月出現光色鮮潔令諸有情歡喜樂見菩薩出現亦復如是諸根寂靜威儀功德清淨具足爲一切有情歡喜樂見云何菩薩能得增長白淨諸法善男子譬如白月日日增長乃至圓滿種種光色皆得具足菩薩亦爾初發心時乃至坐於菩提道場諸白淨法漸漸增長乃至圓滿一切種智云何菩薩能斷一切黑暗之法善男子譬如黑月所有光色日日減少至十五日諸光色相皆不可得菩薩如是證出世智諸不善法漸漸除滅乃至坐於菩提道場一切無有云何菩薩能令稱讚善男子如月出現能使人間城邑聚落諸剎帝利婆羅門等若男若女悉皆稱讚菩薩如是如月出現爲一切世間天人阿素洛健達縛等悉皆稱讚云何菩薩身得清淨善男子如月天子業果成就得清淨身光色明朗菩薩如是出現於世證於法性從法化生不依父母羯邏藍等不淨所生故身得清淨光色明朗云何菩薩得最上乘善男子如月天子乘最上乘

光耀四洲菩薩如是乘最上乘智慧光耀無量無邊一切世界云何菩薩常得莊嚴善男子如月天子威德莊嚴其莊嚴具常不萎歇菩薩如是以功德法常自莊嚴云何菩薩得愛樂法善男子如月天子於一切時愛樂欲樂菩薩如月於一切時愛法苑樂不愛欲樂云何菩薩得大威神及大威德善男子如月天子有大神通及大威德菩薩亦爾有大神通及大威德謂大福性及大智性善男子菩薩成就此十種法故等於月復次善男子菩薩成就十種法等之於日何等爲十一者能破一切無明黑暗二者能調伏有情令得覺悟三者能光耀十方四者能出現善法五者諸漏滅盡六者能作光明七者能映蔽一切外道邪論八者能示現高下九者起所作業所謂一切白淨善法十者得善人愛樂云何菩薩能破一切無明黑暗善男子如日出現破諸黑暗菩薩日出亦復如是能破一切無明黑暗云何菩薩調伏有情令得覺悟善男子如日出現能令一切蓮華開敷菩薩日出調伏有情令得覺悟云何菩薩能光耀十方如日出現光耀十方菩薩日現以般若威力光明朗耀於十方界而不燒亂諸有情等云何菩薩能出現善法善男子如日天子出現之時於贍部洲光明可得菩薩出世以智光明現諸善法云何菩薩諸漏已盡如日沒時於贍部洲名日光隱沒菩薩煩惱得滅盡時說名永斷一切諸漏云何菩薩能作光明善男子如日出現爲贍部洲一切有情作種種光明菩薩出現爲一切有情放智慧光明能

破愚癡一切暗障云何菩薩能映蔽一切外道邪論如日出現能盡映蔽彼日不念我能映蔽一切無明然法性如是菩薩日出能現威光映蔽外道諸邪異論菩薩不作如是思惟我能映蔽諸邪異論然法性如是云何菩薩能示高下善男子如日出現於贍部洲高下有情悉能顯示菩薩日現以智慧光於等不等有情悉見謂入諸道說名為等處於非道說名不等云何菩薩起所作業善男子如日出現令一切農夫起所作業菩薩日現發起一切善法之業云何菩薩得善人愛樂善男子如日出現為諸善人之所愛樂諸惡人類所共憎嫉菩薩日現聰慧善人之所愛樂愚夫種類無智愚人向諸邪道背於涅槃樂生死者所共憎嫉善男子菩薩成就此十種法等之於日復次善男子菩薩成就十種法猶如師子何等為十一者得不驚怖二者得無怯懼三者得不退道四者如師子吼五者得無所畏六者遊行園林七者依止巖窟八者得無所取九者勢力勇猛能破他軍十者守護一切善法苗稼云何菩薩得不驚怖善男子譬如師子所遊行處終無驚怖自見已身無有等者菩薩如是所行之處無有驚怖自見已身無與等者云何菩薩得無怯懼善男子猶如師子聞彼野干諸惡獸聲終無怯懼菩薩如是能於一切他諍論時終無怯懼不自沉没亦無倨傲云何菩薩不退於道善男子譬如師子喚使前來其心終無退避於道菩薩如是能於一切諍論之處喚菩薩來心無退屈云何菩薩如師子吼善男子譬如

師子哮吼之時惡獸野干各於方處驚駭馳走菩薩如是說無上乘如師子吼能令一切外道野干執我我所諸惡獸等於諸方所馳走而去菩薩雖作無我師子之吼終不惱亂一切有情但欲令彼執我我所諸有情類皆令調伏永捨離故云何菩薩得無所畏善男子譬如師子普觀諸處得無所畏菩薩如是普能觀察諸有情界威儀清淨得無所畏云何菩薩遊行園林譬如師子自性無畏能現威勢遊諸園林菩薩如是自性寂靜常能遊戲無礙法林云何菩薩依止巖窟善男子譬如師子依據山窟菩薩如是常能安住智慧巖窟云何菩薩得無所取善男子譬如師子棄捨藏積得無所取菩薩如是棄捨一切煩惱重擔永無所取云何菩薩如彼師子性能勇猛有大勢力獨一無二能破他軍善男子菩薩坐於菩提道場獨一無二力能摧破諸魔軍衆云何菩薩守護一切善法苗稼善男子譬如師子所遊行處近於村邑一切惡獸無能損壞近彼苗稼菩薩如是所近人間及遊行處一切外道諸惡禽獸無能損壞善法苗稼善男子菩薩成就此十種法得如師子

復次善男子菩薩成就十種法能善調伏何等爲十一者菩提心堅固二者所作能淨菩提之心三者密護諸根四者能趣向正道五者能荷重擔六者終無猒倦七者得於正命利益有情八者捨離一切矯詐言論九者永離諂誑十者自性質直善男子菩薩成就此十種法能善調伏復次善男子菩薩成就十種法得自性寂靜何等爲十一者得瑜伽師

二者多習空性三者開發聖道離一切纏無有障礙四者順如來教修行無違五者隨順諸法平等理趣通達實相遊止世間心常下劣如旃荼羅子六者於一切時常能起於乞匃之想遠離我慢憍醉放逸七者於佛法中無有疑惑於佛正智現前能證八者於一切法無有猶豫以自內證知法性故九者不由他悟自見道故十者爲世福田向菩提故善男子菩薩成就此十種法得自性寂靜復次善男子菩薩成就十種法得如蓮華何等爲十一者無所染著二者不爲少分罪垢所染三者得妙戒香四者常得清淨五者面門微笑六者得不麤獷七者能現吉祥八者開發覺悟九者成熟覺悟十者爲他攝取云何菩薩無所染著善男子譬如蓮華從水出現無所染著何以故由彼蓮華性清淨故菩薩如是雖從生死水中出現既出現已無所染著何以故菩薩能證方便般若法自性故由菩薩善巧處生死中不爲生死過患染著以方便般若能攝彼故云何菩薩不爲少分罪垢所染善男子譬如蓮華不爲少分水所染汙菩薩如是不爲少分罪垢所染云何菩薩得妙戒香善男子如地方所若有能生蓮華之處其香遍滿彼彼地方菩薩如是遊行一切人間地方戒香遍滿彼遊行處云何菩薩常得清淨善男子如地方所生蓮華處即爲一切世間聚落諸婆羅門剎帝利等悉皆以彼爲清淨處菩薩如是所生之處寂靜清淨故常爲諸佛護持憶念及諸菩薩之所稱歎又爲天龍藥叉健達縛阿素洛緊捺洛莫呼洛

伽人非人等皆往趣之云何菩薩面門微笑善男子譬如蓮華周遍開敷一切有情若有見者心皆悅樂菩薩如是於一切時和顏微笑離於顰蹙諸根清淨云何菩薩得不麤獷善男子譬如蓮華其性柔輭而不麤獷菩薩如是性恒柔輭語無麤獷又無矯詐云何菩薩能現吉祥善男子譬如有人若覺若夢乃至於一牟呼栗多若見蓮華以爲吉祥瑞應之相稱揚讚歎菩薩如是於一切時若有見者爲善吉祥稱揚讚歎爲大利益乃至能得一切智故云何菩薩開發覺悟善男子譬如蓮華敷榮之時名爲開發菩薩如是若得般若菩提分華開敷之時說名覺悟云何菩薩成熟覺悟善男子譬如蓮華成熟之時若有見者能令眼根增上悅樂若有齅者能令鼻根增上悅樂若有觸者能令身根增上悅樂若歡喜者能令意根增上悅樂菩薩如是若得般若光明成就能令見者眼根清淨能令聞者耳根清淨能令觸時及供養者身根清淨能令稱揚讚歎功德思惟之者意根清淨云何菩薩爲他攝取善男子譬如蓮華開敷之時能令一切人及非人之所攝取菩薩如是所生之處爲一切佛及諸菩薩釋梵護世之所攝取善男子菩薩成就此十種法得如蓮華

佛說寶雨經卷第五

音釋

羯邏藍 梵語也此云凝滑羯居謁切邏朗可切　萎 於爲切蔫也　巖 巖魚巉切石窟曰　駭 下楷切驚也　矯 居夭切詐也
窟 窟苦骨切穴也
諂 諂丑琰切諛也　誑 誑古況切欺也

佛說寶雨經卷第六

唐三藏達磨流支等譯

復次善男子菩薩成就十種法得廣大心何等爲十一者我當積集一切平等諸波羅蜜多是名發起廣大之心二者我當圓滿一切佛法是名發起廣大之心三者我當調伏一切有情是名發起廣大之心四者我當坐於菩提道場於阿耨多羅三藐三菩提而現等覺是名發起廣大之心五者現等覺已轉正法輪若諸沙門婆羅門及天魔梵世間人等一切無能同我轉者是名發起廣大之心六者我爲利益一切有情往於無量無邊諸世界中爲彼有情作利益事是名發起廣大之心七者我當積集般若以爲船筏度生死海中一切有情令至彼岸是名發起廣大之心八者見諸有情無主無歸無救無護無有處所我當爲彼而作眷屬與彼有情爲救護等是名發起廣大之心九者於一切佛最勝事業我當示現能作諸佛最勝事業佛師子吼我當能作大師子吼佛所遊戲我當遊戲大龍觀察我當觀察我所得者令諸天魔梵世沙門婆羅門一切世間天人阿素洛等皆當得之是名發起廣大之心十者佛大威德調伏有情我當調伏不爲麤惡行不爲無利苦行不爲下劣行是名發起廣大之心善男子菩薩成就此十種法得廣大心復次善男子菩薩成就十種法得清淨心何等爲十一者得圓滿意樂以此意樂性不動故常安住故無虛僞故二者遠離不如理作意謂我當作佛師子吼終不發起聲聞作意亦不發起緣

覺作意亦不發起少分作意三者永離一切塵垢謂能除去諸煩惱塵四者永離身現矯詐謂能遠離一切矯詐威儀異相五者永離語言矯詐終不示現不真實語六者永離心業矯詐謂身無所著故語言知足故心無希求故七者報恩於少分恩常不忘失況有多恩而不念報八者知恩於有恩者必無隱諱亦不輕賤見彼有德踊躍歡喜稱揚讃歎除彼世間無慚愧者九者如言而作謂諸菩薩示現美言稱心相應心常寂靜不懷怨結尊重於他不生輕慢實言而説無有矯詐不爲慳悋嫉妬諂誑之所隨逐菩薩終不令他鬪戰亦非展轉破壞於他説真實義隨利益事而皆與之十者於如来教中永離誹謗謂此菩薩發阿耨多羅三藐三菩提心已剃除鬚髮覆袈裟衣於如來教中正信出家非因王力逼令出家不爲盜賊抑令出家不爲負債方便出家不爲驚怖而求出家非怖不活邪命出家希求正法以信出家菩薩常爲求善知識親近承事聽聞正法聞已修行又復菩薩不爲我慢之所掩蔽離我慢故又不顛倒取以無顛倒領受性故證通達道得通達故證於法性得法性故證法性已決定能得阿耨多羅三藐三菩提是名菩薩於佛教中離諸誹謗善男子菩薩成就此十種法得清淨心復次善男子菩薩成就十種法得無猶豫心何等爲十一者深信如來身業祕密二者深信如來語業祕密三者深信如來意業祕密四者深信菩提積集五者深信菩提六者能信如來出現七者能信演説一乘實相八

者能信宣說種種實相九者能信如來言音深遠十者深信如來知有情意樂而調伏之云何菩薩深信如來身業祕密善男子謂諸菩薩若聞如來法身之性寂靜身性無等身性無量身性不共身性金剛身性作是思惟此爲真實非是虛誑謂此菩薩於彼法中心無猶豫是名菩薩深信如來身業祕密云何菩薩深信如來語業祕密謂諸菩薩聞於如來爲諸有情現前授記不現前授記祕密說已菩薩如是思惟如來言音終無虛誑得之誤失由此因緣語得真實何以故由如來永斷一切過患故永斷一切諸塵垢故永斷一切諸熱惱故永無一切諸煩惱故能得自在皎潔澄清無諸穢濁若如來之言有虛誑誤犯無容是處惟此真實非爲虛誑菩薩於此

法中得無猶豫是名菩薩深信如來語業祕密云何菩薩深信如來意業祕密若諸菩薩聞於如來意之祕密謂如來所有意樂法義依止於心依心而住一切菩薩聲聞緣覺及諸有情無能知者惟除如來之所加持何以故如來甚深難可度量超過計度及計度所行廣大無量猶若虛空超過一切虛妄計者所有境界菩薩如是正思惟此是真實非爲虛誑於彼法中得無猶豫是名菩薩深信如來意業祕密云何深信菩薩積集謂聞諸菩薩現前利益一切有情是諸有情所作之事皆能作之終無疲倦亦不驚怖復能荷負大願重擔有大勢力勇猛堅固遍能積集諸波羅密多次第積集一切佛法得無礙智無邊智性無等智性不共智性精進堅固被甲堅

固誓願堅固誓願不動誓願不共以爲無上菩提因緣是諸菩薩次第修習令生增長圓滿廣大菩薩如是思惟此爲真實非是虚誑菩薩於彼諸法之中得無猶豫是名菩薩能得深信積集云何菩薩深信菩提及如來出現謂諸菩薩如是思惟聞諸菩薩坐菩提道場已無著無礙無障得天眼智通天耳智通他心智通宿住隨念智通神境智通漏盡智通成就勝智一一刹那了達三界無著無礙無障由是因緣能遍觀察諸有情界此類有情成就身惡行成就語惡行成就意惡行受諸邪法起於邪見誹謗聖者由是因緣身壞命終墮諸惡趣生捺洛迦中復能觀察如是有情成就身善行成就語善行成就意善行領受正法起於正見不謗聖者以是因緣命終之後生諸善趣得生天中菩薩如是能實觀察諸有情界善不善業已作是思惟我於往昔行菩薩行有如是願若自覺悟令他覺悟我願既滿意樂亦足惟此真實非是虚妄菩薩能於彼法之中得無猶豫由是菩薩能證菩提名爲正覺善男子是名菩薩深信菩提及如來出現云何菩薩深信演説一乘實相謂諸菩薩如是思惟聞於如來一乘法已惟此真實非是虚妄恒不變易何以故由從一乘出諸乘故善男子譬如贍部洲中有諸小洲雖各異名然彼同依於贍部洲由是説名一贍部洲所説一乘亦復如是由如來乘出現諸乘而諸乘等雖有異名然同依止如來乘故説名一乘菩薩能於彼正法中得無猶豫是名菩薩深信演説一乘實相云何菩

薩能深信演說種種實相謂諸菩薩如是思惟聞於如來素怛纜中宣說如是種種實相已惟此真實非爲虛誑何以故由諸如來能調伏故隨諸有情種種勝解演說妙法菩薩於此正法之中能無猶豫是名菩薩能深信演說種種實相云何菩薩得深信如來言音深遠謂諸菩薩如是思惟聞於如來言音深遠已惟此真實非爲虛誑何以故以諸天子少福善根尚得深遠美妙音聲何況如來以於無量百千數劫積集妙行由是菩薩於彼法中得無猶豫是名菩薩深信如來言音深遠云何菩薩得深信如來知有情意樂而調伏之謂諸菩薩如是思惟聞於如來能知一切有情意樂種種隨眠種種勝解一音說法皆令調伏各隨意解斷除疑惑成熟有情一一有情如是思惟各謂如來獨爲我故演說妙法如來於此實無分別我爲能說有情爲所化惟此真實非爲虛妄菩薩能於彼法之中得無猶豫是名菩薩深信如來知有情意樂而調伏之善男子菩薩成就此十種法心無猶豫復次善男子菩薩成就十種法得智如海何等爲十一者得如寶所二者甚深難度三者廣大無量四者隨順漸深五者不與煩惱死屍同住六者皆同一味七者容受駛流八者潮不過時九者與大有情爲所依止十者無有窮盡云何菩薩得如寶所善男子譬如大海有諸寶所贍部洲人皆來取寶終無窮盡菩薩如是有功德寶所一切有情取功德寶亦無窮盡云何菩薩甚深難度善男子譬如大海甚深難度菩薩如是成就智慧

甚深大海一切有情無能越度云何菩薩廣大無量善男子譬如大海周遍廣大菩薩如是智慧之海廣大無邊云何菩薩隨順漸深善男子譬如大海隨順向下漸低漸深菩薩如是一切智海隨順法性漸低漸深云何菩薩不與煩惱死屍同住善男子譬如大海不宿死屍何以故以海性法爾故菩薩如是不與煩惱死屍丈夫同處而住何以故以菩薩法如是故云何菩薩皆同一味善男子譬如大海諸暴流水澍入之者一切皆同一鹹味性菩薩如是積集無量白淨之法至一切智皆得同於一切智味云何菩薩容受駛流善男子譬如大海容受無量諸駛流水而無增減菩薩如是容受無量法雨駛流無增無減云何菩薩潮不失時善男子譬如大海潮不失時菩薩如是教化有情隨其根性不失於時云何菩薩與大有情爲所依止譬如大海與大有情爲所依止菩薩如是爲一切有情諸白淨法之所依止云何菩薩得無窮盡善男子譬如大海爲一切有情汲引其水無有窮盡菩薩如是爲諸有情種種説法無有窮盡善男子菩薩成就此十種法得智如海復次善男子菩薩成就十種法得微妙智善巧何等爲十一者得希求出離善巧二者得通達一切法善巧三者得悟入一切法平等善巧四者得悟入一切法幻相善巧五者得遍知一切法善巧六者得緣起甚深難度善巧七者得業不思議善巧八者得了知隨所説義善巧九者得證知如實義善巧十者得真實善巧善男子云何菩薩得希求出離善巧

乃至云何得真實善巧謂此菩薩觀察如是一切有情處於世間常爲貪欲之所燒然瞋恚之所昏繞愚癡黑暗之所盲冥菩薩作是思惟此諸有情云何能得出離善巧菩薩爲彼希求通達諸法以通達故悟入一切諸法平等以悟入故了知虚幻之相以了知故如實徧知一切諸法以遍知故隨順思惟甚深緣起以思惟故隨順觀業不思議性菩薩作如是觀一切法中都無有實而業有種種異由是菩薩即能悟入微妙智慧而於諸佛及菩薩所聞說法要即了其義以了義故得見真實見真實故於生死海中度脱有情善男子是名菩薩得希求出離善巧乃至得真實善巧善男子菩薩成就此十種法得微妙智復次善男子菩薩成就十種法得應辯才何等爲十一者於諸法中施設無我二者無有情三者無命者四者無養育者五者無補特伽羅六者遠離作者受者七者遠離知者見者八者空無所有無主九者虚妄分别空十者一切諸法施設緣生善男子以一切諸法無我無有情無命者無養育者無補特伽羅遠離作者受者遠離知見者空無所有無主虚妄分别從緣所生如是此應隨順法性善男子所有應隨順法性不相違法性相應法性悟入法性明了法性如是法性菩薩摩訶薩皆應遍知是名應辯才善男子菩薩成就此十種法得應辯才復次善男子菩薩成就十種法得解脱辯何等爲十一者得無著辯二者得無盡辯三者得覺悟辯四者得不怯弱辯五者得謙畢辯六者得無畏辯七者得

不共辯八者得無蔽辯九者得無邊辯十者得無礙辯善男子菩薩摩訶薩成就此十種法得解脱辯復次善男子菩薩成就十種法得清淨辯才何等爲十一者得無覂嗄辯二者得不雜亂辯三者得不下劣辯四者得不倨傲辯五者得義不退失辯六者得文字不下劣辯七者得方便不下劣辯八者得時不下劣辯九者得不麤獷辯十者得明了辯善男子菩薩摩訶薩於衆會中遠離怖畏故得無覂嗄辯才安住智慧故得不雜亂辯才菩薩於衆會中無所畏故如師子王不驚不怖得不下劣辯才無煩惱故得不倨傲辯才善男子有煩惱者即有倨傲非無煩惱有倨傲也證法性故得於義不退失辯才善男子未證法者於義有失非已得者有退失也於一切言論無所畏故得文字不下劣辯才善男子知少分論者而於文字即有退失非知一切論者名下劣也積集諸方便故得方便不下劣辯才無善巧者而於方便即有退失有善巧者無下劣也善男子菩薩摩訶薩知長時知應時知初中後時非先説後非後説先應時爲説故得時不下劣辯才永離語言戲論故得無麤獷辯才善男子以有戲論名爲麤獷無戲論者非麤獷也善男子菩薩摩訶薩諸根聰利故得明了辯才諸根鈍者即不明了非根利者不明了也善男子菩薩成就此十種法得清淨辯才復次善男子菩薩成就十種法得一切衆生歡喜滿足何等爲十一者得可愛語二者面門微笑遠離嚬蹙三者能演説義四者能演説法五者能平等説

六者無有貢高七者遠離輕賤八者無染九者不瞋十者得種種辯才善男子云何得愛語菩薩言詞能令有情心喜悅故云何面門微笑菩薩和顏安慰能令有情得安隱故云何能演說義菩薩言詞應量說故云何能演說法菩薩凡所演說饒益有情故云何平等說菩薩恒以等心授有情法故云何無有貢高菩薩遠離我慢憍逸同類性故云何遠離輕賤菩薩說法尊重法故云何無染菩薩尸羅極清淨故云何不瞋菩薩性能行忍辱故云何得種種辯才菩薩言詞美妙悅衆生故善男子菩薩成就此十種法能令有情歡喜滿足復次善男子菩薩成就十種法能令有情領受所說何等爲十一不爲非器者說法二不爲瞋害者說法三不爲增上慢者說法四不爲外道說法五不爲不生尊重者說法六不爲無淨信者說法七不爲諂誑者說法八不爲愛樂活命者說法九不爲規求利養得他尊重嫉妬慳悋所纏者說法十不爲頑鈍瘖瘂者說法何以故菩薩摩訶薩不以慳悋法故而不爲說亦不爲師拳祕而不說亦不爲有情輕於我故亦不爲棄捨法故但以非法器故而不爲說止蓋菩薩白佛言世尊何等有情諸佛菩薩爲之說法佛言善男子若諸有情具足信根成熟法器承事諸佛心無諂曲亦無虛誑威儀無詐不貪利養意樂具足爲善丈夫聞法覺悟善能開曉聰慧利根隨所說義即能了知爲得法故勤修精進順如來法依教修行善男子如是種類諸有情等佛及菩薩爲之演說善男子菩薩成就

此十種法即能領受所説之法復次善男子菩薩成就十種法能爲説法之師何等爲十一者爲積集佛法故能演説法然佛法不可得積集亦不可得二者爲積集諸波羅蜜多故演説法波羅蜜多不可得積集亦不可得三者爲積集菩提故演説法然菩提不可得積集亦不可得四者爲斷煩惱故演説法然煩惱不可得斷亦不可得五者爲猒貪離貪滅貪故演説法然猒離滅及貪俱不可得六者爲得預流一來不還向果故演説法然預流一來不還向果俱不可得七者爲得阿羅漢向果故演説法然阿羅漢向果俱不可得八者爲得緣覺向緣覺果故演説法然緣覺向果俱不可得九者爲求斷執著我故演説法然我與執著俱不可得十者爲顯示業及異熟故演説法而業及異熟俱不可得何以故彼諸菩薩作是思惟由彼名字故説有法其所説法本不可得所以者何法非文字文字非法但於俗諦法中順世俗故於無名法中施設其名勝義諦中無有名字但是虛妄施設假立作其名字誘引愚夫故作是説善男子菩薩成就此十種法故能爲説法師復次善男子菩薩成就十種法得隨法性行何等爲十一者菩薩隨法性行不離於色亦不離受想行識二者隨法性行不離欲界三者隨法性行不離色界四者隨法性行不離無色界五者隨法性行不捨於法六者隨法性行不執著於法七者隨法性行而不捨於有情八者隨法性行而不行於斷見九者隨法性行而不行於常見十者隨法性行而不捨

於正道所以者何菩薩成就般若方便善巧故雖隨順法性然於色等不捨不著亦不行善男子菩薩成就此十種法得隨法性行復次善男子菩薩成就十種法得法界善巧何等爲十一者有智慧二者攝取善知識三者勤行精進四者離一切障五者極清淨六者尊重教誡七者多修空性八者離諸慢見九者向於道十者見真實義善男子菩薩摩訶薩有智慧者求善知識見善知識故得歡喜悦樂於善知識生如佛想依止彼住依止彼故得勤行精進求斷一切不善法圓滿一切善法以勤修精進故滅除一切障得無障礙開示正道遠離身口意麤重由離障故得最極清淨既清淨已得尊重教誡得教誡已能多修行空性修行空已即得遠離憿慢之見遠離憿慢見已得向正道菩薩得住道已見於真義止蓋菩薩白佛言世尊云何名真義佛言善男子真義者即是實義增語止蓋菩薩白佛言世尊云何名實義佛言善男子所謂不虛妄是實義止蓋菩薩白佛言世尊云何名不虛妄佛言善男子所謂真如是不虛妄無別異也止蓋菩薩白佛言世尊何謂真如佛言善男子此法自内所證非有文字能施設之何以故此超過一切文字言說及戲論故離諸入出無有計度非計所行無相離相非諸愚夫所行之處遠離一切諸魔境界及以一切煩惱境界非識所行住無所住自性寂靜超過衆聖智之所入由是因緣自内所證無垢無染清淨微妙最上無比恒常不動性不滅壞若諸如來出現於世若不出世

如是法界自性常住善男子爲利益故是諸菩薩勇猛修行無量苦行證此法性得法性已安置有情住如是法善男子如是名爲真如亦名實際名一切智亦名一切種智名不思議界亦名不二界止蓋菩薩白佛言世尊云何於此法中現證云何自内所證佛言善男子應以出世間般若自内所證止蓋菩薩白佛言世尊若如是者般若現證即是自内證耶佛言不也善男子般若如實觀見法身爲内證也止蓋菩薩白佛言世尊若以聞所成慧思所成慧如是證法爲内證乎佛言不也終不但以聞所成慧思所成慧爲内證也善男子以是因緣我當爲汝說於譬喻譬若有人熱際之餘在於曠野從東方來將詣西方復有一人從西方來往於東方其人熱乏爲渴所逼語東方人言我今熱乏爲渴所逼請示我路何處應有泉林池沼清淨冷水我若得之熱惱渴乏皆得止息從東來人語西來者作如是言我詣道路知有水處我經嘗飲從是東行去此不遠便有二道應捨左路趣於右道若見青山彼有林泉清淨冷水能解渴乏汝可往彼必得捨除熱渴之患善男子於意云何彼熱渴人惟聞水名但思水事即得除其熱渴患不止蓋菩薩白佛言世尊彼熱渴人要當内證清涼之水然後除其熱渴之患善男子如是如是非但聞思即能證得自内所證真如之法善男子言曠野者即是生死言熱渴者即是一切有情於境界中爲煩惱熱之所渴乏示導路者即是諸佛菩薩善知識也經自嘗飲者即是善巧能知一

切智道自內所證勝法性也復次善男子我今更說譬喻曉悟於汝假使如來住世一劫爲贍部洲人讚歎諸天所食甘露色香美味清淨微妙若觸彼時受其安樂於意云何然彼有情聞是語已即得如是自內所證甘露味不止蓋菩薩白佛言不也世尊彼人雖聞佛說甘露終不能得甘露之味佛言善男子汝於此喻應如是知非惟聞思即能得彼自內所證善男子譬如有人食美果已於未食人前讚歎其果香味具足於意云何彼未食人能得內證知其味不不也世尊佛言善男子彼亦如是汝於此喻應如是知非惟聞思即能證得自內所證如是證已止蓋菩薩白佛言世尊甚爲希有如來今者善能爲我說斯法要若有得聞如是法門應當證得何以故世尊彼善男子得此法因決定當得此法性故佛言如是如是既知因已當得此法善男子菩薩成就此十種法得法界善巧

佛說寶雨經卷第六

音釋

諱許貴切誋諱也　債側界切逋財也　駛踈士切疾也　覽嗄覽音西破聲也嗄乙界切聲變也　瘖瘂瘖於金切瘂烏下切瘖瘂不能言也　諳烏含切記憶一

佛説寶雨經卷第七

唐三藏達磨流支等譯

復次善男子菩薩成就十種法而得空性何等爲十一者能知力空性二者能知無畏空性三者能知不共法空性四者能知戒蘊空性五者能知三摩地空性六者能知般若空性七者能知解脱蘊空性八者能知解脱智見蘊空性九者能知空空性十者能知勝義空性菩薩雖行於空而不爲斷復不執空亦不見空性亦不依空性亦不入於無所有性善男子菩薩成就此十種法而行於空復次善男子菩薩成就十種法得無相行何等爲十一者遠離外相二者遠離内相三者遠離戲論相四者遠離分別相五者遠離有所得相六者遠離所作事相七者遠離所行相八者遠離所緣相九者能知識不可得相十者所知事物不可得相善男子菩薩成就此十種法得無相行爾時止蓋菩薩白佛言世尊如是十種法菩薩應學云何當學佛言善男子佛所行處不可思量以彼遠離思量境界性故善男子若諸有情思惟如來法性境界心即迷悶終不能觀法性此岸彼岸但生劬勞何以故如來境界不可思議甚深難測超過一切虛妄計度所有境界超過一切有所得者所有境界以是義故非彼虛妄計者思惟度量止蓋菩薩白佛言世尊我今欲有少問惟願如來哀許我請爲我解説佛言善男子一切諸佛皆許疑問隨汝所欲當爲解説止蓋菩薩白佛言世尊夫自讚者非正士法云何如來自讚所行之境超過一切佛言善

哉善哉善男子諦聽諦聽當爲汝説善男子如來不爲我慢貢高貪著利養承事給侍名聞識知恐他映蔽而自讚歎善男子如來無矯無詐言不諛諂惟除利益一切有情獲安樂故證法性故於如來所發淨信心歡喜悦樂當成法器復能演説饒益有情止蓋菩薩白佛言世尊一切有情可不能知如來功德威力令者如來須自讚耶佛言善男子此土衆生信根薄少智力下劣而不能知如來功德及以威力是故如來自讚令知譬如醫師善知方藥能療衆病醫所住處多有病疾更無餘醫能療治者爾時醫師作是念言此諸人等病苦所逼而於良藥既不能知亦不知我能除其病是時醫師於病者前而自讚言我能識病亦善知藥爾時病人既已識知彼

是良醫深生敬信依之將養所有病苦皆得除愈善男子於意云何如彼醫師亦得名爲自讚以不止蓋菩薩言不也世尊佛言善男子如是如是諸佛如來爲無有上爲大醫王善知有情煩惱病因能與法藥然諸有情不能了知諸佛如來善除其病爾時諸佛便自讚歎功德威力衆生聞已深起敬信依止如來除煩惱病如來爾時爲大醫王施大法藥令煩惱病皆得除愈何等名爲大法藥也大法藥者所謂不淨觀慈緣起等善男子由是因緣如來遍觀而自讚歎復次善男子菩薩成就十種法遠離一切依止願何等爲十一者不依布施有所希求二者不依持戒有所希求三者不依忍辱有所希求四者不依精進有所希求五者不依靜慮有所希求六者

不依般若有所希求七者不依三界有所希求八者不依菩提有所希求九者不依正道有所希求十者不依涅槃有所希求何以故以諸菩薩遠離一切依止相故善男子菩薩摩訶薩無所依止故而能遊行一切世間善男子菩薩成就此十種法即能遠離一切依止願復次善男子菩薩成就十種法而行於慈何等爲十一者無方所慈二者無差別慈三者得諸法慈四者得決定思惟一緣之慈五者無滯礙慈六者恒利益慈七者於一切有情心平等慈八者無損害慈九者遍一切慈十者出世間慈善男子菩薩成就此十種法是名修慈自性復次善男子菩薩成就十種法而行於悲何等爲十一者見諸有情無歸無護受苦惱者即起哀愍發菩提心二者發菩提心已勇猛精進速入法性三者入法性已饒益有情四者爲慳悋有情令其布施五者爲毀禁有情令其持戒六者爲瞋害有情令其忍辱七者爲懈怠有情令其精進八者爲散亂有情令其靜慮九者爲惡慧有情令其智慧十者雖爲有情受諸苦惱志必拔濟無有疲猒於大菩提終不退轉善男子菩薩成就此十種法是名修悲自性復次善男子菩薩成就十種法而行於喜何等爲十一者我得出離諸有牢獄猛火熾然如是生喜二者我能斷除久遠相續生死之縛如是生喜三者我已能度種種尋伺邪執雜亂生死大海如是生喜四者我能傾折憍慢久遠之幢如是生喜五者我能以金剛智破煩惱山乃至無有如微塵許如是生喜六者我今自

既安隱亦復能令他得安隱如是生喜七者我於長夜睡眠之中而得覺寤亦能令他於長夜中爲愛繩所縛癡蓋所覆盲冥有情皆令覺寤如是生喜八者我於一切惡趣既得解脱亦能令他而得解脱如是生喜九者我於長夜生死曠遠困乏飢渴獨行無伴流轉無窮不識正道不知方所既能識道復能示道如是生喜十者我今能向一切智城如是生喜善男子菩薩成就此十種法是名修喜復次善男子菩薩成就十種法而能行捨何等爲十一者於眼所見色中得捨行故二者於耳所聞聲中得捨行故三者於鼻所齅香中得捨行故四者於舌所嘗味中得捨行故五者於身所受觸中得捨行故六者於意所知法中得捨行故作是行時於色等境不惱壞不損害不滅盡七者於苦苦中得捨行故八者於壞苦中得捨行故九者於行苦中得捨行故作是行時於苦苦壞苦行苦性中不惱壞不損害不滅盡十者於所作已辦有情中得捨行故發歡喜淨信悅樂之心作是思惟彼諸有情雖已自度我當令彼而得度脱行於捨心善男子菩薩成就此十種法是名修捨復次善男子菩薩成就十種法得遊戲神通何等爲十一者示現隱没二者示現受生三者示現少年遊戲後宫四者示現出家五者示現苦行六者示現往於菩提道場七者示現降伏衆魔八者示現成等正覺九者示現轉正法輪十者示現大般涅槃爾時止蓋菩薩白佛言世尊何因緣故諸大菩薩於覩史多天宫示現滅没乃至示現入大涅槃佛

言善男子菩薩於覩史多天最尊最勝超過一切世間諸欲境界而無染著爲有情故示現隱没有情見已捨離常想起無常想以彼無常爲依止故得不放逸善男子彼諸有情未離放逸雖於菩薩生淨信心然由躭嗜諸欲境界未能承事供養菩薩作是思惟菩薩與我長時在世我等於後往菩薩所承事供養而不晚也爲令如是有情起戀慕心捨於放逸現隱没耳而彼有情觀無常已不復放逸當得阿耨多羅三藐三菩提善男子若有衆生應處母胎而調伏者菩薩即處母胎中現其功德威神希有之事爲説種種微妙之法衆生聞已當得阿耨多羅三藐三菩提善男子若諸有情應見菩薩爲童子時後宫遊戲而調伏者菩薩令彼有情得成熟故亦爲守護下劣有情少信根者現爲童子宫中遊戲善男子若諸有情應見菩薩出家而成熟者菩薩爲欲令其得成熟故示現出家善男子若天龍藥叉健闥縛應以苦行得調伏者菩薩爲化彼故及爲降伏諸外道故示現苦行善男子若諸有情長夜希求發如是願菩薩若詣菩提道場我當往彼勤修供養菩薩爲如是等諸有情故示現往詣菩提道場爲令有情隨順供養決定當得阿耨多羅三藐三菩提善男子若諸有情我慢貢高憍奢縱逸爲欲令彼捨離如是煩惱事故降伏魔故而能示現坐於道場若諸有情樂寂靜者菩薩爲令畢竟證得最勝最高殊勝法故示坐道場成等正覺是故菩薩現正覺已三千大千世界悉皆寂靜無復衆聲彼諸有情見斯

事已咸作是言願我未來證菩提時亦如菩薩坐於道場成等正覺善男子若諸有情以彼邪師爲一切智受於邪法此世他世不能出離成等正覺菩薩爲欲降伏彼故及爲善根成熟故復有衆生堪爲法器堪示成道故菩薩即現成等正覺往彼波羅痆斯城示現三轉十二行法輪善男子若諸有情宜聞涅槃而調伏者菩薩即現大般涅槃而調伏之善男子以是因緣菩薩於覩史多天最勝宮中示現隱没乃至示現大般涅槃善男子菩薩成就此十種法得遊戲神通復次善男子菩薩成就十種法能離八無暇何等爲十一者捨離不善法二者於如來所說學處終不違越三者遠離慳貪四者已曾供養諸佛如來五者勤修福業六者智慧圓滿七者得方便善巧八者本願具足九者猒離世法十者勤行精進善男子菩薩以離衆惡業故不墮地獄諸有情等生地獄中者爲無量苦之所逼惱生瞋恚心菩薩不爾十善業道性成就故終不生於地獄之中善男子菩薩於如來學處不違越故不墮畜生趣中生其中者極受熾盛無量苦惱善男子菩薩不慳貪故不生餓鬼之中生其中者極受熾盛飢餓苦惱善男子菩薩已曾承事供養諸佛如來故而不生於邪見之家若生其中諸緣不具與善知識不得和合是故菩薩不生其中遇善知識修行善法由是得生正見之家諸緣具足增長廣大殊勝善根善男子菩薩諸根終無缺減若缺減者於佛法中即非法器然菩薩以積集福業故於佛法僧及制多所承事供

養故得諸根具足堪爲法器善男子菩薩不生邊地何以故邊地之人頑嚚愚惷猶如瘂羊如是等類於善惡言義不能了知不孝父毋不敬沙門婆羅門是故菩薩常生中國利根智慧聰悟明達於佛法中堪爲法器善男子菩薩不於長壽天生若生其中不得值遇無量諸佛出現於世不得道果無能利益是故菩薩生於欲界遇佛出現承事供養成熟衆生所以者何以能得彼巧方便故善男子菩薩不生無佛世界其中無佛法僧而應供養常生具足三寶佛土之中所以者何以諸菩薩具本願故善男子菩薩聞是無暇之處深生猒離隨如是類得猒離已勤修精進獲諸善法永斷一切諸不善法善男子菩薩成就此十種法遠離八無暇復次善男子菩薩成就十種法得不退轉菩提之心何等爲十一者遠離虛誑諂曲二者質直清淨離諸疑惑三者遠離師拳四者遠離法慳五者不作滅法因緣六者如說而行終不虛誑七者攝取大乘八者於大乘人常生尊重同法想故九者得趣向大乘隨順悟入十者於說法師作善知識想善男子菩薩成就此十種法得不退菩提之心復次善男子菩薩成就十種法得宿住隨念智何等爲十一者承事諸佛二者攝受正法三者持戒清淨四者無有惡作五者得無障礙六者歡喜無量七者得多修行八者得三摩呬多九者得化生十者得識無愚癡善男子菩薩承事無量諸佛故得尊重正法於諸正法受持讀誦爲他廣說不顧身命勤修正法故得尸羅所謂身語意戒

皆得清淨由戒清淨故得無惡作無惡作故得無障礙由無障礙故得歡喜無量歡喜無量故得多修行多修行故得三摩地得三摩地故能趣清淨趣清淨故恒得化生得化生故識無愚癡識無愚故得憶念生智由是能隨憶念多生一生二生乃至無量百千生善男子菩薩成就此十種法得宿住隨念智復次善男子菩薩成就十種法不離善知識何等爲十一者見佛聞佛念佛二者聽聞正法三者承事衆僧四者不離諸佛菩薩問訊起居五者常近多聞說法之師六者常得聽聞諸波羅蜜七者恒聞菩提分法八者恒聞三解脫門九者恒聞四梵行十者恒聞一切智性善男子菩薩成就此十種法親近善知識復次善男子菩薩成就十種法遠離惡知識何等爲十一者遠離毀禁補特伽羅二者遠離礙見補特伽羅三者遠離壞威儀補特伽羅四者遠離邪命補特伽羅五者遠離習近憒鬧補特伽羅六者遠離懈怠補特伽羅七者遠離耽著生死補特伽羅八者遠離違背正覺補特伽羅九者遠離愛著家業補特伽羅十者遠離一切煩惱補特伽羅善男子菩薩雖復遠離如是諸惡知識然於彼處不起損害輕賤之心菩薩應發如是之心由佛說言若與雜亂衆生而相染習便即爲彼之所破壞是故我應遠離如是諸雜亂處善男子菩薩成就此十種法遠離惡知識復次善男子菩薩成就十種法得法性身何等爲十一者得平等身二者得清淨身三者得無盡身四者得積集身五者得法身六者得甚深難

測不可計度身七者得不可思議身八者得寂靜身九者得等虛空身十者得智身善男子菩薩成就此十種法得如來法性身止蓋菩薩言世尊諸菩薩等於何位中得證如來法性之身佛言善男子初地菩薩得平等身何以故以永離一切不平等故悟入一切菩薩平等法性故二地菩薩得清淨身以尸羅清淨故三地菩薩得無盡身以永離一切瞋害故四地菩薩得善積集身以積集佛法故五地菩薩證得法身以能通達一切法故六地菩薩得不可計度甚深難測身以積集不可計度甚深難測法故七地菩薩得不可思議身以積集不思議佛法及能積集方便善巧故八地菩薩得寂靜身以遠離一切戲論及煩惱故九地菩薩得等虛空身以無邊身充滿故十地菩薩證得智身以積集一切智故止蓋菩薩言世尊如來法身與菩薩法身有何差别佛言善男子二種法身性無差别功德威力而有差别止蓋菩薩白佛言世尊云何性無差别而有差别佛言善男子佛與菩薩法性無差何以故此二種身同一性故但功德威力有差别耳止蓋菩薩白佛言世尊佛與菩薩功德威力云何應知有其差别佛言善男子我今為汝廣說譬喻以明斯義善男子如末尼珠有瑩拭者有未瑩者雖同是寶而已瑩者光明具足人所愛樂未已瑩者所有光明猶不具足善男子如來珠寶與菩薩珠寶體性雖同然亦有異何以故如來珠寶已清淨故離一切垢故菩薩身中法性珠寶未能普照一切世界何以故以有餘故

猶有垢故如末尼珠未巳瑩者是故如來法身與菩薩法身如是差别善男子如白分月從初一日至十五日光明照耀漸漸圓滿雖同是月光明不等而菩薩法身如來法身雖同一性相然功德威力如是差别復次善男子菩薩成就十種法得金剛堅固之身何等爲十一者貪瞋癡等不能沮壞二者忿恚結妬我慢貢高顛倒之見不能沮壞三者世間八法不能沮壞四者惡趣苦惱不能沮壞五者一切諸苦不能沮壞六者生老病死不能沮壞七者外道諸論不能沮壞八者魔及魔衆不能沮壞九者聲聞辟支佛不能沮壞十者諸欲境界不能沮壞善男子菩薩成就此十種法得金剛堅固之身復次善男子菩薩成就十種法爲大商主何等爲十一者得平

等意樂二者應受供養三者能作出離四者能爲所依五者能作饒益六者善能積集道路資粮七者得好財寶八者心無止足九者常爲導師十者善巧隨順往一切智城善男子云何菩薩得平等意樂乃至云何得善巧隨順往一切智性大城善男子譬如商主得諸國王及國王子等之所愛樂菩薩亦爾爲法商主得諸如來及聲聞等之所愛樂善男子譬如商主應得聚落婆羅門及刹帝利等之所供養菩薩亦爾爲法商主應得有學無學及餘天龍等之所供養善男子譬如商主經於曠野饑饉之處導引衆商令得安樂無有疲猒菩薩亦爾爲法商主經於生死曠野之中能令衆生免離逼迫皆獲安樂善男子譬如商主能與一切貧苦衆生作大依止令

得出離曠野饑饉菩薩亦爾爲法商主能與外道遮落迦波離婆羅社迦令得出離生死全其軀命善男子譬如商主能得饒益王臣及諸人民菩薩亦爾爲法商主能得饒益愛著生死諸衆生等善男子譬如商主將多商人往於諸方經過曠野饑饉之處善能積集衆多資粮越於險難得至大城而獲安樂菩薩亦爾爲法商主善能積集福智資粮道引衆生超過生死曠野之中得至諸佛一切智城善男子譬如商主養育衆人欲往他方積集珍寶所謂金銀末尼真珠吠瑠璃螺貝璧玉珊瑚等寶菩薩亦爾爲法商主養育衆生欲往一切智慧大城善能積集佛法珍寶善男子譬如商主希求一切財物終無猒足菩薩亦爾爲法商主希求一切正法財寶無有猒足善男子譬如商主於衆商中而爲上首積集資財能爲主故最尊勝故能令衆商信受語故菩薩亦爾爲法商主於一切衆生中最尊勝故能爲主故積集功德言不虛妄故善男子譬如商主能以善巧超過險路至彼大城菩薩亦爾將諸衆生超過生死到智慧城善男子是名菩薩得等意樂乃至善巧到一切種智慧大城復次善男子菩薩成就十種法而能於道善巧何等爲十一者能知平等道二者能知不平等道三者能知安隱道四者能知善巧道五者能知有水草道六者能知諸方道七者能知相道八者能知正道九者能知邪道十者能知出離道善男子菩薩成就此十種法即能於道善巧復次善男子菩薩成就十種法得不顛倒道何等爲十

一者若諸有情應以大乘而調伏者而說菩薩道而調伏之不爲說聲聞道二者若諸有情應以聲聞乘而調伏者爲說聲聞道而調伏之不爲說菩薩道三者若諸有情應以一切智而調伏者爲說一切智道而調伏之不爲說緣覺道四者若諸有情應以緣覺乘而調伏者爲說緣覺道不爲說一切智道五者若諸有情執著我法爲說無我及以空法不說我與有情命者養育者補特伽羅六者若諸有情執著二邊爲說離二邊道不說依止二邊七者若諸有情心散亂者爲說奢摩他毗鉢舍那不說散亂道八者若諸有情著戲論者爲說真如不說愚夫耽著戲論九者若諸有情耽著生死爲說涅槃不說生死十者若諸有情著於邪道爲說無結無棘刺道不說普遍煩惱棘刺道善男子菩薩成就此十種法即能成就不顛倒道復次善男子菩薩成就十種法而能善行於三摩呬多心何等爲十一者善行身念處二者善行受念處三者善行心念處四者善行法念處五者善行境界念處六者善行阿蘭若念處七者善行村邑國土王都聚落念處八者善行利養尊重名聞念處九者善行如來施設學處念處十者善行煩惱及隨煩惱雜染念處云何菩薩行身念處善男子菩薩以正般若簡擇諸法與身俱者能捨惡法觀察是身從頭至足無我我所性不久停終當壞滅筋脉纏縛臭穢不淨菩薩如是觀察之時而不於中樂欲貪著以是義故身中所有諸可惡法惟除菩薩自在能捨非諸有情是名善行於身念處

云何菩薩行受念處善男子菩薩作是思惟所有諸受悉皆是苦愚夫顛倒爲之爲樂一切智者知樂即苦是故勇猛修行斷苦令他有情亦如是學菩薩摩訶薩觀察受時終不染著亦不瞋恚是名菩薩善行受念處云何菩薩行心念處善男子菩薩作是思惟心實無常執著爲常實是其苦執著爲樂本無有我執著爲我本來不淨執著爲淨其心輕動無時暫停以不停故於諸雜染能爲根本壞滅善道開惡趣門生長三毒與隨煩惱等作其因緣爲主爲導又能積集淨不淨業迅速流轉如旋火輪亦如奔馬如火焚燒如水增長遍知諸境如世彩畫菩薩如是觀察心時便得自在得自在已於諸法中亦無罣礙是名菩薩善行心念處云何菩薩行法念處善男子菩薩如實了知諸不善法貪瞋癡等及依止此所起餘法及能修習煩惱對治令諸惡法皆悉永斷既能了知一切善法於中安住要期發願復能安立一切有情如是修學是名菩薩善行法念處云何菩薩行境界念處善男子菩薩於可意不可意色聲香味觸法中無染無著亦不發起瞋恚之心菩薩作是思惟我不應於都無法中而生貪染我若生染即是愚夫及愚癡性爲不了性爲不善性如世尊言若爲貪愛所染即便頑鈍不能了知善不善法由此因緣墮於惡趣菩薩作是思惟我不應於空法中發起瞋恚我若起瞋即不能忍是瞋恚纏爲諸聖人之所訶責及梵行者之所譏嫌菩薩觀察境界之時不爲境縛亦無執著復教他人如是修學是名

菩薩善行境界念處云何菩薩善行阿蘭若念處善男子菩薩作是思惟住無諍行及住寂靜行若有天龍藥叉健達縛等他心神通能知我心心所有法是故我應如理作意遠離不如理作意於如理法中增廣修習是名菩薩善行阿蘭若念處云何菩薩善行村邑聚落國土王都念處善男子菩薩若有非法之處當須捨離所謂酒肆婬里王家博弈醉徒聚戲歌舞非是出家之所行處皆應遠離是名菩薩善行人間念處云何菩薩善行利養承事尊重讚歎念處善男子菩薩能於利養等中發如是心爲諸施者作福田故分散施故終不耽著生於愛染亦不爲已執我我所所受之物與一切有情共之迴施一切若惱之者由此因緣菩薩所得利養等事終不倚恃而生我慢貢高之心作是思惟所得名聞利養等事體性空寂都不可得終當磨滅敗壞之法不可信也誰有智者於無常法中而生愛著復起憍逸我慢貢高是名菩薩善行利養等念處云何菩薩善行如來施設學處念處善男子菩薩作是思惟過去諸佛習是學處既能修習已現等覺入般涅槃未來諸佛如是修習當現等覺入般涅槃現在諸佛既修習已今現等覺及般涅槃菩薩摩訶薩能於如是所學之處發起信心尊重勇猛依之修習是名菩薩善行如來施設學處念處云何菩薩善行一切煩惱及隨煩惱離染念處善男子菩薩於煩惱及隨煩惱雜染法中善能念之從何因起何緣所生如是緣起如是緣生悉皆捨離是名菩薩善行煩惱及

隨煩惱念處善男子菩薩成就此十種法恒常證得三摩呬多心

佛說寶雨經卷第七

音釋

耽嗜 耽丁含切樂也 嗜常利切好也 **憍奢** 憍居喬切恣也 奢式車切侈也 **痆** 女黠切 **惷** 陟降切愚也 **沮** 才呂切止遏也 **饑饉** 饑居宜切無穀曰饑 饉渠吝切無菜曰饉 **博弈** 博補各切局弈也 弈羊益切圍棊也

佛說寶雨經卷第八

唐三藏達磨流支等譯

復次善男子菩薩成就十種法受糞掃衣何等爲十一者誓願堅固二者謙下自卑三者無猒棄四者無所著五者離過患六者見功德七者不自讚八者不毀他九者戒具足十者諸天之所親近善男子云何菩薩誓願堅固乃至諸天之所親近善男子菩薩得信及意樂具足於諸佛所深起信心設因護命不毀誓願亦無轉動由誓願堅牢故得謙下心謙下故得無我慢人所棄捨糞掃之服盡皆收用洗濯縫綴乃無疲倦亦不棄捨由是義故無所執著雖云此衣麤弊爛壞復生汙垢多諸蚤虱不以爲患見其功德糞掃之衣仙人服用如來所讚佛說吉祥遠離慳貪隨順聖種以是因緣得不自讚亦不毀他得戒具足戒具足故諸天來下而親近之恒爲諸佛之所稱歎諸大菩薩而訓誨之復得人非人等之所擁護若聚落城邑刹帝利婆羅門等頂戴尊重同梵行者常所咨嗟善男子菩薩成就此十種法受糞掃衣止蓋菩薩白佛言世尊諸菩薩等其心廣大何因緣故行下劣行佛言善男子諸菩薩等有大勢力方能行此下劣之行無勢力者則不能行何以故大力菩薩爲護世間而能對治未起煩惱非無力者行下劣也善男子於意云何如來行解爲廣大耶爲下劣乎止蓋菩薩白佛言世尊我今於此不堪詶對何以故如來無所證無行解以不見法故不可測量我今何能辯如來所行優劣佛言善男子於汝意云何如

來於四洲中一切有情天龍藥叉健達縛等示現如是下劣之行復爲如是衆生讃歎杜多功德止蓋菩薩白佛言世尊如來爲欲調伏初發趣大乘對治一切有情未起煩惱故示現下劣苦行佛言善男子如是如是有大勢力諸菩薩等爲欲調伏諸有情故著糞掃衣而無下劣亦復如是善男子是名菩薩受糞掃衣復次善男子諸菩薩成就十種法受用三衣何等爲十一者知足二者少欲三者遠離希求四者無積聚五者離損失六者離積聚損失苦惱七者離憂惱八者離愁歎九者無所取十者勤修習故盡諸有漏善男子菩薩於下劣衣而得知足以知足故而能少欲以少欲故無所希求不希求故曾無積聚無所聚故無損失以不損失故即無苦惱無苦惱故無有愁歎無愁歎故亦無所受無所受故能勤修習盡諸有漏善男子是名菩薩成就十法得受用三衣復次善男子菩薩成就十種法得不隨他行何等爲十一者不隨貪愛行二者不隨瞋怒行三者不隨愚癡行四者不隨損害行五者不隨慳悋嫉妬行六者不隨我慢行七者不隨令他了知名稱行八者不隨尊重利養行九者不隨恭敬天魔行十者不隨貢高行善男子菩薩成就此十種法是故説名不隨他行復次善男子菩薩成就十種法名爲乞食何等爲十一者爲攝受諸有情故而行乞食二者爲次第故而行乞食三者爲不疲猒故而行乞食四者爲知足故而行乞食五者爲分布故而行乞食六者爲不耽嗜故而行乞食七者爲無量故而

行乞食八者爲善品現前故而行乞食九者爲善根圓滿故而行乞食十者爲離我執想而行乞食善男子云何菩薩攝受有情乃至爲離我執想善男子菩薩見一切有情受諸苦惱雖復成就微少善根而此善根暫時非久爲欲攝益如是有情故而行乞食菩薩入於城邑聚落之時住於正念具足威儀諸根寂然亦不高舉不令放逸得次第故終不捨彼貧窮之家入富貴家所謂婆羅門若剎帝利居士大家次第乞時從一家詣一家乃至事畢終不違越惟除惡處不應乞食所謂惡狗家新産犢家惡種類家若男子若女人若童男若童女起煩惱處及譏嫌處諸外道處如是之處皆應捨置菩薩次第乞食之時不生猒離亦不疲倦於彼有情無所憎愛由不疲猒而生知足於好於惡隨應受取若得食已至於住處收鉢多羅及以衣服於如來像前或制多前或窣堵波前供養恭敬尊重讚歎以所得食分爲四分一分施與同梵行者一分施與貧窮之人一分施與惡趣有情一分自食菩薩雖食而於食事無貪無染亦無愛著惟爲活命而受於食不使身羸亦不令重所以者何身若極羸廢修善品身若極重增長睡眠菩薩食已能令善品增長現前由勤修故無有懈怠亦無嬾墮而得圓滿菩提資粮由彼善能成熟菩提分法遠離我執得無我故能捨身肉施與有情善男子菩薩成就此十種法能行乞食復次善男子菩薩成就十種法得於一坐何等爲十一者坐菩提道場諸魔驚怖而獨不動二者證出世靜慮

諸魔驚怖而獨不動三者得出世般若諸魔驚怖而獨不動四者得出世智諸魔驚怖而獨不動五者證其空性諸魔驚怖而獨不動六者證諸法如實諸魔驚怖而獨不動七者證正覺道諸魔驚怖而獨不動八者證於實際諸魔驚怖而獨不動九者證於真如諸魔驚怖而獨不動十者得一切智諸魔驚怖而獨不動言一坐者所謂一切智坐亦名法坐善男子菩薩成就此十種法能得一坐復次善男子菩薩成就十種法得一食何等爲十一者不恣貪食二者無染著食謂得食已於時非時不應更受若酥油石蜜等種種滋味三者若見他人受酥等時不起瞋惱四者若見他人受酥等時不生嫉妬五者菩薩行一食時若遇重病應受酥等六者菩薩行一食時必有命難應食酥等而便受之七者菩薩行一食時若有廢修善法之難應食酥等而便受之八者菩薩行一食時若有如上三難食酥等已而不追悔九者菩薩行一食時若有三難應食酥等而不疑惑十者菩薩行一食時若有三難須食酥等當作藥想善男子菩薩成就此十種法故得一食復次善男子菩薩成就十種法得阿蘭若何等爲十一者久住梵行二者於毗奈耶而得善巧三者諸根圓滿四者具足多聞五者善說法要六者離我所執七者猶如野獸八者得身遠住九者得居寂靜十者不厭離無蓋覆善男子云何菩薩久住梵行乃至不厭離阿蘭若善男子菩薩捨家出家於毗奈耶中三業清淨具足尸羅性多善巧樂習威儀於佛所說長幼

法中不假他緣自能解悟及於教義能得善巧又能了知持犯之處見持戒者能生恭敬見毀戒者便能捨離又復多時數數悔過於所作罪追悔惡作終不覆藏復能了知所犯之罪有上中下又能了知所造惡業招異熟果時分長短菩薩修行清淨故得諸根圓滿眼根不減耳根無缺身分具足方堪住彼阿蘭若處獨靜無人不爲惱亂乞食易得非遠非近多諸林木華果枝葉皆悉茂盛清淨美水取不爲勞龕室安隱無有惡獸山路幽靜去住無難如是之處乃可依止菩薩依止如是處已隨先所誦及以所聞晝夜三時恒常修習誦經之聲不麤不細善攝諸根不令變異所受用物皆悉清淨了知諸法差別之相捨離惛沈思惟教理其心不動亦不外緣若有王王子及刹帝利婆羅門等至菩薩所菩薩見已恭敬問訊讚言善來大王如所敷設請王就坐王若坐時菩薩亦坐王若不坐菩薩亦立詳觀王等諸根躁動菩薩即應讚言大王善能利益王之國內多有持戒福德多聞智慧沙門若婆羅門之所居住無有盜賊及官人等之所侵欺復觀王等諸根寂然安隱調伏菩薩爾時常爲演說種種諸法王若不樂說種種法菩薩即當隨順說猒離法王若不欲樂聞猒離之法即應爲說如來甚深廣大之法及大威德如是及餘人間聚落婆羅門刹帝利諸有來者隨宜爲說亦復如是菩薩多聞故即以能說法令聽聞者心皆歡喜於菩薩所生淨信心以能說法修習善品對除煩惱又以多聞力故得離我執復能遠

離我執怖畏故於阿蘭若處不驚不懼得無所畏菩薩住阿蘭若處現前觀察無所住著非如野獸無所觀察菩薩住阿蘭若處無有怖畏無有過患非如野獸恒畏中傷菩薩住阿蘭若處爲聚落中若男若女若童男若童女散亂心故爲攝受正法故爲無所住著故非如野獸爲護命故遠避人間菩薩由遠住故得現前寂靜見阿蘭若處有大功德復見寂靜無猒離無覆蓋修習諸法住阿蘭若是名菩薩久住梵行乃至不猒離不覆蓋善男子菩薩成就此十種法得阿蘭若處住復次善男子菩薩成就十種法能樹下坐何等爲十一者不得依止極近聚落樹下而坐二者不得依止極遠聚落樹下而坐三者不得依止棘刺稠林樹下而坐四者不得依止葛藤蒙蔓及獼猴處樹下而坐五者不得依止枯葉樹下而坐六者不得依止猿猴住處樹下而坐七者不得依止多有鳥處樹下而坐八者不得依止惡獸住處樹下而坐九者不得依止近道路處樹下而坐十者不得依止麤惡人處樹下而坐菩薩應當依止無障難處樹下而坐身得輕安心常悅樂善男子菩薩成就此十種法得樹下坐復次善男子菩薩成就十種法能露地坐何等爲十一者於春夏秋冬不應依止牆壁處坐二者不應依止林樹下坐三者不得依止樓䵚草積處坐四者不得依止山腹巖坎處坐五者不得依止河岸坎中而坐六者不得以物遮寒而坐七者不得以物障風而坐八者不得以物障雨而坐九者不得以物障熱而坐十者不得以

物承露而坐若諸菩薩在露地坐身遇諸病又復無力應入寺中作如是念如來爲欲對除煩惱處處廣說杜多功德我今雖復在於寺中心不愛樂又不耽著勤修正法對除煩惱作是思惟我住寺中但爲攝受諸施主故不爲長養於自身故作露地想善男子菩薩成就此十種法得露地坐復次善男子菩薩成就十種法得塚間坐何等爲十一者謂諸菩薩於好住處極生猒離二者諸菩薩等於一切時恒起死想三者諸菩薩等恒常能起餘殘之想四者諸菩薩等常觀於身分起赤想五者諸菩薩等常觀於身分起青想六者諸菩薩等常觀於身分起膿想七者諸菩薩等常觀於身起胮脹想八者諸菩薩等常觀於身起乾焦想九者諸菩薩等常觀於身起離散想十者諸菩薩等常觀於身起骨鎖想善男子菩薩於塚間坐爲利益哀愍諸有情故住於慈心亦爲持淨戒故成就軌則故不起食肉之心何以故善男子塚間周遍多有非人之所依住若見菩薩食噉於肉生不淨信起煩惱心由是菩薩不應食肉善男子菩薩住於塚間若入伽藍先當禮拜如來制多次應禮拜長老苾芻後復問訊少年苾芻不坐僧家牀席等物恭敬而立何以故善男子菩薩爲欲隨順世間將護有情故不坐僧家牀席等物塚間菩薩順聖者故若違世間非聖者故若一苾芻將自坐物請菩薩坐塚間菩薩應審觀察彼苾芻意樂後無追悔及餘衆僧不起瞋嫌然自應起下劣之心如旃荼羅童子方坐此座善男子菩薩成就此十

種法得塚間坐復次善男子菩薩成就十種法能得常坐何等爲十一者常坐爲不惱身故二者常坐爲不惱心故三者常坐爲不惛睡故四者常坐爲不疲猒故五者常坐爲欲圓滿菩提資粮故六者常坐爲心一境性故七者常坐爲證現前道故八者常坐爲趣菩提道場故九者常坐爲利益一切有情故十者常坐爲欲永斷諸煩惱故善男子菩薩成就此十種法能得常坐復次善男子菩薩成就十種法得隨敷坐何等爲十一者於其敷具無所耽嗜二者終不自爲施設敷具三者不遣他人施設敷具四者不現於相令他施設敷具五者隨彼所有若草若葉便即應坐六者諸地方處若多毒蛇蚊蝱孔穴即應捨離並不應坐七者菩薩欲卧身向右邊累足而卧以法衣覆身正念正知起明了想八者右脅而卧不著睡眠九者但爲長養諸大種故乃至爲活命故十者菩薩於恒恒時及常常時令善品現前善男子菩薩成就此十種法得隨敷坐復次善男子菩薩成就十種法得修習瑜伽者何等爲十一者能常修不淨二者能常修慈悲三者能常修緣起四者於諸過患常修善巧五者能修空性六者能常修無相七者能常修瑜伽八者能常勤修九者得不悔過十者能具足戒善男子云何菩薩能修不淨善男子菩薩獨處宴坐端身舒緩結跏趺坐現前觀察心極猒離安住正念心不外緣作是思惟人中所有一切飲食若淨若穢若好若惡有味無味若食噉已身火所觸皆成不淨爛壞可惡而不隨順一切世

間諸愚夫等耽嗜染著我等聖者依毗奈耶法能以正智觀察自身不起染著亦不耽嗜然復我心亦不生於猒離是故菩薩能修不淨云何菩薩能修慈悲善男子謂諸菩薩於閑靜處獨處宴坐端身舒緩結跏趺坐現前觀察心極猒離安住正念心不外緣作是思惟諸有情輩多起瞋害作不善業復常親近不善丈夫無狀於我起怨讎想或於過去或於未來或於現在起如是業我意令彼一切有情所起瞋害皆得斷除令彼坐於菩提道場如是之事不惟言說實是菩薩甚深意樂隨順思惟是名菩薩能修慈悲云何菩薩能修緣起謂諸菩薩若起貪愛及瞋恚心作是思惟由我起於貪瞋等法能起之我既從緣生所起貪瞋及貪等境亦從緣起誰有智者於衆緣生虛妄法中起我執著是名菩薩能修緣起云何菩薩於諸過患能修善巧謂諸菩薩爲欲斷除自身過患故常修習若他相續有諸過患堪爲說者令彼斷除不堪爲者菩薩即應捨離而去云何過患謂於佛法僧於戒於聖於梵行者及於世間尊卑長幼性不恭敬此是過患自恃己身常起我慢輕賤於他染著現前種種境界背於涅槃起我見有情見命者見補特伽羅見斷見空見執常無常性不承事一切聖者親近愚夫遠離持戒供養破戒捨善丈夫近不善丈夫誹謗甚深素怛纜藏於此藏門常懷驚怖懈怠嬾墮輕賤己身性無辯才威光下劣所不應悔而乃悔之所應悔者而不能悔恒爲蓋纏之所繫縛幻惑誑諂之所隨逐惛沈睡眠之所覆

蔽性常愛樂恭敬利養貪著種姓愛戀眷屬樂國土衆會捨所受持法性樂親近順世間呪而常猒離出世正法串習不善不修諸善讃出家人惡若於女人及諸丈夫童男童女諸外道等皆悉讃歎不樂住於阿練若處食不知量於其尊者不樂親近誦習之時自爲分限非所行處不見過惡性不恭敬微細尸羅於小罪中心不驚怖見愚癡者諸根暗昧歎爲寂靜見智慧者諸根明利撥爲囂舉行於倨傲顛倒執著性樂麤言於愛不愛諸色之中隨順執著見起瞋者不生慈心見受苦者不起悲愍見有病者無猒離心見彼死者無有驚怖不求出離焚燒之處不觀察身不觀察戒於已作當作現作之法性不觀察不應思惟而起思惟不應計度而生計度不應希求而有希求於非出離作出離想於彼非道而作道想未得謂得應作不作耽著惡法捨離善品惡說大乘讃歎小乘毀呰深信大乘補特伽羅讃歎深信小乘補特伽羅常爲諍論恒起鬬訟性懷麤獷好爲惡語倨傲多言嚴切暴惡貪婪矯詐性多虛妄語無倫次愛樂戲論此是過患菩薩能於如是過患得善巧已勤修空性爲欲捨離諸戲論故菩薩雖復勤修空性然心流散於彼彼處而心樂住菩薩遍求於彼彼境自性皆空求不可得所取之境體既是空能取之心性亦非有所觀心境了知是空能觀察智體實非有菩薩觀察空性之時修無相性菩薩雖復勤修無相猶有彼彼諸相現前菩薩又觀現前諸相體性皆空如是諸相既不可得觀內身相亦

不可得於身念住亦不可得心不執著外諸相中念住體性亦不可得菩薩捨離如是諸相常能發起修習意樂菩薩修習諸三摩地於其境界無間而住謂心一境性是奢摩他如實觀察是毗鉢舍那菩薩修習三摩呬多心得無悔又復歡喜何以故戒清淨故以諸菩薩戒清淨故得於瑜伽具足戒者增長瑜伽修習瑜伽是故說名得瑜伽者善男子菩薩成就此十種法能修習瑜伽者復次善男子菩薩成就十種法能持素怛纜藏何等爲十一者聽聞領受爲守護正法故不爲資財故二者聽聞領受爲守護住持故不爲利養故三者聽聞領受爲三寶種不斷故不求供養故四者聽聞領受爲正攝受發趣大乘諸有情故不爲名稱讃歎故五者聽聞領受爲欲利益無依無怙諸有情故六者聽聞領受爲安樂苦惱諸有情故七者聽聞領受爲諸有情無慧眼者得慧眼故八者聽聞領受爲發趣聲聞乘諸有情等演說聲聞乘道故九者聽聞領受爲發趣大乘諸有情等演說大乘道故十者聽聞領受爲自身證無上智故不爲希求下劣乘故善男子菩薩成就此十種法能持素怛纜藏復次善男子菩薩成就十種法能持毗柰耶藏何等爲十一者能了知毗柰耶二者能了知毗柰耶義三者能了知毗柰耶甚深理趣四者能了知毗柰耶微細五者能了知應作不應作六者能了知自性違犯七者能了知施設違犯八者能了知所學波羅提木叉緣起九者能了知聲聞毗柰耶十者能了知菩薩毗柰耶善男子菩薩

成就此十種法能持毗奈耶藏復次善男子菩薩成就十種法能善軌則所行境界具足威儀何等爲十一者善學聲聞一切學處二者善學縁覺一切學處三者善學菩薩一切學處四者於諸學處得善學已能善軌則所行具足五者軌則所行皆具足已便能捨離非沙門行六者以是因縁菩薩不行非處非時七者菩薩能於沙門所行威儀軌則皆具足已若沙門若婆羅門皆無有能非理譏毀八者由此菩薩亦能令他善學如是一切學處九者菩薩所行軌則圓滿已得端嚴寂靜具足威儀十者成就威儀而無矯詐善男子菩薩成就此十種法能善軌則所行境界威儀具足

佛說寶雨經卷第八

音釋

濯 直角切洗浣也 綴 朱衛切聯也 蚤虱 蚤子皓切虱所櫛切 詶 市流切以言荅之也 犢 徒谷切牛子也 龕 口含切 蔓 無販切莚也 穰䵂 穰汝羊切禾莖也䵂與力切麥䵂也 積 子智切聚也 坎 苦敢切險也 婪 盧含切貪也

佛説寶雨經卷第九

唐三藏達磨流支等譯

復次善男子菩薩成就十種法離慳悋嫉妬何等爲十一者得自爲施主二者能勸他布施三者能讚歎布施四者慶慰他施五者讚餘施主令得歡喜六者見施他時終不起念但施於我勿施餘人如是之物惟我應有七者菩薩發心令一切有情皆得利益謂能濟彼活命資具八者菩薩發心令諸有情皆得安樂所謂成就世出世間所有安樂九者我當勤修爲欲利益諸有情故十者我應發起捨離慳悋嫉妬之心善男子菩薩成就此十種法便能永離慳悋嫉妬復次善男子菩薩成就十種法能於一切有情得平等心何等爲十一者於一切有情得平等方便二者於一切有情得心無障礙三者於一切有情得無惱壞心四者修行布施五者修習持戒六者修習安忍七者修習正勤八者修習靜慮九者修習般若爲欲利益諸有情故十者積集一切智因菩薩積集終不依止二種之心平等普爲一切有情而積集故菩薩若能如是積集速證法性能出一切生死熱惱亦能令他出離生死菩薩平等於諸有情心不貪愛亦無憎嫉善男子譬如長者有其六子皆悉端嚴稱可父意長者憐愍心無偏念平等養育然彼諸子幼小愚癡未有善巧長者舍宅忽然失火是時諸子各各別處善男子於汝意云何是時長者頗作是念我令諸子前後出不止蓋菩薩言不也世尊何以故由彼長者心平等故於其諸子隨得隨出佛言如

是如是菩薩亦爾一切有情在於生死熱惱宅中愚癡無智復無善巧如是有情於六道中各各别住菩薩以方便故皆令得出復能置於寂靜之界善男子菩薩成就此十種法於一切有情得平等心復次善男子菩薩成就十種法得善巧供養一切如來何等爲十一者以法供養即供養一切如來非財供養二者如說修行即爲供養一切如來非財供養三者爲利益安樂諸有情故即爲供養一切如來非財供養四者爲攝諸有情故即爲供養一切如來非財供養五者隨所作事皆爲利益諸有情故即爲供養一切如來非財供養六者不捨離誓願即爲供養一切如來非財供養七者不捨菩薩所作事業即爲供養一切如來非財供養八者如理思惟故即爲供養一切如來非財供養九者心無猒倦故即爲供養一切如來非財供養十者不捨離菩提心故即爲供養一切如來非財供養云何爲法供養善男子以法身即是諸如來故法供養已即爲供養一切如來云何如說修行謂如說修行成如來故云何爲利益安樂一切有情謂如來出現爲利益安樂一切有情故云何爲攝受諸有情謂如來出現攝受一切諸有情故云何爲利益諸有情以所作事業皆爲利益諸有情故云何不捨誓願以捨離誓願不能利益諸有情故云何不捨菩薩所作事業若違背菩薩所作事業即不能供養一切如來云何如理思惟謂不如理思惟不能供養諸如來故云何心不疲猒謂心若疲猒即不能供養一切如來云何不捨

菩提心以捨離菩提心即不能供養一切如來何以故善男子以諸菩薩爲利益有情當得阿耨多羅三藐三菩提若無有情則諸菩薩不現等覺是故以法供養即得供養一切如來非財供養善男子菩薩成就此十種法即得善巧承事供養一切如來復次善男子菩薩成就十種法能降伏我慢何等爲十一者菩薩捨家出家所有親屬皆捨離我猶如死屍以是因緣能降伏我慢二者我毀形好著壞色衣身貌異俗由是因緣能降伏我慢三者我剃除鬚髮手執應器巡家乞食以是因緣能降伏我慢四者巡家乞食如旃荼羅子起下劣心以是故能降伏我慢五者從他乞食我命因他應念已身如乞求者由是故能降伏我慢六者我所得食雖爲他人之所輕賤爲乞食故而無猒倦由是故能降伏我慢七者供養尊者阿遮利耶作福田想由是故能降伏我慢八者我具威儀軌則所行爲欲令他同梵行者見皆歡喜以是故能降伏我慢九者未得佛法願我當得以是故能降伏我慢十者我能於彼忿怒損害諸有情中常起忍辱以是故能降伏我慢善男子菩薩成就此十種法能降伏我慢復次善男子菩薩成就十種法能得淨信何等爲十一者以宿植善根具足因緣故出生福德二者不由師教而得正見三者捨離虛誑諂曲之行得意樂具足四者無邪曲性得質直心五者由利根故得智慧具足六者以清淨心流注相續故能捨離睡眠障礙七者捨離惡知識依止善知識八者希求善法不起我慢九者演

說正法無顛倒取十者以廣大信能知如來廣大威德善男子菩薩成就此十種法得淨信心止蓋菩薩白佛言世尊我於如來廣大威德願樂欲聞少分之義佛言善男子汝應諦聽善思念之我今爲汝宣說如來廣大威德少分之義止蓋白佛言善哉世尊願樂欲聞善男子如來成就大慈平等普爲一切有情如來於一有情起於大慈與一切有情而無有異如來大慈雖遍有情界盡虛空界然大慈邊際實不可得善男子如來成就大悲不與一切聲聞緣覺諸菩薩共如來於一有情起大悲時與一切有情而無有異善男子如來成就說法無盡於無量劫無量阿僧企耶名言各別道理不同爲一切有情能頓演說然佛所說法無窮盡善男子如來成就無量問難能答能釋善男子假使一切有情乃至入於有情數者同時問佛名句文身各各有異如來於一剎那或一臘縛一牟呼栗多能答能釋而無窮盡善男子如來成就靜慮所行境界得無障礙善男子假令一切有情皆住十地諸菩薩位如是菩薩一時皆入無量百千諸三摩地如是入時經於無量百千諸劫所入靜慮各各不同實不能知佛三摩地及所行境界邊際可得善男子如來成就無量色身若諸有情應以如來色身而教化者如來即能於一剎那或一臘縛一牟呼栗多各各於彼有情之所示現如來色身之相若諸有情應見種種別類有情色身之相如來即能於一剎那或一臘縛一牟呼栗多各各於彼有情之前示現種種別類有情色身

之相善男子如來眼所取境有無量種諸有情等天眼所見肉眼不見者如是種類有情滿於超過筭數思量世界之中世尊如實觀見爾所有情猶如掌中阿摩羅果善男子如來耳所取境有無量種如前所說無量無邊諸世界中有情充滿然彼世界一切有情於一刹那一臘縛時一牟呼栗多頃同時出聲然彼諸聲音韻屈曲言詞大小宣說有異如來聞彼音聲各各差別皆能了知善男子如來成就聖智無盡無量猶若虛空善男子盡有情界所有衆生各各搆獲別別思惟作種種業如來於一刹那於一臘縛一牟呼栗多悉能了知此諸有情如是搆獲如是思惟如是造業得如是果如來以無礙智悉能了知彼諸有情三世業果何以故如來常在三摩呬多故何以故如來念無失故諸根不散故心不馳流故何以故善男子如來住寂靜故甚寂靜極寂靜故能斷一切諸煩惱故善男子若彼衆生有諸煩惱心則馳散不能得彼諸三摩地如來無彼煩惱塵垢起無漏智證得一切諸法自在平等理性通達一切諸三摩地三摩鉢底所行境界善男子如來所有四種威儀一一皆住於三摩地乃至如來入於涅槃經爾所時住三摩地何況少時而不在定善男子如來於無量劫積集資粮由是如來常住三摩呬多善男子如來不可測量不可思惟不可計度止蓋菩薩白佛言不也世尊以如來於三阿僧企耶積集資粮而證得故佛言善男子我於無量劫積集資粮證得如來不可思議境非惟於彼三僧祇劫而

證得故然由菩薩悟解平等諸法性已方得入彼三僧祇數非初發心止蓋菩薩言若諸有情得聞如來大威德者能起淨信歡喜悅樂世尊彼諸有情當知即是有福德者作諸善者斷業障者若起信解則親近菩提何況聞已受持讀誦究竟通利為他廣說世尊如是有情不久堪成如來威德佛言如是如是善男子此諸有情當為無量諸佛攝受當得承事無量諸佛種諸善根若善男子善女人得聞如來廣大威德終不應起猶豫疑惑於如來威德能意樂思惟心淨勝解著新淨衣如法供養能於七日七夜專念思惟心不散亂滿七日七夜已即於其夜得見如來若所作法不具足者是人臨命終時心不散亂當得如來現前而住止蓋菩薩白佛言世尊若諸有情聞說如來大威德時生不信不佛言有善男子若諸有情聞說如來大威德時意樂猛利麤惡楚毒起損害心於說法師起惡知識想由是因緣身壞之後生捺洛迦善男子若諸有情聞說如來廣大威德心生淨信於說法師起善知識想及導師想善男子決定應知此諸有情生生之處曾聞如來廣大威德或此諸有情作如是思惟我應往昔於諸佛會中曾聞此法門由斯我等聞於如來廣大威德心生淨信如世尊說今聞如來廣大威德生淨信者以昔曾聞故爾時世尊即現舌相覆於面輪次覆於身及師子座并諸菩薩聲聞之衆釋梵護世乃至覆於一切大會爾時世尊還攝舌相告大衆言善男子如是舌相由如來得不妄語故汝等應當深生

淨信能於長夜利益安樂說此法時八萬四千菩薩得無生法忍無量百千有情遠塵離垢得法眼淨其餘無量有情曾未能發菩提心者皆得發心爾時薄伽梵告止蓋菩薩言善男子菩薩成就十種法於世俗中而得善巧何等爲十一者於世俗諦施設有色勝義諦中色不可得亦無執著於世俗中施設受想行識勝義諦中乃至於識皆不可得亦無執著二者於世俗中施設地界於勝義中地不可得亦無執著雖於世俗施設水火風界及空識界於勝義中乃至識界俱不可得亦無執著三者雖於世俗施設眼處於勝義中眼處不可得亦無執著雖於世俗施設耳處乃至意處於勝義中乃至意處皆不可得亦無執著四者雖於世俗施設有我於勝義中我不可得亦無執著五者雖於世俗施設有情於勝義中有情不可得亦無執著六者雖於世俗施設命者養育意生補特迦羅摩納縛迦於勝義中皆不可得亦無執著七者雖於世俗施設世間於勝義中世間不可得亦無執著八者雖於世俗施設有世間法於勝義中世間法不可得亦無執著九者雖於世俗施設佛法於勝義中佛法不可得亦無執著十者雖於世俗施設菩提於勝義中所證菩提及能覺者俱不可得亦無執著善男子因想施設所有言說是名世俗雖勝義中世俗不可得離於世俗則無勝義善男子若菩薩於世俗中能得善巧非勝義諦是故說名世俗善巧善男子菩薩成就此十種法得世俗善巧復次善男子菩薩成就十種法得勝

義善巧何等爲十一者證得無生法性二者證得不滅法性三者證得不壞法性四者證得不入不出法性五者證得超過言語所行法性六者證得無言說法性七者證得離戲論法性八者證得不可說法性九者證得寂靜法性十者證得聖者法性何以故善男子以勝義諦不生不滅不成不壞無入無出超過言語非文字取故非戲論證故不可言說湛然寂靜爲諸聖者自內所證善男子以諸如來若有出現若不出現其勝義理常住不壞爲是義故菩薩剃除鬚髮身服袈裟心生正信遠離於家趣於非家是名出家得出家已精勤修習如頭繫繒綵爲火所燒無暇救火專求勝義若無勝義則梵行唐捐諸佛出世亦無義利善男子由有勝義故諸菩薩於此法中能得善巧善男子菩薩成就此十種法得勝義善巧復次善男子菩薩成就十種法得緣起善巧何等爲十一者能知空性二者能知無所有性三者能知不堅固性四者能知如影性五者能知如像性六者能知如響性七者能知如幻性八者能知無住性九者能知搖動性十者能知緣起性菩薩作是思惟諸法如是空如是無所有如是不堅固如是喻影如是喻像如是喻響如是喻幻如是無住如是搖動如是緣起復作思惟於此諸法能了知生能了知滅菩薩又復思念一切諸法何因故生何因故滅由無明爲緣能生諸法無明是首無明爲依依無明已諸行得生依諸行已諸識得生依識生已名色得生依名色已六處得生依六處已諸觸得生

諸觸生已施設於受以有受故施設於愛愚夫爲愛所逼迫故施設於取取謂受取以取生故有相續生依止有故而得於生依止生故而得有老以有老故補特伽羅皆有其死以有死故即能生於憂悲苦惱諸法積集爲大苦聚是故智者應當精勤壞滅無明拔其根本無明滅故而諸法滅善男子譬如命根滅已餘根皆滅如是無明滅故即無所依以無所依故煩惱不起以生死因滅故諸趣果滅由是菩薩能證涅槃善男子菩薩成就此十種法得緣起善巧復次善男子菩薩成就十種法故能自了知何等爲十一者菩薩觀察自身是誰種姓於婆羅門刹帝利種若居士家富貴貧賤諸種姓中何種姓生菩薩雖能於諸富貴種姓中生終不恃此而起憍慢若於貧賤種姓中生作是思惟我昔曾作諸雜業故由是令我生此種姓以是因緣猒離諸有以猒離故而求出家二者得出家已應作是念爲何義利而求出家作是思惟我今出家爲欲自度令他得度自得解脫令他解脫是故菩薩常應遠離懈怠嬾墮三者菩薩應念我今出家於諸罪障不善之法皆應除滅所以者何若有諸罪已能斷除應自心生歡喜悅樂若未除斷爲令斷故應勤修習四者菩薩應當如是觀察我旣出家一切善法皆得增長所以者何若諸善法已得增長心生喜樂若未增長爲令增長慇懃修習五者菩薩又應如是觀察若增長善法除滅罪障我當依止如是尊者由是因緣菩薩應隨鄔波馱耶持戒破戒少聞多聞若有名稱若無

名稱起導師想猶如世尊生於淨信歡喜悅樂六者菩薩當於阿遮利耶應常尊重恭敬供養作是思惟我今依止阿遮利耶故於菩提分法未圓滿者願得圓滿於煩惱法未得除斷願得除斷菩薩奉事阿遮利耶如鄔波馱耶想若有善法隨順攝受若不善法了知不作由此心生歡喜悅樂七者菩薩應起思惟誰是我師復作是念一切智者是我之師云何一切智者謂了知諸法哀愍世間能起大悲爲大福田與一切世間天人阿素洛等爲大軌範是我導師菩薩由此歡喜悅樂得大利益復作思惟諸佛世尊是我之師佛所演說聖道學處我當修習乃至命終亦無違犯我應如是尊重諸佛恭敬供養心常隨順八者菩薩作是思惟我從誰乞而得於食菩薩復念我應從彼城邑聚落諸婆羅門刹帝利等而乞於食我今如是諸有情等以施食故獲大果報獲大義利獲大威德故從乞食九者菩薩作是思惟城邑聚落諸婆羅門刹帝利等應作何想而與我食菩薩復念彼應於我作沙門想作苾芻想作福田想而與我食我應思念但是沙門及福田者所有功德我皆修習十者菩薩作是思惟無始生死我今出離云何出離菩薩思念我得出家成苾芻法是第一出離我今成就沙門功德是第二出離我常精進離於懈怠證於法性故能出離無始生死是第三出離我當於阿耨多羅三藐三菩提而現等覺是第四出離菩薩由作如是觀察能自了知善男子菩薩成就此十種法得自了知復次善男子菩薩成就

十種法能知於世何等爲十一於倨傲者能自卑下二於憍慢者能離憍慢三於邪曲者能爲質直四於虛誑者能真實言五於惡語者能爲愛語六於堅强者能柔輭語七於暴惡者常能忍辱八於瞋怒者能修於慈九於苦惱者能修於悲十於慳悋者能修於施善男子菩薩成就此十種法能知於世復次善男子菩薩成就十種法生清淨佛刹何等爲十一者成就於戒無缺無雜戒無黙汙戒得清淨二者爲一切有情心得平等三者以能成就廣大善根四者於利養名稱恭敬讃歎心常捨離無所染著五者得清淨信心無疑惑六者常修精進離懈怠心七者能入寂定無散亂心八者能得多聞而無惡慧九者成就利智非鈍根性十者有慈悲性無損害心止蓋菩薩白佛言世尊於此十法爲要具足方始得生若有闕者能得生不佛言善男子若有菩薩成就一法得無缺減無少違犯鮮白清淨彼諸菩薩即得具足成就十法善男子菩薩成就此十種法生清淨佛刹復次善男子菩薩成就十種法得處胎藏塵垢不染何等爲十一者造如來像二者修理破壞諸佛制多三者以諸妙香塗佛制多而爲供養四者以諸香水洗如來像而爲供養五者於佛制多中掃灑塗地而爲供養六者親能承事供養父母七者親能供養阿遮利耶鄔波馱耶八者親能供養修梵行者而菩薩心無有希望九者菩薩願以善根迴施有情由我善根令不染著胎垢而生十者菩薩如是迴向意樂殷重猛利甚深善男子菩薩成就此

十種法得處胎藏塵垢無染復次善男子菩薩成就十種法得捨家出家何等爲十一者得無所取二者不雜亂住三者得猒背境界四者離境界愛著五者不起染著境界過患六者於佛施設所有學處恭敬尊重能善修習勇猛精進七者於飲食衣服資具醫藥隨所受物心常知足八者於鉢多羅及袈裟資具善能捨離一切積集九者於境界中心常怖畏起於猒離十者常勤修習能於現前寂靜而住善男子菩薩成就此十種法得捨家出家復次善男子菩薩成就十種法能得淨命何等爲十一者能善捨離爲利養故矯詐諂曲二者能善捨離爲利養故而現其相三者善能捨離爲利養故虛言鼓動四者善能捨離惡求利養五者善能捨離非法利養六者善能捨離不淨利養七者不耽著利養八者得不染著利養九者得性不熱惱十者於如法利養善能知足善男子云何善能捨離爲利養故矯詐諂曲謂此菩薩不爲利養因緣故身語心業而爲矯詐云何身不矯詐謂此菩薩若見施主及助施者不現威儀云何不現威儀謂此菩薩若舉足時不詐徐步若下足時不前視一尋現思惟相亦不詐僞不顧直視云何語不矯詐謂此菩薩不爲利養故安徐細語柔軟愛語及隨順語云何心不矯詐若有施主及助施者請喚之時菩薩不爲利養語現少欲心廣貪求內懷熱惱是名菩薩不爲利養故矯詐諂曲云何善能捨離爲利養故而現其相菩薩若見施主及助施者終不現相自言我之衣鉢病緣醫藥而彼

施主及助施者雖不惠施菩薩終不從彼乞求是名菩薩善能捨離爲利養故而現其相云何菩薩善能捨離爲利養故虛言鼓動菩薩若見施主及助施者終不詐言某甲施主持其事物而惠施我我以某物而報彼恩又言某甲以我持戒多聞少欲持彼彼物而施與我我起悲心憐愍彼故而攝受之是名菩薩善能捨離爲利養故虛言鼓動

佛說寶雨經卷第九

音釋

阿遮利耶 梵語也此云軌範遮之奢切 三摩鉢底 梵語也此云等持鉢北末切底典禮切 計度 度達各切計度計較度量也

佛說寶雨經卷第十

唐三藏達磨流支等譯

云何菩薩善能捨離惡求利養善男子菩薩不爲利養故身心行惡身行惡者爲利養故馳走來往而犯尸羅心行惡者希求利養若見餘人所得利養及同梵行者與心損壞是名菩薩捨離惡求利養云何菩薩捨離非法利養謂此菩薩不行矯詐取於利養不以斗稱而行欺誑他所委信終不侵損不行矯詐是名菩薩捨離非法利養云何菩薩捨離不淨利養謂此菩薩所得利養若窣堵波若法若僧共有之物或他不與亦不許可雖得彼物必不受之是名菩薩捨離不淨利養云何菩薩得不耽著利養謂此菩薩得利養時不攝爲已物不自稱富者亦無積聚時時施與沙門婆羅門等若施與父母及輔翼左右親友眷屬時時自用雖自受用亦無染著菩薩不得利養之時心不生苦亦無熱惱若彼施主及助施者雖不惠施菩薩於彼不起瞋心若得如法利養及隨僧次一切如來皆同許可諸菩薩等無有呵責諸天讚歎同梵行者無有譏嫌於此利養常能知足善男子菩薩成就此十種法能得淨命復次善男子菩薩成就十種法得心無猒倦何等爲十一者爲諸有情故雖久住生死而無猒倦二者爲諸有情故於生死苦而無猒倦三者於利益有情中而無猒倦四者諸所作事常爲有情而無猒倦五者能令有情作善事業而無猒倦六者爲聲聞乘補特伽羅宣說道法而無猒倦七者不於聲聞乘補特伽羅前現不信彼

聲聞乘法八者攝受菩提分法而無猒倦九者圓滿菩提資粮而無猒倦十者於涅槃界不求現證亦無趣向涅槃意樂由此菩薩能隨順大菩提故趣向大菩提故親近大菩提故善男子菩薩成就此十種法得心無猒倦復次善男子菩薩成就十種法能行一切如來教勑何等爲十一者修不放逸捨諸放逸故二者得身善律儀身不行惡故三者得語善律儀語不行惡故四者得意善律儀意不行惡故五者怖畏他世能盡捨離諸不善法六者能說正理離諸非理七者能善說法呵責非法八者能得捨離譏嫌之業於清淨業隨順修行九者於如來教中不說過患能盡捨離諸煩惱毒十者於如來法性能隨順守護防禦一切惡不善法善男子菩薩成就此十種法能行一切如來教勑復次善男子菩薩成就十種法得面門微笑永離顰蹙何等爲十一者得諸根明淨二者得諸根遍淨三者得諸根不缺四者得諸根離垢五者得諸根白淨六者得永離損害七者得永離隨眠八者得永離纏縛九者得永離結恨十者得永離忿怒善男子菩薩成就此十種法得面門微笑永離顰蹙止蓋菩薩白佛言世尊如我解佛所說義趣由諸根清淨故諸菩薩得面門微笑復由永離諸煩惱故得無顰蹙佛言善男子如是如是如汝所說復次善男子菩薩成就十種法能得多聞何等爲十一者如實了知如是貪火熾然生滅二者如實了知如是瞋火熾然增盛三者如實了知如是癡火惛亂增長四者如實了知有爲之法悉

皆無常五者如實了知如是諸行一切皆苦六者如實了知如是世間並皆是空七者如實了知如是一切諸行無我八者如實了知如是愛著皆名戲論九者如實了知一切諸法因緣所生十者如實了知涅槃寂靜如是之義非但言說要以聞思修所成慧方於此義如實了知如是知已悲心堅固爲諸有情發起精進善男子菩薩成就此十種法能得多聞復次善男子菩薩成就十種法攝受正法何等爲十一者於後時後分後五百歲正法將滅時分轉滅諸有情類不能修持住非道中智燈已滅無能說者此時若有能於廣大素怛纜中有大利益有大威德生諸善法如有情毋受持讀誦種種承事恭敬供養二者展轉爲他宣說開示三者能於修學如是廣大經典補特伽羅所生於淨信歡喜踊躍攝受於彼四者聽聞正法無所希望五者於此法師起導師想六者能於正法起甘露想七者能於正法起仙藥想八者於其正法起良藥想九者專求正法不顧身命十者希求正法起修行想善男子菩薩成就此十種法能攝受正法復次善男子有十種法菩薩成就爲法王子何等爲十一者具諸相莊嚴二者身得隨好三者諸根具足皆悉圓滿四者於一切如來所行之處隨順修行五者於一切如來所得聖道隨順得之六者於一切如來所有覺悟隨順悟之七者能得除滅世間苦惱八者善學一切聖者所行九者得善修習梵行十者能住一切智城是諸如來所住之處善男子菩薩成就此十種法爲法王子

復次善男子菩薩成就十種法得釋梵護世之所承奉何等爲十一者能於菩提而不退轉二者一切諸魔所不能動三者於佛法中而無退失四者隨順能入諸真實相五者隨順通達一切諸法悉皆平等六者能於一切佛法之中不藉他緣而能信解七者得善證智八者成就不共一切聲聞辟支佛法九者能超過彼一切世間十者證無生法忍善男子菩薩成就此十種法得釋梵護世之所承奉復次善男子菩薩成就十種法能知有情意樂隨眠何等爲十一者如實了知一切有情貪心意樂二者如實了知一切有情瞋心意樂三者如實了知一切有情癡心意樂四者如實了知一切有情上品意樂五者如實了知一切有情中品意樂六者如實了知一切有情下品意樂七者如實了知一切有情諸善意樂八者如實了知一切有情堅固意樂九者如實了知一切有情常起隨眠十者如實了知一切有情暴惡隨眠善男子菩薩成就此十種法能知有情意樂隨眠復次善男子菩薩成就十種法能得成熟有情善巧何等爲十一者若諸有情應以如來色相而得度者即現如來色相二者應以菩薩色相而得度者即現菩薩色相三者應以緣覺色相而得度者即現緣覺色相四者應以聲聞色相而得度者即現聲聞色相五者應以帝釋色相而得度者即現帝釋色相六者應以魔王色相而得度者即現魔王色相七者應以梵天色相而得度者即現梵天色相八者應以婆羅門色相而得度者即現婆羅門色

相九者應以刹帝利色相而得度者即現刹帝利色相十者應以居士色相而得度者即現居士色相善男子若諸有情應以如是色相方便得調伏者菩薩爲彼示現種種色相方便而調伏之善男子菩薩成就此十種法能得成熟有情善巧復次善男子菩薩成就十種法得隨順住何等爲十一者質直心二者柔輭心三者不邪曲心四者無損害心五者無垢心六者清淨心七者無堅鞕心八者無麤惡言九者能常忍辱十者具足隨順善男子菩薩成就此十種法得隨順住復次善男子菩薩成就十種法得安樂住何等爲十一者能得正見具足清淨二者得戒具足三者軌則清淨四者得順所行境五者無所染著六者成就悲愍七者能常愛念八者能得同類九者能發趣一乘十者不事餘師善男子菩薩成就此十種法得安樂住復次善男子菩薩成就十種法得攝事善巧何等爲十一者爲攝有情修利益施二者爲攝有情修安樂施三者爲攝有情修無盡施四者爲攝有情言說利益五者爲攝有情修言說義六者爲攝有情修言說法七者爲攝有情示言說理八者爲攝有情以善利益九者爲攝有情同飲食等饒益彼故十者爲攝有情同於活命資具等事饒益彼故善男子法利益者所謂法施安樂施者所謂財施無盡施者謂常宣說道路示人言說利益者謂說善根言說義者謂說眞實言說法者謂順如來教演說之法言說理者謂不壞實義善利益者謂令衆生除滅不善置於善處同飲食等饒益

彼者謂同受用種種飲食衣服等事同於活命資具等事饒益彼者謂同受用金銀末尼眞珠璧玉吠瑠璃寶螺貝珊瑚象馬車乘如是等事善男子菩薩成就此十種法得攝事善巧復次善男子菩薩成就十種法能得端嚴何等爲十一能得寂靜威儀二能得無矯詐威儀三能得清淨威儀四能令見者之所愛樂五能令見者諸惡止息心意寂靜六能令見者無有猒足七能令見者心意悅樂八能令見者心無罣礙九能令見者所願滿足十能令見者心生淨信善男子菩薩成就此十種法能得端嚴復次善男子菩薩成就十種法爲所依止何等爲十一者能守護他以諸有情怖煩惱故二者能得出離以生死曠野多飢渴故三者善能拔濟謂令有情出生死海故四者能作眷屬以諸有情多惸獨故五者爲大醫師以能對除煩惱病故六者能作依怙以諸有情無依恃故七者能作依止以諸有情無依處故八者能作歸依以諸有情無依託故九者能爲智燈以諸有情住無明故十者能作歸趣以諸有情無趣向故善男子菩薩成就此十種法得爲所依復次善男子菩薩成就十種法如大藥樹何等爲十善男子如大藥樹能令有情皆得受用一者受用其根二者受用其莖三者受用其枝四者受用其葉五者受用其華六者受用其果七者見時受用其色八者齅時受用其香九者嘗時受用其味十者摩時受用其觸善男子菩薩如是從初發心乃至成佛能施彼彼一切有情諸煩惱病種種法藥令得受用或

受用菩薩施波羅蜜多或受用菩薩戒波羅蜜多或受用菩薩忍波羅蜜多或受用菩薩精進波羅蜜多或受用菩薩靜慮波羅蜜多或受用菩薩般若波羅蜜多或見菩薩身而得勝利或聞菩薩名而得勝利或味菩薩功德而得勝利或復供養菩薩而得勝利善男子菩薩成就此十種法如大藥樹復次善男子菩薩成就十種法能勤修福德何等爲十一者於三寶中隨力供養二者於諸有情病患之者能施醫藥三者於一切有情飢渴逼者能施飲食四者於一切有情爲寒熱等所侵逼者能施衣服五者於阿遮利耶鄔波馱耶心常尊重恭敬供養六者於同梵行者問訊起居合掌禮拜恭敬供養七者建立伽藍樹林園苑八者於時時間能以資財穀麥等物庫藏所有而行惠施九者於其奴婢及傭力者平等憐愍而養育之十者於時時間能尊重供養持淨戒者及諸沙門婆羅門等善男子菩薩成就此十種法能勤修福德復次善男子菩薩成就十種法得變化善巧何等爲十一者於一佛刹身相不動能於無量佛刹諸如來所聞甚深義二者於一佛刹身相不動能於無量佛刹諸如來所聽聞正法三者於一佛刹身相不動能於無量佛刹諸如來所恭敬供養四者於一佛刹身相不動能於無量佛刹土中修集菩提資粮圓滿五者於一佛刹身相不動能於無量佛刹土中見諸菩薩現正等覺恭敬供養尊重讃歎六者於一佛刹身相不動能於無量佛刹土中示詣道場七者於一佛刹身相不動能於無量

佛剎土中自現等覺令他皆見八者於一佛剎身相不動能於無量佛剎土中轉正法輪九者於一佛剎身相不動能於無量佛剎土中示般涅槃十者於一佛剎身相不動能於無量佛剎土中從初發心乃至成佛經爾所時觀諸有情應調伏者即能現作種種變化而調伏之菩薩雖現如是變化而不分別我能變化於所變境亦不分別如是之事我所化作止蓋菩薩白佛言世尊菩薩能作種種變化云何於此能化之者及所化事得無分別佛言善男子我今爲汝當說譬喻汝應諦聽善男子譬如日月光耀四洲廣能利益諸有情等而彼日月雖能利益一切有情而不分別我爲能耀亦不分別彼有情等以爲所耀然日月天子由其往昔異熟業成能作如是利有情事善男子諸菩薩等亦復如是雖種種變化而無功用於能化所化不起分別我是能化有情爲所化何以故如是種種變化之事一一皆是菩薩善業得成熟故由昔修行發如是願作如是事以此故得於能化所化離於分別善男子菩薩成就此十種法得變化善巧復次善男子菩薩成就十種法速疾能於無上菩提而現等覺何等爲十一者得具足施以善積集成就施故二者得具足戒成就淨戒無有缺漏亦無雜染超過一切聲聞緣覺三者具足安忍四者具足正勤五者具足靜慮六者具足般若七者具足方便八者具足勝願九者具足諸力十者具足正智菩薩以能成就智故超過一切聲聞辟支佛地由能成就不共智故又能超過菩薩

初地乃至能超於第九地由菩薩得智具足故善男子菩薩成就此十種法故能速疾於無上菩提而現等覺世尊説此法門之時此三千大千世界六種震動又此世界所有蘇迷盧山及牟真隣陀山摩訶牟真隣陀山輪圍山大輪圍山及寶山等一切諸山爲供養佛故峯岫低屈向伽耶山又此世界所有一切華果樹等悉皆低屈向伽耶山供養於佛及供養法復有無量百千俱胝那庾多菩薩以種種衣服諸莊嚴具其積量如蘇迷盧山供養佛法復有無量百千俱胝釋梵護世合掌向佛恭敬禮拜以曼陀羅華摩訶曼陀羅華散於佛上復有無量百千天子於虚空中各執天衣舉手旋轉作百千種聲以諸天華散於佛上而作是言過去諸佛已出世間轉正法輪世尊今者又復出現轉妙法輪若諸有情曾於過去供養諸佛修行福業積集善根如是有情今時方得聞此法門何況聞已深生淨信復有無量百千莫呼洛伽亦爲供養此法門故出大音聲猶如雷震其聲普遍復變化作種種香雲雨諸香水其雨遍此三千大千世界及伽耶山頂亦不嬈亂諸有情類復有無量百千諸龍婇女於世尊前作種種音樂讚歎供養復有無量百千健達縛緊捺洛右繞三千大千世界及伽耶山出美妙音讚歎供養復有無量百千俱胝藥叉雨衆蓮華而爲供養復有無量百千諸婆羅門及刹帝利以諸華鬘燒香和香塗香末香衣服華蓋及諸幢旛而供養佛復有無量世界之中所有諸佛爲供養釋迦牟尼佛及供養法

故各放眉間光明其光明中現種種色種種形種種光謂青黃赤白及紅頗胝迦所放光明其光右繞此大千界而能破彼一切闇障光復右繞伽耶山頂及如來身然從世尊頂上而入復有妙風所吹之處觸者安樂世尊說此法門之時於衆會中有七十二那庾多菩薩得無生法忍無量百千俱胝那庾多有情遠離塵垢得法眼淨無量百千俱胝有情未發心者發菩提心時伽耶山有一天女名曰長壽久住此山率其兵衆將諸眷屬來詣佛所於衆會中從座而起爲供養佛往自宮殿取供養具還至佛所恭敬供養而白佛言我知世尊於過去世無量生中常住在此伽耶之山曾有七萬二千諸佛皆爲世尊說此法門文句義理今者世尊還住此山而爲我等說此法門所有文句佛言天女汝今得聞如是法寶爲大義利爾時復有諸天子衆作是思惟此長壽天女經爾所時承事如來聞此法門云何不能轉此女身爾時止蓋菩薩知諸天子心所思惟而白佛言世尊有何因緣此長壽天女經爾所時供養如來復聞此法門大威神力而今不能轉此女身佛言善男子此長壽天女住不可思議解脫法門爲利益一切有情因緣故善男子我知此天女於往昔時以能勸請超過筭數諸佛如來發菩提心乃至涅槃故此天女有大威德於賢劫中供養諸佛於此佛剎當現等覺號長壽如來應正等覺時薄伽梵告天女言天女汝應示現自身佛剎爾時天女當即現入一切色身三摩地入此定已時此三千大千世界

平坦如掌吠瑠璃寶以成此界除去諸惡山石草木處處示現諸劫波樹流泉浴池八功德水充滿池中於其水上衆華彌覆復能除彼下劣有情乃至不聞女人之名處處示現種種蓮華大如車輪於蓮華中有諸菩薩結跏趺坐亦復示現薄伽梵身謂長壽如來應正等覺爲諸菩薩敷演妙法無量百千俱胝那庾多釋梵護世諸大菩薩前後圍繞説此法門爾時長壽天女從定而起於世尊前右繞三帀大衆之中隱没不現止蓋菩薩白佛言世尊若有善男子善女人聞此法門若能受持若讀若誦若復思惟爲他廣説如是之人生幾所福佛言善男子若有人能布施三千大千世界一切有情如是布施相續不斷經於無量百千諸劫若善男子及善女人有能書寫如此法門善詳校已能施與他生淨信者是人功德勝前福德何以故善男子以彼財施是下劣之法有壞滅故法施殊勝有大威力何以故善男子以諸有情染著財産經無量時生死流轉樂世間法終不能受廣大法味善男子若有能以三千大千世界中所有衆生皆能安於十善道復有能於此殊勝法門聽聞讀誦思惟修習爲他演説是人功德勝前福德何以故善男子十善業道因此法門而出生故善男子若復有人教化三千大千世界一切有情皆得聲聞辟支佛果若有聞此法門受持讀誦思惟修習爲他廣説是人功德勝前福德何以故善男子依此法門得諸聲聞辟支佛果又依此法門得諸菩薩及出世間諸佛之果善男子若能聽聞

受持讀誦此法門者此人即是已於一切素怛纜中受持讀誦何以故以此法門是諸法毋善男子非不得此法性而能證得廣大法性爾時諸大聲聞承佛威神從座而起偏袒右肩右膝著地恭敬合掌而白佛言世尊我等聞此法門必定能出廣大生死佛言諸苾芻如是如是如汝所說爾時薄伽梵告大衆言善男子若於如是諸地方處說此法門當知其地是菩提道場轉法輪處又應思惟其地即是大制多處亦是我等一切導師在中而住何以故善男子以法性即是大菩提故亦是轉法輪故又法身即是諸如來故若供養法即是供養一切如來若說法師所在地方當於此處起制多想於法師處起尊重想起善知識想起於演說正道路想若見法師應當歡喜淨信悅樂邀請上座恭敬供養讚歎善哉善男子我若讚說法師功德乃至劫盡亦不能說少分功德何以故若有善男子善女人愛樂法者於說法師所行之處以自身血而灑其路亦不能報彼說法師少分恩德何以故以說法師即能住持如來法眼甚希有故善男子諸說法師若欲說此法門之時若正說若已說應現無畏不應沈没不現憂惱無損害心著新淨衣應生淨信他讚歎時不應倨傲不起我慢不自讚毀他無所希望應常恭敬演說此法爾時釋提桓因白佛言世尊若諸地方有能說此法門之處我當將諸兵衆及與眷屬往詣其處爲欲聽聞此法門故及能守護彼說法師佛言憍尸迦善哉善哉汝今正應作如是事汝當守護如來

法性爾時止蓋菩薩白佛言世尊當何名此法門我等云何受持佛言善男子此名寶雨法門亦名寶積功德亦名智燈亦名止一切蓋菩薩所問法門汝當受持時薄伽梵說此經已歡喜無量止一切蓋及諸菩薩一切聲聞釋梵護世及大自在淨居諸天無量百千天子及諸天龍藥叉健達縛阿素洛揭路荼緊捺洛莫呼洛伽聞佛所說歡喜奉行

佛說寶雨經卷第十

音釋

防禦防符方切禦魚據切防禦猶隄扞也 鞕魚孟切堅也 惸葵營切獨也 齅許救切以鼻攝氣也 傭余封切傭作也

佛說寶雲經

梁扶南三藏曼陀羅仙共僧伽婆羅譯

清刻龍藏佛說法變相圖

佛說寶雲經卷第一

梁扶南三藏曼陁羅仙共僧伽婆羅譯

如是我聞一時佛在伽耶山頂與大比丘僧七萬人俱所作已辦捨諸重擔其心自在盡諸有結正見解脱皆如大龍善解法界是法王子能捨利養善具出家善具受戒意所欲受者悉得滿足住涅槃道唯除阿難在於學地諸大菩薩八萬四千人俱皆是一生補處向一切智無有退轉志求佛地近於彼岸得阿僧祇諸陀羅尼逮得諸禪首楞嚴三昧遊戲神通大慈大悲遍滿十方乃至無量無邊佛土行空境界除諸蓋障盡三毒根善遊無相室宅恒欲救濟一切衆生善知諸佛世界得無礙智心如虛空深廣如海猶如須彌八風不動心如蓮華不著塵水意如眞寶內外

明徹如淨眞金中無瑕穢其名曰寶光菩薩寶掌菩薩寶印手菩薩寶天冠菩薩寶髻菩薩寶積菩薩寶藏菩薩寶山頂菩薩寶幢菩薩金剛胎菩薩金胎菩薩寶胎菩薩功德胎菩薩淨無垢胎菩薩如來胎菩薩智胎菩薩日胎菩薩三昧胎菩薩蓮華胎菩薩解脱月菩薩普月菩薩觀世音菩薩普賢菩薩普眼菩薩蓮華眼菩薩大眼菩薩普威儀菩薩普端嚴菩薩普行菩薩智定意菩薩法意菩薩勝意菩薩增長意菩薩金剛意菩薩師子神通菩薩大音聲王菩薩師子吼意菩薩深音聲菩薩無染汙菩薩離一切垢菩薩月光菩薩日光菩薩智光菩薩智功德菩薩月功德菩薩蓮華功德菩薩寶功德菩薩文殊師利菩薩跋陀婆羅等十六賢士賢劫千菩薩摩訶薩等彌勒最爲上首四天王諸天等四天王最爲上首忉利諸天等帝釋最爲上首燄摩天燄摩天王最爲上首兜率陀天兜率陀天王最爲上首化樂諸天化樂天王最爲上首他化自在諸天他化自在天王最爲上首善黨諸天薩陀最爲上首一切諸梵天梵天王最爲上首首陀會諸天摩醯首羅最爲上首毗摩質多羅阿脩羅王婆稚阿脩羅王羅睺羅阿脩羅王等無量百千億阿脩羅王阿那婆達多羅王摩那斯龍王娑伽羅龍王難陀龍王和脩吉龍王德叉迦龍王如是等百千億諸龍及諸龍子諸龍婇女如是等百千萬億衆天龍夜叉乾闥婆阿脩羅迦樓羅緊那羅摩睺羅伽人非人等百千億衆皆來集會爾時伽耶山頂方四由旬微塵針鋒虛空

及地大衆充滿悉敷師子座莊嚴光顯高一由旬嚴飾第一廣半由旬八千天衣遍布其上地悉平正變爲金剛懸諸繒旛香汁灑地無量天華遍滿在中其座左右生諸蓮華大如車輪百千萬葉眞金爲莖皆以紺瑠璃爲臺因陀尼爲鬚香潔適意觸時快樂如是妙華以供養佛彼師子座於其四角各生寶樹高十五里其樹蔭蓋及半由旬如是莊嚴師子之座佛坐其上心意清淨善轉法輪降伏魔怨不爲八法之所染汙得無所畏智辯無滯心無怯弱猶如師子意行清淨如明淵池深廣如海能出衆寶猶如須彌處於大海如日盛明照於一切如月盛滿悉令清淨雨大法雨如彼龍王處衆高顯如大梵天無量弟子悉皆調順無量釋梵四天王等瞻仰觀佛心無高下能令大衆溫光如日衆寶莊嚴爾時世尊身色熙怡如日溫照一切大衆如寶莊嚴頂顱放光名曰周遍普照百千世界無量諸光以爲眷屬俱照十方繞佛三帀光從口入而口無異相譬如淨月明照虛空然於虛空亦無異相光從口入亦復如是譬如沙聚酥油注中不見增損佛光入口亦復如是

爾時東方過無量恒河沙世界有國名蓮華自在彼世界有佛名蓮華眼如來應供正遍知明行足善逝世間解無上士調御丈夫天人師佛世尊爲諸菩薩說一乘法彼國無有聲聞辟支佛名時諸衆生皆得阿鞞跋致趣向阿耨多羅三藐三菩提此諸衆生無有摶食唯有法喜禪悅等食彼國雖有日月星辰不以爲名唯有佛光照於彼土無有山林株

杌荊棘平地如掌彼有菩薩摩訶薩名除一切蓋障聞其名者一切罪障皆悉除滅時除蓋障菩薩摩訶薩蒙光觸身即詣蓮華眼佛所頭面著地爲佛作禮却住一面坐蓮華上復有無量菩薩亦蒙光明往詣佛所頭面著地頂禮佛足却坐一面除蓋障菩薩從座而起整其衣服偏袒右肩右膝著地合掌向佛而白佛言世尊以何因緣有斯光明遇斯光者心意快樂如是之光從何而來蓮華眼佛答言善男子西方有世界名娑婆佛號曰釋迦牟尼如來應供正遍知明行足善逝世間解無上士調御丈夫天人師佛世尊聞彼佛名皆得阿鞞跋致如是之光彼佛所放除蓋障菩薩復白佛言世尊以何因緣聞彼佛名皆得阿鞞跋致趣向阿耨多羅三藐三菩提

蓮華眼佛復告除蓋障菩薩言彼佛行菩薩道時發大誓願若我成佛聞其名者皆發阿耨多羅三藐三菩提心得阿鞞跋致除蓋障菩薩復白佛言世尊若聞彼佛名皆發阿耨多羅三藐三菩提心得阿鞞跋致者彼國衆生皆已得不蓮華眼佛答言善男子不得除蓋障菩薩復白佛言世尊彼國衆生可不聞耶蓮華眼佛答言善男子亦得聞名除蓋障菩薩白佛言世尊如其聞者云何不得蓮華眼佛答言善男子彼國衆生悉是阿鞞跋致亦非阿鞞跋致除蓋障菩薩白佛言世尊云何悉是阿鞞跋致亦非阿鞞跋致蓮華眼佛答言善男子聞彼佛名者雖得阿鞞跋致種子因緣不具行未滿足不得授記善男子我今爲汝説喻譬如種樹有其種子離於腐敗

具足生芽因緣當言爲生爲不生耶除蓋障菩薩白佛言世尊是名爲生蓮華眼佛答言善男子聞佛名者得其種子具足因緣便得授記除蓋障菩薩摩訶薩白佛言世尊我欲往娑婆世界禮拜恭敬釋迦牟尼佛蓮華眼佛即便答言善男子今正是時可往禮拜彼諸菩薩白佛言世尊我等亦當隨從除蓋障菩薩往詣娑婆世界禮拜恭敬尊重讚歎蓮華眼佛告諸菩薩言今正是時可往詣彼莫生下劣放逸之心何以故佛界衆生多諸貪欲瞋恚愚癡不肯恭敬沙門婆羅門好作非法心意麤弊惡口罵詈很戾難調慳貪嫉妬懈怠懶惰放逸破戒無量煩惱之所纏縛於是惡衆生中而爲説法爾時諸菩薩白佛言世尊釋迦牟尼佛甚爲希有能於彼惡世界衆生中而爲説法蓮華眼佛答言善男子彼佛世尊實爲希有如汝所言常處惡衆生中而爲説法彼惡世界能起一念善心者此亦難有何以故清淨世界衆生守信修善不難惡世界中於彈指頃發生信心歸依佛法僧於彈指頃能修持戒於彈指頃生離欲心於彈指頃生於慈悲發阿耨多羅三藐三菩提心此則甚難諸菩薩白佛言希有世尊希有善逝爾時諸菩薩除蓋障菩薩摩訶薩最爲上首爾時除蓋障菩薩摩訶薩并諸菩薩受佛教已歡喜踊躍頂禮佛足各還本座此諸菩薩有齎寶樹華果具足有齎瑠璃樹者有齎玻瓈樹者有齎金樹者有齎衆寶樹者有齎華樹者有齎果樹者有齎寶衣雲者有齎環釧瓔珞者有齎香雲者有齎華鬘雲者有

齋寶蓋雲者有齋寶幢旛雲者有齋音樂雲者悉皆來集除蓋障菩薩摩訶薩所共詣娑婆世界除蓋障菩薩摩訶薩告衆菩薩言彼娑婆世界衆生多受苦惱汝等各各現神通力令彼衆生速得快樂時諸菩薩皆言唯然爾時除蓋障菩薩摩訶薩以神通力身出光明清淨無垢遍照娑婆三千大千世界此光能照地獄餓鬼畜生閻羅王趣諸苦惱者蒙光觸身身受快樂貪欲瞋恚悉令除滅慈心相向猶如父母三千大千世界諸闇冥處日月諸光所不及處以菩薩光故皆得相見三千大千世界鐵圍山大鐵圍山目眞隣陀山摩訶目眞隣陀山及諸餘山幽冥之處悉蒙光照上及梵天下至阿鼻地獄如是中間光明普照又諸菩薩皆放身光蒙其光者飢者得食渴者得飲倮者得衣貧者得財盲者能視聾者能聽瘂者能言躄者能行狂者得正苦者得樂諸懷孕者令得隱產當爾之時衆苦悉除共諸菩薩俱時而到伽耶山頂寶網彌覆三千大千世界於虛空中蓮華雲雨蓮華妙果雲雨妙果華鬘雲雨華鬘香雲雨香白㲲雲雨白㲲末香雲雨末香衣服雲雨衣服寶蓋雲雨寶蓋寶幢雲雨寶幢寶旛雲雨寶旛如是衆雲隨種而雨雨觸身時柔輭快樂爾時伽耶山坑坎堆阜自然平坦諸山樹木變爲寶林亦作栴檀沉水及諸香樹周遍嚴飾百千天樂於虛空中不鼓自鳴諸樂音中俱出偈頌

生於林毗羅　不由結業有　挺特無有比
我今禮於彼　心平如虛空　至於伽耶山

我今歸最妙　無上勝菩提　坐於道樹下
始悟於正覺　指地以爲證　魔怨皆退散
我今到伽耶　稽首無垢尊　世間皆幻化
衆相華開敷　八十好爲果　世間得依怙
我今從彼來　稽首於寶樹　具無量枝葉
我等悉供養

爾時尊者目連從座而起長跪合掌偏袒右肩白佛言世尊我今不見其形而聞衆妙偈頌佛告目連東方過此無量恒河沙佛土蓮華世界有佛名爲蓮華眼今現在彼爲大衆說法彼有菩薩摩訶薩名除蓋障復有無量百千億菩薩皆來至此娑婆世界爲欲禮拜恭敬於我至心聽法故彼諸菩薩造此偈頌佛語已訖彼諸菩薩即到佛前除蓋障菩薩摩訶薩最爲上首皆共頭面頂禮佛足却住一面合掌向佛以偈讚曰

歸命大名稱　具足智慧者　歸命大精進
最勝牟尼尊　能拔於三有　超度煩惱岸
神光照世間　歸命無等尊　四方蒙光照
周遍悉解脫　歸命無等稱　不動如山王
深廣如大海　智慧無有量　一切諸外道
無能擾亂者　我今稽首禮　歸命於法王
第一寂滅道　無生亦無滅　體相如涅槃
歸依說法王　能轉法輪者　顯現於正道
安住於眞諦　開演於涅槃　而授菩提記
善知於法相　及以煩惱性　如說而修行
觀察於律儀　貪欲諸瞋恚　無量心垢穢
一切諸塵障　於菩提樹下　智火悉燒盡
濟度於衆生　自度亦度彼　生死曠野中
勉濟諸衆生　長寢於重昏　三有之獄縛

勸令早覺悟　趣向歸依處　當爲作親友
究竟不放逸　隨從而來者　皆任於菩提
爲欲聽正法　願時而解説

爾時除蓋障菩薩摩訶薩偈讃佛已佛告諸菩薩各還本座除蓋障菩薩摩訶薩及諸菩薩皆坐蓮華臺上除蓋障菩薩摩訶薩從座而起整其衣服偏袒右肩右膝著地合掌向佛而白佛言世尊欲有所問唯願聽許佛即答言若有疑者隨汝所問我當爲汝分別解説除蓋障菩薩白佛言世尊云何菩薩具足於施具足於戒具足於忍具足精進具足禪定具足智慧具足方便具足於願具足於力具足於智云何菩薩與地等云何菩薩與水等云何菩薩與火等云何菩薩與虚空等云何菩薩如月云何菩薩如日云何菩薩如師子云何菩薩爲善調云何菩薩爲善御云何菩薩如蓮華云何菩薩得大意云何菩薩得淨意云何菩薩得無疑網心云何菩薩甚深如大海云何菩薩得微細智云何菩薩得隨順辯云何菩薩得無盡辯云何菩薩得淨辯云何菩薩能令衆生得少欲知足云何菩薩得隨應辯云何菩薩作法師云何菩薩得隨順法云何菩薩得善解法界云何菩薩行空境界云何菩薩行無相境界云何菩薩行無願境界云何菩薩行慈云何菩薩行悲云何菩薩行喜云何菩薩行捨云何菩薩得遊戲神通云何菩薩得離八難處云何菩薩得不忘菩提心云何菩薩得宿命智云何菩薩得不離善知識云何菩薩得離惡知識云何菩薩得佛清淨身云何菩薩得金剛身云何菩

薩得大商主云何菩薩得善知諸道云何菩薩得示不顛倒道云何菩薩常得定心云何菩薩得糞掃衣云何菩薩得三衣云何菩薩得旃衣云何菩薩得乞食法云何菩薩得一坐食法云何菩薩得一受食法云何菩薩得非食後食云何菩薩得阿練若行云何菩薩得樹下坐云何菩薩得露地坐云何菩薩在塚間行云何菩薩常坐不卧云何菩薩能隨敷坐云何菩薩善知教授禪法云何菩薩能持修多羅云何菩薩能持律藏云何菩薩能持威儀云何菩薩善知可行處云何菩薩善知修行法云何菩薩除於貪嫉云何菩薩於一切衆生能起等心云何菩薩善知供養如來云何菩薩除於憍慢云何菩薩善得信敬心云何菩薩善解第一義諦云何菩薩善知十二因緣云何菩薩善知已體相云何菩薩善知世間相云何菩薩生淨佛國土云何菩薩處胎不汙云何菩薩捨家出家云何菩薩得清淨命云何菩薩心不愁惱云何菩薩善隨佛教云何菩薩常和顔語捨離嚬蹙云何菩薩具足多聞云何菩薩善持正法云何菩薩作法王子云何菩薩爲四足王帝釋梵天之所供養云何菩薩知他體相云何菩薩善知成熟衆生云何菩薩善修和柔行云何菩薩共住安樂云何菩薩善修四攝法云何菩薩得威儀端正云何菩薩善爲衆生作依憑處云何菩薩喻如藥樹云何菩薩常修諸善云何菩薩善作變化云何菩薩摩訶薩速成阿耨多羅三藐三菩提佛告除蓋障菩薩摩訶薩善哉善哉善男子汝爲利益天人拔濟

一切衆生故發是問我今當爲汝說除蓋障菩薩摩訶薩白佛言善哉世尊願時演說佛即告言善男子我今當說汝等諦聽菩薩成就十法能具足檀何等爲十法施具足無畏施具足財施具足不望報施具足憐愍施具足不輕心施具足尊重施具足恭敬承事施具足不求有施具足清淨施具足善男子云何名菩薩法施具足無希望心自受持法爲人演說不求利養不爲名譽爲除一切衆生過惡不爲於利心無高下平等說法若爲王若王等若旃陀羅等說法等無差別不以此施貢高憍慢若能如是是名菩薩法施具足云何名菩薩無畏施具足菩薩自離刀杖亦教人離刀杖於一切衆生生父母想男女想親友想何以故佛說一切衆生從無始劫來無非父母男女菩薩常於微細中捨身而與況復餘大衆生是名菩薩無畏施具足云何名菩薩財施具足菩薩見衆生多作諸惡便積聚財寶而施與之令離惡業安置善處又聞佛世尊作如是說檀是菩薩能除慳貪嫉妬之垢如佛所說習行於施不以施故而心自高是名菩薩財施具足云何名菩薩不望報施具足不爲得眷屬故施不爲得親友故施不爲欲故施菩薩作是念施菩薩淨戒是常行法以是因緣故是名菩薩不望報施具足云何名菩薩成就憐愍施具足菩薩見衆生飢渴受苦倮形弊衣無所依怙無歸無趣無居止處離於福業便生殷重憐愍之心我今爲苦衆生發阿耨多羅三藐三菩提心但以衆生輪轉受苦倮形弊衣無所依怙無歸

無趣飢寒困苦我當何時爲是衆生作衣服飲食乃至歸依舍宅現有財物悉施與之雖作是施而不生念存有我人財物等想如是施者是名菩薩憐愍施具足云何名菩薩不輕心施具足不分別施等大悲施不輕心施不吝惜施不瞋忿施不憍逸施不爲得名稱施不爲我能多聞故施如是之施名爲專心施尊重施恭勸施自手施如此等施是名菩薩不輕心施具足云何名菩薩尊重施具足若同梵行可尊事者若和尚阿闍黎等如是之人深生殷重起迎合掌瞻仰恭敬若有所作躬代營佐如是施者是名菩薩尊重施具足云何名菩薩恭敬施具足供養佛供養法供養僧香華妓樂遶如來塔塗掃佛地若諸塔廟朽故崩落修復嚴飾如是名爲恭敬佛恭敬法者聽法讀誦受持書寫解說思惟其義如法修行不顛倒取義是名恭敬法恭敬僧者衣服飲食卧具湯藥種種雜物供給所須奉施於僧乃至貧下無所有時當用淨水敬心持施如此施者名恭敬僧施若能如是供養三寶是名菩薩恭敬施具足云何名菩薩不求有施具足菩薩施時不生是念我當生天亦不生念我當爲王及諸輔相大臣官屬是名菩薩不求有施具足云何名菩薩清淨施具足菩薩諦觀此施無垢無穢無雜如是施者是名菩薩清淨施具足善男子具此十事是名菩薩具足於檀善男子菩薩復有十法名成就淨戒何等爲十善學波羅提木叉戒善持菩薩緻密戒滅諸煩惱除不善覺怖畏惡業於小罪中尚生驚怖心常恐畏受

持頭陀法堅固不闕持戒不為求有造業淨三業戒云何名菩薩善學波羅提木叉戒菩薩於戒律諸經是佛所制皆事心受持不為種族故持戒不為我見故持戒不為攝徒衆故持戒不見他瑕玷而輕毀戒是名菩薩善持波羅提木叉戒云何名菩薩善持緻密戒菩薩作是念非但波羅提木叉戒能使我成阿耨多羅三藐三菩提諸餘菩薩威儀戒行我亦當學如法修行云何是菩薩戒菩薩不應行處終不往來非時不語善知時節善知方俗順適人心不令衆生起於譏嫌善護衆生令至菩提亦自具足菩薩威儀言辭柔輭少於言說不好親近大臣群官恒修阿練若行和顏悅色能具如是菩薩威儀戒及餘經中諸菩薩戒悉具修行是名菩薩密緻戒云何名菩薩滅一切結使皆悉焦然貪欲瞋恚愚癡及餘纏障一切衆具亦皆焦然於貪欲處生對治法能起欲處悉皆除斷云何是貪欲處於美色邊能起欲因緣云何名不淨想如觀己身髮毛爪齒皮膚血肉筋脉骨髓汗淚涕唾肪膏腦膜咽喉心膽肝肺脾腎腸胃百葉生藏熟藏屎尿膿汁菩薩常觀三十六物若能如是不生貪心若愚癡嬰兒顛狂心亂見是三十六物猶不起欲想況復智者諸菩薩等常觀不淨云何當復起於欲想菩薩摩訶薩見所愛色適意之時便生染心初見色時即自念言如佛所說色如夢響無有實事云何智者妄於夢中而生欲想是故菩薩能生欲處悉皆遠離云何菩薩於可瞋中生對治法而能離瞋及瞋因緣菩薩於諸衆生

常生慈心以是因緣便得除瞋若有惱害因緣瞋恚起時當深繫念對治之法是名菩薩除瞋方便云何菩薩除癡方便當念癡心不識善惡常守愚闇後受苦果無智自蔽惱他緣少不如貪瞋多有怨害如是觀時則滅癡心是名菩薩焦然煩惱云何名菩薩除不善覺住於空靜阿練若處作如是念我今遠離於憒鬧處在閑靜地履行佛教諸餘沙門婆羅門親近憒鬧多有擾亂遠離佛教是名菩薩除不善覺云何名菩薩怖畏惡業觀察選擇曾聞佛說專心修福堅淨持戒善學智慧以是因故最爲勝報具福德業遠離諸惡是名菩薩怖畏惡業云何名菩薩畏於微惡於小罪邊常生大畏心終不輕微小之惡以是因緣曾聞佛說少毒殺人況復多毒微細惡中尚能將人至三惡道況復多惡而心不畏是名菩薩畏微小惡云何名菩薩心常恐畏爲人體信婆羅門刹利居士等以體信故即寄金銀種種珍寶信心用付不立時證菩薩終不生於隱匿之心若佛物法物僧祇物四方僧物菩薩寧當自食己肉終不侵他若飲若食供身之具不敢輒毀是名菩薩心常恐畏云何名菩薩受持頭陀法堅固不闕若魔眷屬及諸天等以妙色財欲來擾逼菩薩菩薩即時志固不動於心不毀是名菩薩受持頭陀法堅固不闕云何名菩薩持戒不爲求有造業菩薩持戒不求世間果報但爲滿足一切善法得無上道是名菩薩持戒不爲求有造業云何名菩薩淨於三業云何修淨身業離殺盜婬以是義故名爲淨身業云何淨

於口業離惡口妄言兩舌綺語是故名爲淨於口業云何淨於意業除貪瞋癡邪見是名淨於意業是名爲菩薩淨於三業善男子具此十事是名菩薩成就淨戒

佛說寶雲經卷第一

音釋

瑕穢 瑕胡加切玷也穢烏廢切汙也　鋒 敷容切鋩也　怯 去刧切畏懦也　熙怡 熙許羈切怡弋支切熙怡和樂也　顖 息進切腦蓋也　阿鞞跋致 梵語也此云不退轉鞞駢迷切　摶 度官切捥聚也　株杌 株陟輸切木根也杌五忽切樹無枝也　很戾 很胡懇切不聽從也戾郎計切違也　齎 祖稽切持也　鬘 莫還切　倮 郎果切赤體也　氎 徒協切毛布也　坎 苦感切險也　阜 房缶切土山也　寢 七稔切臥也　塚 知隴切高墳也　頻蹙 頻毗賓切蹙子六切頻蹙愁貌　怙 侯古切恃也　緻 直利切密也　筋脉 筋舉欣切骨絡也脉莫白切幕也　渧涶 渧他計切涶湯臥切　肪膏 肪府良切脂也膏古勞切神液也　腦膜 腦奴皎切頂門也膜末各切汝膜也　脾腎 脾頻彌切土藏也腎時忍切水藏也　胃 于貴切穀府也　百葉 葉與涉切　嬰 於盈切人始生曰嬰　憒閙 憒古對切心亂也閙奴教切不靜也

佛説寶雲經卷第二

梁扶南三藏曼陀羅仙共僧伽婆羅譯

善男子菩薩摩訶薩復有十法能淨於忍何等爲十内忍外忍法忍隨佛教忍無方所忍修處處忍非所爲忍不逼惱忍悲心忍誓願忍云何名菩薩内忍菩薩飢渴寒熱憂悲疼痛身心楚切能自忍受不爲苦惱是名菩薩内忍云何名菩薩外忍菩薩從他聞惡言駡詈毀辱誹謗或毀辱父母兄弟姊妹眷屬和尚阿闍黎師徒同學或鬪毀佛法僧有如是種種毀呰菩薩忍辱不生瞋恚是名菩薩外忍云何名菩薩隨佛教忍諸經説微妙義諸法寂靜諸法寂滅如涅槃相不驚不怖菩薩作是念言我若不解是經不知是法終不得阿耨多羅三藐三菩提是故菩薩勤求諮問讀誦是名菩薩法忍云何名菩薩隨佛教忍菩薩瞋惱毒心起時作是思惟此身從何而生從何而滅從我生者何者是我從彼生者何者是彼法相如是從何因緣起菩薩作是思惟時不見所從生亦不見所緣起亦不見從我生亦不見從彼起亦不見從因緣生作是思惟亦不瞋亦不惱亦不毒瞋怒之心即便滅少是名菩薩隨佛教忍云何名菩薩無方所忍或有夜忍晝不忍或晝忍夜不忍或彼方忍此方不忍或此方忍彼方不忍或知識邊忍不知識邊不忍或不知識邊忍知識邊不忍菩薩不爾於一切時一切方常生忍心是名菩薩無方所忍云何名菩薩修處處忍有人於父母師長夫妻男女大小内外如是中生忍餘則不忍菩薩忍者則不如是如

父母邊生忍旃陀羅邊生忍是名菩薩修處處忍云何名菩薩非所爲忍不以事故生忍不以利故生忍不以畏故生忍不以受他慝故生忍不以相親友故生忍不以愧赧故生忍菩薩常修於忍是名菩薩非所爲忍云何名菩薩不逼惱忍若瞋因緣煩惱未起不名爲忍若遇瞋因緣時拳打刀杖手脚蹴蹋惡口罵詈於如是中心不動者則名爲忍菩薩若有人來起發瞋恚亦忍不起發瞋恚亦忍是名菩薩不逼惱忍云何名菩薩悲心忍爾時菩薩若作王若王等有大功業爲苦衆生而作其主是苦衆生若來罵辱觸惱之時菩薩不以我是主故而生瞋恚如是衆生我當拔濟常爲擁護云何而得生於瞋惱是故我今悲心憐愍不生忿恚是名菩薩悲心忍云何名菩薩誓願忍菩薩作是念我先於諸佛前曾作師子吼發誓願言我當成佛於一切生死淤泥中爲拔諸苦衆生我今欲拔不應瞋恚而惱於彼若我不忍尚不自度況利衆生善男子譬如良醫善知治眼見諸衆生多有患目或患眼翳或患眼瞙種種患眼不可稱計是醫若言我欲療治衆生眼患彼時醫師本自盲冥佛言如此醫師能治他眼不除蓋障菩薩摩訶薩白佛言不也世尊佛告除蓋障菩薩摩訶薩欲除一切衆生無明瞋者應先自除闇障後及於人若內無智慧能治他疾是義不然以是因緣當修於忍不應生瞋是名菩薩大誓願忍善男子具此十事是名菩薩能淨於忍善男子菩薩復有十法名爲精進滿足何等爲十如金剛精進無等精

進處中精進顯勝精進熾盛精進常恒精進清淨精進不共二乘精進不輕賤精進不退轉精進云何菩薩如金剛精進未解者令解未涅槃者令得涅槃未安者令安未度者令度未得阿耨多羅三藐三菩提者當令得阿耨多羅三藐三菩提若作如是修行精進時天魔波旬來謂菩薩言汝今何故作如是精進徒自勤苦終無所獲何以故我亦曾作如是精進未解者令解未涅槃者令得涅槃未安者令安未度者令度未得阿耨多羅三藐三菩提者當令悉得如是等事皆是妄語但誑凡愚無有真實我未曾見如是精進而得阿耨多羅三藐三菩提者善男子我曾見無量衆生如是精進有得阿羅漢涅槃如是精進有得辟支佛涅槃魔王復言善男子雖行精進未有得阿耨多羅三藐三菩提汝今思惟疾捨是心空無所獲徒自勤苦汝今速求二乘可得早離生死菩薩即作是念此是魔説欲壞我心汝但少事而自憂已莫爲多事反憂我耶隨所造業各得受報依止於業業爲親友汝亦有此隨業受報依止於業業爲親屬惡魔波旬汝今速疾復道還去汝惱我故當長夜受苦魔即慚愧隱形而去是名菩薩如金剛精進魔不能壞云何名菩薩無等精進爾時菩薩所行精進超諸菩薩百千萬億筭數譬喻所不能及況餘聲聞二乘學者而能及乎一切諸佛善法以精進力故悉能攝取一切惡法無不捨離是則名爲無等精進云何名菩薩處中精進勤不過分亦不懈退如是精進名爲處中精進云何名菩薩高

勝精進菩薩發大精進願使現身如佛色相若我得佛無見頂相圓光一尋佛之相好無礙智慧大自在者願我悉得是名高勝精進云何名菩薩熾盛精進譬如眞金摩尼珠寶無有垢穢光明熾盛端嚴殊顯眞金精耀無量焰熾摩尼寶珠煥然炳徹菩薩精進亦復如是無諸垢翳何者是精進垢何者是精進翳懈怠是精進垢懶惰是精進翳食不知足是精進垢貪嗜睡眠是精進翳好樂親近是精進垢不見無我是精進障如是名爲精進垢精進障除如是垢障是名菩薩熾盛精進云何名菩薩常恒精進舉動威儀不離精進行住坐卧不曾休廢身心不懈是名菩薩常恒精進云何名菩薩清淨精進如上常恒精進有所起惡不善之業能障道法能作衰損皆悉除斷一切善法於涅槃因不作障礙能助道法安止道處皆悉修廣增長熾盛乃至微細一念之惡不令得起況復大惡是名菩薩清淨精進云何名菩薩不共二乘精進菩薩摩訶薩周遍十方如恒河沙數世界滿中阿鼻地獄猛火熾盛如此世界外有極苦衆生無依無救乃至若一衆生如是苦惱菩薩能忍大火過無量恒河沙世界拔濟成熟一衆生苦爲一尚爾況多衆生而不救濟一切外道二乘學人所不能及是名菩薩不共二乘精進云何名菩薩不自輕賤精進菩薩作是思惟三世諸佛皆從微少精進修無量德乃能久積苦行成等正覺是故我今因少精進漸植德本不久亦應得佛不疑是名菩薩不自輕賤精進云何名菩薩不退轉精進菩

薩不以巳身精進微薄不以貧窮乏少財寶而生捨心常修精進向阿耨多羅三藐三菩提過去未來現在三世諸佛皆以積善微細精進悉得菩提我今不以微賤而自輕毀以微精進故爲一切衆生積集衆善成阿耨多羅三藐三菩提不爲巳樂而入涅槃寧爲衆生久處地獄是名菩薩不退轉精進善男子具此十事是名菩薩滿足精進善男子菩薩摩訶薩復有十法名具禪波羅蜜何等爲十多集福德深猒諸惡能勤精進具於多聞不顛倒解解法向法利根聰明有純善心能解定智不著禪相云何名爲多集福德久於大乘積集善根在所生處常護持善戒遇善知識世世恒生種族刹利大姓婆羅門大家居士生處恒生正見家增長善法憶所修善方便不捨常不離善知識菩薩諸佛漸漸增長觀察諸法世間大苦常爲災患之所逼惱無有暫停長爲衆苦無明所盲皆因愛欲欲爲根本我今不應同於凡夫親近於欲欲者諸佛世尊說從妄想生無量因緣毀呰過患譬如以木貫人心腎欲如利戟欲如劒刃欲如毒蛇欲如鋒火欲如膿爛不可觸近欲如聚沫欲如熱焰欲如幻化欲如夢想欲爲不淨令人臭穢欲如熟癰欲如腐敗爛肉作如是猒惡欲想剃除鬚髮捨離產業出家學道被法服衣而作沙門正法出家信家非家出家學道發大精進未得善法者能令使得未得智者能令得智未得證者當令得證如是因如是緣以是事故即得多聞於世諦第一義諦悉能宣說善知世諦即第一義諦善知不

顛倒法如法體相何者是善知法相正見正志正語正業正命正方便正念正定得見正道利根轉勝心常在道以利根故多生猒惡遠離大衆憒閙之處遠離欲覺貪瞋邪見殘害之心遠離眷屬遠離名聞利養遠離一切身心常念自觀己心爲念善不善無記若念善應念勝善念勝善者心生歡喜起發信樂云何是勝善心三十七品云何是三十七品四念處四正勤四如意足五根五力七覺分八正道法是名勝善是眞道支心猶不善極生猒惡多作觀察勤行方便斷於不善何等不善貪欲瞋恚愚癡貪欲有三種上中下何者是上貪欲欲心遍身正見衰損離欲心少離於慚愧云何離慚愧心若攝身靜念獨處林野爾時思惟欲覺增長熾盛貴於欲覺讚歎欲覺以欲覺故作是思惟時無有愧心云何無慚以欲業故作欲因緣於父母所生懟恨語於尊重處而無畏難亦不羞愧自現有德以是欲故命終之時墮於惡趣是名上欲云何名爲中欲若受欲已心生猒離或起悔心是名中欲云何名爲下欲若摩觸之時欲想即息或共言語雖有染想生念即滅或見欲時欲想亦息是名下欲欲者一切衣服飲食供身之具悉名爲欲瞋恚亦有三種上中下何者爲上瞋若惱彼時深生忿怒或作五逆或五逆中作一一逆或誹謗正法等如是之罪非筭數譬喻之所能及身壞命終墮大地獄受罪餘報得生人中膚體黒瘦兩目皆赤恚逞常怒多懷擾害以是義故名爲上瞋云何名爲中瞋所作諸惡速疾變悔即修對

治之法是名中瞋云何名爲下瞋或出惡言或起譏訶或習微惡業或時時起發尋生對治是名下瞋愚癡亦有三種上中下何者爲上癡作惡不悔不生慚愧心無猒時如是名爲上癡云何名爲中癡身作惡時尋生變悔於同梵行邊發露懺悔不顯已德是名中癡云何名爲下癡依如來所制非性重罪少有所犯是故名爲下癡菩薩摩訶薩善心起時能迴貪瞋癡能除欲愛能除欲樂能除欲著以善心故令欲不起云何名爲無記心此心起時不緣外不緣内不緣善不緣不善不從定不從智如從眠起目視不了不緣善惡名爲無記若無記心生時菩薩方便自策發起善心令生歡喜安住於善是名菩薩得於善心以善心故觀察一切諸法如幻如夢如熱時焰如呼聲響此是善法此非善法此法跡乘此法不跡乘菩薩摩訶薩觀於一切法發起善心以法爲相心爲先導當善持其心調順其心善持諸法調伏諸法見正法已以是緣故便得寂定心爲境界以心繫心漸入寂定以心住心正住三昧心寂定故便能專一心專一故次第無間得定心故心常寂靜心寂靜故心生喜樂便除欲愛諸惡不善有覺有觀定生喜樂成就初禪無覺少觀定生喜樂成就二禪除喜得樂念捨得第三禪離喜樂行捨心得第四禪除我見離憂喜捨苦樂淨念捨行四禪一切解脫離色想如虛空衆生心想虛空想等作一解脫觀以是故色想滅空想生惱壞想已滅無邊虛空想成從無邊虛空想以次觀識識無邊故虛空想滅觀

識漸損乃至少識名爲不用處復觀此識若有若無是名非想非非想處滅諸想受是名滅定菩薩雖入滅定而不捨教化衆生亦不永樂滅定以爲寂静不捨滅定而能慈悲普覆衆生於滅定中乃至起悲喜捨心亦復如是菩薩爾時便獲五神通而不以十二門禪五神通等以爲自足方求上法阿耨多羅三藐三菩提莊嚴之具功德满足善男子具此十事是名菩薩具禪波羅蜜善男子菩薩復有十法名爲智慧满足何等爲十具無我善善解業報善知有爲法善解生死相續不絶善解生死出要之法善解聲聞辟支二乘之法善解摩訶衍善解遮魔業智慧不顛倒智慧無礙智慧善男子云何具無我善菩薩以智觀察色受想行識觀色不生不起不見起

因受亦不生不起不見起因想亦不生不起不見起因行亦不生不起不見起因識亦不生不起不見起因滅亦不生不起不見起因第一義諦亦不見不生不起世諦第一義諦但有假名而無實體雖知諸法虚空而不捨於精進深矜一切衆生如救頭然如救衣裳然勤修方便不懈不捨爲一切衆生故而求阿耨多羅三藐三菩提果莊嚴具足是名菩薩無我善根云何名菩薩善知業報菩薩選擇觀察一切衆生皆如幻相如乾闥婆城水中之月體性空寂一切衆生深著我見及我所見以是因縁不見正道衆生作如是想若無我無人無衆生無壽者無丈夫者若悉皆無誰受善惡六趣差别菩薩摩訶薩雖知業報不斷不常不受不捨是名菩薩善知業報

云何名菩薩善知有爲而不取有爲相如實正見知有爲法迅速不停念念流動猶華上露如山澗水駛流赴下間無暫息亦如沙城無有牢固何有智者當生樂著而戀親愛見有爲法如是之相云何智者而生憂悲以是因緣深樂涅槃猒惡生死是名菩薩善知有爲法云何名菩薩善解生死流轉菩薩觀察一切衆生無明所盲漂流生死恒爲愛羂諸結所縛以是因緣故受以愛故造善惡業以業因緣故有有因緣故生生因緣故死憂悲苦惱衆苦聚集生死流轉互爲上下猶如水輪是故菩薩正觀生死如實而知是名菩薩善解生死流轉云何名菩薩善解生死出要之法無無明則無行無行則無識無識則無名色無名色則無六入無六入則無觸無觸則無受無受則無愛無愛則無取無取則無有無有則無生無生則無老死憂悲苦惱衆苦聚集菩薩以如實智見十二因緣是名菩薩善解生死出要之法云何名菩薩善解聲聞辟支二乘之法菩薩觀察如此法時成須陀洹成斯陀含成阿那含成阿羅漢斷諸結漏得成辟支佛成辟支佛已如犀一角善解聲聞辟支佛法而不取證何以故我攝受一切衆生故作師子吼而作是言我當拔一切衆生曠野生死之苦以是故我今不應獨出生死是名菩薩善解聲聞辟支佛法云何名菩薩善解摩訶衍法菩薩善學一切諸法善學一切諸法已而不得諸法相善修學道而不見道相不見能行者不見所行法亦不見所至到處以是因緣相貌而不墮於斷見是

名菩薩善解摩訶衍云何名菩薩善知遮魔業智慧菩薩善知不親近惡知者亦不至惡國而常遠離世俗談話不樂親近諸餘非法不求利養亦於此法不生欣樂一切結使能障菩提者悉皆遠離善知對治法是名菩薩善知遮魔業智慧云何名菩薩不顛倒智慧善學世諦第一義諦及諸經論善學世間雜論爲成熟衆生故雖廣聞多學而不爲於顯已功德但爲成熟衆生雖明知世典而常尊佛法以爲最勝終不染於外道邪見是名菩薩不顛倒智慧云何名菩薩無等智慧不見若天若人沙門婆羅門及諸外道與菩薩智慧等者除諸如來世尊等正覺餘天人阿脩羅無有能及菩薩智慧者是名菩薩無等智慧善男子具此十事是名菩薩滿足智慧善男子菩薩復有十法名滿足方便何等爲十善解方便迴向善迴外道諸見善迴五塵善除疑悔善救護衆生善知衆生濟命善受供養善移聲聞辟支二乘學者入於大乘善知示教利喜善知供養恭敬云何名菩薩善解方便迴向一切所有若華若果若香若香樹若實若實樹若氎若氎樹一切空澤曠野無主非我所諸物盡皆晝三時夜三時迴心施佛以是善根迴向阿耨多羅三藐三菩提於修多羅經中讚歎供養三寶之處深生隨喜十方世界一切菩薩及諸衆生若起一念善根身心隨喜悉皆迴向香華供養諸佛形像塔廟以是善根願令一切衆生悉除破戒非法臭穢當使一切衆生皆得諸佛戒香之身若有掃塔塗地願使一切衆生悉得端正莊

嚴之具若以華蓋供養佛塔願一切衆生除
煩惱熱若入僧坊塔寺願一切衆生入涅槃
城若出塔寺願一切衆生永離生死若開門
時願一切衆生開善趣門若閉門時願一切
衆生閉惡趣門若欲坐時願一切衆生當坐
道場若欲起時願一切衆生於煩惱淤泥悉
能超出若右脇卧時願一切衆生得右脇涅
槃若著衣時願一切衆生著慚愧衣若捉鉢
時願一切衆生滿足佛法若欲食時願一切
衆生悉得法食若大小便利願一切衆生蠲
除垢穢無婬怒癡若洗手時當願衆生悉離
染穢若洗脚時願一切衆生除煩惱垢若嚼
楊枝時願一切衆生種種垢穢皆悉得除若
身行止及舉動時願一切衆生悉得安樂若
禮塔寺時願一切衆生亦皆敬禮是名菩薩
善解方便迴向云何名菩薩善迴外道諸見
能令興學九十六種調伏出家欲調伏時而
不貢高爲作師範要先恭事現爲弟子然後
調伏隨諸外道所有威儀法則悉皆習學究
盡勝彼令調伏已而反制之使爲弟子信受
其語爾時便爲說言汝先所學法無有離欲
亦無出要乃以正道誘化其心令立佛法是
名菩薩善迴外道諸見云何名菩薩善迴五
塵見諸衆生貪欲熾盛爲化彼故現作女身
端正殊妙超諸女人使彼染著即復現身變
爲死屍膖脹臭爛衆生見者悉生驚怖即便
猒惡我今云何疾得遠離臭穢之身菩薩爾
時即復本形而說法要皆令堅固無上道心
是名菩薩善迴五塵云何名菩薩善除疑悔
若見衆生作五逆罪及餘諸惡菩薩即語衆

生言汝今何爲愁苦如是彼人答言我作五逆罪愁憂悔恨捨此身已當久受苦惱長夜衰損無有義利菩薩爲現神變適其心念令彼信伏便生信敬愛樂菩薩又復化作父母而加逆害彼作是念菩薩神足威力無量猶害父母況我愚癡而能不作菩薩答言我眞汝伴同作逆罪菩薩便爲說種種法令彼逆罪即得輕微猶如蚊翅是名菩薩善除疑悔云何名菩薩善能救拔衆生菩薩觀彼衆生堪爲法器而造諸惡菩薩即爲現形種種說法應見王身得度者即現王身應見王等身得度者即現王等身應見刹利身得度者即現刹利身應見婆羅門身得度者即現婆羅門身應見天身得度者即現天身應見金剛力士身得度者即現金剛力士身應見恐怖身得度者即現恐怖身應見繫閉鞭打驚怖身得度者即現繫閉鞭打驚怖身應見親友愛樂身得度者即現親友愛樂身所應見者皆爲現之是名菩薩善能救拔衆生云何名菩薩善知衆生濟命菩薩摩訶薩見衆生無所堪任不識正法唯知貪欲飲食衣服更無餘求菩薩爾時爲示筭數醫方種種技術如是善者皆令學習悉使不乏衣服飲食是名菩薩善知衆生濟命云何名菩薩善解受供養菩薩爾時得大寶樹如須彌山悉能受之若得少施微毫縷綖亦皆受用菩薩以何因緣故大小皆受見衆生慳貪嫉妬無有施心又見衆生出沒生死如水中魚深愍衆生漂溺巨海爲作利益令使快樂受財寶已爲供養佛法僧給施窮乏隨所施處而爲說法皆

發阿耨多羅三藐三菩提心是名菩薩善解受供云何名菩薩善能移於二乘入於大乘菩薩見衆生堪任大器乃至作聲聞辟支佛二乘精進勤修苦行爾時菩薩令任大乘及其徒衆悉皆令轉捨於小心爲繼佛種不斷三寳故是名菩薩移於二乘安住大乘云何名菩薩善能示教利喜未發菩提心者能令發心懈怠懶惰者令勤精進若以少善而自足者方便發起令具諸善若有虧損少戒生大障礙而心遠離一切諸善者菩薩即爲說法令其歡喜具修戒行是名菩薩善能示教利喜云何名菩薩善能恭敬供養三寳出家菩薩少欲知足不積財寳唯以法施爲利爾時在閑靜處獨坐思惟我今何爲不作供養佛想即自思惟種種運心供養諸佛如是思惟已便能具足六度云何具足六度以種種供養而具檀波羅蜜恒與一切衆生善是名尸波羅蜜歡喜忍樂是名羼提波羅蜜身心不懈是名毗梨耶波羅蜜專心不散是名禪波羅蜜莊嚴衆行皆悉具足是名般若波羅蜜菩薩如是靜處思惟時能具六波羅蜜是名菩薩善解恭敬供養三寳善男子具此十事是名菩薩具足方便

佛說寳雲經卷第二

音釋

愧赧 愧詭僞切慚也赧奴板切面赤也 蹴蹋 蹴子六切踏也蹋達合切踐也 瞙 暮各切瞖瞙也 療 力照切治疾也 嗜 常利切樂也 戟 紀逆切戈屬也 癰 於容切癤也 懟 徒對切怨也 逞 丑郢切快也 迅速 迅息晉切迅速並疾也 駛流 駛踈士切疾也 漂 撫招切浮也 羂 古泫切

嚼（在爵切咀也）範（音范法則也）誘（與久切教導也）胮脹（胮匹江切脹知亮切）蚊翅（蚊無分切翅矢利切）縷綖（縷力主切線也綖私箭切與線同）

佛說寶雲經卷第三

梁扶南三藏曼陀羅仙共僧伽婆羅譯

善男子菩薩復有十法名方便發願何等爲十不作卑下發願不作畏生死發願出過一切衆生發願一切諸佛讚歎發願能摧伏一切魔發願不爲他教故發願無邊發願不恐畏發願無憂發願具足發願云何名菩薩不卑下發願菩薩摩訶薩不爲三有受樂故發願是名菩薩不卑下發願云何名菩薩不畏生死發願不求二乘不爲猒惡生死不爲滅除生死故發願是名菩薩不畏生死發願云何名菩薩出過一切衆生發願菩薩願使一切四生衆生悉成菩提而般涅槃而我或入涅槃或不入涅槃是名菩薩出過一切衆生發願云何名菩薩一切諸佛讚歎發願菩薩發願我化一切衆生皆發阿耨多羅三藐三菩提心行菩薩道乃至坐於道場我當勸請令轉法輪佛若入涅槃我當勸請令久住世利益衆生是名菩薩一切諸佛讚歎發願云何名菩薩摧伏一切諸魔發願菩薩願使一切衆生成佛時國土不聞惡魔名字是名菩薩摧伏一切諸魔發願云何名菩薩不爲他教故發願終不受他教故發阿耨多羅三藐三菩提心自以智慧觀察世界衆生受無量苦爲拔濟故發阿耨多羅三藐三菩提心是名菩薩不爲他故發願云何名菩薩無邊發願菩薩不爲方所少緣發願菩薩整其衣服右膝著地叉手合掌心生猒惡於十方一切世界所有菩薩若坐道場勤修苦行初成佛者轉法輪者當悉觀察照見我心勸請隨喜

願轉法輪一切十方菩薩從初發意行六波羅蜜皆作無量難行苦行乃至坐於道場降魔成佛及轉法輪於此一一善心我皆隨喜發阿耨多羅三藐三菩提心是名菩薩無邊發願云何名菩薩不恐畏發願菩薩從初發心聞深妙法不生驚畏聞佛本行無邊功德不生驚畏聞菩薩深遠遊戲神通不生驚畏聞菩薩深遠善權方便不生驚畏菩薩作是念佛菩提無量無邊世界無量無邊佛所成熟衆生無量無邊非我智力之所能知唯佛與佛乃能究竟是名菩薩不恐畏發願云何名菩薩無憂發願菩薩見諸衆生癡無慧目慲悷難調不可降伏破戒懶惰衆惡悉具爲如此等深起猒心求生淨土願令我等不聞如是諸惡之名當行慈悲智慧具足菩薩發心便作是念一切世界中少智衆生愚癡瘖瘂無涅槃分不生信心者而爲一切諸佛菩薩之所棄捨如此衆生我皆調伏乃至坐於道場得阿耨多羅三藐三菩提發此心時一切魔宫悉皆震動十方諸佛發心讚歎莊嚴淨土速成正覺是名菩薩無憂發願云何名菩薩具足發願菩薩發心誓願降魔成阿耨多羅三藐三菩提是名菩薩具足發願譬如油鉢若已平滿更投一滴終不復受菩薩成佛衆願滿足亦復如是更無減少一塵之願善男子具此十事是名菩薩方便具足發願善男子菩薩復有十法名力具足何等爲十人不輕力不爲他所伏力具福業力具智慧力具徒衆力得神通力自在之力陀羅尼力菩薩定持不可動力所言無二力云何名菩

薩人不輕力一切外道聲聞二乘無能過者一切衆生亦無有與菩薩力等者是名菩薩人不輕力云何名菩薩具福業力無有世間出世間所修之福功德莊嚴能與菩薩力齊等者是名菩薩具福業力云何名菩薩具智慧力菩薩智力有所舉動於前後際無有錯謬是名菩薩具智慧力云何名菩薩具徒衆力菩薩徒衆不壞正見無毀威儀常修淨命所攝大衆皆同菩薩正直之行是名菩薩具徒衆力云何名菩薩具神通力菩薩以世俗五通勝於聲聞二乘五通能以一塵容閻浮提及四天下或千世界或二千世界或三千大千世界乃至恒河沙等三千大千世界而微塵不增世界不減其中衆生亦不迫迮無覺知想不相妨礙是名菩薩具神通力云何名菩薩得自在力菩薩有自在力欲使三千大千世界種種珍寶遍滿其中即如其意是名菩薩自在之力云何名菩薩得陀羅尼力菩薩若聞無量無邊諸佛說法異文異字能於一念種種音聲悉皆受持思惟修行是名菩薩陀羅尼力云何名菩薩受持無虧動力一切衆生無能摬壞令其心亂是名菩薩定持不虧動力云何名菩薩所言無二力菩薩心思後言口無二語唯除方便利益之說是菩薩言無二力若有記莂終不錯謬一切衆生所有智慧無能出過菩薩之者善男子具足此事是名菩薩得力具足善男子菩薩復有十法名具足智何等爲十知人無我智具足知法無我智具足一切處遍知諸方智具足善知禪定境界處所智具足智持具足無

等智具足善知衆生根行智具足無作智具足善知一切法相智具足善知出世間智具足云何名菩薩知人無我觀五陰不堅無牢固虚妄無眞實乃至滅謝亦不見有去菩薩作是念此五陰無我無衆生無壽者無養育無人凡夫愚人謂實有我故妄取我想猶如鬼魅妖異所著衆生妄計亦復如是或陰即是我我即是因或因是我所我所是陰著虚妄我不見眞實於生死中如旋火輪虚妄無實菩薩如實能知是名菩薩知人無我具足云何名菩薩觀法無我知如實相見生見滅知一切物猶如假借但有名用假施設生無有實體假施設法亦不斷不常但從緣而生從緣而滅菩薩如實而知諸法眞實是名觀法無我具足云何名菩薩一切處遍知一切處遍知者非一刹那之中非一刹那中不知非此方知彼方不知而能普於十方得無礙智是名菩薩一切處遍知云何名菩薩善知禪定境界處所知聲聞定知辟支佛定知菩薩定知諸佛定如是諸定皆悉了知聲聞二乘但知自分境界餘則不知菩薩定者知巳境界兼知二乘及如來禪定究竟之相以佛力故亦悉能知是名菩薩善知禪定境界處所云何名菩薩智持具足菩薩善知聲聞持辟支佛持菩薩持況餘衆生而不能知是名菩薩智持具足云何名菩薩無等智具足一切外道二乘諸智無有能及菩薩智者唯除如來一切種智是名菩薩無等智具足云何名菩薩善知衆生根行具足菩薩能以淨無礙智遍觀世界衆生有衆生能生菩提有衆

生不能生菩提有衆生滿足菩提有衆生不滿足菩提有衆生住於初地乃至住於十地有衆生坐於道場有成正覺有轉法輪乃至入般涅槃有聲聞乘涅槃有辟支佛乘涅槃有生善趣者有生惡趣者是名菩薩善知衆生根行具足云何名菩薩無作智具足於四威儀行住坐臥念念無作心恒成就譬如有人於出入息乃至睡眠常無所作菩薩如是心無思惟亦非造作而無礙智自然成就是名菩薩無作智具足云何名菩薩善知一切法相具足了達諸法皆同一相云何一相皆盡空相如幻相虛妄相是名菩薩善知一切法相具足云何名菩薩善知出世間智具足菩薩知無漏智出一切世間諸智是名菩薩出世間智具足善男子具此十事是名菩薩得一切智滿足善男子菩薩復有十法名得地三昧何等爲十如地廣大無邊如地一切衆生依止存濟如地於一切衆生悉有養育之恩終不計恩如地普能容受諸大雲雨能爲一切衆生依止住處能生善種及一切種如大寶器能出一切大藥不可傾動不驚不畏云何名菩薩如地廣大無邊周帀十方無邊無量菩薩亦爾功德智慧莊嚴願行無邊無量是名菩薩如地廣大無邊云何名菩薩如地一切衆生依止存濟各存所欲稱其拯給周濟無礙菩薩亦爾施戒忍辱精進禪智乃至衆具皆悉施與之而心無限礙是名菩薩如地一切衆生依止存濟云何名菩薩有養育之恩而不望報猶如大地等無好惡加報不欣無亦不恨是名菩薩育養之恩而不

望報云何名菩薩如地普能容受大法雲雨亦如大地天澍雲雨普皆容受無不堪持菩薩摩訶薩亦復如是一切諸佛興大密雲普澍法雨如其所説悉能受持是名菩薩如地普能容受大法雲雨云何名菩薩能爲一切衆生依止住處又如大地草木叢林一切衆生行住坐卧皆依於地菩薩亦爾一切衆生修行善趣二乘學法及以涅槃一切皆因菩薩而有是名菩薩能爲一切衆生依止住處云何名菩薩善種子之所依處譬如大地一切種子依地而生菩薩亦爾一切善業天人種子皆依菩薩而生是名菩薩善種子之所依處云何名菩薩如大寶器譬如大地能出衆寶是諸寶物皆出於地菩薩摩訶薩亦復如是功德善寶一切樂果悉出菩薩是名菩薩如大寶器云何名菩薩能出一切大藥譬如大地出衆妙藥能治種種諸病菩薩摩訶薩亦復如是能出一切諸妙法藥能除一切諸煩惱病是名菩薩能出一切大法藥器云何名菩薩不可傾動譬如大地風不能動蠅蚋蚤虱不能虧損菩薩摩訶薩亦復如是一切内外諸縁逼惱不能擾動是名菩薩不可傾動云何名菩薩不驚不畏譬如大地師子虎狼龍象雷電哮吼不能驚畏菩薩摩訶薩亦復如是一切外道九十六種所不能動是名菩薩不驚不畏善男子具此十事是名菩薩得地三昧善男子菩薩復有十法譬如大水何等爲十如水流注溉潤赴下能生衆生善芽種子欣樂敬信浸爛一切煩惱根芽如水清淨不濁除滅一切熾熱之患能除貪欲

愛心之渴深廣難度如水澆漑髙下皆滿能除一切諸結塵垢云何名菩薩如水流注漑潤赴下生長草木而各滋茂菩薩亦復如是以諸功德如水漑下流潤微善亦能增長是名菩薩如水流注漑潤赴下云何名菩薩能生衆生善芽種子如水能潤草木叢林悉得生長菩薩以禪定水澆潤覺意正直道支令得增長漸漸長養成一切智樹是名菩薩能生善芽種子以若干種諸佛法果利益衆生菩薩摩訶薩亦復如是以清淨法增長流潤是名菩薩能生善芽種子云何名菩薩欣樂敬信如水自濕亦能濕彼菩薩亦復如是自身恭敬信樂亦能令他恭敬信樂是名菩薩恭敬信樂云何名菩薩浸爛一切煩惱根芽譬如大水能浸草木根芽令使爛壞菩薩摩訶薩亦復如是修禪定水浸煩惱根芽令悉爛壞乃至結使習氣垢穢悉皆無餘是名菩薩浸爛壞一切煩惱根芽云何名菩薩如水清淨不濁水之體性常恒不濁菩薩摩訶薩亦復如是體性不濁云何菩薩體性不濁結使貪欲瞋恚愚癡悉斷無餘善護諸根清淨如水是名菩薩如水清淨不濁云何名菩薩除滅一切熾熱之患譬如夏月以水洗浴身則清涼菩薩亦復如是能以法水除煩惱熱是名菩薩除滅一切熾熱之患云何名菩薩能除貪欲愛心之渴譬諸泉水能除人渴菩薩摩訶薩亦復如是能以法水悉除衆生五欲之渴是名菩薩能除貪欲愛心之渴云何名菩薩深廣難度禪定智水一切衆魔及諸外道無能度者是名菩薩深廣難度云何名

菩薩如水澆溉高下皆滿菩薩亦復如是於善惡衆生以法水普潤令不苦惱是名菩薩如水澆溉高下皆滿云何名菩薩能除一切諸結塵垢菩薩以禪定水淹灑六塵諸根清淨色聲不染是名菩薩能除一切諸結塵垢善男子具此十事是名菩薩譬如大水善男子菩薩復有十法譬如大火何等爲十能燒一切結使之薪能成熟一切諸物能乾煩惱淤泥如炬火聚如火照明能令驚怖能令安慰若有利養與衆共之爲人供養人不敢輕云何名菩薩能燒一切結使之薪如火能燒草木及諸叢林菩薩亦爾以智慧火能燒煩惱結使叢林是名菩薩能燒一切結使之薪云何名菩薩如火能成熟一切諸物菩薩亦復如是以智慧火悉能成熟一切佛法堅固不壞是名菩薩成熟一切諸物云何名菩薩能乾煩惱淤泥如火能乾濕物菩薩亦爾能以智火乾有漏淤泥是名菩薩能乾煩惱淤泥云何名菩薩如炬火聚若人爲寒所逼得火則除菩薩亦復如是見諸衆生爲於煩惱寒苦所逼菩薩以智慧火能令悉暖是名菩薩如炬火聚云何名菩薩如火照明譬如有人在雪山頂燒大炬火周帀百里及二百里皆悉照明菩薩摩訶薩亦復如是於無明山頂然智慧火聚於百千世界皆得照明是名菩薩如火照明云何名菩薩能令驚怖譬如麞鹿虎豹見火驚恐悉皆遠走若天若魔及魔眷屬見菩薩智火威德皆悉遠走是名菩薩能令驚怖云何名菩薩能令安慰譬如有人在曠野黒闇中迷失方所遥見火聚便往

趣之或值聚落放牧人處得到彼已恐怖悉除心得安慰菩薩摩訶薩亦復如是衆生於生死曠野黒闇之中迷失方所遥見菩薩火聚而往趣之到已煩惱怖畏悉得消除是名菩薩能令安慰云何名菩薩利養與衆共有譬如大火能令王若王等旃陀羅男女等悉得火温菩薩摩訶薩亦復如是與一切衆生王若王等若旃陀羅男女等以智慧火消煩惱氷悉令得温是名菩薩利養與衆共有云何名菩薩爲人供養譬如大火刹利婆羅門城邑聚落悉皆供養菩薩摩訶薩亦復如是爲天人阿脩羅及魔眷屬悉皆恭敬供養如世尊像是名菩薩爲人供養云何名菩薩人不敢輕譬如有人得一少火以能燒故心不敢輕菩薩摩訶薩亦復如是初發一念之善未有大力天人阿脩羅及魔眷屬無能敢輕者何以故如是不久當坐道場成阿耨多羅三藐三菩提是名菩薩人不敢輕善男子具此十事是名菩薩譬如大火善男子菩薩復有十法猶如虚空何等爲十廣大無礙寂滅無相無邊空智無邊空慈廣大如法界知一切法相如虚空一切法不住出過一切形相出過一切思議量數善男子具此十事是名菩薩猶如虚空善男子菩薩復有十法心如虚空何等爲十若心所喜樂亦不著心不喜樂亦不瞋於色聲香味觸亦不著不瞋乃至於一切法亦不著不瞋於利衰毀譽稱譏苦樂於此四法亦不著不瞋善男子具此十事是名菩薩心如虚空善男子菩薩復有十法猶如滿月何等爲十能與一切衆生作清涼

樂見者愛樂能使善法日日漸增能令惡法日日損減如月盛滿體相勝妙體性清淨得無上乘常自莊嚴得法喜樂乘第一乘有大神通威德自在云何名菩薩能與一切衆生作清涼樂如月天子初出之時悉與衆生清涼快樂而衆樂觀心無疲猒菩薩之月亦復如是除其煩惱鬱烝之熱皆令衆生得清涼樂歡喜愛樂是名菩薩能與一切衆生作清涼樂云何名菩薩見者愛樂如月初出衆生喜見利喜快樂菩薩之月亦復如是初出之時衆生喜見無不悦樂諸根寂定如水澄清威儀具足是名菩薩見者愛樂云何名菩薩能使善法日日增長如月初出日日圓滿菩薩之月亦復如是從初發心漸漸增長乃至菩薩坐道樹下功德滿足是名菩薩能使善法日日增長云何名菩薩能令惡法日日損減譬如黑月圓滿光明以漸損減至月盡時光明悉滅隱蔽不現菩薩一切衆惡次第漸滅乃至菩提悉皆除盡是名菩薩能令惡法日日損減云何名菩薩如月盛滿如從月初至盛滿時衆所瞻仰刹利婆羅門城邑聚落一切男女無不稱讚菩薩之月亦復如是常為天人一切衆生皆悉稱讚是名菩薩如月盛滿云何名菩薩體相清淨如月天子身相清淨是本業果報菩薩摩訶薩亦復如是無垢清淨從化而生不由父母精氣而生從法而生是名菩薩體相清淨云何名菩薩得無上乘如月天子乘於淨乘照四天下菩薩摩訶薩亦復如是乘於大乘能使無量百千萬億世界衆生悉皆照明是名菩薩得無上乘

云何名菩薩常自莊嚴如月天子華鬘顯現菩薩摩訶薩亦復如是常以功德瓔珞而自莊嚴是名菩薩常自莊嚴云何名菩薩得法喜樂如月天子遊戲五欲心常樂著菩薩亦復如是遊戲諸法心常喜樂不染五欲是名菩薩得法喜樂云何名菩薩有大神通威德自在如月天子有大威德菩薩亦復如是具諸功德自在智慧神通變化隨意無礙是名菩薩有大神通善男子具此十事是名菩薩如月天子善男子菩薩復有十法爲名如日何等爲十能除無明黑闇能令信心開敷能令十方周帀皆暖能令善法生長能令有漏滅沒能作照明能使邪道異見蔽障不現能令高下丘坑悉顯能令善業皆悉得起能令智者喜樂愚者增惡云何名菩薩能除無明黑闇譬如日出衆闇皆息菩薩日出能除衆生無明之闇譬如日出時衆華開敷菩薩日出應受化者亦皆開敷如日出時周帀十方能令使暖菩薩日出功德智慧令十方暖不擾衆生如日將出見其明相知有日出菩薩亦復如是以智光明照諸世間衆生則知菩薩日出如日入時諸方昏瞑衆物不現菩薩以智慧光入諸三昧煩惱昏冥一切結漏悉滅不現如日出時光照閻浮提滅一切闇菩薩智光亦能普照如日出時翳諸小明螢火之光悉不復現而日無心翳諸小明法相自爾菩薩日出則翳諸異見群邪外道如日出時於閻浮提高下好惡悉皆顯現菩薩日出時正道邪道亦各差別邪謂八邪正謂八正如日出時田夫耕農諸作悉起菩薩日出信

心衆生普皆修善如日出時善人樂見姦盜衆生悉惡不喜菩薩日出賢智樂見群邪外道一切不喜善男子具此十事是名菩薩如日善男子菩薩復有十法譬如師子何等爲十無所畏不畏大衆去終不還能師子吼具足辯才樂處林野在於山窟摧伏大衆具勇猛力善能守護善男子云何無所畏譬如師子往還出入無所忌難何以故不見與已等故菩薩摩訶薩亦復如是周旋往返無所畏難何以故不見與已等故譬如師子不畏大衆菩薩摩訶薩亦復如是諸有大衆欲來講論不生畏難心亦不高不下譬如師子心無怯弱臨陣戰鬬而心不退直進不還菩薩亦爾如師子吼飛落走伏鮫魚黿鼉水性之屬潛隱水底人畜皆驚菩薩亦爾作無我師子吼能令一切外道野干著我見者十方驚走菩薩不欲令彼生其驚怖但欲除彼我見心故亦爲化餘信心衆生如師子王勇猛無畏遍觀四方心無怯弱菩薩摩訶薩亦復如是其行純淨常諦觀察三昧智慧譬如師子樂處林野菩薩摩訶薩亦復如是常樂閑獨離於憒閙又如師子樂處山窟菩薩亦爾樂處禪定三昧山窟譬如師子無所結縛菩薩摩訶薩亦復如是悉已遠離結使重擔而行無染著譬如師子無有伴黨能摧諸軍衆菩薩摩訶薩亦復如是獨坐道場摧伏魔衆善男子猶如師子近聚落住能令麞鹿不害苗稼菩薩亦爾隨住方面能令衆魔一切外道不壞正法善男子具此十事是名菩薩譬如師子善男子菩薩復有十法名爲善調何等爲

十菩提心堅牢修治菩提守護諸根趣向正道善持重擔爲衆生故不辭勞苦正命自活能除諂曲虛妄之説幻惑悉除心常正直善男子具此十事是名菩薩善調善男子菩薩復有十法名爲善乘何等爲十雖行禪定恒修空相雖盡煩惱障而常修道善順佛教而無所違等觀諸法善解法界心常自卑如旃陀羅善除憍慢貢高吾我見法決定無有疑悔善察諸法得決定相善於正道不隨他教善向菩提爲世福田善男子具此十事是名菩薩善乘善男子菩薩復有十法譬如蓮華何等爲十其體清淨不著於水不染少惡戒香具足修清淨行和顏悅色柔輭不鞕見者皆吉心意調熟生已有想云何不著如蓮華生水淤泥不染菩薩雖生世間而不爲世法

所著何以故得方便智慧故猶如蓮華水不能染菩薩亦爾不爲少惡之所染著如蓮華生處香氣滿中菩薩亦爾隨所住處戒香悉滿譬如蓮華隨所生處體性清淨刹利婆羅門城邑聚落之所稱讚菩薩摩訶薩亦復如是戒行清潔天人阿脩羅夜叉乾闥婆迦樓羅緊那羅摩睺羅伽人非人等之所稱讚常爲諸佛之所護念如蓮華開敷衆皆愛樂菩薩摩訶薩亦復如是和顏悅色諸根清淨譬如蓮華柔輭不鞕菩薩如是體性柔輭言無麤獷譬如蓮華常是吉相乃至夢中亦名爲吉有義有吉菩薩摩訶薩亦復如是一切是吉究竟必得證一切智以是義故名一切吉譬如蓮華未開敷時不名具足華既開敷則名清淨一切具足菩薩摩訶薩亦復如是慧

覺開敷是名爲佛如蓮華開敷能令眼見快樂香氣充滿身觸柔輭心得喜悅則意受樂菩薩摩訶薩亦復如是智慧成就慧光明相能令見時眼得清淨聞時耳得清淨戒香遠聞鼻得清淨觸身供養身得清淨思惟功德意得清淨蓮華生時生已有想佛及菩薩四天王等若見菩薩出時亦皆守護生已有想善男子具此十事是名菩薩譬如蓮華

佛說寶雲經卷第三

音釋

㦬悷 㦬力董切悷力計切㦬悷多惡不調也　瘖瘂 瘖於金切瘂烏下切　迫迮 迫博陌切窘也迮則革切逼也　拯 支庱切助也　蠅蜹 蠅余陵切蜹儒稅切　蚤虱 蚤子皎切虱所櫛切　溉 古代切灌也　麞 諸良切獸名　鬱烝 鬱于物切烝煑仍切鬱烝熱氣也　鮫 古交切海魚也　鞕 魚孟切堅

也

麤獷 麤倉胡切獷古猛切

佛說寶雲經卷第四

梁扶南三藏曼陀羅仙共僧伽婆羅譯

善男子菩薩復有十法名勝大心何等爲十滿足諸波羅蜜故名勝大心滿足一切佛法故名勝大心化一切衆生故名勝大心成佛道樹得阿耨多羅三藐三菩提故名勝大心初成正覺轉於法輪若沙門婆羅門若人若天魔梵所不能轉及餘世間亦不能轉而我當轉故名勝大心菩薩爲欲利益衆生不但於此世界乃至於無量無邊世界悉以正法攝取衆生故名勝大心菩薩以智慧船爲欲度此生死大海流轉衆生故名勝大心衆生無救無依無舍無主我當親友爲作歸依舍宅故名勝大心欲亦如來威德自在我當爲作佛師子吼我當遊戲佛之神通欲現龍象威儀視不迴顧欲使天人一切衆生無與等者若魔與梵沙門婆羅門及阿脩羅無與等者故名勝大心佛大威德所化度者我欲度之非凡小行非麤弊行非是難行非下劣行故名勝大心善男子具此十事是名菩薩最勝大心善男子菩薩復有十法名清淨心何等爲十體性具足體性不動體性質直無虛僞相除諸惡行不發聲聞心不發辟支佛心不自爲己結使垢障而修功德少恩尚憶況復大恩而不念報施恩於人而不自恃言行相應終不謬失不隱己過不譏他短菩薩終不外現輭語而心懷恨亦不顰蹙瞋色卒暴令惱衆生自無諍心亦不令他而起於諍不作兩舌破壞鬬亂於人身常恭敬所言眞實言行相稱作業皆善於如來法不說過惡云

何不說過惡菩薩發菩提心剃除鬚髮被著法服如來法中而得出家不畏王故出家不畏王臣故出家不作盜賊故出家不負債故出家不怖畏故出家不爲邪命故出家信心故出家得出家已恒求善法親近善友隨順善友於善知識所聽受善法聞法修行心不憍慢終不顛倒妄取於法爲除顛倒令入正道入正道已便得正見得正見已去阿耨多羅三藐三菩提不遠善男子具此十事是名菩薩清淨心善男子菩薩復有十法名深信不疑何等爲十信如來身密信如來口密信如來意密信諸菩薩所行信菩薩法信於諸佛隨所起作皆令滿足信諸佛出生信諸佛一乘信諸佛深遠音聲信諸佛隨應衆生說法云何信如來身密信如來法身信如來寂

滅信如來無等無量身信如來堅固身信如來不壞身信如來金剛身從如實生信知不虚誑亦不生疑惑是名信如來身密又復思惟聞如來口密現前受記密受記未發心受記初發心受記信諸佛常以四依說法信諸佛智無失信諸佛口無失信諸佛如上所說言不虚妄何以故諸佛已盡一切過故離一切垢故除一切塵無一切熱盡諸結業自在無礙心常寂滅不濁不穢澄潔清淨若使如來有身口過則無是處如實不虚不妄決了此處不生疑惑是名信如來口密菩薩又作是念聞如來意密心有所作皆隨智慧聲聞緣覺一切菩薩則不能了唯除如來欲使知者何以故如來智海甚深難度不思議故超過一切心意表故無量無邊與虚空界等出

過一切外道占相卜筮呪術所知心常如實無有虛妄復聞菩薩為衆生故所作事業不生疲猒不生驚畏志力堅實荷負重擔能生大欲滿足諸波羅蜜一切佛法以漸而滿其心無礙無與等者堅固精進堅固莊嚴堅固智慧堅固誓願不動誓願無等誓願何以故稱菩提相故以漸增廣乃至滿足如實知之無有虛妄心無疑惑云何能修信不疑作是念從初發心乃至坐於道場得無障無礙遍知一切法明了無翳得天眼天耳他心宿命如意足智漏盡智於一刹那頃悉知三世以如是智觀衆生界見衆生身業不善口業不善意業不善誹謗賢聖起大邪見亦知作邪見因緣身壞命終墮大地獄觀如是衆生身業修善口業修善意業修善不謗賢聖正見成就以是因緣身壞命終生於天上如是觀諸衆生善惡差別而作是念我本修菩薩道時發大誓願若我自成菩提亦使他成我誓願滿足言行眞實無有虛妄而於此處亦無疑惑我聞如來唯有一乘此事眞實而不顛倒無有虛妄何以故譬如閻浮提多諸小渚是諸小渚皆依閻浮提住亦同名閻浮提如來一乘亦復如是一切諸乘皆出大乘是故一乘名如來大乘亦於此中不生疑惑如實而知是以菩薩信如來乘亦曾聞如來種種說法種種修多羅無不眞實何以故如來隨所化衆生隨問何法稱彼而答然於此處如實能知信受不疑曾聞諸佛深遠妙聲此事眞實心無所惑何以故諸天以少修福尚得深妙柔輭之聲況復如來具足無量百千萬

億功德深信此處不生疑惑是名菩薩信於如來深遠之聲又信如來能以一音演説諸法隨其類根悉除疑惑而諸衆生皆謂世尊獨爲已説佛以一音演説諸法衆生隨類亦各信解非作想亦非不作想如實而知無有虚妄能於此處不生疑惑善男子具此十事是名菩薩深信不疑也善男子菩薩復有十法譬如大海何等爲十是大寶藏深遠難度廣大無量次第漸深不與煩惱同處而宿寂滅一相衆流競注皆悉容受潮不失時能爲他人作歸依處而無竭盡云何菩薩是大寶藏亦如大海一切衆寶皆出其中閻浮提人悉來競取不能令滅菩薩亦爾猶如寶藏無邊衆生悉以信心修菩薩行功德寶藏亦復不減是名菩薩如大寶藏譬如大海深廣難度菩薩亦復如是智慧法海一切衆魔及諸外道無能度者是名菩薩深廣難度譬如大海廣大無邊菩薩亦爾功德智慧廣大無邊是名菩薩猶如大海深廣無邊譬如大海次第漸深菩薩摩訶薩成一切智以漸轉深是名菩薩猶如大海以漸轉深譬如大海不宿死屍何以故海法爾故菩薩法海一切結漏煩惱死屍及惡知識亦不同宿何以故菩薩法爾故譬如大海衆流注中皆同一味菩薩摩訶薩亦復如是白淨善業無量一切功德到種智海亦同一味等無差别譬如大海能容百千衆流然其大海不增不減菩薩亦爾聽受一切佛法亦爲衆生分别解説而無增減是名菩薩猶如大海不增不減云何譬如大海潮不過限菩薩亦復如是於所應成熟

衆生亦潮不過限猶如大海一切大身衆生依止窟宅菩薩摩訶薩亦復如是爲一切大心衆生作依止窟宅是名菩薩猶如大海依止窟宅譬如大海無有窮盡菩薩摩訶薩亦復如是爲一切衆生如應説法亦無窮盡善男子具此十事是名菩薩譬如大海善男子菩薩復有十法名微細智何等爲十善知出要善知出要法善知出一切法等同一相善知一切法如幻化善知一切法相善知甚深十二因緣善知諸業不可思議善知一切法義善知如實義善知如實智善男子云何名菩薩善知出要菩薩能以智慧觀察一切衆生貪瞋熾然愚癡闇冥思惟如是衆生云何出要觀察等同一相知一切法如幻相如實知一切法能度甚深因緣能知業不可思議

知一切諸法無相而知種種諸業能知緣起及諸業相以如是微細智故於諸佛所説法悉了其義以解義故所見眞實以見眞實故便能度脱衆生生死善男子具此十事是名菩薩微細智善男子菩薩復有十法得隨應辯何等爲十佛如是説一切諸法無我無衆生無壽命無人無作者無知者無見者一切諸法悉如是相一切法空一切法虚妄欺誑無主一切法妄相無實皆從因緣起善男子具此十事是名菩薩隨應辯善男子菩薩復有十法名爲辭辯何等爲十言論無滯語無竭盡言辭柔潤悦澤無窮不懼大衆辭不卑小辭無畏恐辭無與等者言不爲他所惡言雖無量而不離四依義善男子具此十事是名菩薩辭辯善男子菩薩復有十法名爲淨

辯何等爲十辭不謇吃辭無恐畏辭不卑劣辭不麤高義不卑小辭無闕短其聲清徹聲無闕短言則應時無有漏失辯不麤獷云何名菩薩得不謇吃辯以無大衆威德畏故言不謇吃云何名菩薩得不恐怖辯以體性正直故無所忌云何名菩薩得不卑劣辯以何因緣故菩薩處於大衆猶如師子無所忌難云何名菩薩辭不麤高以何因故除結使故善男子有煩惱故辭有麤高云何名菩薩義不卑小以何因故善得法故已解深法其義明了云何名菩薩辭無闕短以何因故善解諸論故若解論尠少則言辯有闕云何名菩薩聲無闕短何以故菩薩悉解一切諸音聲故云何名菩薩知時而語若應前語不著於後若應後語亦不著前何以故菩薩善知時故云何名菩薩辯不麤獷非所喜者則不爲說何以故一切口過由諸結習以斷惡故所言柔輭菩薩摩訶薩無不了辯何以故菩薩諸根已悉利故善男子諸根闇鈍故有不了辯利則不爾善男子具此十事是名菩薩淨辯善男子菩薩復有十法名樂說辯何等爲十愛語不獷麤語義語法語等語不自高語不輕他語不染語不惱觸語種種言辯善男子菩薩愛語能令衆生心生欣樂菩薩不獷麤語和顔悅色咸使安慰菩薩義辯能以美語令衆悅樂菩薩法辯教授利益菩薩等辯常以等心爲衆生說法能令衆生一切悉皆喜悅菩薩不以自高說法除去憍慢自是心故菩薩同事說法悅衆生故菩薩不輕他說法心能專一故菩薩不染語堅持淨戒悅衆

生故菩薩不惱觸語以忍辱力悅衆生故菩薩種種言辯能以樂說悅衆生故善男子具此十事是名菩薩樂說辯才善男子菩薩復有十法名善說法能令衆生信受何等爲十堪任法器者而爲說法稱其根性而爲說法不爲譏訶者說法不爲外道異見者說法不爲憍慢無誠心者說法不爲無信心者說法不爲諂僞虛誑者說法不爲求活命者說法不爲求利養慳貪嫉妬者說法不爲顛狂愚癡聾瘂者說法善男子菩薩以何因緣不作法慳已所得法悉與衆生令他信解不爲師匠祕而不說菩薩終不於衆生起不慈愍心亦不外於衆生但不任法器者則入捨心除蓋障菩薩白佛言世尊而此衆生若不爲說者當爲誰說佛言有信心者我當爲說善根成就堪任法器者當爲說之於過去佛種諸善根心不諂曲無虛僞者亦非幻惑詐現威儀者不求名聞爲利養者常爲善知識之所守護者有智聞之能隨信解者諸根利者聞法能行勤精進者能隨順佛教者若有如是善男子等諸佛菩薩而爲說法善男子具此十事是名菩薩能善說法令衆生信受之善男子菩薩復有十法名爲說法法師何等爲十修習佛法而能說法亦不見法而能修習亦不見法能斷結使而爲說法亦不見所斷結使亦不見法猒惡離欲寂滅作如是說法亦不得猒惡亦不得離欲亦不得寂滅相得須陀洹果說法不見有須陀洹相得斯陀含果說法不見有斯陀含相得阿那含果說法不見有阿那含相得阿羅漢果說法不見有

阿羅漢相得辟支佛果說法不見有辟支佛相斷除著我說法亦不見我不見著見業果報說法亦不見業果報相何以故菩薩觀諸假名不必依法名中無法法中無名但以世俗假設名字流布世間世諦故而有假名於第一義諦觀之則無悉是虛妄誑惑凡夫善男子具此十事是名菩薩說法法師善男子菩薩復有十法名爲堅法何等爲十菩薩摩訶薩雖觀色眞實而不壞色相觀受想行識眞實亦不壞受想行識相菩薩雖觀欲界眞實而不壞欲界相雖觀色界眞實而不壞色界相雖觀無色界眞實而不壞無色界相雖觀諸法眞實而不壞諸法相雖觀諸法眞實而不壞於假名衆生雖觀諸法虛寂而不畢竟墮於斷見雖觀諸法眞實而不壞於正道菩薩以巧方便智慧善知有無而不取相善男子具此十事是名菩薩堅法善男子菩薩復有十法善知法界何等爲十有慧依善知識能勤精進遠離陰蓋清淨恭敬多習空觀除著諸見趣向於道所見眞實善男子菩薩有慧習近善知識見善知識愛敬喜悅於善知識生世尊想依善知識住因善知識故得勤精進因善知識故能除一切惡法雖滿足一切善法而勤精進不倦除滅陰蓋以無蓋障故而勤修道得身口意業清淨除諸習惡得清淨故能恭敬供養得恭敬供養故而得空觀修空觀故除諸假名除諸假名故能向正道能向正道故能見眞實除蓋障菩薩白佛言世尊云何名爲見眞實佛即答言所見不虛名爲眞實除蓋障菩薩白佛言世尊云

何名眞實佛復答言不虛妄法名爲眞實除蓋障菩薩白佛言世尊云何名爲不虛妄佛即答言如實非不如實名不虛妄除蓋障菩薩白佛言世尊云何名爲如實佛即答言此法唯可心知難以口說非是文字所能宣釋除蓋障菩薩白佛言世尊云何法相離於文字佛答言言語道斷出過一切心所行處離諸戲論無造無作亦無彼此非籌量計校之所能及亦非相貌過於一切凡愚所見出過魔界出過一切結使處所出過一切心意識表不住寂滅賢聖處所而諸賢聖之所證知善男子具此十事名爲究竟如實是一切智所說不思議境界不二境界除蓋障菩薩白佛言世尊是如實相云何證云何見佛告善男子出世間智乃能證見自得此法除蓋障菩薩復白佛言世尊此法體性究竟清淨非染汙法是澄淨法微妙最勝法常住不動非敗壞法有佛無佛法性常爾菩薩摩訶薩精勤修行難行苦行百千萬億難行苦行爲得此法安立衆生除蓋障菩薩復白佛言世尊如如名以聞慧聞以思慧思身得證不佛言善男子不爾何以故以智慧觀如實法而身得證除蓋障菩薩白佛言世尊不從聞慧聞思慧思身得證耶佛言善男子不也不以聞思慧故身能證得善男子汝今諦聽我當說喻善男子譬如春末盛熱大曠野中有人從東來欲向西有人從西來欲東過從西來者爲熱所逼語彼人言我今爲熱所逼極甚渴乏示我道路何處當有清涼池水可止渴乏東方來人善知途徑善知道相即答彼云道

中有好清涼美水無諸鹹苦我以於彼洗浴飲飽得來至此善男子汝欲趣彼其路衆多去此不遠便有二道一者是左道二者是右道汝今當從右道而往棄其左道去此不久當見叢林鬱茂清涼此叢林中多妙池泉衆流美味可以洗浴飲除渴乏佛言善男子彼渴乏者聞水思惟時渴已止渴不除蓋障菩薩白佛言不也世尊雖聞清涼而身未證知佛言善男子此亦如是不以聞思慧等便能證知實相之法大曠野者譬如生死渴乏之人是具縛凡夫煩惱熱逼便生愛渴善知道者譬如菩薩善知一切智道能飲水者譬如善得法味洗浴清涼譬如身證澄清淨潔無諸鹹苦譬如實法善男子汝今善聽我更説喻假使如來於閻浮提若壽一劫説須陀味香氣勝妙甘美清淨食時受樂悉皆讚歎其味無比若使有人雖見其色而未食者已得味不除蓋障菩薩白佛言不也世尊佛言善男子我今爲汝復更説喻譬如有人曾食美果於未得者前讚歎此果色香味具彼人聞説是果時已知彼果色香味不除蓋障菩薩白佛言不也世尊佛言善男子凡夫愚人亦復如是不以聞思中慧便能證知眞實法相除蓋障菩薩白佛言世尊今爲我故快説此喻若得聞者不久亦當獲得法利何以故若聞此法必證阿鞞跋致當得阿耨多羅三藐三菩提佛即答言如汝所説聞此法者必證阿鞞跋致當得阿耨多羅三藐三菩提善男子具此十事是名菩薩善知法界

佛説寶雲經卷第四

音釋

卜筮 筮時制切揲蓍以占也 謇吃 謇居偃切吃居乙切謇吃言難也 尠少 息淺切少也

佛說寶雲經卷第五

梁扶南三藏曼陀羅仙共僧伽婆羅譯

善男子菩薩摩訶薩復有十法名善住空處何等爲十善知力空善知無畏空善知不共法空善知戒聚空善知定聚空善知慧聚空善知解脫聚空善知解脫知見聚空善知空空善知實諦空雖知於空而不取空相不作空見不依止空不以此空因緣相貌墮於斷見善男子具此十事是名菩薩善住空處善男子菩薩摩訶薩復有十法名住無相何等爲十除外想除內想除戲論想除一切計有想除一切境界想除一切舉動想除一切趣向處所想除一切造作想除一切識想除一切識所緣想除蓋障菩薩白佛言世尊若諸菩薩已能如是住於無相者佛住無相當復云何佛即答言如來境界不可思議何以故非智思量故若欲思者心則狂亂一切衆生盡共度量不能知於如來此彼岸事何以故如來境界深遠不可思議猶如虛空出過一切諸數量表取著見者心常顛倒故非筭數之所思議除蓋障菩薩白佛言世尊欲有疑問唯願聽許善男子隨汝意問吾今當爲分別解說一切諸佛亦悉聽許除蓋障菩薩白佛言世尊若著我所非智人法世尊是大法主云何當得而自稱譽佛言善哉善哉善男子諦聽諦聽當爲說之除蓋障菩薩白佛言唯然世尊諸佛如來不以憍慢而自稱譽不爲利養不爲名聞不爲使他知不虛妄自稱不諂曲欺僞何以故但爲利益一切衆生令得安樂修行法故何以故欲令衆生於如來

所深生信敬心甚歡喜堪爲法器者使長夜安隱獲得善利常受快樂乃至得阿耨多羅三藐三菩提除蓋障菩薩白佛言世尊衆生豈不知如來是天中尊自在法王佛言善男子不知何以故下劣衆生業行卑漏少智少信常爲不善諸惡所持不知如來有大威德爲如此等是以如來自稱實德令彼衆生信受修行善男子譬如醫師善知醫法醫所住處多諸病苦更無餘醫能療治者是諸人等不知此醫有大威德是時良醫觀諸病者不識方藥亦復不知所不應食爾時良醫起大慈悲我當療治除其病苦爾時良醫於衆人前自歎已德而作是言我善知是病及知病因善知藥病隨應而授爾時衆生於良醫所心生信敬以信心故便即依憑爾時良醫以若干種藥隨授而與諸人服已病悉除愈善男子爾時彼醫是自稱譽不除蓋障菩薩白佛言不也世尊佛言善男子如來世尊如大醫王能治衆生煩惱之病亦知煩惱所因起處以大法藥而普與之衆生愚癡爲煩惱所覆不知如來是大醫王如來處處於衆生前常自歎說爾時衆生便生信敬歸依如來聖主世尊猶如醫王以大法藥能滅衆生煩惱之病云何名爲是大法藥貪欲者以不淨治瞋恚者以慈心治愚癡者以因緣法治如是等無量法藥悉能退治諸煩惱病善男子如來見有如是無量利故而自讚歎善男子具此十事是名菩薩住於無相善男子菩薩摩訶薩復有十法名爲無願何等爲十雖行布施不依布施而有願求雖持禁戒亦不依禁

戒而有願求忍辱精進禪定智慧亦復如是雖依三界而不願求三界相雖求菩提而不取菩提相雖行正道而不取正道相雖求涅槃而不取涅槃相何以故菩薩離一切願求相故雖行一切佛法而心常無所願求善男子具此十事是名菩薩無願善男子菩薩摩訶薩復有十法名修慈無量何等爲十不作方所慈不隨所親慈常行法慈依定修慈不爲離瞋修慈恒爲利益一切衆生而起於慈常爲衆生修等之慈不爲離惱害修慈遍於十方普皆修慈出世間修慈善男子具此十事是名菩薩修慈無量善男子菩薩摩訶薩復有十法名悲無量何等爲十見衆生無依無救無怙爲苦所惱菩薩爾時即發菩提心得如法修行獲得法已利益衆生於貪衆生

教令布施破戒衆生教修持戒惱害衆生教修忍辱懈怠衆生教修精進亂心衆生教修禪定愚癡衆生教修智慧若見剛强諸惡衆生不受教者而菩薩心亦不退沒雖爲衆生久受諸苦志必濟彼無有疲猒善男子具此十事是名菩薩修悲無量善男子菩薩摩訶薩復有十法名喜無量何等爲十見諸衆生於生死熾然得離三有虛僞之生而生歡喜斷絶生死震動來往結業之索生歡喜心見生死海中魔竭惡覺水羅刹難令得遠離生死大海如是衆難生歡喜心傾倒魔幢生歡喜心以智金剛摧結使山令無塵末生歡喜心我今自得止息亦令他得止息生歡喜心我今自於生死長眠境界心得覺悟而諸衆生爲愛所縛無明所盲亦當令彼悉得覺悟

生歡喜心我今自得解脫離諸惡趣險難之
處亦當度脫諸墮惡趣險難之者生歡喜心
於生死曠野六趣險路獨行無侶周迴往返
不善知道不識方所我今得知正道識於方
所生歡喜心我今得近一切智城隣於佛坐
生歡喜心善男子具此十事是名菩薩喜心
無量善男子菩薩摩訶薩復有十法名捨無
量何等爲十眼見好色亦無染著入於捨心
耳聞聲鼻齅香舌嘗味身觸細滑意知諸法
如是六塵不取其相亦不惱逼常行捨心苦
苦行苦壞苦於此三受心無增減而不惱逼
常行捨心所作已辦盡諸有結常行捨心菩
薩爾時作是思惟我欲度之彼已自度常行
捨心善男子具此十事是名菩薩捨心無量
善男子菩薩摩訶薩復有十法名遊戲神通
何等爲十現捨天壽現受世生現爲童子種
種戲笑現作出家現作苦行現向菩提樹現
降魔勞怨現樂寂靜現轉法輪現入涅槃除
蓋障菩薩白佛言世尊以何因緣現兜率陀
捨壽乃至現入涅槃佛答言兜率陀天染著
五欲多生常想見菩薩於一切衆生中最勝
不染五欲而身終没能破衆生常想之病得
無常想心不放逸兜率陀天多諸放逸不生
恭敬信樂之心染著愛欲不受正法長夜嬉
戲自恣娛樂是以菩薩爲欲除彼放逸心故
示現捨壽爾時衆生見菩薩捨壽皆除放逸
生猒離心除放逸故便發阿耨多羅三藐三
菩提心菩薩現出母胎多有異相亦令衆生
信受其化雖處母胎爲衆說法皆得阿毗跋
致疾向阿耨多羅三藐三菩提若有衆生見

菩薩嬰孩時善根得熟菩薩爲此衆生得成熟善根故現處嬰孩若有衆生見菩薩出家善根增長菩薩便爲是等捨家出家若有衆生志著麤弊菩薩現作苦行而成熟之天龍夜叉乾闥婆應見苦行成熟者即爲現之而使成熟亦爲調伏諸外道等無量衆生長夜發願菩薩疾趣菩提樹我當隨逐爾時菩薩即便現趣菩提樹下是時衆生得阿毗跋致乃至發阿耨多羅三藐三菩提心又爲衆生憍慢貢高自恃勢力菩薩爲欲破彼憍慢心故現坐道場摧伏魔怨令使信伏菩薩爲樂寂靜衆生增長善根故現坐道場菩薩坐道場時能使三千大千世界一切衆聲悉皆不現三千大千世界即便寂靜令樂寂靜者生希有想皆發阿耨多羅三藐三菩提心能令衆生悉得寂靜又有衆生自謂大師作一切智想不知出要道不識出世法亦不知現生後報爲欲摧伏如此衆生故見堪任法器成熟衆生爲是等故現成無上三菩提道詣波羅柰三轉四諦法輪又有衆生應現涅槃而成熟者爲欲成熟彼衆生故現入涅槃菩薩以如是緣如是義故現坐道場乃至現入涅槃善男子具此十事是名菩薩遊戲神通善男子菩薩摩訶薩復有十法名離八難何等爲十離惡業不善如來所制禁戒終不毀犯除於貪嫉於過去佛所種諸善根恒修福業智慧具足善知方便善知發願多猒惡心能勤精進菩薩不造惡業而入地獄雖處地獄終不受於地獄苦報所不喜者亦不能惱雖墮地獄而不久處亦復不生惱害之心菩薩

志性調柔恒修十善以十善故不墮地獄菩薩不毀佛戒墮畜生中雖現畜生而不受於畜生之苦菩薩不起貪嫉墮餓鬼中雖現餓鬼而不受於餓鬼之苦菩薩終不生邪見家雖生邪見處必遇善知識何以故已於過去修諸善故亦於過去佛久植善根故常生正見家具善因緣具善因緣故功德增廣菩薩終不諸根毀缺若根減少不任法器菩薩積德久遠修福不倦於諸形像塔寺及法僧中處處修福心常不懈以常修故諸根具足無有闕少堪爲法器菩薩終不生邊地愚騃聾瘂諸惡之處譬如白羊愚癡無智而不能識善惡義趣不任法器亦復不識沙門婆羅門菩薩生於中國聰慧利根有大知見又心信樂親近有智而於善惡善知分別堪爲法器深信沙門婆羅門何以故菩薩本修智慧力故菩薩不生長壽天若生長壽天不覩佛出世遠離道果不能成熟衆生是故菩薩生於欲界佛出世時必當遭遇能化衆生以何因緣善方便故菩薩終不生於無佛世界亦不生於不聞法處乃至不生無衆僧可供養處菩薩生處必遇三寶何以故本誓願力故菩薩生處必有猒惡心不憍慢而自貢高若聞八難諸惡之處必生猒離心不喜樂勤修精進具諸善法除滅惡法善男子具此十法是名菩薩離於八難善男子菩薩摩訶薩復有十法名不忘失菩提之心何等爲十心無諂僞亦無幻惑心常結實澄淨清白於佛法僧終不生疑受持佛法者亦不生疑不生師想而恪於法除却法慳終不作滅佛法因緣言

行相應終不虚妄受持大乘若見受持者常能恭敬於摩訶衍以漸深入於説法者生於佛想生善知識想善男子具此十事是名菩薩常不忘失菩提之心善男子菩薩復有十法能識宿命何等爲十曾多恭敬供養諸佛受持諸佛法能淨持戒除諸疑悔除諸蓋障多歡喜心樂於禪定常受化生得不忘識供養佛者恒於正法常生恭敬受持正法者亦常恭敬以是因緣能受持法讀誦書寫廣爲人説不惜身命專爲正法淨修戒行身口意業悉皆清淨以戒清淨故心無疑悔淨持戒故無有蓋障無有蓋障故心得歡喜心得歡喜故得修禪定得修禪定故生處清淨生處清淨故便得化生得化生故得不忘識得不忘識故便得宿命得宿命故能知一身二身乃至知百千身善男子具此十事是名菩薩得宿命智善男子菩薩復有十法得不離善知識何等爲十得不離值佛若聞佛若憶佛得不離常聞法得不離常供養僧得不離諸佛菩薩禮拜問訊恭敬合掌供養等得不離多聞人值説法人得不離聞諸波羅蜜得不離聞諸道品覺意之法得不離聞三解脱門得不離聞四梵堂得不離聞一切種智善男子具此十事是名菩薩得不離善知識善男子菩薩復有十法得遠離惡知識何等爲十遠離破戒惡知識遠離破正見者遠離壞威儀者遠離邪命者遠離樂世俗言説多憒閙者遠離多懈怠者遠離樂著生死者遠離背菩提者遠離在家之衆遠離一切結使菩薩雖樂遠離如是等事終不生惱害亦不生輕

毀之心菩薩作如是念我曾聞佛說衆生性欲相染以習近故多有所壞是故我應一切遠離善男子具此十事是名菩薩遠離惡知識善男子菩薩復有十法得如來法身何等爲十等身清淨身無盡身久習善身法身非筭數籌量甚深之身不思議身寂滅身虚空身智身善男子具此十事是名菩薩得如來法身除蓋障菩薩白佛言世尊菩薩何時當得如來法身佛答言善男子初地菩薩得等身何以故初地菩薩除一切惡身與諸菩薩同是名等身二地菩薩得清淨身以持戒清淨故三地菩薩得無盡身以除瞋惱害故四地菩薩得久積一切善身以修習一切佛法故五地菩薩得於法身以禪定力知一切佛法故六地菩薩非世間筭數籌量所不能知身以深遠故七地菩薩得不思議身以善方便故八地菩薩得寂滅身善除調戲盡一切煩惱故九地菩薩得虚空身得無礙身遍虚空故十地菩薩得妙智身何以故遍知一切菩薩諸地法故除蓋障菩薩白佛言世尊菩薩法身如來法身無差別耶佛言身無差別但功德有異除蓋障菩薩白佛言世尊云何身無差別功德有異佛言身名無異何以故身一相故而功德相各有差別云何身中別見功德相佛言善男子我今爲汝說喻以釋此義譬如摩尼珠皆同名摩尼此珠名雖是一若瑩磨治飾光則明顯心意悅樂譬如來身不瑩治者猶如菩薩身如來身摩尼寶菩薩身摩尼寶如寶無異然如來摩尼寶菩薩摩尼寶然其光明色相各異何以故如來身

摩尼寶無量滿足衆生界滿虛空界清淨離一切塵垢菩薩身摩尼寶有限不能滿虛空界何以故有垢障故善男子譬如月初至十五日名盛滿月後十五日亦名爲月乃至月盡皆名爲月月雖名同而明不如十五日月盛然月法爾而如來身菩薩之身俱名爲身如月名同如實亦同然光明照曜菩薩如來而各不同菩薩之身光明照曜不及如來其光熾盛譬如月末時月月初之月不可相比善男子以是故如來身菩薩身二身雖同功德有別善男子菩薩復有十法名金剛不壞身何等爲十貪欲瞋恚愚癡不能壞惱害憍慢著我自恃見顛倒不能壞世八法不能壞惡道不能壞一切苦不能壞生老病死憂悲苦惱不能壞一切外道異見不能壞一切魔天及魔眷屬不能壞一切聲聞辟支佛不能壞一切欲界不能壞善男子具此十事是名菩薩金剛不壞身善男子菩薩復有十法名大商主何等爲十能使商人隨順言教能使商人供養恭敬能作引導不畏諸難能使衆人作依憑處能令人依常得活命豐饒資粮多諸珍寶心不止足常爲前導得至一切種智大城善男子云何名菩薩能使商人隨順言教譬如商主善導衆商若有所説皆悉隨從菩薩亦爾善化衆生能令一切悉皆隨順譬如商主爲諸商人恭敬供養菩薩商主亦復如是學無學人天龍鬼神乾闥婆阿脩羅迦樓羅人非人等亦皆悉來恭敬供養譬如商主善於曠野賊難之處能令衆伴安隱得過菩薩商主亦復如是於生死曠野煩惱賊

處能將諸人安隱得過譬如商主能將諸人出於曠野令濟身命菩薩亦復如是令諸外道鉢羅婆殖尼乾陀等於生死曠野將導使出濟其軀命或有王者大臣官屬及餘衆生樂生死者亦依菩薩大商主故悉得全濟如大商主善備資粮所須珍寶能將人衆過於險道過險道已便得安隱乃到大城菩薩商主亦復如是欲至佛所多共衆伴經歷生死險遠曠野到彼岸城當修功德以自莊嚴禪定解脫悉令具足菩薩商主欲至一切種智大城具一切佛法功德珍寶譬如商主集諸珍寶無有止足菩薩亦爾集法財實無有猒足譬如商主善導衆商聰慧最上財產巨富所有言說衆悉奉用菩薩商主亦復如是爲衆導首功德無量於法自在所言無二善能將導超過險路至彼大城菩薩商主亦復如是將諸衆生超生死險能到涅槃種智大城善男子具此十事是名菩薩名大商主善男子菩薩復有十法名善知道何等爲十知於平道知險惡處知安隱道知不安隱處知諸歧道知諸道處知止住處所知於道相知道曲直知道出要善男子具此十事是名菩薩善知於道善男子菩薩復有十法知道不顛倒何等爲十應示大乘道得度者即示大乘道不示聲聞道應示聲聞道得度者即示聲聞道不示大乘道應示一切種智道得度者即示一切種智道不示聲聞道應示緣覺道得度者即示緣覺道不示一切種智道著我見衆生不爲說空無我不著我見者不爲說苦空無常無我著二邊者不爲說中道著中

道者不爲説二邊失心狂亂者不爲説奢摩他毗婆奢那著邪道者爲説正道令離結使棘刺之屬善男子具此十事是名菩薩不顛倒道善男子菩薩復有十法名爲常在禪定何等爲十觀身身念處觀受受念處觀心心念處觀法法念處阿練若處攝心而行觀於五欲攝心而行於村里營舍城邑聚落國土方所攝心而行於名聞利養攝心而行於如來所制禁戒攝心而行於諸煩惱起瞋恚處及心諂曲攝心而行云何觀身念處攝心而行以正智慧選擇諸惡除去不善從足至頂乃至腦膜觀察諸分無我我所念念不住是敗壞法筋脉所纒臭穢可惡純集惡色如是觀察橫生身想我所之想以是因縁以是相貌諦觀身相心得自在云何觀受念處菩薩作是念觀察一切諸受悉皆是苦凡夫愚人倒生樂想愚癡無智無識苦樂賢聖之人悉觀是苦勤修方便斷除是苦亦教餘衆生如是觀受不憎不愛斷於諸受云何觀心意止觀心無常而作常想若作樂想無我我想不淨淨想心甚猨猴如風動揺念念不住速疾變異是結使根本惡道之原常生諂曲爲煩惱主亦是貪欲瞋恚愚癡因縁是一切法宗主工匠心爲前導心從縁起悉知諸法心如畫師畫一切像而心不知心集諸業善惡所由心如循環如旋火輪心如火種然三有薪心能生物猶如大水觀察之者當知心相是大患本不令是心而得自在若能於心得自在者於一切法亦得自在云何觀法念處不善之法如實而知貪欲瞋恚愚癡及所依起

一切惡法能修對治貪瞋癡等斷除不善觀諸善法心樂隨順繫心專念順行諸善亦教他人同已所觀云何觀於五欲攝心修行於五欲中不生喜樂亦不憎惡於色聲香味觸亦不生愛亦不憎惡於此無體相法生憎愛心便同愚癡凡夫嬰孩不善之者又世尊說若於法生愛樂亦生染著若生染著便成愚癡若生愚癡便是不識善惡以是因緣墮於惡道是故於此空法不應憎惡若憎惡者名不堪忍若不堪忍則增長恚心爲阿耆梨之所訶責亦爲同梵行者之所譏嫌如是觀察五欲修行正念心不染著亦不憎惡亦教他人作如是觀云何名阿練若處攝心離亂如法修行名阿練若處名爲無諍住處亦名寂滅住處此阿練若處有諸天龍鬼神他心智者善見我心是故我今不應起不善思覺斷除不善覺勤修善覺當令善覺常得增廣云何菩薩於里巷村營城邑聚落國土方所是中行住坐卧於不善處於出家所不應行處悉皆遠離何處不應行處酤酒家婬女家王家碁博之處醉客之處歌舞妓樂之處如是種種非是出家所應到處悉皆不往如是村邑聚落之處攝心而行云何於名聞利養攝心而行於得利養處欲使檀越增長福業不爲貪著所得財利不作巳想與一切苦惱衆生悉皆共之以是施因緣得名稱讃歎雖得名稱讃歎而不自舉不生憍慢亦不放逸如是名稱讃歎不久自滅誰有智者於無常迅速不住之法不可保信云何於中生於愛憎何有智者生巳有想生憍逸心是名菩薩於

名聞利養攝心而行云何菩薩於如來所制禁戒常念修行過去諸佛履行禁戒而得成佛乃至涅槃未來諸佛亦履行禁戒而得成佛乃至涅槃現在諸佛履行禁戒而得成佛乃乃至槃作是觀察能持禁戒終不毀犯是名善修是名善持云何菩薩於煩惱諸塵垢蓋障能善修習攝心而行菩薩善知煩惱結使塵垢蓋障善知其因善知所因起處從是因出菩薩於結使蓋障常念攝心如是修行善男子具此十事是名菩薩常在禪定善男子菩薩復有十法名爲糞掃衣何等爲十以能受持終不毀壞心常卑下而不疲猒不以此事而得解脫不見其過見功德利不自高已不多聚積善持禁戒諸天親近云何受持能不毀壞菩薩有信敬心體性具足於如來所深生信敬寧捨身命不捨所受所受不動以所受堅固心能卑下以卑下故不生我慢以意卑下故便於惡賤糞掃之物取已淨洗洗已縫染心不疲猒不疲猒故常取糞掃衣亦不以小行而懷自足方進求上法必獲前利亦不見此糞掃衣過我常著糞掃衣乃至令老不以此衣而爲麤弊亦不作念此衣麤弊多有蚤虱若常作者今身垢汗當念思惟著糞掃衣有諸功德賢聖所服遠離欲者之所修行是名聖種諸佛所讚如來所譽以是因緣故不自稱譽不應自高亦不下他是名戒具足戒具足故諸天親近諸佛讚歎菩薩守護善能觀察人非人等刹利婆羅門聚落邑主恭敬禮拜同梵行者之所讚歎善男子具此十事是名菩薩糞掃衣除蓋障菩薩白

佛言世尊菩薩大志何縁樂此下劣麤弊佛答言善男子菩薩爲護衆生德力所能非諸凡愚下劣所堪爲未生煩惱作障礙故佛語除蓋障菩薩善男子汝謂如來爲是大志是名小乎除蓋障菩薩白佛言世尊我無此辯當何能答何以故無有能知如來量者現見如來知一切法受糞掃衣者能制結使不見如來有所遮制此四天下天人龍鬼皆有卑下之志如來雖現卑下但爲成熟彼衆生故於諸衆生前讚歎頭陀汝今當知如是因縁除蓋障菩薩白佛言世尊爲成熟衆生及新學者菩薩遮斷結使故説此事善男子威德力菩薩爲化衆生現受糞掃衣非志卑陋以是義故菩薩受糞掃衣善男子菩薩復有十法名受取三衣何等爲十少欲知足不多貪求不多積聚無積聚故離諸過患無失壞故離諸憂惱離憂惱故離衆苦聚集離衆苦聚集故無有愛欲無愛欲故能盡諸漏少欲菩薩趣得爲足知足之人少得而足以少欲故無所多求離所求故無多積聚離積聚故無惱失苦無惱失苦故無有憂愁無有憂愁故無有苦惱無有苦惱故無有受用無有受用故便得漏盡善男子具此十事是名菩薩受持三衣

佛説寶雲經卷第五

音釋

齅（許救切以鼻擸氣也）騃（五駭切癡也）諂僞（諂丑琰切佞言也僞危睡切詐也）殖（常職切）歧（巨支切路旁出曰歧）猨猴（猨雨元切猴戸鉤切）酤（古胡切買也）碁（渠羈切弈子也）

佛說寶雲經卷第六

梁扶南三藏曼陀羅仙共僧伽婆羅譯

善男子復有十法名菩薩具旃衣何等爲十不隨染欲名爲旃衣不隨瞋故名爲旃衣不隨癡故名爲旃衣不隨惱害故名爲旃衣不隨貪嫉故名爲旃衣不隨憍慢吾我故名爲旃衣不爲人知故名爲旃衣不爲名聞利養故名爲旃衣不使魔得自在故名爲旃衣心不高下故名爲旃衣善男子具此十事是名菩薩旃衣善男子菩薩復有十法名爲乞食何等爲十爲益衆生令得福故是以乞食次第乞食好惡隨時不生悔恨少欲知足乞食得已與人共同於食好惡不生增減不生貪著於食知量趣向於善修習善根離諸取著云何乞食爲益衆生菩薩乞食見諸衆生善根尠少受乞食法爲利益衆生故若城邑聚落到中乞食繫念不捨威儀具足若顧視時終不輕躁舉動安詳諸根寂定諦視目前不過一尋於佛法僧深生信敬然後乞食次第乞食心無選擇刹利婆羅門富貴之家一向次第食足便止除惡狗新生犢毋先破禁戒墮畜生中若男若女童男童女諸能擾惱者皆悉不往可譏嫌處亦皆不往次第乞食不得生著不得生瞋於諸衆生不起憎愛於好於惡其心正等少欲知足隨得多少還至僧坊安置衣鉢至洗足處若到佛像塔事衆僧所恭敬供養乞食之食分作四分一分與同梵行者第二分與窮下乞匃之者第三分與諸鬼神第四分自供身食我今食者但念修道不應於食而起染著亦不憍逸貪嗜無猒

作如是食爲存此身濟其軀命是故於食趣得安身不使羸乏亦不令肥何以故若身羸瘦妨廢行道若食厚重復多睡眠爲行道故於食知節不多不少勤修精進除去懈怠爲滿菩提覺支滿菩提覺支故我見得滅我見滅故能以身肉施於衆生善男子具此十事是名菩薩乞食法善男子菩薩復有十法名爲一處坐何等爲十於菩提樹一坐道場降伏魔冤皆悉驚怖此處不動得出世定此處不動得世間慧此處不動得出世間智此處不動得空三昧此處不動得覺一切法此處不動得八正道此處不動得於眞實此處不動得於如實此處不動得一切種智座善男子一坐者即是法座菩薩不動揺故名爲一坐善男子具此十事是名菩薩一坐法善男子菩薩復有十法名一受食何等爲十不貪食不染著食以言食足一切不受酥油黒石蜜阿摩勒汁甘蔗汁及諸果汁時非時都不飲食見他飲食而不生惱常一受食菩薩設有患苦若爲命難善法之難當爾之時不生疑悔作藥想服善男子具此十事是名菩薩一受食法善男子菩薩復有十法名爲阿練若處何等爲十久習梵行善解毗尼諸根具足具足多聞廣博多智除去我見譬如麞鹿不肥不瘦心常猒惡樂處閑靜阿練若處云何久修梵行善男子菩薩摩訶薩於佛法中出家學道三業清淨淨持禁戒善知諸法善知威儀行止之處來去坐卧盡依法律於如來法中上中下座教戒威儀能教禪法如此之法已自體解不從他受知義知出要知坐

知出罪避諸毀犯精勤修戒少有所犯識訶懺悔隨所犯處及以不犯悉能了知若犯重事乃至中下悉能分別受報輕重近遠諸根具足依阿練若處所依之處不爲他惱常樂乞食往返不近不遠近清淨水不汙不濁多諸林樹無恐怖處華果具足遠離惡獸多諸龕窟往返不離寂靜第一菩薩如此處晝誦三遍夜亦三遍聲不高下善守諸根心不散亂深信歡喜能憶偈句善取因相除去睡眠王若王等若諸王子婆羅門刹利及餘人民往至菩薩阿練若處比丘唱言善來大王可坐此處彼若坐時菩薩共坐彼若不坐菩薩不坐彼王根若不定應當讚歎大王善得大利王之國界多諸持戒沙門婆羅門住王界中不爲惡人盜賊之所惱害王若利根柔和善順堪爲法器當爲種種說法若不樂種種說法當爲說五欲無常令知猒惡若不樂猒惡當復爲說諸佛有大慈悲威德自在之所行處刹利婆羅門邑主長者及以國人隨宜爲法如是多聞堪法器者即便爲說種種之法聞已信受心生悅樂皆令歡喜多聞廣博故無煩惱起善修對治能除我見故不生怖畏智辯具足故無大衆畏勇猛無難具如是事能得阿練若處安止而住繫心猒惡樂獨靜處猶如野鹿常在山林阿練若比丘不如野鹿恒懷驚怖譬如野鹿見人避走以畏死故菩薩摩訶薩亦復如是於憒鬧處一切男女悉皆遠離何以故令我心亂遠離定故不得猒惡修於功德復樂寂靜我今不應染近憒亂令失定心住阿練若處善男子具此十

事是名菩薩阿練若處善男子菩薩復有十法名樹下止處何等爲十不近聚落依止樹木而住不近於饒棘刺處依止而住不近摩樓陀蘭草之處依止而住不依枯葉處住不依猨猴處住不依鳥巢窟處住不依惡獸處住不依盜賊危難處住菩薩所依止處無諸恐怖令心悅樂善男子具此十事是名菩薩樹下止處善男子菩薩復有十法名爲露地坐何等爲十春秋冬夏不依墻壁住亦不依樹下住不依莎草積住不依山崦處住不依河岸住不作障寒具不作障風具不作遮雨具不作遮熱具不作障露具菩薩在於露地而身有病形體羸弱應至僧坊便作是念如來爲遮諸結使故說於頭陀我今雖在僧坊當斷除結使我今雖在僧坊中不生貪著心我不爲已身但爲僧坊檀越成諸功德故常作露地想具此十事是名菩薩露地而坐善男子菩薩復有十法名塚間坐何等爲十隨所住處多猒惡心常修死想噉殘想血塗想青瘀想胮脹想燒煎想解散想骨想塚間坐者常修慈心生利益想憐愍衆生淨持禁戒威儀不闕終不食肉何以故不遠塚間有諸非人及惡鬼神以食肉故心皆猒賤無喜見者常作惱害塚間比丘往至僧坊先禮佛塔却禮上座與諸下座談論語說立住而去不坐僧祇氈褥何以故爲護惜僧物故如凡夫愚人鄙賤塚間設若有人施於牀敷請命使坐問言爲是汝已有爲是僧有觀前人意不生悔心然後始坐心生下劣如旃陀羅子善男子見此十事是名菩薩塚間坐法善男子

菩薩復有十法名常坐不卧何等爲十不爲苦身故常坐不爲苦心故常坐不爲止睡故常坐不爲疲極故常坐爲滿足菩提故常坐欲使心專一故常坐欲使向正道故常坐欲坐道場爲得菩提故常坐欲利益衆生故常坐爲斷一切結使故常坐善男子具此十事是名菩薩常坐不卧善男子菩薩復有十法名爲隨敷坐何等爲十不貪著敷故隨敷而坐不自安敷亦不使他敷不作形相使他敷敷若草若枯樹枝葉隨在上坐若有蝗子蚊蚋蠅蚤毒蠍之處即時捨去不住於中若欲卧時右脇而卧足足相壘善斂衣服不令解服若睡眠時常繫心明相作必起意不著睡眠以爲喜樂右脇卧時若有疲極終不更轉左脇而卧爲調和四大常不離善男子具此十事是名爲菩薩隨敷而坐法善男子菩薩復有十法名成就禪何等爲十多修不淨觀多修慈心多修十二因緣多修離過患法多修於空多修無相多修習禪多修不悔恨持戒完具善男子云何多修不淨觀菩薩獨處閑靜默然攝意猒惡現前正身端坐支節完具深心喜悦結跏趺坐作是思惟如人飲食美味好漿及餘麤澀是諸美味及不美味皆依此身變成不淨膿血臭穢悉皆可惡一切衆生貪嗜美味心恒樂著我今當願依佛正法如實之相觀察此身不可染著亦不猒離速求涅槃是名菩薩多觀不淨云何菩薩多修慈心如上染處端身獨坐寂靜思惟衆生多有瞋恚便生惱害作諸不善若有衆生與我等者云何來世自生怨恨如是衆生我當

方便斷其瞋恚作如是念深心思惟不但口說云何菩薩多修十二因緣衆生多起貪欲瞋恚有如是等皆因緣生假使餘法一切皆從因緣而起云何智者見如是相一刹那頃從因緣法皆悉是空不應爲此而自毁害云何菩薩多修離過患法若自生過尋能除斷見他過患深入捨心云何尋自除患患者於諸佛不生信敬心於法僧所亦不生信敬心於戒不生信敬心於和尚阿闍黎時類宿舊有智者邊上中下座亦不生信敬心自高己身卑下他人於五欲所心樂趣向背捨涅槃我見衆生見壽者見人者見計有虛空起於斷見深著有想起於常見於賢聖所背捨遠離親近凡愚遠離持戒者親近破戒者近惡知識遠離善知識誹謗經法常生不信聞諸深義心生驚畏懈怠懶惰於修法所輕而不爲意志下劣無有言辯應不疑處返生疑惑於可疑處而不生疑爲五蓋所覆幻惑諂僞睡眠所覆貪著利養世間名稱愛樂種性恃於居業愛著徒衆遠離正法樂俗談話捨離禪思見善不欣聞惡貪樂而心不肯親近出家但念親近年少婦女童男童女不喜阿練若處食不知量不親近有智師友善人不知誦習經行時節亦不知所應行來往返之處於微細戒而作輕心輕於小惡視瞻不端舉動輕躁恒作非法言語麤獷於好惡色心皆貪著好喜瞋恚不修慈心於苦衆生不生憐愍見病苦者亦不猒惡聞死不驚常處熾然不求出要不觀察身不守禁戒不觀已身可作不可作可覺不覺可思不思非道爲道道

爲非道未得謂得若少營福便多封著而心錯亂於大功德終不修行謗毀摩訶衍誹謗聲聞誹謗樂大乘者誹謗樂小乘者亦生誹謗譏訶於戒爲戒鬬諍爲人剛强言常麤惡而自貢高無懷慚色不知羞猒躁惡麤弊言辭不遜好喜綺語常行惡口多諸妄語調戲無度有如是等過爲離此過患法離一切調戲修習空定多修空故處處觀察體性悉空能觀空智此亦是空作是觀已繫心無相觀内外法不得身相亦不得繫念相爾時不見繫心於身亦不得身相亦不得外相亦不得念外相去除外相身相亦除除斷内相心樂善法修道增廣次第不斷常念定慧修功德本正觀諸法如實深義是名爲慧善攝亂意歡喜無悔是名爲定何以故淨持戒故菩薩能淨持戒必成就禪戒具足禪道是故持戒具足名爲修禪善男子具此十事是名菩薩修禪法善男子菩薩復有十法名持修多羅何等爲十爲守護法聞則能持不爲財物飲食故持爲紹三寶種佛法不斷不爲利養故持爲使摩訶衍廣流布故持不爲恭敬利養故持無救衆生爲作救護故持不爲名稱讚歎故持爲苦惱衆生使得樂故持爲令衆生得慧眼故持爲求聲聞者令得聲聞道故持爲修摩訶衍成就摩訶衍故持爲成一切種智故持不爲求下乘故持善男子具此十事是名爲菩薩持修多羅善男子菩薩復有十法名爲律師何等爲十善解毗尼所起因緣善解毗尼甚深之處善解毗尼微細之事善解毗尼此事得彼事不得善解毗尼性重戒

善解毗尼制重戒善解毗尼制起因緣善解聲聞毗尼善解辟支佛毗尼善解菩薩毗尼善男子具此十事是名爲菩薩善持律師善男子菩薩復有十法名善知威儀善知可行不可行處善知行法善知威儀擧止何等爲十善學聲聞戒善學辟支佛戒以善學故威儀具足威儀具足故不可行處終不往彼不應往方亦不往彼非時不行沙門所行處行不可行處不行是故威儀具足沙門婆羅門所譏訶處亦終不往以是故沙門婆羅門無譏訶者亦能教他修行如是威儀禁戒以是義故威儀具足寂滅威儀無諂誑威儀善男子具此十事是名菩薩威儀進止所行具足善男子菩薩復有十法名除嫉妬何等爲十自行布施亦教他人行布施讚歎布施法見他布施心生隨喜爲説法要讚歎彼人令使歡喜終不生念但施於我莫施於彼願一切衆生皆得施利所須具足皆得快樂得世間利樂得出世利樂我今勤爲衆生修無上道爲欲利益故云何當起嫉妬之心善男子具此十事是名菩薩能除嫉妬善男子菩薩復有十法能爲衆生起平等心何等爲十爲一切衆生作修福因緣令一切衆生心無嫌恨不使一切衆生起於瞋忿爲一切衆生故布施持戒忍辱精進禪定智慧爲一切衆生故發一切種智心爲一切衆生故自滿一切種智心皆不生二想所作功德與一切衆生悉皆共之緣一切衆生以爲境界如是思惟時能速成就菩薩之法速成就菩薩法故能觀生死如火熾然自乘此法能出生死亦使衆

生得濟苦海皆起等心不生增減善男子譬如長者唯有六子其心愛著於諸子中悉皆平等爲設方便然諸子等幼小無智不能行來不識善惡其家火起是諸小兒各在異處善男子而此長者寧可作心此子應出彼不應出此子先出彼應後出除蓋障菩薩白佛言不也世尊何以故是長者等心於子無差別故善男子菩薩亦復如是於諸衆生心皆如子愚小無智於生死摩竭熾然世界是諸子等各處小道菩薩隨應成熟皆悉拔濟咸令得出置寂滅處善男子具此十事是名菩薩於一切衆生起平等心善男子菩薩復有十法名善供養佛何等爲十以法供養於佛以救拔濟衆生供養於佛以教化衆生令立諸善供養於佛常與一切衆生利供養於佛不捨願行供養於佛不捨菩薩所行供養於佛言行相應供養於佛心無疲猒供養於佛不捨菩提供養於佛不以財施供養於佛何以故善男子如來法身不待財施供養唯以法施供養爲上以具足供養利益衆生令得安樂常獲善利善男子若不能利益衆生放捨善法所作疲猒好喜妄語志意下劣心生疲倦離菩提心有如是等不能爲諸衆生而作利益何以故菩薩要依衆生修諸功德乃至成阿耨多羅三藐三菩提若無衆生終不能成阿耨多羅三藐三菩提無上正覺爲具佛道以法供養爲最第一不以財施爲真供養善男子具此十事是名菩薩能善供養佛善男子菩薩復有十法名摧伏憍慢何等爲十菩薩或時出家作是思惟父母眷屬已捨

出家猶如被棄壞爛死屍云何於中當起憍慢我今剃除鬚髮毀形尚道節身知足著壞色衣改先所好修出家法捨俗威儀云何當起憍慢之心剃頭持鉢而行乞食作乞匃想不應憍慢當自卑下如旃陀羅子我今乞匃由他濟命云何憍慢而自毀傷是故思惟摧伏憍慢我今受乞食法為他所賤人與食時如似捨棄如是思惟云何憍慢我今於一切衆生恒如和尚阿闍黎想應加謙敬摧伏憍慢我與諸同學同梵行者善護威儀常念順行不應到於非律儀處當使諸同梵行者見我歡喜如此思惟時摧伏憍慢我未曾得修行佛法今得修行於瞋恚惱害衆生中當念忍辱如是思惟時摧伏憍慢善男子具此十事是名菩薩摧伏憍慢善男子菩薩復有十法名為信敬何等為十善根深厚宿殖德本得於正見不隨他信不歸依他志性恒正不為虛妄其心質直無有諂曲利根智慧功德具足除諸陰蓋其心清淨常依善知識遠離惡知識摧伏諸憍慢聞深妙法能善諦受終不顛倒妄解如來甚深法藏威德自在善男子具此十事是名菩薩能多信敬

爾時除蓋障菩薩白佛言世尊我今於如來大威德所願說少法令我得聞善男子汝今善聽當為說之如來要法威德少分善哉世尊願為演說佛言如來大慈等與一切衆生樂若於一切衆生起慈心時乃至十方衆生亦復如是遍一切衆生界亦滿虛空界無能遍知如來甚深境界邊際如來有大悲心不與聲聞辟支佛共如來於一衆生起於悲心

乃至一切衆生亦復如是爲作利益如來大悲無有邊際非諸二乘所能究竟善男子如來說法不可窮盡能於一時普爲十方衆生說法若一劫百千萬億劫無量阿僧祇劫作如是說一切衆生無有能知如來說法邊際本末假使無量衆生一時問難而如來於一念中各隨其類一音能答然如來辯才無有窮盡如來有無量阿僧祇禪定三昧之所行處善男子假使一切衆生皆得十住各各皆入無量三昧於百千劫中各入異定如是經無量劫猶不能盡知如來三昧境界如來又作無量阿僧祇應身令一切衆生應受化者悉見如來皆現其前於一念頃一一色相皆生信解各有差別如來又復一時皆現其前隨其所應而爲說法令諸衆生悉皆受行善男子如來天眼所見境界無量無邊非肉眼所見是天眼境界如來於一念中悉皆見之如觀掌中阿摩勒果如來天耳所聞境界無量無邊如上天眼一切衆生異類音聲隨其大小於一念頃悉分別知如來復有無量無邊無礙智慧無與等者不可爲譬一切衆生若心念所知隨其根性種種差別如來於一刹那頃悉分別知隨彼衆生各各所念各各所作隨造善惡所得業報如來能以三達無礙智慧於刹那頃悉分別知善男子如來常在禪定何以故如來終無妄念如來諸根無有錯謬如來斷一切結使其心寂靜若雜結使其心散亂離清淨法如來已離一切業習塵垢永盡無漏無爲於法自在一切三昧三摩提無量境界已度彼岸如來常在三昧常

一威儀乃至涅槃如來於無量百千億劫修習所得無有衆生能思惟分別知其量者除蓋障菩薩白佛言世尊如來不從阿僧祇劫積集功德耶佛言不爾何以故善男子菩薩不能思議如來境界如來境界不可思量但爲淺近衆生說三阿僧祇修習所得菩薩而實發心以來不可計數除蓋障菩薩白佛言世尊若衆生久修善根植諸業行除去蓋障多有信解近於阿耨多羅三藐三菩提得聞如來無量威德聞是法已歡喜信樂況復受持讀誦書寫供養爲人廣說如是之人不久亦當得大威德堪任法器佛言如汝所說如是如是如此衆生爲佛所護久種善根親近諸佛聞佛有大威德善男子善女人而於其中不生疑惑善男子善女人心不錯亂不錯亂故思惟如來有大威德深心殷重信樂之心七日七夜著鮮淨衣恭敬供養專念如來大功德寶心不移易必得見佛若不滿七日乃至一日一夜命終之時亦得見佛除蓋障菩薩白佛言世尊頗有衆生於如來所說不信受者佛即荅言善男子有或有衆生聞佛所說不肯信受深生惱害於說法者生惡知識想以是因緣身懷命終墮於地獄善男子若聞如來有大威德生世尊想生大師想如此之人已於前世得聞如來無量功德以是因緣今復續聞即自思惟我等先身必曾從佛聞如此法爾時如來即出廣長舌相自覆其面其舌廣長踰於髮際乃至覆頭覆頭已復覆其身覆身已覆師子座又覆菩薩聲聞緣覺護世四天王梵天帝釋遍覆一切無量

大衆佛還攝舌相告諸大衆善男子等如是舌相無虛妄耶善男子若信是事長夜安隱得諸利樂說是語時八萬四千衆生得無生法忍無量衆生遠塵離垢得法眼淨無量衆生未發菩提心者皆發阿耨多羅三藐三菩提心佛復告除蓋障菩薩善男子菩薩復有十法名滿世間善何等爲十雖說於色而於實諦不見有相亦不著色相受想行識亦復如是雖說於地而於實諦不見有相亦不著地相水火風空識亦復如是雖說於眼而於實諦不見有相亦不著眼相雖說耳鼻舌身意法而於實諦不見有相亦不著意法等相雖說有我而於實諦不見有相亦不著我相衆生壽者命者丈夫人而於實諦不見有相亦不取著但世諦假施設有第一義諦則不可得亦不取著世諦假施設有第一義諦無有體相亦不取著世流布中而有佛法差别若於實諦亦無佛法善惡之相但世諦中而有菩提第一義諦則無菩提亦無取著善男子假施設法名爲世諦終不說世諦爲第一義諦善男子菩薩摩訶薩善於世諦不名爲善於第一義諦善男子具此十事是名菩薩滿世間善善男子菩薩復有十法名爲善說第一義諦何等爲十成就無生法忍成就滅法成就不壞法非造作法是究竟法非處所法無言語法無調戲法是寂滅法是賢聖法何以故善男子第一義諦不生不滅非壞非所作亦非無作非文字亦非調戲所得善男子第一義諦非言語道法相寂滅賢聖之所證覺善男子第一義諦非壞敗相諸佛出世

及不出世法相常爾以是因緣故菩薩剃除鬚髮信家非家出家學道正信出家身服袈裟著壞色衣精勤修道如救頭然捨諸虛妄志求實法善男子若無實法則虛出家諸佛如來亦虛出世以是因緣有眞實法善男子具此十事是名菩薩善解第一義諦善男子菩薩復有十法名爲善知十二因緣何等爲十善知體相空善知剎那法善知不堅法善知如影如水中月如呼聲響善知法如幻善知法如電善知法如焰如因緣生法此悉是空一剎那頃不堅法如是乃至因緣生法此法生亦見生住亦見住異亦見異壞亦見壞菩薩如是思惟以何因緣生以何因緣滅菩薩復更思惟因無明故能生諸法無明力故諸法得出一切諸法無明爲導一切諸法依止無明依無明故能生於行依行故生識識因緣生名色名色因緣生六入六入因緣生觸觸因緣生受受因緣故凡愚衆生於受少分便起染愛愛因緣生取取因緣生有有因緣生生生因緣有老死丈夫人老死死因緣憂悲苦惱衆苦聚集以是因緣生大苦陰以深智慧慇懃方便當斷無明拔無明根滅於無明無明相應法一切盡滅譬如命根盡時諸根都盡無明盡時依無明法一切悉盡無明滅故諸煩惱滅煩惱滅故生死因皆滅生死滅故近於涅槃善男子具此十事是名菩薩善知十二因緣善男子菩薩復有十法名善知我何等爲十菩薩作如是觀察我生誰家爲是婆羅門家爲是剎利家爲是長者家爲是下賤家菩薩雖生上族家而無憍慢想

若生下賤處而作是念我本曾作不善諸業以惡業故今生下賤家以是因緣多修猒惡多修猒惡故欲得出家既出家已作是思惟我爲何事而求出家夫出家法爲自度脫亦度於彼以是因緣不應懈怠而自懶惰作是思惟我今出家當斷不善若有小惡速疾除斷於諸善法深起愛樂歡喜無猒所未斷惡方便令斷如是復更觀察我等出家云何增廣善法善法增已當倍愛樂深心歡喜善法未增當令增廣我今依怙師僧增廣善法以是因緣於和尚所若持戒者破戒若多聞者少聞若聰明者無智悉皆恭敬生世尊想於諸世尊恭敬供養信樂歡喜於和尚所亦復如是於阿闍黎復生恭敬我依阿闍黎故善法增廣菩提法分未滿足者當令使滿諸結未斷者當令使斷於阿闍黎復生和尚想供養如前愛樂歡喜增長右法損減左法如是左法不令增長復更觀察誰是我世尊一切種智是我世尊能一切覺能一切說救濟世間憐愍衆生具大悲心是大福田是我世尊天人之師以是因緣以是相貌應生信敬愛樂歡喜又復思惟我得大利遇佛世尊如來制戒我今寧捨身命終不毀犯如來制戒是名善受佛教我今當應從誰受供如我今者當從刹利婆羅門聚落城邑受彼供施令彼果報尊貴富樂我亦不應虚受人供如是刹利婆羅門聚落城邑皆作何想我今思惟有何功德而施飲食刹利婆羅門聚落城邑當念我是沙門作福田想我今應當具滿沙門所行之道比丘功德沙門功德福田淨業宜

稱其名我今處生死中當自拔出我今已得出家善利我今初得無上大利我得出家即是無上大利我今能稱出家之法亦是無上大利我今當勤精進遠離懈怠亦疾速出生死災患善男子菩薩出家常應執念如是思惟善男子具此十事是名菩薩善知於我善男子菩薩復有十法名善知世法何等爲十於自高人起卑賤想於憍慢人起恭敬想於諂曲人起質直想於妄語人起眞實想於憎惡人起愛樂想於剛强人起柔輭想於不忍人起忍辱想於瞋忿人起慈心想於苦惱人起悲心想於多貪人起施與想善男子具此十事是名菩薩善知世法善男子菩薩復有十法名能生淨佛國土何等爲十持戒清淨無闕戒無嫌戒於一切衆生心常平等同其事業具諸功德遠離名聞讚歎利養不染八法深信不疑勤修精進無有懈怠攝心禪定無諸錯亂善修多聞遠離無智利根聰慧滅除癡闇於瞋惱衆生恒修慈心除蓋障菩薩白佛言世尊若十事不具能生淨土不佛即答言善男子若能於一事具足無闕當知十事悉皆清淨以是義故名具足事得生淨土善男子具此十事是名菩薩能生淨佛國土善男子菩薩復有十法名胎不染汙何等爲十作諸形像如來塔寺若有毁壞嚴飾修治復以諸香泥塗於佛塔如來形像常以香水洗浴於如來塔塗掃清淨又於父母所躬自供養於和尚阿闍黎同梵行者心常恭敬供養不爲財利以此善根迴與一切衆生願令皆得胎不染汙心常殷重如是思惟善男子

具此十事是名菩薩胎不染汙善男子菩薩復有十法名捨家出家何等爲十無所受用於可染處終不親近背於五欲除諸愛渴於如來所制禁戒終不毀犯少欲知足衣服飲食牀敷卧具趣得支命終不貪積於五欲所常生畏怖恒念猒離修習善法善男子具此十事是名菩薩捨家出家

佛說寶雲經卷第六

音釋

旃諸延切 躁則到切急也 乞匄居太切 羸力追切瘦也 龕口含切 藺良刃切莞草也 積子智切聚也 崦衣儉切 噉徒感切 氈褥氈諸延切毛席也褥而蜀切裀也 螘魚豈切 壘力軌切猶疊也 斂良冉切收也 澀所立切不滑也

佛説寶雲經卷第七

梁扶南三藏曼陀羅仙共僧伽婆羅譯

善男子菩薩復有十法名爲正命何等爲十心不諂曲不外現相貌而求利養不作抑揚顯已異衆不外蔽五欲而心求利養不取非法財不取不清淨財不著利養不染利養而常知足於如法利恒生知足云何菩薩心不諂曲不以利養令身口意諂曲云何身諂曲菩薩不爲見檀越故現諸威儀云何作威儀見檀越時低視而行如猫伺鼠是名身諂曲云何口諂曲菩薩不爲利養作柔輭語作愛語作庠序語隨他所愛語隨他意語如是等語皆悉不作云何意諂曲口説知足而心貪著佛言内燒内熱口言知足心常貪著若不如是名不諂曲云何名不外現相貌菩薩不以見檀越時作諸相貌我衣服短少我鉢減少湯藥卧具減少菩薩不以見檀越故作如是説云何名不作抑揚顯已異衆菩薩口終不言彼有檀越與我此物爲憐愍故受我今持戒清淨具足多聞少欲信心檀越皆樂施給不作此説者是名不作抑揚顯已異衆云何名不外蔽五欲而心求利養菩薩終不外現苦行作五熱炙身拔髮自餓如是等苦而要財利於他利養不懷憎嫉亦無熱惱是名不外蔽五欲心求利養云何名不取非法利養不輕秤小斗欺誑於他受人財物終不侵欺云何名不取不清淨財若有人施佛法僧物及僧祇物如是之物取爲已用乃至博貿販賣出息生利而自入已如是等物名非法財菩薩摩訶薩遠離如是等物是名清淨活

命菩薩若得利養不生我所想財利歸已亦不生能得想亦不作積聚守護想常念施與沙門婆羅門父母師長眷屬貧窮乞匃恒作是想若須食時當求支命於諸美味心無染著若不得時亦不憂惱亦不生熱不得令彼信心檀越生於不信若得如法利養皆與僧同能如是者佛所印可諸菩薩衆所不譏訶亦爲諸天常隨讃歎同梵行者心無譏嫌於利養中常生知足得離邪命善男子具此十事是名菩薩清淨活命善男子菩薩復有十法名不疲猒何等爲十常爲衆生久處生死心無疲猒爲衆生故能受生死於無量苦亦無疲猒爲聲聞人教修禪法不生疲猒心不輕賤修行覺意法不生疲猒具菩提法不生疲猒雖求涅槃而不證涅槃漸深流注至菩

提岸善男子具此十事是名菩薩心不疲猒善男子菩薩復有十法名隨順佛教何等爲十不住放逸處除諸放逸善攝其身亦不令身起諸過惡善攝其口亦不口起諸過惡善攝其心亦不令使心起諸過惡畏後世苦而具一切善法修行一切善法而斷一切不善法說一切善法而毀呰一切惡法毀呰一切惡業修行一切善業於如來法不說其過消滅一切諸垢煩惱守護如來所制聖戒善男子具此十事是名菩薩順如來教善男子菩薩復有十法名和顏悅色離於顰蹙何等爲十諸根澄靜諸根清淨諸根不闕諸根離垢諸根白淨除於惱害除諸結使得不起結使除嫌隙心遠離瞋恚除蓋障菩薩白佛言世尊如我解佛所說諸根清淨故得和顏悅色

和顏悅色故離諸結使離諸結使故得不顰蹙佛言善男子如是如是諸根清淨和顏悅色除諸結使離於顰蹙善男子具此十事是名菩薩和顏悅色離於顰蹙善男子菩薩復有十法名爲多聞何等爲十見生死熾然如實而知見瞋恚熾然如實而知見無明闇亂生死熾然如實而知見一切有爲法悉皆無常如實而知見一切有爲法悉皆是苦如實而知見世間空如實而知一切法無我如實而知一切衆生著於調戲如實而知解一切法從因緣生如實而知寂滅涅槃如實而知但從聞思慧不取口語如是知已爲衆生故深發大悲勤加修習具於精進善男子具此十事是名菩薩修行多聞善男子菩薩復有十法名持正法何等爲十法欲壞時有五濁惡起德薄衆生多住邪道智燈欲滅無有導師能說正法諸大修多羅雖有深義無能說者亦無讀誦受持之者爾時菩薩見法壞時能受持經藏讚歎讀誦爲人開示分別解說其中有人聞已生信心樂歡喜不爲財利但欲聽法於說法者生世尊想於所聞法生甘露想作不死想如諸妙藥不惜身命勤求正法聞已修行善男子具此十事是名菩薩善能持法善男子菩薩復有十法名法王子何等爲十以相具嚴身衆好如妙華諸根滿足無有缺減如來所親近法亦能親近如來所行道亦能順行如來所解法亦能順解成熟苦惱衆生善修學戒長夜勤行四無量心於如來所止之城佛亦能住中善男子具此十事是名菩薩法王之子善男子菩薩復有十

法名出過帝釋護世之法何等爲十於菩提心無有退轉一切衆魔不能動揺於一切佛所種諸善根能入一切甚深法藏於一切法得平等智於佛法中不從他信得清淨智不共聲聞辟支佛法住無生忍出過一切護世之法善男子具此十事是名菩薩出過一切帝釋護世之法善男子菩薩復有十法能知衆生根性内外結使何等爲十若體性貪欲如實能知體性瞋恚如實能知體性愚癡如實能知善知煩惱上中下差體性内外如實能知善知體性如實能知善知堅體性如實能知善知長體性如實能知善知慘惡體性如實能知善知一切衆生亦知一切世界衆生體性善男子具此十事是名菩薩能知衆生根性内外結使善男子菩薩復有十法名成熟衆生何等爲十應見佛身得度者即現佛身應見菩薩身得度者即現菩薩身應見縁覺身得度者即現縁覺身應見聲聞身得度者即現聲聞身應見帝釋身得度者即現帝釋身應見魔身得度者即現魔身應見梵王身得度者即現梵王身應見婆羅門身得度者即現婆羅門身應見刹利身得度者即現刹利身應見長者身得度者即現長者身如是等身隨其所應悉爲現之善男子具此十事是名菩薩成熟衆生善男子菩薩復有十法名善調順何等爲十質直柔輭無諂曲心無惱害心無垢汙心清淨心無麤獷心除瞋恚心除麤惡語多諸忍辱能止諍論善男子具此十事是名菩薩能善調順善男子菩薩復有十法名安樂共住何等爲十正見清

淨具足修行具足清淨戒具足諸所行處應出家法起煩惱處不於中住其心調柔於同梵行者如牛念犢修行平等常樂菩提第一正道唯佛爲尊不求餘神善男子具此十事是名菩薩安樂共住善男子菩薩復有十法名爲攝法何等爲十以施攝衆生以樂攝衆生無盡施攝衆生利益攝衆生義益攝衆生說法攝衆生化導攝衆生除衰與利攝衆生同飲食攝衆生資命所須與衆生共云何施攝衆生常以法施永濟其苦是名爲施云何施樂施食令安無飢渴想是名施樂云何無盡施教修禪定遠離散亂是名無盡施云何利益施教授善法增長信心是名利益施云何義益施教如實法深了空相是名義益施云何說法施依修多羅隨所應聞終不邪說是名說法施云何化導施說如實法無錯謬相是名化導施云何名爲除衰與利施勤滅惡法安置善法是名除衰與利施云何同飲食施所有飲食悉與衆共是名同飲食施云何名資命所須施象馬七珍乃至供身衆具雜物盡與衆共是名資命所須施善男子具此十事是名菩薩行攝法施善男子菩薩復有十法名爲端正何等爲十寂滅威儀不詐僞威儀清淨威儀人見愛敬威儀如月威儀視不猒足威儀意所悅樂威儀一切樂見威儀能使一切歡悅威儀能使一切信樂威儀善男子具此十事是名菩薩端正威儀善男子菩薩復有十法名可依憑何等爲十能擁護衆生使離煩惱能令衆生出於生死曠野險難能使衆生出生死魔端能爲無救衆生

作親友處能爲煩惱病衆生而作良醫無救護者能爲救護無舍宅者爲作舍宅無歸依者爲作歸依無洲渚者爲作洲渚未到者能令作到善男子具此十事是名菩薩常可依憑善男子菩薩復有十法名大藥樹何等爲十譬如藥樹名曰善見若有衆生得樹根者而病除愈有得莖者而病除愈有得枝者而病除愈有得葉者而病除愈有得華者而病除愈有得果者而病除愈有見色者而病除愈有聞香者而病除愈有得味者而病除愈有得觸者而病除愈善男子菩薩摩訶薩亦復如是從初發心爲無量衆生有若干種諸煩惱病有依捨得活有依戒得活有依忍得活有依精進得活有依禪定得活有依智慧得活有見法得活有聲聞得活有知味得活有同事得活善男子具此十事是名菩薩爲大藥樹善男子菩薩復有十法名勤修福業何等爲十常於三寶隨力供養於病者所施給醫藥於飢渴者隨施飲食見倮寒者施其衣服於和尚阿闍黎常恭敬供養信受言教於同梵行者起迎恭敬禮拜問訊造作園林池井乃至穀帛施於一切及家奴婢僕使內外眷屬亦等施之與持戒沙門婆羅門常念親近往返恭敬善男子具此十事是名菩薩勤修福業善男子菩薩復有十法名爲善能作化何等爲十一佛國身相不動而能遍諸佛剎問答諸請於一佛國不動亦能悉遍一切佛國聽受妙法於一佛國不動能遍供養十方諸佛於一佛國不動而能遍諸佛國莊嚴菩提悉皆滿足於一佛國不動而於一切

佛國初成佛時坐於道場菩提樹下恭敬供養尊重讚歎於一佛國不動能以自身現一切佛土坐於道場現成佛道於一佛土不動能現一切佛土轉於法輪於一佛土不動能現一切佛工入於涅槃於一佛土不動能現一切十方佛土應受化者悉現其身菩薩得無作神力於一切十方佛土不作變化想亦不作變化隨諸衆生所應見者悉皆現之爾時除蓋障菩薩白佛言世尊云何菩薩能作如是變化復言亦不作變化想亦不作變化善男子汝今諦聽我當說喻譬如日月光照四天下利益世間能於衆生常作利安而日月亦不作想我能照諸衆生有大利益然諸衆生悉蒙光照菩薩亦爾以本善業誓願因緣得無作法自然成就故能不作變化想亦不作變化然於一切有利益處悉見變化善男子具此十事是名菩薩變化善男子菩薩復有十法名速疾成阿耨多羅三藐三菩提何等爲十修行布施令使布施滿足修行持戒不闕戒不譏嫌戒出過聲聞辟支佛戒清淨戒身滿足忍辱滿足精進滿足禪定滿足智慧滿足方便滿足願滿足力滿足智滿足過一切聲聞辟支佛從初地乃至九地菩薩所不能及善男子具此十事是名菩薩速疾得阿耨多羅三藐三菩提說是經時三千大千世界六種震動此三千大千世界中諸須彌山王目眞隣陀山摩訶目眞隣陀山鐵圍山大鐵圍山寶山黑山如是諸山悉皆曲躬向伽耶山何以故如來自在神通力故三千大千世界中一切華樹一切果樹一切香樹

皆來曲躬向伽耶山何以故如來自在神通力故無量億那由他百千億諸菩薩悉脱身上妙衣及諸瓔珞供養如來神通力故積過須彌若干種衣服瓔珞無量百千億帝釋護世梵天王等合掌頂禮曼陀羅摩訶曼陀羅華散諸佛上曼殊沙華盧之華摩訶盧之華以散佛上百千萬億諸天在虚空中皆散天衣作衆妓樂歡喜踊躍出大音聲各以天華供養於佛而作是言佛更出世再轉法輪衆生有福宿植德本於過去佛所久種善根得聞此經聞之尚難況復信解書寫受持爾時無量百千摩睺羅伽於此演法出大雷音遍三千大千世界以種種香汁雨伽耶山無量百千龍王在於佛前作衆妓樂無量百千乾闥婆緊那羅以柔輭音讃歎供養繞伽耶山無量百千夜叉雨諸蓮華放清涼風無量百千他方諸佛皆出白毫相光供養如來及所應説法出白毫相光作種種色青黄赤白紫玻瓈色繞於三千大千世界除一切闇繞伽耶山從佛頂没無量百千婆羅門刹利聚落城邑香華瓔珞末香衣服繒蓋幢旛以供養佛説是經時如是等無量供養七十二那由他菩薩得無生法忍無量百千衆生離諸塵垢得法眼淨無量百千億衆生發阿耨多羅三藐三菩提心伽耶山神名爲無死與其眷屬皆從座而起自入宫室取供養具而供養佛供養佛巳白佛言世尊我憶往昔七萬二千佛皆在此一伽耶山説是經典文字章句如今不異佛言快得善利汝等得聞如是寶雲經有一天子作如是念是伽耶山神久聞

此經法供養七萬二千佛云何不轉女身除蓋障菩薩摩訶薩知彼天子心之所念白佛言世尊以何因緣無死天神有大神德聞是法寶供養爾所諸佛云何不轉女身佛答言善男子爲利益衆生故以何因緣爲不可思議解脱善男子我憶過去於筭數佛所見是無死天神發呵耨多羅三藐三菩提心無死天神有大威德神通供養賢劫千佛於此國土當得成佛號曰無死阿羅訶三藐三佛陀佛告無死令可現汝所成佛國土爾時無死天神即入現一切色三昧入現一切色三昧已此三千大千世界地平如掌皆紺瑠璃一切穢惡諸黒山等悉皆滅没處處皆見劫鉢之樹衆寶樹衆香樹處處皆見流泉浴池八功德水充滿其中一切惡趣下賤之人悉皆不現國中無有女人之名處處皆有蓮華大如車輪菩薩而在其上結跏趺坐彼無死佛在蓮華上坐爲諸菩薩演説法要無量百千億釋梵四天王等圍繞又有無量百千萬億衆生悉來供養佛爲説法次第諦聽無死天神從現一切色三昧起頂禮佛足右繞佛已即隱不現除蓋障菩薩摩訶薩白佛言世尊善男子善女人作幾許福得聞是經佛言若人至心善聽此經憶念受持讀誦書寫廣爲人説佛言復有善男子善女人於此三千大千世界百千億劫修行布施不如善男子善女人信心清淨書寫供養以清淨心故得福甚多何以故財施微少法施廣大生死衆生於生死中作無量財施未曾得聞出世法施若善男子善女人使三千大千世界衆生皆

立十善復有善男子善女人聞此正法次第受持讀誦廣分別說其福亦過於上何以故十善果報生此世界故若善男子善女人能令三千大千世界衆生悉得須陀洹果斯陀含果阿那含果阿羅漢果得辟支佛果設得如是功德猶故不如聞上一句之義次第受持讀誦書寫爲人廣說何以故聲聞辟支佛功德皆從此經出故因於此經能出一切菩薩及諸佛出現於世若讀誦此經次第句義分別解說即是受持一切佛法何以故此經即是一切經母若不得此經諸大勝法皆悉不得此經即是菩薩具戒一切諸聲聞弟子皆從座而起偏袒右肩合掌白佛言世尊我等於大生死聞是經故皆得出離佛言比丘如是如是爾時世尊普告大衆善男子善女人若國土方域有是經典文字章句次第當知此處即是道場處即是轉法輪處即是諸佛大塔像處有此經處即是世尊何以故善男子法即是菩提法即是轉法輪善男子此法即是佛供養於法即是供養於佛若有說法法師處此處即是佛塔於此法師當生慇懃想善知識想作示正道想見是法師應生愛樂信敬歡喜應起遠迎請令就座應當讚歎善哉善哉快說法要若一劫若減一劫若過一劫讚歎如是猶不能盡何以故若人好樂法者種種讚歎尊重恭敬猶不能盡所行之處假使有人能以血灑地猶故不名盡心供養何以故如此法師則爲受持如來一切佛種如此法師應如師子無異不應作下劣想不作毀害心著淨潔衣深生信敬得他讚

歎而心不高亦不起我慢亦不輕他不爲財
利專心說法爾時釋提桓因白佛言世尊若
有世界能說是經文字章句次第之處我當
躬自將諸眷屬往彼供養擁護法師佛言善
哉善哉憍尸迦是汝應作爾時除蓋障菩薩
摩訶薩白佛言世尊此次第所說當云何名
斯經善男子此經文字章句次第當名寶雲
亦名寶藏亦名智燈亦名除蓋障菩薩之所
受持爾時除蓋障菩薩及諸菩薩諸大聲聞
帝釋大梵護世天王摩醯首羅弃諸天子而
爲上首乃至天龍夜叉乾闥婆阿脩羅迦樓
羅緊那羅摩睺羅伽無量百千億衆皆稱善
哉善哉歡喜奉行

佛說寶雲經卷第七

音釋

庠序（庠似羊切序象呂切）炙（之石切燔也）憎嫉（憎作滕切惡也嫉昨悉切害賢曰嫉）秤（昌孕切權衡也）㪷（當口切）貿（莫候切交易也）販（方願切買賤賣貴者）嫌隙（嫌戶兼切疑也隙綺逆切釁也）慘（七感切酷毒也）犢（徒谷切牛子也）諮（即移切問也）

佛昇忉利天爲母説法經

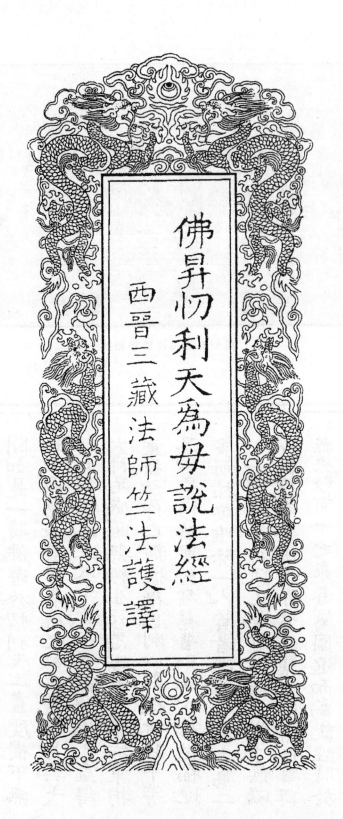

西晉三藏法師竺法護譯

清刻龍藏佛說法變相圖

佛昇忉利天爲母說法經卷上

西晋三藏法師　竺法護　譯

聞如是一時佛遊於忉利天上晝度樹下無垢白石慇哀其母度脫之故止夏三月與大比丘衆俱比丘八千皆阿羅漢諸漏已盡得大神足威曜無極生死悉斷無復塵垢棄捐重擔所作已辦逮得已利心即從計致平等忍心已得解度於智慧普則正士於世福地多所祐安唯除一人賢者阿難菩薩七萬二千一切大衆神通已達逮得總持辯才無礙各從他方異佛世界皆來集會爾時世尊與無央數百千之衆眷屬圍遶而爲說經時於衆會有二天子名曰月氏月上月氏天子即從座起更整衣服偏袒右肩叉手長跪而白佛言吾欲諮問如來至真等正覺假使聽者

乃敢自陳佛告天子欲問如來何所義乎月氏天子以偈頌曰

其於衆生類　興發愍哀心　逮求于佛道
志無垢甘露　自傷已身行　及慈哀羣黎
余以斯等故　諮問釋師子　於億劫積行
悉能忍勤苦　一切而布施　志寂然無念
等心於群生　療化已平均　我問此勝義
導利黎庶者　假使見正覺　妙相自莊嚴
無垢三十二　英特之福田　逮斯功德者
奉敬乎巨海　今余問大聖　欲了斯義歸
假使無異心　則無有別念　常志求妙慧
人中巍巍尊　而無聲聞意　不慕緣覺事
今余問此義　堅固無過者　有利若無利
等心於毀譽　有名若無名　苦樂不以移
雖處於俗法　則不以動轉　今我問此義
遠離恐懼者　以愛已身事　等念於黎庶
未曾有若干　咸化于三處　而以修慈心
有諂無猒穢　今余問此義　賢將持土地
心恒行精勤　布施戒離邪　其身逮寂然
戒品不永滅　身口意常正　將御順擁護
今問最勝義　處垢而無塵　其忍辱調柔
達已加尊修　能修任苦患　憒擾放逸衆
遊救於一切　而不生瞋恚　因此故問義
欲決諸狐疑　各常力精進　恭順不違義
悉愍傷世間　不爲已身施　行道無猒足
如海受衆流　是故問最勝　其德如大海
雖存於三處　不退從諸想　以賢聖之慧
伏除諸垢塵　承禪定妙通　神足自娛樂
今故問此義　普往開化衆　智慧度彼岸
聖達無有際　棄捐衆思想　出家除根株

憺怕得自在　曉了斯法慧　是故今啓問
無極大聖人　所分別神足　解了隨順行
遊億姟佛土　無有國土想　供養億姟佛
無有諸佛想　是故問此義　覩者普受欣
其離欲塵魔　忽化陰身魔　棄捨於死魔
降伏諸天魔　蠲除一切魔　則逮成佛道
是故問斯義　永棄於衆冥　乃震動天地
樹木及山巖　覺了成佛道　無量最勝慧
假使以一心　習於寂定明　是故問此義
諮啓如斯像　曉了一切慧　威燿甚巍巍
設住於佛教　善建立法行　導利于衆聖
靡所不開化　今故問斯義　濟遊三處者

月氏天子又問世尊唯然大聖何謂菩薩得大聖通殊特之行度於彼岸何謂菩薩至不可思議善權方便備勸助慧何謂菩薩一切諸法以爲一義入於一味所趣同均入於一慧平等之説何謂菩薩奉深禁戒行無放逸逮成無上正眞之道爲最正覺佛言善哉善哉月氏天子多所哀念多所安隱愍傷諸天及十方人乃能發意啓問如來如此之義諸菩薩行佛道正慧被大鎧者建立大乘度大欲御大船轉大法輪施無極法恢弘慧典欲放大雨欲演普光慕擊大鼓志大雷震樂立巨幢願吹大珂執大法瑛攬大法典演無極明欲照世間務令大乘永存不斷願大祀祠究竟足滿以此比類無極之德愍傷羣黎故問如來諦聽諦聽善思念之吾當爲汝分別説之如諸菩薩大士之行致大聖通具足深戒至於無上正眞之道爲最正覺唯然世尊願樂欲聞月氏天子與諸大衆受教而聽佛

告天子菩薩有四法行得大聖通殊特之行度於彼岸何謂爲四菩薩大士曉了諸法而應眞諦於一切法無所倚著等念諸法而無有盡逮于聖慧而造明證遊一切法親近衆典雖在諸法無有脱者不見異法何謂諸法而應眞諦如過去空當來現在亦自然空天子欲以曉了是空平等三世空無所想彼諸有慧分別處所建立開化解暢道品便通正業達其義理是謂曉了而應眞諦一何謂於一切法無所倚著一切諸法住於我所現有所住於我非我則謂菩薩曉了諸法而無吾我不依倚身是則名曰無所倚著假使菩薩於斯諸法身無所著無所著已不住異法其於諸法不生不住爾能於彼無所倚著以無所倚供養諸法則於諸法而無所倚二何謂菩薩曉了一切猶如虛空其三界者心之所爲不計斯心無有色像亦不可覩無有處所無有教令猶如幻化因其心本而求諸法則不可得若以於心不求于心則無所獲心不可逮以不得心一切諸法亦不可得諸法則無有法無形類想亦無有影而無所有及與實諦亦無所覩無所覩者於一切法心無所入知一切法無所成就亦無所生譬如虛空猶如天子欲察虛空永無有生無所成就了一切法亦復如是猶如虛者名曰虛無彼則憺怕一切諸法亦復如是但假字耳彼則寂漠三何謂菩薩於一切法而親近典也菩薩大士觀察思惟一切諸法於斯無知亦無所見眼不知耳亦無所見耳不知眼亦無所見鼻不知舌亦無所見舌不知鼻亦無所見身

不知意亦無所見意不知身亦無所見一切諸法雖有癡騃快眇凶暴見於法界慧常平等所行具足其六情界有所照來則有所在計於本者無有內法教於外者彼無外法教內法者所見如是覩若斯者則無有法無有起者亦無有法有所作爲若有住者覩無所見佛語天子是爲法界法無所起亦無所滅而亦不住則無所有假使有念諸法不住不生不起無有處所如是觀者眞諦慧備無有諸法及與法界不見解脫斯一切法親近諸典是爲四法菩薩大士得大聖通殊特之行度於彼岸四何謂聖通所云通者於一切法不信他慧而有諮受所以言慧於一切法不造二事所謂無二彼則無名法不可知設使天子具足斯慧其菩薩者速逮聖通以成就願具足所曉菩薩曉了如是慧者則淨道眼超天世人便覩十方無量無限億百千姟諸佛國土佛天中天所有聖衆悉聞諸佛所說經法彼佛國土羣萌之類其心所念善惡好醜悉識知之人民伴黨行來如是逮及若斯自知往古所周旋處以慧明證解已本際他人衆生始無所由所居止處悉證明之從緣說是佛告天子菩薩大士雖未得至一切通慧聖明之智巍巍如是爲諸衆生興立佛事速疾具足一切佛法逮得無上正眞之道爲最正覺於是世尊即說頌曰

以善權慧　方便道明　則具足成　於大聖通
而常導修　深妙禁戒　尋用一義　解一切法
分別眞諦　一切經典　其明目者　無所倚著
常觀諸法　猶若虛無　以有所察　宣揚悉空

習近諸法　彼假號法　不見諸法　有解脫者
其不見者　靡所不觀　已得聖通　所見若斯
假使過去　法已空者　當來諸法　亦如是空
分別現在　則亦若茲　是乃謂爲　眞諦之見
一切諸法　三界常空　斯明智者　無念不念
已無有應　應不應者　其無所畏　爲觀眞諦
若慧如是　無著方便　講說經法　無有法想
意無所念　則無所著　無所著者　則不動搖
一切諸法　自然而與　其自然者　本淨無我
曉了諸法　而無吾我　爾乃不起　無他異法
其不生者　不有不來　察計於彼　則無所倚
而又講說　諸法處所　雖演佛道　不念有我
一切三界　心之所由　彼心則亦　不可常觀
無色無人　猶如幻化　當以斯法　務求於心
彼以此法　求於心已　則知無心　亦無心法

假使以心　求心處所　則便不覩　心之本淨
已於諸法　無所著者　雖在黎庶　不隨衆想
一切諸法　無意無成　常分別知　猶如虛空
如觀虛空　不生不有　分別諸法　亦復如是
假號虛空　諦無有實　說有言辭　彼法虛空
其眼未曾　觀見於耳　其耳亦不　觀見於眼
舌不屬鼻　鼻不屬舌　斯等展轉　而不相見
其身未曾　察見於意　意亦不察　身之形類
各各如是　不能相知　以是之故　斯常憺怕
計著衆惡　諛諂癡騃　諸法之界　常等均平
其內事者　不知於外　若外事者　亦不知內
以是之故　曉法所趣　成就智慧　常不可限
觀見十方　億姟諸佛　及諸聲聞　無有罣礙
又彼諸佛　所說經典　無量聖達　清淨之義
悉得逮聞　所演美辭　則能受持　普修平等

便能了知　衆生心念　具足飛到　億萬佛土
識念往古　無數世事　億百千劫　如恒河沙
逮成於此　妙五聖通　則得親近　安住之慧
彼以佛故　有所顯發　無放逸道　興造利議
假使聞斯　如是空法　生欣踊心　樂微妙樂
魔不能得　彼之瑕短　則能疾成　覺了上道

佛告天子菩薩大士有四事法至不可議善權方便何謂爲四菩薩曉了往反度流之法猶如已身若干種痛苦毒之患觀所遊起亦欲蠲除他人之苦修行精進勸諸衆生趣於聖路令一切法留存道心爲諸羣黎積累德品三世亦然而已勸助一切諸佛集三世行勸助德品所作善本加施衆生放捨弘施有所開化亦不生心其不勸進一切智者心不離脫亦不見道心不離道道不離心如道之相身相若斯以慧平等於心於道亦無所倚順權方便長益德本不見法界有所增益彼於諸法無所思議積功累德未曾猒倦不以心業求曉了心彼若布施則無望想奉修禁戒亦無所失導行忍辱亦無所住所行精進亦無憺怕一心禪定無所依倚奉行智慧亦無所習勸化衆生亦無所著以愍哀故嚴淨佛土求於聖達無所起慕講說經法亦無所入如是天子菩薩所行所造德本雖爲薄少善權方便不可限量乃至大道何謂菩薩所造德本雖爲薄少善權方便得至無量乃致大道菩薩大士於一切法念發無量觀察諸法無有計限得邊際者所以者何天子欲知一切諸法則空無相亦無有願其以空者則亦無量假使暢達無量心者講法雖少善權

方便廣大無際所以者何佛道無量勸心無限至無際法則爲諸佛世尊之道復次天子菩薩大士善權方便勸勉衆生令入正行憂羣萌類所樂法者而勸立之若施有所救濟爲說經法復次天子菩薩大士不以布施而爲審諦言是我所持戒忍辱精進一心智慧亦復如是不名我所又有所施若持戒者亦無所念常順禁戒具足忍辱見人所作是非悉忍奉行精進修淸白行一心禪思曉了方便觀察智慧復次天子菩薩大士分別曉了善權方便與聲聞俱而開化之不樂所行所修堅固與緣覺俱不樂所行堅固其志是爲四法菩薩大士致不可議善權方便於是世尊即說頌曰

曉了於二事　已身及他人　當除吾苦患
療盡衆惱熱　愍念於衆生　勸使在道心
思惟一切法　演令入一義　一切羣生慶
合集於三世　普於諸佛德　悉當勸助之
而悉曉了斯　皆以施衆生　眞心而慧施
猶以佛慧故　一切所發心　悉勸助佛道
不失於道心　見諸法悉脫　察心及於道
不見有二事　其相有所存　了心相同等
法等故平等　不二無所有　明知權方便
長益淸白法　其種無爲益　法界不可議
志求於佛道　常以不猒倦　不以心念心
吾長淸白義　不忘失道心　所作而勸助
布施不望報　護戒無所念　常修行忍辱
不立計有人　恒奉行精進　身口心寂然
禪定無所倚　智慧度無極　開化解衆生
不處於顚倒　嚴淨諸佛土　志性無剛强

常志于佛道　於法無所捨　諮受一切典
故慧不可議　爲衆生說法　不著於文字
造行如是者　速成佛無難　心不想於空
不慢無所念　無相無所願　不可稱限量
知羣黎所行　隨之因開化　自在而布施
說法給所乏

布施衆生　不言我獲　不高於戒　不忽忍辱
不慢精進　不著禪定　而於智慧　無所悋惜
常喜布施　講論衆戒　遵修謙下　恒行勇猛
雖奉禪思　永無所著　與發智慧　而以布施
在於緣覺　聲聞之中　菩薩大士　遊於此黨
假使處中　有所造業　明眼達士　不樂彼行
以能建立　如斯法者　是則名曰　菩薩之行
曉了善權　不可思議　所爲惠施　至無限量

佛告天子菩薩有四事法一切諸法以爲一義入於一味所趣同等入於一慧平等之說何謂爲四菩薩大士曉了法界無所破壞解諸法空而普遊至於諸法義無所同像平等吾我及於他人曉了諸法悉爲憺怕是爲四曉了是慧所觀若此於世俗法及度世法靡不通達不造二觀若罪若福有礙無礙若聞不聞有爲無爲於此諸法不造不觀不見諸法有所受者無凡夫法無羅漢法無若干觀其凡夫法不爲清淨也不察羅漢法獨解明不舉不下分別一義趣憺怕門演暢講說散一切法而於諸法不見散壞修行一忍永無有二以入一義普入諸法所謂入者無所從生是爲天子菩薩大士得近無上正眞之道成最正覺亦不念言我近若遠所以者何不處一義見異羣黎亦觀覩人與道別異人思

惟之人不可得爾乃是道於是世尊即說頌曰

而於法界　無所破壞　又彼法界　無能散者
計如法界　諸人若斯　但假有字　無有若干
了諸法空　則致響忍　其內若外　有爲無爲
觀察斯法　悉無所有　分別一義　皆知爲空
諸所現法　無所同像　不著己身　及與他人
若不計念　有吾我人　其行未曾　有若干想
修於寂然　志在憺怕　普觀一切　諸法所存
於一切法　靖默無念　遊于憺怕　而無所著
講說現在　及度世事　彼則不興　造盡滅盡
若福若罪　若聞不聞　不念於法　不取音聲
不在有爲　亦不無爲　常等一觀　不喜二事
不覩諸法　有所受者　不得凡夫　及阿羅漢
不說凡夫　癡穢不淨　此則名曰　阿羅漢法
亦無所舉　不有所下　分別一義　而悉寂然
曉了諸法　皆無所壞　亦不毀散　一切法界
不謂忍別　與空異耶　普知諸法　一切悉空
不著於空　無倚了忍　以入一義　悉了一切
此無所起　其本清淨　如是行者　疾成佛道
速得親近　無量正覺　不計有身　不念道心
一切諸法　吾我及彼　悉無所著　得平等覺

佛告天子菩薩有四事法奉深禁戒行無放逸何謂爲四菩薩大士而自念言何謂禁戒則順觀察思惟其義若身行善口言至誠心念柔順是爲禁戒又復念言何謂身善何謂言誠何謂心柔不犯身事而不殺生盜竊婬泆是身行善口不說非妄語兩舌惡口讒言是口言誠心不念非念餘瞋恚邪見之事是心念柔彼諦觀察而自念言假使不犯身口

心者不可分别其處所在青黄赤白紫紅之色計於眼者不分别識耳鼻口心亦復如是不分别識所以者何彼亦不生亦無生者亦無起者亦無不起設不有生無所生者亦不有起無所起者則不堪任分别識法又更念言爾時察之則無所有亦無有戒則無所行已無所行則不可知已不可知不當於彼有所倚著造此行已則無所見當爾之時不見有戒已不見戒勸彼戒者亦無所見是爲天子菩薩大士奉深禁戒復次天子若有菩薩曉不貪身不處見身亦不覩見修於持戒亦不犯禁亦無所著復次天子菩薩大士入深法藏在所護禁威儀禮節行步進止安詳順教是曰爲戒不自見已之所興行不見他人之所過咎是故名曰深妙之戒復次天子菩薩不犯於戒亦不毀戒又不弄戒其反已者則以反戒若不反已則不反戒以不反戒則無所犯已不犯戒則不弄戒便無所度所以不弄不度戒者了一切法悉度脱故以度脱者則無有我亦不無我既無有人何所度者是爲四於是世尊即説頌曰

其身清淨　言無誤失　心念鮮明　行無瑕穢
而常自護　謹愼於行　彼菩薩者　乃謂奉戒
將順奉行　於斯十善　聰明菩薩　若能護此
則身口意　無所犯負　斯能名曰　奉明達戒
其無所造　不起無生　彼無形色　無有處所
已無像貌　則無所住　便不可得　何所歸趣
戒不有造　常如無爲　則不可以　眼觀察之
耳無所聞　無鼻無舌　身不可别　及心所念
設不分别　於六根者　則達諸趣　無所依倚

設如是觀　乃清淨戒　未曾逮戒　有所立處
彼無有戒　無意無止　護於禁戒　無吾我想
將養於禁　亦無戒想　修深要戒　志得自在
以能分別　所見身者　即不墮落　六十二疑
其無所見　不覩處所　雖奉禁戒　不自憍恣
則能順入　深妙法藏　所行禮節　爲不妄想
善修安詳　將順謹慎　其禁戒者　無有異著
不倚吾我　亦不依戒　已無吾我　則無禁戒
不念己身　及與禁戒　如是乃謂　爲法器耳
無吾我者　不依倚戒　不計身者　不想念法
無身見者　無有戒心　不犯戒者　無有脫禁
亦不建立　於禁戒中　不計有身　則無戒想
深妙之戒　謂無所犯　假使勇猛　奉戒如是
彼則未曾　有所毀犯　如是戒者　聖賢所歎
於一切法　而無所著　愚騃之夫　住吾我想

將護禁戒　言我畏慎　則失戒寶　永無有餘
便不度脫　三界之患　假使有人　除諸見網
則不見彼　違失禁戒　其人心計　無有吾我
順奉禁戒　不墮疑見　便不恐懼　墮於惡趣
若使分別　禁戒如是　則不覩見　犯禁戒者
不察吾我　不見三世　況當觀察　犯戒毀禁
月氏天子白佛言得未曾有天中天諸佛世尊道法微妙無上正真甚深難及菩薩所作第一巍巍乃能奉修如此之法而無所住亦無所修除去一切諸所妄想離吾我念行無數劫而不墮落聲聞緣覺而不中道違失道意具足佛法入不缺漏云何菩薩奉行深法修微妙典於真本際而不取證世尊告曰天子聽之菩薩有四事行深妙法於真本際而不取證何謂爲四菩薩大士堅固志願建立

要行具一切智奉修精進而不怯弱所住立者不捨衆生而於大哀不斷教法善權方便勸衆德本是爲四事行深妙法於眞本際而不取證於是世尊即說頌曰

其明智者　志願堅强　未曾違失　往古所曉
爲一切智　精修慇懃　終不處於　興廢異乘
奉行精進　常無放逸　敢所遵修　心不怯弱
亦不捐捨　一切衆生　而普等心　羣萌之類
常加慇哀　普世羣黎　能忍勤苦　意不轉移
志不欲令　道教斷絶　猶如有人　積無數寶
而善覺了　善權方便　勸一功德　行無猒足
遊趣最要　懷於慇哀　不於中間　滅盡諸漏
其有禀受　於此經典　其菩薩者　名曰勇猛
而常奉修　深妙之法　彼則未曾　倚著本際

月氏天子復白佛言何謂菩薩奉行深要佛告天子於是菩薩未曾破壞凡夫之法而普成就於佛道義亦不謗毀凡夫之法亦不覩見佛法長益亦不遠離於凡夫法亦不求慕欲得佛道不興斯行凡夫法異佛道異乎亦不念言凡夫之法瑕穢卑賤佛之道法爲微妙乎不作斯行凡夫之法則爲斯漏佛之道法無穿漏乎又復念言凡夫之法及與佛法二者俱法虛無寂漠但假號耳思想致穢凡夫之法亦無成就諸佛之法亦無具足凡夫之法而無有實亦無自然諸佛之法悉無有實亦無自然若欲理者凡夫之法而無所知亦不無知不生無生若觀察者推其本末若以空慧無相之慧無願之慧智慧明省是爲佛法不可別知佛法所處觀此本末彼悉則空空不見空亦無所知亦無所觀悉爲本淨

無明故起是以天子法者無法諸法自然住立諸法憺怕其憺怕法則無有二其無二者則無凡夫亦無聲聞亦無緣覺平等佛道亦無所教深妙之行爲菩薩行菩薩深修分別正教無有一法非佛法也所以者何其言法者習俗爲法無習俗言有所言者則無所得其無所得則無所興以無所興則無形教一切諸法悉無形像假使諸法無有限數不離佛法是故天子當作斯觀一切諸法悉爲佛法無有想行其念想行尋即興廢二事之識是等之類以識爲行佛法無漏亦復於彼而不想求於彼生起聲聞之行其解了者法界無塵亦無寂然假使於法而不受法則無有法其塵勞法及寂然法豈可獲致塵勞寂然乎欲作斯求終不可得如是天子假使菩薩曉了如是則爲名曰深妙之行其於諸法及與佛法無所見者以無所見則爲離見其所見者爲無所見假使菩薩如是觀者魔及官屬不能得便莫能勝也

佛昇忉利天爲母說法經卷上

音釋

諮 津私切訪問於善曰諮

憒擾 憒古對切心亂也擾爾沼切煩擾亂也

燿 弋笑切光耀也

恢 枯回切大也

癡騃 癡超之切愚也騃不慧也騃語駭切亦癡也

釁 許刃切隙罅也

姪泆 姪夷針切奸姪也又姪蕩也泆弋質切姪放也又佚蕩也

怯弱 怯乞業切畏懦也弱日灼切劣弱也

佛昇忉利天爲母說法經卷中

西晉三藏法師竺法護譯

月氏天子復白佛言唯然世尊至未曾有菩薩大士所行難及如是像類觀察諸法志於所趣終始没生坐起語言亦無想念佛言譬如天子幻師所化來往周旋坐起經行而出言教彼無想念如是天子其有曉了諸法如幻普現五趣不有所生彼則無想其菩薩者不念於生亦無所起用本願故有所建立現有所生天子復問如尊所教而言菩薩不念所生亦不往生云何大聖如來至眞慇哀垂念所生之親上忉利天一時三月如來不爲從王后摩耶而由生乎佛告天子菩薩不從王后摩耶所生常應如法天子又問如來至眞云何生乎佛言天子如來則從智慧度無極生設人觀察推其本末過去當來現在諸佛誰爲母者則當了知智慧度無極是其母也所以者何天子其三十二大人相非從摩耶而所生學大智慧眞諦之誼乃能致此自然成就如來之身其十力者不從王后摩耶而生本時奉行智度無極得十種力四無所畏十八不共諸佛之法亦復不從王后摩耶而生大慈大悲無見頂及不虛見佛眼佛慧佛之辯才知人心念所從來生神足善權如是比類不可限量皆因智慧所度無極所以如來名曰爲佛斯諸功德悉爲不從王后摩耶而生天子當知悉從大智度無極行學此道品如來因斯致如是像無量佛法如來弘德緣是之故名曰如來是故天子當作斯觀如來則從智慧度無極生不因王后摩耶所

生天子又問唯然世尊智度無極法無有毋亦無所生亦無所滅云何世尊智度無極而生如來佛言天子因其法故號曰如來其彼法者則無有生亦無有終不生不滅其無有生無終沒者不起不滅斯無色法則爲智度無極所生以故名曰智度無極生於如來其所生者都無所生亦不終沒亦無所起佛言天子其不生不沒不起不滅是則名曰智度無極之處所也智度無極者如有所生如有所行而智度無極者未曾有生亦無所行天子又問唯然世尊智慧有想有分別乎而依智慧如有所生如有所行佛言天子智慧無想亦無分別假使智慧而有所想有分別者則爲不行智慧之事所以者何有所想念有所見者則不應行也設於智慧無所思想無所分別彼能名曰奉行智慧又問世尊何謂依行答曰天子其依行者無所言取何所依乎佛語天子無言取者則以放捨三界所生其取言者則便不離三界所生是故天子演此教耳其無言取何所依行而生三界令有所依天子又問云何世尊爲諸聲聞講說經法度三界乎佛告天子吾爲聲聞欲界因緣而說經法又如來身不得欲界於色無色界爲諸聲聞而演經典如來不得色無色界之所處亦無所度而聲聞衆度於欲界佛亦不得色無色界而聲聞衆超度過出色無色界又復天子不得三界不倚三界計於空無柔順之法不願欲界於三界中而無所慕生於三界亦無所生不知所趣天子欲知所謂度者賢聖之教但假言耳推於正義無有度者

無往無反所以者何觀一切法無有度者譬如虛空究竟自然無有生者亦無所著無有作者亦無所有亦無不有觀一切法亦當如斯於是世尊說是語時彼諸天衆七萬二千天子遠塵離垢諸法眼生萬六千天子宿植德本悉發無上正真道意八千菩薩德本普具得不起法忍佛之威神令其裓上自然有華自昔未有各取此華供養如來應時彼華普悉徧布忉利天上爾時天帝前白佛言吾未曾見如此輩華族姓子等奉如來者月氏天子報天帝釋拘翼且聽今所散華如來上者衆人未曾見斯聖尊所以者何所因心見如來者彼心忽然已過去滅而不可見是故拘翼有所見者一切諸法皆爲本空本所不見拘翼又問天子今爲見如來乎答曰見矣拘翼察之假使如來有色有爲乃當見耳設使如來有痛癢思想生死識者吾當見之如來無色痛想行識亦無合會亦無所有五陰法想則無有想不可色觀又復向者拘翼所云若見如來乎如今如來見於我身吾覩如來亦復如是又問天子云何如來見汝身乎天子答曰如來在前便可啓問時天帝釋前白佛言云何世尊見於天子世尊告曰不以色見不以痛癢思想生死識見不見過去當來現在亦不以見凡夫之法亦復不離凡夫之法不見所學及與不學亦不學成究竟諸法不見羅漢法不見聲聞亦不以見緣覺之地無緣覺地佛之所見爲如此也其作斯觀則爲正觀其正觀者則無所見其無所見則平等觀不爲邪觀拘翼欲知如來所觀如斯

無異如是觀者普見一切名曰一切審觀是故如來名曰爲佛如來所與不壞法界於意云何如來所見如是法者爲見何等答曰世尊如是如來不見名號亦無有色於此所察則無法數無所與造又復問曰唯然世尊如佛所見月氏天子見如是乎答曰拘翼其有逮得不起法忍菩薩行者於諸法界隨順住者法不見法則無所有爲自然法又問世尊月氏天子得法忍乎佛告拘翼汝以自問月氏天子當爲發遣於是天帝問月氏曰仁者爲得不起法忍乎天子答曰於拘翼意無所從生有發起乎答曰不也報曰設無從生不有發起云何逮得不起法忍一切法界悉無所起此之謂也其法界者不起不滅亦無所得時天帝釋心自念言如今天子有所講說以爲逮得不起法忍以爲親近無上正眞之道月氏天子即知帝釋心之所念報天帝曰拘翼欲得法忍者不爲親近無上正眞道其不有起法忍乃能親近無上正眞之道又問天子何故說此答曰有所得者則墮顚倒亦無所得其道心者無有成覺不起忍者是曰無所從生其無所起乃成正覺又問天子道當何求答曰拘翼其道心者當於己身自然求之又問其已身自然之者當於何求答曰其法不生亦無生者亦無所生當於彼求當造斯求求如求意不求名稱而無所求則無所求則無所住時天帝釋前白佛言至未曾有天中之天月氏天子深入智慧巍巍難限於何終沒而來生此於斯沒已當於何生月氏天子答天帝曰假使幻士有所變化爲男

爲女爲於何没而來生此於是没已當復所趣答曰化者無所至趣其化者無有没生所以者何化者無想答曰拘翼設使無想云何如是斯幻化人徃至于彼没來生斯於此没已當生某處設有斯念則非明智人所嗤笑答曰如是天子誠如所云今者拘翼所發問者亦復如是一切諸法悉爲如幻而問如來今此天子於何所没而來生此没斯何趣於意云何如幻所化寧有去來豈可得見没所生乎答曰不也所因化者欲有所興有所造乎答曰無有所作報曰如是其曉了一切諸法皆如幻化則能示現去來没生彼雖現此亦無想念亦無所作於意云何其於夢中覩色若聞聲者鼻所齅香口所嘗味身遭細滑心所識法寧可謂之實有所有答曰不也天子報曰如是拘翼其有曉了諸法如夢如自然者有所見聞心於諸法無所染汙亦不離塵亦無所求亦不憂慼如所聞法悉分別之爲他人説於諸言聲亦無所著時天帝釋前白佛言唯然世尊月氏天子不得所生不没不生當以何義聞化衆生群黎有生而有終没於聲聞之地不生不没不生不没非菩薩地云何菩薩之行當在生死遊無央數億百千劫佛告天帝其有菩薩逮得成就不起法忍不念於生亦無終没猶如羅漢滅度以來積於百年所以者何觀察菩薩亦復如是菩薩者無吾我想無他人想菩薩所行又復過彼不念於生無終没想無有吾我他人之想皆悉滅度一切諸法無有本末假使不了於是法者則無所覺大悲菩薩設無數劫億百

千姟遊於終始不以懈倦譬如男子於四徼道燒大屋宅無所復慕行大慈者亦復如是不惜身命在於五樂棄捐之去於所樂欲如遠大火在於火中悉能忍之其身不燒於意云何其人所作爲難不乎答曰甚難天中之天佛言拘翼菩薩所作復過於此度脱一切諸欲塵垢而現於生教化群黎是故當觀菩薩大士超越一切聲聞縁覺逮得無上正眞之道爲最正覺爾時佛告天帝向者仁問於何所没而得生此聽佛所説東方去斯九十二億百千佛土而有世界名曰積寶其國有無央數衆寶樹木枝葉華實各各别異經行遊觀棚閣講堂悉用七寶彼國土地悉紺瑠璃以無央數百千衆寶合成積寶世界佛號寶場威神超王如來至眞等正覺現在説法其佛國土無有二乘聲聞縁覺之所教業純諸菩薩具足弘普周滿佛土其佛説法一會時三十六億菩薩逮得不起法忍衆適得忍尋即踊身在於虚空四丈九尺動於三千大千世界則無央數七寶百千蓮華自然布地無不周接即從虚空詣他佛土奉覲異國如來正覺稽首歸命諮問經法聽所説義其佛興來已十二劫晝夜各三講説經法以是故拘翼當作斯觀其佛之界諸菩薩衆不可計億無有損耗衆寶積聚佛之國土無異聚名無有山林溪谷諸淵無談語者無有衆患羅漢縁覺無食飲者所以者何斯諸菩薩皆以樂法悦豫爲食今此天子從積寶世界没來詣此處忉利天故來見佛稽首歸命諮問經典爲無數人演斯經法廣解其義又復欲令

諸餘菩薩具足興發於斯法忍佛言天帝月氏天子佛欲釋命當護正法受持奉行如來滅度之後最於末世法欲盡時當住此閻浮提於彼世時當授人民如是比像深妙之法優與無量精進將養化不可計億百千人住斯法忍法沒盡後人間終沒生兜術天彌勒菩薩所啓受於此諸佛世尊微妙之道化於無量百千天子立無從生或發無上正真道意彌勒菩薩成正覺時住閻浮提十歲供養彌勒如來及諸弟子與二萬人俱捨家之地離家爲道行作沙門啓受經法盡其形壽常持正法佛滅度後而以此法將濟群生悉當復值於斯賢劫千佛興者次第供養九百九十六佛世尊悉於大聖淨修梵行過七十五江河沙劫逮得無上正真之道爲最正覺號曰日月曜如來至真等正覺其佛土名一切具足於是月上天子謂月氏曰於斯世尊授仁者決當成無上正真之道而今如來獨與歡豫偏見愍念而授決乎月氏天子答月上曰如來至真永無所欲亦無所難亦無疑結假使授決無所希望若有菩薩學開士行以故如來而授決耳何因如來獨當歡豫偏見愍念而授決乎又問天子當何以歡豫之信當於何求又曰假使於心而想心者計於彼人無歡信者無所受取無受取者第一歡豫計於彼信其無瑕穢無歡豫者乃爲信樂若於言辭無所言者乃爲信樂彼則未曾無歡豫信也亦無結恨是故天子假使有人求歡豫信便當修行無言辭法所精進行如無所行亦無不行無憂無喜所以者何其法界者

亦無有行亦不不行不進不怠月上天子謂月氏曰所可名曰菩薩學者爲何謂乎月氏答曰所謂菩薩學者則無有身亦不護體又無有舌亦不護口又無有心亦不護意是爲菩薩第一之學也所謂學者其無所受亦無所行若無所起亦無不起是爲菩薩學也又復問曰仁者學斯如來授決乎答曰天子吾不學此而見授決所以者何學如此者不得吾我及我所耶其不念知吾有所學斯名曰學也天上世間不能得短亦無有失若有念言我有所學則不爲趣於正業也不逮平等因自謂言我所學故又問曰以何等事謂逮平等也答曰天子假使行者不上不下不處中間不著所行不有所作有所行者而無所造是菩薩行其作斯念是爲尊法此卑賤法於斯諸法曉了平等不爲二念如是行者謂逮平等又問曰於今仁者逮何等法乃爲如來所見授決月氏答曰亦不蠲除凡夫之法亦不逮成諸佛之法如來以此授吾之決吾於是法無所斷除又於諸法亦無所得故見授決又問曰計如是者愚冥凡夫悉當得決所以者何亦不蠲除凡夫之法斯則名曰爲凡夫矣焉致佛法又重問曰何故解凡夫法乎月氏答曰吾以空義爲諸法界解佛法耳其本際者實無有本也謂空法界可滅乎答曰不能也本際無本豈可獲乎答曰不也是故天子吾說此言亦不滅除凡夫之法亦不逮成諸佛之法如來以此授於吾決又復問曰空與法界本際無本有言辭乎答曰無也假使空與法界本際無本無有言辭道無言

說於今云何授仁者決答曰天子今授吾決猶如空義諸法之界本際無本是爲諸法之所歸義如法無法受決亦如授別亦如授別竟者亦復如是等覺亦如逮成無上正真之道亦復如是於是月上天子前白佛言唯然世尊月氏天子入深智慧巍巍難及佛告天子菩薩以逮成法忍者其法如是有所分別若發道義演經典者解說一切法界之事又其法界所可講說亦無言辭宣暢示衆所以者何理於法界無有言辭亦無所說計如法界人界亦如如衆生界佛界亦如佛境界法界亦如假使菩薩入此義者則能獨立不從他受

佛昇忉利天爲母說法經卷中

音釋

誼宜寄切與義同宜也 裓訖得切衣裾也 嗤笑嗤抽遲切亦笑也 徼吉弔切境也

佛昇忉利天爲母說法經卷下

西晉三藏法師竺法護譯

於是賢者大目揵連咸請勸發於無央數億百千姟諸天子衆欲行天人色行天人各各疾取華香擣香雜香繒旛各往詣佛供養世尊前禮足下却住一面時目揵連還詣大聖稽首于地遷住佛前佛告目連汝聽如來所現神足正覺變化有經名曰如來感動威變善思念之目連應曰受教而聽佛告目連斯三千大千世界百億日月百億四大海百億須彌山王百億四天下是則名曰三千大千世界一佛國土於意云何佛爲獨在一閻浮提成正覺乎莫作斯觀所以者何吾普悉遍諸四方面佛之世界順如所應爲衆生類講說經法或已成佛或復自現從在胞胎或復示現在兜術天或復現身已滅度矣佛告目連於此三千大千世界在于東方去此萬二千四大天下四大之域則有世界名曰無垢其佛號曰離垢意如來至眞等正覺現在說法斯四大域佛之世界所與衆生婬怒癡薄易可開化少菩薩學及辟支佛乘多諸聲聞又目揵連離垢意如來一一集會說經法時導九十九億諸聲聞等其土所化不别四證如此國土不說須陀洹斯陀含阿那含其彼世界一坐聽經證六神通至八脫門適獲神足踊在虛空四丈九尺身中出火還耶維已而般泥洹忽即爗滅無有烟炭其土如來常說經法未曾休廢救濟羣生亦無懈息諸聲聞等日日滅度亦不販賣估作治產欲得飲食從意應至不傳口教衣食屋宅悉爲化生

如忉利天皆自然生不由胞胎紫金爲地離垢意如來壽五百歲其土人民亦復如是亦有中夭目連欲知彼界如來講説法者豈異人乎勿造斯觀所以者何則吾身是也佛之神足威變所爲則非一切聲聞緣覺之所能及也佛告目連於斯三千大千世界南方去此十八四大域其四大域名曰寶成而以三寶金銀瑠璃爲地爲樹有佛號曰寶體品如來至眞等正覺現在説法但演宣示緣覺之法少聲聞乘諸菩薩學亦復薄尠及緣覺乘若使彼國土忽終没者則生他方空佛境界成緣覺道於目連心所憶云何寶體品如來講説經者豈異人乎莫造斯觀所以者何則吾身是如來於彼現威神變講説經法則非一切聲聞緣覺之所及知也佛告目連於斯

三千大千世界西方去此二十二四大域其四域界名寶錦悉以七寶金銀瑠璃水精珊瑚琥珀硨磲碼碯合成土地其境樹木衆寶化成經行棚閣欄楯苑囿皆以七寶其浴池中滿八味水清澄且美猶如兜術天上諸天宮殿飲食被服彼界人民亦復如是等無差特又其土地無女人名亦復不從女人生矣度人之類不興穢濁化生蓮華結加趺坐其土衆生無婬怒癡無貪欲想無瞋恚想無危害想亦無胞胎彼佛號曰寶成如來至眞等正覺現在説法其佛所説不講異義但演菩薩法典之藏總持金剛分别三場奉修六度無極之行彼無央數不可思議衆生之類皆發無上正眞道意不可計人得不起法忍授無量人無上正眞道意其界無有二乘之名

聲聞緣覺之言行純有大乘無諸情欲一切鮮潔而無穢濁諸菩薩衆充滿世界其佛壽命八萬四千載世人終後不趣地獄餓鬼畜生不墮八難斯諸菩薩若遷神命即便往生清淨佛土現在佛所天龍鬼神阿須輪揵陀羅迦留羅真陀羅摩睺勒心皆同一志一切知諸通之慧不樂異義唯樂佛法天龍鬼神形體被服舉動進止不可分別唯名異耳天龍鬼神及世人民皆同一源無有異流於目連心意之云何寶成如來豈異人乎於彼境界講説經道開發教化一切羣黎勿造斯觀也所以者何則吾身是斯即如來神足變化則非聲聞緣覺之所及知也佛告目連於此三千大千世界北方去是計三十六四大諸域其四大域名無恐懼黄金白銀交成其界

彼土無有地獄餓鬼畜生之患難也亦無八處之恐懼也人民所行無犯禁戒及與邪見志性禮節調順無卒暴者亦無外道衆邪異學之名聲也佛號無畏如來至真等正覺現在説法其佛始往詣樹下時須摩提等七十二姟諸魔往欲與佛戰又彼如來爲菩薩時行無放逸成諸通慧魔便遮往應時如來隨諸魔數化諸佛樹變諸菩薩其數亦爾各各別坐於佛樹下時諸魔怪未曾有何所爲審菩薩身者吾等當往妨廢所興壞其道意諸化菩薩告衆魔曰一切諸法皆如幻化於今仁者欲何所亂假使卿等能分別了發於無上正真之道福德慶者若復勸助使發道意遮發道意又來壞亂之罪釁者卿等未曾乃復懷害諸魔又問發無上正真道意及勸化

人發大道者其福云何菩薩答曰正使江河沙等諸佛世界滿中七寶以用布施發道意者福德超彼又復正使江河沙等諸佛國土所有衆生悉共供養一切施安奉衆學者恣其所欲設復有人勸發道意德超于彼又復問曰假使有人亂壞道意其罪如何諸菩薩曰設復有人普取衆生挑其瞳子罪寧多不答曰甚多報曰壞道意者罪過於彼時無數億諸魔之衆聞此言說覩大變化皆發無上正眞道意皆以天華天香雜香散華燒香奉諸菩薩鼓諸音樂百千之數各歎頌曰願令聖衆疾得無上正眞之道時彼菩薩成最正覺尋有異天而舉聲曰斯諸魔衆皆脫惡趣乃發道意如來爲施無恐懼義以是之故如來名曰爲無所畏無所畏如來豈異人乎莫

造斯觀所以者何則吾身是也佛言目連佛變斯名于彼世界是爲如來威神之感則非一切聲聞緣覺之所能及佛告目連於此三千大千世界東南去斯八萬四千諸四大域其域名曰普錦綵色佛號衆華如來至眞等正覺現在說法彼四大域種種妙好八品珍寶以成爲地交露寶幔其地柔輭如上妙衣以珍爲草自然四寸遍布于地足蹈其上則便陷偃舉足還復其地平正猶若如掌普錦世界有大城郭名曰上賢人民熾盛安隱無患米穀平賤快樂不倫人民繁滋其城東西長千二百八十里南北廣六百四十里上賢大城人民所居衆多難計復多於此安迦摩竭拘蔞沙國衆華如來常遊在於上賢大城若一說法化三姟人得羅漢證有三姟人至

阿那含有三姟人至斯陀含寂寞之行有三姟人得道迹證有三姟人化縁覺乘又兩倍人皆發無上正真道意有無數人皆殖衆德本彼四大域其境界中而有一樹名審合成常有華實其味甚美如百味饌男子女人若取華實當食之者晝夜七日飽不飢渴顔容姝好色中改變精氣充滿勢力强盛形體輕便食是已後亦不大行亦不小便無有涕唾土不耕種賈販求利服是華實自然安隱亦無貧富飲食居宅等無差特又彼如來諸聲聞等六十四億百千諸姟諸菩薩衆復倍此數而彼如來所遊觀國名曰普華佛所食處佛與聲聞諸菩薩衆適坐飯頃尋時諸樹曲躬作禮有此華實自然來入比丘鉢中飯食已竟有諸樹木復重作禮服住如故佛言目連彼之世界功德巍巍乃如是矣衆華如來則吾身是今續現在以此名號講說經義則非一切聲聞縁覺之所能知也佛告目連斯三千大千世界西南方去此七大四域有四方界名曰選擇一一方域有八萬四千國一一國有八萬四千王一一王有八萬四千城其州域大邦郡國縣邑村落人民之衆億百千姟具足備滿斯一切王棄去非法一一王者有八萬四千夫人婇女一切婇女國中第一爲真玉女一一國王有五百子或有千二百子者一一諸王以正治國不加鞭杖刀刃不設各各教化不令而從佛名釋寶光明如來至真等正覺現在說法彼佛所遊厥四方域精舍香座高四丈九尺一一座牀香氣流布於四天下而雨天華散於釋寶光明如來

上百千妓樂自然和鳴天地忽然爲大震動音聲如梵積累功德不可稱計百千之福爲轉法輪斷諸塵勞泥洹無垢名曰將護諸菩薩容如來說法爲四大以萬四千王住在宮中及諸婇女男女大小聞了道義悉得遠塵離垢諸法法眼生諸王妻子中宮眷屬悉發無上正眞道意皆同一音各自宣言志願出家如來勸讚悉使一時同作沙門若遊郡國縣邑丘聚村落造行亦不種作自然生粳米諸天悉來供養之其佛第一講法諸聲聞衆皆得立于須陀洹果諸菩薩乘皆逮信忍第二說法得斯陀含果諸菩薩乘皆悉逮得柔順法忍第三法會講說經典住阿那含諸菩薩學獲致五通第四說法立於羅漢諸菩薩學得不起法忍諸王中宮女子官屬皆轉女身得爲男子斯諸如來悉授其決皆當逮得無上正眞之道於意云何彼界如來名釋寶光明豈異人乎莫造斯觀所以者何則吾身是也以此名號于彼世界示現說法如來變動則非一切聲聞緣覺之所能知也佛告目連於是三千大千世界西北方去此五十五四大方域有四方域號名香土以上妙好栴檀雜香爲閻浮提土地有樹名曰普香一一樹者香聞四十里自然蓮華大如車輪有無數葉香氣普流極柔輭好絶細綵衣色不可計光暉煒煒生高二丈一一蓮華其香之氣遍四天下香周無量香爲重閣香爲經行池生蓮華無有郡縣國邑丘聚村落唯有高臺無央數千滿其境界猶如第六無憍樂天自然之物人民之安飲食遊居等無差特彼土

如來說經法時唯演清淨諸大人教捨於聲聞緣覺之事神通菩薩周遍四方不可思議諸菩薩衆逮得法忍諸菩薩中有菩薩名曰變衆法王志願高妙獲威成三忍明神通辯才巍巍供養稽首歸命無央數億百千諸佛變衆法王菩薩大士勸請世尊演說經典佛即聽之宣揚道義即於佛前從座而興高四百里因從毛孔悉放光明普照世界自然化生微妙蓮華其色像貌生無央數億百千葉徧布境界積四丈九諸天妓樂不鼓自鳴出八部音法印之聲一一法印總八十四億經典之訓一一經典攝二萬二千香氣之敏言從虛空中自然而建九十六百千億人立不退轉當成無上正眞之道皆逮得至不起法忍諸菩薩衆如是比像周遍彼土其境人民無有盲聾亦無跛蹇亦無惡色瑕穢之難無貧匱者斯衆菩薩三十二相莊嚴其身無有異樂以法爲樂亦不食飲服志禪定以爲供養彼無八處及與惡趣假使壽終無有別趣唯歸佛道佛言目連於意云何釋賢光明如來則吾身是也如來于彼變化感動則非一切聲聞緣覺之所能知也佛告目連於是三千大千世界東北方去此四十二四方大域有別大界名曰志危其土人民婬怒癡盛弊惡慳貪手執刀杖無信嫉妬犯戒瞋恚多爲徒倚懈怠慢突放心恣意而不安詳訐有吾我貪人壽命復無智慧不知時節不曉羞慚志性卒暴而無恭敬彼土衆生顏貌變惡下劣卑賤相求長短欲相危害喜相罵詈誹謗相言風雨不時邪辭相教其地堅鞕麤惡之

瑕荆棘汙穢周布土境斯諸人民形體顔貌似氷麻油草木藍色衣服醜陋飲食麤惡貧窮困厄土名七凶人民憍念是天宮殿人民之黨若得財寶悉没王藏彼土人民遭衆罰厄加之杖痛一類無差也佛言目連彼土人民勤苦之患現在如是假使命過終没之後悉墮地獄餓鬼畜生其佛名曰心念愍哀如來至眞等正覺講説經法現十八變而演典籍七百歲中無有一人受法教者其佛世尊不以懈猒興發大哀益加演經其佛若入郡國縣邑邦域村落人民見之皆共罵詈誹謗毁辱唾賤瓦石打之彼如來尊欲開化故亦不退止時佛復於七百歲中説經八十四姟人皆得羅漢得阿那含斯陀含須陀洹各各亦復八十四姟悉於一日出作沙門受成就戒一切學者及不學者於三月竟不樂餘談一日之中皆般泥洹又其如來續存處世復有五人學菩薩乘宿有餘疊生彼佛土遭勤苦惱佛爲説經目連白佛言其土菩薩以何罪殃生彼土乎弊惡之處耶佛告目連菩薩以四事法生於惡處受于惱患也何等四假使菩薩慕供養利不學道法即生惡處復次目連菩薩又喜誹謗正法既自不學又止他人令不受持復次目連菩薩呵折他人斷不得共行誹謗之復次目連菩薩不護身口意者以是四法生於惡趣而受惱患佛言在彼世界講説經者則吾身是也如來現變感動威神則非一切聲聞緣覺之所能知目連白佛如來至眞唯於此三千大千世界現作佛事復於餘國異佛土乎佛告目連今爾所見

世尊示現與聲聞俱吾又復於斯三千大千世界百億四大域隨人所樂察其本志各爲說法又佛於斯三千世界四方大域以梵天色像說法或如來像而現教化或現白衣不著袈裟或如帝釋示現說法或如四王轉輪聖王如是一切行權方便爲說經典如來于斯三千大千世界各各隨心之所喜樂所應度者衆生之類而爲說法開化之也及在他方無量佛土一切聲聞緣覺之乘所不能知也如日月宮而不動移普悉現于郡國縣邑村落丘聚州域大邦如來若斯自於佛土而不動搖則便皆現於無央數諸佛國土隨從羣黎本志所應爲說經典目連白佛言今所現佛何所審實忉利天上閻浮提者諸天宮中三千大千域者在他方異佛世界說法者乎唯天中天當何因知審眞佛者施何所佛福祐大巨不可稱限佛告目連吾今問爾從意報之卿意云何猶如幻師化造化人爲男爲女何所審實目連答曰無有實者天中天所以者何幻祝術力化有所變悉無所有不可別知又問目連所可故化寧有所辯不乎曰辯之天中之天佛言如是一切諸法亦如幻化不可別知等無差特亦不有作猶如幻師任力祝術多所化變所可化者等無差特佛亦如是以智慧聖而普示現諸佛國土所造平等而無差特悉爲佛事其有供養斯諸佛者建立福祐得言一等諸佛世尊無有差別是一切法悉無所生亦無有實猶如幻化法異亦無差別佛言目連如來發意之頃以一毛孔現江河沙等如來至眞三十二相具

足微妙自然顔貌隨形而化普爲說法而口宣示以六十音一切如來曉了衆生心之所行衆生羣黎心之所好悉知根源順諸羣黎而爲說法有所演說衆生悉受則除苦患斯諸如來皆以三品感動變化說衆經法悉以四辯分别之慧皆現佛德於目連意所趣云何何所如來爲第一尊形像威容初最勝耶化佛者乎佛所化如來耶目連答曰無有尊卑天中之天所以者何有所變動等無差别故也是故無異顔貌威容辯才聖達神足說法有所度脫不可分别言有差特也佛言是故目連當造斯觀其有自然化現法者無有差特不可别知佛言目連設了諸法自然化者則不分别言凡夫有異況佛法乎所以者何目連一切諸法悉本清淨諸法皆空人迷惑者反住衆想爲應不應從其所喜而爲馳騁其法界者亦無所起亦無所滅法界平等如來善解其有解斯悉於閻浮提衆生之類前化現諸佛形像相好及諸比丘而令人民無覺知者置是目連閻浮提人也正使四方大須彌方域諸天人民及餘所生羣萌伴黨如來現入一毛孔於諸人中變化示現及與聖衆諸人各各不能相見不知所入置是目連假使三千大千世界衆生之類復令稍漸悉得人身一切羣生比丘聖衆人民之黨如來普現於一毛孔不能相知爲何所入也置是目連正所東方江河沙等諸佛國土及於十方諸佛世界衆生之類無量世界一切悉變逮得人身如來徧令一切人民及與聖衆入一毛孔不使衆生知爲所入也置是十方

江河沙等諸佛國土羣萌之類佛言目連今佛現在無罣礙眼見諸佛國能以具足聖達佛眼引若干變而爲譬喻於百千劫說諸佛土不能究竟諸佛國土不可限量又斯一切羣萌之黨悉令得道猶如緣覺不能計數稱量知限何況聲聞唯有如來能知多少國土所有廣狹大小遠近深淺毫毛分寸分了微塵正使無量無限不可計會江河沙等三千大千世界滿其中塵佛眼無極以無罣礙聖達皆見此諸佛國復過于彼斯諸佛土所有羣萌不可限量人界若斯衆生甚多多於地土斯諸衆生稍稍漸漸得爲人身一切悉爲轉輪聖王一一聖王如彼衆生眷屬之數亦復如斯一切聖王及與官屬如來悉能各各現入於一毛孔及與聖衆各不覺知不知所入也各見如來一切毛孔普現佛身及與聖衆如來所現威神之變終不損耗正使一切不可計劫無量無限劫中現變如來威聖道德之光不可稱盡巍巍神妙乃如是也於意云何諸轉輪王及與七寶所獲功德寧增多不乎答曰甚多甚多天中天無量安住佛言目連今吾告汝如彼一切衆生之類皆爲轉輪聖王與七寶福悉合集之不及如來所造成滿一毛之福德善之慶超出于彼無以爲喻也爾時賢者目連白佛言唯然世尊我得善利慧及餘福佛爲法師聖尊無限神妙乃爾威豪無極明達浩浩堂堂光暉無邊不可窮底又天中天有所興造無所損耗於一切法靡不暢達我以遺失如是之像無礙之慧其有衆生得聞若斯佛之所爲威聖之變一

心能聞一句義者則得善利無極之慶何況信持諷誦讀者便當具足如斯神足發興無上正眞之道如是等人當爲歸命天中之天無有恐畏不當復疑有向惡趣爾時諸天龍神釋梵四天王從世尊聞佛所示現感動變化異口同音而咨嗟曰南無諸佛歸命世尊假使有人能發斯心清淨意者吾亦歸命爲之作禮興隆大道亦當逮獲若茲變化猶若如來之所感動也吾等不疑無猶豫結時天龍神揵陀羅釋梵四王五體投地歸命斯經則以恭敬稽首禮佛百千妓樂自然爲鳴散天青蓮芙蓉莖華遍忉利天佛說經時七十二姟天人昔者以來未起道心今皆發無上正眞道意各自說言吾於來世於天上世間人民之前當暢宣顯大師子吼亦如今日如來所爲興發師子大吼之導於斯月氏天白佛言若有族姓子族姓女受斯經典持諷誦讀廣爲人說得何福祐佛言假令族姓子族姓女受斯經典持諷誦讀爲他人說當值三寶而不斷絕所以者何其聞經者不發聲聞緣覺之心唯志無上正眞道意所以者何有字是經其人則好微妙之義諸根明達靡不信樂是故天子當造斯觀能受奉持諷誦讀其經典者爲護三寶令不斷絕於天子意所察云何其護三寶使不斷者設令千佛各壽一劫寧能歎盡其功德乎答曰不能天中之天佛言以故天子當了知之若有受持斯經典者德不可量也於斯慈氏菩薩白佛言是經名曰何等何因持名佛告彌勒是經名曰忉利天品佛現感動威神之變奉持之佛言

慈氏慇懃受持諷誦說者若爲他人分別解義多所成就於衆人民若斯像經流布天下甚難得值佛說如是月氏天子月上天子慈氏菩薩賢者目連諸天龍神阿須輪世間人民莫不歡喜作禮而退

佛昇忉利天爲母說法經卷下

音釋

燿滅 燿忽郭切正作霩雪消謂之霩燿滅謂如雪之消滅也

陷偃 陷平監切沒而下也偃於憶切偃靡也

煒 羽鬼切煒煒光盛貌

跛蹇 跛補火切足偏癈行不正也蹇九件切亦跛也

鞕 魚孟切堅牢也

馳騁 騁丑郢切直馳也又馳騁走也

相續解脫地波羅蜜了義經

劉宋天竺三藏法師求那跋陀羅譯

清刻龍藏佛說法變相圖

二經同卷

相續解脫地波羅蜜了義經

相續解脫如來所作隨順處了義經（此二經即解深密經第四第五卷別譯）

相續解脫地波羅蜜了義經

劉宋天竺三藏法師求那跋陀羅譯

如相續解脫經說觀世音菩薩白佛言世尊菩薩有十地所謂歡喜地離垢地明地焰地難勝地現前地遠行地不動地善慧地法雲地佛地第十一此諸地幾種清淨攝爲有幾分佛告觀世音菩薩有四種清淨十一分攝此諸地觀世音希望清淨攝初地增上戒淨攝第二地增上心清淨攝第三地增上慧淨增上上上妙淨攝第四地乃至佛地是四種

淨攝彼諸地云何十一分觀世音解行地菩薩有十法行善修習菩薩解脫忍度此地已菩薩超昇離生彼分滿足而未能於微細犯戒行正知住此則分不滿足爲滿足故方便進求到已滿足而未能具足世俗三昧正受及滿足聞持陀羅尼此則分不滿足爲滿足故方便進求到已滿足而未能如所得菩提分法數數修習亦未能捨正受法愛心此則分不滿足爲滿足故方便進求到已滿足而未能觀察眞諦不能捨一向背生死向涅槃意行方便攝修菩提分法此則分不滿足爲滿足故方便進求到已滿足而未能現前觀諸行生多住猒離多住無相此則分不滿足爲滿足故方便進求到已滿足而未能多住不斷無間無相思惟此則分不滿足爲滿足故方便進求到已滿足而未能捨離無相有行及得相力此則分不滿足爲滿足故方便進求到已滿足而未能究竟分別衆相分別諸名一切種說法得自在此則分不滿足爲滿足故方便進求到已滿足而未能受得滿足法身此則分不滿足爲滿足故方便進求到已滿足而未能得一切爾焰無礙無障知見此則分不滿足爲滿足故方便進求到已滿足彼分滿足故一切分滿足觀世音是名四種清淨十一種分攝一切諸地觀世音白佛言世尊何故初地名歡喜地乃至佛地名爲佛地佛告觀世音出昇大義得出世間心勝妙歡喜故初地名歡喜地離一切細微犯戒故第二地名離垢地彼三昧聞持依無量智光明故第三地名明地以智火焰燒諸煩

惱修習菩提分法故第四地名焰地彼方便修習諸菩提分法艱難勤苦而得自在故第五地名難勝地現前觀察諸行生及多相思惟故第六地名現前地不斷無間無相思惟遠入近清淨地故第七地名遠行地無相無開發相煩惱不行不動故第八地名不動地一切種說法自在得無過廣大智故第九地名善慧地如虛空等過惡以如大雲法身周徧覆故第十地名法雲地細微煩惱爾焰障斷得無礙無障爾焰一切種覺故第十一地名佛地觀世音白佛言世尊此諸地有幾種愚幾種所治過佛告觀世音有二十二種愚十一種所治過初地衆生及法計著愚惡趣煩惱愚彼即所治過第二地微細犯戒行愚種種業趣愚彼即所治過第三地欲愛愚滿足聞持愚彼即所治過第四地正受愛愚及法愛愚彼即所治過第五地一向生死向背思惟愚一向涅槃向背思惟愚彼即所治過第六地現前觀察諸行生愚多行相愚彼即所治過第七地微細相行愚一向無相思惟方便行愚彼即所治過第八地無相無開發愚相自在愚彼即所治過第九地無量說法無量法字句上上智慧樂說總持自在愚樂說自在愚彼即所治過第十地大神通愚入微細祕密愚彼即所治過佛地一切爾焰微細正受愚障礙愚彼即所治過觀世音是名二十二愚十一種所治過於彼諸地建立不與無上菩提相應觀世音白佛言奇哉世尊無上菩提大利大果彼諸菩薩破大疑網度大罪過得無上菩提觀世音白佛言世尊於

此諸地建立幾種殊勝佛告觀世音有八事謂增希望清淨心清淨悲清淨波羅蜜清淨見佛供養清淨成熟衆生清淨生清淨力清淨觀世音於初地中增希望清淨乃至力清淨乃至上上地乃至佛地增希望清淨乃至力清淨當知彼是清淨彼佛地中惟除生清淨從初地至上上地彼功德等當知自地功德殊勝一切菩薩地是有上功德唯如來地功德無上觀世音白佛言世尊以何等故菩薩於一切有生最勝佛告觀世音有四種謂快淨善根等集故隨智慧取故慈悲救一切衆生故自離染汙亦令他離故觀世音白佛言世尊菩薩何故發妙願勝願名力願佛告觀世音有四事彼菩薩巧住涅槃樂及堪能疾得捨疾得及樂住無所因無所爲久受衆苦爲衆生故發願是故妙願勝願名力願觀世音白佛言世尊菩薩學有幾事佛告觀世音菩薩學有六事所謂六波羅蜜檀波羅蜜乃至般若波羅蜜觀世音白佛言世尊此六學事幾增上戒學幾增上心學幾增上慧學佛告觀世音施戒忍此三事是增上戒學禪是增上心學慧是增上慧學精進通一切觀世音白佛言世尊此六事幾是福德衆具幾是智慧衆具佛告觀世音增上戒學是福德衆具增上慧學是智慧衆具禪及精進通一切觀世音白佛言世尊菩薩於此六學事云何學佛告觀世音有五種與波羅蜜相應謂說正法菩薩藏先極信解於彼行十法行聞思修慧隨護菩提心習近善知識方便修學無閒善業觀世音白佛言世尊何故此諸學

事六種施設佛告觀世音有二事一者攝取衆生二者對治煩惱彼三學攝取衆生三學對治煩惱菩薩布施衆具衆具饒益攝取衆生菩薩持戒不行惱害亦不恐迫無畏饒益攝取衆生菩薩忍辱於彼惱害逼迫恐怖堪忍饒益攝取衆生以此三學攝取衆生以勤精進折伏煩惱不斷煩惱修學善業修學善業不爲一切煩惱所動以禪伏煩惱以慧斷諸使以此三學對治煩惱觀世音白佛言世尊何故施設餘四波羅蜜佛告觀世音此等是六波羅蜜伴故彼三波羅蜜攝取衆生菩薩攝事方便善業建立是故我說方便波羅蜜是三波羅蜜伴復次觀世音菩薩現法多行煩惱不能堪任常修習忍貪樂下界故希望羸劣不能內一其心及菩薩藏聞緣修習不能開引出世間慧受行少福願未來世煩惱微薄是願波羅蜜煩惱薄已能勤精進是故我說願波羅蜜是精進波羅蜜伴親近善知識聽聞善法內正思惟轉劣希望得力希望殊勝上界能內一心是故我說力波羅蜜是禪波羅蜜伴於菩薩藏聞緣修禪是智波羅蜜堪能開引出世間慧是故我說智波羅蜜是般若波羅蜜伴觀世音菩薩白佛言世尊何故六波羅蜜作如是次第說佛告觀世音彼上上招引依故菩薩棄捨身財受持淨戒護戒故忍忍已精進進已能禪禪具足已得出世間慧觀世音白佛言世尊彼諸波羅蜜有幾種分別佛告觀世音各有三種檀波羅蜜三種者謂法施財施無畏施尸波羅蜜三種者謂轉捨不善戒轉生善戒轉利衆生

戒羼提波羅蜜三種者謂不饒益忍安苦忍觀法忍毗梨耶波羅蜜三種者謂弘誓精進善方便精進利衆生精進禪波羅蜜三種者謂離妄想寂靜煩惱苦對治樂住禪開引功德禪開引利衆生禪般若波羅蜜三種者謂世諦緣第一義諦緣利衆生緣觀世音白佛言世尊何以故此諸波羅蜜名波羅蜜佛告觀世音有五種一者無礙二者無顧三者無過四者無妄想五者迴向無礙者謂於波羅蜜相違事不染著無顧者謂於波羅蜜果報及現世利心不繫縛無過者謂於諸波羅蜜離雜染汙無方便法無妄想者謂於諸波羅蜜不如言說計著自相迴向者謂此諸波羅蜜已作已長養爲求無上大菩提果觀世音白佛言世尊何等爲違波羅蜜事佛告觀世音當知有六事一者欲樂錢財自在增上主自見安樂功德福利二者隨其所欲縱身口意三者於他輕慢心不堪忍四者於諸善法不勤方便五者習近世間雜亂衆事見聞覺識六者世間戲論作福利見觀世音白佛言世尊此諸波羅蜜有何果報佛告觀世音彼亦有六種一者大財二者善趣三者無怨四者不壞五者多喜樂衆生增上主六者不害自身有大堪能觀世音白佛言世尊此諸波羅蜜有何染汙法雜佛告觀世音當知有四種一者無悲方便二者不正思惟方便三者不常方便四者不頓方便不正思惟方便者於此諸波羅蜜餘波羅蜜雜亂修習觀世音白佛言世尊云何非方便佛告觀世音於此諸波羅蜜已作長養攝取衆生少財饒益心

則歡喜不令衆生覺悟不善安立善處是名非方便所以者何此非菩薩饒益衆生如不淨物若多若少無有方便能令其香如是諸行性苦衆生非少利饒益能令安樂第一攝取者安立善處觀世音白佛言世尊此諸波羅蜜有幾種清淨佛告觀世音我不說此諸波羅蜜離彼五種更有清淨然我今日即於彼事總別分別總說者一切波羅蜜清淨當知有七種何等爲七謂菩薩於此法不求人知於此法不執著見於此菩提乘法不生疑惑若是若非不自舉下他不高不放逸不以少劣生知足想不於此法起慳嫉心令當別相說波羅蜜淨當知七種何等爲七謂菩薩於我所說七種淨施受持修行施物清淨清淨施戒清淨見清淨心清淨語清淨智清淨

垢清淨清淨施是七種名檀波羅蜜淨謂菩薩善制一切種律儀戒善於出罪彼恒戒堅固戒常作戒常轉戒受學戒是七種名尸波羅蜜淨謂菩薩自依業報於一切不饒益事心不瞋恨若罵若瞋若打若諍諸不饒益悉不返報於諸怨憎心不懷結若彼求悔虛受無礙若他觸犯不望懺謝如法哀受無畏無求常行饒益心不廢捨是七種名羼提波羅蜜淨謂菩薩善知平等精進不以精進自舉下人於諸善法專著精進堪能堅固不捨是七種名毗梨耶波羅蜜淨謂菩薩善入無相三昧禪滿足三昧禪戒俱三昧禪入三昧禪無依三昧禪善修治三昧禪於菩薩藏聞緣修習無量三昧禪是七種名禪波羅蜜淨謂菩薩建立及謗二俱捨離中道慧出即以彼

慧解脱門義如實了知空無相無作三脱門自性義如實了知若妄想若縁起若成此三種自性離自性義如實了知若相若因縁若第一義此三種離自性及世諦義如實了知五明處第一義諦義如實了知多住七種如不妄想離虚僞一度門起無量下地法縁觀法次法向是七種名般若波羅蜜淨觀世音白佛言世尊彼五種各有何業佛告觀世音當知有五業菩薩無礙者現法波羅蜜常頓方便不放逸無顧者攝受未來不放逸因無過者修滿淨波羅蜜無妄想者彼巧方便疾滿足波羅蜜迴向者於一切生常得善受果報無盡波羅蜜乃至阿耨多羅三藐三菩提觀世音白佛言世尊此諸波羅蜜何者最勝佛告觀世音謂無礙無顧迴向何者不染汙謂無過無妄想何者熾然謂不計數何者不動謂入不退法地何者快淨謂住十地求佛地觀世音白佛言世尊何故菩薩當得無盡波羅蜜受果報及無盡波羅蜜佛告觀世音展轉相依捨修習故觀世音白佛言世尊何故菩薩深樂波羅蜜受果報佛告觀世音菩薩有五事一者諸波羅蜜增上喜樂眞實因二者攝取自他因三者來世受果報因四者離煩惱事五者不住惡趣觀世音白佛言世尊此諸波羅蜜各有何德力佛告觀世音當知各有四種一者菩薩修諸波羅蜜時捨離慳貪犯戒懈怠亂心諸見二者爲無上菩提眞實衆具三者於現法中攝取自他四者於未來世得廣大無盡受果報觀世音白佛言世尊此諸波羅蜜何因何果何義佛告觀世

音此諸波羅蜜悲為因受報攝取眾生為果滿足大菩提為大義觀世音白佛言世尊若菩薩有無盡財及有悲心者何故世間有貧窮眾生佛告觀世音此是眾生自業過耳若異者他常為作彼則應有無盡之財世間何有貧窮眾生若然者眾生作惡不應為障觀世音譬如餓鬼為渴所逼惟見空壑非彼海過但彼餓鬼自業過耳如彼大海無有過咎菩薩無過亦復如是如彼餓鬼自業果報眾生業報亦復如是觀世音白佛言世尊一切諸法悉無自性菩薩以何等波羅蜜取佛告觀世音般若波羅蜜觀世音白佛言世尊般若波羅蜜取無自性者何故不取自性佛告觀世音我不說無自性取無自性然無自性無字自知彼不能離字說而說以是故離自性取離自性觀世音白佛言世尊所說波羅蜜上波羅蜜大波羅蜜何等為波羅蜜何等為上波羅蜜何等為大波羅蜜佛告觀世音菩薩於無量時修習檀等善法成就而煩惱亦行不能降伏而為彼所勝謂解行地輭中解轉名波羅蜜復無量時修如是等善法成就煩惱亦行而能伏煩惱非彼所勝謂從初地起名上波羅蜜復無量時修如是等善法成就一切煩惱一切不行謂第八地起是名大波羅蜜觀世音白佛言世尊此諸地幾種煩惱使佛告觀世音有三種一者害伴謂五地觀世音不俱生煩惱行俱生煩惱行伴彼爾時無是故名害伴二者羸使謂六地七地細微行修抑止不行三者細微使謂第八地彼上上一切煩惱一切不行及爾焰障依少

故觀世音白佛言世尊菩薩幾種過斷名斷彼使佛告觀世音有三種初皮過斷第二膚過斷第三骨過斷離一切使者我說惟佛地觀世音白佛言世尊菩薩幾阿僧祇劫斷彼諸過佛告觀世音有三無量或刹那羅婆摩睺妬路半時一時日夜半月一月離垗（二月爲一節一節名離垗）觀世音白佛言世尊此諸地菩薩煩惱起有何相何過何德佛告觀世音不染汙相所以者何謂菩薩於初地入一切法界彼知煩惱起非不知是故名不染汙相不能令自身生苦故無過爲衆生界作離苦因故菩薩起煩惱有無量功德觀世音白佛言奇哉世尊乃至大義菩提令諸菩薩起煩惱勝一切衆生聲聞緣覺善根功德況餘功德觀世音白佛言世尊世尊所說聲聞乘及大乘即是一乘有何義佛告觀世音我說聲聞乘法所謂五陰內六入外六入如是等我說即是大乘一法界一道是故我不說有種種乘而彼如所說義而起妄想或建立或誹謗說種種乘彼見相違各各諍論故作是說爾時世尊欲重宣此義而說偈言

說種種自性　是皆同一道　下劣上妙乘
無有種種異　如說隨妄想　建立或誹謗
彼見義相違　愚惑種種解　地攝相所治
勝生及願學　此說大乘道　勤修速成佛

爾時觀世音菩薩白佛言世尊相續解脫經中此經何名云何奉持佛告觀世音此經名地波羅蜜了義說如是奉持說是地波羅蜜了義說時七萬五千菩薩得大乘光三昧

相續解脱地波羅蜜了義經

相續解脫如來所作隨順處了義經

劉宋天竺三藏法師求那跋陀羅譯

清刻龍藏佛說法變相圖

相續解脫如來所作隨順處了義經

劉宋天竺三藏法師求那跋陀羅譯

如相續解脫經說文殊師利白佛言世尊世尊所說如來法身如來法身有何相佛告文殊師利地波羅蜜善修習乘身轉集成文殊師利是如來法身相當知復有不可思議相有二因緣謂彼離虛僞無行衆生計著虛僞行文殊師利白佛言世尊聲聞緣覺身轉亦是法身耶佛告文殊師利不名法身文殊師利白佛言世尊名何等身佛告文殊師利名解脫身文殊師利解脫身者聲聞緣覺諸如來等惟法身差別法身差別者謂無量功德殊勝奇特不可爲譬文殊師利白佛言世尊如來因起有何相佛告文殊師利化身相如世界起一切種如來功德及清淨莊嚴住相

當知化身相起法身無起文殊師利白佛言世尊以何等巧方便示現化身佛告文殊師利一切三千大千諸佛世界增上主家生福田家生入胎出胎生長受五欲出家苦行往詣道場菩提樹下降魔成佛轉法輪已現般涅槃當知是示現化身巧方便文殊師利白佛言世尊如來化身幾種語爲衆生說法諸未熟者調伏令熟已熟者令於緣解脫佛告文殊師利如來語者說修多羅語毗尼語摩德勒伽語文殊師利白佛言世尊云何修多羅云何毗尼云何摩德勒伽佛告文殊師利若我說諸法攝事分齊名修多羅謂因四事九事二十九事如是四十二事何等四事謂聞事歸依事戒事菩薩事何等九事謂施設衆生事受用事彼因起事起已住事彼滅事彼種種事說事所說事徒衆事何等二十九事謂從染汙分行攝事彼主漸次隨起事彼作如是人想已未來生因事作法想已未來生因事從清淨分緣中繫念事於彼決定事心住事現法樂住事起一切苦緣方便事彼斷知事彼亦三種謂顛倒處斷知從衆生想外衆生邪向處斷知內離增上慢處斷知修處事作證事修事彼所作堅固事彼行事彼緣事斷不斷觀察巧便事彼散亂事彼不散亂事不散亂處事修習無猒方便不捨所作事修福利事彼堅固修事真實覺知事到涅槃事善說法律世俗正見得一切內外正見項事彼修退事文殊師利彼善說法律不修習退非見過文殊師利若我爲弟子聲聞菩薩說波羅提木叉波羅提木叉相應學是名

毗尼事文殊師利白佛言菩薩有幾種波羅提木叉佛告文殊師利有七種一者說受威儀二者說波羅夷處事三者說犯自性四者說不犯自性五者說出犯六者說受律儀七者說捨律儀文殊師利有十一種相宣通分別廣說顯示是名摩德勒伽云何十一種相一者等相二者第一義相三者菩提分法攀緣相四者行相五者果相六者神力顯示相七者自性相八者彼持相九者彼順法相十者彼患相十一者彼利相文殊師利等相者說人說妄想自性說諸法動作業事第一義相者說七種如緣相者說一切種爾焰事行相者說八行觀察何等八行觀察一者諦二者立三者過四者德五者通六者生七者成八者略廣諦者如立者建立衆生等若建立妄想自性若建立一向分別詰問置答若建立隱覆顯現記說過者我於煩惱法無量因緣說過患德者我於清淨法無量因緣說福利通者有六種一者眞實義通二者得通三者說通四者離二邊通五者不可思議通六者意通生者謂三禪三有爲相及四緣成者有四種一者以有成二者所作事成三者助成四者法成若因若緣諸行起及隨說是名以有成若因若緣諸法若得若成若已起者作所作是名所作事成若因若緣或宗或說或授或義而成之覺之彼復略說二種一者淨二者不淨淨有五種相不淨有七種相何等爲五淨相一者彼現前得相二者彼依現前得相三者自種比相四者成相五者快淨語說相一切行無常一切行苦一切法無我

若世間現前得如是等名現前得相一切行
剎那故有他世及淨不淨業不壞若依現見
麤無常故得若依現見種種衆生及種種業
故得若依現見苦樂衆生淨不淨業故得以
此比類得不現前如是等名彼依現前得相
若復內外諸行一切世間緣起沒生得如是
比苦得等如是比不自在得如是比外世間
緣起成敗得如是比如是等名自種比相彼
現前得相彼依現前得相自種比相作一向
成相已當知是相若廣演說一切智所說謂
涅槃寂靜如是等名快淨語說相文殊師利
是故此五相成清淨觀以清淨故應當修習
文殊師利白佛言世尊一切智相有幾種佛
告文殊師利有五種一者若一切智名聞出
于世間二者成就三十二大人相三者十力

決斷一切衆生疑網四者四無畏說法一切
外論不能難問不能屈伏五者若彼法律知
有八聖道四沙門果當知此五行是一切智
相若此助成如是現前量比量信言量是名
五種快淨相云何七種相一者彼異相似得
相二者彼異不相似得相三者一切相似得
相四者一切不相似得相五者異生比相六
者不成相七者不淨語說相若彼一切法意
識識是名一切相似得相若復形自性業法
因果異相名各各異相決定各各異相是名
一切不相似得相文殊師利彼有比異一切
相似得相有一切不相似相似彼不一向成
故是名不成相又復彼有比異不相似得相
有一切相似相似彼不一向成故是名不成
相不成故不成清淨觀不淨故不應習近不

淨語說相者當知是性不清淨若如來出世若不出世如是法住住法界是名法成彼略廣者總說一句法漸增廣句分別解說乃至究竟若有行有攀緣決定菩提分法我說念處等是名自性相世間出世間道共斷諸煩惱招引世間出世間功德果是名彼得果相若彼解脫智知廣為衆生演說顯示是名神力顯示相如是修菩提分法彼違道處染汙是名障法相彼多利益是名順法相若障過是名過患相若隨順功德是名利相爾時文殊師利白佛言世尊惟願更為諸菩薩衆說修多羅毗尼摩德勒伽略受持義不與一切諸外道共令諸菩薩於如來所說甚深之法次第隨順入佛告文殊師利汝今諦聽我當為說略受持義令諸菩薩善入如來不了義說文殊師利若染汙法若清淨法我說一切法無作無人一切無所取非染汙法先染汙後清淨非清淨法後清淨先染汙彼愚癡凡夫於罪過身若法若人計著先自性妄見因緣言此是我此是我所見聞覺嘗及觸識相妄作淨穢而起邪行若有如實知者捨離過身一切煩惱所不能染得畢竟快淨離諸虛偽得無為身永離諸行文殊師利當知此是略受持義爾時世尊欲重宣此義而說偈言

染汙清淨法　無作亦無人　我說無所取
淨穢無先後　愚於過患身　計我及我所
緣彼起見著　我食我所作　此是我煩惱
此是我清淨　如是如實知　永捨過惡身
煩惱不染著　畢竟快清淨　永離諸虛偽
無為當住身

爾時文殊師利白佛言世尊如來心起有何相佛告文殊師利如來無心意識起然如來無行心起當知如化若諸如來法身離一切行者云何無行中間心起文殊師利本所修智慧起故譬如非無心眠作覺行然有覺本作行力故譬如非入滅受想定作覺行然有起本作行力故如眠及滅受想定心起如來心起亦復如是本修習慧所起故文殊師利白佛言世尊如來化爲有心爲無心耶佛告文殊師利無心心不自在大自在故文殊師利復白佛言世尊如來行處如來境界有何差别佛告文殊師利如來行處者乃至一切如來共謂不思議無量功德嚴淨佛國文殊師利如來境界有五種一切種衆生界世界法界調伏界調伏方便界是則差别文殊師利白佛言世尊如來成正覺及轉法輪乃至大般涅槃此有何相佛告文殊師利無有二相不成正覺非不成正覺非轉法輪非不轉法輪不大般涅槃非不大般涅槃法身究竟清淨故示現化身故文殊師利白佛言世尊化身者衆生見聞供養何故生功德佛告文殊師利縁淨心攀縁如來故化身是如來化故般涅槃行故文殊師利白佛言世尊同有無行何故如來法身爲衆生出大智光明及出無量化像非聲聞縁覺解脱身耶佛告文殊師利譬如日月水火玻瓈珠寶彼同無行而出光明普照衆生善法玻瓈衆生大威德故衆生增上業故是淨玻瓈現衆色像如是攀縁無量法界修方便慧得善治如來法身故出智光明及化色像非純解脱身文殊師

利白佛言世尊所說如來神力令欲界人自身具足謂刹利婆羅門大姓家欲界天一切自身具足色界天一切自身具足無色界天一切自身具足有何義佛告文殊師利如來神力建立若道若迹令一切處得一切自身具足謂於彼道彼迹隨所說行彼一切處得一切自身具足若違背道迹譏訶毀呰復於我所起恚害心若命終時彼一切處得一切下劣身以是故文殊師利當知非但由如來神力建立得自身具足亦有由於如來所起恚害心得下劣身文殊師利白佛言世尊不淨佛國何者難得易得耶清淨佛國何者難得易得耶佛告文殊師利不淨佛國八事易得二事難得所謂外道貧窮衆生生下姓家具足不具足壞行諸惡行犯戒惡趣下劣希望方便行菩薩是名八事易得勝希望方便行菩薩及如來出世是名二者難得文殊師利清淨佛國與上相違八事難得二事易得爾時文殊師利白佛言世尊相續解脱經中此經何名云何奉持佛告文殊師利此經名如來所作隨順處了義說如是奉持說是如來所作隨順處了義經時七萬五千菩薩得分別滿足法身三昧

相續解脱如來所作隨順處了義經

音釋

壑 呵各切

分齊 分扶問切齊在詣切分齊限量也

毀呰 毀許委切謗也呰將几切譏也

解脱身 五分法身名解脱梵音云毗木叉涅槃解脱梵音云木叉

佛說解節經

陳天竺三藏法師眞諦譯

清刻龍藏佛說法變相圖

佛說解節經

陳天竺三藏法師眞諦譯

不可言無二品第一

如是我聞一時佛婆伽婆住王舍城耆闍崛山與大比丘衆九萬九千人俱皆阿羅漢諸漏已盡所作已辦捨諸重擔獲得已利盡諸有結心善得解脫善得自在善得奢摩他毗婆舍那其名曰淨命阿若憍陳如等乃至住阿羅那三昧定須菩提等復有大比丘尼衆三萬六千人俱摩訶波闍波提乃至跋陀迦毗羅比丘尼等以爲上首復有無量無數優婆塞優婆夷頻婆娑羅王等而爲上首復有菩薩摩訶薩無量百千是賢劫中諸菩薩衆或住此土或他方來一生補處彌勒菩薩文殊師利菩薩觀世音菩薩等而爲上首皆悉

通達大深法性調順易化善行平等修菩薩道一切衆生眞善知識得無礙陀羅尼轉不退法輪已曾供養無量諸佛如是等衆皆悉聚集爾時如理正聞菩薩問能解甚深義節菩薩言佛子一切法無二一切法無二此言云何能解甚深義節菩薩言善男子是一切法不過此二謂所作非所作所作者非所作非非所作非所作者非非所作亦非所作如理正聞菩薩問言佛子云何所作非所作非非所作及非所作非非所作亦非所作能解甚深義節菩薩言善男子所作者此是大師正教言句若是大師正教言句即是世間所立言說從分別起此世言說若從分別起由種種分別及所言說一向不成故非所作善男子非所作者屬言教攝若有法離所作及非所作是法亦如是亦如是若如是者大師說教可無義不非無有義若有義者義相云何所謂不可言體唯是聖人無分別知見之所覺了爲欲令他了達如是不可言體是故大師說此言教謂是法所作善男子非所作者此是大師正教言句若是大師正教言句即是世間所立言說從分別起此世言說若分別起由種種分別及所言說一向不成故非非所作善男子此所作者屬言教攝若有法離非所作及於所作是法亦如是亦如是若如是者大師說教可無義不非無有義若有義者義相云何所謂不可言體唯是聖人無分別知見之所覺了爲欲令他了達如是不可言體是故大師說此言教謂是法非所作善男子如巧幻師及幻弟子於四衢道或

取草葉及木石等聚集一處現種種幻事謂象兵馬兵車兵步兵摩尼眞珠珊瑚玉石及倉庫等若有諸人嬰兒凡夫愚癡邪智不能了別草等幻本是人若見若聞作是思惟謂實有此象馬四兵及以庫藏若見若聞隨能隨力執著見聞作是言說此是眞實異此非眞是人則應重更思量若有諸人非嬰兒凡夫及愚癡邪智識知如是草等幻本若見若聞作是思惟無有如是象馬等物及以庫藏是人若見若聞隨能隨力不著見聞作如是言如我所思此是眞實異此非眞雖隨世言爲顯實義是人不須重更思惟善男子如此嬰兒凡夫未得出世眞如聖慧未識諸法不可言體是人若見若聞諸法所作及非所作作是思惟實有如是諸法所作及非所作何以故可見可知故是人若見若聞隨能隨力執著見聞隨見聞說此是眞實異此非眞是人應當須重思量若有諸人非嬰兒凡夫已見眞實及得出世眞如聖慧已識諸法不可言體若見若聞作是思惟如所見知諸法所作及非所作皆非實有但有假相從分別起如幻化事欺誑凡心於此中起所作非所作名及餘衆名是人如所見聞不生執著不作是言此是眞實異此非眞雖隨世言爲顯實義是人不須重更思惟善男子如是聖人由聖知見已能覺了不可言體爲欲令他見法實相故說教句謂是所作非所作等爾時能解甚深義節菩薩即說偈言

佛說絕言法　無二非凡境　愚夫於中迷
緣二著戲論　不決邪決故　常輪轉諸有

智人離見聞　簡擇中實義

過覺觀境品第二

爾時曇無竭菩薩白佛言世尊從此娑訶世界向東最遠極東方世界過七十七恒河沙數世界有世界曰善名聞佛號廣大善聞修伽陀住處我於一時往彼佛所即於彼中見一方地有七十七千諸外道衆以師爲先聚集而坐爲欲思量諸法實相時外道衆思惟稱量簡擇安立諸法實相依其所學求覓實相無能得者起種種執相違鬭諍乃至言相違害由口刀杖互相毀傷便各分散我見此已作是思惟希有希有諸佛世尊出於世間由佛出世過覺觀境甚深法相通達覺了皆得顯現菩薩說已佛即告言如是法上如是實相過覺觀境我覺了已爲他解說安立正教開示顯現令義淺易何以故我說眞實但是聖人自所證見若是凡夫覺觀境界自他可證法上以是義故應知實相過於一切覺觀境界復次法上我說眞實非相行處一切覺觀緣相行處以是義故應知實相過覺觀境復次法上我說眞實不可言說一切覺觀但由言說故知實相過覺觀境復次法上我說眞實絕於四事謂見聞覺知一切覺觀緣四事起復次法上我說眞相離諸鬭諍一切覺觀鬭諍境界以是義故應知實相過覺觀境法上譬如有人盡一期壽恒食苦味復能覺觀比度憶持蜜等甜味無有是處復次譬如有人恒樂欲塵欲塵燋熱之所燒然復能覺觀比度憶持不緣塵相依內離樂無有是處復次譬如有人恒樂言諍邪談話戲復能

覺觀比度憶持聖默然定無有是處復次譬如有人恒樂恒行見聞覺知復能覺觀比度憶持絶四事處滅離身見是般涅槃無有是處復次法上譬如有人自恒畜財樂行征伐復能覺觀比度憶持北鬱單越無有我所無所積畜不相鬪諍是現法樂無有是處法上如是諸人在於覺觀復能思量比度憶持非覺觀境無有是處佛説經竟重説偈言

自證無相法　離言絶四事　無諍法通相
過諸覺觀境

過一異品第三

爾時淨慧菩薩白佛言世尊是言正説甚深希有如世尊説是眞實理微細甚深難可通達謂過一異相世尊我於一時見一方地大菩薩衆修菩提行在願樂地於此方所聚集而坐爲欲思量諸法實相與諸行法爲一爲異是時衆中有諸菩薩説如是言是眞實相不異諸行復有菩薩説眞實相與行不一復有菩薩起疑惑心不信一異説如是言此一異中何人説實何人説虛何者正行何者邪行爲當執一爲當執異世尊我見此事作是思惟諸善男子嬰兒愚癡無覺無了非如理行何以故是善男子未能通達微細甚深眞實之法與諸行等過一異相菩薩説已佛即告言如是淨慧如是諸善男子嬰兒愚癡無覺無了非如理行如來通達微細甚深眞實之法與諸行等過一異相何以故淨慧若執如此依諸行法修眞實觀能達能證眞如之理無有是處何以故淨慧若眞如與行相不異者一切凡夫應見眞如復次一切衆生正

在凡位應得無上如安涅槃復次一切衆生於凡位中亦應能得無上菩提若眞如相異於行相一切聖人已見眞如則應不能伏滅行相由不伏滅諸行相故雖見眞諦不能解脫衆相繫縛若於衆相不得解脫亦不解脫麤重繫縛若不解脫二種繫縛則不能得無上如安無餘涅槃亦應不得無上菩提淨慧由諸凡夫不見眞如在凡夫位不得無上如安涅槃亦不能得無上菩提以是義故眞如之理與諸行一是義不然若有人說眞如與行相不異者由是義故當知此人不如理行復次淨慧一切聖人由見眞如已能伏滅諸法行相非不能故已能解脫一切相結及麤重惑非不解脫由二解脫已得無上如安涅槃乃至已得無上菩提是故眞如與行相異是義不然若有人說眞異行相以是義故當知此人不如理行復次淨慧若眞如與行相不異者猶如行相墮於惑相眞見亦爾應墮惑相復次淨慧若眞如相異行相者眞如則非諸行通相淨慧以此眞如不墮惑相復爲一切諸行通相由是義故眞如與行亦一亦異義皆不然若有人說眞如與行亦一亦異以是義故當知是人不如理行復次淨慧若眞如與行相不異者如眞實相於諸行中通無差別行相亦爾應通無別是故修觀行人於諸行中不應過此見聞覺知修勝眞觀復次若眞如相異行相者以此義故一切諸行但唯無我及以無性應非眞實復次一時淨不淨品各各別相淨慧由諸行相但別不通由觀行人於諸行中過見聞覺知修勝眞觀

由諸行無我無性所顯是眞乃至淨不淨品亦非一時各各別相以是義故眞如與行亦一亦異是義不然若有人說眞如與行亦一亦異當知是人不如理行淨慧譬如傷佉白色不可安立與螺一異赤色與金不一不異亦復如是譬如毗拏音聲美妙不可安立與毗拏一與毗拏異復如沉香香氣可愛不可安立與沉一異亦如摩梨遮其味辛辣不可安立與摩梨遮爲一爲異訶棃勒澀亦復如是復如綿纊其觸柔輭不可安立與綿一異酥與醍醐不一不異亦復如是復如一切有流苦一切行無常一切法無我如是苦等不可安立與法一異亦如貪欲瞋恚愚癡慢等無寂靜相不可安立與其一異淨慧如是眞如與一切行不可安立爲一爲異淨慧如是眞如微細甚深難可通達我覺了已爲他解說安立正教開示顯現令義淺易佛說經已重說偈言

眞實與行法　無一異俱相　若執一異俱
說行不如理　修行奢摩他　及毗鉢舍那
是人能解脫　相或麤重結

一味品第四

爾時佛告須菩提言須菩提汝見汝知幾多衆生在衆生界有增上慢由此慢心記自所得復次汝見汝知幾多衆生在衆生界無增上慢不由慢心記自所得須菩提言世尊我見我知少有衆生在衆生界無增上慢不由慢心記自所得世尊我見我知無量無數不可稱說諸衆生等在衆生界有增上慢由此慢心記自所得世尊我又一時住阿練若遠

寂林中有多比丘大衆聚集去我不遠住練
若處我又一時日中後分見此大衆互相聚
集隨其所證種種法相説已修行記自所得
有諸比丘由證見陰記其所得或有比丘證
見陰相或有比丘證見陰生或有比丘證陰
變異或有比丘證見陰滅或有比丘證陰滅
道如於陰中有六證相或有比丘證見諸入
記自所得乃至入滅及入滅道或有比丘證
見緣生記自所得乃至緣生滅緣生滅道或
有比丘證見諸食或有比丘證見四諦或有
比丘證見諸界及界差別并種種界乃至界
滅及界滅道或有比丘證見念處及念處相
念處對治念處對治道念處修習未生念處
證見念生已生念處證見念住及不忘失增
長圓滿記自所得如證念處正勤如意足根

力覺分聖道聖道相聖道對治聖道對治道
聖道修習未生聖道證聖道生已生聖道證
聖道住及不忘失增長圓滿記自所得世尊
我見此已作自思惟如諸長老隨所證見種
種法相記自所得此諸長老有增上慢由此
慢心記自所得是事決爾何以故如其所説
自證見法當知是人未能了别一味眞如徧
一切處世尊如世尊言一味眞實徧一切處
微細甚深難可通達此言希有是無對説世
尊若世尊正教中勤修觀行諸比丘等一味
眞實徧一切處尚難通達況諸外道在正教
外豈能證知一味眞實佛言如是須菩提如
是微細最微細甚深最甚深難見最難見徧
一切處一味眞實我覺了已爲他解説安立
正教開示顯現令義淺易何以故須菩提於

五陰中清淨境界是我所説名爲眞實須菩提於十二入十二緣生四食四諦諸界念處正勤如意足根力覺分八聖道中清淨境界是我所説名爲眞實此清淨境界一切陰處平等一味無差別相如於陰中乃至聖道分中清淨境界平等一味皆無差別須菩提以是義故應知一味眞如徧一切處復次須菩提修行比丘若已通達一陰眞如人法無我不勞更觀一一餘陰所有眞如於十二入十二緣生四食四諦諸界念處正勤如意足根力覺分八聖道分若已通達一分眞如人法無我不勞更餘觀聖道分所有眞如離無分別後智無有別觀能順眞如觀所餘法一味眞實徧一切處但以無分別後智隨順前無分別智觀一切法一味眞實憶持至得須菩提以是義故汝應當知眞實之理徧一切處唯一味相復次須菩提猶如諸陰互有別相如是十二入十二緣生四食四諦諸界念處正勤如意足根力覺分八聖道分互有別相若諸法眞如人法無我互有別相則諸法如如人法無我不成眞實應由因生若由因生則成有爲若是有爲則非眞實若非眞實更應於此求別眞實須菩提由此眞實不從因生非是有爲非不眞實於中不勞求別眞實何以故此法恒常若佛出世若不出世法性法界法住皆悉常住須菩提以是義故汝應當知二味眞實等一切處須菩提譬如衆色種種差別更互不同於諸色中虛空無相無有差別無有變異於一切處同一味相如是諸法各各別異汝應當知於諸法中一味眞

如等無差別亦復如是爾時世尊說是經已
重說偈言
法通相一味　諸佛說平等　若於中執異
是大增上慢　逆生死流道　微細深難見
欲深癡覆故　凡人不能得
爾時觀世音菩薩右膝著地合掌恭敬而白
佛言世尊我今從佛得聞如是解節深法得
未曾有頂戴奉持世尊當何名此經云何受
持佛告觀世音菩薩此經名爲了義正說亦
名眞實境智正說亦名十地波羅蜜依止正
說汝等應當如是受持佛說是經已八萬菩
薩皆得大乘威德三昧無量無邊諸菩薩衆
於無上法得無生法忍無數衆生從於諸流
心得解脫無數衆生於大乘法生信樂心
佛說解節經

音釋

珊瑚（珊師姦切瑚洪孤切珊瑚似玉而赤色作樹形）辛辣（辛斯人切薑味也辣郎達切辛甚曰辣）澀（色立切不滑也）綿纊（纊苦謗切綿也又絮之細者）醍醐（醍音提醐音胡醍醐酥之精液也）

不退轉法輪經

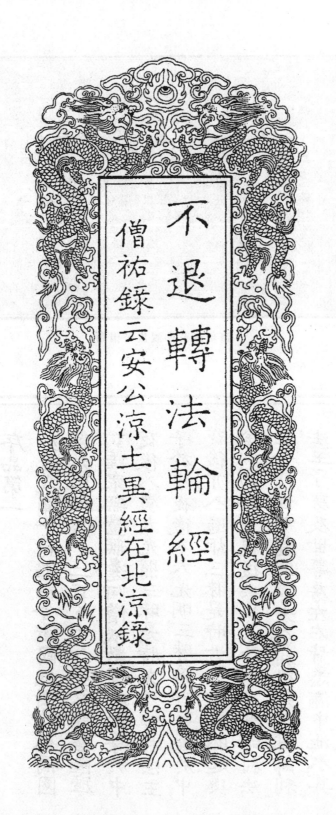

僧祐錄云安公涼土異經在北涼錄

清刻龍藏佛說法變相圖

不退轉法輪經卷第一

僧祐錄云安公涼土異經在北涼錄

序品第一

如是我聞一時佛在舍衛國祇樹給孤獨園與大比丘僧千二百五十人俱及諸菩薩摩訶薩衆無量無邊阿僧祇數爾時世尊於中夜後入廣大光照三昧是時文殊師利法王子於中夜後入大光明三昧彌勒菩薩於中夜後亦入遍炬三昧是時世尊從三昧起與舍利弗於中夜後共出其房到文殊師利法王子所住之處時尊者舍利弗見文殊師利法王子房及世尊房左右皆悉滿中池水其池水中亦有無量種種蓮華遍布水上而諸蓮華各放光明普照祇洹及舍衛國乃至三千大千世界皆悉照明大聞法音遍於十方

一切世界其中菩薩互共諮請發問論議時尊者舍利弗既入室已見文殊師利寂然禪定在前而立尊者舍利弗即便彈指謦欬出聲爾時世尊及舍利弗等見文殊師利法王子神通變化各見其身在大海中是時舍利弗在文殊師利室中不能得出欲涌虛空亦不能去而不自知從何處來況復能以神通而去是時尊者舍利弗結跏趺坐忽然而見文殊師利在其目前正身端坐文殊師利神通力故不離本處令舍利弗見文殊師利過恒河沙有世界名阿鞞跋致義論音聲彼中有佛號善住光華開敷現在於中有無量億千菩薩圍遶見彼佛身於諸毛孔皆出蓮華其一一華光明遍照三千大千世界華有千葉皆以紺瑠璃爲莖碼碯爲鬚衆寶爲臺其華臺上見諸菩薩結跏趺坐彼諸菩薩皆住阿鞞跋致當得阿耨多羅三藐三菩提於諸陀羅尼門成就大忍以三十二相而自嚴身色如真金微妙第一爾時善住光華開敷佛齋中出大蓮華其色衆多華葉無量亦以紺瑠璃爲莖金剛爲葉因陀瑠璃爲鬚龍堅栴檀王爲臺世間塵水所不能染舍利弗見此華臺空無所有文殊師利入中而坐與蓮華臺俱上至有頂文殊師利遶佛三帀一心合掌頂禮佛足於蓮華臺中結跏趺坐正念向佛是時善住光華開敷如來問文殊師利言汝從何方而來到此文殊師利白佛言世尊我從娑婆世界故到此土彼佛國中有二菩薩一名善音二名善聲是二菩薩摩訶薩皆已住阿鞞跋致地決定當得阿耨多羅三藐

三菩提俱從蓮華臺中而出更整衣服右膝著地一心合掌各白佛言世尊娑婆世界去此幾何爾時善住光華開敷佛答二菩薩言娑婆世界去此佛刹恒河沙世界之外文殊師利從彼而來是時善音善聲菩薩俱白佛言世尊於彼世界佛號何等今欲知之爾時善住光華開敷佛即便答言娑婆世界有佛如來多陀阿伽度阿羅訶三藐三佛陀號釋迦牟尼今現在世是二菩薩復更問言釋迦牟尼佛爲說何法彼佛答言說三乘法而彼菩薩復白佛言云何名爲三乘佛言所謂聲聞乘辟支佛乘佛乘釋迦牟尼佛常作如是說三乘法時彼菩薩復白佛言世尊諸佛說法何故不同佛言一切諸佛有所說法皆悉同等彼諸菩薩復白佛言云何同等佛言不退法輪一切諸佛皆悉等說時彼菩薩復白佛言世尊何以故釋迦牟尼佛說三乘法佛言娑婆世界衆生心多下劣若說一乘則不能解是故釋迦牟尼佛以善方便爲諸衆生出五濁世分別說三引導衆生令入一乘時二菩薩白佛言世尊釋迦牟尼佛說法爲最甚難佛言釋迦牟尼佛說法實爲甚難善音善聲菩薩白佛言世尊我等今者快得善利不生如是下劣惡國爾時佛答二菩薩言莫作是語當疾捨離善音善聲菩薩復白佛言世尊以何因緣令捨是語彼惡世中說此法難以是故我等今者不生喜樂佛言於此世界二十億那由他劫修諸善根不如娑婆世界於一食頃與諸般若波羅蜜相應令一切衆生歸依三寶受持五戒遠離聲聞辟支佛

心使發無上菩提道意甚難於彼二十億那由他劫者況復有能勸人出家讚歎功德廣爲說法令出三界作如是教逮得巳利修習善法入諸禪定何以故此諸衆生多爲煩惱之所濁亂是二菩薩復白佛言世尊云何於彼世界諸衆生等多爲煩惱而濁亂耶佛言若我盡壽更爲汝等說娑婆世界衆生濁亂貪欲瞋恚愚癡無量諸惡不善諸法猶不可盡唯佛能知業報善惡爾時善音善聲彼菩薩等俱共歎言是眞釋迦牟尼佛是眞釋師子是眞釋仙作如是等三種讚歎善哉說法善知心念亦爲廣說諸不善法貪欲瞋恚愚癡邪見無量諸惡巧說善趣及向聲聞辟支佛道皆歸於佛成就佛智第一清淨發菩提心隨順解說入佛智慧爲諸衆生成熟善根

心無所染彼諸菩薩皆悉共取七寶蓮華若干種色有百千萬億葉如金剛藏寶天紺瑠璃爲鬚龍堅旃檀爲臺衆寶爲莖不著塵水眼識所知其華微妙於虛空中而自迴轉不可執持猶如影幻從業報生亦從解脫諸三昧生於虛空中取巳遥散娑婆世界釋迦牟尼佛上持諸華鬘華蓋悉是衆寶亦有寶雲寶蓋及雜綵繒蓋末香塗香無量種色供養釋迦牟尼佛巳五體投地向佛作禮皆作是言南無釋迦牟尼佛此娑婆世界菩薩摩訶薩莊嚴大乘精進無懈修諸功德悉能護持過去未來現在諸佛一切正法爲欲拔濟苦惱衆生作大照明住於一乘我等欲往見釋迦牟尼佛及娑婆世界諸大菩薩摩訶薩衆以大莊嚴而自莊嚴爲紹佛種使不斷絶善

住光華開敷如來聞諸菩薩作是説已觀察其心復重爲説諸佛功德示教利喜告諸菩薩言汝當隨學釋迦牟尼佛本所行道於一切衆生發大慈心生利益心於諸深法莫生驚怖及諸誹謗而起無相具足善根不求果報如是菩薩摩訶薩皆悉當往釋迦牟尼佛國以本願力俱生於彼護持正法隨順諸佛本所修學汝可往見彼二菩薩作如是言我當乘佛神力及過去未來諸佛之力而詣於彼善住光華開敷如來告善音善聲菩薩等汝今當共文殊師利詣娑婆世界亦語文殊師利與二菩薩俱共到彼時二菩薩語文殊師利言我等欲見釋迦牟尼佛及諸菩薩一切大衆當依汝神力得見彼佛文殊師利語二菩薩言善男子汝等應當先禮彼佛亦應親近供養恭敬無數諸佛悉爲利益十方世界一切衆生爲欲增長佛菩提故亦爲成就佛智慧故彼二菩薩即如其教作如是言我等亦當隨逐供養諸佛如來親近禮拜尊重讃歎當學文殊師利爲欲利益一切衆生爾時文殊師利便禮善住光華開敷如來遶佛三帀恭敬尊重與諸菩薩并舍利弗俱詣於彼到已聽法受佛教勑諦觀如來散華供養末香塗香繒蓋幢旛清淨第一悉爲過去諸佛神力之所護持念慧堅固悉遍供養佛法僧寶爲一切衆生得解脱故如大力士屈伸臂頃於彼東方恒河沙佛前忽然而現於諸佛所即便勸請廣説清淨不退轉法輪是諸佛國無有女人亦無二乘聲聞辟支佛名亦如善住光華開敷佛國等無有異諸世界中

純大菩薩以爲莊嚴是諸菩薩毛孔裔中皆出蓮華蓮華臺中皆有菩薩一一蓮華臺上皆有文殊師利悉作如是神通變化供養諸佛南西北方四維上下乃至十方世界悉有文殊師利說不退轉法輪皆有二菩薩從華臺中而出問佛彼娑婆世界云何名爲說三乘法皆悉欲隨文殊師利見釋迦牟尼佛爾時文殊師利法王子於十方世界安慰諸菩薩等我當共汝俱往至彼娑婆世界到閻浮提天狾欲明是時阿難天既未曉門鑰孔中而見光明即起出外便見大光遍照祇洹淨水澄潔湛然盈滿淵明鏡徹無諸塵垢林樹精舍悉皆不現阿難見已即作是言今何因緣忽有是相尋念此瑞必說大法爾時阿難入其水中足不沉没水不著身心意歡喜即往佛所遶佛住處有十千蓮華聞大音樂見諸蓮華皆出光明其光遍照祇洹精舍及舍衛國閻浮提内三千大千世界悉皆大明如晝光照阿難踊躍發大歡喜右膝著地恭敬合掌一心向佛爾時明相便已顯現日欲出時見十千蓮華中有一蓮華於祇洹林最勝待出尊者阿難發心念言今日世尊必應說法我當敷座以待如來見有如是說法相故即便爲佛敷師子座於一眴頃剎那中間佛坐已定爾時大地六種震動乃至十方恒沙世界亦復如是六返震動三千大千世界遍布天華拘物頭華分陀利華優鉢羅華諸果華樹自然而出時諸比丘皆悉欲出見其大水而心驚怖都不敢出見祇洹林僧房池水悉已盈滿清淨無垢一切樹木及諸僧房堂

舍園苑亦皆不現唯見光明無不遍照諸比丘等俱作是言今此瑞相必說大法爾時世尊從禪定起安詳而坐十方世界一切諸佛放大光明若干寶網百千萬億無數種色眼識所識不可執捉文殊師利共十方恒河沙等諸佛世界大菩薩等爲欲利益無量衆生於一一諸佛多陀阿伽度阿羅訶三藐三佛陀皆悉禮拜供養恭敬尊重讃歎與如是等諸菩薩摩訶薩俱神通變化不可思議欲令衆生使信佛法教化利益隨其所應皆得聞見方便爲說悉令解悟爾時文殊師利知釋迦牟尼佛坐已一切大地六返震動有諸菩薩從地涌出一阿僧祇百阿僧祇乃至百千萬億那由他數阿僧祇等悉來集會俱共遶佛至百千帀復持無數蓮華若干種色其葉無量不可思議而散佛上能令衆生一心專念發趣勝慧所散之華遍覆三千大千世界龍堅栴檀種種諸香持戒忍辱精進禪定智慧方便神通波羅蜜皆是無相助道之香并諸栴檀衆雜妙香悉爲十方諸佛神通之所護持以用供養釋迦牟尼佛爾時文殊師利爲欲供養諸如來故與衆菩薩莊嚴妙塔持諸摩尼八楞寶珠及衆寶樹繒蓋幢旛以雜寶網羅覆其上亦以摩尼造作僧房門屏戶牖種種嚴飾池泉流渠及諸大河優鉢羅華拘物頭華分陀利華衆寶蓮華而覆水上八功德水亦常盈滿異類衆鳥皆悉遊集諸天寶樹隨念皆現救度衆生使得解脫爲修佛智發菩薩心皆是文殊師利不可思議神通變化乗佛神力及誓願力亦是釋迦牟尼佛

本行願力文殊師利作是變化爲欲成就調伏衆生心不思議見不思議發大莊嚴入聖境界爾時文殊師利并諸菩薩摩訶薩衆莊嚴一切如意華樹至於佛前是諸菩薩若欲坐時文殊師利先現其相於刹那頃無相蓮華從毛孔出作若干種無量百千雜色其華無數不可思議金剛寶藏以爲光網天紺瑠璃以爲其鬚龍堅栴檀以爲其臺有諸菩薩而在其中結跏趺坐爾時釋迦牟尼佛放齋中光普照六道幽闇之處億千種光皆如阿提目多伽色種種無數光明細軟如蓮華藏清淨香潔周遍十方通達無礙蓮華臺中出妙樓閣佛所護持與法界等如寂滅樂解脫之色空無相無願無作無爲無生無滅與三世等悉入空界過於眼境文殊師利在樓閣上正身端坐心不動揺念佛境界自證空法得金剛三昧善學釋迦牟尼佛法決定成就無緣三昧深入佛慧文殊師利并諸菩薩摩訶薩於十方世界作佛事已心樂正法常勤修習亦於過去諸佛法中久種善根皆是文殊師利之所攝持志行菩提心無退没猶如師子處無畏座佛告阿難汝語祇洹諸比丘衆及舍衛國諸比丘尼如來世尊今欲説法令舍衛國優婆塞優婆夷等信樂三寶善根純熟悉皆來集一時聽法爾時尊者阿難從其僧房及經行處皆即告言佛欲説法時有比丘已來集者復有比丘住在房中各言已見説法先相而我等輩不能得往阿難復問何故不來諸比丘言今見祇洹大水盈滿無諸樹木唯見光明未敢便去爾時阿難即往

佛所白言世尊諸比丘不能得來何以故見祇洹中大水悉滿清淨無垢亦復不見精舍樹木以是義故皆不得來佛告阿難彼諸比丘於無水中而生水想無色中生於色想無受想行識中生受想行識想無聲聞辟支佛作聲聞辟支佛想阿難汝今更往喚諸比丘從其僧房及經行處悉來聽法爾時阿難即承佛教到舍衞國勑諸比丘并比丘尼優婆塞優婆夷等世尊今者爲欲説法令使我喚宜速往聽諸比丘比丘尼優婆塞優婆夷皆悉來集至於佛前佛告目連汝今當從三千大千世界諸菩薩摩訶薩等發大莊嚴比丘比丘尼優婆塞優婆夷皆趣大乘天龍夜叉乾闥婆阿脩羅迦樓羅緊那羅摩睺羅伽人非人等亦皆集會而來聽法所未聞者皆悉得聞天人阿脩羅皆來聽法已於過去無量諸佛宿植善根發趣大乘求大乘者成最勝乘亦名清淨第一之乘菩薩摩訶薩發大莊嚴而自莊嚴修此乘者普告令知悉來集會目連白佛言唯然世尊如壯力士屈伸臂頃遍至三千大千世界於諸菩薩大莊嚴所諸比丘比丘尼優婆塞優婆夷天龍夜叉乾闥婆阿脩羅迦樓羅緊那羅摩睺羅伽人非人等以佛神力及誓願力皆悉聞知即還佛所白言世尊我悉告已爾時四衆一切雲集縱廣千由旬高五千由旬滿中天人心樂聞法文殊師利白佛言世尊四衆已集是時諸天遍滿虛空皆悉合掌而白佛言今此大衆皆悉驚懼如來威德不敢輙坐唯願世尊賜聽令坐爾時如來即現瑞相於刹那頃有閻浮

提金蓮華百千萬億葉從地涌出光色照曜猶如火藏以天瑠璃爲鬚赤真珠爲臺七寶爲莖一切大衆皆各自知坐如來前比丘比丘尼優婆塞優婆夷天龍夜叉乾闥婆阿脩羅迦樓羅緊那羅摩睺羅伽人非人等皆面向佛瞻仰世尊爾時文殊師利菩薩最爲上首諸菩薩摩訶薩皆以三十二相而自嚴身色如真金勇猛精進威德熾盛爾時諸菩薩摩訶薩文殊師利等皆從華臺起合掌向佛勸請世尊一心念佛爾時文殊師利白佛言世尊四衆皆集寂然已定一切諸天遍滿虛空唯願世尊廣說清淨不退法輪是時比丘比丘尼優婆塞優婆夷無量百千諸天有信行法行者并諸八輩有須陀洹想斯陀含想阿那含想阿羅漢想聲聞想辟支佛想佛想各作是想願佛演說安慰其心何因緣說信行法行乃至八輩須陀洹斯陀含阿那含阿羅漢何以故作如是說世尊默然爾時尊者舍利弗白佛言世尊我於夜後分天欲明時從座而起出其住處即向文殊師利房到已前入其舍見如來室有十千蓮華周帀涌出天鼓自鳴聞歌詠聲見祇洹林及舍衛國三千大千世界光明普照今何因緣而現此瑞舍利弗作是語已佛即告言爲說法故先現斯瑞是時文殊師利請問如來爲說何法先現此瑞爾時阿難復白佛言世尊我於夜後天欲明時於戶牖中光從而入見已即從座起便出其房見祇洹林滿中淨水無垢無濁不見樹木精舍僧房唯見大光何因何緣先現此瑞爾時世尊告阿難如來爲說清淨法

輪亦是文殊師利神力勸請瑞相爾時世尊爲文殊師利即說偈言

此乘清淨 成得佛智 文殊妙辯 發問斯義
一乘無垢 得佛上智 文殊爲顯 故作斯問
乘無分別 離諸戲論 文殊爲顯 故作斯問
本無有來 亦復無去 猶如涅槃 文殊所問
實無得果 亦無所說 但以方便 引導衆生
遠離音聲 聲即一相 文殊爲顯 故作斯問
尋聲求聲 無聲可取 聲名字空 文殊所問
是聲如風 無所依止 聲即解脫 文殊所問
阿難諦聽 文殊所問 方便菩提 皆無所有
佛及菩提 有聲無實 亦無方所 諸法皆然
菩提無色 因緣無生 無有去來 是諸佛說
無爲無相 如空無見 菩提無說 文殊所問
去來今佛 一切皆然 智無方所 無聞無見
性相如是 顯現法界 但以假名 開示眞實
修清淨施 持戒無缺 忍辱堅固 志求菩提
精進無懈 修禪攝意 智慧清淨 以求菩提
佛善方便 度諸神通 無依衆生 爲說菩提
分別三乘 四果差別 以如實智 隨應救世
現五濁刹 爲諸下劣 於一乘道 驚疑不信
故說四果 開示羅漢 從聲聲聞 入佛教門
說數無數 因緣差別 現見四諦 證諸法相
聲聞羅漢 緣覺辟支 同得無上 是爲菩薩
行空無相 無願三昧 入解脫門 安住涅槃
去來今際 心無所著 能開十方 無生無爲
如是深法 阿難文殊 方便發問 無相慧力
乘一乘道 知法無相 是故問佛 今說諸果
三世平等 皆空無相 諸聲寂滅 無佛菩提
無數恒沙 諸佛世界 來求菩提 文殊召集

聞彼諸佛　菩薩所行　欲說三乘　集娑婆界
文殊發問　爲決疑惑　乘果分別　請說菩提
以佛神力　及誓願力　故說三乘　度苦衆生
令勤修習　文殊聲辯　願救世說　菩薩所行
億千諸天　供養救世　生果想者　安慰彼疑
如是比丘　及比丘尼　清信男女　作最勝想
文殊所問　爲慰疑惑　是諸菩薩　爲法故來

信行品第二

爾時世尊說是偈已阿難白佛言如來今爲文殊師利轉不退法輪作如是問佛言如是如是阿難復白佛言世尊如來今轉不退法輪耶佛言如是如是阿難如來實轉不退轉法輪阿難復白佛言如來云何方便說於信行法行如是八輩須陀洹斯陀含阿那含阿羅漢聲聞辟支佛是諸人等如來皆爲顯示菩薩法耶何故復言爲下劣衆生出五濁世不解大乘如來自在成就方便見諸衆生大心者少多懷下劣是故世尊知其根性開示佛法方便濟度以無量善法教化衆生令滅諸苦得盡生死離諸衰惱令住正道證無爲涅槃乃至使得一切種智爾時世尊告阿難言菩薩摩訶薩爲無量無邊衆生令生信解佛之知見及無數諸佛所知之法無色乃至受想行識無染無著是名信行復次阿難菩薩摩訶薩能信如來一切法空作如是解亦復名爲菩薩信行菩薩摩訶薩信佛智慧心生欣樂云何智慧都不見法以不見故名爲信行復次阿難菩薩摩訶薩不染五欲不捨信心是名菩薩信行菩薩摩訶薩復作是念以不思議法施諸衆生猶如如相能信如是

不思議法施者是名菩薩信行菩薩摩訶薩以歡喜故能捨已身而不猒足於一切處不生嫉恚所作之施皆悉迴向作是迴向已而亦不取菩提之相以不壞故是名菩薩信行復次阿難菩薩摩訶薩以清淨信正念向佛心無垢穢亦信無垢諸法平等無有衆生壽命我人無陰界入亦自不著壽命處所是名信行解脫教化衆生令信佛法以調伏心迴向菩提亦不見心相能知六界陰入平等悉同法界以無分別故則知法界無有異相是名信施一切行無常一切行苦一切行空一切行無我於是法中得智慧力信施信聖戒不戲論界得禪定力信寂滅界是名信行菩薩雖教化衆生常信寂滅然不取於衆生之相觀諸衆生同於寂滅善知一切衆生無相悉同法界非見非不見何以故法界即是一切衆生心界是名菩薩摩訶薩信行復次阿難菩薩摩訶薩觀一切衆生無有眞實無住無滅性相本空是故不見一切衆生無依止處觀一切衆生同涅槃界何以故一切衆生悉入空界菩薩能令如是無量衆生皆生信解是名菩薩摩訶薩信行爾時世尊欲重宣此義而說偈言

多信衆生　見無數佛　不著色相　是名信行
信一切法　開示空相　成就解脫　是名信行
常信正法　欣樂求佛　何時當得　不思議智
觀察五欲　無可信者　逮得信力　是名信行
如是之信　最爲善哉　當修法施　供養大仙
不思議施　故得信辯　無下劣想　是名信行
悉捨一切　所愛之身　而無捨想　是名信行

能施一切　不懷嫉妬　捨菩提相　是名信行
信心清淨　無諸濁穢　亦無壽命　是名信行
雖修行施　不求果報　得深信力　是名信行
棄捨六入　不念果報　善解六界　是名信行
已自調伏　亦調伏他　令信佛法　是名信行
得是信已　迴向菩提　而無心相　是名信行
知於六界　悉同法界　雖說法界　不得界相
諸行無常　苦空無我　亦不取著　是名信行
能信聖戒　無諸戲論　成就禪定　是名信行
信諸衆生　同寂滅相　知無相已　是名信行
不著衆生　同入法界　是衆生界　即不思議
以信生信　是名爲信　菩薩無畏　是名信行
衆生決定　無所有想　體性如空　無處無證
衆生涅槃　是二俱空　於彼生信　是名信行
菩薩無畏　信諸衆生　不取名字　從信而生
能如是信　常念不失　阿難憶持　顯示分別
如是諸法　無量無數　佛所證覺　菩薩顯現

復次阿難如來多陀阿伽度如是深義具足信力則爲廣說是名菩薩摩訶薩信行爾時世尊見諸衆生信力堅固復重頌曰

一切聞者　心皆歡喜　是諸佛子　所說功德
菩薩顯現　不可思議　諸佛菩提　不信者信
不染假名　亦無心數　不著十方　名最勝信
菩薩顯說　當修信法　不取於空　顯示寂滅
救世所說　如是解說　色相亦然　如說修行
菩薩顯說　智者能信　佛不思議　無量憶念
菩薩所信　虛空無邊　佛智無量　號名丈夫
志求無著　不爲貪欲　造作不善　而捨樂法
是名菩薩　能行法施　菩薩之信　善逝所印
法施不思議　信施而飲食　摩尼金象馬

車乘奴婢等　妻子諸男女　捨所有國土
手足支節等　頭目及髓腦　眼耳與鼻舌
菩薩之勝信　捨身無染著　亦不念行施
我本修法施　以求於佛智　捨身無染著
一切施歡喜　恒與善知識　棄捨危脆身
於諸衆生中　信心常清淨　聞法信諸佛
是名爲菩薩　知眼耳鼻舌　身根皆無常
不堅如聚沫　深信而捨身　爲無依衆生
建立於四攝　慈心於一切　信佛無量智
見造惡衆生　爲發無上心　深信於菩提
不取諸心相　衆生不求道　愚惑於六界
謂一切具實　無界說界相　見流轉衆生
愚癡著諸邊　菩薩信無我　諸行皆無常
見諸破戒者　信戒不思議　淨戒立禪定
菩薩住攝心　若見懈怠者　求佛精進力
調伏諸三昧　總持正法智　愚癡著壽命
觀陰無壽者　衆生性寂滅　諸法相亦然
信陰無來去　善惡業不斷　因淨不淨業
不離於生死　衆生同法界　法界即生死
是名不思議　菩薩無畏信　勝信不思議
精勤修法智　不爲於少智　名爲淨信說
同信諸衆生　常住無所有　於空無取著
一切法不住　衆生空亦空　同於涅槃界
說法常無相　令衆生信解　一切法性空
平等觀衆生　三有中勝智　得如是信持
亦名最上信　好樂無畏法　佛法中智人
自信勸他信　如是展轉教　增長諸功德
淨心無染著　利益之福田　欣樂調伏施
淨戒及忍辱　精進禪定等　智慧爲開導
方便現淨智　令衆得勝樂　命終離惡趣

菩薩智最勝　神通化衆生　世界六種動
光明悉普照　菩薩之妙智　無相師子吼
東西南北等　四維及上下　皆出於法音
誓於佛不疑　教化亦令然　以是因緣故
顯現無量相　住於此智者　唯佛能證知
阿難是名如來多陀阿伽度阿羅訶三藐三
佛陀爲諸菩薩如是方便演説信行阿難言
云何如來復爲諸菩薩説於法行佛語阿難
汝今當知菩薩摩訶薩不住佛法而能顯示
不離法界究竟不思議界受持諸法心無下
劣雖説諸法而於法相無所取著無念無住
總持諸法如實相性不取於法不捨非法非
樂於法非不樂法雖能如是而離諸法相以
善調伏心常安樂善説諸法而無擾亂於諸
法相不離於身亦不住身是身前際等法界
如虛空無來無去同眞際如如相是佛所説
菩薩證知清淨無垢觀一切法空無見無取
何以故無故離故不著故不見諸法無所執
持無有諍論顯現法界無言無説體性本空
心行處滅是心不可得亦不可思議但示寂
滅無緣境界護持諸法無所依止何以故一
切法無體無相故是菩薩法一相無相不可
稱譽無畏説法若爲他説法相名字一切章
句皆已自證成就此法名爲種性菩薩摩訶
薩得是種性已於諸法中無來無去無取無
捨持一切法無動無壞以不壞故是名法行
成就法故便見一切諸法無相得法利故亦
名法行爾時世尊而説偈言
法不退轉　諸佛亦爾　若能持者　是名法行
顯示佛法　無形無相　甚深無染　是名法行

不離諸界　即不思議　到於法界　是名法行
護持諸法　如佛顯示　心無瑕穢　是名法行
轉不退輪　名爲無相　而不取著　是名法行
無取無住　受持法智　如是持者　是名法行
心常好樂　求法無猒　遠離懈怠　是名法行
聞法受持　無漏無依　善住安樂　是名法行
若說法者　不念不著　無相受持　是名法行
善身善住　住無處所　是身非身　名知身相
無前後際　等於法性　無來無去　名知身相
亦如諸佛　顯示菩薩　得是法已　是名法行
空界性相　一切無著　能如是持　是名法行
又於諸法　空無所見　若無所見　則無障礙
顯示無相　無有諍論　無言無說　亦無所有
離諸心相　而無所得　若心無得　名不思議
無來無去　非不顯現　無緣無說　名不思議
若持是法　不可依止　名無所有　是名持法
如是法者　菩薩所說　無合無散　顯示無作
名爲行處　是種性處　得如是利　名爲行處
從是種性　無可譏訶　得如是界　是名持法
見法無滅　雖行無去　來而不來　不見有法
若來若去　諸法亦爾　如是持法　亦無動搖
不增不減　是無作法　若無增減　是名持法
法相如如　無緣無說　得此法者　是名持法
是故阿難　顯示菩薩　得深法利　是名持法
是故阿難　顯示持法　爲不信者　而說是法
如是分別　爲菩薩說　皆以方便　開示佛法

如是阿難如來正覺爲諸菩薩摩訶薩說斯方便顯示持法佛告阿難云何如來爲諸菩薩摩訶薩說八正道法云何菩薩摩訶薩離於八邪向八解脫出過凡夫修八正道而無

到處遠離諸邊住於中道越凡夫地安住菩提亦不住菩提相離諸邪見修於正見不取身相亦復不住菩提之相佛身無爲離於諸數修佛相者則得衆生一相無相出離衆生生死陰界安住無爲畢竟空舍見一切法無生無住何以故諸法性相皆無住故遠離世間及出世間住寂滅處不染世間不著出世間若法非法有爲無爲皆悉遠離捨於斷常住平等相知過去未來現在心數無有異相亦不得菩提心相何以故一切諸心皆平等故身相亦爾是故不爲毒火刀箭之所傷害何以故已離一切煩惱毒故常生淨國離諸惡趣雖住諸趣而證菩提常住安隱亦無依止以如是義一切刀兵不能加害何以故見寂滅菩提空無住處以無住故一切毒箭皆不能害是名無縛乘於疾乘亦不住乘是名無縛何以故無所得故是故刀箭不害其身知諸法空求不可得一切毒害所不能侵何以故行普之慈遍覆一切故行菩提慈不得諸衆生故行空之慈諸法寂滅故行無熱慈遠離諸煩惱故行如是慈能令刀兵皆不害身欲色無色界亦悉平等知一切界一切法性同於菩提等無異相若能如是心無思慮亦無調戲寂滅清淨菩薩摩訶薩知一切法如呼聲響離一切相盡同法界無歸無趣善解一切音聲語言無示無說離音聲相不自高已離於我想過於一切言說音聲而無過相是故悉知一切法寂滅亦不得一切法相出過諸法心無所歸於諸言音亦不染著爾時世尊而說偈言

離於八邪 而修八正 九次八解 是名八輩
出過凡夫 不住菩提 法中之雄 是名八輩
出過凡夫 不住菩提 離菩提相 是名八輩
捨諸邪見 修行正見 旣到道已 是名八輩
過諸身相 不住菩提 離諸佛身 是名八輩
離衆生想 常修佛想 度禪定想 是名八輩
離衆生窟 入涅槃城 諸法無住 是名八輩
出於世間 開示聖道 會寂滅界 是名八輩
離諸世間 說佛法相 心無所證 是名八輩
無有有際 亦無無際 遠離有無 是名八輩
寂滅無爲 捨於斷常 深入平等 是名八輩
不取過去 及未來心 現在亦爾 是名八輩
說有初心 而發菩提 心相自空 何名菩提
無到無出 亦無菩提 毒火刀箭 所不能害
斷於諸趣 永離依止 無來無去 而無所害
無向菩提 顯說音聲 自證如實 不由他教
不得是趣 及諸非趣 聲念念滅 大乘速顯
常說安隱 第一空法 若能速證 是名無縛
疾乘是法 菩薩所說 心無棄捨 是名無縛
刀兵惡趣 所不侵逼 身得無畏 毒不能害
菩薩行慈 普遍一切 離於諍訟 是名無縛
不取身相 善分別身 到菩提道 棄捨惡趣
除其愚癡 神通自在 得名菩提 是名八輩
知欲色界 及與無色 三界同相 是名八輩
諸界平等 離惱菩提 妄想無智 所不能染
出一切相 無所譏嫌 若有所說 皆趣法界
說無所趣 同於法界 心住法忍 是名八輩
若欲修行 住寂滅法 不自稱已 而爲他說
出過聲相 度無聲相 不著音聲 是名八輩
因聲解脫 知法無相 亦無住處 無趣無出

阿難當知 如是八輩 於諸說中 最爲第一

爾時世尊告阿難言汝今當知如來等正覺爲諸菩薩摩訶薩方便說示如是八輩阿難言云何如來世尊爲諸菩薩摩訶薩說須陀洹佛言須陀洹者所謂入聖道流名不思議佛法若菩薩摩訶薩能如是修不見道及所修道度一切相流注佛法非色非生於一切法無著一切法無處一切法無緣一切法無住一切法無所有一切法不成就菩薩摩訶薩若到是道得堅精進堅勢力堅智堅慧不生懈怠安住寂滅乘如實道救護衆生最勝無上不取是道亦復不住修如是道求一切法而無所得不沒不動無住想無道想無世間想無佛想悉皆平等無諸蓋障智行境界無所罣礙於一切法及諸邪見住平等相開佛知見示深法門分別身見出過我想是名須陀洹不取佛道究竟無礙樂求佛道不著有戒亦不取佛戒非戒取戒非取相戒三結已離不住三界如佛所學修行聖道離一切想不取於緣無諸障礙入於佛道心得寂滅不著壽命我人等見諸根清淨遠離聾瘂爲修善提而行於施悉捨一切救苦衆生使度四流令立涅槃盡諸有想顯示無相若見四衆不生怖畏志求寂滅淨菩提道已離怖畏無有死畏何以故現證寂滅離諸塵垢善住佛道知去來趣亦無去來而善分別衆生之想心無戲論究竟佛道是名菩薩摩訶薩須陀洹相

不退轉法輪經卷第一

音釋

謦欬 謦苦定切欬苦蓋切謦欬逆氣聲小曰謦大曰欬 𪗋 徂奚切與臍同 眴 輸閏切目動也 脆 此芮切物易斷也 顰蹙 顰毗賓切蹙子六切顰蹙愁貌

不退轉法輪經卷第二

僧祐錄云安公涼土異經在北涼錄

聲聞辟支佛品第三

爾時世尊即說偈言

說於四道　佛難思議　若有性者　不退菩提
猶如虛空　無所依止　無住無緣　離於取著
是名爲道　得堅固意　乘如是乘　無上救世
不住彼此　不處中流　不著佛道　名須陀洹
一切世間　及佛餘想　究竟彼岸　名須陀洹
滅諸蓋障　顯示佛道　盡一切相　名須陀洹
不高己身　而起佛法　開示知見　入於佛慧
先起我想　顛倒衆惡　如是知已　不著佛道
本疑於佛　爲得不得　究竟無著　不取道想
不起戒取　善住佛戒　常修正勤　不取戒想
斷於三結　不著三界　行於佛道　知衆生想
雖修菩提　而不取想　心行寂滅　清淨佛道
歡喜布施　遠離疉㲲　住於正命　心無戲論
悉捨一切　濟苦衆生　得無上施　名須陀洹
斷數數生　無相無著　遠離恐怖　出世間畏
法及非法　一切皆捨　不著諸際　名世間明
安處四衆　而無所畏　顯示寂滅　淨修佛法
無衆生想　亦非實想　是名無染　分別怖畏
離一切畏　亦無死畏　處於寂滅　離垢安隱
已過惡趣　是故不畏　善說諸道　無漏無相
菩薩之法　示須陀洹　爲諸下劣　故作是說
以巧方便　顯示佛道　爲放逸者　故顯此法
救世世尊　多方便說　隨其本行　而示佛道
阿難當知　是須陀洹　爲小智者　說如是事
不解方便　愚癡狹劣　不識甚深　而生諍訟
以百千法　示須陀洹　須陀洹者　顯菩提法

如是阿難如來等正覺爲諸菩薩摩訶薩以善方便說須陀洹阿難言云何名如來等正覺爲菩薩摩訶薩說斯陀含阿難當知菩薩摩訶薩隨順於智佛智不可思議修無量因亦不取因相及菩提智能斷一切惑而求佛智慧讃歎金剛三昧出過一切諸禪定上滅一切結煩惱闇障悉見於佛得一切佛法平等正觀以無量因求無所得如佛證法不動衆生亦不動於衆生之界而取法界無量衆生於曠劫中多所乏少不能成就菩提之道引諸衆生到不退轉志求於佛根力覺道禪定解脫名無色定我今當以如是等法開示衆生令得解悟而求佛道欲坐道場求如實智通達佛眼不思議眼爲欲利益一切衆生求於佛眼如是智慧爲最爲上悉知諸法甚深之相而自於智無所分別安立衆生住於諸法中使知一切法不住爲得是法而來集會名斯陀含來已見衆生界及不思議界通達無礙不取境界亦無得無到云何當有成就衆生不見成就衆生故於一切法及衆生界非見非不見而知衆生流注法界明了法界同於菩提解於法界及衆生界無量佛道無得無分別同於道智近無等智離垢清淨得無所得證無所證是名眞智菩薩摩訶薩求如是智名斯陀含爾時世尊而說偈言

隨順此智者　是名不思議　爲求佛慧故
故名斯陀含　無量因緣說　成就菩提道
修行是法故　我常往來求　不動三昧相
滅除煩惱結　是故專修習　成就而不退
亦知法非法　通達無礙相　住諸法實際

修於斯陀含　隨順佛所說　如聞而修行
爲得此法故　我常往來求　法界未曾有
不動於衆生　是名斯陀含　寂滅去來相
衆生無智慧　愚癡甚苦惱　爲欲安立故
而求佛智慧　根力覺道等　禪定及解脫
勤修三昧相　而求佛智慧　究竟菩提道
諸佛之所行　是名斯陀含　發行而常求
若得如是法　佛眼難思議　是名斯陀含
恒求於佛眼　如佛所應求　爲救護依止
我今所求者　一切智最上　是智之所知
諸法相眞實　於智無染著　是智爲最上
是智之所知　諸法相眞實　心常無所染
恒求如是法　利安諸衆生　一切智中上
是名斯陀含　往來之所求　諦觀於法界
衆生不思議　是名斯陀含　爲求衆生界
知衆生界已　不著於衆生　是名斯陀含
而求無所得　若不得衆生　一切法無相
能作如是知　開導諸衆生　雖觀一切法
不見觀察相　執心無亂意　而求諸佛法
如是清淨智　遠離一切垢　不得是智相
是名爲求道　開示諸衆生　菩薩所不識
是名究竟智　爲得彼故來　阿難汝當知
爲說斯陀含　少智諸衆生　妄想著是非
阿難汝當知　爲說斯陀含　使精勤衆生
令作如是解　常善修多聞　決定甚深法
逮得眞實義　速成於菩提

阿難是名如來等正覺爲諸菩薩摩訶薩方便說斯陀含阿難言云何名如來等正覺爲諸菩薩摩訶薩說阿那含佛告阿難菩薩摩訶薩出過一切世間之相究竟佛行心無行

處雖知去來而常不取去來之相知一切法無依住亦不來還何以故不見諸法有去無去出過凡夫除凡夫想不著佛想建無住法何以故究竟一切寂滅法界亦不得佛與凡夫差別之相遠離惡道除其貪欲不著衆味離於四食開示知見不取一切六十二見不見有相不著無相悉離有無於諸蓋障作涅槃相無轉無不轉除惡道垢摧伏衆魔遠離愚癡拔無明箭竭無明種害無明怨照除欲瞋斷諸結使開示諸有拔愛欲箭除諸憍慢曉了陰相究竟明處常樂佛乘不思議乘到於一切諸法實相菩薩摩訶薩若能如是出於淤泥離於繫著得本願藏亦得過去未來諸佛之藏悉於一切伏藏中上亦爲過去諸佛之所建立而心平等不高不下得如見乘於諸衆生爲最爲勝第一無上菩薩摩訶薩究竟佛乘於一切法悉得無相菩薩摩訶薩於諸法中斷於疑網證不還果復次阿難菩薩摩訶薩以四弘誓攝取一切衆生安立一切衆生悉入佛乘住菩提道云何安住菩提所謂衆生相如實覺悟住衆生界何以故善知空界不思議界離衆生想何以故是賢聖界即衆生界不思議界即是空相亦無衆生離諸結使猶如虛空無形無相實無所有無染無著知一切衆生皆悉平等不出不沒究竟菩提離衆生相猶如空界無所覺了何以故無法可得如是無得即是一切法相及衆生相心所覺了即非覺了何以故無法可得如是無得即是無證是故名爲得阿那含一切衆生一切諸法佛法僧等出如是相名阿

那含爾時世尊即說偈言

不復還來 滅凡夫法 捨世間行 名阿那含
知無來去 無住無依 無有處所 是故不來
捨於凡夫 爲佛救護 更不復來 名阿那含
法無有去 亦無來相 無來無去 名阿那含
斷諸貪欲 不著四食 不退道場 名阿那含
除滅一切 六十二見 而無所去 名阿那含
離一切有 心無常相 解了如實 是故不來
涅槃寂滅 離諸煩惱 滅去來相 是故不來
斷諸惡趣 離一切垢 證於涅槃 是故不來
摧伏怨敵 諸魔軍將 超出假名 是故不來
拔無明箭 害一切愛 棄捨喜欲 是故不來
滅諸結使 開示陰相 得決定智 名阿那含
拔憂惱刺 破憍慢山 善解五陰 名阿那含
究竟照明 莊嚴佛乘 出欲淤泥 名阿那含
悉知伏藏 諸伏藏上 佛所安置 是故不來
安住最勝 佛乘無上 斷除諸結 名阿那含
以四弘誓 建立菩提 住菩提已 是故不來
知諸空界 難可思議 除滅諸想 是故不來
於諸衆生 及法界相 而無所得 是故不來
心無所取 不隨於相 安住菩提 名阿那含
衆生界空 不可思議 知如是法 是故不來

如是阿難顯示那含諸無礙相安立佛法阿難當知如來正覺爲諸菩薩摩訶薩隨宜方便說阿那含佛告阿難我今復說菩薩摩訶薩阿羅漢滅一切行修佛所行捨諸有爲而能成熟一切衆生亦斷一切衆生苦惱是名阿羅漢不得衆生相亦不得苦惱相是名阿羅漢滅諸取著住於無相知諸法空離一切相悉無所有除諸衆生一切妄想顛倒癡

惑了達空法不可思議是阿羅漢得不思議菩提成就如是法故名阿羅漢如過去諸佛所應說法未來現在一切諸佛亦如是說無有戲論具足清白演說真實菩提之法名阿羅漢安立衆生住菩提道無所取著名阿羅漢應行諸波羅蜜慈得佛大慈滿足衆生無相之慈亦能安立一切衆生如是修慈無所分別不取衆生及以慈相名阿羅漢爲一切衆生說法而於諸法都無所取若能如是名阿羅漢分別顯示根力覺道於諸衆生無染無著名阿羅漢善知一切衆生心行發起菩提能如是者名阿羅漢演說一切有爲諸行而不取著名阿羅漢亦爲諸餘一切衆生說無著行無取行作如是說名阿羅漢遊諸佛國心無去相悉到佛所以無相智如佛而見

名阿羅漢若能如是成就佛國具足諸功德亦名不思議平等無垢清淨福田空行福田阿鞞跋致福田第一清淨無女人相福田離諸結使貪欲福田如佛證知能盡一切蓋障福田摧伏諸魔塵勞福田悉制外道邪見福田一切福田莊嚴福田離於一切怖畏福田無諍福田寂滅福田神通福田最勝福田無窟宅福田無盡福田具足菩薩所行福田得佛自在最上福田佛所護持福田變化福田以是法印印諸衆生令得安樂巧說福田一切瓔珞莊嚴佛界決定涅槃寂滅福田亦於一切福田中上成就如是福田能知一切法不生不滅名阿羅漢除諸染著見來瞋者而心不惱名阿羅漢於一切法不取其相名阿羅漢滅除習智修最上智而能速證名阿羅

漢以是威儀建立菩提菩提勢力名阿羅漢如是菩提亦名不思議不思議者亦名不動如是不動能令無數億種衆生安立菩提無所取著皆住平等同於壞相無所有相知一切法皆入菩提住無所住名阿羅漢如是知已能爲衆生說如斯法而不染著雖有言說亦無說想度諸衆生亦復不取諸衆生想斷常二邊於身不動不斷煩惱而離憍慢於一切法無生寂滅無行不壞色相不壞受想行識諸凡夫法相而心不動以求解脫安住佛法亦非安住須陀洹果相解脫斯陀含阿那含阿羅漢果相解脫妄見一切起諸顛倒取佛智慧解脫妄見取菩提心解脫妄見修菩提施解脫妄見修菩提戒解脫妄見惱害忍辱解脫妄見懈怠精進解脫妄見亂想禪定解脫妄見愚癡智慧解脫妄見聲聞凡夫解脫妄見父母妻子男女眷屬如是等一切解脫妄見貪嗜諸欲無量苦惱而生親愛起於染著是結使法見惱害處於此法中生二種悲爲除妄想度脫衆生是名阿羅漢爲除利養貪求妄想及在家出家想於諸鄙賤及最勝法皆悉平等而亦不見此凡夫法彼是佛法爲斷如是妄想顛倒說解脫法若欲嚴淨佛國教化成就如是衆生是名涅槃如是衆生不名涅槃如是衆生生於諸有如是衆生不生諸有如是衆生行於菩提如是衆生不行菩提如是衆生毀破禁戒如是衆生受持禁戒如是衆生名有智慧衆生衆生名無智慧若有如是起於二心而生妄想爲除如是衆生妄想非福田非不福田如是衆生勤行

精進如是衆生不勤精進是愚癡法是智人法是女人法是男子法是聖法是非聖法起於二想爲除如是二心妄想故菩薩住於不退菩提亦非不退菩提有授菩提記亦非授菩提記有近菩提座非近菩提座有如是二心起虛妄想如是菩薩逮得菩提如是菩薩不得菩提眞實解脫以要言之著一切法皆是妄想是故阿難阿羅漢爲斷一切衆生妄想使得解脫故能如是說無相法是名菩薩摩訶薩阿羅漢爾時世尊而說偈言

除一切行　離生死行　出於世間　名阿羅漢
滅煩惱結　度脫一切　諸苦衆生　名阿羅漢
不得衆生　及諸結使　於法無利　名阿羅漢
滅除妄想　住無妄想　以諸法空　名阿羅漢
知空最勝　而得無相　盡一切相　名阿羅漢
滅諸衆生　一切惡想　棄一切想　名阿羅漢
除諸邊際　得無想法　而自證知　名阿羅漢
爲得菩提　難可思議　發勝精進　名阿羅漢
若說於法　無毀無濁　安立菩提　名阿羅漢
爲淨福田　令衆得樂　不得衆生　名阿羅漢
若說諸法　一切無取　無法非法　名阿羅漢
覺道根力　爲衆顯現　得第一果　名阿羅漢
善知衆生　淨於菩提　爲說是相　名阿羅漢
世間所說　一切諸行　於行無著　名阿羅漢
勇猛世尊　難思福田　隨佛住處　爲人演說
若欲見佛　無見不見　如佛所見　名阿羅漢
是應福田　賢聖福田　無上精進　名阿羅漢
遠離染欲　於瞋不瞋　亦說菩提　名阿羅漢
知一切法　寂滅無相　是故菩提　名阿羅漢
不動一切　諸衆生界　令無數億　安住菩提

衆生菩提　悉住無相　知彼平等　名阿羅漢
得無等等　同一切法　而知無相　平等菩提
能如是解　説名羅漢　知如實法　清淨無濁
爲衆説法　而無所説　度無量衆　亦無動摇
不得衆生　斷常諸邊　而衆皆見　度脱苦惱
究竟諸法　無生無滅　而以方便　度脱衆生
不壞於色　受想行識　亦復如是　即名解脱
於諸凡夫　而無動相　建立佛法　安住解脱
能令衆生　而念果報　佛解脱相　爲人説法
妄取菩提　修行布施　持戒忍辱　爲除妄想
懈怠懶惰　取相精進　除解脱相　羅漢所説
生禪定想　愚無智慧　爲令解脱　説羅漢法
此無相法　能除虚妄　如是説法　名阿羅漢
衆生虚妄　取聲聞想　無解脱相　羅漢説法
父母妻子　愚癡取著　則非菩提　染著生死

兄弟姊妹　妄生親愛　寂滅解脱　名阿羅漢
造諸業行　貪著親愛　見即生戀　本是我親
更相染著　互共親愛　不識離别　令魔自在
不離世間　爲最極惡　如是過患　羅漢所説
於諸結使　皆悉覺悟　二俱虚妄　羅漢所説
爲利多人　行無戲論　如是解脱　羅漢所説
在家出家　多生妄想　凡愚取著　羅漢解脱
見家繫縛　廣顯正法　凡愚妄想　羅漢解脱
棄捨凡夫　無利佛法　捨利無利　名阿羅漢
見有高下　若干等種　衆生取相　羅漢解脱
成就取相　多所修習　如是著相　善能解脱
得佛福田　究竟眞實　妄取是田　羅漢解脱
無滅非滅　亦物非物　雖修菩提　不得菩提
持戒毁戒　有智無智　衆生愚癡　起於二想
人多取著　有若干種　解脱此想　羅漢所説

作福田想 非福田想 無智凡愚 作種種想
於諸女人 及與男子 聖非聖法 作二種心
如是衆生 凡愚無智 取著二想 羅漢解脱
退不退法 有記無記 近坐菩提 不取菩提
得菩提已 畢竟寂滅 永離生死 取涅槃想
斷衆生縛 滅一切相 是故羅漢 名爲解脱
菩薩法爾 現爲羅漢 不起法忍 即羅漢智
如是羅漢 菩薩不識 心常住於 最上菩提

爾時世尊告阿難言汝今當知是名如來等正覺爲諸菩薩摩訶薩方便説阿羅漢阿難言云何如來等正覺復爲諸菩薩摩訶薩説名聲聞佛言阿難菩薩能使無量阿僧祇衆生以佛法聲令一切聞故名聲聞亦令得聞不思議聲聞不思議聲已而於菩提無有戲論以清淨聲令彼得聞亦名聲聞又使得聞唯涅槃樂更無餘樂聞如是聲亦名聲聞又使得聞根力覺道禪定解脱諸三昧等念處正勤證於無餘如是之法令無數衆生皆悉得聞亦名聲聞是身苦空無我而諸陰相皆不可得凡夫愚癡分別此身妄起取著聞如是聲亦名聲聞又得眼界虛僞不實乃至佛眼皆同眼界不可思議能令衆生如實而見於一切法無成就相名成就眼如是法相使衆生聞名爲聲聞如呼聲響令衆生聞名爲聲聞不應於聲而妄取著無有聲相亦無所得聞如是聲名爲聲聞不應於香而取香想亦無所得譬如有人夢中聞香實無有香於無香中妄起香想但是顛倒自生分別而取香想凡愚信受聞如是聲名爲聲聞舌入相空猶如肉段不能知味亦如聚沫不可爲喻

過於喻故非味非見分別味相實無所得如是味界及不思議界平等無二離心無念亦無思惟實無心相聞如是聲名爲聲聞已所知法皆令他聞名爲聲聞若聞於身分別身相體性本空非生非不生是名菩提令無量衆得聞是聲名爲聲聞心性無體實無所有皆如幻化非生非滅能令衆生皆悉得聞名爲聲聞佛告阿難聲聞法施不可思議得證是道名不思議以是不思議法施能生菩提何以故種子相似生故無果爲果非財施所得從聞信解名爲聲聞財施微少法施爲上如是法施不嫉於他亦無施想不著是施譬如幻化無所分別不生願求不取施想無願求故阿難當知如是施者成就菩提從聞信解名爲聲聞盡一切相離諸結使出過聲聞一切僧上發大音聲演說佛法何以故得具足聲出過一切諸音聲故出是聲已令聞佛法知諸聲相非一非異成就正信說法無二亦非不一聞如是法名爲聲聞爾時世尊而說偈言

無量衆生聞　佛法不思議　菩薩廣大辯
是名爲聲聞　聞已信菩提　無濁無戲論
令一切悉聞　是名爲聲聞　聞於涅槃樂
是樂最第一　普令聞寂滅　是名爲聲聞
諸力及覺道　念處與根等　速得於究竟
是名爲聲聞　聞此身苦空　無有堅實相
貪恚癡所侵　是故分別身　亦聞於眼入
非實而見實　衆生多愚闇　凡夫盲無智
若得於佛眼　正見不思議　逮得如是眼
無復諸愚癡　諸法無成就　一切衆生聞

以如是因緣　亦名爲聲聞　一切諸法相
猶如呼聲響　此中無聞者　亦無有說者
令無數衆聞　是名爲聲聞　此中無所聞
亦無染著者　譬如人夢中　雖聞多種香
無一成就者　如是知香體　遠離一切垢
亦無聞香者　菩薩之解脱　多顛倒衆生
聞舌猶肉段　不能得知味　肉段若知味
亦應知平等　分別如是相　貪味爲最惡
此界難思議　是名知於味　決定知味已
菩薩無所著　令衆聞決定　是名爲聲聞
觀身分別相　本性空無主　若知於眞實
無生無能生　菩提如是相　亦無生能生
普令衆生聞　是名爲聲聞　意亦如是知
體性無所有　空無體性故　能令一切聞
如物法無生　無滅亦無二　無相無所見

是名爲聲聞　咸使聞其施　法施不思議
修行趣道場　成就於菩提　譬如種種子
各得相似果　修施不思議　證道亦復然
悉施諸財物　法施爲最勝　捨心無貪嫉
是名菩提道　心常不取著　雖施無依怙
若能如是施　速證於菩提　能離一切相
悉捨諸結使　無有諸染著　是名爲聲聞
其聲深微妙　於諸聲最上　此聲令速聞
佛法不思議　能令一切知　諸聲無所依
非一亦非異　是名爲聲聞　欲令一切聞
諸佛之所說　隨所聞法音　皆發於菩提
聞諸福田中　佛福田最勝　隨佛所住處
親近救世尊　使聞三千界　安住於虛空
衆生亦復爾　皆同涅槃相　所說四大界
分別爲衆生　猶如虛空相　等於不思議

諸界如是相　亦無有能知　是中無生死
無惱無涅槃　諸法無眞實　衆生亦皆然
是名寂滅界　云何見生者　爲無量衆生
晝夜常聞知　不著己名利　但爲衆生説
常知是聲聞　欲令一切聞　實非聲聞法
但現爲聲聞　世雄假名説　諸法中最上
是故知衆生　一切皆如相　是名爲聲聞
無漏除繫縛　解脱一切結　而爲衆生説
顯示離諸縛　清淨無調戲　見已爲人説
佛法皆亦然　不久當得見　如佛所説法
菩薩所修行　於法無染著　是名爲聲聞
無縛而清淨　亦使一切聞　如聞而修行
阿難汝當知　我以方便説　如是知聲聞
菩薩無所依

阿難當知是如來等正覺爲諸菩薩摩訶薩方便説名聲聞阿難言云何如來等正覺復爲菩薩摩訶薩説辟支佛法佛言阿難菩薩現見一切法云何現見所謂知諸法無諍皆是假名不壞法性而能見法證法是名辟支佛佛不思議於一切法及諸衆生同涅槃相等無差別無形無相清淨寂滅實際衆生際涅槃際猶如影幻無分齊無所有於此諸際亦無際相非言非説無所依止亦無所説何以故如我空無生無滅知衆生際則知法際生死際即是佛際知如是際是名辟支佛現知於色色者則名色陰色陰盡已但有言説無我我所何以故如説色陰但有言説是空無生無滅言無言相云何以言説説是色陰亦現見受想行識乃至説是識陰知假名識陰等但有言説言説皆空無生無滅非實非

虛言說尚無何況陰相如是五陰從假名起是名辟支佛何以故因於名字言說爲色色但假名無因非因說名爲因是陰因緣不可說相一切諸法無依無緣如是覺知名辟支佛爾時世尊而說偈言

現見一切法　皆悉知無諍　不生亦不壞
無有濁亂相　現見一切法　本性皆空寂
體相如是者　則無有決定　現見究竟處
一切法亦然　是名爲正智　緣覺不思議
衆生及涅槃　前際不可得　是際無有生
佛亦難思議　知衆生涅槃　無生無出處
若法無生相　是名爲涅槃　衆生與涅槃
皆如水中影　有像無衆生　是名爲涅槃
衆生與涅槃　一切假名說　無生亦無滅
但有空名字　如是言說相　知無有衆生
是義應當知　衆生即涅槃　一切言說空
無心亦無法　以言說非言　決定無知者
非言際無依　言說亦無住　如是言說者
衆生不思議　衆生及涅槃　實際非實際
遠離得安隱　永趣寂滅宅　一切衆生際
猶如於影響　無因亦無緣　實際不思議
一切諸法本　但以假名說　是際無所有
不得名字相　實際無言說　亦無能知者
以空無實際　衆生不思議　實際無言說
言說無所成　眞實相如如　衆生亦無際
言說相自空　非以言故知　如汝之所說
衆生莫能思　如是實際相　非思議能知
是名正覺說　辟支難思議　現見於色陰
但有假名字　如是陰相性　常離於言說
無有眞實相　乃名爲出世　如是知諸陰

本性無住處　是色無所有　假名以爲陰
但有空名字　不生亦不滅　言說及諸法
無有決定處　若無有言說　是名說色陰
現見於痛陰　想行亦如是　乃至識陰等
但有假言說　是陰不可說　離於一切相
本性無所有　不生亦不住　如所說眞實
遠離一切法　如是知諸相　體性無住處
假名之所說　識陰等亦空　知言說空已
無生亦無滅　言說及諸法　無有決定處
若無有言說　是名爲識陰　是陰離言說
不可得限量　無生無滅相　亦無所依處
解脱諸煩惱　非業非果報　非覺亦非陰
非言非涅槃　是相無決定　亦無有智慧
内外不可得　無懈怠精進　無調戲疑悔
亦無有成就　不驚不怖畏　無有一切色
亦不見於空　無相亦復然　無有一異相
非縛亦非解　一切諸言音　是聲無所入
是名爲律陀　非言所能及　究竟現於見
而說無盡法　得是三昧已　不著於言說
此智若現見　等說阿律陀　律陀同諸法
默然而演說　於此現見到　不從他因緣
是名爲正覺　緣覺不思議

釋二乘相品第四

阿難如是菩薩摩訶薩現知明無明知行無行知識知識相知名色知名色相知六入知六入相知觸知觸相知受知受相知愛知愛相知取知取相知有知有相知生知生相知老死知老死相修習現見名辟支佛爾時世尊而說偈言

現見無明　而無所知　亦無成就　如水中影

明亦不動不著於法 若不著法是名明相
無明如空一切法相到於現見是名緣覺
若說諸行非内非外 亦非從佛而起於行
是行假名決定非有 無生無滅猶如虛空
到此現見菩薩無畏是名正覺緣覺難思
知一切法皆如幻化 明知幻已是名現見
不如實知是識行處 是相分別 知識法空
識智非智 一切不著 若知於法 識如幻想
名色因緣皆有爲相 無決定體 亦無成就
離於六入說六入相 言說音聲 體性皆空
觸無因緣 從六入生 分別是觸 如幻皆空
是觸無體 從妄想生 觸無眞實 亦無住處
現見於觸 知無觸相 成就猒離 名辟支佛
若證於受 不堅如泡 性相皆空 究竟無實
斷於愛結 得無愛法 得盡諸欲 是名緣覺
分別於取 空無所有 如熱時焰 無有成就
無有作想 生想亦爾 知生體性 空寂無有
得離於老 亦不畏死 無所成就 不受後有
現見此法 無所依止 以緣覺聲 實修菩薩

阿難汝今當知是如來等正覺爲諸菩薩摩訶薩方便說辟支佛爾時阿難即從座起整其衣服合掌向佛而說偈言

涅槃非涅槃 救度於世間 猶如空中結
以空而自解 若能如是說 亦名有所說
世尊善方便 而說無著法

爾時阿難說是偈已白佛言世尊一切世間愚癡所蔽而自欺誑不解如來作假名說信行法行八輩等法須陀洹斯陀含阿那含阿羅漢聲聞緣覺爾時佛告阿難汝於過去佛不忘假名植諸善根以善解假名故不爲愚

闇之所劫奪何以故假名諸法如幻如水中影如熱時焰如呼聲響如是假名阿難汝今當知不爲諸惡之所侵害具足莊嚴而自莊嚴能知諸法假名因緣無所忘失成就精進而亦不取精進之相無有忘失得最勝智亦不取智相爾時世尊即說偈言

愚癡諸衆生　懈怠少智者　則不知假名
應當勤精進　能解於假名　如實知諸音
救度於世間　令得眞實智　知假名空已
便即菩提覺　亦不得菩提　是名說菩提
假名即空相　空不能知空　空但有音聲
離一切諍論　顯示如是義　於空無所取
亦無可證處　云何有得者　是名爲空空

如是阿難當知空法甚深無量不生放逸亦無所失是名說辟支佛具足行地爾時衆中有五百億比丘皆得信行從座而起在世尊前俱說偈言

離疑得正智　救世無上主　世尊說假名
信行住菩提

爾時衆中復有五億法行比丘聞說偈已從座而起整其衣服俱說偈言

我等除疑惑　菩提之照明　如來說假法
法行住菩提

爾時衆中復有十億八輩比丘聞說偈已從座而起住於佛前俱說偈言

我先離疑悔　久修於八輩　如來說假名
八輩住菩提

爾時衆中復有十億須陀洹聞說偈已從座而起住於佛前俱說偈言

我今蒙照明　救世之聖主　知佛所說法

開示於假名

爾時衆中復有二百五萬斯陀含比丘聞説偈已從座而起住於佛前俱説偈言

我先有取著　而得斯陀含　今離諸妄想
寂靜無戲論

爾時衆中復有十億阿那含聞説偈已從座而起住於佛前俱説偈言

救世無上尊　令我離戲論　拔離果想已
照明菩提道

爾時衆中復有三十五億比丘皆住四禪得阿羅漢聞説偈已從座而起在於佛前俱説偈言

我今得離垢　自證於無餘　諸乘入一乘
如幻無決定

爾時衆中復有二萬比丘聞説偈已從座而起住於佛前俱説偈言

我本著妄説　世尊説假名　自謂爲聲聞
住於假名法

爾時衆中復有五千比丘住辟支佛乘聞是偈已從座而起住於佛前俱説偈言

我今得現見　爲緣覺菩提　如來説假名
緣覺不思議

爾時衆中復有百萬比丘尼取須陀洹斯陀含阿那含阿羅漢果想聞説偈已從座而起住於佛前俱説偈言

願於女身相　皆入平等法　世尊無異説
照明爲最上

爾時衆中復有八百萬優婆塞優婆夷皆作須陀洹斯陀含阿那含阿羅漢果想聞説偈已從座而起住於佛前而説偈言

我今心無垢　淨如毗瑠璃　今始名出家
得住於佛法
爾時虛空中有六十億那由他諸天以天曼
陀羅華而散佛上於如來前俱說偈言
我先取乘想　貪著於諸果　我今悉捨離
始覺菩提道

不退轉法輪經卷第二

音釋

淤（於據切，滓濁也）嗜（常利切，好也）

不退轉法輪經卷第三

僧祐録云安公涼土異經在北涼録

除想品第五

爾時衆中復有無量百千阿羅漢舍利弗大目揵連須菩提阿那律阿㝹樓馱劫賓那憍梵波提而爲上首從座而起整其衣服住世尊前曲躬恭敬白佛言世尊我今發眞實願離於妄想摧伏衆魔具足五逆具足五欲具足邪見離於正見斷於無量衆生命者我今當令悉成菩提入無餘涅槃爾時世尊默然而住無量百千在會大衆皆生疑惑何故爾耶而今我等盡皆盲冥無所覺知諸阿羅漢尚作是說何況凡夫各坐一處而不動搖一切坐者不能得起若有立者亦不能坐皆言何故作如是說爾時阿難即爲大衆百千萬億衆生故以佛神力令自知心亦知他心問文殊師利言如是大衆百千億等聞諸羅漢作是說已皆生疑惑唯願文殊爲我分別說其因緣爾時如來默然而住文殊師利告阿難言是不退轉地菩薩見諸大德因緣故作如是說阿難言文殊師利不退轉地是菩提耶文殊師利答言如是如是不退轉地是諸大德菩提阿難問言諸尊者何故作如是說爾時文殊師利語阿難言無明爲母從行生愛究竟滅盡悉除怨害倒想爲父離於顛倒除滅欲愛作阿羅漢堅固不壞盡凡夫想及以僧想壞是想故能修一切無壞法想乃至不取如來之想習學無生究竟求離尊者阿難諸大德作如是說我今云何具足五逆何以故無來去想是故名爲具足五逆又阿難

言何者爲五欲是諸比丘知於五欲如夢如幻如水上泡如呼聲響如是智慧具足云何具足智慧不增不減云何五欲亦不增不減何以故如是五欲究竟無體無相如實知已即五欲相得證智慧是故名爲具足五欲以是義故諸大德作如是說我今具足五欲阿難何者是具足邪見離於正見於一切法而皆取著是名邪見邪見者是虛妄想一切諸法非依非無依猶如虛空無歸無依何以故一切法無實可得應如是知一切法皆悉平等除其等想是名正見何以故如是等想即是惡想以是義故諸大德比丘不見等想亦不見惡想何以故盡一切想名佛菩提逮菩提已而亦不見少法可得阿難以是因緣大德比丘作如是說離於正見具足邪見阿難

何以故是諸比丘言我今實斷百千衆生命諸大德出是語時百千萬億諸天聞如是說皆即得解諸法如夢如幻如水中影如呼聲響得如是解已便斷衆生丈夫壽命及人等想亦即得解無有種於菩提善根一切諸法皆無起無作無所修習聞說假名深信無疑及優婆塞優婆夷等皆悉除斷衆生丈夫壽命及人等想除是惡已便得不復數數受生何以故斷除衆生丈夫壽命人及餓鬼想有是想故數受生死離是想已即得究竟自證無生以是因緣諸大德如是方便善說假名言斷無量衆生之命是故說言具足得佛菩提我今於無餘涅槃而般涅槃得佛相好以是教化無量百千萬億衆生滅諸結使如佛所證何以故令諸衆生皆發阿耨多羅三藐

三菩提心得無生忍已令得菩提亦不捨煩惱不近佛法從意生煩惱盡滅無餘以是因緣諸大德皆言我今得到菩提阿難是故今者名爲無生何以故如是善男子善女人發阿耨多羅三藐三菩提心照明諸法發菩提心已亦無所得離菩提相及一切法相於無餘涅槃入般涅槃阿難如是族姓男女乘菩薩乘不以見日而生晝想凡夫愚人若見日時便作日想則非智者何以故阿難若日有體非虛妄者則可積聚以虛妄故亦無過去未來夜亦如是若日作日想夜作夜想則是凡愚妄想所見阿難是菩薩乘修行阿耨多羅三藐三菩提有善知識不應晝生晝想夜生夜想何以故離一切想能住菩提如來之道爾時文殊師利而說偈言

無明以爲母　從行之所生　若斷其根本
是名爲除害　喜愛諸倒想　是說名爲父
若能如實知　究竟無所有　知彼悉虛妄
則斷諸根本　無緣亦無住　是說名除害
若說諸羅漢　凡夫不思議　如實不壞相
是識名究竟　我本著僧想　如實知是已
諸法皆無壞　亦令一切聞　先取於如來
是名爲虛妄　知彼無異想　平等同一空
拔斷其根本　是名無生智　若能如是說
顯現禪定力　若說具諸欲　如是五名字
能離如是想　猶如於幻夢　不增亦不滅
是名具五欲　在於救世前　彼作如是說
知欲本性空　猶如夢化相　畢竟無有生
具足如實智　知諸邪見過　虛妄生分別
以此究竟智　一切皆具足　虛妄無取著

離於和合相　如是善知已　無相無所有
同知一切過　邪見正見等　逮得眞實法
邪正相俱滅　衆生生死想　愚癡妄分别
若不得衆生　則無有生死　衆生多方便
捨離於命想　遠離是想已　知命想最惡
若離衆生想　分别壽命等　斷多衆生命
是彼之所説　捨離於死想　愚癡所分别
究竟得無生　是名爲實法　滅除諸結使
得證於無相　菩提無有色　無滅亦無果
魔怨不能障　自覺於菩提　諸法無諍論
無生性寂滅

爾時文殊師利説是偈已如是無量百千衆生除諸疑悔離疑悔已心生歡喜得法照明各脱上服供養文殊師利作如是言能令我等皆得此法悉作是説亦令衆生心證諸法皆得如彼文殊師利所解實相爾時阿難白佛言世尊云何如是百千萬億衆生皆生疑悔何故如來不自爲説令斷疑悔於是佛告阿難言如是百千萬億衆生皆從文殊師利發菩提心於文殊師利而得調伏阿難復言皆得阿耨多羅三藐三菩提耶佛言如是阿難一切衆生皆不退轉於阿耨多羅三藐三菩提何以故皆由文殊師利善知識故阿難言如是等諸比丘信行法行須陀洹斯陀含阿那含阿羅漢聲聞辟支佛想盡不退轉於阿耨多羅三藐三菩提耶佛言有難信者少智下劣者懈怠懶惰少精進者貪嗜飲食近於五欲樂處憒鬧心不遠離忘失正念無智慧者心無正定常驚亂者增上慢者取著增上慢者貪著已身樂於壽命不觀無常多諸

貪嫉愚癡無智毀破禁戒心生惱害於佛法中起於疑惑見無智者近惡知識遠離善知識亦不恭敬善知識不學般若波羅蜜不修陀羅尼諸經之王常起妄見著妄見已得於惡師貪樂衣鉢於和尚阿闍梨無恭敬心亦不樂親近於初中後夜心生懈怠兩舌難信好喜妄語惡口貪嫉親近邪見習邪見已常修邪觀不好學戒心無慚愧無所顧畏親近愚癡樂行外道不信空無相無願無生無滅於一切法不生信心阿難如是人等難可解悟爾時世尊默然而住是時阿難承佛神力問文殊師利言如來何故默然而住文殊師利答言於末法中後未來世多有衆生在於彼世成就如是心不信法不能解了是故如來默然而住阿難言復有衆生能信如是法不文殊師利答言亦有衆生少能信者阿難少有衆生能識於實多有衆生不識是實阿難少有衆生能生信解如是說法城邑聚落多有衆生棄捨不信何以故是彼衆生宿世因緣本作謗法罪業障故阿難言唯願文殊當令是諸衆生信解所說文殊師利言汝當問佛佛自爲汝分別解說爾時阿難白佛言唯願世尊時爲我說族姓男女少信解者彼得聞已生大歡喜爾時世尊遍觀四方面門出舌普覆三千大千世界從其舌根出大光明遍照東方恒河沙等諸佛世界如是南西北方四維上下各於十方恒河沙世界爾時四衆以佛神力亦見東方恒河沙世界諸佛同說此法亦皆遥聞不增不減如是次第十方世界亦復如是於是世界諸佛說法如此

大衆皆悉見聞得見聞已亦皆一心勸請世尊唯願哀愍重為我等分別演說使見無量無邊不可稱數諸佛所說不增不減不可思議諸佛正法唯願世尊時為說之還攝舌相佛告阿難頗有作妄語人能得如是舌相不耶阿難言不也世尊若有實語柔輭語諸有智者善能調順利益語慈悲喜捨如是等乃至一切智人得是舌相唯願世尊為族姓男女有少信者分別解說亦為憐愍不解者說當使此輩心生悔恨爾時佛告阿難四衆已集正身端坐天龍夜叉乾闥婆阿脩羅緊那羅迦樓羅摩睺羅伽人非人等諸來在坐能聽法者皆不退轉於阿耨多羅三藐三菩提心各於此地而說正法不增不減如今所說爾時四衆及天龍夜叉乾闥婆阿脩羅迦樓羅緊那羅摩睺羅伽人非人等心生歡喜皆脫上服以奉於佛或散華香或散華鬘或以金鬘或以銀鬘或以瑠璃鬘或以玻瓈鬘或以碼碯鬘或以毗盧旃鬘或以曼陀羅華摩訶曼陀羅華曼殊沙華摩訶曼殊沙華或以所作之華而散佛上或以天優鉢羅華拘物頭華分陀利華以散佛上於虛空中天樂自鳴龍雨眞珠諸婦女等以身瓔珞各脫上服以供養佛整其衣服右膝著地合掌向佛皆共同音白佛言世尊如來無二爾時佛告阿難如是如是如彼所說如來無二永盡愚癡如來世尊無有悋惜無一切過已離過故離於諸欲一切塵垢清淨無染憍慢貪嫉悉斷無餘智慧具足覺悟正法到於彼岸猶如大梵得大自在威儀具足究竟諸行得四具足

天龍夜叉乾闥婆阿脩羅迦樓羅緊那羅摩睺羅伽人非人等而不取著有爲無爲不染生死從佛世尊得正解脫得具足見無闕失見具足親近阿難言云何如來得具足見無闕失見具足聞佛具足見佛具足親近佛告阿難汝不知耶阿難言我實不知佛言汝今諦聽當爲汝說阿難言唯然世尊願爲解說阿難汝今聞我釋迦牟尼佛已聞當聞如是等皆得不退於阿耨多羅三藐三菩提何以故一切法身若有所說其見聞者皆悉利益阿難若以一華供養如來及般涅槃後爲佛舍利起塔供養亦得不退於阿耨多羅三藐三菩提阿難言乃至畜生得聞佛名亦得阿耨多羅三藐三菩提耶佛言阿難若復有人聞釋迦牟尼佛音聲稱其名號皆是阿耨多羅三藐三菩提種子若善男子善女人聞釋迦牟尼佛名號如其所說皆實不虛阿難譬如尼拘陁樹若一若二若三若四乃至五十百千無量等衆止息其下皆悉蒙覆阿難於汝意云何尼拘陁子爲大小耶阿難言尼拘樹子最爲甚小佛告阿難如是尼拘陁樹以水雨糞土人功因緣積其日月漸漸長大阿難言如是世尊佛告阿難以尼拘樹子本甚微小以水土日月因緣故漸漸長大如是阿難得聞釋迦牟尼佛名善根種子終不敗壞不退於阿耨多羅三藐三菩提亦復如是何以故無相種子於一切不住是故不壞以不壞故如是種子不可毀壞亦不取相是故於一切法不壞阿難白佛言世尊爲是如來本願之力爲是諸佛法應爾耶佛即答言以本

願力故若有衆生聞我名者皆得不退於阿耨多羅三藐三菩提一切諸佛法亦如是阿以故一切佛法皆平等故阿難言一切佛法平等有何利益佛言能令衆生雖不聞法以發願力故亦使得同聞法利益爾時阿難白佛言世尊如來成就未曾有法故能大利益諸菩薩摩訶薩等佛言如是如是阿難我今雖爲衆生作大利益若聞法者無不得住利益福田我於過去供養諸佛不惜身命一切皆捨離諸貪嫉勤修精進諸根清淨於一切法不取不著無所依止是故阿難我成菩提能大利益一切衆生

受記品第六

爾時阿難白佛言世尊說是不退轉法輪能令惡魔使不擾亂何以故佛言是文殊師利神通之力能使波旬不令得聞文殊師利發眞實誓能令惡魔聞空中聲釋迦牟尼佛轉不退法輪爾時波旬身毛皆竪心生驚怖作如是言見此世界皆非世界憂愁涕泣身變朽老如百歲人髮白面皺是時魔王形體膚髮亦皆俱老爾時魔王將四種兵魔及魔天皆詣佛所亦如如來初成道時嚴治器仗而來向佛各見已身皆悉朽老如百歲人形體攣曲持杖而行到於佛前時四種兵及虛空諸天皆聞釋迦牟尼佛轉不退法輪而此四兵皆不能進即住一面心生驚疑悉不能得隨魔王意爾時魔王獨至佛所無有伴黨而白佛言世尊我今衰老願賜手力本所有國皆非我有如來大悲憐愍一切寧不與我一人以爲手力於是佛告波旬我觀衆生界分

甚多譬如恒沙無有量數日日成佛得般涅槃若一劫若過一劫不能令彼衆生界減爾時魔王白佛言世尊衆生界分雖多無量我無一人可爲手力或當傾危誰見扶持唯願如來慈哀慰喻令得還宮并諸眷屬於是佛告波旬顛倒衆生諸不信者皆屬於汝是汝手力是即等侶爾時波旬甚大喜悅作如是言我今當令一切衆生不起信心皆生疑惑墮疑惑者悉是我力爾時波旬白佛言唯願世尊重見慰喻令我歡喜如佛言曰若得聞佛稱其名字皆得不退於阿耨多羅三藐三菩提唯願如來默然莫作是說若有聞者是諸衆生當勤精進修於菩提唯願世尊如是慰喻爾時佛告波旬勿生愁惱歡喜而去我今當令無一衆生發菩提心亦無衆生而能動於衆生界者乃至無一衆生於色動及受想行識動乃至無一衆生於身見疑戒取等動亦無衆生於過去未來現在想動無有衆生於殺盜婬妄語兩舌惡口綺語貪欲瞋恚邪見等動乃至不見衆生於諸邪有而能動者我亦不見衆生修行布施持戒忍辱精進禪定智慧不見衆生於衆生想壽命想父母想兄弟想妻子男女想晝想夜想一月想半月想歲數想劫想施想戒想忍辱想精進想禪定想智慧想力無畏想五根想七覺意想八正道想菩薩想佛想法想僧想菩提想無礙想一切法不動想無有衆生於此諸想而能動者波旬勿生憂惱歡喜而去爾時波旬聞是語已離諸憂惱便大歡喜即於此處還復壯年并以天華而散佛上遶佛三帀於世

尊前而說偈言

我今心歡喜　救世三佛陀　佛所說無異

眞實不虛妄

爾時波旬說是偈已歡喜而去還於本宮五欲自娛更不復起擾亂之心魔去不久爾時大地六種震動阿難白佛言世尊今此大地以何因緣六種震動非魔力耶佛言是我神力爲遣魔故令此大地六種震動爾時有六十四百千衆生得無生法忍是故大地六種震動阿難白佛言世尊頗有衆生起疑惑不佛言復有十億衆生心生疑惑我等今者無謬聞乎各皆迷亂不識四方從何而來以癡冥故悉不相見爾時阿難白佛言唯願世尊當疾哀愍爲彼衆生作大照明令離疑惑如來所說假名法相若不可知悉墮地獄阿難白佛言世尊如來何故令此魔王心得少惱歡喜而去都無一人住於菩提亦無衆生能動衆生界於色受想行識亦無能動乃至身見一切取相六十二見過去未來現在種種相動者亦無衆生於殺盜婬妄語惡口兩舌綺語貪瞋恚邪見等動者何故如來作如是慰喻魔王波旬言無衆生修行布施持戒忍辱精進禪智乃至無衆生壽命父母兄弟妻子男女晝夜等想亦無一月半月歲數時節諸劫之想如來何故作如是說慰喻波旬少惱而去亦無衆生於菩提心想動於根力無畏想動於覺意道想動無佛想法想僧想菩提想無礙想動菩薩想動如來何故慰喻波旬少惱而去復言當使無一衆生同於法想世尊何故作如是說唯願如來爲此等衆作

大照明當使未來一切衆生得蒙照明得照明已當令此法次第相續使不斷壞若有衆生深心信解受持是法者當爲是人演其因緣如來何故作如是說爾時世尊即爲無數百千衆生除諸疑惑重說偈言

菩提無住處　亦無能住者　以是因緣故
說無住菩提　菩提及衆生　非一亦非異
以是因緣故　說無住菩提　衆生本不動
其界亦復然　是法無成就　究竟無所得
衆生體相空　其界難思議　無有能動者
唯一切智知　如所說諸陰　衆生無動相
陰即是衆生　無二無住相　陰以空爲體
性相即不動　若無相可取　云何有動者
是故知諸陰　亦無有動相　言說求寂滅
無相亦無體　身即是陰相　陰即名行處
非行處而行　說陰名爲空　所說空界者
不生亦不起　如是同於陰　是名不可動
身見相無體　亦無法可得　不得故無動
我今如是說　不取衆生相　究竟無所住
亦無有心相　形處不可得　若說於諸見
現示六十二　如是衆生等　亦如水中像
諸見同水像　六十二亦然　無我無所有
其性不可動　過去及未來　現在亦復爾
無相無所有　皆如焰水像　是名爲無我
不得衆生相　衆生不可動　亦無能動者
譬如殺生者　處生死曠野　亦住於寂滅
是名爲不動　欲令衆生動　衆生不可得
實無有衆生　是名說不動　菩提無有斷
亦無有能度　是故當勤修　不動於動者
法施不思議　度過去衆生　應當勤修習

是名不可動　度脫於邪欲　亦不得邪想
應當勤修習　是名不可動　妄語諸衆生
爲令得解脫　當發大精進　如彼不動相
惡口及兩舌　綺語亦復然　如是平等相
如焰無所有　諸法皆如是　亦無依止處
猶如呼聲響　善知寂滅相　過去諸無明
著我故生憂　若證於無我　是名爲不動
能知煩惱害　體性本無相　無相即菩提
是名爲不動　深證諸邪見　得修於正智
離邪見叢林　是名爲不動　若心得無欲
現受寶女抱　乃至諸童子　智者所遠離
以邪相持戒　而不捨正法　智者無心意
唯求於聖道　是名修法忍　顯示於外道
無心而行忍　亦不近涅槃　外道自顯異
五熱爲精進　非智所修學　苦行非菩提
外道所說定　取相爲行處　非佛所讚歎
亦不令他學　菩薩無所畏　能攝諸衆生
以是因緣說　取相所不動　非取著所攝
能生菩提心　菩提不取相　是故不能動
父母兄弟等　姊妹及妻子　譬如於幻化
是故不能動　一切取法相　皆悉無所有
若住無所有　是故不能動　若有晝夜想
一月及半月　如是一切想　如焰水中像
布施及持戒　修忍辱精進　皆起於取著
是想則爲動　菩薩大勢力　禪定修智慧
若有無畏想　一切想非想　覺意及正道
本有菩提想　愚癡之所起　智者則遠離
佛及衆法想　乃至有僧想　如是種種想
皆說爲動想　菩提名無想　種智即菩提
遠離如是想　菩提難思議　是故作是說

求者如水像　若動彼想已　則不遠菩提
菩提與衆生　一切法如如　故我如是說
不知惡魔心

佛次第說遣魔偈已十億衆生斷除疑惑得法照明於一切法得無生忍得是忍已十億衆生住於佛前而說偈言

佛道難思議　最勝之第一　故號爲世尊
除疑蒙安慰　一切皆照明　安住於佛道
神光遍十方　見無數億佛　見佛得聞法
色相莊嚴身　除穢得淨智　救世能度者
於億福田中　佛福田最勝　隨佛所住處
無上救世尊

爾時十億衆生聞說偈已皆以盛服供養於佛及供養法作如是言當令一切衆生悉聞是法皆共來集爾時阿難白佛言世尊轉是遣魔法輪諸族姓男女得聞是已皆悉解脫信受無疑得幾所福佛言阿難若族姓男女日初出時親近供養恭敬尊重讚歎百佛於中時親近供養百佛乃至晡時供養百佛於初夜時供養百佛於後夜時供養百佛以衆妙樂具最上衣服於二萬歲供養於佛日夜六時尊重讚歎行住坐卧修行供養初不暫息阿難於汝意云何得福多不阿難言得福甚多不可以譬喻知其限數佛言阿難若族姓男女得聞如是遣魔章句其義次第聞已復能信解不生疑惑是人功德倍多於彼

除魔品第七

佛告善男子復有三菩薩摩訶薩從東方來住大乘道持曼陀羅華百千萬葉如日初出阿難見已一切衆會亦皆同見生未曾有想

爾時阿難白佛言世尊是三族姓子從何處來佛言從東方過恒河沙須彌蓮華世界有佛名雲上功德如來今現在彼此中有三善男子初聞法時於彼國來爾時三菩薩住世尊前以曼陀羅華散於佛上散已作如是言我於此法深生信解無有疑惑何以故如來世尊已於此法得無疑滯是故我今亦無疑滯爾時是三菩薩其第一者白佛言世尊若有人說如來我即如來於此法中都無疑惑第二菩薩復白佛言世尊若有人稱說世尊我即世尊亦於此法悉無疑惑第三菩薩白佛言世尊若有人稱說阿羅訶三藐三佛陀我即阿羅訶三藐三佛陀亦於此法悉無疑惑爾時大衆無量百千億衆生悉皆戰動心不喜樂我從昔來初不聞說於一世界而有

二佛云何今者是三大士各稱爲佛於世尊前互相指言唯佛如來天人中尊於一切法皆得自在明達三世悉無罣礙是三菩薩何故今日俱作是說爾時阿難白佛言世尊是三菩薩名字何等能於佛前作師子吼佛時答言其第一者名樂欲如來聲正住第二者名樂欲世尊聲正住第三者名樂欲佛聲正住阿難以是因緣故此三大士作如是說阿難白佛言世尊如是百千萬億衆生心皆驚駭以此事故是諸菩薩便作是說復有聞者心不驚疑增長淨善譬如年少好自嚴飾形體淨潔加復洗浴香油塗身以赤栴檀香汁灑體復倍香潔其身光澤若聞此法信受不疑亦復如是阿難白佛言世尊云何菩薩作如是說佛言此三菩薩善解假名故作是說

阿難言如是如是此菩薩等善說假名唯願世尊重爲我說亦令大衆蒙法照明爾時世尊便爲如是百千萬億衆生解其疑悔決定善根即於爾時而說偈言

若能見過去　未來亦復然　如實知諸法
是名爲如來　現在亦如是　去來悉同等
非一亦非異　究竟寂滅相　譬如過去佛
行施不思議　彼施亦如是　是故說假名
譬如過去佛　住無礙菩提　彼住亦復爾
是名爲如來　一切法不住　菩提亦寂滅
不得菩提相　是名爲如來　若說過去戒
未來亦如是　現在皆同等　是名爲如來
過去世行忍　菩薩截手足　彼忍亦如是
是名住於忍　若發大精進　本求於菩提
得是精進已　是名爲如來　一切法平等
獲彼如實證　亦不取我相　是名爲如來
不取於諸法　一切悉平等　如彼平等已
無相無所有　如是等三昧　不取諸法相
安住於禪定　是名爲如來　一切法性相
及所說諸法　知其性相已　如實無所有
當知諸法空　智慧非福田　知彼非智已
得到智彼岸　若到於彼岸　智慧不思議
而不得此智　到寂滅彼岸　如相非到智
無有此彼岸　不得如是智　是名爲如來
菩提非如得　凡愚所不思　一切法無得
是名爲如來　若得於無礙　而到大智處
一切法無利　證無礙菩提　如本所修道
救世者濟度　得彼無依道　能知於體相
如是修習已　獲於最勝道　調伏此道已
知一切皆空　知其初中後　皆與諸法同

此法平等已　是名爲如來　道若如菩提
是名住菩提　猶如虛空相　是名爲如來
如是說法已　如悉平等相　若於此無礙
是名住菩提　阿難知假名　言說爲如來
言說亦如是　智者所行處　菩薩無所畏
明智不退轉　一切所行處　作如是顯說
阿難知次第　如來之所說　爲諸菩薩等
令得於無礙
爾時阿難作如是言而說偈言
以何因緣故　能知諸法相　是菩薩無礙
亦名爲世尊
世尊答曰
於百千萬億　無量無數劫　爾乃成菩提
佛道難思議　成就菩提已　爲衆生住世
處處實無生　是名爲世尊　久超輪迴趣
不受於生死　救度衆生故　是名爲世尊
不處輪迴趣　亦不入生死　云何拔衆苦
號世無上尊　不念於諸法　亦不壞危脆
不得衆生相　能度諸苦惱　無生死輪轉
亦不住生死　令衆如是住　是名爲世尊
得諸法無畏　於佛亦復然　無邊無有餘
說法若干種　諸法究竟空　佛法之體性
如是成就已　而不見諸法　若能專修行
空法之體性　心得於無畏　是名知空法
如實知諸法　一切皆妄想　顯現無所畏
如是實法相　已過怖畏處　亦離於淨居
無恐亦無畏　超度諸惡道　免濟億衆生
生死之大畏　不得於生死　而能度衆生
安置於衆生　寂滅涅槃岸　亦無衆生相
是名爲世尊　諸法猶虛空　顯示現衆生

於彼亦無畏　是名爲世尊　一切法平等
顯現若干種　菩提無分別　不得菩提相
衆生如是學　得成於菩提　如說如修行
則無恐怖想　分別菩提想　猶如衆生想
超過一切想　是名爲世尊　滅除一切想
菩薩則無垢　不得名字想　是名爲世尊
能知一切法　同於盡滅離　過去不可得
是名爲世尊　不重名字故　是以不求名
離著名字者　而爲廣說法　菩提離名字
如彼之所住　衆生重名字　遠離於菩提
名字呼聲響　分別則多種　聲亦無分別
而恃空名稱　不著一切聲　名亦無所依
菩提無戲論　是名爲世尊　如是等諸法
世尊之所說　非菩薩所得　是名爲世尊
若解於修道　無有能知者　安住於菩提
除礙名無漏　阿難是假名　但以言語說
是以我今稱　自號爲世尊

阿難復說偈言

以何因緣故　菩薩作是說　復以何因緣
自號稱爲佛

佛答言

阿難是佛子　一切法無礙　覺悟無礙法
自號稱爲佛　佛知煩惱過　不使得自在
已離於結使　自號稱爲佛　但以空爲佛
亦無有身相　此中無眞實　云何身可得
不堅生堅想　凡愚計爲身　如實覺悟已
自號稱爲佛　覺愚癡無智　體性無所有
明智之所得　自號稱爲佛　本有過去想
覺已得無想　知想及無想　不令想自在
覺了於色陰　本自無生住　凡愚妄分別

非色非成就　覺知無根本　本來無有性
是故無所受　一切法無依　想如熱時焰
因緣無所有　是故滅除想　一切法亦然
不得是身行　身相不堅固　若知身行空
是故不著身　是身及行相　皆悉如芭蕉
如是覺眞實　自號稱爲佛　求識眞實相
不在於身內　亦復不在外　云何有生處
是識若無生　一切法亦然　悉無其處所
有爲不可得　如是知識已　畢竟無所有
體性猶如幻　亦無有生者　若不能見識
衆生亦復然　實無有衆生　云何能知識
是識無有實　諸法畢竟空　法及於衆生
一切無成就　一切法無相　彼已決定覺
寂滅無戲論　自號稱爲佛　證知於佛法
正覺之所住　一切法皆無　自號稱爲佛
如來猶菩提　正覺之所住　佛及菩提相
究竟不可得　若生於心處　亦如住菩提
心同菩提已　佛猶如幻化　阿難是假名
但以言語說　以如名爲佛　我是救世者
如是相似生　同佛音聲說　若得此法音
安住於菩提　不著於菩提　當作如是知
不應起疑意　一切法無求　於諸法無疑
衆生中最上　如是相似法　當知眞實相

作如是說如來世尊佛等三號於是百千億數衆生白佛言世尊我等實蒙光明得除疑悔菩薩摩訶薩能作如是種種假名說爲如來世尊及佛我今如是知已如是解已於一切法逮得忍力如來世尊作大利益猶如父母以佛神力及智慧手挽出我等令不迷亂而無所擾猶如一切不動世尊譬如虛空無

能動者如是世尊於一切法心得不動亦復如是何以故一切諸法皆同虛空如佛覺了無有動相爾時百千億大衆遶佛三帀去佛不遠却坐一面說是如來世尊佛名品時常照淨根菩薩從座而起更整衣服偏袒右肩右膝著地持種種華散於佛上各以偈頌讚歎世尊

衆生貪著果　悉令得解脫　成就離果想
故我禮智者　能說於諸果　令知平等相
正覺證平等　歸命禮最上　衆生多貪著
行處種種果　佛以解脫故　我今禮智者
顯現於諸法　安住平等處　得覺平等已
敬禮牟尼尊　衆生多繫縛　種種諸果報
佛悉令解脫　歸命禮最上　成就寂滅道
不住種種果　善知假名相　頂禮世智者

爾時照明淨根菩薩摩訶薩說是偈已遶佛三帀去佛不遠瞻仰尊顏目不暫捨是時蓮華勝藏菩薩摩訶薩從座而起整其衣服偏袒右肩右膝著地以種種華而散佛上復以偈頌讚歎於佛

衆生多取相　能令悉除滅　離畏得歡喜
敬禮牟尼尊　寂滅離諸有　無畏而說法
是名世雄猛　敬禮牟尼尊　知有本空寂
其體不可得　諸有中最妙　敬禮牟尼尊
永離於三有　滅除諸結使　離畏得無畏
敬禮牟尼尊　無畏亦無懼　施中得最上
出過一切施　敬禮牟尼尊　離畏得無畏
拔除憂毒箭　解脫於諸法　敬禮牟尼尊

爾時蓮華功德藏菩薩說如是偈讚世尊已而向佛言若有衆生於後末世得聞是經心

不驚畏我當禮敬爾時離垢意菩薩於世尊前復說偈言

常應散衆華　智者所修行　得聞是經已
當令得解脫

爾時離垢意菩薩摩訶薩於世尊前復說偈言

佛法甚深廣　顯說如是經　當有少衆生
信受不疑惑　貪著於我見　於身取身想
不信於此經　是名無智者

爾時蓮華眼菩薩摩訶薩於世尊前復說偈言

實爲諸衆生　開示眼目導　如是之經法
唯善者不疑

爾時不思議解脫菩薩摩訶薩於世尊前復說偈言

世號人中尊　衆生不思議　說如是等經
聞則無疑悔

爾時常憶念菩薩摩訶薩於世尊前復說偈言

若不憶念者　數數生死中　不著於諸法
修行則無疑

爾時寶衣解脫菩薩摩訶薩於世尊前復說偈言

多衣滿一億　淨潔而細緻　初摩而纒覆
修行則無疑

爾時施食菩薩摩訶薩於世尊前復說偈言

所設衆飲食　具足諸餚饍　日日應常施
修行無有疑

爾時悲行菩薩摩訶薩於世尊前復說偈言

應悲諸衆生　數數而號哭　此經甚深妙

猒惡不修學　若從地獄來　則樂處地獄
雖似修功德　須臾尋生疑　親近惡知識
不信甚深法　愚癡網自蔽　如是生疑行
諸有破戒者　惡心見其過　聞經不信受
誹謗於此行　懈怠少精進　不住於菩提
無智心下劣　不解如是行　衆生多樂著
我見心自在　常處於三界　無能修行者
愚癡起惡心　無智染諸欲　樂處於憒閙
作是誹謗行　愚癡少智人　饕餮嗜飲食
不修清淨法　故作誹謗行　衆生多貪著
偏執取果想　不識於假名　唯救世能度

爾時能遠離解脫菩薩摩訶薩於世尊前而說偈言

遠離諸衆生　如棄於糞穢　虛危猶泥錢
解脫著果想　譬如壞死屍　其惡甚可猒
若謗如是行　應疾速遠離　如賊劫村落
處於曠險路　聞者悉遠避　願莫值是惡
若見壞爛者　猒惡如賊害　有誹謗此經
如是惡莫見

爾時阿難白佛言世尊如是菩薩摩訶薩甚爲希有其意明了爲是自定力耶爲是佛神力乎佛言皆是乘佛神力能作是說亦是此經功德威力逮得無礙何以故如是族姓子以於六十億佛所從於佛口常聞此法不增不減亦如從我得聞不異是故憶念過去一切諸禪定力及佛神力阿難言如是如是信如所說此諸菩薩現可證知

不退轉法輪經卷第三

音釋

皺側救切皮細起也駭下楷切驚也挽武綰切引也緻直利切密也饕餮饕土刀切餮他結切饕餮並貪也

不退轉法輪經卷第四

僧祐錄云安公涼土異經在北涼錄

現見品第八

爾時阿難白佛言世尊若聞是法次第信解不生疑惑如是族姓男女得成就幾所福佛告阿難若族姓男女住阿耨多羅三藐三菩提復以閻浮提滿中七寶供養諸佛者是人功德不如得聞此經次第句義信解不疑其福甚多置閻浮提滿中七寶供養諸佛假設恒河沙世界滿中珍寶供養諸佛復有善男子善女人得聞是經次第句義信解不疑心亦不悔是人功德復倍於彼爾時世尊而說偈言

假使三千界　滿中諸珍寶　供養於如來
救度於世間　若佛說此經　有能諦聽者
智慧得解脫　其福倍過彼　譬如恒河沙
於此諸世界　七寶悉充滿　盡施一切智
於佛之所說　信受是經典　是爲解脫智
其福亦倍彼

爾時阿難白佛言世尊若有族姓男女信解是經受持讀誦爲他人說得幾所福佛告阿難如是族姓男女住無上道於百劫中修行布施供養如來遠離此經百劫持戒百劫忍辱精進禪定智慧復於百劫得五神通修世間智具足戒身若有遠離此經典者是則不名尊重供養於諸如來若有善男子善女人信解是經受持讀誦復爲他說其所得福倍多於上爾時世尊而說偈言

假使滿百劫　一切諸餚饍　供養救世者
不名尊重供　若欲供養者　當受持是經

捨除福報想　修行法供養　如是供養者
是名眞供養　以法爲供養　如來法身故
假使滿百劫　以衣服供養　救世之世尊
多諸衣服施　不名爲供養　有能持經者
是名眞供養　最上之第一　假使滿百劫
常散諸天華　奉上諸世尊　不名爲供養
若作第一供　救世能度者　應受持此經
能除果報相　若造七寶塔　爲救世建立
一切如須彌　不名供養佛　此爲最大供
衆供養中上　能持此經者　不見我身相
假使滿百劫　修持於禁戒　而不持此經
不名爲最勝　聽經而持戒　於戒爲最上
亦於持經中　而無持經想　不名爲犯戒
亦不爲破戒　能學此經者　如我之所說
若能學此經　亦善學菩提　雖同學菩提
而實無所學　能如是持戒　此經所顯示
於戒得具足　是名持戒者　假使滿百劫
有人修忍辱　撾罵不還報　一切皆能忍
乃至截手足　而不起異想　亦不生怨嫌
一切無所念　能行是忍者　具足滿百劫
雖修如是忍　而心不爲勝　是忍最第一
亦名爲善修　若能聞此經　信解而受持
是名最勝忍　第一無有上　若於此經中
聞已能信解　欲求於無礙　無上佛智者
當受持此經　則能速具得　假使滿百劫
精進常不坐　經行已過時　除去於睡眠
智者修是經　應爲人演說　則得無所畏
是名勝精進　假使滿百劫　而得五神通
若不聞此經　不名勝神通　若能持此經
是名勝神通　神通中最上　知義而不著

假設滿百劫　常作明智人　成就世間智
決了於世間　若不學此經　不名爲智者
若能持此經　乃名爲勇健　若能如是知
是名爲智者　受持此經典　聞則能信解
顯示於此經　智者所行處　若能持此經
應加勤精進

爾時阿難復說偈言

行滿百由旬　或至千由旬　當詣於智者
有是經法處　常應到彼所　爲聽是經故
聽已而信解　其心恒隨順　假滿世界火
百千億由旬　若有此經處　智者宜疾聽
若求聖禪定　諸禪中最上　當說如是經
爲滅諸結使　若有欲捨去　樂著於世間
爲顯示此經　如佛之所說　若欲見諸佛
阿閦爲最上　於諸受持中　此經爲第一
欲得一切樂　修諸菩薩行　應當說此經
速到安樂處　欲見三佛陀　安養難思議
應爲演此經　如佛之所說

爾時佛告阿難善哉善哉說是經時族姓男女若得聞者心不散亂讀誦此經遠離一切諸親近處亦悉滅除一切想識若欲見佛即便得見臨壽終時則能面見百千諸佛何以故如是族姓子等爲一切諸佛之所護念說是經已復能受持讀誦信解亦爲他人分別演說

安養國品第九

爾時比丘比丘尼優婆塞優婆夷四衆之中時有童女名曰師子與五百童女俱白佛言世尊若有女人讀誦此經復能爲他分別解說得幾所福佛告師子童女若有女人住阿

耨多羅三藐三菩提受持讀誦如是經典爲人解說當知此等是最後女身更不復受何以故已能受持讀誦此經爲他說故而心無亂一切結使皆得除滅若是女人應起結使亦令不起師子白佛言世尊云何是女人相能生煩惱佛言師子若有女人見他端正女人及諸瓔珞摩尼等寶而自莊嚴受於快樂見是事已便生染著不解觀察譬如畫瓶但飾其外凡愚臭穢亦復如是不淨所熏屎尿充滿不知觀察如是等相便生樂著而起染心以是因緣常受女身復告師子言一切女人多生嫉妬欺誑妄語心口俱異或對面語爲乞匃故往至比丘所而不爲法生瞋恚心及睡掉心但爲憒閙親近俗事而於此經作不利益不肯聽受不說不誦晝夜常起諸煩惱心遠離解脫有如是等心故受女身不得遠離是故師子一切女人皆悉應作如是觀察我當云何斷諸結使不令復有如是女人無利益事當聽是經受持讀誦亦爲他說何以故得聞是經分別次第必能離於一切結使時師子言若有女人讀誦此經爲他解說求捨女身當可得不佛言師子若有女人受持讀誦此經典者是最後女身更不復受除其方便神通變化現受女者師子譬如有人然大火聚而自投之既投火已復作是言莫燒我身亦使我身莫作異色師子於汝意云何是人雖作此語得如所言不師子答言不也世尊何以故是大火聚性能燒物滅除身色佛言師子此經亦復如是能燒一切結使行薪若欲捨女身相即得離欲成就佛法欲

見無量無數阿僧祇諸佛得無礙辯欲發慈心一切衆生者亦當受持讀誦書寫此經是時師子及五百童女白佛言世尊我從定光佛所得聞是經受持讀誦我今復爲無量衆生重說顯示爾時阿難白佛言世尊今此師子及五百童女何故不轉女身佛告阿難汝今謂是師子及五百童女是實女耶阿難言如是世尊佛荅阿難莫作是語何以故如此師子及五百童女皆是現爲女身非眞實也何以故但爲未來衆生示現變化憐愍一切諸女人故現爲女像猒離女身何以故若作男形則不能入一切處故阿難此師子等亦非男非女何以故一切諸法皆非男非女出過一切法無相可得是眞照明阿難是師子等隨順世法故受女身爲化諸女隨已修學

爾時有五百比丘尼從座而起頭面禮足白佛言世尊我等從今以往當受持讀誦書寫此經爲他解說何以故我等受此女身無所利益宜速猒離自從今日若未解者當令得解若未聞者當令得聞初中後夜除其睡眠繫念思惟佛言諸比丘尼善哉善哉汝等發大莊嚴以自莊嚴與大精進勇猛第一皆悉猒離樂捨女身爲欲利益一切佛法受持此經書寫讀誦爲他演說汝等皆是最後受於女身諸比丘尼聞是語已踊躍歡喜皆脫上服以供養佛作是施已而說偈言

我等蒙安慰　爲得男子身　如來無二言
人中最上說

爾時四部衆中有五百長者夫人從座而起整其衣服右膝著地長跪叉手白佛言世尊

我等亦從今日受持讀誦書寫解説但是女身爲他所制不得自在懷妊十月云何當得免斯苦耶何以故若處深宫爲王拘攝或爲父母兒壻禁制從今已往當勤精進專行修習乃至終身受持正法於是世尊讚歎五百長者夫人善哉善哉如汝所説汝等從今永捨女身不復繼屬承事他人亦無懷妊十月等苦離於婬欲及諸胞胎世世常生淨佛國土爾時阿難白佛言世尊如是諸姊得離女身生何淨土佛言此諸姊等當生寶藏蓮華光世界阿難白佛言世尊如彼世界佛號何等佛言於彼世界有佛號一切實如意王光明如來至眞等正覺今現在彼爲諸衆生種種説法如是族姓女等悉生彼國於彼佛所得聞此經爾時長者夫人聞佛説已歡喜踊躍即解瓔珞價直百千以奉散佛如是供養已即説偈言

我等蒙安慰　捨離於女身　如來無二言
所説皆眞實　女身爲最惡　當願速捨離
凡愚之所迷　不知眞實相　胎生女最惡
願更不復受　得離女胎已　菩提爲無上

爾時諸長者夫人瞻仰如來目不暫捨釋提桓因以天曼陀羅華散於佛上我等亦當受持此經佛言憍尸迦汝若與阿修羅戰時常使得勝不令退散爾時文殊師利法王子與百千億衆生皆悉發於善根因緣文殊師利白佛言世尊如來未發菩提心時我已轉此不退法輪佛言文殊師利十方無量億諸菩薩等皆發大勝光明猶如日輪如是大地亦皆六返震動諸天雨華盈没於膝爾時阿難

白佛言世尊以何因緣大地六返震動諸天雨華佛言是無量百千億天聞文殊師利所說心生歡喜故雨此華而作是言我等皆當受持書寫讀誦此經亦願當得如文殊師利說如是法得聞經已心生歡喜大地一切普皆震動諸天雨華爾時阿難白佛言世尊是經能成諸大功德是經甚深最爲希有若有衆生得聞是經一經耳者當知是人不從小功德來佛言如是阿難當知是族姓男女皆已供養過去諸佛是故今於此會得聞是經心生信解乃能受持讀誦解說有此經處即是一切天人中塔利益無量其福不虛若是經卷所住之處及能受持乃至書寫者皆應供養如世尊想聞是經者命終皆得不墮惡道降伏衆魔建立法幢常然法炬照諸幽冥能吹法螺到菩提樹擊大法鼓開闡法門雨大法雨有求法者皆悉滿足顯示法界盡開過去諸佛伏藏知一切法除色受想行識想遠離眼耳鼻舌身意想離一切法想乃至佛想若聞是經信解受持讀誦之者是眞佛子皆從法生阿難若有善男子等若欲食法味坐於道場菩提樹下如我不異皆當受持讀誦此經爲他人說乃至手持經卷恭敬供養阿難白佛言世尊於末劫中當有人能受持讀誦手持此經恭敬供養不佛言若今聞經明信解了於將來世亦能受持讀誦爲他解說手持此經禮拜供養若有沙門婆羅門天人及阿脩羅今聞此經於未來世更不聞者無有是處何以故以今聞法因緣力故若於後世亦得聞法必能信解譬如長者多諸男

女其家大富財寶無量金銀瑠璃珊瑚琥珀硨磲碼碯眞珠珂貝奴婢僮僕象馬車乘有如是等一切財寶置之於後遊行他方還至本處得此寶不阿難言得何以故此諸財寶本屬已故佛言阿難如是法寶令得聞者即是已法後還復聞我今亦以佛眼見現在世受持讀誦此經典者後則還得如今無異若未來世有諸衆生受持此經者皆以佛眼觀察如今所見汝等無有異若有誹謗此經典者我以佛眼明見此人亦如今日阿難白佛言世尊若人不信不解誹謗是經當趣何所佛言止止阿難莫作是問阿難白佛言世尊唯願說之當使未來衆生有不信者聞斯果報則便恐怖令生信解佛言若是誹謗不信果報所受苦痛與五逆業其罪同等若以利刀殺害衆生滿三千大千世界於意云何是人罪報當趣何所阿難言是人業報當趣惡道佛言阿難汝今應當作如是知若恒河沙諸佛入涅槃後爲供養舍利造作塔廟有人惡心焚燒毀壞於意云何是人當得幾所罪報阿難言如是人等受報甚苦則不可說亦不可聞若誹謗此經說其過惡所得罪報亦復如是不可得聞何以故是人毀壞過去未來現在諸佛一切法眼故佛言若見有人受持讀誦此經典者而起誹謗輕笑毀呰教他不信令使是人不得讀誦如法受持當知是人其罪甚重復多於彼阿難言若滿三千大千世界衆生具足十善住菩提道若有壞如是等人眼者得幾所罪佛言是人當於無量阿僧祇劫所受諸身則常生盲於地獄中受

若無間常挑其目佛言若有一人於此經中而生誹謗心不信者我說是人罪亦如彼阿難言若有菩薩住於菩提信解此經受持不疑當趣何所佛言是名隨順供養諸佛等無有異阿難言若復有人不信是經而自誹謗亦教他人令生誹謗如此人者當受何身受何等苦佛言止止阿難莫作是問阿難言唯願世尊時為解說令此四衆若有疑惑生不信者若聞說已當自悔過得生信心佛言若復有人不信是經向他誹謗當得十千由旬身受如是大形獲無量苦阿難言是人不慎舌故復有何相佛言此人罪報其舌縱廣一千由旬以五百億大熱鐵犂而耕其舌復以五百億大熱鐵丸雨其舌上何以故不慎惡業誹謗過故受如是苦爾時四衆聞是語已身毛皆豎悲泣盈目自投於地皆共同聲唱如是言世尊若族姓男女如是誹謗當獲斯罪是故我今代其懺悔使滅衆苦不受如是大惡果報今於佛前及餘十方無量佛前我等愚冥不自知過唯有佛眼實見實證皆悉懺悔自今以後不敢重作猶如嬰兒無所識知不能曉了分別善根我今至誠深自咎責唯願世尊當垂憐愍受我懺悔佛言善哉善哉是時四衆各言我今誠心自歸所有諸罪悉皆懺悔不敢覆藏佛言汝等如是至心懺悔一切善法無不增長爾時阿難白佛言世尊今此衆中有生疑者得業罪障亦如是耶佛時答言於此衆中若生疑者可即懺悔所有餘罪受報輕微阿難言云何受罪輕微佛言是人臨命終時諸毛孔中皆悉受苦喻如

泥犁等無有異何以故能信如來所説言教及信無量阿僧祇佛亦自悔過阿難是族姓男女則不捨過去未來現在一切佛眼若彼欲見無量阿僧祇佛及見無量金剛葉蓮華光明遍照殊勝妙相爾時釋提桓因現長者身以種種華散諸四衆唱如是言當以此華供養於佛乃至供養如是經典爾時四衆即取諸華以散佛上變成華蓋而白佛言世尊以何因緣現是瑞相今於佛前有是蓮華及無量恒河沙一切佛前亦復皆有如是等華佛言爲説是經功德威力故現此瑞如是相者當知皆是神力所持爾時阿難白佛言世尊佛威神力乃至如是護持法耶佛言阿難實我神力護持是法乃至恒河沙諸佛亦皆護持爾時阿難白佛言世尊此經當何名斯經云何受持佛言是經名爲無著果無有種種諸雜惡報如是受持信行法行八輩須陀洹斯陀含阿那含阿羅漢辟支佛解是假名無有真實如是受持名爲捨魔如是受持亦名六波羅蜜如是受持何以故阿難若有如是信解受持讀誦書寫此經爲他人説當知是善男子善女人即是具足六波羅蜜阿難言云何受持讀誦書寫此經爲他人説即得具足六波羅蜜佛言若善男子善女人等有能信解此經典者即具足檀波羅蜜於此法中不生疑惑是名具足尸波羅蜜堪受此經是名具足羼提波羅蜜能於此經心不退沒是名具足毗梨耶波羅蜜信樂此經心不散亂是名具足禪波羅蜜諦了此經無分別想是名具足般若波羅蜜是故此經與六波羅

蜜相應亦名一切諸佛所說不退法輪廣博嚴淨阿難言是經名字不可得聞何況得見初中後善具足受持佛言如是如是實如汝說阿難言得聞此經是人生死餘幾所耶佛言若人得聞不退法輪廣博嚴淨方等經名此人生死餘則千刧阿難言若聞此經名字信解能受發菩提心是人功德當住何地佛言若有得聞是經名者則受阿耨多羅三藐三菩提記得不退轉地爾時四衆前皆有蓮華座若干種色復有百千萬億種葉時諸四衆踊躍歡喜各取此華以奉散佛而作是言我等皆當爲人廣說如是經典分別顯示使不斷絕爾時世尊熈怡微笑作天妓樂香風時來其氣芬馥多有諸天於虛空中亦作無量種種天樂雨諸天香細末栴檀沉水膠香

閻浮檀金末及諸銀末摩尼寶網羅覆其上及五種色曼陀羅華摩訶曼陀羅華曼殊沙華摩訶曼殊沙華迦迦羅華摩訶迦迦羅華一切優鉢羅蓮華拘物頭華分陀利華及香瓔珞塗香末香一切諸天所有供養遍滿虛空地上人民亦整衣服散華供養復有諸餘衆生皆以臂脚寶環手釧解頸諸瓔無量寶冠以奉上佛復有諸餘衆生以其金銀散於佛上復有諸餘衆生心皆歡喜出大音聲唱言善哉善哉及諸象馬出和雅音虛空諸鳥隨類音聲以用供養地獄衆生皆得暫樂畜生衆生更相愛念如父毋想閻羅王界一切衆生亦暫受樂餓鬼衆生皆悉得除飢渴苦惱爾時天龍夜叉乾闥婆阿脩羅迦樓羅緊那羅摩睺羅伽人非人等各受快樂更相慈

愍猶如父子爾時阿難白佛言世尊如來今者以何因緣而微笑耶爾時佛告阿難一切四衆比丘比丘尼優婆塞優婆夷天龍夜叉乾闥婆阿脩羅迦樓羅緊那羅摩睺羅伽人非人等若於今世後世聞此經者皆得不退轉於阿耨多羅三藐三菩提能爲他人廣說是經無所損減亦如我今分別解說等無有異阿難聞此經已心生信解即是佛種何況受持讀誦修行當知是人去一切智利則爲不遠當得一切智自然智是故此經名不退轉法輪之印能爲諸菩薩等作大利益亦爲一切衆生發於無上道心因緣能發心已便於此經具足成就阿難如來以一切智示諸衆生若復有人雖離佛智但聞此經即得自然智及佛智利亦即受記是故此經名爲不退轉法輪廣博嚴淨亦名成就具足善根莊嚴方便爲作利益行大乘者阿難當知爾時如來廣說是經無量菩薩皆得成就無生法忍無量無邊阿僧祇等億數衆生皆悉得住不退轉於阿耨多羅三藐三菩提佛說經已文殊師利舍利弗阿難等及諸四衆比丘比丘尼優婆塞優婆夷天龍夜叉乾闥婆阿脩羅迦樓羅緊那羅摩睺羅伽人非人等皆大歡喜頂受奉行作禮而去

不退轉法輪經卷第四

廣博嚴淨不退轉法輪經

劉宋涼州沙門智嚴共寶雲譯

清刻龍藏佛說法變相圖

廣博嚴淨不退轉法輪經卷第一

劉宋涼州沙門智嚴共寶雲譯

如是我聞一時佛在舍衛國祇陀林中給孤獨園精舍與大比丘衆千二百五十人俱爾時世尊於夜後分入無垢光三昧文殊師利法王子於夜後分入遍照三昧彌勒菩薩摩訶薩於夜後分入遍炬三昧爾時尊者舍利弗於夜後分明相出時佛神力故從自房出詣文殊師利房爾時尊者舍利弗欲入文殊師利房時遥見佛精舍邊有十千蓮華迴旋圍遶聞大音樂歌頌之聲彼諸蓮華出大光明遍照祇洹及舍衛國乃至三千大千世界爾時尊者舍利弗便不復見文殊師利房而自見身在文殊師利前立見文殊師利結跏趺坐而入三昧即便彈指不能令悟高聲謦

欬亦不能悟爾時尊者舍利弗見文殊師利如此神力自見其身處大海水欲從其所以神足力乘空還詣本所住房而不能去爾時尊者舍利弗即於文殊師利前結跏趺坐一心瞻仰目不暫眴時文殊師利與舍利弗東行過一恒河沙世界到一佛土其世界名說不退轉音聲佛號華光開敷遍身如來即見彼佛身諸毛孔皆出蓮華其華遍滿一萬由旬皆出光明遍照三千大千世界其華開敷有百千葉金剛爲根光網爲莖阿牟荼碼碯爲鬚閻浮那陀寶王爲臺其華臺上有菩薩坐已於阿耨多羅三藐三菩提不退轉得陀羅尼具五神通逮得諸忍以三十二相而自嚴身身眞金色爾時華光開敷遍身如來齊中出一蓮華光色嚴淨有百千葉金剛爲根

青瑠璃爲莖因陀羅網寶爲鬚優勒迦娑羅栴檀寶王爲臺其華明淨塵垢不汙空無坐者爾時文殊師利徃華臺上結跏趺坐即與華俱上昇虛空乃至有頂還至佛所右遶三帀頭面禮敬還坐華上一心合掌瞻仰世尊爾時華光開敷遍身如來知而故問文殊師利從何所來文殊師利白華光開敷遍身如來言我從娑婆世界來爾時彼佛有二侍菩薩摩訶薩一名美音二名妙音已於阿耨多羅三藐三菩提不退轉從華臺下整衣服右膝著地一心合掌白佛言娑婆世界去此近遠時華光開敷遍身如來告二菩薩摩訶薩言善男子娑婆世界今在西方過一恒河沙佛上文殊師利從彼土來時二菩薩俱白佛言娑婆世界現在說法佛名何等佛言彼佛

名釋迦牟尼今現在說法復白佛言彼佛世尊爲說何法佛言釋迦牟尼佛說三乘法復白佛言云何名三乘佛言三乘者所謂聲聞乘辟支佛乘佛乘時二菩薩白佛言諸佛說法皆不等耶佛言諸佛說法悉皆平等時二菩薩白佛言云何平等佛言一切諸佛皆說廣博嚴淨不退轉輪法是故平等時二菩薩白佛言何故釋迦牟尼佛說三乘法佛言娑婆世界衆生心樂小法不堪大乘諸佛如來以方便力說三乘法釋迦牟尼佛出五濁世彼諸衆生不能堪受大乘之法以方便故分別說三時二菩薩白佛言釋迦文佛於娑婆世界說法甚難佛言如是如是彼佛說法實爲甚難時二菩薩白佛言我等今者獲大善利不生彼國佛言善男子莫作是言應速悔過時二菩薩白佛言世尊我聞彼國說法甚難乃無一念樂生彼國何故悔過佛言速捨此語應當悔過所以者何若於此土二十億百千那由他劫種諸善根不如彼佛世界以一食頃說諸波羅蜜教一衆生受三自歸奉持五戒遠離聲聞心如是菩薩所行甚難何況以出家正法發菩提心而作饒益如是菩薩倍爲甚難功德無量所以者何娑婆世界多穢惡故時二菩薩白佛言娑婆世界有何穢惡佛告美音妙音娑婆世界穢惡之事以我神口盡汝壽量說不可盡所以者何彼土衆生煩惱厚重多行貪欲瞋恚愚癡無量無邊諸不善法以佛智力乃能具知時二菩薩即三讚歎善哉善哉釋迦牟尼善哉善哉釋迦師子善哉善哉釋迦仙王作是歎已一心

合掌懺悔先來諸不善心若離貪欲瞋恚愚癡無量無邊諸不善法若曾發心求聲聞辟支佛今悉懺悔亦欲明淨求佛智心順解脱心爲得佛智故爲一切衆生故以無著善根相應心持七寶華其華皆出百千光色有百千葉金剛爲根因陀羅綱寶爲鬚優勒迦娑羅栴檀寶王爲臺以一切諸寶王爲莖其華明淨塵垢不汙不可以眼識識不可以手觸猶如幻化果報從三昧正觀生於虚空中遥散釋迦牟尼佛上所散之華於虚空中變成華臺華雲華蓋寶鬘寶雲寶蓋繒鬘繒雲繒蓋供養釋迦牟尼佛復以百千種色華鬘末香塗香細末栴檀遥散釋迦牟尼佛上而以供養即於彼處五體投地頂禮釋迦牟尼佛足作如是言南無釋迦牟尼佛及娑婆世界諸菩薩摩訶薩發大莊嚴成就大精進力諸先舊者能持正法有大威力能利益一切衆生而作照明正求一乘能守護三世佛法城塹不斷佛種住娑婆世界者作如是言我今應往彼土見釋迦牟尼佛并諸菩薩摩訶薩及餘衆生爾時華光開敷遍身如來聞二菩薩作如是言又籌量觀察深心所行復以佛法戒勑安慰告言善男子汝今欲往娑婆世界見釋迦牟尼佛并諸菩薩及餘衆生者當生尊重心憐愍心饒益心所以者何彼諸菩薩於甚深法不生怖畏亦不誹謗能奉三世諸佛教戒以無著心種諸善根不爲果報勤行諸波羅蜜此諸菩薩摩訶薩以本願故生彼佛土爲守護佛法城塹故亦欲遍學一切佛法故汝等今欲往彼見耶時二菩薩白佛

言世尊若承佛神力及三世諸佛威勢護助願欲往見爾時華光開敷遍身如來告美音妙音二菩薩摩訶薩今欲往者當與文殊師利法王子俱往彼善男子當共汝往爾時美音妙音菩薩摩訶薩語文殊師利法王子言我今因仁者力欲往娑婆世界見釋迦如來并諸菩薩及餘衆生文殊師利言善男子我今欲往十方世界多供養恭敬尊重讃歎禮拜諸佛爲令一切衆生入佛菩提得佛智故時二菩薩語文殊師利言我今亦共仁者至十方世界供養恭敬尊重讃歎禮拜諸佛如仁者爲一切衆生入佛菩提得佛智故我亦隨學爾時文殊師利頂禮華光開敷遍身如來右遶三帀尊重恭敬與彼菩薩并尊者舍利弗受佛教已一心瞻仰漸漸却退以如幻華而用散佛以衆華鬘聚塗香末香聚諸幢旛蓋聚皆是先佛威神之力能生歡喜踊躍欣樂以供養佛以供養法爲令衆生得解脫故供養佛已猶如壯士屈伸臂頃於彼佛前忽然不現在東方恒河沙佛前自然而現皆悉如上說廣博嚴淨不退轉法輪彼佛世界無有女人亦無聲聞辟支佛乘世界莊嚴皆如華光開敷遍身如來佛土菩薩莊嚴充滿其國亦復如是彼土諸佛齋中皆出一大蓮華文殊師利而坐其上恭敬供養現諸神變皆亦如上南西北方四維上下亦復如是一一方面恒河沙諸佛如來文殊師利而現其前彼諸世尊皆說廣博嚴淨不退轉輪法亦遣侍者菩薩摩訶薩此諸菩薩下蓮華臺一心念佛合掌恭敬諮問彼佛云何名三乘亦

欲因文殊師利威神力往娑婆世界見釋迦牟尼佛聽受法教文殊師利皆悉安慰十方世界諸菩薩摩訶薩我當共汝至娑婆世界見釋迦牟尼佛如是時間於此娑婆世界閻浮提中夜猶未曉爾時尊者阿難從房門孔有光來入即從牀起出自房時見有光明照祇陀林日猶未出見祇陀林大水盈滿其水澄清無諸擾濁房舍園林悉皆不現便作是念今日必說未曾有法故現斯瑞爾時尊者阿難舉足入水不没不濕心生歡喜詣佛精舍見一萬蓮華迴旋圍遶世尊精舍聞大音樂歌頌之聲彼諸蓮華出入光明照祇陀林及舍衛國乃至三千大千世界佛威神力乃令阿難心生歡喜右膝著地一心合掌頂禮世尊如是時間天已明了爾時佛精舍邊迴旋蓮華中有一蓮華忽然而來至祇陀林處中而住尊者阿難見是事已便作此念我今應往爲佛世尊敷置法座所以者何今有此瑞必說大法爾時阿難爲佛世尊敷置法座當爾之時大地六變震動乃至十方恒河沙世界皆亦震動動遍動等遍動起遍起等遍起震遍震等遍震揺遍揺等遍揺涌遍涌等遍涌吼遍吼等遍吼是時天雨曼陀羅華鉢頭摩華拘物頭華分陀利華如是等華遍滿三千大千世界華果諸樹自然而現時比丘僧欲出祇陀園門而不能出見祇陀林大水盈滿其水澄清無諸擾濁房舍園林悉皆不現唯見大光遍照祇洹集在房門而作是言今現此瑞必說大法爾時世尊從三昧安詳而起出自精舍昇所敷座當爾之時釋迦牟

尼佛及十方佛放大光網其光皆有百千種色照明正法令諸衆生生歡喜故爾時文殊師利遊諸佛土皆與二菩薩俱所經佛土皆悉禮拜供養諸佛尊重讚歎爲衆生故爲得佛智故爲攝衆生受教化故現不可思議神變之事隨其所樂而爲説法時文殊師利法王子知釋迦牟尼佛已昇法座與諸菩薩摩訶薩從地涌出住於佛前與無量阿僧祇百千萬億那由他菩薩摩訶薩遶釋迦牟尼佛滿百千帀持百千萬億種種色華其華有不可思議百千萬葉能生歡喜踊躍欣樂以散佛上所散諸華遍滿三千大千世界復以優勒迦娑羅細末栴檀而散佛上復以種種雜香其香亦有百千種色常出戒香忍香精進香禪香慧香智香方便香神通香六波羅蜜香無所著香具諸道品方便之香其栴檀香能生歡喜踊躍欣樂其香光明皆是十方諸佛神力之所守護爲供養釋迦牟尼佛故發大精進勇猛精進超勝精進堅固精進無等等精進供養釋迦牟尼佛爾時文殊師利與諸菩薩摩訶薩更莊嚴此土化作八楞摩尼寶樹八觚分明亦有種種寶樹莊嚴寶蓋幢旛以摩尼寶網及諸鈴網而嚴飾之變此大地成摩尼寶於其地上造諸堂閣窻牖都欄妙寶牆壁大小諸河泉源華池優鉢羅華波頭摩華分陀利華摩尼寶華充滿其中以甘露水其水八味流注池中有種種鳥遊集其上作是變現爲令衆生心歡喜故爲得佛智故發大堪忍故發菩提心故現如是等無量神變是諸佛力亦是文殊師利法王子力亦

是釋迦牟尼佛本願之力爾時文殊師利及諸菩薩摩訶薩作是神變已住於佛前爾時世尊放從法生光遍照文殊師利及諸菩薩摩訶薩身爲令坐故佛便微笑身出蓮華其華有百千種色出無量百千不可思議光金剛爲根因陀羅寶爲鬚優勒迦娑羅栴檀寶王爲臺在虛空中諸菩薩摩訶薩於其華上結跏趺坐釋迦牟尼佛於自齋中放一光明其光名曰照諸衆生最勝金剛王即此光中有一億那由他蓮華其華亦出若干種色其色寂靜無量無邊過於日光清淨香潔遍照十方其蓮華中自然變成微妙華帳而是華帳諸佛所護從法性生安隱寂靜順解脫門空無相無作不生不滅相應踰過三世平等眼所見文殊師利安坐華帳身相顯現一心

合掌正念觀佛所謂佛能通達一切諸法能生金剛喻三昧於一切法無所得三昧爾時世尊知文殊師利及十方諸佛所使菩薩摩訶薩樂求法者專向一乘已於先佛種諸善根爲文殊師利之所守護無怯弱心勤修精進求佛菩提如是衆等安隱坐已爾時世尊告阿難言汝往遍告祇陀林中諸比丘比丘尼優婆塞優婆夷使集聽法爾時尊者阿難詣比丘房而告之言諸大德世尊今勑汝等來集聽法諸比丘言大德阿難我等先見此瑞不能得往阿難言以何事故而不能往諸比丘言我等見祇陀林中大水盈滿其水澄清無諸擾濁大光遍照房舍園林悉不復現以是事故不能得往時尊者阿難還至佛所白佛言彼諸比丘不能得來所以者何彼作

是言我等見是祇陀林中大水盈滿其水澄清無諸擾濁大光遍照房舍園林悉不復現以是事故不能得來佛告阿難彼諸比丘於非水中而作水想不但於非水中而作水想亦於非色中而作色想非受想行識中作受想行識想非堅信作堅信想非堅法作堅法想非八人作八人想非須陀洹果作須陀洹果想非斯陀含果作斯陀含果想非阿那含果作阿那含果想非阿羅漢果作阿羅漢果想非聲聞乘作聲聞乘想非辟支佛乘作辟支佛乘想阿難汝重往告諸比丘比丘尼優婆塞優婆夷來集聽法此法皆是汝等昔所未聞時尊者阿難復往諸比丘所而告之言諸大德世尊告汝等來集聽法如是音聲遍舍衛國諸比丘比丘尼優婆塞優婆夷普聞此聲時尊者阿難知四部衆聞此語已還至佛所而白佛言我已遍告四衆來集聽法爾時世尊告大目揵連汝速往三千大千世界遍告諸菩薩摩訶薩發大莊嚴者及諸比丘比丘尼優婆塞優婆夷天龍夜叉乾闥婆阿脩羅迦樓羅緊那羅摩睺羅伽人與非人敬信佛法僧久種善根者集祇陀林聽受正法此法汝等昔所未聞天人阿脩羅及餘世間所不能轉唯於先佛所久種善根樂求大乘最上乘第一乘無上乘無等等乘菩薩摩訶薩發大莊嚴勤行此法者能受能轉尊者大目揵連受佛教已即於佛前忽然不現猶如壯士屈伸臂頃遍至三千大千世界菩薩摩訶薩比丘比丘尼優婆塞優婆夷天龍夜叉乾闥婆阿脩羅迦樓羅緊那羅摩睺羅伽人

與非人敬佛法僧久種善根者而告之言世尊告勑汝等來集聽法爾時目連承佛威神及已神足還至佛所白佛言諸聽法衆皆悉已集爾時四衆普來集會縱廣一千由旬在上諸天及餘衆生住虚空中者縱廣五千由旬爾時文殊師利法王子白佛言世尊今此四衆諸來集者一心合掌頂禮如來供養恭敬世尊威德未敢就坐唯願世尊垂哀聽坐爾時世尊熙怡微笑是時有無量閻浮那提金光色蓮華從地涌出各百千葉尸利迦寶爲根因陀羅尼寶爲鬚赤真珠爲臺七寶爲莖大如車輪諸來會者在於佛前皆坐其上與文殊師利諸來菩薩摩訶薩三十二相而自莊嚴身真金色入於三昧身出光明爾時文殊師利及諸菩薩摩訶薩諸來四衆蓮華臺上曲躬恭敬一心合掌瞻仰尊顔時文殊師利白佛言世尊今此四衆虚空諸天皆已坐定唯願如來等正覺説廣博嚴淨不退轉輪法今此衆會比丘比丘尼優婆塞優婆夷百千諸天皆生須陀洹果想斯陀含果想阿那含果想阿羅漢果想聲聞乘想辟支佛乘想唯願世尊爲除此衆如是疑想以何因緣世尊説須陀洹果斯陀含果阿那含果阿羅漢果聲聞乘辟支佛乘世尊默然時尊者舍利弗白佛言世尊我夜後分明相出時從自房出詣文殊師利房欲入房時遥見佛精舍邊有十千蓮華迴旋圍遶聞大音樂歌頌之聲彼諸蓮華出大光明照祇陀林及舍衛國乃至三千大千世界如是之相是何光瑞佛告舍利弗此是文殊師利所請瑞應爾時阿

難白佛言世尊我夜後分房門孔中有光來入即從牀起出自房時見有光明照祇陀林猶如日光見祇陀林大水盈滿其水澄清無諸擾濁房舍園林悉皆不現如是之相是何光瑞爾時世尊告阿難言此是文殊師利所請廣博嚴淨不退轉輪法瑞爾時世尊即爲阿難而說偈言

佛乘無有上　清淨無穢濁　文殊無畏者
今問如此事　是乘無分別　無漏無戲論
文殊無畏者　今問如此事　此乘無所有
畢竟無所生　是處不可著　文殊今已問
是中終不說　出生於諸果　諸佛導世者
說此微密語　菩提無音聲　亦無來去相
文殊無畏者　今問如此事　雖說諸音聲
其性不可得　文殊所問法　無音聲名字
音聲猶如風　無性無住處　文殊所問法
遠離諸音聲　阿難今善聽　文殊所問法
諸佛微密語　宣說菩提空　諸佛菩提法
皆悉空寂相　無有諸方所　亦無有住處
菩提如虛空　無生亦無滅　亦無去來相
唯佛能顯示　猶如虛空中　無有諸相貌
文殊今問此　妙淨菩提法　去來今諸佛
等說此菩提　非是可見法　亦無能見者
如此法性相　以音聲顯現　法界與菩提
二俱不相見　淨檀波羅蜜　尸羅亦復然
能淨忍辱者　顯現佛菩提　能淨於精進
禪定亦復然　淨慧淨智者　能顯示菩提
能淨於方便　到神通彼岸　無依無倚者
以聲說菩提　我說三乘法　諸果差別名
隨其所樂聞　分別而爲說　五濁世衆生

其心多怯弱　畏佛智慧故　不趣佛菩提
成就第四果　名曰阿羅漢　從聲得悟者
是名爲聲聞　我説縛解相　因緣各差別
曉了此諸緣　能現見諸法　便名阿羅漢
亦號辟支佛　通達無生法　是名爲菩薩
空三昧無作　無相無所有　從此解脱門
能入於涅槃　於前中後際　終不生染著
已離於方所　是故名無爲　阿難汝當知
文殊問甚深　能解微密語　不分別諸果
文殊住一乘　不分別諸法　以是故問佛
諸果相所以　三世皆平等　空寂無性相
遠離諸音聲　不分別菩提　文殊所教化
諸來大菩薩　二十恒河沙　其數不減少
今來詣我所　欲聞菩薩行　亦欲聽三乘
種種差別相　文殊無畏者　爲除彼疑故
是故來問我　果相及乘相　此是佛威神
亦是本願力　爲拔苦衆生　分別説三乘
文殊無畏者　慇懃勸請我　唯願大法王
説菩薩所行　百千億衆天　供養佛世尊
皆著諸果相　願除此疑心　今此四部衆
比丘等來集　著諸果音聲　不解微密語
爲除此疑故　文殊今問我　以是衆因緣
諸菩薩來集

爾時阿難白佛言文殊師利法王子問佛世尊廣博嚴淨不退轉輪法耶佛言阿難如是如是文殊師利法王子問我廣博嚴淨不退轉輪法所以者何諸佛世尊皆轉廣博嚴淨不退轉輪法阿難白佛言以何因緣世尊説堅信堅法八人須陀洹斯陀含阿那含阿羅漢聲聞辟支佛耶世尊彼之所行是菩薩法

耶佛告阿難如是如是彼之所行是菩薩法所以者何五濁衆生心樂小法不求大乘是故諸佛以方便力隨衆生性而爲說法以諸衆生多樂小法不堪大乘如來以方便力觀其深心令發道意入佛智慧阿難如來以如是方便度諸衆生到安隱處無爲無作離心數法皆悉平等永滅苦樂無有方所亦無住處安隱寂靜無餘涅槃爾時世尊說是語已而便默然時尊者阿難問文殊師利言以何緣故如來默然文殊師利言尊者阿難以諸衆生聞說是法少能信者是以默然世尊說微密之語唯我能了今四部衆咸生此疑以何緣故世尊說堅信堅法乃至聲聞辟支佛耶今此百千萬億那由他諸天亦有百千萬億那由他諸菩薩摩訶薩皆生疑心世尊何故說堅信堅法乃至聲聞辟支佛乘以佛默然而不說此難信法故諸河泉源大小諸水湛然不流空中諸鳥停住不飛日月不行一切燈炬無復光照一切衆生無有威光所以者何世尊默然而不解說難信法故爾時世尊所住精舍一萬蓮華迴旋圍遶者皆發此言唯願世尊說廣博嚴淨不退轉輪法所以者何我等曾於此處聞九十二億百千那由他諸佛皆說此法是時尊者舍利弗白佛言世尊願說廣博嚴淨不退轉輪法所以者何我夜後分與文殊師利法王子至東方恒河沙佛土是諸如來皆說此法南西北方四維上下無量無邊不可計數諸佛世尊皆宣此法時虚空中有八十萬五千那由他諸天白佛言世尊願說廣博嚴淨不退轉輪法所以

者何我等曾於此處聞九十二億百千那由他諸佛皆說此法爾時尊者阿難白佛言世尊以何因緣說堅信堅法乃至聲聞辟支佛今此四衆咸皆默然乃至無有謦欬之聲今此會中百千萬億衆生皆生疑惑世尊何故說堅信堅法乃至聲聞辟支佛乘唯願世尊拔此大衆心中疑箭此諸大衆是佛時證佛告阿難如是如是諸佛世尊所說之法皆有時證阿難白佛言誰是證耶佛告阿難法是我證諸佛如來以法爲證而有所說佛告阿難諦聽諦聽善思念之吾當爲汝分別解說菩薩摩訶薩名曰堅信乃至名曰辟支佛乘時尊者阿難諸大聲聞皆悉一心聽佛所說佛告阿難菩薩摩訶薩令無量無邊阿僧祇衆生信佛知見信佛知見已不著色不著受想行識以不著色不著受想行識故是菩薩摩訶薩名爲堅信復次阿難菩薩摩訶薩信諸佛所說法皆悉空寂信此法者是菩薩摩訶薩名爲堅信復次阿難菩薩摩訶薩信於佛智便作此念我等亦當成就此智亦不見此智是故阿難菩薩摩訶薩名爲堅信復次阿難菩薩摩訶薩於五欲樂不生欣樂成就信力是故菩薩摩訶薩名爲堅信復次阿難菩薩摩訶薩作是念如佛世尊以不可思議法施諸衆生我亦應學以不可思議法施諸衆生如是菩薩摩訶薩名爲堅信復次阿難菩薩摩訶薩心生歡喜捨一切物乃至自身尚以布施何況餘物信行此施而不倚著於一切處不生慳悋以此因緣迴向菩提亦不起菩提見是菩薩摩訶薩名爲堅信復次阿

難菩薩摩訶薩信心清淨無有怯弱於佛法僧心得淳淨守護六情無所願求無信衆生於佛法僧令生信樂已生信樂心不放逸發菩提心不著心相信知六界與法界等云何信知所謂此界以諸音聲名字故說實不可得信知諸行是無常苦空無我之法亦信無漏聖戒非戲論法具諸三昧信一切衆生即是滅界衆生之相即是滅相以無依心見諸衆生即是法界而於此法不見法界所以者何法界即是衆生無心之界菩薩摩訶薩如是信者名爲堅信信一切衆生無有住處所以者何自性空故亦復不見衆生形相見諸衆生同涅槃相所以者何衆生界空是故即見是涅槃相若有信解如是法者令諸衆生得如是信是故阿難菩薩摩訶薩名爲堅信

爾時世尊欲重宣此義而說偈言

能令諸衆生　信向佛知見　心不生染著
是名爲堅信　信諸佛說法　其性相皆空
能信解此法　是名爲堅信　信諸佛知見
是不可思議　發心而勤求　我應得是智
不生信樂心　貪求五欲樂　是信力成就
是名爲堅信　信諸牟尼尊　以法施衆生
我亦應隨學　是名爲堅信　信能行布施
乃至捨自身　亦不生施想　是名爲堅信
信能捨一切　不生慳悋心　盡迴向菩提
是名爲堅信　信向於諸佛　其心無穢濁
亦信無心法　是名爲堅信　能守護六情
亦不復願求　已信解此法　是名爲堅信
諸不信衆生　以信而建立　令隨順佛法
是名爲堅信　以此信向心　盡迴向菩提

而不得心相　是名爲堅信　知六界平等
即與法界同　以音聲分別　不得諸界性
信諸行無常　苦空無有我　成就此信力
是名爲堅信　信無漏聖戒　非是戲論法
具戒三昧者　是名爲堅信　信諸衆生界
即是滅界性　能信如是相　是名爲堅信
衆生無依性　即是諸法界　如此諸法界
其性難思議　若能如是信　隨順彼法相
此無畏菩薩　是名爲堅信　信諸衆生身
畢竟無所住　其性本空無　是故無處所
衆生是涅槃　其性即空故　以是義顯示
寂靜涅槃相　若能如是信　名無畏菩薩
如是諸衆生　皆名爲堅信　阿難善受持
亦如是宣說　若有如是信　是名爲堅信
如是等諸法　餘無量無邊　佛爲諸菩薩

說此差別相

如是阿難如來等正覺以方便力爲聲聞人說菩薩摩訶薩爲堅信復次阿難今當爲樂此法衆生復以偈頌說菩薩摩訶薩名堅信義爾時世尊欲重宣此義即說偈言

皆共和合一心聽　我說佛子諸功德
布施持戒及精進　忍辱禪定智慧身
信向樂求如是法　不信者信佛淨智
有如是信名菩薩　導化世間無猒倦
信解諸法無分別　其性空寂佛所說
若能善解如是法　是名菩薩堅信者
信佛知見無有量　發心欲求如是智
無上大人所有智　我當何時得此智
不信欲樂是淨法　不爲欲因行惡業
以信力故樂求法　有此勝信名菩薩

信諸如來以法施　我亦應當如是學
佛所說法隨順行　有此勝信名菩薩
信能捨此上餚饍　象馬金寶及奴婢
男女眷屬所愛妻　大小村城及國土
亦以手足肢節施　破骨出髓無所畏
耳鼻眼目及以頭　有此勝信名菩薩
信知此身內無主　是故能以惠施他
亦復能以妙法施　以是因緣求佛智
信能捨此無我身　見來求者心歡喜
如是衆生我善友　爲菩提捨危肥身
信如是法菩提因　以清淨心化世間
聞法不疑佛知見　有此勝信名菩薩
知眼無常及耳鼻　舌身及意亦復然
知是虛僞無牢固　爲菩提因悉能捨
見苦衆生無信手　化令住信能信施

自住慈悲愍世間　皆令信佛最上智
見著六塵行惡者　化令迴心趣佛智
不得此心菩提因　能信菩提無心相
見諸衆生無界智　不知六界是平等
此法皆同法界相　以音聲說不可得
見諸衆生在生死　無常計常癡冥中
教信諸行是無常　令信解空無有我
見諸衆生行惡戒　教令信佛無上戒
自淨戒定諸功德　有此勝信名菩薩
見諸衆生多懶惰　教令信佛大精進
智精進力自調伏　能持此信名菩薩
見愚衆生計壽命　教信陰身無有壽
了知滅界同法界　若知此法是勝信
分析此身無去住　雖復異世業不忘
所造善惡諸業因　終不遠離此法性

見衆生性無依法　此界亦同諸衆生
法界平等不思議　無畏菩薩如是信
佛說此信無有二　勤修善行知諸法
亦爲他說如是信　而不染著於三有
信如是等衆生性　無有決定常住處
空不可取無相法　能信是法名菩薩
是諸衆生如空空　亦不寂靜涅槃界
不可說有諸性相　知是法者名持信
見諸衆生住邊法　以寂靜法而導之
故於三界得高稱　亦名持信勝菩薩
若有如是妙勝信　發無畏心樂求法
我法若有黠慧人　廣向時衆而宣說
已說堅信諸功德　及餘種種差別相
不著三界清淨心　憐愍衆生良福田
長夜布施自調伏　住清淨戒修忍辱

精進修定及智慧　行菩薩行心調伏
以諸相應方便智　導衆生到安隱處
能令不墮諸惡趣　有如是智名菩薩
以真淨心動世界　震起波涌有六種
光照華上坐菩薩　皆說寂靜空無法
東方國土及南方　西方北方亦復然
上方下方及四維　皆同說此寂靜法
寧捨身命不疑佛　亦教他人信佛智
若諸衆生有是信　佛及行者能證知

廣博嚴淨不退轉法輪經卷第一

音釋

觚（古胡切稜也）　析（先擊切分剖也）

廣博嚴淨不退轉法輪經卷第二

劉宋涼州沙門智嚴共寶雲譯

復次阿難云何如來說菩薩摩訶薩名為堅法阿難當知菩薩摩訶薩於佛正法終不退轉受持佛法為他宣說終不毀犯於不可思議真如法界應當逮得如是等法堅心受持而無怯弱能觀諸法真實之相不生染著故而於此法無所受持於法非法亦不生著應如是持樂求諸法求已能受受已能持持已能說歡喜調柔易可共住常樂宣說寂靜之法不動法界能逮諸法真實之相於諸法中善得調伏亦不毀損常住妙身如此之身常住故妙應知此身無始無終無聚無散應如是知如佛世尊為諸菩薩分別解說於此法中亦應逮得見一切法清淨無垢善解諸法無可著處諸法性空不可得見以不見故無所受持宣說法界無相無性無有言說亦無所有無有思想遠離思想心不可得其性寂靜離諸音聲無有言說非境界法常樂受持宣說是法而於是法心無所依以如是等無所有法種種差別為菩薩摩訶薩說而於此法不作合散無種種相如其所說皆以逮得已得此法名為性地性地菩薩摩訶薩乃至於少法中不生來去想已能受持不來去法而於此法不生增減亦無聚散若能受持不增不減不聚不散如是等法是名堅法菩薩摩訶薩於諸法性得無所得已於此法性無所得故是菩薩摩訶薩名為堅法爾時世尊欲重宣此義而說偈言

於諸佛正法　而無有退轉　能持如是法

是名爲堅法　未曾有毀犯　不思議法界
能逮如是法　是名爲持法　久發心受持
諸佛所說法　心無有怯弱　是名爲持法
於一切法性　正趣而勤求　不生染著心
是名爲堅法　不著亦不住　亦能教示他
能持如是法　是名爲堅法　調柔易共住
宣說寂靜法　不動彼法性　是名爲持法
了知諸法體　而無有性相　於此法決定
是名爲持法　亦未曾毀損　常住真妙身
當知此身者　即是法爲體　此身無終始
諸法之所成　於此無增減　是名爲持法
佛爲諸菩薩　宣說諸法相　能得如是法
是名爲持法　此界性自空　於法無染著
能持如是法　是名爲持法　觀察一切法
性空不可見　以不見法故　亦復無所持

以無所持故　能顯示法界　無性相音聲
其體無所有　遠離諸思想　心亦不可得
以不得心故　名不可思議　已遠離心相
宣說寂靜法　無音聲境界　名不可思議
能持如是法　亦復無所依　不依無所有
是名爲持法　佛爲諸菩薩　宣說如是法
不合亦不散　亦無種種相　若說於此行
得住於性地　已住於性地　即名性地人
住性地菩薩　畢竟無所依　能持如是法
是名爲持法　以是故阿難　菩薩摩訶薩
於法無所得　即名爲持法　若有諸衆生
佛道生遠想　以方便力故　令住究竟處
如是法及餘　爲諸菩薩說　以微妙方便
顯示佛知見　持法大明人　唯佛能證知
及修行此法　無畏諸菩薩　不可思議智

說持法差別　法非法清淨　安住是法中
如是阿難如來等正覺以方便力故爲聲聞
人說菩薩摩訶薩名爲堅法復次阿難云何
如來說菩薩摩訶薩名爲八人阿難當知菩
薩摩訶薩已過八邪修八解脫不著八正過
凡夫法而無所住逮平等道過凡夫法勤求
菩提不得菩提離諸邪見而修正見逮平等
道離自身相雖未得佛身而求菩提離衆生
想而修佛想逮平等想離衆生巢窟法求無
巢窟法於諸法中而無所住所以者何不見
有法而可住者過世間法開通聖法已逮滅
界亦不著世間及出世間法遠離有無是法
非法善能觀察斷常二邊觀去來現在心相
乃至菩提心相亦不可得所以者何已逮衆
生心相平等法故是以毒不能害火不能燒
刀不傷身所以者何已能遠離諸境界故雖
未得佛行已於諸趣無有決定所以者何菩
提離諸趣故菩提趣者安靜無爲菩提性空
無有處所是以刀不傷身名不可害其乘速
疾名不可害所以者何速達此乘無有罣礙
以是事故刀不傷身亦有遍緣衆生慈菩提
行慈一切衆生界不可得無所行慈一切法
空慈起寂靜界慈離瞋恚慈行智明慈能照
菩提衆生界不可得慈遍緣衆生故刀不能
傷知欲界色無色界皆悉平等亦知法界平
等知菩提無種種相不可知不可著無戲論
無垢穢安隱寂靜離諸音聲菩薩摩訶薩能
了知是界於諸趣中所有言說音聲皆能了
知所以者何以於無來去法界中得無住法
忍故善知一切衆生言音而爲解說寂滅之

法不作是念我於是時爲此衆生說法已遠離我想諸音聲故知諸法寂靜故於諸法中不取其相不可得故不著言說故是菩薩摩訶薩名爲八人爾時世尊欲重宣此義而說偈言

已過於八邪　正住八解脫　不著八正見
是名爲八人　已過凡夫法　而不住正道
處中離二邊　是名爲八人　已過凡夫法
而勤求菩提　不得菩提相　是名爲八人
遠離諸邪見　能修行正見　逮得平等道
是名爲八人　遠離自身相　而不住菩提
雖未得佛身　是名爲八人　除去衆生想
能修行佛想　已逮平等想　是名爲八人
離衆生巢窟　求無巢窟法　不住於諸法
是名爲八人　已過世間法　而開通聖法
成就於滅界　是名爲八人　諸佛所說法
及餘世間法　不得此法相　是名爲八人
見有是一邊　見無第二邊　能捨如是見
是名爲八人　觀察中道法　及與斷常邊
如是平等相　是名爲八人　不得過去心
及與未來心　現在心不住　是名爲八人
所說最初心　能生菩提者　此心不可得
云何得菩提　若能逮得此　不得菩提心
故毒火不能　傷害壞其身　其趣雖不定
遍修如是行　逮無去來法　故名不可害
菩提無趣相　以音聲故說　善解音聲相
故名不可害　去相不可得　來相亦復然
音聲說去來　故名速疾乘　是故名安隱
亦名爲空無　亦名速疾乘　亦名不可害
如是速疾乘　菩薩應通達　無能罣礙者

是故名不害　設以利刃刀　不能傷其身
不見於身相　故刀不能害　遍緣衆生慈
及以菩提慈　行菩提慈故　不爲刀所害
無行無衆生　不得衆生界　寂靜無生慈
遍緣衆生慈　遠離瞋恚慈　及行智明慈
能照菩提慈　遍緣諸衆生　解刀是空法
善修於身想　未得菩提道　不爲刀所害
已逮寂靜界　遠離諸惡趣　惡業不能障
不爲刀所害　遠離於無明　已證智明法
逮得菩提照　是名爲八人　能知欲色界
無色界是空　皆悉是平等　是名爲八人
界與菩提等　無有種種相　無知無分別
清淨無戲論　已逮此平等　菩薩無所依
所說諸音聲　能遍至諸趣　來去諸音聲
皆歸於法界　於無住法中　得此最上忍
善解衆生音　爲說寂滅法　不生如是心
我爲彼說法　已過音聲法　不取種種相
知諸法寂靜　是名爲八人　已過諸音聲
通達音聲界　故名爲八人　不著音聲者
阿難以是事　是名爲八人　雖作如是說
其實不可得

如是阿難如來等正覺以方便力爲聲聞人說菩薩摩訶薩名爲八人復次阿難云何如來說菩薩摩訶薩名須陀洹阿難當知不可思議佛道名須陀洹菩薩摩訶薩住無所住近於佛道不受諸法無所依倚亦無所緣不住諸法畢竟無生菩薩摩訶薩爲得是道故堅固精進堅固思惟無有懈怠終不違逆心無所依諸佛所乘無上最勝出要之道不著此道亦不住中以如是道推求諸法雖復推

求而無所得而於彼道不動不住於道想生死想佛想能生平等於結障法平等諸法平等諸佛平等遠離身見能生佛見開悟諸見修對治想已過我想阿難以是事故菩薩摩訶薩名須陀洹不著佛道遠無染道不疑佛菩提不選擇戒乃至不見佛戒以不見故不選擇戒不分別戒求斷三結不住三界已遠佛道離衆生想無所依止離依止法專求佛道得安隱寂靜道不惜身命以歡喜心能捨一切物顔貌和悅無有顰蹙爲菩提故而行布施無有少物而不能捨爲濟苦衆生故令到涅槃故爲修有相法故得無相法故離衆生想入衆無畏説寂靜法淨菩提道無所怖畏乃至無有死畏所以者何以遠得寂靜法遠離塵垢安住佛道善修惡趣諸平等想得無戲論道阿難以是事故菩薩摩訶薩名須陀洹爾時世尊欲重宣此義而説偈言

不思議佛道　名爲須陀洹　若有住此道
必流入菩提　此道如虛空　不依一切法
無緣無所住　所有不可得　菩薩堅精進
能逮如是法　諸佛導世者　無上出要道
不染著此道　亦復不住中　以此道推求
不見一切法　此道無動搖　亦復無住相
不懈怠如佛　不逆無所依　所説生死想
佛想亦復然　能於此平等　知是須陀洹
諸結及與障　能覆佛道者　皆悉能遠離
是名須陀洹　能斷於身見　而生於佛見
開悟諸邪見　善修對治想　善修自身想
知我想過患　是名須陀洹　不著於佛道
設生此猶豫　我不得菩提　即得無染著

而求於佛道　亦不選擇戒　不顧佛尸羅
已斷於戒想　不分別尸羅　求斷於三結
不住於三界　已逮得佛道　善修衆生想
以無所緣道　而求於菩提　已逮寂靜道
佛無垢菩提　好樂行布施　和顏無顰蹙
不惜於身命　爲無戲論道　爲苦惱衆生
一切皆能捨　令過須陀洹　妙勝果之上
遠離諸有想　善通達無相　以是故無有
惡名諸怖畏　所說法非法　二俱能遠離
於中不染著　無有惡名畏　若入大衆時
其心無所畏　宣說寂滅法　已淨菩提道
若起衆生想　能生其眞實　以是故無垢
遠離一切畏　已離一切怖　乃至無所畏
已得寂靜道　安隱無有上　知惡趣平等
而不生怖畏　此道現在前　無有吾我想
菩薩知是法　名爲須陀洹　爲樂小法者
而作如是說　以微妙方便　宣說於佛法
於道放逸者　令入如是法　諸佛之導師
捨方便而說　爲諸久行人　求最勝道者
以是故阿難　我說須陀洹　不黠慧衆生
謬分別是事　以是故阿難　我說須陀洹
黠慧諸衆生　能解了是事　凡小無智心
不解微密語　愚小起諍訟　不解微妙義
滿足多百法　乃名須陀洹　以須陀洹名
顯示諸佛法

如是阿難如來等正覺以方便力爲聲聞人說菩薩摩訶薩名須陀洹復次阿難云何如來說菩薩摩訶薩名斯陀含阿難當知菩薩摩訶薩隨學佛智解了菩提不從緣生爲無緣智故而求佛智以衆因緣求無處所禪而

求佛智得燒煩惱法燒諸煩惱得佛平等法求未得法如諸佛阿羅訶三藐三佛陀雖度衆生而不動衆生求不動衆生界有諸衆生慧心微薄愁憂苦惱不解法界欲令此衆住於智故而求佛智於根力覺道解脱三昧先自覺悟覺悟衆生而求佛智所可用智能至道場爲得此智而求佛智佛眼是不可思議無障礙眼恒以此眼利益世間爲求是智眼故求智中勝智所可用智知一切法如如亦不得此智所可用智令一切衆生住是智中所謂不住一切法智以是事故而來此間來已見衆生界是不可思議界求是界已不得此界衆生從何而生不知衆生生處從衆生界有差別名觀察法界衆生界時不見是差別相見衆生界盡入法界見法界是平等道佛法道是衆生不可得道衆生平等智道爲求是無此智故此智清淨離塵垢不得此智不可以此智求知此智是無所知智菩薩摩訶薩以此智故而有差別未得此智爲求此智而來此間阿難以是事故菩薩摩訶薩名斯陀含爾時世尊欲重宣此義而説偈言

隨學諸佛智　其智無有上　以求佛智故
是名斯陀含　所説衆因緣　能生於菩提
爲知是緣故　是故來此間　所説無處禪
能燒諸煩惱　以是故來此　爲生此禪故
先所未得法　一切智所行　我亦欲求故
而來於此間　不動諸衆生　法界亦如是
爲不移動故　是故來此間　苦惱無黠慧
愁憂諸衆生　欲令如是衆　住佛無量智
諸根力覺道　解脱及與禪　自覺覺他故

而求於佛智　能趣向道場　先佛所行法
爲求此法故　是故來此間　爲求如是智
不思議佛眼　求如是眼故　而來於此間
諸佛導世師　所行巧方便　爲求如是智
諸智中最勝　諸所可用智　能知諸法如
此智不可得　云何求諸法　願令多衆生
安住無上智　亦欲令他知　故來於此間
來已見衆生　其界不思議　是以斯陀含
來此求衆生　以求衆生界　衆生不可得
是故雖來求　亦復不可知　不知諸衆生
及以衆生界　若能知此界　知衆生差别
觀察一切法　觀已無所見　安住於定心
而求諸佛法　若有此淨智　無垢性清淨
亦不得此智　而知於所知　以如是衆生
能逮得此智　名無依菩薩　是故來此間
阿難以是事　名爲斯陀含　無黠慧衆生
謬分别是事　阿難以是事　名爲斯陀含
勤精進衆生　乃能知是事　慧者解微密
於深法決定　能解如是義　速能生菩提

如是阿難如來等正覺以方便力爲聲聞人說菩薩摩訶薩名斯陀含復次阿難云何如來說菩薩摩訶薩名阿那含阿難當知菩薩摩訶薩以過分行得佛所行遠離一切諸所行法知無來去法於諸法中無所依無所住是故不來此間所以者何亦不見法來去相故已過凡夫離凡夫想亦離佛想過無所住法無有因緣能使來者所以者何已逮寂靜界故諸佛導世者說凡夫禪不往生彼離諸難處求斷愛欲不貪摶食求離食想逮得菩提示諸邪見無所貪著知六十二見性同涅

槃離諸蓋想離諸法中所有過患清淨無垢制伏憍慢拔無明箭已害愛結無復喜愛燒諸煩惱離一切想拔憂惱箭離慢大慢善知諸陰逺諸照明乘不可思議佛乘得菩薩摩訶薩性離欲汙泥得先佛所藏最勝智藏無增無減得一切衆生乘中最上佛乘離有無相斷一切疑菩薩摩訶薩成就如是法不來此間名阿那含復次阿難菩薩摩訶薩有緣衆生令住菩提云何而住所謂衆生即是菩提菩提即是衆生能覺衆生想所以者何已了知空性故知衆生界是不可思議界故是故能覺此想能知衆生界即是虛空界虛空界空故逺離衆生界虛空界離虛空性無所止住虛空界虛空性空以如是法令諸衆生迴向菩提所以者何知衆生是虛空界衆生界皆入虛空界所以者何衆生性諸法性各各相入所以者何以不可得故以不可得故不來此間是故數名阿那含一切諸法中無有數相諸佛已過數相阿難以是事故菩薩摩訶薩名阿那含爾時世尊欲重宣此義而說偈言

已離不復來　更不修分行　已離分行故
是名阿那含　善知來去相　不依一切法
不得少處所　而可來此間　諸佛導世師
所說凡夫禪　更不往彼間　是名阿那含
諸法無來相　去相不可得　逮無來去相
是名阿那含　其人更不復　趣向三惡道
已逮諸佛法　是名阿那含　求離一切欲
不貪於摶食　已逮菩提道　是名阿那含
所說諸見處　凡有六十二　更不住見處

故名阿那含　諸法無性相　已離於性相
如實了知故　更不來此間　說涅槃寂靜
能燒諸煩惱　能遠離諸想　故不來此間
已斷諸難處　能遠離塵垢　到安隱涅槃
是名阿那含　已降伏惡魔　及其諸眷屬
不爲彼所動　是名阿那含　已拔無明箭
亦害諸愛結　已覺知喜愛　是名阿那含
能燒諸煩惱　亦離諸有想　決定勝妙果
是名阿那含　已拔憂惱箭　除去諸憍慢
善知五陰相　是名阿那含　已逮諸照明
不思議佛乘　遠離欲汙泥　是名阿那含
已得大智藏　先佛之所藏　諸藏中最勝
是名阿那含　已安住無上　諸佛之大乘
永斷諸疑心　是名阿那含　有緣諸衆生
皆令住菩提　爲彼住菩提　而不來此間
能知諸空界　衆生界難思　已離如是想
是名阿那含　能知衆生界　及以法界空
不得諸衆生　是名阿那含　其心更不求
取著諸有想　已到無相處　是名阿那含
阿難以是事　名爲阿那含　以無所住法
而住佛法中

是故阿難如來等正覺以方便力爲聲聞人說菩薩摩訶薩名阿那含復次阿難云何如來說菩薩摩訶薩名阿羅漢阿難當知菩薩摩訶薩離諸分行應行佛行拔濟一切衆生行破諸煩惱應爲煩惱所苦衆生解煩惱縛而不得衆生亦不得煩惱縛應作是事名阿羅漢捨有所得住無所得知一切空此空亦空通達無相已離諸相離一切想知衆生想是過患法能捨無智達無心法曉了空法應

逮菩提應生不可思議佛菩提以是事故名阿羅漢應宣說法如三世佛已說今說當說其所說法皆悉寂靜無有戲論清淨無穢通達是事故名阿羅漢應令衆生住於菩提知一切法及與菩提是無所有而不可取應修佛慈不著衆生慈以如是慈遍緣衆生而不得衆生已逮衆生不可得慈故名阿羅漢應說諸法利益衆生而不起法非法想於諸法中應常在先是名阿羅漢應為衆生說根力覺道而於此法不染不著不染不著故名阿羅漢應令衆生知清淨菩提令彼衆生起如是菩提故名阿羅漢應於世間衆生利養而不貪著應為衆生說不貪著利養故說此法故名阿羅漢應住諸佛世界應見諸佛如佛見佛見如是佛世界已應當發心求如是世界所謂不可思議世界不可量世界無等等世界無邊世界無戲論世界不可說世界空世界無相世界無作世界不退轉世界離女人世界離婬欲世界無煩惱世界佛無礙辯世界菩薩世界無障礙世界無染世界降魔世界無怨敵世界畢竟涅槃世界此諸世界於一切世界中上應求如是世界故名阿羅漢未生諸法應生起故名阿羅漢於欲不染於可瞋法不生瞋故名阿羅漢於無上滅集智速通達故名阿羅漢以阿羅漢故名為菩提以菩提故名阿羅漢菩提不動以衆生界不動故應令百千萬億衆生住菩提道住菩提道故名阿羅漢一切衆生及與菩提從無分別生應以是平等法教諸衆生此平等法於一切法中無與等者此平等菩提從無分

別生應知如是法知是法已爲衆生說無有增減成就無增減法故名阿羅漢應說如是離音聲法故名阿羅漢應解如是多衆生著所謂衆生不可得著衆生斷常著衆生身見著不能過著見諸法不生不滅無爲無作著不壞色著不壞受想行識著離凡夫法著建立諸佛法著須陀洹果想著斯陀含果想著阿那含果想著阿羅漢果想著辟支佛果想著如來等正覺想著求菩提心想著菩提心想著爲菩提故行施著爲菩提故護戒著取瞋恚相行忍著取懈怠相行精進著取亂心相生禪定著取惡慧相修智慧著於父母妻子男女眷屬兄弟姊妹所愛諸親著欲見愛念諸親著樂談說著煩惱法出要法作二見著貪利養著見在家出家著見卑勝法著離凡夫法著緣佛法著見下上法著具足諸相方便著生佛世界想著應除衆生如是著故名阿羅漢亦不分別是衆生是涅槃法是衆生非涅槃法是衆生能生法是衆生不能生法是衆生行菩提是衆生不能行菩提是衆生持戒是衆生毀戒是衆生多福是衆生少福不起如是二見名阿羅漢亦不分別是衆生是福田是衆生非福田是衆生精進是衆生不精進是衆生凡小是衆生智明此是女人此是男子此是非男非女此是法此是非法不起如是二見名阿羅漢亦不分別是衆生於菩提退轉是衆生於菩提不退轉是衆生於菩提得自在是衆生於菩提不得自在是衆生近菩提是衆生遠菩提發如此心我當得菩提入無餘涅槃略說能除衆生一切

著故名阿羅漢阿難阿羅漢如是除衆生著已亦爲衆生説衆生實性説是法故菩薩摩訶薩名阿羅漢爾時世尊欲重宣此義而説偈言

已能捨一切　所有諸分行　能捨分行故
是名阿羅漢　能斷諸煩惱　及苦衆生結
皆令得解脱　是名阿羅漢　遠離有所得
住無所得法　知一切法空　是名阿羅漢
已能知解空　亦通達無相　遠離一切相
是名阿羅漢　應行最勝行　諸佛之所行
度脱諸衆生　生死大險難　已離一切想
知衆生想過　能捨諸想故　是名阿羅漢
捨諸無智想　通達無心法　已知空法故
是名阿羅漢　應逮得諸佛　不思議菩提
應勤行精進　是名阿羅漢　應宣説諸法
清淨無戲論　令衆生住道　是名阿羅漢
應以遍緣慈　令衆生安樂　而不得衆生
是名阿羅漢　應宣説諸法　於衆最第一
無法非法想　是名阿羅漢　應爲諸衆生
説根力覺道　不染著世法　是名阿羅漢
應令他衆生　覺了清淨法　亦能生菩提
是名阿羅漢　應不生貪著　世所有利養
不貪利養故　是名阿羅漢　應往詣諸佛
嚴淨佛世界　諸佛所住處　爲衆生説法
應當發是心　求此嚴淨界　應求是界故
是名阿羅漢　於欲無所染　瞋處不生瞋
知菩提平等　是名阿羅漢　已於滅集智
通達寂滅相　以菩提道故　是名阿羅漢
於諸衆生界　不移動衆生　令多億衆生
皆住菩提道　衆生及菩提　從無分別生

能知此平等 是名阿羅漢 一切法等中
此法等最上 此等及菩提 從無分別生
知已為他說 而無有增減 亦從此法生
故名阿羅漢 應為此衆生 說無音聲法
解脫多衆生 而無有動者 衆生不可得
及斷常二邊 為除諸邪見 令得脫衆苦
著諸法生滅 無為無作相 諸苦惱衆生
以想而分別 不毀壞於色 於受亦復然
想行及與識 令離此諸著 於此凡夫法
而見有移動 住佛法不住 皆令得解脫
住於諸果想 緣覺想亦然 為衆生說法
令離佛想著 著於菩提心 著施亦復然
著於戒忍者 為說無著法 取於懈怠想
分別行精進 定心與亂心 惡行及妙慧
不分別此法 知無種種相 應當如是說

是名阿羅漢 堅著於我想 聲聞多分別
為除分別故 應為彼說法 父母及妻子
無慧故貪著 非道非菩提 是生死所行
此是我兄弟 姊妹愛念心 除彼貪愛著
是名阿羅漢 故作巧談說 發他喜勇心
生意欲得見 先舊諸所親 若得相見時
展轉生愛著 無知顛倒故 屬魔不自在
遠離諸利養 知利養過患 應為諸衆生
說諸利養過 此是煩惱法 此是出要法
不著此二見 是名阿羅漢 貪著於利養
而不能自解 能除彼著故 是名阿羅漢
此是在家法 此是出家行 凡小起分別
應為解彼著 於一切法中 而見有卑勝
著是器非器 應解如是著 遠離凡夫法
而緣於佛法 應為彼說法 離得不得著

小大非堅法　如是甚衆多　應當爲解著
衆生如是想　能生衆相好　其事亦衆多
唯有調柔者　能除彼想著　諸佛妙世界
興起修淨心　著彼世界想　應當爲除却
涅槃非涅槃　能生不能生　此行菩提道
此不求菩提　惡戒及善戒　有福及無福
愚智諸衆生　而作種種想　如是諸衆生
多作種種想　爲除此想故　應爲彼説法
此是良福田　此非良福田　分别愚智法
其事亦衆多　取著於女想　亦復分别男
是聖是非聖　分别起二見　衆生無慧心
起於此二見　著此二見者　應當爲除斷
退轉不退轉　有記及無記　此近於菩提
此不近菩提　已逮於菩提　畢竟般涅槃
行如是諸相　分别於涅槃　唯有調柔者
除衆生是想　是名阿羅漢　亦名除想者
此是菩薩法　説名阿羅漢　若見此本緣
知是阿羅漢

如是阿難如來等正覺以方便力爲聲聞人説菩薩摩訶薩名阿羅漢復次阿難云何如來説菩薩摩訶薩名爲聲聞阿難當知菩薩摩訶薩以佛法聲不可思議法聲寂靜菩提法聲無戲論法聲無垢清淨法聲令無量無邊不可計衆生聞故名爲聲聞復以涅槃是無比安樂法聲念處正勤神足根力覺道法聲令多衆生速能勤求名爲聲聞説此身空非堅固法堅固不可得凡夫愚小貪著此身爲解説聲又説眼入所見虛妄應生佛眼不可思議佛法眼以佛眼故令多衆生無愚惑聲又説諸法無生相聲名爲聲聞又説音聲

其喻如響不應於聲而生染著無有聞者亦無說者於香不生齅想無齅香者如人夢中齅衆多香實無有香亦無齅者以顛倒故起齅香想此香猶如夢法而不可信亦無牢固說是法聲名爲聲聞復說舌入猶如肉段不能知味如此肉段猶如聚沫實無所有如是味想不可思議味界無心離諸心法不應生心知心是不住相說如是法聲令衆生聞名爲聲聞又於此法了了現見如其所見能宣說聲又說此身空無性相以無相故不生亦無所生爲多衆生說是菩提法聲名爲聲聞復說意入空無所有亦無自性其猶如幻不生不滅說是法聲名爲聲聞又說不可思議法施此法能得菩提菩提不可思議法施亦不可思議能生不可思議菩提所以者何如其種子果實亦然此中無果以音聲故說果復說財施下劣法施最勝除却慳心無所分別不生施想猶如幻師於所幻事無所分別如是以無分別心而行布施能生菩提說是法聲名爲聲聞此聲離一切說息諸煩惱過諸言說離諸染著以是音聲爲諸衆生宣說佛法所以者何此音聲一切音聲中最上以是音聲宣說佛法此聲不可破壞亦無所依從無二無別生如其所生說無二無別佛法是故阿難菩薩摩訶薩以如是法聲令衆生聞名爲聲聞爾時世尊欲重宣此義而說偈言

以不可思議　最上佛音聲　令多衆生聞
菩薩爲聲聞　能爲多衆生　說菩提寂滅
清淨無戲論　是名爲聲聞　宣說涅槃樂

其樂無有比　亦說寂滅相　是名爲聲聞
說念處正勤　根力及覺道　速生此法故
是名爲聲聞　宣說此身空　堅牢不可得
爲諸凡小者　顯說是身相　又說於眼入
所見皆虚妄　無智諸衆生　於此生染惑
應生於佛眼　難思平等眼　於無生法中
亦不生惑著　知聲猶如響　解耳亦復然
此中無聞者　亦復無說者　以無聞說故
不生於染著　宣示諸衆生　是名爲聲聞
如人於夢中　齅種種諸香　但依顛倒起
而實無所有　應如是知鼻　不能齅彼香
爲顛倒衆生　菩薩宣說是　說舌是空無
肉段不知味　若肉能知味　手觸時應知
宣說如是相　味想多過患　當知此味界
是不可思議　菩薩無所依　能現見了了
宣說現見法　是名爲聲聞　宣說如是身
空無有性相　空無性相故　不生無所生
菩提亦如是　不生無所生　爲多衆生說
故名爲聲聞　說意入性相　其實無所有
說無所有法　故名爲聲聞　宣說布施法
法施難思議　此施能出生　無上佛菩提
財施爲下劣　法施爲最勝　能除貪慳心
得至菩提果　離諸宣說聲　息諸煩惱聲
離諸染著聲　無垢清淨聲　最上微妙聲
其聲性寂靜　以此寂靜聲　說難思佛法
此聲不可壞　亦復無所依　說無二無别
故名爲聲聞　以如是音聲　宣說諸佛法
隨音聲而說　而求菩提道　常爲他宣說
嚴淨佛世界　無上導世師　諸佛所住處
說此三千界　如虚空而住　如空諸衆生

皆同涅槃相　所說四十四　令衆生差別
皆悉如虛空　不思無分別　此界亦如是
莫生堅固想　此中無生死　無煩惱可滅
此中無法生　亦無有衆生　此皆寂靜故
無有見生者　恒爲衆生說　晝夜不斷絕
而不生是念　我爲衆生說　聲聞如是知
亦爲衆生說　無聞能聞故　是名爲聲聞
其心意勇猛　宣說最上法　若能知此法
亦知諸法如　聲聞說如是　無染無有漏
亦爲多衆生　說無染著法　若知無染著
清淨無戲論　於諸佛法中　欲觀不能見
諸佛所說法　遠則不可見　近亦復無有
而能得見者　聲聞說是法　令多衆生信
安住是法中　故名爲聲聞　阿難以是事
我說是聲聞　當知是聲聞　是無依菩薩

是故阿難如來等正覺以方便力爲聲聞人說菩薩摩訶薩名爲聲聞復次阿難云何如來說菩薩摩訶薩名辟支佛阿難當知菩薩摩訶薩於一切法現見了了以現見了了故能知聖法而於諸法不增不減覺一切法無有增減現見了了名辟支佛覺知一切不可思議法覺知一切衆生等同涅槃而不可得不生不滅不生不滅故即是實際照涅槃際衆生際一切諸法無所有際稱名字際不可言說際不依言說不可以言說說所以者何言說法空不得自在言說不能知衆生際及與法際現見了了覺知此際名辟支佛現見色陰以言說故名爲色陰而此色陰無有言說離言說故但以言說名爲色陰此中無我我所所以者何言說說者此二皆空不得自

在不生不滅言說無知云何能說此是色陰受想行亦應如是了了現見現見識陰以言說故名爲識陰而此識陰無有言說離言說故但以言說名爲識陰此中無我我所所以者何言說說者此二皆空不得自在不生不滅言說無知云何能說此是識陰於此五陰言說諸緣了了現見名辟支佛所以者何此陰言說諸緣此緣無緣非緣能知阿難是菩薩摩訶薩名辟支佛爾時世尊欲重宣此義而說偈言

現見一切法　知聖法亦然　無諍不可壞
畢竟無有相　現見一切法　其性相自空
若知自性相　畢竟無所有　已逮此現見
與彼法無異　是名爲正覺　難思辟支佛
衆生如涅槃　其始不可得　無始無終際
是名爲實際　衆生如涅槃　畢竟無有生
若法無有生　說名爲涅槃　衆生如涅槃
亦有諸照用　照用無有我　故名爲涅槃
衆生如涅槃　立種種名字　不生亦不滅
以言說故說　言說性是空　言說無所知
以無所知故　衆生是涅槃　言說不自在
無我無有心　以言說無性　畢竟無所有
言說不依際　亦復無所住　言說所說者
難思衆生際　衆生際涅槃　不思議實際
安隱無戲論　最勝歸依處　猶如電光際
即是衆生際　無緣無處所　不思議實際
一切法邊際　無有衆名字　以名字名故
其際不可得　實際不可名　亦無能知者
衆生際無我　當知此際空　言說不依際
言說無所宣　若能了知此　無有衆生際

言不自在空　言不知諸際　言說所言者
難思衆生際　如是等諸際　自然能覺了
是名爲正覺　難思辟支佛　現見於色陰
以名字故說　此陰無言說　常離言說故
遠離於所知　所知名計壽　能知此所知
而無有住處　所說名色陰　色陰無有我
言不自在空　畢竟無生滅　所言說言性
畢竟無所有　以無所有故　能說名色陰
受想亦如是　行識亦復然　以無有言說
說是五陰名　此陰不可說　亦復不可斷
不生亦不滅　無處非無常　非煩惱出要
非報亦非業　非取亦非捨　非戲論寂滅
亦非奢摩他　非毘婆舍那　非多欲知足
非懈怠精進　非掉亦非悔　亦無有增減
不得所生法　而可以爲戒　不修無分別
宣說無分別　無怖無有諍　無縛亦無解
以此入言說　言說無所入　言說及說法
無言說而說　自能逮現見　說法無窮已
依如是三昧　不著諸言說　有此現見智
知言說平等　如言說諸法　以無言說說
以逮此現見　更不復隨他　是名爲正覺
難思辟支佛

復次阿難菩薩摩訶薩現見無明及無明行非生相知識自性知名色自性知六入自性知觸自性知受自性知愛自性知取自性知有自性知生自性知老死自性於此法中了了現知名辟支佛爾時世尊欲重宣此義而說偈言

現見於無明　畢竟不能生　猶如水中影
終始無所有　明見一切法　而無動搖相

若見法如是　是故名爲明　明性如虛空
一切法皆爾　若得此現見　是名辟支佛
如說此身行　而不在於內　亦不在於外
此身行不生　身行如芭蕉　畢竟不堅固
不生亦不滅　其性如虛空　無畏諸菩薩
若得此現見　是名爲正覺　難思辟支佛
了知一切法　其性常如幻　亦能深信解
識無所有性　觀察如此識　所行虛妄法
以有此智故　能知識性空　已知智非智
一切處無染　若知如是法　識則同於幻
如說諸名色　無受不可說　而知其性相
畢竟無所有　能說諸入性　而無有取相
能如是知入　此是性空故　觸性無不在
住於諸入中　觀察此觸時　如幻無所有
觸性本自空　分別故能知　而無諸觸性
住處無方所　若能現見觸　智者能遠離
有慧遠離觸　是名辟支佛　能知受相空
受亦無自性　如泡不牢固　畢竟無所有
已斷一切愛　通達無愛法　已到愛盡處
是名辟支佛　知取無所取　亦知是空無
不生無所有　如熱時焰水　本來諸有想
及本有生想　若知此性相　畢竟無所有
已離一切老　更不復受死　而於一切處
不復更受身　已遠此現見　而無有所依
以辟支佛名　宣說諸菩薩

如是阿難如來等正覺以方便力爲聲聞人說菩薩摩訶薩名辟支佛如是阿難諸佛如來說菩薩摩訶薩名爲堅信堅法八人須陀洹斯陀含阿那含阿羅漢聲聞辟支佛爾時尊者阿難便說偈言

自在導世師　不可說而說　於空中作結
即空而解之　佛有大方便　說無著法者
於不可說法　而能分別說

廣博嚴淨不退轉法輪經卷第二

廣博嚴淨不退轉法輪經卷第三

劉宋涼州沙門智嚴共寶雲譯

爾時阿難白佛言世尊一切世間必生疑惑不能解了如來等正覺以何緣故說堅信堅法乃至辟支佛耶爾時世尊告阿難言阿難當知若有衆生於先佛所造衆善行能解如來密語不生疑惑所以者何能知如來密語如幻如熱時焰如夢所見如影如響阿難若如是知密語者不生疑惑是故阿難菩薩摩訶薩於如來等正覺密語應如是知若有勤行精進不得精進勤修智慧不得智慧者不生疑惑爾時世尊欲重宣此義而說偈言

諸佛導世者　微密語難知　爲發大莊嚴
無異菩薩說　懈怠無智者　不能解密語
應當勤精進　爲解密語故　如幻焰夢見
如電亦如響　以言說顯現　如是等諸法
如是知諸佛　所說微密語　能以如是慧
照淨微密智　不應如是知　菩提可宣說
應如是覺知　無言說故空　空不能知空
空不分別空　斷一切分別　顯示如是空
虛空無所取　亦無有所捨　以無取捨故
是故知法空

佛告阿難若如是知有爲法皆悉如夢而不放逸者不生疑惑說是法時五億比丘生堅信想者即從座起整衣服偏袒右肩右膝著地一心合掌皆共和合住於佛前而說偈言

今日牟尼尊　除我等疑心　得解微密義
以信求菩提

復有五億比丘生堅法想者從諸比丘聞此偈已即從座起乃至合掌住於佛前而說偈

言

今蒙菩提照　除我等疑冥　得解微密義
堅法求菩提

復有十億比丘生八人想者從諸比丘聞此偈已即從座起乃至和合住於佛前而說偈言

先住八地心　今日皆除捨　得解微密義
八人求菩提

復有十一億比丘生須陀洹想者從諸比丘聞此偈已即從座起乃至和合住於佛前而說偈言

今於佛法中　得斷諸疑網　解佛微密語
宣說須陀洹

復有二萬五千比丘生斯陀含想者從諸比丘聞此偈已即從座起乃至和合住於佛前而說偈言

我等本染著　志樂斯陀含　今皆得離著
寂滅無戲論

復有五百億比丘生阿那含想者從諸比丘聞此偈已即從座起乃至和合住於佛前而說偈言

今遭救世尊　遠離諸戲論　得菩提光照
求拔諸果想

復有三萬五千億得四禪比丘生阿羅漢想者從諸比丘聞此偈已即從座起乃至和合住於佛前而說偈言

我已離煩惱　通達無異法　知諸乘平等
皆悉如幻法

復有二萬比丘生聲聞想者從諸比丘聞說偈已即從座起乃至和合住於佛前而說偈

言
離縛牟尼尊　止我等虛說　密說聲聞義
我今皆通達
復有五千比丘生辟支佛想者從諸比丘聞
此偈已即從座起乃至和合住於佛前而說
偈言
我等今現見　辟支佛所行　解佛微密義
難思辟支佛
有一萬比丘尼生須陀洹果想斯陀含果想
阿那含果想阿羅漢果想者從諸比丘聞說
偈已即從座起乃至和合住於佛前而說偈
言
今知平等法　永斷女身分　佛無有異言
必成人中尊
復有八萬八千優婆塞生須陀洹果想斯陀
含果想阿那含果想者從諸比丘聞此偈已
即從座起乃至和合住於佛前而說偈言
我等心無垢　如淨毗瑠璃　爲修佛法故
今日當出家
爾時虛空中有六十億那由他諸天以天曼
陀羅華而散佛上散已而說偈言
本有諸乘想　亦有諸果想　今日悉除捨
必當成菩提
爾時有百千阿羅漢舍利弗大目揵連須菩
提阿泥盧豆離婆多劫賓那等即從座起整
衣服偏袒右肩右膝著地一心合掌皆共和
合住於佛前而白佛言世尊我等今日志願
滿足能降伏魔摧諸怨敵具足成就五無間
業我等今日滿足成就五欲功德我等今日
邪見具足遠離正見我等今日害多百千衆

生之命我等今日已逮菩提即於今日無餘涅槃而般涅槃爾時世尊默無所說爾時會中有百千衆生皆生疑惑我等今者如在闇中云何諸大羅漢作如是語何況凡夫以疑惑故不能從此至彼從彼至此坐不能立立不能坐爾時尊者阿難知此百千衆生心之所疑亦以佛神力故問文殊師利法王子言今此大衆百千衆生聞諸大德比丘作如是語皆生疑惑世尊默然而無所說願文殊師利說其因緣此諸大德比丘以何因緣說此密語爾時文殊師利法王子語尊者阿難言阿難當知此是不退轉菩薩地事唯有不退轉菩薩乃能證知此諸大德比丘密語尊者阿難問文殊師利言此諸大德比丘皆是不退轉菩薩耶文殊師利言如是如是此諸大德比丘皆是菩薩已於菩提得不退轉阿難請文殊師利言願說諸大德比丘微密語義文殊師利言無明能生生死是故名母斷無明故名爲害母父名不正思惟及以喜愛彼已永斷名爲害父以諸法不可壞方便壞衆多想亦壞諸行名爲壞僧應壞凡夫法名阿羅漢以不滅方便滅羅漢想名殺羅漢以不滅方便滅如來想名出佛身血如是等想已斷已害畢竟無餘阿難以是事故諸大德比丘作如是語我等今日具足成就五無間業所以者何於此法中不聚不散不滅不滿是故名爲五無間業滿足成就阿難當知彼作是說我等今日滿足成就五欲功德者彼諸比丘於此五欲了知如夢如幻如熱時焰如影如響彼於此智滿足成就而於五欲無增

無滅所以者何能知此法畢竟而無所有以無所有故能如實知而於彼法得如是忍故名滿足成就五欲功德阿難以是事故彼諸比丘作如是說我等今日滿足成就五欲功德阿難當知彼作是說我等今日滿足成就邪見遠離正見者彼諸比丘知諸法邪見諸法邪阿難邪名有為諸法皆是虛妄此虛妄法猶如虛空法猶如虛空不增不減亦不住方亦無所屬所以者何離自性故彼知是法皆悉平等以平等故正見亦等彼已遠離如是等想所以者何若有等想有不等想彼諸比丘無有等想及不等想所以者何諸佛之法離一切想彼於佛法通達無生不得無生法是故阿難彼諸大德比丘作如是語我等今日具足成就邪見遠離正見阿難當知彼作是說我等今日害多百千衆生命者阿難彼諸比丘今此時會百千衆生諸天及人知有為法皆悉如幻如影如響知此法故離衆生想離壽想人想離一切法想以一切法不可種方便種菩提善根諸比丘比丘尼優婆塞優婆夷從諸比丘聞是密語亦得離衆生想壽想人想不數數生死所以者何若著衆生想壽想人想則數數生死彼已遠離如是法故畢竟不生是故阿難彼諸比丘作如是說我等今日害多百千衆生命根阿難當知彼作是說我等今日已逮菩提於無餘涅槃而般涅槃者阿難彼諸比丘今此大衆百千萬億那由他諸天及人即於今日得離煩惱得逮菩提所以者何此諸大衆皆發阿耨多羅三藐三菩提心而於今日聞說金剛句法

皆得無生法忍得見菩提以是事故而作是説我等今日逮得菩提我等今日於無餘涅槃而般涅槃者彼不斷煩惱不修佛法無餘煩惱是故阿難彼諸比丘作如是説我等今日已逮菩提於無餘涅槃界而般涅槃言今日者阿難當知即於此日不生亦無所生故名今日（天竺正音不生與今日音同也）是故阿難求菩薩乘若善男子善女人發阿耨多羅三藐三菩提心者於一切法應當漸損以不可得法發菩提心於一切法是名為出離菩提相於一切法是名為入無餘涅槃而般涅槃阿難求菩薩乘族姓子不應染著日相不應以日而生晝想阿難愚小之人以日為晝想無黠慧故所以者何若今此晝是真實是堅牢是常住者應有積聚不應過去唯應有晝不應有夜阿難當知有晝夜想者此是凡小是故阿難求菩薩乘族姓子有深心者為善知識所護不應生晝夜想所以者何求離一切想菩提道故爾時文殊師利法王子欲重宣此義而説偈言

無明名為母　能生生死故　已拔其根本
是故名為害　不正觀思惟　喜愛名為父
彼皆如實知　畢竟無所有　以知無所有
而害其根本　不緣無所有　是故名為害
所説羅漢法　及與凡夫法　彼已以智壞
是故名為害　所有衆多想　以知其性相
以不可壞法　壞想名為僧　本來所分別
如來諸法想　彼以斷遠離　知其不生滅
此想次第起　思量知是空　如所説平等
彼已能證知　所説欲功德　其名有五種

遠離此諸想　知想皆如幻　是諸比丘等
於欲無增減　於導世師前　而作如是說
知欲性皆空　猶如夢所見　畢竟無有生
於此智得滿　以邪智知法　虛僞不牢固
邪名爲虛妄　於此智得滿　有爲法虛妄
而無有近遠　無知無近遠　如五指摩空
彼說諸正見　皆見是平等　如諸法平等
知見等亦然　凡小多分別　衆生想故死
若不得衆生　亦無有死想　有緣諸衆生
除其計壽想　知計壽過患　除其如是想
遠離衆生想　及與計壽想　彼作如是說
害多衆生命　巳遠離死想　達無分別法
知不壞菩提　不增無果報　生死不可取
覺了清淨法　一切法無諍　不生常寂滅
不應分別晝　亦不分別夜　於不來去法
而求於菩提　凡小恒分別　以日用爲晝
欲求菩提者　莫作是分別　彼以是密語
宣說如是法　以知此法故　能作如是說

文殊師利法王子說此偈已爾時會中百千衆生巳拔疑箭無復疑惑逮大照明於諸法中得無生法忍各自脫身所著上服以奉文殊師利法王子皆作是言願使我等於未來世說此妙法覺悟衆生如今文殊師利法王子覺悟衆生爾時世尊告文殊師利言善哉善哉文殊師利除衆生疑照明佛法法應如是爾時阿難白佛言世尊今此百千衆生所有疑箭非是世尊所拔斷耶佛告阿難今此百千衆生皆是文殊師利本所教化成就菩提聞彼說法皆能信解阿難白佛言是諸衆生皆於菩提不退轉耶佛告阿難如是如是

是諸衆生已於菩提而不退轉所以者何爲文殊師利善知識所護念故爾時阿難白佛言世尊此諸比丘生堅信想生堅法想生八人想生須陀洹想生斯陀含想生阿那含想生阿羅漢想生聲聞想生辟支佛想者皆於菩提不退轉耶佛告阿難是處難信樂小法者懶惰懈慢不勤精進貪著飲食貪著欲染親近樂行染欲法者好喜談説無益之語亂心失念不具威儀心意躁擾不攝諸根輕躁嬉戲愚很多語如是衆生信是法難阿難著增上慢不能護身貪著身命遠閑居處捨多聞法破戒憍慢毀法竊法不尊重法毀滅正法貧窮法財喜樂非法誹謗正法樂行非法不知恩報恩不敬佛法僧阿難如是衆生信是法難慳心堅著惡戒瞋心不解佛法成就惡法貧窮智慧惡友所護遠離善友不爲般若波羅蜜所護不爲諸陀羅尼經王所護起有得見深重利養貪著衣鉢於衣鉢物極生重心不尊重和尚阿闍黎於初夜後夜不勤行方便阿難如是衆生信是法難殺生偷盜邪婬妄語兩舌惡口説非時語貪瞋邪見親近邪見修行廣布邪方便法無慚無悔朋黨交遊獨行無伴離沙門法行非沙門法不信空無相無作無爲不生不滅一切諸法非破壞相阿難當知如是衆生信是法難爾時世尊説是語已即便默然爾時阿難承佛威神問文殊師利法王子言文殊師利世尊何故默無所説文殊師利言將來惡世衆生成就如是惡不善法不能信解如是深法以是事故世尊默然尊者阿難問文殊師利言來世

衆生少有信解如是法不文殊師利言來世衆生信此法者甚少猶如衆生不識珍寶者多識者甚少所以者何非其智力所及阿難衆生亦爾聞說此法信解者少設有信解如是法者不爲國土城村人民所敬國土人民咸共輕賤而遠離之所以者何此人先世作法留難業因緣故今受此報阿難請文殊師利言唯願爲此少信解衆生敷演此義文殊師利言此事問佛佛當演說爾時阿難即便問佛爾時世尊四面顧視即出舌相遍覆三千大千世界於其舌相復放光明遍照十方恒河沙世界皆令周遍時四部衆佛神力故皆見十方恒河沙諸佛世界諸佛世尊皆說是法悉得聞知聞是法已皆共和合勸請世尊唯願如來宣說是法莫令斷絕世尊令十方諸世界中無量無邊不可限量諸佛世尊宣說是法我等悉得見聞其所說法無有增減如今世尊等無有異爾時世尊還攝舌相告阿難言汝頗曾見不實語人有是廣長舌相不耶阿難白佛言無也世尊此是世尊誠實說于戒定忍辱憐愍饒益慈悲喜捨一切智果所得舌相是故世尊唯願爲此少信衆生族姓男女敷演此義因是事故諸不信者以此證知皆令得信爾時世尊告阿難言今此四衆諸來會者比丘比丘尼優婆塞優婆夷天龍夜叉乾闥婆阿脩羅迦樓羅緊那羅摩睺羅伽人非人等聞說此法者皆於阿耨多羅三藐三菩提不退轉漸次修行當得阿耨多羅三藐三菩提即於此處宣說是法無有增減如我今日等無有異爾時四衆比丘

比丘尼優婆塞優婆夷天龍夜叉乾闥婆阿脩羅迦樓羅緊那羅摩睺羅伽人非人等皆大歡喜踊躍無量其中或有以衣散佛者或以華者或以諸鬘所謂須摩那鬘金鬘銀鬘毗瑠璃鬘玻瓈鬘硨磲鬘碼碯鬘珊瑚鬘日光寶鬘雜七寶鬘以如是等鬘而散佛上諸天以曼陀羅華摩訶曼陀羅華波流沙華摩訶波流沙華曼殊沙華摩訶曼殊沙華迦迦勒羈華摩訶迦迦勒羈華盧遮摩彌那華摩訶盧遮摩彌那華輸婆摩彌華摩訶輸婆摩彌華如是等諸華而散佛上復以天優鉢羅華波頭摩華拘物頭華芬陀利華而散佛上於虛空中作天妓樂種種歌頌讚歎佛德諸龍王等皆雨眞珠散於佛上一切女人即脫身上妙好瓔珞以散佛上脫身上服以用奉佛即整衣服右膝著地一心合掌住於佛前皆共和合而作是言諸佛如來言無有二智無障礙記說我等必當作佛爾時世尊告阿難言如是阿難是諸女人必於阿耨多羅三藐三菩提不退轉所以者何諸佛世尊求斷愚癡貪欲瞋恚及諸憍慢塵垢黑闇一切染著燒然煩惱求盡無餘成就精進成就諸力威德尊嚴神足自在光明照曜眷屬成就尊貴威勢色族姓處悉皆具足相好具足光明具足到安隱處如釋如梵如欲界中尊威儀具足戒行具足觀察具足天龍夜叉乾闥婆阿脩羅迦樓羅緊那羅摩睺羅伽人非人等皆共尊重恭敬讚歎不染世法求捨一切諸有爲法成就解脫諸佛之法見聞不虛阿難白佛言世尊云何諸佛世尊聞不虛耶佛告

阿難汝不知耶阿難白佛言世尊實所未知唯願說之云何如來聞不虛耶佛告阿難一心善聽吾今解說阿難當知若有衆生已聞今聞當聞釋迦牟尼佛名者是諸衆生皆於阿耨多羅三藐三菩提不退轉所以者何諸佛菩提無虛妄故亦無貪欲及以瞋恚阿難何況今日現於我前能以一華散我上者若有衆生我泥洹後形像舍利能持一華以供養者如是衆生亦於阿耨多羅三藐三菩提不退轉阿難白佛言若有畜生聞釋迦牟尼佛名者皆於阿耨多羅三藐三菩提不退轉耶佛告阿難若有畜生聞釋迦牟尼佛名者是諸畜生皆種阿耨多羅三藐三菩提種子因緣所以者何諸佛如來其有聞者聞必不虛是故諸佛如來言無有二阿難譬如尼拘陀樹枝葉茂盛能蔭百人至五百人阿難於意云何其樹種子爲大小耶阿難白佛言世尊其子甚小佛告阿難是尼拘陀樹種子雖小得地水火風虛空衆緣故而得生長漸次廣大如是阿難彼諸衆生種菩提種子漸次增長當成阿耨多羅三藐三菩提而不腐敗不可毀壞所以者何以不住一切法作種子故而不腐敗亦無毀壞爾時阿難白佛言世尊爲是諸佛本願之力爲是諸佛法應爾耶佛告阿難是我本願若有聞我名者必不退轉阿耨多羅三藐三菩提亦是諸佛法應如是所以者何一切諸佛法皆等故阿難白佛若諸佛法等以何緣故立誓願耶佛告阿難諸佛世尊宣說法時會中諸菩薩摩訶薩聞佛說法即立誓願使我將來成佛說法見聞

不虛亦復如是爾時阿難白佛言甚奇世尊成就如此希有之法復以此法利益衆生佛告阿難如是如是如汝所説我爲利益諸衆生故遍諸佛土供養諸佛不惜身命捨一切物無有慳悋勤修精進積集難得無所依倚菩提之道於一切法而無所取以攝衆生爾時阿難白佛言世尊甚爲希有魔王波旬聞説此法不作留難佛告阿難以不聞故不作留難所以者何文殊師利法王子以神力隱蔽令不得聞故無留難爾時文殊師利法王子還攝神力惡魔波旬即於夢中聞説新異不退轉輪法亦聞稱釋迦牟尼佛名即便驚寤愁憂恐怖身毛皆竪即從牀上自投於地作如是言先所降伏今不伏我先所領土今不屬我愁憂苦惱發聲啼哭以愁憂苦惱發聲啼哭故身形老瘦猶如百歲老人爾時惡魔波旬將四種兵及三千大千世界所有魔天來詣佛所猶如菩薩坐道樹時魔嚴兵衆來詣佛所亦復如是爾時惡魔波旬身形老劣如百歲人頭低脊僂行步遲重喘息短氣舉身戰掉扶杖而行來詣佛所當魔波旬來詣佛時於虛空中所將眷屬四種兵衆聞説不退轉輪法亦聞釋迦牟尼佛名時四種兵及諸眷屬自然而住不能得前生如是念我等不復隨從波旬爾時波旬單獨羸老白佛言乃至不留一人扶接我者本降伏者今不伏我先所領土今不屬我世尊憐愍一切衆生我今亦在衆生數中而不垂愍乃至不留一人授我水者爾時世尊告波旬言衆生界多是無盡法波旬當知假令日日恒河沙等

諸佛出世一一諸佛於日日中度恒河沙衆生令般涅槃而衆生界猶不可盡時魔波旬復白佛言衆生界雖不可盡如我今者單獨羸老在道行時若其顛蹶乃至無有扶接我者唯願世尊安慰我意令我歡喜速得還去佛告波旬且安意去若有衆生不信不解不退法者是諸衆生皆屬於汝是汝眷屬汝得自在一切皆是扶接汝者爾時波旬聞是語已歡喜踊躍作如是言我今當爲衆生作諸留難令於此法不信不解生於疑惑生疑惑故當屬於我我得自在爾時波旬復白佛言唯願世尊重安慰我令我歡喜而得還去佛自說言若有衆生聞我名者皆於阿耨多羅三藐三菩提而不退轉從今已往更莫復說所以者何若有衆生聞此語已勤行精進求佛菩提爾時世尊告波旬言汝安意去我當令諸衆生乃至無有住菩提者亦復無有出衆生界者無有衆生離色陰者離受想行識陰者波旬且安意去我當令諸衆生無有離身見者離戒取見者離有所得者離六十二見者離過去未來現在想者離殺生者離不與取者邪婬者離妄語綺語者惡口兩舌者離貪恚邪見者波旬且安意去我不教衆生而行布施持戒忍辱精進禪定智慧亦不教衆生行四攝法不令衆生離衆生想離慳著想離父母想離兄弟姊妹男女想離晝夜想離半月一月一年想離布施持戒忍辱精進禪定智慧想菩提心想力無畏想根力覺道想佛法僧想障菩提想一切種智想波旬汝且安意去我當令衆生於一切法無遠離想

爾時波旬歡喜踊躍拔愁憂箭即於是處還復本形以諸天華而散佛上遶佛三帀住於佛前而說偈言

今日兩足尊　說此微妙音　佛無有二言
令我大歡喜

時魔波旬說此偈已歡喜安意漸離佛去還本天宮皆共和合受五欲樂以自娛樂更不復生留難之心說此降伏遣魔法時大地六種震動阿難白佛言世尊以何因緣大地震動佛告阿難說此降伏遣魔法時六萬四千菩薩於諸法中得無生法忍阿難白佛言世尊今此會中頗有疑惑是法者不佛告阿難今此會中有十億衆生皆生疑惑心意迷悶作如是說為是何語將非我等謬錯聞耶以是事故不知時方亦不自知從何所來欲至何所以疑惑故各不相見阿難白佛言唯願世尊以慈悲心為此衆生速作照明莫令此衆懷疑惑故墮於惡道以何因緣而作是說惡魔波旬且安意去我不令衆生住於菩提乃至波旬且安意去我不令衆生於一切法無遠離想唯願世尊為此衆生速作照明亦令將來衆生逮照明故受持此法而不忘失顯分別說爾時世尊便說偈言

菩提無住相　亦無能住者　是故說衆生
無住菩提者　菩提與衆生　無二無有異
是故說衆生　無住菩提者　亦無有衆生
能離衆生界　無所有不生　畢竟不可得
難思衆生界　其性本自空　假令一切智
不見其離相　我所說諸陰　無衆生能離
此陰與衆生　無異常寂滅　已知陰是空

而不離其性　說其體是一　不可取而離
已能知諸陰　不取不可離　無我無自性
畢竟無所依　諸陰如虛空　陰所行亦爾
行無所行故　說陰如虛空　如說虛空界
非生非能生　陰性亦如是　無有能離者
身見自性相　無法而可得　以不可得故
我說不可離　疑無有自性　畢竟不可得
以不得疑故　衆生無能離　無有諸衆生
能持選擇戒　見取諸衆生　亦復不可得
計有得法者　衆生不可得　有得法無心
不離於自性　如所說諸見　凡有六十二
如是等諸見　皆如水中影　已知此諸見
皆如水中影　無我無所有　自性不可得
過去未來想　及以現在想　此想無所有
亦如水中影　此想無有我　衆生不可得

以不得衆生　是故不可離　殺害諸衆生
必趣險惡處　安置涅槃中　無有能動者
衆生若可得　可有離動相　衆生無有實
故說不可離　菩提名不與　未曾有與者
雖勤作方便　而無動離者　不行施衆生
教行勝法施　雖勤作方便　而無動離者
亦不得衆生　依倚婬欲者　欲中無有邪
可與非邪合　妄語諸衆生　有緣者應化
雖勤作方便　而無動離者　兩舌與惡口
及與非時語　如是等言說　如響令人惑
此法無處所　亦不可染著　此諸聲如響
知其無所依　本所有無明　深計著於我
以知我眞實　無能動離者　亦能知瞋恚
畢竟無有相　菩提無相故　無能動離者
若能知邪見　是名爲正見　以過著見法

無能動離者　不教諸衆生　而以女色施
賢聖所禁制　是施有過患　邪見所持戒
聖道所捐棄　智者不應教　以此求聖法
外道所稱讚　種種諸忍相　此忍非正道
令人到涅槃　外道所稱讚　五熱精進法
不能至菩提　智者應捨離　外道諸禪定
盡行諸有相　非諸佛所讚　是以不教他
不用世俗慧　教化諸衆生　此慧不能得
不思議佛慧　於清淨衆生　成就無畏者
我說於是衆　不行四攝法　深敬念佛者
不教離是著　佛有無染著　亦無諸障礙
深敬念法者　不教離是著　離欲最勝法
云何而可離　不著衆生想　而發菩提心
菩提不可著　云何而可離　父母及兄弟
姊妹男女想　此想皆如幻　云何而可離
此想一切處　無法無所有　無法無有故
云何而可離　晝想及夜想　半月一月想
此想無眞實　如熱時焰水　施想與戒想
忍辱精進想　此想非眞實　云何以想離
定想及慧想　菩提之心想　力無畏諸根
是想皆虛誑　諸覺及道想　佛想與法想
皆從無知起　云何離是想　分別諸僧想
此想亦衆多　從分別起故　我說不可離
不著菩提想　及一切智想　此想遠諸佛
不思議菩提　以是故我說　波旬無智人
不離此諸想　而遠求菩提　諸法及菩提
皆悉知如如　宣說不離義　去魔憂惱心

世尊決定說此降伏遺魔法時會中十億衆生拔猶豫箭無復疑惑逮大照明於諸法中得無生法忍會中十億衆生皆共和合住於

佛前而説偈言
不思議佛道　今我已證知　佛是導世師
除斷我疑心　已逮大照明　安住佛法中
諸方明淨故　得見一億佛　亦得見其法
知色等不生　遭遇救世師　得淨如是智
亦得見一億　諸佛嚴淨土　無上導世師
皆悉住其中
爾時十億衆生説此偈已脱身所著上妙之
服以供養法故歡喜奉佛作如是言願令此
法流布一切衆生皆得耳聞爾時阿難白佛
言世尊若有衆生聞是降伏遺魔法者能信
能解不生疑惑者是善男子善女人得幾所
福佛告阿難若善男子善女人聞是降伏遺
魔法一經耳能信能解不疑惑者功德甚多
不可限量阿難白佛其所得福可以方喻知
不佛告阿難若善男子善女人於日初分供
養百千諸佛於日中分供養百千諸佛於日
後分供養百千諸佛尊重讃歎以上妙房舍
一切所須皆悉充足經百千劫是善男子善
女人所得功德寧爲多不阿難白佛言世尊
甚多甚多不可限量難以喻知佛告阿難若
善男子善女人聞是降伏遺魔法一經耳能
信能解不疑惑者其福勝彼爾時虚空中有
三善男子求菩薩乘自然而現漸漸而來各
各執持十大蓮華其華高廣踰須彌山有百
千萬億葉出百千萬億光明爾時尊者阿難
及諸時會皆共遥見三善男子求菩薩乘者
漸漸而來見已生希有心爾時阿難白佛言
世尊此善男子爲從何來佛告阿難東方過
恒河沙佛土有世界名華高須彌山此善男

子於彼世界聞說此法及上因緣以是故來阿難白佛彼世界佛名號何等佛告阿難彼佛名華高須彌山王如來等正覺今現在說法爾時三善男子求菩薩乘者前詣釋迦牟尼佛頭面禮足右遶三帀右膝著地一心合掌以所執華而散佛上作如是言世尊我等今於此法能信能解不生疑惑所以者何我等於此法中無有疑惑猶如如來爾時第一善男子求菩薩乘者白佛言世尊若作是說我是如來此言便是正說所以者何我於此法不生疑惑故爾時第二善男子求菩薩乘者白佛言世尊若作是說我是世尊此言便是正說所以者何我於此法不生疑惑故爾時第三善男子求菩薩乘者白佛言世尊若作是說我是佛此言便是正說所以者何我於此法不生疑惑故

廣博嚴淨不退轉法輪經卷第三

音釋

趮（則到切不安靜也）很（胡懇切很戾也）羈（居宜切）僂（力主切傴僂也）喘（昌兗切疾息也）蹶（居月切僵仆也）

廣博嚴淨不退轉法輪經卷第四

劉宋涼州沙門智嚴共寶雲譯

爾時會中百千衆生心皆擾動不安本座作是念無有二佛並出世間今此善男子以何等故發如是言作是念已展轉相語且共默然世尊在座自當解說此諸菩薩如是語義爾時阿難白佛言世尊此諸菩薩名字何等乃能作是大師子吼佛告阿難其一菩薩名樂求如來音聲第二菩薩名樂求世尊音聲第三菩薩名樂求佛音聲阿難當知以是緣故彼菩薩摩訶薩作如是說阿難白佛言世尊今此會中有百千衆生心皆擾動作是念無有二佛並出世間以何緣故彼作是說唯願如來敷演其義令此大衆心不擾動所種善根增益明淨世尊如人澡浴嚴治髮爪膚色充潔復以赤栴檀木更浴其身膚色鮮淨倍勝於前世尊是諸衆生亦復如是若聞說是語義所種善根增益明淨倍勝於前爾時世尊即說偈言

皆共一心聽　我說是語義　何故名如來
世尊及佛耶　能知過去如　亦知未來如
見一切法如　是故名如來　如古昔諸佛
行不思議施　我亦行此施　是故作是說
如古昔諸佛　求無依倚道　我亦如是求
是故名如來　不住一切法　求寂靜菩提
亦不得菩提　是故名如來　如昔諸菩薩
勤苦行忍辱　我亦行是忍　能到忍彼岸
如我昔精進　勤求於菩提　彼亦勤精進
是故名如來　彼已能通達　諸法平等相
亦不生心念　是故名如來　不念一切法

其性常平等　知此平等已　而無差別心
已能通達此　如如平等定　通達此定義
是故名如來　所說一切法　各自有性相
已知此性相　畢竟常寂然　知相名爲慧
知空名爲智　若能知衆生　名到慧彼岸
如古昔智者　智慧到彼岸　亦不得此慧
到彼岸寂然　彼亦得此慧　而到於彼岸
不得此慧故　是故名如來　不得菩提如
其性相難議　不得一切法　是故名如來
已能逮無著　不著如如來　不著一切法
通無著道故　如先導世師　能知見正道
此道眞實相　未曾有始終　彼亦如是修
最勝無上道　此道無始終　性空無所有
知道無始終　諸法皆平等　亦知如平等
是故名如來　道如菩提如　及與不住如
知如如虛空　是故名如來　我所說諸法
其如常平等　若能見此如　應當求菩提
阿難以是事　彼作如是說　如說能修行
彼亦如是行　若能行是行　能作如是說
知是不退轉　無畏諸菩薩　阿難應當知
無畏諸菩薩　能作如是說　自言是如來

阿難白佛言世尊以何因緣得何等法名世尊耶爾時世尊便說偈言

皆共一心聽　於百千億劫　求如是菩提
無量難思議　爲諸衆生故　求如是菩提
未曾有怖畏　是故名世尊　不畏於生死
正住生死中　化度諸衆生　是故名世尊
云何不怖畏　云何住生死　云何度衆生
云何名世尊　生死無有法　而可破壞者
不牢不破壞　以此度衆生　是名不怖畏

是名住生死　是名度衆生　是名爲世尊
知諸法虛妄　而無怯弱心　宣說諸法相
而無所怖畏　已斷諸怖畏　遠離諸難處
不畏難處故　度難處衆生　度多億衆生
過生死險難　亦不得生死　及所度衆生
安置諸衆生　寂靜涅槃岸　亦不得衆生
是名爲世尊　恒爲諸衆生　說如虛空法
未曾生怖畏　是名爲世尊　法性無差别
說有種種名　不等如菩提　菩提不可得
教導諸衆生　令趣向菩提　雖教如是法
未曾有所說　不可說而說　度脫多衆生
無畏無所取　是故名世尊　遠離一切想
能修菩提想　已過一切想　是名爲世尊
已能滅諸想　煩惱無有餘　以是故得稱
名之爲世尊　以慧觀諸法　知諸法平等
尚不求少法　是故名世尊　不重於名譽
亦不求名譽　恒爲諸衆生　說離名譽法
菩提離名譽　彼亦如是求　若有重名譽
是不近菩提　是聲猶如響　分别故多種
橫生諸分别　我有如是名　不著一切聲
亦不依倚名　無戲論菩提　是名爲世尊
以如是諸法　名之爲世尊　亦不得菩提
是故名世尊　知如是諸法　而無有所著
求如是菩提　解脫無有漏　阿難以是事
及諸餘因緣　菩薩摩訶薩　自言是世尊

阿難白佛言世尊以何因緣得何等法名爲佛耶爾時世尊便說偈言

覺知一切法　此法無所有　已覺無有法
是故名爲佛　覺了諸煩惱　不令得自在
以智離煩惱　是故名爲佛　能覺此身空

此身無所屬　此身不堅固　堅固不可得
愚於不牢身　而生堅牢想　彼如實覺知
是故名爲佛　覺無明無知　自性無所有
已得於明智　是故名爲佛　所有過去想
覺知是無想　知想無想故　更不隨此想
修未來諸想　現在想亦然　已修一切想
是故名爲佛　覺知色前際　未曾有生起
凡小雖分別　不能令色生　覺受無根本
根本不可得　於一切法中　亦無有受者
知想猶如幻　其性無所有　於一切法中
不爲想所累　知行不能作　種種諸身相
身空行亦空　是故無所作　知行及與身
猶如芭蕉樹　如實能覺知　是故名爲佛
觀識之實性　亦不在身内　亦不在身外
而可有是識　於一切法中　識性不可得
而於此身中　無形無處所　能如是識知
識性無所有　無相猶如幻　未曾見識生
於一切法中　無有見識者　一切衆生性
未曾有作者　衆生無作者　諸法畢竟然
若法若衆生　無有來去相　覺一切諸法
畢竟無有相　無分別戲論　是故名爲佛
如諸佛不住　佛正法大乘　不住一切法
是故名爲佛　如如諸法如　諸佛不住如
佛如菩提如　畢竟不可得　爲求菩提故
應發如是心　能覺此心相　少法不可得
爲求菩提故　應發如是心　此心菩提等
亦覺知如幻　阿難以是事　彼作如是說
自言我是佛　如佛導世師　以佛之名聲
說如是等法　若有住此法　盡應求菩提
若有知此法　則是近菩提　於一切法中

不生諸疑惑　於諸法無疑　必爲世間上
以知此法故　能解密語義
爾時世尊說如來世尊佛名已是時會中百千衆生白佛言世尊我等無復疑網逮大照明得解菩薩摩訶薩名爲如來世尊佛義以一切法不可得故於諸法中逮得法忍如來今者猶如父母矜接我等不令我等心有擾動亦得覺知不擾動法猶如虛空不可擾動所以者何我等今者覺一切法猶如虛空無擾動故爾時會中百千衆生頭面禮佛右遶三帀去佛不遠默然而坐爾時會中有菩薩摩訶薩名常笑諸根清淨即從座起以種種華而散佛上即說偈言
衆生多果想　能解彼果想　離果得具足
故禮世間智　衆生貪著果　行種種果名
唯佛能除斷　故禮世間智　宣說果平等
而以覺悟他　說果是假名　故禮世間智
宣說平等法　住平等法中　覺一切法等
故禮世間智　衆生得果想　除此有得心
唯佛能除斷　故禮世間智　具智果寂滅
不住種種果　諸佛善密語　故禮世間智
爾時常笑諸根清淨菩薩摩訶薩說是偈已讚歎世尊頭面禮足右遶三帀去佛不遠一心觀佛目不暫瞬歡喜而住爾時會中有菩薩摩訶薩名蓮華德藏即從座起以華散佛說此偈言
衆生多有想　能解此有心　離怖無所取
故禮牟尼尊　於諸有寂靜　說無所有法
遠離一切有　故禮牟尼尊　知有是空無
其性無有我　以遠離有畏　故禮牟尼尊

遠離諸憂慼　能拔憂慼者　永斷諸繫縛
故禮牟尼尊
爾時蓮華德藏菩薩摩訶薩說此偈已讚歎
世尊復更說偈而白佛言
於後惡世中　若有聞此經　不生怖畏者
皆應合掌禮
爾時無垢意菩薩摩訶薩即於佛前而說偈
言
若有聞此經　不生疑惑者　於一切時中
應以衆華散
爾時廣思惟菩薩摩訶薩即於佛前而說偈
言
此經中廣說　無量諸佛法　衆生聞是法
不疑惑者多　貪著於已身　生種種身想
得聞如是經　云是顛倒說　當知屬於魔
為魔所抑持　無智聞此言　返更生疑惑
爾時青蓮華目菩薩摩訶薩即於佛前而說
偈言
若有聞此經　不生疑惑者　猶如世間眼
亦名施眼者
爾時樂供養塔菩薩摩訶薩即於佛前而說
偈言
若有聞此經　深生信樂者　此人處世間
猶如最上塔
爾時渴仰意菩薩摩訶薩即於佛前而說偈
言
雖在生死中　應數生渴仰　不著一切法
能不疑此經
爾時樂以衣施菩薩摩訶薩即於佛前而說
偈言

應以多億衣　細輭而平整　以供覆其身
不疑此法者
爾時樂以食施菩薩摩訶薩即於佛前而說
偈言
所說諸餚饍　味中最上者　應以供其人
不疑此法者
爾時悲念樂見衆生菩薩摩訶薩即於佛前
而說偈言
悲念諸衆生　應數數涕泣　而於此經中
無有信樂意　若人少時間　疑惑於此經
當知地獄來　還趣向地獄　親近惡知識
不解是深法　無明網所覆　不向此妙趣
破戒自纏裹　惡意好求短　貪著於利養
能誹謗是經　不勤求菩提　懈怠不精進
惡慧樂小法　不信解是經　貪利養衆生
計我隨愛欲　染著於三世　不能信是經
愚很惡心性　染愛盲無智　好樂多談說
而不信此經　好選擇衣服　貪味嗜飲食
少於白法者　能誹謗是經　著果諸衆生
好說著果法　解佛微密語　如是者甚難
過去先昔佛　無上導世師　盡能供養者
能信解是經
爾時遠離惡法菩薩摩訶薩即於佛前而說
偈言
愚心貪著果　能誹謗是經　應遠離是人
猶如臭糞穢　亦如爛死屍　行者皆遠避
謗此經衆生　皆應常遠離　猶如劫村賊
住大曠野中　聞者皆馳走　恐爲我作難
應如是馳走　遠離是惡賊　瞋恚懷惡意
誹謗是經者

爾時阿難白佛言世尊甚爲希有是諸菩薩摩訶薩決定善說菩提之法世尊爲是自三昧力爲是佛威神力爲是此經三昧力能作是說耶佛告阿難是諸善男子曾於六十億那由他諸佛所聞說是經無有增減如我今者說微密語等無有異彼不以三昧力故能作是說所以者何彼於此經現見通達故爾時阿難白佛言世尊若有聞此經能信能解不生疑惑者世尊是善男子善女人得幾所福佛告阿難若善男子善女人欲求阿耨多羅三藐三菩提以滿閻浮提七寶施諸如來若有善男子善女人得聞是經信解不疑阿難當知其所得福甚多甚多阿難置閻浮提假使以恒河沙世界滿中七寶施諸如來若有得聞此經信解不疑其福勝彼爾時世尊欲重宣此義而說偈言

若以閻浮提　滿中七寶施　奉諸佛如來
慈悲導世者　亦以恒河沙　數等諸世界
滿中諸珍寶　以奉上諸佛　若有聞此經
能信能解者　亦不生疑惑　其福勝於彼

爾時阿難白佛言世尊若有善男子善女人聞是經能信能解已能信解復能受持讀誦通利是善男子善女人得幾所福佛告阿難若善男子善女人求阿耨多羅三藐三菩提遠離是經於百劫中行檀波羅蜜奉施諸佛如是於百劫中護戒忍辱精進禪定起五神通修行智慧以遠離此經故不如善男子善女人得聞是經信解不疑受持讀誦悉令通利其福勝彼爾時世尊欲重宣此義而說偈言

若滿百劫中　以種種餚饍　以供導世師
未名供養佛　若能持此經　是名供養佛
諸佛敬法故　是無上供養　若滿百劫中
以種種衣散　救世大精進　未名供養佛
若能持此經　是最勝供養　是名供養佛
勝前以衣施　若滿百劫中　以種種華散
救世大精進　未名供養佛　欲以最勝供
供養諸佛者　應當持是經　不染著諸果
此供是大供　諸供中最上　若能持此經
而不計於我　若滿百劫中　堅固守淨戒
若不持此經　彼皆無名稱　若能持此經
此戒有名稱　於諸戒中上　勝先行施戒
雖有純淨戒　無量難思議　應當常勤求
受持如是經　如此經中說　善修戒行者
不名爲惡戒　亦不名破戒　若持此經戒
名持菩提戒　持菩提定戒　具足無作戒
如是等諸戒　皆於此經說　若能持此經
具足一切戒　若人滿百劫　能行大忍辱
衆生惡口罵　其心皆能忍　若截其手足
其心不擾動　未曾起惡心　瞋恨於他人
行如是忍辱　如忍辱仙人　雖經百劫中
其忍不爲上　若有聞此經　信解能堪忍
是忍名爲上　是忍名賢善　是忍名最勝
是忍無有上　若能持此經　而無所染著
欲求無染著　諸佛無上智　不應生染著
速受持此經　若滿百劫中　常立不坐卧
除却諸睡眠　勤行大精進　智者勤精進
流布如是經　是人到無畏　勝彼大精進
若滿百劫中　能起五神通　不得聞此經
其智不爲上　若能持是經　通達無依義

於諸神通中　是神通最上　若滿百劫中
修行諸智慧　此慧是世間　分別世間法
若不學此經　不名爲明慧　若能學是經
是名堅固慧　若有聞此經　信樂無有上
是人名爲慧　亦名通達者　欲以如是慧
能知諸法如　應宣說是經　當得如是慧
慧者所行法　皆此經中說　應當勤精進
受持於此經

爾時阿難即於佛前而說偈言

應往一由旬　乃至百由旬　聽受如是經
能捨離諸果　設有大火坑　縱廣一由旬
智者從中往　聽受如是經　欲得諸聖戒
於諸戒中上　應流布是經　能淨於戒身
欲得諸聖禪　於諸禪中上　應流布是經
燒一切煩惱　欲得諸聖慧　於諸慧中上
應流布是經　能淨諸法界　欲往詣諸方
嚴淨諸世界　世界名喜樂　應流布是經
欲見阿閦佛　諸牟尼中尊　應當持是經
廣爲衆生說　若欲淨菩薩　種種之所行
應流布是經　欲往安樂界　得見阿彌陀
光明不可議　應流布是經　諸佛之所說

爾時世尊告阿難言善哉善哉如汝所言所以者何若善男子善女人以不散亂心讀誦此經爲他解說欲見諸佛即皆得見若以散亂心讀誦此經爲他解說其人命終之時眼見百千諸佛所以者何一切諸佛皆守護此善男子善女人故爾時會中有一童女名曰師子與五百童女俱即從座起偏袒右肩右膝著地一心合掌白佛言若有女人受持此經讀誦通利有何功德爾時世尊告師子言

若有女人欲求阿耨多羅三藐三菩提受持是經讀誦通利當知是身最是後邊所以者何若有女人以不散亂心受持是經讀誦通利所有煩惱受女人身者不現在前師子白佛言世尊何等煩惱能受女身佛告師子凡諸女人見他女人形容端正以金銀珍寶種種珠璣嚴飾其身受衆快樂見已生愛著心不能如實觀察此身但是糞聚臭穢不淨假以綵色衆香塗熏惑愚者眼便生染著起諸煩惱故受女身復次師子女人之性多諸慳嫉言說時異心思時異現前語異屏處語異爲氣味故有諸女人不爲正法瞋恨所蔽睡眠所蓋樂喜談說以是緣故不能受持此經又於晝夜多染汙心少出要心成就如是諸煩惱故恒受女身不能令止是故師子若有女人欲不起煩惱不受女身者應當受持讀誦此經爲他解說所以者何此經能除女人諸煩惱故師子復白佛言世尊若有女人不爲離女身受持此經讀誦通利者當受女身不佛告師子若有女人雖不爲離女身受持是經讀誦通利當知此身最是後邊除其神足現女身者師子譬如有人投大火聚而作是言莫燒我身壞我膚色於意云何是人所語得稱意不師子白佛言不也世尊所以者何火性能燒壞人形色佛告師子此經亦爾燒諸煩惱令無有遺是故師子若有女人欲不受女人身欲速得一切佛法欲得見無量無邊諸佛欲得無礙辯才欲以慈心遍緣一切衆生者應當受持此經讀誦通利爲他解說爾時師子及五百童女白佛言世尊我等

於然燈佛所受持是經如是展轉至于今日爾時阿難白佛言世尊是師子童女未盡女身分耶佛告阿難於意云何汝謂師子是女人耶阿難白佛言如是世尊佛告阿難莫作是言所以者何是師子及五百童女以神通力現爲女身憐愍饒益未來世中諸女人故所以者何一切男子不得隨意入諸家中是故阿難師子童女以神通力現受女身而此女人無女人法無男子法無非男非女法所以者何女人法男子法非男非女法不可得故阿難是師子於此法中不得一切法成就法忍逮大照明是故阿難一切女人應當隨學如師子童女受持是經讀誦通利爲他解說爾時會中有五千比丘尼即從座起偏袒右肩右膝著地一心合掌白佛言世尊我從今日受持是經讀誦通利爲他解說所以者何我不願樂更受女身受持是經若不究竟讀誦通利終不坐卧亦不睡眠佛告諸比丘尼善哉善哉作如是言發大莊嚴而自莊嚴建大精進所以者何汝等不樂女身樂求佛法是故汝等倍加精進堅心受持讀誦是經悉令通利爲他解說當知汝等所受女身最是後邊爾時諸比丘尼聞佛所說歡喜踊躍各各脫身所著欝多羅僧以散佛上而說偈言

佛無有二語　必成男子身　記我等作佛
我志願滿足

爾時會中有五千居士婦從諸比丘尼聞是偈已即從座起偏袒右肩右膝著地一心合掌白佛言世尊我從今者受持此經讀誦通

利爲他解說所以者何我等今日欲得遠離不自在身視人顏色猶如婢妾女人之身雖生王家長養令大娉與他王不得自在盡其形壽奉事其夫懷妊十月受種種苦以是事故我等從今勤加精進受持是經爲他解說受一食法奉持齋戒脇不觸地乃至奪命誓不與夫共携手親近要當受持讀誦是經爾時世尊告諸居士婦言善哉善哉諸善女快說此言汝等從今更不屬他常得自在不視他顏色無懷妊苦不更處胎生無婬欲無女人處諸佛世界爾時阿難白佛言世尊此諸姊等所生之處世界何名佛號何等佛告阿難世界名衆寶華光佛號放衆寶摩尼王光如來等正覺今現在說法此諸女人當生彼國諸居士婦受持是經故得見彼佛爾時諸居士婦聞說是已皆生歡喜踊躍無量即解頸十千真珠瓔珞持用上佛即於佛前而說偈言

我等得善利　得遠離女身　佛無有二語
所說皆眞實　求棄如是身　卑陋女人相
但誑無智人　不能如實知　更不如婢妾
屬他不自在　亦不復十月　懷妊受衆苦
終不復更受　處胎諸惡法　已得離胎相
此智無有上

爾時諸居士婦說此偈已頭面禮佛右遶三帀去佛不遠皆共就座一心觀佛目不暫瞬爾時釋提桓因以天拘藪摩華而散佛上作如是言世尊我當受持是經讀誦通利爲他解說佛告釋提桓因憍尸迦汝若如是終更不與阿脩羅戰爾時文殊師利法王子欲令

百千衆生所有善根轉明淨故白佛言世尊如來昔者從我聞說是經發菩提心佛告文殊師利以是事故汝於百千萬億那由他菩薩衆中最爲照明於十方世界開悟衆生如日光明即時大地震動天雨衆華遶佛世尊積至于膝爾時阿難白佛言世尊以何因緣大地震動散衆天華積至于膝佛告阿難今百千萬億那由他諸天從文殊師利聞說此言歡喜踊躍散衆天華皆發是言我等當受持讀誦是經爲他解說如文殊師利法王子快說是言我等亦當隨學如文殊師利照明世間我等亦當如是照明說此語時皆得憶念是經如現在前是故心生歡喜踊躍無量復聞我從文殊師利得聞此經阿難是故地大震動天雨衆華爾時阿難白佛言世尊此經成就諸大功德此經成就未曾有功德非是成就少善根衆生得聞此經佛告阿難如是如是如汝所言若善男子善女人供養無量百千諸佛乃聞是經聞已信解受持讀誦爲他解說阿難此善男子在天人中當知如塔若有受持讀誦是經者其人所住方面便有明正法人復次阿難若有受持是經讀誦通利爲他解說乃至書寫經卷而供養者當知是人離諸惡趣已能降伏惡魔波旬建立法幢能行法施然大法炬破無明闇吹大法螺趣向道場擊大法鼓開甘露門降大法雨充足一切樂求法者開諸法藏諸佛所聚出大法財知一切法遠離諸想所謂色受想行識想眼耳鼻舌身意想色聲香味觸法想遠離一切諸法想乃至佛法僧想阿難若有從

我聞此經者受持讀誦當知是人便是我子從佛口生從法身生是故阿難若有衆生欲食如來食欲坐道場欲説正法如我今者應受持是經讀誦通利爲他解説乃至書寫經卷而供養之爾時阿難白佛言世尊未來世中受持是經讀誦通利爲他解説乃至書寫經卷而供養者皆是今日受持讀誦是經者耶佛告阿難如是如是所以者何我未曾見諸餘世間天人魔梵沙門婆羅門人及非人於未來世能説是經令他聞者無有是處阿難能於今日積聚法財於未來世隨意受用譬如居士若居士子其家大富多饒財寶金銀瑠璃眞珠摩尼珂貝璧玉倉庫盈溢奴婢僮僕象馬牛羊如是衆多往至餘方遊戲觀看其人後時還至財所得受用不阿難白佛言世尊自在受用是其財故如是阿難若於我前得聞是經於未來世亦復得聞受持讀誦如是經典而設供養猶如今日阿難我以佛眼見有信解受持是經讀誦通利爲他解説乃至書寫經卷如今阿難而供養者亦見誹謗不信受者爾時阿難白佛言世尊若有衆生不信解是經而誹謗者其人罪報當生何處佛告阿難且止不須問也阿難白佛言世尊唯願説之爲不信此法衆生生信樂故佛告阿難其人果報生處與五無間業等阿難於意云何假使有人於一日中悉斷三千大千世界衆生命根其人生處罪報云何阿難白佛言甚惡世尊佛告阿難其人罪報亦與彼等阿難於意云何假使有人若壞若燒恒河沙諸佛般涅槃後所起塔廟得罪多不

阿難白佛言甚多世尊眼不應視耳不應聞佛告阿難其人生處罪報云何阿難白佛言世尊甚惡甚重佛告阿難其人罪報亦與彼等阿難於意云何假使有人壞亂過去未來現在諸佛正法其罪云何阿難白佛言甚惡世尊佛告阿難其人罪報亦與彼等阿難白佛言世尊若有毀呰誹謗令衆生遠離是經其罪云何佛告阿難於意云何三千大千世界衆生皆行十善求阿耨多羅三藐三菩提假使有人毀壞其眼其罪多不阿難白佛言甚多世尊當於百千萬億那由他劫在地獄中受諸苦惱佛告阿難我今語汝若有衆生毀謗此經乃至一人令遠離者當知此罪亦與彼等阿難白佛言世尊若有菩薩欲求阿耨多羅三藐三菩提於此經中雖有疑心而

不誹謗其罪云何佛告阿難若生疑心則逆諸佛而有罪過經一億劫遠離菩提阿難白佛言世尊若有衆生誹謗是經令多衆生而遠離者所受罪身大小云何佛告阿難且止不須問此罪身大小阿難白佛言世尊唯願說之令此四衆來世衆生慚愧怖畏佛告阿難其人罪身長一萬由旬受無量苦阿難白佛言其人不能護口所受舌報大小云何佛告阿難其罪人舌縱廣一千由旬有五百鐵犁光焰熾然以耕其舌復以五百鐵丸光焰熾然滿其舌上以其前身不護口故爾時四衆皆生怖懼身毛皆豎涕泣流淚舉身投地皆共同聲作如是言世尊我等今者爲彼族姓子族姓女發露懺悔願令速離如是罪身不受衆苦會中復有涕泣流淚作如是言世

尊我等若於此生若前百千萬億那由他生曾起疑心作是衆苦因緣者我等今於如來等正覺前及餘百千萬億不可限量諸佛世尊前發露懺悔諸佛如來願以佛眼見知我等我等今者所有罪業皆悉發露不敢覆藏我等愚小無知無覺無有方便唯願諸佛以憐愍故受我等悔佛告諸善男子善哉善哉汝等今於我前不覆藏罪發露懺悔於我法中更爲增益阿難白佛言世尊今此會中生疑心者皆受如是地獄苦耶佛告阿難今此會中生疑心者以悔過故其罪甚少阿難白佛言彼人受罪爲多少耶佛告阿難其人命欲終時身上一一諸毛孔中受無量苦亦不經久所以者何以於我前及餘無量無邊諸佛世尊悔過罪咎阿難是故諸族姓子族姓女不欲受如是罪身如是罪舌如是衆苦者應當信解是經莫生疑惑阿難若有善男子善女人不欲捨佛捨法捨比丘僧不欲捨過去未來現在諸佛正法者應受持是經讀誦通利爲他解說書寫經卷而供養之阿難白佛言世尊如來今者說不退轉輪經以何緣故作如是說若不捨僧不捨何僧佛告阿難僧者所謂不退轉者說名爲僧爲不退轉法來集會者亦名爲僧阿難白佛言退轉菩薩不在僧數中耶佛告阿難若有深發菩提心不見此心者皆入不退轉僧中阿難白佛言希有世尊諸佛成就大方便力以方便故說如是法爾時釋提桓因以天曼陀羅華而散佛上白佛言世尊願令一切衆生皆成就如是方便佛告釋提桓因憍尸迦若有信解此

經者皆當成就如是方便演說諸法如我今者等無有異爾時有百千諸天以天曼陁羅華而散佛上作是言願令一切衆生逮得是經爾時阿難白佛言世尊唯願如來憐愍未來衆生守護是經佛告阿難若善男子善女人在大海中應聞是經是善男子善女人皆悉得聞所以者何先佛如來已守護故阿難白佛言世尊先佛如來雖守護是經如來今者憐愍衆生當守護是經爾時大地六種震動即於佛前有閻浮提金色天華自然而現其華有百千萬億葉出大光明遍照十方恒河沙諸佛世界是時四衆皆見十方恒河沙世界諸佛世尊是諸佛前亦有閻浮那提金色天華有百千萬億葉自然而現出大光明遍照十方爾時釋提桓因即自化身作居士形持種種華與諸四衆作是言諸仁者今可以此華散如來上亦用供養是經法故是時四衆即取其華散如來上佛神力故所散之華於諸佛上變成華蓋是時四衆白佛言世尊以何緣故大地震動是大華蓋於諸佛前自然而現乃至東方恒河沙諸佛世界南西北方四維上下恒河沙諸佛世界亦復如是佛告四衆若先有此相當知諸佛已守護是經爾時阿難白佛言世尊如來今者已守護是經耶佛告阿難如是如是我已守護阿難白佛言唯佛世尊守護是經餘世界佛亦守護是經耶佛告阿難十方恒河沙諸佛世界亦守護是經阿難白佛言世尊當何名此經云何受持佛告阿難此經名不著諸果亦名遠離諸果亦名說堅信堅法八人須陀洹斯

陀含阿那含阿羅漢聲聞辟支佛密義亦名降伏遺魔亦名與六波羅蜜相應所以者何若善男子善女人信解此經受持讀誦乃至書寫經卷而供養者便具足修行六波羅蜜阿難白佛言世尊云何信解是經受持讀誦具足修行六波羅蜜耶佛告阿難若善男子善女人信解是經名檀波羅蜜不生疑惑名尸波羅蜜堪忍此法名羼提波羅蜜心無怯弱名精進波羅蜜心不揺動名禪波羅蜜不分別一切法名般若波羅蜜是故阿難此經名六波羅蜜相應亦名一切諸佛正說亦名廣大不退轉輪亦名廣博嚴淨不退轉輪阿難如是等名汝當受持阿難白佛言世尊聞此經名尚應聽受何況具聞初中後說佛告阿難如是如是如汝所言阿難白佛言世尊若有得聞此經名者能却幾劫生死耶佛告阿難若有得聞廣博嚴淨不退轉輪經名者聞已信解阿難當知是諸衆生得却百千劫生死阿難白佛言世尊若有衆生得聞是經能信解已發菩提心者逮得何法佛告阿難如是衆生已逮受記當得阿耨多羅三藐三菩提爾時四衆各各自見其所坐前有大蓮華自然而現其華開敷有百千葉亦有百千萬億光色是時四衆心生歡喜踊躍無量即取是華以散佛上作如是言願使我等於未來世宣說是經猶如世尊等無有異爾時世尊即便微笑當爾之時一切音樂不鼓自鳴一切衆香自然芬薰百千萬億虛空諸天於虛空中作天音樂復有百千萬億諸天於虛空中雨天細末栴檀種種天香天阿迦樓香

細粖多摩羅香復雨天閻浮那提金粟銀粟天摩尼寶復雨曼陀羅華摩訶曼陀羅華波樓沙華摩訶波樓沙華曼殊沙華摩訶曼殊沙華迦迦羅華摩訶迦迦羅華樓遮摩那華摩訶樓遮摩那華輸婆摩那華摩訶輸婆摩那華天優鉢羅華拘物頭華芬陀利華如是衆華而散佛上種種天香種種天鬘乃至諸天所有珍寶皆悉雨之虛空諸天降身在地而作音樂以供養佛世間諸人各各脫身所著上服而散佛上復有諸人脫手足瓔珞咽胷瓔珞所著天冠華鬘而散佛上復有諸人以金銀天冠衆寶天冠衆華天冠栴檀天冠散佛上者復有諸人歡喜踊躍稱慶無量當爾之時牛馬歡喜出和柔聲虛空衆鳥出和雅音地獄畜生離苦獲安餓鬼充足離飢渴苦天龍夜叉乾闥婆阿脩羅迦樓羅緊那羅摩睺羅伽人非人等皆悉歡喜踊躍無量是時衆生皆得慈心慈心相向無有忿恨爾時阿難白佛言世尊以何因緣世尊微笑諸佛如來不以無緣而笑爾時世尊告阿難言今此四衆比丘比丘尼優婆塞優婆夷天龍夜叉乾闥婆阿脩羅迦樓羅緊那羅摩睺羅伽人非人等今於我所得聞此經及未來世得聞遇者皆於阿耨多羅三藐三菩提而不退轉後成佛時宣說是經無有增減如我今日等無有異佛說是經時有無量無邊不可思議不可限量百千萬億那由他天龍夜叉乾闥婆阿脩羅迦樓羅緊那羅摩睺羅伽人非人等皆於阿耨多羅三藐三菩提而不退轉佛說是經已文殊師利法王子無量無邊諸

菩薩摩訶薩尊者阿難諸大聲聞及諸四衆比丘比丘尼優婆塞優婆夷天龍夜叉乾闥婆阿脩羅迦樓羅緊那羅摩睺羅伽人非人等及諸世間聞佛所說皆大歡喜

廣博嚴淨不退轉法輪經卷第四

音釋

瞬（舒閏切目動也）羼提（梵語也此云忍羼初限切）

方廣大莊嚴經

唐中天竺國沙門地婆訶羅奉 詔譯

清刻龍藏佛說法變相圖

方廣大莊嚴經序

唐武則天製

朕聞眞空無象非象教無以譯其眞實際無言非言緒無以詮其實是以龍宮法鏡圓照帀於三千鷲嶺玄門方廣周於百億師無師之智必藉修多學無學之宗終資祇夜自金人感夢寶偈方傳貝葉靈文北天之訓逾遠貫華微旨西秦之譯更新大乘小乘追根機而演教半字滿字逐權實而相曉叡唐之御寓載叶昌期代傳三聖年將七十舜河與定水俱清堯燭與慈燈並照緇衣西上寧惟法顯之流白馬東來豈直摩騰之輩大弘釋教諒屬茲辰朕爰自幼齡歸心彼岸務廣三明之路思崇八正之門往者夙遘閔凶遽違嚴蔭近以孝誠無感復背慈顏露草之恨日深

風樹之悲鎮切凡是二親之所蓄用兩京之所舊居莫不總結招提之宇咸充無盡之藏仍集京城大德等凡有十人共中天竺國三藏法師地婆訶羅於西太原寺同譯經論法師等並業隣初地道篤彌天爲佛法之棟梁乃慧海之舟檝前後翻譯凡有十部以垂拱元年歲次大梁月旅夷則汗青方就裝縹畢功甘露之旨既深大雲之喻方遠庶永垂沙劫廣濟塵區傳火之義自明寫瓶之辯逾潤朕以虛昧欽承顧託常願紹隆三寶安大寶之鴻基發揮八聖固先聖之丕業所以四句微言極提河之深致一音妙義盡菴園之奧旨擊大法鼓響振於無間吹大法螺聲通於有頂爲闇室之明炬實昏衢之慧月菩提了義其在茲乎部帙條流列之於後

方廣大莊嚴經卷第一（亦名神通遊戲）

唐中天竺國沙門地婆訶羅奉　詔譯

序品第一

如是我聞一時佛在舍衛國祇樹給孤獨園與大比丘衆萬二千人俱皆是大阿羅漢其名曰阿若憍陳如摩訶迦葉舍利弗摩訶目乾連摩訶迦旃延富樓那彌多羅尼子摩訶男阿㝹樓馱劫賓那跋提羅優波離難陀娑伽陀阿難羅睺羅如是衆所知識大阿羅漢等菩薩摩訶薩三萬二千人皆是一生補處遊戲神通三昧自在大願滿足入無礙慧獲諸法忍具陀羅尼辯才無滯一切皆從波羅蜜生已能圓滿菩薩諸地已得一切菩薩自在其名曰彌勒菩薩陀羅尼自在菩薩師子王菩薩成就義菩薩寂戒慧菩薩常精進菩薩無礙慧菩薩大悲思惟菩薩與如是等菩薩衆俱爾時世尊爲諸四衆比丘比丘尼優婆塞優婆夷國王王子大臣官屬刹利婆羅門長者居士及諸外道無央數衆常以四事恭敬施安於供養中最爲殊勝佛心無染猶如蓮華不著於水名稱高遠遍於十方所謂如來應供正遍知明行足善逝世間解無上士調御丈夫天人師佛世尊成就五眼具足六通於此世間及餘國土爲諸天人演說正法初中後善其義深遠其言巧妙純一圓滿具足清白梵行之相爾時如來於中夜分入佛莊嚴三昧從於頂髻放大光明其光名爲憶念過去諸佛無著智上照淨居天宮爲欲開發諸天子故光明網中而說偈言

牟尼身口意清淨　智慧光明照世間

此光最勝除冥暗　於釋師子應歸命
智慧大海勝威德　知法自在為法王
世間應供天中天　覺悟自在應歸命
所有難調心已調　意淨超出諸魔網
其所見聞不空過　解脫彼岸應歸命
佛無體性無與等　所作無邊常寂然
知淨妙理除疑惑　一切深信應歸命
施甘露藥大醫王　辯才雄猛摧邪道
法為眷屬知勝義　導師演說無上法

爾時淨居天子聞如是偈從禪定起即時憶念過去無量無邊阿僧祇劫諸佛如來及佛國土功德莊嚴說法衆會皆悉明了時摩醯首羅難陀蘇難陀等無數淨居天衆光明赫奕威神巍巍照祇樹給孤獨園來詣佛所頂禮佛足一心合掌恭敬而立白佛言世尊有經名為方廣神通遊戲大莊嚴法門顯示菩薩衆德之本處於兜率微妙天宮思惟降生示現勝種具諸功德行童子事藝業技術工巧書筭捔力騁武而於世間皆悉最勝示受五欲具菩薩道降伏魔軍出生如來力無畏等一切佛法此經如是過去無量諸佛世尊皆已宣說所謂波頭摩勝佛法幢佛為照明佛功德幢佛功德性佛大性佛仙天佛勝光明佛眞幢佛金剛堅固佛降伏一切佛眞金色佛極高行佛珊瑚海佛華幢佛最勝色佛善眼佛仙護佛勝輪佛高勝佛開敷蓮華佛眉間光明佛蓮華臺佛善光明佛吉祥佛善見佛師子光佛堅牢惠施佛香春佛廣大名稱佛底沙佛弗沙佛世間端嚴佛普光明佛寶稱佛最勝光明佛梵光佛善聲佛妙華佛

美音佛上色行佛微笑目佛功德聚佛大雲聲佛善色佛壽光佛象王遊步佛世間欣樂佛降伏魔怨佛正應供佛毗婆尸佛尸棄佛毗葉浮佛迦羅孫佛俱那含牟尼佛迦葉佛如是等過去無量諸佛如來皆說此經惟願世尊還如過去諸佛利益安樂無量衆生悲愍世間令得義利令諸天人於大乘中而得增益降伏異道摧滅魔怨顯發菩薩所行功德而於上乘勸勉精進攝受正法紹三寶種使不斷絕示現成佛事業圓滿故亦說是經如來爾時哀愍諸天默然受請是時諸天蒙佛垂許歡喜踊躍生清淨心稽首作禮右遶三帀散天曼陀羅華供養於佛忽然不現爾時世尊於晨朝時詣迦羅道場敷座而坐諸大菩薩及聲聞衆恭敬圍遶告諸比丘昨於中夜摩醯首羅及難陀蘇難陀等無數淨居天衆稽首我足合掌恭敬而白我言惟願如來演說神通遊戲大莊嚴經典憐愍一切世間天人令諸菩薩現在未來而得增益我時默然可其所請汝等諦聽我今宣說

兜率天宮品第二

爾時佛告諸比丘何等名爲方廣神通遊戲大莊嚴經典所謂顯於菩薩住兜率宮常爲無量威德諸天之所供養逮得灌頂百千梵衆之所稱揚願力圓滿能正了知諸佛法藏慧眼清淨其心普洽慚愧知足正念慧行熾然修行布施持戒忍辱精進禪定智慧方便善巧勝波羅蜜大慈大悲大喜大捨梵行明達得大神通知見現前無著無礙念處正勤神足根力覺支正道菩提分法皆盡邊際具

足相好莊嚴其身利益衆生無時暫替如説而作無虚妄語演説正法無所貪求心淨質直離諸邪諂無有怖畏亦無憍慢於一切衆生其心平等供養無量百千萬億諸佛如來恒爲無量百千那由他諸大菩薩恭敬尊重又爲梵釋四王摩醯首羅天龍夜叉乾闥婆阿脩羅迦樓羅緊那羅摩睺羅伽等聞名稱讃生歡喜心入無礙解方便善巧一切文句差别之相皆悉能知凡有宣説曾無所著如大商主乘大法船遊生死海得三十七菩提之分無量珍寶而於佛法得陀羅尼憶念修行終不錯謬如大導師越四瀑流誓願滿足降伏魔怨摧諸異學以金剛慧及大悲軍能破煩惱譬如蓮華出於功德廣大池中增上願力之所生起大菩提心而爲其根潤以甚深清淨法水方便善巧以爲其臺菩提爲莖禪定爲蘂離諸熱惱清淨廣大以爲其葉多聞持戒及不放逸無所罣礙以爲其香非世人法之所能染如師子王福智爲體神通爲足聖諦爲爪梵住爲牙四攝爲頭覺十二緣以生其軀三十七品菩提分法明了之智以爲其頂三解脱門以爲嚬呻禪定智慧以爲其目以諸三昧爲其巖穴毗柰耶林四威儀路怡悦其身十力四無所畏慣習所成而爲其力離諸貪欲爲其行步自在無畏無我無法以爲其吼摧伏外道如制群鹿無上丈夫人中之日禪定解脱智慧爲光外道螢燭皆悉掩蔽無明昏翳破之無餘於天人中廓然大照譬如明月白分圓滿世間樂見清涼無雲衆星之中皎然最勝示解脱路照菩提道

開敷天人拘物頭華譬如輪王於四天下法化平等七菩提分以爲其寶於一切衆生心行平等以爲十善大願成就無礙之法以爲其輪譬如巨海深廣難入無量衆寶充滿其中潮不過限緣起智慧深廣難入一切法寶充滿其中應衆生機爲不過限其心平等離諸憎愛如地水火風其量高妙堅固難動如須彌山智慧廣大不爲諸垢之所染著猶如虛空意樂清淨能行惠施久積淨業無虛妄語已能具足一切善根自在熏修七阿僧祇所習善根皆已迴向弘五福德施七淨財行十善道增長五十二種善根已能修習正行相應四十分位已能修習誓願相應四十分位已能修習意樂相應四十分位已能修習正直解脫四十分位曾於四百億那由他拘胝佛所隨佛出家曾於五十百億那由他拘胝佛所而行大施已曾親近三百五十拘胝諸辟支佛已曾教化無量阿僧祇諸聲聞衆皆令住於正方便中爲欲證阿耨多羅三藐三菩提及趣一生補處從此命終生兜率天爲彼天子名曰淨幢恒爲諸天之所供養當於彼沒復生人中證阿耨多羅三藐三菩提

佛告諸比丘彼天宮中有三萬二千微妙安樂所住之處高閣重門層樓大殿軒檻窻牖華蓋繒旛寶鈴垂飾珠網交絡散以曼陀羅華摩訶曼陀羅華處處盈滿諸天婇女百千拘胝那由他奏天妓樂其諸寶樹生衆天華所謂阿提目多華俱毗羅華詹波迦華波吒羅華目眞隣陀華阿輸迦華鎮頭迦華阿娑那華建尼迦華堅固華大堅固華處處開敷

以爲嚴飾眞金線網彌覆其上周帀間廁種種莊嚴諸寶池中生摩利迦華蘇曼那華跋羅華婆利師迦華拘旦羅華蘇建提華天妙意華優鉢羅華波頭摩華拘物頭華芬陀利華妙香華如是等華成大華帳處處莊嚴無量羽族鸚鵡舍利拘枳羅鳥鵝鴈鴛鴦孔雀翡翠迦陵頻伽命命等鳥雜類形色出微妙音諸天子等百千拘胝那由他數大集法堂圍遶菩薩聽受所說無上大法除斷貪瞋憍慢結使一切煩惱生廣大心踊躍歡喜住安隱樂菩薩久修淨業所感諸天妓樂八萬四千皆出種種微妙音聲其音聲中而說頌曰

尊憶然燈記　積集無邊福　超越於生死
智慧發光明　長時修惠施　其心常離染
三垢憍慢盡　語業無諸過　憶昔無邊劫
種姓恒處尊　戒忍及精進　定慧久修習
又念無邊劫　供養諸如來　既超生老死
當度所應度　衆生可悲愍　惟尊勿捨之
諸天龍鬼神　皆悉共瞻待　衆生久渴欲
如海納羣流　惟尊智充足　當救諸渴者
遠於世譏嫌　樂法捨貪欲　離垢清淨眼
哀愍諸世間　菩薩宿福德　處於兜率宮
天衆百千億　聞法曾無倦　當下閻浮提
垂慈灑甘露　已過於欲界　無數億諸天
亦復共希望　菩薩當下生　必壞於魔業
能摧諸異學　佛道如觀掌　至時宜勿住
煩惱火增盛　願爲布慈雲　普雨於法雨
滅除諸猛燄　前佛已過去　今佛作醫王
當以三脫門　爲藥除衆病　令彼諸含識
得至於涅槃　如來大法音　外道悉摧伏

譬如師子吼　百獸咸驚怖　智慧以為手
從於精進生　無量諸魔軍　自在能摧伏
梵釋百千數　敬心祈見佛　四王當奉鉢
惟希速下生　尊今應豫觀　欲依何種族
當往閻浮界　示行菩薩道　如器盛珍寶
其器自嚴潔　智慧淨摩尼　於彼雨甘露
諸天樂器中　演出如是偈　勸請於菩薩
大悲救衆生

勝族品第三

佛告諸比丘爾時菩薩聞如是偈即從座起出於自宮詣法集堂坐師子座復有無量無邊同乘同行大菩薩衆皆昇法堂坐師子座各有六十八拘胝眷屬前後圍遶菩薩將欲降生十二年前有淨居天下閻浮地作婆羅門說圍陀論彼論所載十二年後有一勝人現白象形入於母胎其人具足三十二種大人之相有二決定若在家者當為轉輪聖王若出家者當得成佛復有天子下閻浮提告辟支佛作如是言仁者應捨此土何以故十二年後當有菩薩降神入胎是時王舍城尾盤山中有辟支佛名曰摩燈聞是語已自見其身猶如委土從座而起踊在虛空高七多羅樹化火焚身入於涅槃惟餘舍利從空而下是故此地名仙人墮處諸比丘是時波羅柰國五百辟支聞天語已亦復如是化火焚身入於涅槃惟餘舍利從空而下復以過去有仁慈王施於羣鹿無畏之處是故彼地亦名仙人鹿苑爾時菩薩處於天宮以四種心而徧觀察一者觀時二者觀方三者觀國四者觀族比丘何故觀時菩薩不於劫初而入

母胎惟於劫減世間衆生明了知有老病死苦菩薩是時方入母胎何故觀方菩薩不於東弗婆提西瞿耶尼北鬱單越及餘邊地惟現閻浮所以者何閻浮提人有智慧故何故觀國菩薩不生邊地以其邊地人多頑鈍無有根器猶如瘂羊而不能知善與不善言說之義是故菩薩但生中國何故觀族菩薩不生旃陀羅毗舍首陀家四姓之中惟於二族剎帝利種及婆羅門於今世間重剎帝利是故菩薩生剎利家如是觀已默然而住爾時會中諸菩薩衆及諸天子各相謂言菩薩今者當於何國依何種姓而託生耶或有天言摩伽陀國毗提訶王豪貴甚盛可生於彼復有說言菩薩不生於彼何以故其王父母俱不眞正憍慢卒暴善根微尠無大福德不宜生彼或有天言憍薩羅王種望殊勝多有財寶象馬車乘吏民僮僕可生於彼復有說言菩薩不生於彼何以故其王本是摩燈伽種父母宗親悉皆鄙劣少信薄福不宜生彼或有天言彼犢子王種姓豪強富樂熾盛好行惠施可生於彼復有說言菩薩不生於彼何以故其王凡劣無大威德暴戾可畏母族卑下篡竊居位不宜生彼或有天言毗耶離王尊貴富盛安隱快樂無諸怨敵人民衆多宮室苑園林泉華果莊嚴綺麗猶若天宮可生於彼復有說言菩薩不生於彼何以故其國土中諸離車子不相敬順各自稱尊是故菩薩不宜生彼或有天言勝光王有大威力統御兵衆能破怨敵可生於彼復有說言菩薩不生於彼何以故其王剛強不修善業是故

菩薩不宜生彼或有天言摩偷羅城王名善臂勇猛安樂富貴自在可生於彼復有說言菩薩不生於彼何以故其王本是邪見種族殘害無道不宜生彼或有天言般荼婆王都在象城勤事勇健支體圓滿人相具足能制怨敵可生於彼復有說言菩薩不生於彼何以故其王閨宮之人室家壞亂雖有五男皆非其胤不宜生彼或有天言彌梯羅城莊嚴綺麗王名善友威伏諸王象馬四兵皆悉具足珍寶無量樂聞正法可生於彼復有說言菩薩不生於彼何以故其王雖有如是美事年時衰暮無有力勢復多子息不宜生彼佛告諸比丘無量菩薩及諸天子於閻浮提十六大國所有威德勝望王種周徧觀察皆悉不堪菩薩往生相與籌議竟不能知菩薩生處爾時會中有一天子名曰智幢善入大乘心不退轉告衆天子言汝等宜應往問菩薩當生何處諸天子等咸共合掌詣菩薩所而前問言閻浮提中何等種姓具何功德補處菩薩當生其家爾時菩薩告諸天子閻浮提中若有勝望種族成就六十四種功德者最後身菩薩當生其家何等名爲六十四德一者國土寛廣種姓眞正二者衆所宗仰三者不生雜姓四者人相端嚴五者族類圓滿六者內外無嫌七者心無下劣八者二族高貴九者二族可敬十者二族有望十一者二族有德十二者其家多男十三者所生無畏十四者無有瑕疵十五者貪愛微薄十六者遵奉禁戒十七者皆有智慧十八者凡是所用要令羣下先觀試之十九者人皆工巧二十

者與朋友善終始如一二十一者不害衆生二十二者不忘恩義二十三者知行儀式二十四者依教行事二十五者疑即無成二十六者不愚於業二十七者不吝於物二十八者不作罪惡二十九者功不唐捐三十者施心殷重三十一者志性決定三十二者善於取捨三十三者於施信樂三十四者丈夫作用三十五者所爲成辦三十六者勤勇自在三十七者勇猛增上三十八者供養仙人三十九者供養諸天四十者供養論師四十一者供養先靈四十二者常無怨恨四十三者名振十方四十四者有大眷屬四十五者不沮善友四十六者有多眷屬四十七者有強眷屬四十八者無亂眷屬四十九者威德自在五十者孝順父母五十一者敬事沙門五十二者尊婆羅門五十三者七珍具足五十四者五穀充盈五十五者象馬無數五十六者多諸僕從五十七者不爲他侵五十八者所作成就五十九者轉輪王種六十者宿世善根而爲資糧六十一者其家一切所有皆由菩薩善根增長六十二者無諸過失六十三者無諸譏嫌六十四者家法和順如是名爲六十四德若有成就如上功德補處菩薩當生其家若有女人成就三十二種功德當爲菩薩之母何等名爲三十二德一者名稱高遠二者衆所咨嗟三者威儀無失四者諸相具足五者種姓高貴六者端正絶倫七者名德相稱八者不長不短不麤不細九者未曾孕育十者性戒成就十一者心無執著十二者顏色和悅十三者運動順右十四者識

用明悟十五者姿性柔和十六者常無怖懼十七者多聞不忘十八者智慧莊嚴十九者心無諂曲二十者無所欺誑二十一者未嘗忿恚二十二者恒無慳吝二十三者性不嫉妬二十四者性無躁動二十五者容色滋潤二十六者口無惡言二十七者於事能忍二十八者具足慚愧二十九者三毒皆薄三十者遠離一切女人過失三十一者奉夫如戒三十二者衆相圓滿如是名爲三十二德若有成就如上功德方乃堪任爲菩薩母菩薩不於黑月入胎要以白月弗沙星合其母受持清淨齋戒菩薩於是方現入胎彼諸菩薩及諸天子聞說如是種族清淨父母功德各自思惟誰有具此諸功德者復作是念惟有釋氏輸頭檀王族望殊勝轉輪王種所都國邑人民衆多安隱豐饒甚可愛樂其輸檀王人相圓滿顏容端正微妙第一威德光大福智莊嚴所爲必善以善化俗其家豪貴富有財寶象馬七珍皆悉盈滿深達業果離諸惡見於釋種中惟此爲主四方歸伏見者歡喜閑習技藝不老不少知教知時世間軌式無不解了以法爲王依法御物又其國土所有人民宿植善根咸以一心承事其主王之聖后名曰摩耶善覺王女年少盛滿具足相好未嘗孕育端正無雙姿色姸美猶如彩畫無諸過惡所言誠諦出妙音詞身心恬和無罪離惱亦無嫉妬語必應時樂行惠施性戒成就常於已夫而生知足心不輕動情無外染支節相稱眉高而長額廣平正髮彩紺黑猶如玄蜂含笑而言美聲柔輭所作順右質直

無曲無諂無誑有慚有愧心性安靜顔容清淨三毒皆薄温和能忍而於面目及以手足善自防閑身體柔輭如迦隣陀衣目淨脩廣如青蓮華脣色赤好如頻婆果頸如螺旋美若虹蜺脩短合度容儀可法其肩端好其臂牖長支體圓滿膚彩潤澤猶如金剛不可沮壞善解衆藝故號摩耶常處王宫猶如寶女亦如化女又似天女住歡喜園具斯衆德乃能堪任爲菩薩母如是功德惟釋種有非餘有之於是頌曰

菩薩在兜率　處於法集堂　同乘及天衆
皆恭敬圍遶　共觀於勝族　菩薩何處生
見此閻浮提　刹利王大姓　釋氏最清淨
於彼應降神　城號迦毗羅　積代輪王種
安隱無怨敵　善化衆所歸　其國甚嚴妙
萬姓皆歡樂　奉法而從善　咸同王者心
親屬多勝能　力將巨象比　或與二三象
其力共齊等　勇武多技藝　不傷害衆生
其王之聖后　千妃中第一　端正無倫匹
故號爲摩耶　容貌過天女　支節皆相稱
天人阿脩羅　覩之無猒足　清淨離諸過
而無穢欲心　言詞甚微妙　質直復柔輭
身體常香潔　一切無可惡　含笑不顰蹙
知法具慚愧　無憍慢諂曲　及以嫉妬心
離邪淨諸業　行慈好惠施　世間女人過
其身悉超越　一切諸天人　無有能逾者
具足諸功德　宜應懷大聖　曾於五百生
恒爲菩薩母　其王亦如是　多生以爲父
母請持禁戒　經三十一月　梵行積威德
其身常光明　聖后所遊履　斯處自嚴飾

天人阿脩羅　無能欲心視　一切咸親敬
如母女姊妹　以此清淨業　威儀比聖賢
令王擅名譽　粟散咸歸伏　功德兩相稱
是爲菩薩母　更無諸女人　堪爲佛母者
威德衆天子　大智諸菩薩　咸歎斯母德
菩薩應降生

法門品第四

爾時世尊告諸比丘菩薩如是觀種姓已彼兜率天宫有一大殿名曰高幢縱廣正等六十四由句菩薩爾時昇此大殿告天衆言汝當盡集聽我最後所說法門如是法門名爲教誡思惟遷没方便下生之相是時一切兜率天子及諸天女聞是語已皆悉雲集菩薩神力即於此殿化作道場其量正等如四天下復以種種珍寳而嚴飾之凡所見者莫不歡喜是時欲界色界諸天子等見此道場如是嚴麗顧已所居如塚墓想菩薩福德自善根力成就勝妙師子之座飾以金銀衆妙珍寳覆以輕輭無價天衣燒衆天香散衆天華其中無量百千珍寳光明照耀以大寳網彌覆其上寳鈴揺動出和雅音無量寳蓋雜色繒綵殊妙旛綖周帀間列無量百千華鬘綺帶而以嚴飾無量百千諸天婇女種種歌舞以爲供養是諸天樂演微妙音稱揚菩薩無量功德無量百千四大天王之所擁護無量百千釋提桓因之所圍遶無量百千大梵天王之所讚歎無量百千拘胝那由他菩薩捧師子座復爲十方無量百千拘胝那由他諸佛如來之所護念其師子座從於無量百千拘胝那由他劫諸波羅蜜福德資糧之所生

起佛告諸比丘菩薩坐此功德成就師子之座告天衆言汝且觀我百千福聚相好嚴身是時大衆瞻仰尊顏目不暫捨乃見東西南北四維上下周遍十方超過數量兜率天宮各有最後身菩薩將欲下生無量諸天恭敬圍遶皆悉演說將沒之相諸法明門爾時大衆既見如是深生悲喜恭敬稽首讚言善哉我觀尊者得見如是無量菩薩皆由尊者神通之力菩薩告言汝等諦聽如諸菩薩各爲天衆說將沒相諸法明門安慰天人我今亦當爲汝等說諸法明門有一百八何等名爲百八法門信是法門意樂不斷故淨心是法門除亂濁故喜是法門安隱心故愛樂是法門心清淨故身戒是法門除三惡故語戒是法門離四過故意戒是法門斷三毒故念佛是法門見佛清淨故念法是法門說法清淨故念僧是法門證獲聖道故念捨是法門棄一切事故念戒是法門諸願滿足故念天是法門起廣大心故慈是法門超映一切諸福事業故悲是法門增上不害故喜是法門離一切憂惱故捨是法門自離五欲及教他離故無常是法門息諸貪愛故苦是法門願求永斷故無我是法門不著我故寂滅是法門不令貪愛增長故慚是法門內清淨故愧是法門外清淨故諦是法門不誑人天故實是法門不自欺誑故法行是法門依於法故三歸是法門超三惡趣故知所作是法門已立善根不令失壞故解所作是法門不因他悟故自知是法門不自矜高故知衆生是法門不輕毀他故知法是法門隨法修行故知時

是法門無癡暗見故破壞憍慢是法門智慧滿足故無障礙心是法門防護自他故不恨是法門由不悔故勝解是法門無疑滯故不淨觀是法門斷諸欲覺故不瞋是法門斷恚覺故無癡是法門破壞無知故求法是法門依止於義故樂法是法門證契明法故多聞是法門如理觀察故方便是法門正勤修行故遍知名色是法門超過一切和合愛著故拔除因見是法門證得解脫故斷貪瞋是法門不著癡垢故妙巧是法門遍知苦故界性平等是法門由永斷集故不取是法門勤修正道故無生忍是法門於滅作證故身念住是法門分析觀身故受念住是法門離一切受故心念住是法門智出障翳故四正勤是法門斷一切惡修一切善故四神足是法門身心輕利故信是法門非邪所引故精進是法門善思察故念根是法門善業所作故定根是法門由心解脫故慧根是法門智現前證故信力是法門能遍超魔力故精進力是法門不退轉故念力是法門不遺忘故定力是法門斷一切覺故慧力是法門無能損壞故念覺分是法門如實住法故擇法覺分是法門圓滿一切法故精進覺分是法門智決定故喜覺分是法門三昧安樂故輕安覺分是法門所作成辦故定覺分是法門平等覺悟一切法故捨覺分是法門猒離一切受故正見是法門超證聖道故正思惟是法門永斷一切分別故正語是法門一切文字平等覺悟故正業是法門無業果報故正命是法門離一切希求故正精進是法門專趣彼岸

故正念是法門無念無作無意故正定是法門證得三昧不傾動故菩提心是法門紹三寶種使不斷故大意樂是法門不求下乘故增上意樂是法門緣無上廣大法故方便正行是法門圓滿一切善根故檀波羅蜜是法門成就相好淨佛國土教化衆生除慳吝故尸波羅蜜是法門超過一切惡道難處教化衆生守禁戒故羼提波羅蜜是法門永離憍慢瞋恚等一切煩惱教化衆生斷諸結故毗離耶波羅蜜是法門成就引發一切善法教化衆生除懶惰故禪波羅蜜是法門出生一切禪定神通教化亂意衆生故般若波羅蜜是法門永斷無明有所得見教化愚癡暗蔽惡慧衆生故方便善巧是法門隨諸衆生種種意解現諸威儀及示一切佛法安立故四攝事是法門攝諸羣生令求趣證大菩提法故成熟衆生是法門不著已樂利他無倦故受持正法是法門斷一切衆生雜染故福德資糧是法門饒益一切衆生故智慧資糧是法門圓滿十力故奢摩他資糧是法門證得如來三昧故毗鉢舍那資糧是法門獲得慧眼故無礙解是法門獲得法眼故決擇是法門佛眼清淨故陀羅尼是法門能持一切佛法故辯才是法門巧說言詞令一切衆生歡喜滿足故順法忍是法門隨順一切佛法故無生法忍是法門得受記莂故不退轉地是法門圓滿一切佛法故諸地增進是法門受一切智位故灌頂是法門從兜率天下生入胎初生出家苦行詣菩提場降魔成佛轉正法輪起大神通從忉利天下現入涅槃故是

故菩薩將下生待於天衆中說如斯法諸比丘菩薩說是諸法明門之時於彼會中八萬四千天子發阿耨多羅三藐三菩提心三萬二千天子得無生法忍三萬六千那由他天子於諸法中遠塵離垢得法眼淨兜率諸天皆散妙華積至于膝諸比丘菩薩又欲令諸天衆深心歡喜而說頌曰

菩薩將下生　處於兜率宮　誡彼諸天衆
惟當莫放逸　今汝心所樂　微妙寶莊嚴
從於淨業因　致斯衆妙果　是故應思報
無令業銷歇　沉淪惡趣中　備受無邊苦
我所示汝法　應生尊重心　自勵勤修行
當獲無爲樂　貪欲皆無常　虛假猶如夢
如幻如陽燄　如電如聚沫　貪欲無猒足
如渴飲鹹水　若得出世智　乃可爲知足
天女共相娛　譬如集戲場　同會城邑中
暫聚便離散　有爲非常伴　亦非親善友
惟除離垢行　無有恒隨逐　汝應共和合
慈悲利益心　精求諸善法　終當除熱惱
常念佛法僧　勤心莫放逸　施戒多聞忍
一切皆圓滿　如理觀諸法　因緣和合生
無常及苦空　無主亦無我　觀我有神力
辯才智慧等　淨業不放逸　多聞持戒成
我修多聞戒　汝等應隨學　施戒及調伏
慈心莫放逸　依義勿著言　如言而奉行
堅固勤修習　利益諸羣有　常宜自知罪
勿復觀他過　不作非自成　彼作非我受
當思過去劫　流轉生死苦　常行邪妄道
生死乖涅槃　汝今離衆難　生天遇善友
又聞最勝法　滅除諸貪妄　棄憍慢貢高

調柔行質直　應勤修正道　決定證涅槃
當以智慧燈　銷滅愚癡暗　以勝金剛智
破煩惱隨眠　我得無邊法　當爲汝宣說
如是無邊法　汝豈能盡行　我當證菩提
方灑甘露雨　汝心若清淨　我當授勝法

方廣大莊嚴經卷第一

音釋

序

緒徐吕切緒言餘論也　藉慈夜切假也賴也　逗田候切杜投合也　叡俞芮切聖也　叶胡頰切合也　遘古候切遇也　閔凶閔弭盡切閔凶憂禍也　遽其據切忽也　蓄許竹切積也　櫼即涉切短櫂也　旅力舉切寓也　縹匹沼切　奧烏到切深也　帙直一切卷帙也

經

迦旃延梵語也此云文飾旃諸延切　捔古嶽切競也　騁丑郢切馳騁也　逮徒耐切及也　阿毘樓馱梵語也此云如意毘奴候切　替他計切廢也　憍慢憍舉喬切傲也慢莫晏切倨也　洽胡夾切周徧也　瀑蒲報切　藥如累切花鬚也　慣古患切習也　窻牖窻楚江切在星曰牖牖與久切在墻曰牖　譏嫌譏居依切誚也嫌胡讒切疑也　翡翠翡扶沸切青羽鳥也　卒暴卒倉没切倉卒也暴蒲報切急暴也　僮僕僮徒東切僕薄沃切　犢徒木切牛子也　閹宦閹央炎切宦胡慣切　胤羊晉切嗣也　梯土雞切木階也　軌居洧切法則也　妍五堅切美好也　額五革切額也　虹蜺虹户工切蜺五稽切虹蜺螮蝀也　顰蹙顰毗賓切蹙子六切顰蹙愁貌　縲烏恢切

方廣大莊嚴經卷第二

唐中天竺國沙門地婆訶羅奉　詔譯

降生品第五

爾時佛告諸比丘菩薩爲諸天人演說正法勸勉開曉令其悅豫告天衆言我當以何形像下閻浮提或有說言爲童子形或有說言釋梵之形或有說言神妙天形或有說言阿脩羅乾闥婆迦樓羅緊那羅摩睺羅伽等形或有說言日月天形或有說言金翅鳥形說如是等種種形像爾時衆中有一天子名曰勝光昔在閻浮提中爲婆羅門於無上菩提心不退轉作如是言圍陀論說下生菩薩當作象形而入母胎即說偈言

菩薩降神　應爲象形　端正姝好　頂上紅色
皎潔鮮淨　如白玻瓈　具足六牙　飾以金勒
無不吉祥　圍陀先記　三十二相　當下閻浮

佛告諸比丘菩薩於兜率天宮周遍觀察將下生時輸檀王宮先現八種瑞相何等爲八一者王宮忽然清淨不加掃灑無諸穢惡塵土瓦礫蚉䖟蚰蜒百足之類周帀布散種種妙華香氣芬馥二者從雪山中衆鳥來集異類雜色毛羽光鮮於王宮中樓閣殿堂棟梁軒牖哀鳴相和遨遊自樂三者於王宮中草木華葉一時敷榮四者王宮池沼皆生蓮華大如車輪有百千葉覆映水上五者王宮珍器自然而有酥油石蜜種種美味食而無盡六者王宮樂器簫笛箜篌琴瑟之屬非因擊奏皆出種種微妙之音七者王宮金銀瑠璃硨磲碼碯摩尼珊瑚一切珍藏悉皆盈滿八者王宮有大光明映蔽日月遇斯光者身心

安樂得未曾有如是名爲八種瑞相是時摩耶聖后澡浴莊飾塗諸天香著妙衣服衆寶自嚴歡喜悅豫身心清淨以一萬婇女圍遶侍從遊音樂殿中詣輸檀王於王右邊昇妙寶網莊嚴之座坐已容貌熈怡開顔微笑於是頌曰

善哉大王幸哀許　我今欲陳微妙願
從是恒起仁慈心　當持八關清淨戒
不害衆生如愛已　三業十善常修習
遠離嫉妬諂曲心　願王於我莫生染
聞此禁戒不隨喜　恐王長夜嬰苦報
惟願令我得別居　宫殿香花自嚴飾
諸善婇女常圍遶　鼓樂絃歌演法音
凡鄙惡人令離我　婬穢香華皆弗御
一切囚徒悉寛宥　要當遣彼囹圄空
七日七夜廣行檀　給濟貧乏令充足
必使正化輕傜役　盡令公庭無諍訟
各各慈心互相向　如昇忉利歡喜園
憐愍世間同一子　法教如斯甚安樂
王聞此言大歡悅　如所願者皆相許
即勑諸臣淨宫殿　幡蓋香華恣嚴飾
復以二萬勇健軍　操持劒戟令防護
婇女絃歌相娛樂　復以瓔珞莊嚴身
珍牀寶座敷綩綖　處在勝殿如天女

佛告諸比丘爾時四天王釋提桓因夜摩天兜率陀天樂變化天他化自在天娑婆世界主梵天王梵衆天梵輔天妙光天少光天光嚴天淨居天阿迦尼吒天摩醯首羅天及餘無量百千天衆悉皆雲集互相謂言菩薩將欲下生我等諸天不往侍從墮無反復不知

恩養誰能堪任侍衛菩薩下閻浮提從初入胎及以出胎童子盛年遊戲受欲出家苦行詣菩提座降伏魔軍轉正法輪現大神力下忉利天入般涅槃常能奉事終不捨離爾時諸天子等而說頌曰

汝等誰堪任　歡喜隨菩薩　當得福增長
亦獲大名譽　若求忉利宮　勝妙常安樂
婇女衆圍遶　應隨清淨月　若求妙園林
勝處常遊戲　寶地金華飾　應隨離垢光
若求象馬車　遊處歡喜園　婇女衆圍遶
應隨大丈夫　若求夜摩天　及以兜率宮
所生常見敬　應隨大名稱　若求化樂天
自在諸宮室　遊戲變化樂　應隨功德者
若求作魔王　遠離諸毒心　神變窮邊際
應隨利益者　若求超欲界　住勝妙梵宮
修行四等心　應隨禪定者　若求生人間
受輪王勝報　七寶從心至　應隨離欲尊
若求人王位　長者及居士　財富無怨敵
應隨無上士　若求大富貴　端正及名譽
教令有威德　應隨梵音者　若求人天報
并致三界安　無漏慧及禪　應隨法自在
若求斷貪欲　及去瞋癡等　憺怕志寂然
應隨調心者　若求一切智　緣覺及聲聞
十方師子吼　應隨功德海　若求閉惡趣
開諸甘露門　方昇入正道　應隨遠險路
若求見諸佛　聽受甚深法　及冀衆福祐
應隨功德藏　若求出纏縛　生老病死苦
清淨如虛空　應隨離垢人　若求一切敬
相好莊嚴德　及能拯自他　應隨可欣樂
若求戒定慧　甚深難可證　智者速解脫

應隨大醫王　若求無量德　究竟皆圓滿
及生涅槃樂　應隨智成就

爾時諸天衆會聞此偈已八萬四千四天王天百千忉利天百千夜摩天百千兜率天百千化樂天百千他化自在天六萬魔天前世積德六萬八千梵衆天乃至阿迦尼吒天與無央數百千諸天如是等天先來在會復有他方東西南北四維上下無量百千諸天衆等皆悉來集時大會中上首天子而說頌曰

汝等今應聽　我起決定心　捨欲及神通
諸禪三昧樂　隨從最勝者　降生處母胎
不令諸惡侵　常當爲擁護　以諸妙音樂
讚誦功德海　令天人歡喜　發無上道心
人天聞是已　歡喜銷衆患　散以曼陀華
月華勝月等　及熏沉水香　供養淨福者
菩薩處胎中　不爲三垢染　越於生老死
得道窮邊際　我等持淨心　隨從智慧者
釋梵天王等　見行七步時　以手捧香水
浴是無垢聖　順世諸所爲　人天獲大福
處欲常無染　踰城棄寶位　我等願隨逐
敷草坐道場　降魔成正覺　勸說微妙法
佛事徧三界　甘露洽羣生　乃至歸涅槃
常隨無暫捨

佛告諸比丘欲界無量天女見菩薩身形相微妙將欲下生各作是言何等女人應生菩薩必有勝德堪懷尊者咸皆慕羨懷敬愛心以己福報獲彼神通得意生身自彼天宮於剎那頃至迦毗羅城其迦毗羅城周帀百千園林池沼莊嚴殊勝如帝釋宮於其宮內有一大殿名曰持國摩耶聖后住在其中種種

莊嚴數置綺麗清淨無垢光明威神聖后身佩瓔珞彼以天衣種種妙寶莊嚴其體時諸天女至此殿已住在虛空瞻於聖后而有偈言

欲界諸天女　觀菩薩妙身　咸作是思惟
菩薩母何類　競持華鬘等　塗香及末香
歡喜詣王宮　合掌而恭敬　核服麗容貌
舒手咸共指　見坐勝寶牀　善心諦觀察
人間斯妙質　天上未曾有　我等常自謂
天女中殊勝　今覩斯人已　自生輕賤心
勝功德莊嚴　顏容甚端正　若非此勝德
誰堪菩薩母　譬如無價珠　置於淨寶器
如是菩薩母　堪懷勝德人　見者生歡喜
其心無猒倦　面目甚端正　身相極光明
如月在虛空　覩之而意淨　如日盛暉耀
如真金百鍊　見彼菩薩母　光相亦如是
髮香且柔澤　紺黑類玄蜂　皓齒如空星
目若青蓮葉　支節善隨轉　手足皆平正
天中尚無匹　人間誰與比　如是審觀察
右遶散香華　稱名歎佛母　還返於天上
爾時四護世　釋梵及欲天　并餘八部衆
皆來衛佛母　諸天咸已見　菩薩將下生
齎持妙香華　歡喜詣前住　合掌稽首請
下生時已至　辯才師子王　哀愍生世間

佛告諸比丘菩薩將下生時東方有無量百千菩薩皆是一生補處來詣兜率天宮供養菩薩南西北方四維上下一生補處皆至兜率天宮供養菩薩十方世界四天王天三十三天夜摩天兜率陀天樂變化天他化自在天如是等各與八萬四千天女前後圍遶至

兜率宮鼓樂絃歌供養菩薩爾時菩薩處大樓閣坐於衆德所生勝藏師子之座彼諸菩薩及無量百千萬億那由他諸天圍遶供養恭敬尊重讚歎即於兜率最勝天宮而便降生將下生時放未曾有身相光明遍照三千大千世界世界中間幽冥之處日月威光所不能照而皆大明其中衆生各得相見咸作是言云何此中忽生衆生是時三千大千世界六種震動有十八相所謂摇動極摇動遍摇動扣擊極扣擊遍扣擊移轉極移轉遍移轉涌覆極涌覆遍涌覆出聲極出聲徧出聲邊涌中没中涌邊没東涌西没西涌東没南涌北没北涌南没是時一切衆生歡喜踊躍愛樂清淨快樂無極稱揚讚美聞諸聲時無一衆生恐畏驚悸梵釋護世日月威光皆悉不現一切地獄畜生餓鬼及諸衆生皆蒙安隱無一衆生於此時中爲貪瞋癡等一切煩惱之所逼迫互相慈愍起利益心如父如母如兄如弟人天樂器不鼓自鳴無量諸天頂戴擎捧是妙樓閣無量百千天女前後圍遶奏天妓樂其樂音中出是妙偈歎菩薩曰

尊者長夜積修習　所有淨業皆圓滿
住於真正勝理中　令致天人上供養
往昔無量拘胝劫　能施所愛妻子等
由彼行檀獲勝報　故得諸天妙華香
自割身肉而稱之　慈心救彼垂死鴿
復以行檀獲勝報　能令餓鬼得充足
尊者過去無邊劫　堅持淨戒未嘗毀
由彼尸羅獲勝報　能令惡趣息衆患
尊者過去無邊劫　求菩提故行忍辱

由彼羼提獲勝報　能令人天互慈愍
尊者過去無邊劫　勝修精進無休巳
由彼勤劬獲勝報　身相端嚴如須彌
尊者過去無邊劫　爲斷結使修諸定
由彼禪那獲勝報　能令今世無煩惱
尊者過去無邊劫　修習智慧斷諸結
由彼般若獲勝報　能使光明甚清淨
被慈甲胄除煩惱　由愍世間今現生
證得第一妙喜捨　尊獲梵住歸命禮
照以智慧光明炬　淨除癡冥諸過失
三千大千以爲眼　歸命牟尼大導師
勝慧神足得諸通　見眞實義能示現
自既得濟能拯物　歸命船師能度者
隨順世法示同凡　不爲世法之所染
一切衆生若聞見　獲不思議勝利益
況復聽聞尊妙法　信樂當生廣大善
兜率天宮行暗冥　閻浮提中日將出
煩惱惛睡諸羣品　尊者皆當令覺寤
迦毗羅城益興盛　無量諸天衆圍遶
諸天寶女奏天樂　周遍王城演妙音
佛母妙色以莊嚴　福德威容乘淨業
聖子端正甚奇特　光明遍照三千界
其國所有諸衆生　皆離諍論諸煩惱
一切慈心相敬順　悉由菩薩之威力
輸檀王種當興盛　由斯應紹轉輪王
其城所有諸珍藏　一切衆寶皆盈滿
夜叉羅刹鳩槃茶　脩羅密跡諸天衆
守護菩薩所居處　不久皆當證解脫
悉以迴向菩提道　願速如尊成正覺

處胎品第六

佛告諸比丘冬節過已於春分中毗舍佉月叢林華葉鮮澤可愛不寒不熱氐宿合時三界勝人觀察天下白月圓淨而弗沙星正與月合菩薩是時從兜率天宮沒入於母胎爲白象形六牙具足其牙金色首有紅光形相諸根悉皆圓滿正念了知於母右脇降神而入聖后是時安隱睡眠即於夢中見如斯事

爾時世尊欲重宣此義而說偈言

勝人託生爲白象　皎潔如雪具六牙
鼻足姝妙首紅光　支節相狀皆圓滿
降身右脇如遊戲　佛母因斯極歡喜
未曾得見及未聞　身心安隱如禪定

爾時聖后身心遍喜即於座上以衆妙寶莊嚴其身無數婇女恭敬圍遶下於勝殿詣無憂園到彼園已遣信白輸檀王言要欲相見王宜暫來王聞是信心甚歡喜從寶座起與諸臣佐及諸眷屬前後翊從詣無憂園既至園門舉體皆重不能前進而說偈言

億昔赴強敵　身猶不爲重　今者忽如是
此變當問誰

時淨居天子於虛空中現其半身爲輸檀王而說頌曰

菩薩大威德　下於兜率宮　託在聖后胎
爲王之太子　衆行皆圓滿　人天所恭敬
具慈悲福慧　灌頂當受職

時輸檀王聞是偈已合掌稽首作如是言我今見此希有之事於是入見聖后自除憍慢前問聖后欲何所求惟願爲說爾時聖后以頌答曰

我於睡夢中　見象如白銀　光色超日月

身相甚嚴淨　六牙有威勢　難壞如金剛
支體甚堅好　來入於我腹　爾後多瑞相
願王今善聽　我見三千界　弘敞廣嚴飾
每於寢寐時　諸天來讚我　貪瞋等煩惱
結使皆銷滅　我心寂靜樂　如在禪定中
宜喚占夢人　明解韋陀論　善閑八耀法
能辯吉凶者　速召彼人來　爲我解斯夢
時王聞此語　即召占夢人　而語彼人言
宜占聖后夢　聖后時告彼　已所夢因緣
汝既稱善占　吾今爲汝說　我夢象如雪
逾於日月光　威勢有六牙　支體甚嚴好
妙色極光淨　堅密如金剛　來入我腹中
我夢如是事　其人聞聖后　說所夢因緣
皆曰無不利　斯夢甚爲吉　種族當興盛
必生勝相子　在家作輪王　威力統所化
出家成佛道　哀愍諸世間　當灑甘露法
爲天人所敬

時輸檀王聞婆羅門解夢因緣心甚歡喜即以上妙衣服種種美食而賜與之令歸本處

佛告諸比丘時輸檀王於四城門四衢道中爲菩薩故設大施會須食與食須衣與衣乃至香華臥具田宅騎乘一切所求皆悉給與王時念言於何宮殿安置聖后令得無憂歡樂而住時四天王來至王所作如是言惟願大王善自安隱勿思此事我與菩薩取妙宮殿時天帝釋即來王所而說偈言

護世宮爲劣　不堪聖后居　忉利有勝殿
持來奉菩薩

時夜摩天子復來王所而說偈言

我有勝妙殿　超過忉利宮　在彼夜摩天

今持奉菩薩
兜率天子復來王所而説偈言
兜率妙天宫　菩薩本居止　是爲最殊勝
還持奉菩薩
化樂天子復來王所而説偈言
我有寶宫殿　隨心所化生　莊嚴甚奇妙
願以奉菩薩
他化自在天子復來王所而説偈言
我有妙宫殿　超過諸欲天　衆寶所莊嚴
清淨悦心意　光明甚奇耀　周帀散香華
願以安聖后　持來奉菩薩
佛告諸比丘是時欲界諸天子等爲供養故各各齎彼所有宫殿來至輸檀王宫其王亦爲菩薩造妙宫殿綺飾精麗人間所無爾時菩薩以大嚴三昧威神力故令彼一切諸宫殿中悉現摩耶聖后之身皆有菩薩於母右脇結跏趺坐諸天子等各各自謂菩薩之母惟住我宫爾時世尊重説偈言
大嚴三昧　神化難思　諸天悦豫　父王歡喜
説是經時會中有諸天子生如是念四天王天閻此人間汙穢不淨況乎此上三十三天乃至兜率諸大天耶云何菩薩世間之寶最勝清淨殊妙香潔乃捨兜率處在人間於母胎中經於十月爾時阿難承佛威神長跪合掌而白佛言世尊女人之身多諸欲惡云何如來爲菩薩時乃捨兜率處於母胎右脇而住佛告阿難菩薩昔在母胎不爲不淨之所染汙恒處寶殿嚴淨第一如是寶殿爲欲見不當示於汝阿難白佛言世尊願垂顯示令諸見者皆生歡喜爾時如來即以神力令娑

婆世界主梵天王與六十百千億梵天下閻浮提來詣佛所恭敬稽首右遶三帀却住一面爾時世尊知而故問梵天王言我昔爲菩薩時在胎十月所居寶殿今爲所在汝可持來梵天王言今在梵世時娑婆世界主稽首作禮忽然不現於刹那頃昇于梵宫告妙梵天子言汝宜次第下至三十三天高聲唱言今日梵王欲將如來處胎之時所居寶殿還至佛所若欲見者宜可速來爾時梵王即持菩薩之殿置梵殿中其梵殿量縱廣正等三百由旬而與八萬四千拘胝梵天恭敬圍遶從於梵世下閻浮提是時欲界無量諸天皆悉雲集於如來所以天妙衣種種妓樂華鬘妙香天莊嚴具而爲供養時天帝釋乃至他化自在永不能覩菩薩之殿雖審觀之亦不能見時四天王問帝釋言我等作何方便能覩斯殿帝釋報言當請如來乃得見耳時天帝釋與四天王稽首請佛是時大梵天王先與諸梵捧菩薩殿置於佛前其殿三重周帀瑩飾皆以牛頭栴檀天香所成其香一分價直三千大千世界光明照耀以天衆寶而嚴飾之床座器物皆稱菩薩微妙綺麗人天所無惟除菩薩旋螺之相大梵天王所著天服至菩薩座猶如水漬欽婆羅衣其三殿内周帀皆有淨妙天華其殿堅牢不可沮壞凡所觸近皆生妙樂如迦隣陁衣欲界一切諸天宫殿悉現菩薩寶殿之中佛告諸比丘菩薩入胎之夜下從水際涌出蓮華穿過地輪上至梵世縱廣正等六十八洛叉由旬如此蓮華無能見者除諸如來并諸菩薩及大梵天

王於三千大千世界之中所有清淨殊勝美味猶如甘露現此華中大梵天王以毗瑠璃器盛此淨妙甘露之味奉上菩薩菩薩於是受而食之比丘當知世間衆生無有能食如是甘露之味惟除十地究竟最後身菩薩方能食耳諸比丘菩薩以何善根而感斯味由昔長夜行菩薩道時能以醫藥救濟病苦所有欲願皆令滿足一切恐懼能施無畏又以上妙華果供養如來及佛塔廟一切聖衆父母尊長如是施已然後自受由斯福報感大梵王每持甘露之味而以奉獻於寶殿内上妙衣服諸莊嚴具種種器物菩薩本願力故隨意能現阿難一切菩薩將入胎時於母右脇先有如是寶莊嚴殿然後從兜率天宫降神入胎於此殿中結跏趺坐阿難十方世界一切摩耶聖后皆於夢中見白象來釋提桓因及四天王二十八夜叉大將皆悉隨從而衛護之復有四天女一名鄔佉梨二名侔佉梨三名幢至四名有光亦與眷屬常來衛護爾時菩薩處母胎中身相光明猶如夜暗於山頂上然大火炬亦如真金在瑠璃中光明洞照普遍世界四大天王二十八夜叉大將與其眷屬每於晨朝恭敬供養皆見菩薩安慰問訊徐舉右手指座令坐爲其說法示教利喜得未曾有若欲去時菩薩徐舉右手使之而去頂禮圍遶辭退而去釋提桓因與三十三天每於中時恭敬供養爲聽法故皆見菩薩安慰問訊徐舉右手指座令坐爲其說法示教利喜得未曾有若欲去時菩薩徐舉右手使之而去頂禮圍遶辭退而去娑婆世

界主大梵天王每於申時與無量百千梵衆天子恭敬供養爲聽法故皆見菩薩安慰問訊徐舉右手指座令坐爲其說法示教利喜生歡喜心得未曾有若欲去時菩薩徐舉右手使之而去頂禮圍遶辭退而去阿難東西南北四維上下周遍十方無量百千諸菩薩衆於日入時恭敬供養爲聽法故而來至此爾時菩薩化作莊嚴師子之座令諸菩薩各坐其上互相問答辯析上乘此等諸來大菩薩衆惟是同行同乘之所能覩摩耶聖后亦不能見阿難菩薩處胎之時不令聖后身覺沉重及諸苦逼柔輭輕安怡懌歡暢無有貪欲瞋恚愚癡熱惱之患亦無欲覺恚覺害覺亦無冷熱飢渴惛惑罪垢散亂亦無不可意色及聲香味觸一切惡境亦無惡夢亦無女人貪誑諂曲嫉妬諸煩惱過具足受持清淨禁戒行十善道不於他人而生欲心亦無他人能於聖后而生欲想於迦毗羅城及諸聚落幷餘國土所有男女若童男若童女或爲鬼神之所著者見菩薩母皆自痊愈或有衆生得種種病風黄痰氣盲聾瘂痺牙齒齲痛瘰癧白癩痟渴顛眩癭癥瘡瘢種種諸病見菩薩母舒手摩頂自然銷除設有衆生得如是病不獲親來見菩薩母聖后爾時折草爲籌而以賜之纔執籌時所有病苦皆得銷散平復如本聖后若觀菩薩之時見於腹中右脇而住如明鏡中覩諸色像歡喜和悅身心泰然阿難菩薩處胎之時諸天常奏天樂雨衆天華供養菩薩是時國界寧靜景候調和人民安樂好行恩惠諸釋種子皆悉棄惡修

習善事於諸節會遊戲園林受勝妙樂歡娱怡暢時輪檀王隨順法行不樂世榮捐棄國務如苦行者阿難菩薩處母胎中神力現化成就如是爾時世尊告阿難言汝等當觀佛在胎時所居寶莊嚴殿阿難言唯然世尊願爲顯示世尊爾時即爲阿難釋提桓因及四護世幷餘天人顯示如來處胎之時寶嚴之殿皆大歡喜得未曾有生清淨心作是現已大梵天王還持寶殿歸於梵世佛告諸比丘菩薩處胎之時已能化導三十六那由他天人令住三乘爾時世尊欲重宣此義而說偈言

最上勝人初入胎　大地山林皆震動
金色淨光銷惡趣　一切天人咸喜悦
爲欲成此大法王　示現胎中寶嚴殿
導師所居之寶殿　栴檀妙香極嚴飾
此香一分之價直　等彼三千界珍寶
下方涌出大蓮華　其華高至于梵世
華中所承甘露味　梵王持以獻菩薩
世間一切諸羣生　無有能銷一滴味
惟除最後身菩薩　方能致斯甘露食
積劫所集福威力　服者身心得清淨
帝釋梵王四護世　稽首供養於導師
奉事頂禮聞妙法　歡喜右遶而辭去
如是十方菩薩衆　亦復因斯樂法來
坐於光明衆寶床　聞大乘法生歡喜
各恣言談兩相顧　無量稱揚還本國
四方男子及女人　爲彼鬼魅所纏縛
露首祖體心狂亂　若見佛母皆除愈
所有黄痰與癲癇　盲聾瘖瘂種種疾

佛母舒手摩其頂　衆病應時得銷散
或有困篤在遠方　折草作籌而惠之
籌至病者尋平復　世間無不蒙衆祐
由法醫王在腹中　苦惱衆生盡安樂
聖后自觀菩薩體　猶如空中見明月
形相微妙甚端嚴　歡喜悅樂心安住
無復貪瞋癡所擾　亦無愛欲嫉妬害
不爲飢渴寒熱侵　身心靜然離衆惱
人天上下更相見　音樂不鼓而自鳴
國土清寧甚安隱　眷屬欣豫同無患
龍天由斯降時澤　草木華果盡敷榮
惠施一切之所須　王宮七日雨珍寶
是時無有貧乏者　猶如帝釋歡喜園
王修法行持淨戒　雖處堂殿如林野
由此聖后懷菩薩　每入後宮親慰問

方廣大莊嚴經卷第二

音釋

翅 式利切金翅鳥名
礫 郎擊切小石也
蚉蝱 蚉無分切蝱莫耕切
蚰蜒 蚰以周切蜒以然切蟲名
酥 素姑切酪屬
箜篌 箜苦紅切篌戶鉤切箜篌樂器
熙怡 熙許羈切怡弋之切熙怡和樂貌
囹圄 囹郎丁切圄魚巨切獄名
傜 于驕切役也
袨 黃絹切好衣也
齎 祖稽切持也
悸 其季切心動也
寤 五故切寐覺也
敞 昌兩切豁也
寢寐 寢七稔切息也寐彌二切卧也
騎 奇寄切
跪 巨委切
瑩 縈定切潔也
漬 疾智切浸也
懌 羊益切悅也
暢 丑亮切達也
痰 徒含切病液也
盲聾 盲莫耕切聾盧紅切
痺 必至切濕病也
齲 驅雨切齒蠹也
瘰癧 瘰郎果切癧音力瘰癧筋結病也
癩 落蓋切惡疾也
痟 音消渴病也
顛眩 眩熒絹切顛眩憒亂也
癭癤 癭於井切頸腫也癤音節癰也
瘡瘢 瘡楚莊切痍也瘢步官切瘡痕也
纔 牆來切暫也
癲 丁年切狂病也
瘖瘂 瘖於金切瘂烏雅切瘖瘂不能言也

方廣大莊嚴經卷第三

唐中天竺國沙門地婆訶羅奉　詔譯

誕生品第七

爾時佛告諸比丘菩薩處胎滿足十月將欲生時輸檀王宫先現三十二種瑞相一者一切大樹含華將發二者諸池沼中優鉢羅華拘物頭華波頭摩華芬陀利華皆悉含蘂三者諸小華叢吐而未舒四者自然而有八行寶樹五者二萬寶藏從地涌出六者於王宫内自生寶牙七者地中復出無量寶瓶滿中香油八者從雪山中無量師子之子來遶迦毗羅城歡躍震吼各守城門九者彼諸師子亦不嬈害一切人民十者五百白象之子來自雪山至王殿前十一者有無量天諸嬰孩忽然而現婇女懷抱宛轉遊戲十二者有諸龍女出現半身手持微妙諸寶瓔珞於空而住十三者有十千天女各持孔雀羽扇現於空中十四者有十千寶瓶盛滿香水泛以衆華現於虚空旋遶迦毗羅城十五者有十千天女各捧寶瓶現虚空中十六者有十千天女各各執持幢旛寶蓋現虚空中十七者無量天諸婇女持天樂器現虚空中而未擊奏十八者一切香風皆未飄拂藹然而集十九者江河諸水湛而不流二十者日月宫殿及諸星辰皆不運行二十一者弗沙之星將與月合二十二者王宫殿堂自然寶網彌覆其上二十三者一切燈炬皆悉無色二十四者一切樓閣殿堂臺榭之上忽然皆有摩尼珠寶嚴飾垂懸二十五者衆寶庫藏忽然自開二十六者惡禽恠獸皆不出聲二十七者於

虛空中演妙音詞唱言善生善生二十八者一切人間所作事業皆悉停息二十九者高下之地悉皆平正三十者所有街衢巷陌遊從道路自然柔輭散華嚴飾三十一者一切孕婦產生無難皆獲安隱三十二者娑羅樹神出現半身合掌恭敬先現如此三十二種瑞相爾時摩耶聖后以菩薩威神力故即知菩薩將欲誕生於夜初分詣輸檀王而說偈言

大王聽我今所請　久思詣彼龍毗園
於我不懷嫌妬心　願得速往暫遊觀
大王精勤思惟法　修諸苦行多疲倦
自我懷此清淨人　處在宮中亦已久
樹木蓊鬱初榮茂　今時正可翫園林
節物方春甚佳美　與諸婇女相娛樂
衆鳥和鳴似歌頌　飛華處處皆盈滿
惟願大王速垂勑　及時遊彼好園苑
王聞聖后斯語已　欣然即勑諸臣佐
速嚴妙好諸輦輿　龍毗尼園亦莊飾
又宜駕被二萬象　色類白雲形似山
摩尼珠寶耀其體　眞金線網彌其上
象王皆悉六牙備　兩邊交垂以珍鐸
又取二萬駿捷馬　朱騣白質如銀雪
勒以金鞍寶鈴網　其馬迅疾如風馳
二萬勝兵皆勇健　能伏怨敵堪營衛
各擐甲胄及干戈　并執鬪輪將羂索
聖后所乘諸輦輿　摩尼雜寶間莊嚴
又以車載衆珍饌　於上覆之微妙帊
又步車兵勇健者　被甲執持諸器仗
又駕無量諸車乘　載以珍奇衆雜寶

又以無邊諸妙寶　周帀雕瑩龍毗園
又以珠寶并綺繒　校飾園中好林樹
處處皆以名華散　猶如帝釋歡喜園
汝等種種嚴辦訖　即宜速疾來報我
羣臣既承王勑已　尋時具物皆營辦
奏言福壽最勝王　如所教勑皆已集
王聞是事心歡喜　尋便入閤勑內人
若能愛樂隨我者　汝等應當盡嚴飾
香熏繒綵袪衣服　柔輭微妙令心喜
珠珮瓔珞自嚴身　各持百千衆樂器
琴瑟簫笛箜篌等　鼓吹當令出妙音
天人男女若聞者　皆使愛樂生歡樂
聖后所坐寶車輿　無令異人得親近
諸婇女等爲執御　一切惡相皆除屏
四兵總集王門首　隱隱如聞海浪聲
聖后初出宮門已　咸唱吉祥微妙頌
輦輿王宮自雕飾　寶鈴寶鐸振和音
然後百千諸天人　於上安施師子座
車中傍羅四寶樹　枝葉華果皆榮茂
復有瑞鳥聲和雅　繽紛翻舞而翔集
幢旛蓋網天衣服　高聳圍遶遍莊嚴
諸天婇女在虛空　以歡喜心而讚歎
聖后是時昇寶乘　三千世界六種動
帝釋淨除於道路　護世四王來御車
大梵天王爲前導　而以屏除諸惡相
無量百千諸天衆　恭敬頂禮而瞻仰
見是天衆來營從　父王心生大欣喜
念言聖后所懷妊　必定應是天中天
既爲護世四天王　帝釋梵王諸天衆
廣設無邊大供養　由此定當得成佛

無有三界諸衆生　堪受如斯供養者
設令釋梵及諸龍　四護世等受斯供
不堪任故當首碎　或因斯供便命殀
惟有最勝天中天　堪受人天妙供養

佛告諸比丘時有八萬四千象兵馬兵車兵步兵皆悉端正勇健無敵被以甲冑種種莊嚴執持器仗護衛聖后六萬釋種婇女翊從圍遶王之眷屬若長若幼恭敬衛護又有六萬王之婇女作倡妓樂種種歌舞又有八萬四千諸天童女八萬四千龍女八萬四千乾闥婆女八萬四千緊那羅女八萬四千阿脩羅女如是等皆以衆寶而自莊嚴作衆妓樂歌舞讚詠翊從佛母往龍毗尼園以好香水遍灑其地散以天華園中草木若時非時枝葉華果悉皆榮熟莊嚴殊勝猶如帝釋歡喜之園爾時聖后既到園已遊歷詳觀至波叉寶樹其樹枝葉蓊鬱鮮潤天華人華周帀開敷微風吹動香氣芬馥又以雜綵摩尼珠寶而嚴飾之樹下周遍地平如掌所出衆草其色青紺如孔雀尾能生樂觸如迦隣陀衣過去無量諸佛之母亦皆來坐此寶樹下是時百千淨居天子其心寂靜或垂辮髮或著寶冠至此樹下圍遶聖后歡喜頂禮奏天妓樂而讚歎之即以菩薩威神其樹枝榦風靡而下於是稽首禮聖后足爾時聖后放身光明如空中電仰觀於樹即以右手攀樹東枝嚬呻欠呿端嚴而立是時欲界六萬百千諸天婇女至聖后所承事供養比丘當知菩薩住胎成就如上種種功德神通變現滿足十月從母右脇安詳而生正念正知而無染著佛

告諸比丘是時帝釋及娑婆世界主梵天王恭敬尊重曲躬而前一心正念即以兩手覆憍奢耶衣承捧菩薩其事已畢即將菩薩處胎之時所居寶殿還於梵宮爾時菩薩既誕生已觀察四方猶如師子及大丈夫安詳瞻顧比丘當知菩薩於多生中積集善根是時即得清淨天眼觀見一切三千大千世界國土城邑及諸衆生所有心行皆悉了知如是知已而復觀察是諸衆生所有戒定智慧及諸善根與我等不乃見十方三千大千世界無一衆生與我等者爾時菩薩善自思惟稱量正念不假扶持即便自能東行七步所下足處皆生蓮華菩薩是時無有怖畏亦無謇訥作如是言我得一切善法當爲衆生説之又於南方而行七步作如是言我於天人應受供養又於西方而行七步作如是言我於世間最尊最勝此即是我最後邊身盡生老病死又於北方而行七步作如是言我當於一切衆生中爲無上上又於下方而行七步作如是言我當降伏一切魔軍又滅地獄諸猛火等所有苦具施大法雲雨大法雨當令衆生盡受安樂又於上方而行七步作如是言我當爲一切衆生之所瞻仰菩薩説是語時其聲普聞一切三千大千世界比丘當知菩薩於多生中積集善根於最後生得阿耨多羅三藐三菩提法爾如是神通變化比丘當知是時一切衆生歡喜踊躍大地震動而諸衆生無有恐怖三千大千世界所有非時藥木皆悉榮茂於虛空中出妙音聲降微細雨及雨種種天諸華香眞珠瓔珞上妙衣服

繽紛徐墜又扇和暢微妙香風能生清淨柔輭樂觸無雲無霧無煙無塵及以暗冥於虛空中而聞清徹和雅梵音稱歎菩薩諸功德法爾時菩薩放大光明無量百千種種異色遍滿三千大千世界一切衆生遇斯光者身心安隱快樂無極一切日月諸大梵王帝釋護世及餘天人所有光明皆悉不現是時一切衆生遠貪恚癡憂悲驚恐亦離不善諸惡罪障所有病苦衆生皆得痊除飢渴衆生皆得飽滿癲狂醉亂皆得惺悟諸根缺減皆得圓滿貧者得財繫者解脱地獄衆生皆蒙休息畜生衆生無相害心餓鬼衆生皆得飽滿佛告諸比丘菩薩於阿僧祇百千拘胝那由他劫修諸善行精進力故初生之時即能十方各行七步一切諸佛如來威加此地化爲金剛菩薩遊踐得無陷裂是時世界中間幽冥之處悉皆大明其中衆生各得相見又於此時諸天音樂出微妙聲雨衆天華末香熏香華鬘珍寶諸莊嚴具上妙衣服如雲而下一切衆生皆得上妙安隱快樂菩薩出現世間最尊最勝所有功德入不思議若欲廣說窮劫不盡爾時阿難從座而起偏袒右肩右膝著地合掌恭敬而白佛言世尊如來爲菩薩時尚能成就如是勝希有事何況得成阿耨多羅三藐三菩提佛告阿難未來世中有諸比丘不能修習身戒心慧愚癡無智憍慢貢高掉舉心亂不遵法律多所貪求不信正法具沙門垢相似沙門如是比丘若聞菩薩清淨入胎不能信受乃復共聚橫生誹謗作如是言菩薩處胎居母右脇雖不爲彼膿血

所汙何能有此大功德耶如是愚人既不能知菩薩積集功德亦不能知菩薩示現入胎而有如是殊勝清淨無量功德哀愍衆生出現於世阿難諸佛如來出現於世不於天上而成正覺轉妙法輪但於人間示現成佛何以故若於天上成阿耨多羅三藐三菩提者人中衆生咸作是念我既非天何能堪任修習佛道便生退屈由是義故但於人間成阿耨多羅三藐三菩提然彼愚癡法賊之輩而於菩薩不思議事不能了知橫生誹謗妄爲臆度阿難愚癡之人尚不信佛有無量德何況能信菩薩神通如是比丘耽著利養及以名聞沉溺罪垢阿難白佛言世尊當來之世若有如是愚癡下劣之人誹謗此經得幾所罪當生何處佛告阿難若未來世有如是等

諸惡比丘誹謗此經積集衆罪離沙門法阿難譬如有人滅佛菩提毀呰十方三世諸佛其所獲罪寧爲多不阿難言甚多世尊佛告阿難若有衆生誹謗如斯大乘經典其所獲罪與此人等爾時阿難聞是語已身毛爲竪唱如是言南無佛陀南無佛陀我聞彼人行如是惡身心迷悶佛告阿難若有衆生滅佛菩提其人由此惡行因故當墮阿鼻大地獄中阿難於未來世有比丘比丘尼優婆塞優婆夷誹謗如斯大乘經典其人命終定墮阿鼻大地獄中阿難汝於如來功德不應限量所以者何如來功德甚深廣大難可測故阿難若復有人聞此經典信受愛樂生歡喜心如是等人即得淨命獲大利益其人一生爲不唐捐已修善行已得眞實離三惡道當成

佛子已得深信堪受供養於諸聖賢心生清淨亦當決除一切魔網而能出於生死曠野拔憂惱箭善知歸依獲勝妙樂如是等人甚爲希有堪作世間無上福田何以故諸佛之法甚深難信而能信故阿難當知是人非少善根而得成就如是之信何以故諸佛如來曾與彼人於多生中爲善知識阿難若有衆生於佛世尊雖未得見但聞名字即生信喜或復有人不聞佛名得見如來便生信喜或復有人雖得見聞不生信喜或復有人若聞若見皆生信喜阿難除不信喜當知是人於多生中皆蒙如來爲善知識其人功德與如來等即爲如來成就度脫而攝受之阿難我昔修菩薩道時諸有衆生來至我所我皆攝受施其無畏汝等今者應生淨信精勤修習汝所應作悉已開顯亦爲汝等拔憍慢箭阿難譬如有人久別親友過百由旬冒遠尋之得與相見暫解離念尚生歡喜何況曾得值佛種諸善根今復覩佛得爲親友而不喜耶阿難當知未來諸佛皆作是念此諸人等已得過去如來爲善知識今復值我我與是人亦爲親友心生歡喜譬如有人見親友時心生歡喜見友之友亦生歡喜阿難若有衆生於此經典少分生信我以是人付未來佛彼佛亦當作如是念此等衆生是我親友如其所願當令滿足譬如有人多諸親友唯生一子心甚憐念其人不久病欲命終喚其所親付是愛子其友受付念如己子佛亦如是未來諸佛皆是親友以是衆生付未來佛阿難我今開悟於汝汝應於此深生淨信當勤修

習佛告諸比丘菩薩生時無量百千拘胝那由他天諸婇女以天妙華塗香末香華鬘衣服衆莊嚴具散聖后上如雲而下爾時世尊欲重宣此義而説偈言

將生離垢光　天女有六萬　咸出妙歌頌
讚歎菩薩母　皆於聖后前　歡喜作是言
願勿懷憂惱　我等堪供事　尊生出三界
無上大醫王　草木華葉數　人天盡恭敬
大地六種動　名聞遍十方　如是最勝人
聖后令生彼　虛空諸樂器　不鼓而自鳴
百千淨居天　歸命生歡喜　今者聖人出
爲世作津梁　四王釋梵等　及餘諸天衆
曲躬盡圍遶　咸生歡喜心　彼人中師子
當出母右脇　光明極清淨　輝耀如金山
釋梵手承捧　震動百千界　三惡趣衆生
離苦皆安樂　天衣及天華　遍滿於虛空
諸佛精進力　此地爲金剛　導師所下足
瑞蓮隨步起　周行七步時　演妙梵音聲
我爲大醫王　能除生死病　我於世間中
爲最尊最勝　梵釋諸天等　在於虛空中
以手捧香水　灌灑於菩薩　龍王下二水
冷煖極調和　諸天以香水　洗沐於菩薩
三千大千界　一切皆震動　諸天持白蓋
并執素纓紱　遍覆於虛空　皆以寶莊嚴
持種種供具　供養人師子　有報輸檀王
王生衆相子　增長於王族　從王種姓生
當作轉輪王　統領四天下　應知釋種中
時生五百子　一切皆勇健　力如那羅延
復有報王言　婢僕各八百　馬生二萬駒
牛生六萬犢　象子有二萬　四方諸國王

同時皆慶賀　其數亦二萬　諸王咸欸附
稽首而白言　善哉最勝王　我願爲僮僕
象王金網飾　歡躍至王宮　牛有種種色
端正甚可愛　駿馬如珂雪　騣尾皆金色
增顯大王族　王應自往觀　所有衆吉祥
皆因菩薩力　天人見功德　咸生歡喜心
發願求菩提　速登無上果

佛告諸比丘菩薩生已輸檀王倍復增上而行法行見來求者一切施與諸族姓中同於是時生二萬女諸女之中耶輸陁羅而爲上首又諸僕使及青衣等所生男女數各八百於諸男中車匿爲最駿馬生駒其數二萬於諸馬中乾陟爲上生白象子數亦二萬四百拘胝類樹之中菩提樹芽是時初生名阿說他於四洲中生栴檀林於迦毗羅城四邊自然出現五百園苑五千寶藏從地涌出如上所說一切事物所司部録擬供菩薩是時輸檀王與諸眷屬聚會作是念言我子生已一切事物皆悉增長成就我當與子名薩婆悉達多即以種種衣服飲食慶賀菩薩比名佛告諸比丘菩薩生已聖母右脇平復如故於一井中出三種泉浴菩薩母又於池中出妙香油聖后塗身有五百千天諸婇女各執寶瓶持好香油至聖后所而慰問言安隱生子願無上損復有五百千天諸婇女各各執持上好塗香塗聖后身而慰問言安隱生子願無上損復有五百千天女各各執持上妙天衣爲供養菩薩故問聖后言安隱生子願無上損復有五百千天諸婇女各各執持寶莊嚴具爲供養菩薩故問聖后言安隱生子願

無上損又有五百千天諸婇女各各執持上妙音樂鼓吹絃歌爲供養菩薩故問聖后言安隱生子願無上損此閻浮提一切外道五通神仙乘空至於輸檀王所而白王言王生福德之子吉祥無量種族增盛佛告諸比丘菩薩生已於龍毗尼園七日七夜人天擊奏種種微妙音樂而以供養尊重讚歎復以種種上妙飲食施設一切釋種親族皆悉集會讚言吉祥悉行惠施作諸功德供養三萬二千名聞勝智諸婆羅門隨其所須皆令滿足梵王帝釋化作端正摩那婆身於衆會中坐第一座而演吉祥微妙讚歎佛告諸比丘菩薩生已摩醯首羅告淨居天子言菩薩已於百千阿僧祇拘胝那由他劫修習布施持戒忍辱精進禪定智慧方便多聞成就大慈大悲大喜大捨心常希求利益一切已於過去諸佛深種善根從彼而生以百福相而自嚴飾勇猛決定習諸善行降伏魔怨已能成就清淨妙願名大智幢於三千大千世界中爲大導師天人供養積集福德增長意樂遠離生老病死能盡邊際能於甘蔗上族中生不久得阿耨多羅三藐三菩提覺悟世間我與汝等可共往彼供養恭敬尊重讚歎及爲斷除諸餘天子憍慢掉舉故令彼諸天於長夜中獲利益故得安樂故證菩提故又欲見輸檀王讚歎吉祥慶賀種族宣說菩薩定當成佛爾時摩醯首羅天子與十二百千衆會圍遶光明赫弈照迦毗羅城詣輸檀王宫頂禮菩薩遶百千帀恭敬捧持慶賀輸檀王言大王應大歡喜何以故王之太子相好莊嚴於

一切世間天人之中色相光明道德名稱悉皆殊勝大王如是菩薩決定當得阿耨多羅三藐三菩提如是諸比丘摩醯首羅與淨居天子設大供養宣說菩薩定得作佛還歸本處佛告諸比丘菩薩初生滿七日已摩耶聖后即便命終生三十三天過七日已菩薩還迦毗羅城所有儀式莊嚴殊勝倍過聖后往龍毗尼園百千拘胝有五百千天女皆捧寶瓶盛以香水五百千婇女持孔雀羽扇次第而行五百千婇女香水灑地導前而行五百千天女於前執箒掃地而行五百千婇女以種種瓔珞莊嚴其身次第而行五百千天女執寶華鬘次第而行五百千婇女持衆寶具次第而行五百千婆羅門執諸寶鈴詠吉祥音次第而行二萬大象種種莊嚴次第而行八萬寶車幢旛幰蓋莊嚴微妙翊從而行四萬步兵悉被甲冑皆操儀仗倍列而行又有色界尊勝諸天執持拘胝百千那由他寶幢旛蓋於虛空中供養而行又有欲界諸天執持拘胝百千那由他寶幢旛蓋於虛空中供養而行又有欲界諸天以種種天諸寶具莊嚴菩薩之車又有二萬諸天婇女爲菩薩御是時人天婇女羅列而行天無所嫌人無所羨此由菩薩威神力故佛告諸比丘是時迦毗羅城五百釋種各造宮殿合掌恭敬稽首請輪檀王言善哉善哉一切成利願天中天幸我宮殿願最上導師幸我宮殿願歡喜悅樂者幸我宮殿願好名稱幸我宮殿願普遍明幸我宮殿願無等等幸我宮殿願功德光明具相莊嚴者幸我宮殿由是讚歎成利因

緣故名菩薩爲薩婆悉達多於是輸檀王愍諸釋意即將菩薩入諸釋宮經於四月方得周遍然後乃將菩薩歸於自宮於自宮中有一大殿名寶莊嚴菩薩居彼殿已時輸檀王召諸親族長德耆年凡預國姻皆悉來集而告之言我子嬰孩早喪其母乳哺之寄今當付誰誰能影護使得存活誰能慈心爲我瞻視誰能養育令漸長大誰能憐撫如愛己子時有五百釋氏之婦前白王言我能養育王之太子諸釋耆舊咸作是言汝等年少色盛心舉不堪依時養育太子摩訶波闍波提親則姨母有慈有慧惟此一人堪能養育是諸釋種皆共和合請摩訶波闍波提爲養育主時輸檀王躬抱菩薩付於姨母而告之言善來天人當爲其母摩訶波闍波提奉王勑已命三十二養育之母八母抱持八母乳哺八母洗浴八母遊戲養育菩薩譬如白月從初一日至十五日清淨圓滿亦如尼拘陀樹植彼膏腴沃壤之地漸漸增長佛告諸比丘時輸檀王又與釋種共集議論我此太子爲作轉輪聖王爲當出家成佛道也時有五通神仙名阿斯陀與外族那羅童子居雪山中見菩薩生時有無量希奇之瑞又聞虛空諸天讚言佛出於世又見空中雨種種香華種種衣服人天往來歡喜踊躍即以天眼周遍觀察見迦毗羅城輸檀王太子福德光明照曜世間成就三十二大人相見此事已告那羅童子言汝應當知閻浮提內迦毗羅城輸檀王太子福德光明普照十方世間之中此爲大寶三十二相莊嚴其身若在家者當爲轉

輪聖王王四天下成就七寶具足千子統領大地盡海邊際以法御物不假刀兵自然降伏若出家者當得成佛不由他悟爲天人師名稱普聞利益一切我今與汝當往瞻禮時阿斯陀仙與那羅童子猶如鴈王翔空而至攝其神足步入王城詣輸檀王宮立於門下告守門者汝可入通有阿斯陀來造於王時守門人往到王所而白王言大王門有仙人名阿斯陀願得親謁王聞是巳掃拭宮殿安施妙座引仙人入仙人既至呪願王言吉祥尊貴願增壽命以法爲王王於是時以種種香華供養仙人延其就座仙人坐巳王言大仙恒思頂禮未果所願不審今者從何而至仙言大王聞有聖子我欲見之故來此耳王言我子適睡請待須臾仙言如是正士自性覺悟本無眠睡比丘當知菩薩是時念仙人故從睡而寤王自抱持授與仙人仙人跪捧周遍觀察見菩薩身具足相好超過梵王釋提桓因護世四王光明照曜逾百千日既見是巳即起合掌恭敬頂禮種種稱揚歎未曾有斯大丈夫出現於世右遶三帀捧持菩薩作是思惟今當有佛出興於世自恨衰老不值如來常處長夜恒迷正法於是悲啼懊惱歔欷哽咽時輸檀王見阿斯陀仙如是哀慼不能自勝王及姨母一切眷屬皆悉啼泣白仙人言我子初生之時巳召相師占問善否皆大歡喜以爲奇特今者大仙悲淚如是我等眷屬非無疑心吉凶之事願爲我說時阿斯陀仙收淚而言惟願大王勿懷憂慮我今哀歎無有異情自傷年老死時將至不聞正

法不覩佛與大王當知無量衆生被煩惱火之所燒害佛當能灑甘露法雨爲滅除之無量衆生行於邪見曠野之中佛當能示涅槃清淨之道無量衆生繫在煩惱牢獄佛當能宥使得解脱無量衆生閉於生死不能自出佛當能與開方便門無量衆生爲煩惱箭之所中傷佛當能拔令免斯苦大王如優曇華時乃一現諸佛如來出興於世亦復如是我今所恨不見此時自惟失祐是故悲耳大王若人值佛坐菩提座降伏魔怨轉于法輪當知是人必獲勝果大王乃有無量衆生值佛出世奉持正教得阿羅漢我恨彼時不預斯事是故悲耳大王如韋陀論中所記王之太子必定不作轉輪聖王何以故三十二大人相極明了故王言何等名爲三十二相仙言三十二相者一者頂有肉髻二者螺髮右旋其色青紺三者額廣平正四者眉間毫相白如珂雪五者睫如牛王六者目紺青色七者有四十齒齊而光潔八者齒密而不踈九者齒白如軍圖華十者梵音聲十一味中得上味十二舌軟薄十三頰如師子十四兩肩圓滿十五身量七肘十六前分如師子王臆十七四牙皎白十八膚體柔軟細滑紫磨金色十九身體正直二十垂手過膝二十一身分圓滿如尼拘陀樹二十二一一毛孔皆生一毛二十三身毛右旋上靡二十四陰藏隱密二十五髀牖長二十六腨如伊尼鹿王二十七足跟圓正足指纖長二十八足趺隆起二十九手足柔軟細滑三十手足指皆網縵三十一手足掌中各有輪相轂輞圓備千輻具

足光明照耀三十二足下平正周遍案地大王王之聖子具此三十二大人之相分明顯著如是之相惟諸佛有非輪王有大王聖子復有八十種好不合在家作轉輪王必當出家得成佛道王言大仙何者名爲八十種好仙言八十種好一者手足指甲皆悉高起二者指甲如赤銅三者指甲潤澤四者手文潤澤五者手文理深六者手文分明顯著七者手文端細八者手足不曲九者手指纖長十者手指圓滿十一手指端漸細十二手指不曲十三筋脉不露十四踝不現十五足下平十六足跟圓正十七脣色赤好如頻婆果十八聲不麤獷十九舌柔輭色如赤銅二十聲如雷音清暢和雅二十一諸根具足二十二臂纖長二十三身清淨嚴好二十四身體柔輭二十五身體平正二十六身無缺減二十七身漸纖直二十八身不動搖二十九身分相稱三十膝輪圓滿三十一身輕妙三十二身有光明三十三身無斜曲三十四齋深三十五齋不偏三十六齋稱位三十七齋清淨三十八身端嚴三十九身極淨徧發光明破諸冥暗四十者行如象王四十一遊步如師子王四十二行如牛王四十三行如鵝王四十四行順右四十五腹圓滿四十六腹妙好四十七腹不偏曲四十八腹相不現四十九身無黑子五十者牙圓正五十一齒白齊密五十二四牙均等五十三鼻高脩直五十四兩目明淨五十五目無垢穢五十六目美妙五十七目脩廣五十八目端正五十九目如青蓮六十者眉纖而長六十一見者皆生喜

六十二眉色青紺六十三眉端漸細六十四兩眉頭微相接連六十五頰相平滿六十六頰無缺減六十七頰無過惡六十八身不缺減無所譏嫌六十九諸根寂然七十者眉間毫相光白鮮潔七十一額廣平正七十二頭頂圓滿七十三髮美黑七十四髮細輭七十五髮不亂七十六髮香潔七十七髮潤澤七十八髮有萬字七十九髮彩螺旋八十者髮有難陀越多吉輪魚相大王此是聖子八十種好若人成就如是八十種好不應在家必當出家得阿耨多羅三藐三菩提時輸檀王聞阿斯陀仙如是語已身心泰然歡喜踊躍從座而起頂禮菩薩而說偈言

汝為帝釋諸天人　一切恭敬稽首禮
及為一切諸神仙　皆來恭敬而尊重
為諸世間之塔廟　故我頂禮自在王

諸比丘輸檀王為阿斯陀仙及那羅童子施設種種飲食上妙衣服右遶頂禮時阿斯陀仙撫那羅童子左肩乘虛而去是時仙人語童子言不久有佛出興於世汝當往詣求請出家於長夜中得大利益

方廣大莊嚴經卷第三

音釋

嬈（而沼切擾也）譪（倚亥切叢雜貌）翁鬱（翁烏孔切鬱於物切翁鬱草木盛貌）駿（須閏切疾速也）騣（子紅切馬鬣也）鞍（烏寒切）擐（胡慣切貫也）胄（直祐切兜鍪也）罥（古泫切網也）帊（普駕切）雕（都聊切鏤也）繒（疾陵切帛也）辮（蒲善切編髮也）枝榦（榦古案切枝榦木傍生曰枝正出曰

輪

欠呿 欠去劒切呿丘迦切欠呿謂氣擁滯欠呿而解也

謇訥 謇九演切吃也訥奴骨切難言也

掉舉 掉徒弔切掉舉搖動也

紱 分勿切印組也

赫弈 赫郝格切弈羊益切赫弈光明顯盛也

篲 徐醉切竹埽帚也

憶 許偃切車上張繒曰憶

歔欷 歔朽居切欷香依切歔欷泣咽而抽息也

睫 即葉切目傍毛也

輭 而兗切與軟同

頰 古協切面旁也

髀膞 髀部禮切股也膞丑肩切圓直也

腨 市兗切腓腸也

網縵 網文紡切縵莫官切

踝 胡瓦切足骨也

方廣大莊嚴經卷第四

唐中天竺國沙門地婆訶羅奉　詔譯

入天祠品第八

爾時佛告諸比丘菩薩生已諸刹帝利婆羅門居士長者豪富之家二萬童女皆悉擬爲菩薩婇女王及大臣亦各有二萬童女擬爲菩薩婇女此等諸女皆與菩薩同日而生是時釋種耆舊詣輸檀王所白言大王今者可將太子謁於天廟以祈終吉王時許之即遣所司淨諸城郭鄽肆巷陌所有盲聾瘖瘂諸根不具瓦礫糞穢諸不吉祥皆悉除屏擊福德鼓扣善相磬所由之門皆令藻飾又諸國王長者居士婆羅門等剋期同集無量婇女車徒騎從諸吉祥瓶香油香水悉令盈滿婆羅門子夾於衢路詠吉祥音諸天祠廟皆悉嚴好如是等事一切成辦時輸檀王入於後宮告摩訶波闍波提言欲將太子往於天廟幷勑宮人並須嚴飾摩訶波闍波提以諸寶服莊嚴菩薩是時菩薩熈怡微笑而作是言今者見將欲往何處姨母告言欲將太子謁於天廟爾時菩薩而說偈言

自我初生時　震動三千界　日月及護世
梵釋諸天龍　皆悉下閻浮　俱來頂禮我
何有天相及　將吾造其所　我是天中天
於天中最勝　天無與等者　誰復有能過
隨順世俗故　所以來生此　見我威神力
一切皆欣喜　是故應知我　獨爲天中天

佛告諸比丘如是集會軍衆吉祥讚歎莊嚴城闕街衢巷陌鄽肆諸門悉已清淨時輸檀王自將菩薩乘車而出與諸婆羅門刹利大

富長者居士大臣及諸國王釋氏眷屬前後翊從燒香散華滿於衢路象馬車乘軍衆無量皆悉執持寶幢旛蓋種種鼓樂歌舞作倡百千諸天御菩薩車無量百千那由他天子幷天婇女於虛空中散衆天華鼓樂絃歌時輸檀王威力如是詣於天廟至天廟已王自抱持菩薩入天廟中足蹈門閫所有天像皆從座起迎逆菩薩恭敬禮拜時衆會中百千天人皆大歡笑踊躍無量唱言善哉善哉甚爲希有迦毗羅國六種震動諸天形像各現本身而說頌曰

芥子並須彌　牛跡方溟海　日月對螢火
豈足以爲倫　我今如芥子　而復同牛跡
亦與螢火等　故我應敬彼　菩薩如日月
亦復同溟海　而與須彌等　不宜恭敬我
福慧及威力　禮者獲大利　若人去憍慢
生天證涅槃

佛告諸比丘菩薩示現入天廟時三萬二千天子及無量衆生發阿耨多羅三藐三菩提心諸比丘以是因緣我時忍可入於天廟

寶莊嚴具品第九

佛告諸比丘時有大臣名優陀延其人善閑星曆與五百眷屬月離于軫角宿合時來至王所而白王言請爲太子造寶莊嚴具時王報言宜令速造五百釋種大臣亦各奉爲菩薩造莊嚴具所謂指環首飾寶頸耳璫寶帶瓔珞寶屐寶鈴寶鐸金網如是等莊嚴之具既成就已而弗沙星正與月合是時諸釋眷屬持此寶具詣於王所各言大王我等所造莊嚴之具願上太子王言且待汝等先以種

種供養我今亦爲太子造莊嚴具諸釋眷屬重白王言我等所獻豈冀常得莊嚴太子但許各爲七日御用是所願耳至於明旦摩訶波闍波提往無垢光明園以諸寶具嚴飾菩薩懷抱捧接至於園中時有八萬四千婇女迎候菩薩有一萬童女觀瞻菩薩有一萬釋種童女敬仰菩薩有五千婆羅門讚歎菩薩如是等欽望之心皆無猒倦時有釋種名跋陀羅以諸所造寶莊嚴具衣著菩薩當爾之時菩薩身光映奪衆寶所有光彩悉不復現譬如聚墨對閻浮檀金爾時園中有神名曰離垢即現其形於輸檀王及諸釋種前說偈讚曰

假使三千界　滿中盛眞金　閻浮金一銖
映之即無色　假使閻浮金　充滿三千界
菩薩一毛光　映之亦無色　光明甚圓滿
百福相莊嚴　如是清淨身　豈資於外好
日月星珠彩　梵釋諸天光　若對菩薩身
皆悉不能現　由先淨業感　衆相自莊嚴
不待下劣人　所奉莊嚴具　應屏汝所獻
莊嚴衆珍寶　汝自以爲美　菩薩無所求
非菩薩所須　宜持賜車匿　天神說偈已
忽然而不現　王及諸釋種　深生希有心
踊躍歡喜言　釋氏當興盛

示書品第十

佛告諸比丘菩薩年始七歲是時備以百千吉祥威儀之事欲將菩薩往詣學堂十千童男一萬童女圍遶翊從車一萬乘載以珍羞并諸寶物於迦毗羅城四衢道中及諸鄽里處處散施復有百千音樂同時俱作雨衆天

華復有無量百千婇女衆寶瓔珞莊嚴其身或在樓閣軒檻或處殿堂牕牖瞻望菩薩以衆妙華而遥散之復有百千天諸婇女莊嚴其身各執寶瓶盛以香水於前灑道天龍夜叉乾闥婆阿脩羅迦樓羅緊那羅摩睺羅伽等各於虛空出現半身手執華鬘瓔珞珠寶垂懸其上一切釋種前後圍遶隨輸檀王而將菩薩詣於學堂爾時菩薩將昇學堂博士毗奢蜜多見菩薩來威德無上自顧不任爲菩薩師生大慚懼迷悶躃地時兜率天子名曰妙身扶之令起安置座上身昇虛空而說頌曰

所有世間衆技藝　於無量劫已修習
爲欲成熟諸童子　隨順俗法昇學堂
復欲調伏諸衆生　令入大乘眞實法
善解因緣知四諦　能滅諸有得清涼
天中之天爲最尊　施甘露者無能勝
一切衆生心行異　於一念中悉能知
寂滅之法猶能悟　況復文字而須學

爾時天子說此偈已即以天妙香華供養菩薩忽然不現時輸檀王勅諸童子及諸保母瞻侍菩薩王還本宮菩薩爾時手執天書栴檀之簡塗以天香摩尼明璣以爲嚴飾而問師言有

梵寐書　佉盧虱底書　布沙迦羅書　央伽羅書　摩訶底書　央瞿書　葉半尼書　婆履迦書　阿波盧沙書　沓毗羅書　罽羅多書　多瑳那書　郁其羅書　僧祇書　阿跋牟書　阿奴盧書　達羅陀書　可索書　支那書　護那書　末提惡剎羅蜜怛

羅書　弗沙書　提婆書　那伽書　夜叉書　乾闥婆書　摩睺羅書　阿脩羅書　迦樓羅書　緊那羅書　蜜履伽書　摩瑜書　暴磨提婆書　安多力叉提婆書　拘耶尼書　鬱單越書　弗婆提書　沃憩婆書　匿憩波書　般羅憩波書　娑竭羅書　跋闍羅書　戾佉鉢羅底戾書　毗憩波書　安奴鉢度多書　舍薩多婆書　竭膩那書　嗚差波書　匿差波書　波陀戾佉書　地烏怛羅散地書　夜婆達奢書　鉢陀散地書　末提訶履尼書　薩婆縷多僧伽訶書　婆尸書　比陀阿奴路摩書　尼師荅多書　乎盧支磨那書　陀羅尼閑瑳書　伽伽那必利綺那書　薩婆沃煞地你産陀書　娑竭羅書　僧伽訶書　薩婆部多睺婁多書

如上所說六十五書欲以何書而相教乎是時毗奢蜜多聞所未聞歡喜踊躍自去貢高而說頌曰

希有清淨勝智人　已自該通一切法
示入學堂從下問　所說書名昔未聞
無見頂相極尊高　面貌威嚴莫能視
智慧神力最第一　當以善巧教詔我
顧已微淺焉能學　徒聽書名實未知
是爲最上天中天　於世間中無有二

佛告諸比丘爾時有十千童子而與菩薩俱在師前同學字母唱阿字時出一切諸行無常聲唱長阿字時出自利利他聲唱伊字時出諸根本廣大聲唱伊字時出一切世間衆多病聲唱烏(上聲)字時出世間諸惱亂事聲唱烏字時出諸世間一切衆生智慧狹劣聲唱

壂字時出所希求諸過患事聲唱愛字時出勝威儀聲唱烏字時出死瀑流到彼岸聲唱燠字時出皆化生聲唱唵字時出一切物皆無我我所聲唱阿字時出一切法皆滅沒聲唱迦(上聲)字時出入業果聲唱佉字時出一切諸法如虛空聲唱伽(上聲)字時出甚深法入緣起聲唱伽字時出除滅一切無明黑暗厚重翳膜聲唱哦字時出銷滅衆生十二支聲唱者字時出觀四諦聲唱車(上聲)字時出永斷貪欲聲唱社字時出度一切生死彼岸聲唱闍字時出降一切魔軍衆聲唱壤字時出覺悟一切衆生聲唱吒(上聲)字時出永斷一切道聲唱咤字時出置答聲唱茶(上聲)字時出斷一切魔惱亂聲唱荼字時出一切境界皆是不淨聲唱拏(上聲)字時出永拔微細煩惱聲唱多(上聲)

字時出一切法眞如無別異聲唱他(上聲)字時出勢力無畏聲唱陀(上聲)字時出施戒質直聲唱陀字時出希求七聖財聲唱那(上聲)字時出遍知名色聲唱波(上聲)字時出證第一義諦聲唱頗字時出得果入現證聲唱婆(上聲)字時出解脫一切繫縛聲唱婆字時出斷一切有聲唱摩(上聲)字時出銷滅一切憍慢聲唱也字時出通達一切法聲唱羅字時出猒離生死欣第一義諦聲唱羅(上聲)字時出斷一切生死枝條聲唱婆(上聲)字時出最勝乘聲唱捨字時出一切奢摩他毗鉢舍那聲唱沙(上聲)字時出制伏六處得六神通聲唱娑字時出現證一切智聲唱呵字時出永害一切業煩惱聲唱差字時出諸文字不能詮表一切法聲佛告諸比丘菩薩與諸童子居學堂時同唱字母演

出無量百千法門之聲令三萬二千童男三萬二千童女皆發阿耨多羅三藐三菩提心以是因緣示現入於學堂

觀農務品第十一

佛告諸比丘菩薩年漸長大便於一時共諸釋子出城遊觀行至園中見諸農夫勤勞執役菩薩見已起慈悲心哀嗟世間有如斯苦即作是念何處空閑我當於彼思惟離苦乃見園中有閻浮樹枝葉蓊鬱鮮榮可愛菩薩爾時於彼樹下結跏趺坐離諸欲惡有覺有觀離生喜樂住初禪內淨一心滅覺觀離生喜樂住二禪離喜受聖説住捨有念有想身證樂住三禪斷除苦樂滅憂喜不苦不樂念清淨住四禪時有外道五通仙人乘虛而行從南往北至閻浮樹不能飛過共相謂言我今何爲不能飛過此閻浮樹心驚毛竪而説偈言

我等昔能過　須彌及金剛　如是堅固山
去來無罣礙　猶如有大象　衝度小林叢
於彼無留難　其事亦如是　又亦曾飛過
諸天龍神宮　皆悉不爲難　一切無所障
今者是誰力　來制我神通　於此閻浮林
遲迴不能過

爾時林中有神説偈答言

輪頭檀王之太子　圓滿猶如清淨月
身相猶如日初出　面貌猶如蓮華敷
於此閻浮樹陰下　端坐思惟甚深定
積劫已曾修善行　故能除熱得清涼
由是大士之威神　令汝不能於此過

爾時諸仙聞是偈已遥見菩薩威光赫然相

好無比各生希有奇特之心咸作是言此爲何人威容乃爾爲是帝釋爲是四王爲是魔王爲是龍王爲是摩醯首羅天爲是毗紐天爲是轉輪聖王時諸仙人以偈讚曰

身色超過四護世　釋梵日月自在天
福德相好無能踰　清淨離垢應是佛

爾時林神以偈答仙人曰

釋提桓因及護世　梵王毗紐與自在
若比菩薩之威光　百千萬分不及一

爾時諸仙聞是偈已從空而下至菩薩前乃見菩薩入深禪定身心不動以偈讚曰

世間煩惱火　尊是清涼池　當以無上法
令其除熱惱

復有一仙說偈讚曰

世間無明覆　尊爲智慧燈　當以勝淨法
爲彼除冥暗

復有一仙說偈讚曰

世間憂惱海　尊爲大船筏　當以最勝法
濟之登彼岸

復有一仙說偈讚曰

世間老病苦　尊爲大醫王　當以微妙法
救之令得愈

佛告諸比丘時諸仙人讚菩薩已頂禮圍遶昇空而去爾時輸檀王於少時間不見菩薩悒然不樂作如是言太子今者爲在何許即遣羣臣處處求覓有一大臣至閻浮樹乃見菩薩在彼樹下端坐思惟諸樹光陰逐日而轉惟閻浮之影湛然不移時彼大臣見如是事心生希有歸白王言

太子宴坐閻浮樹　其樹經時影不移

種種相好以莊嚴　威德光明超釋梵

爾時輪檀王聞是語已往閻浮樹下見菩薩身相好莊嚴威光赫弈以偈歎曰

譬如山峯夜然炬　亦如明月在虚空
太子安隱入深禪　我今見之喜且懼

現藝品第十二

佛告諸比丘爾時菩薩年既長大復於一時輪檀王共諸釋種長德耆年相與談議時諸釋種白大王言太子年漸長大無量諸仙善占相者皆云太子若得出家必定成佛若在家者當爲轉輪聖王王四天下十善御物以法爲王成就七寶何謂爲七一者輪寶二者象寶三者馬寶四者珠寶五者女寶六者主兵臣寶七者主藏臣寶具足千子端正勇健能伏怨敵大王若令太子不出家者轉輪聖王必有繼嗣諸粟散王咸當歸伏應爲求婚令生染著由是自當不出家也時輸檀王告諸釋言誰女有德堪爲其妃時有五百大臣各白王言我女有德堪爲太子之妃輸檀王言太子之妃固難爲選不知誰女能稱其意宜問太子何等之女可以爲妃是諸釋種往菩薩所各各問言太子欲娶誰女而以爲妃是時菩薩報諸釋言却後七日當述斯意菩薩思惟而説偈言

欲有無邊過　爲諸苦惱因　猶如毒樹林
亦如猛火聚　今處深宮内　婇女共相娛
此處甚難居　猶如履霜刃　未若住禪定
獨在於山林

爾時菩薩過七日已起大悲心思惟方便欲度衆生告諸大臣而説頌曰

蓮華生長淤泥中　不爲淤泥之所染
王者德感於衆庶　方爲一切之所宗
世間無量諸衆生　當於我所證甘露
是故示有妻子等　非爲五欲之所染
我今隨順過去佛　而不退失諸禪定
婚娉宜應選伉偶　勿娶凡女以爲妃
具足相好清淨人　諦語稱心無放逸
我今爲書陳所好　汝宜依書善求覓
若有少盛好威儀　不恃麗容而起慢
無憍無吝無嫉妬　無諂無誑無諸病
恒常質直起慈心　憐愍衆生如愛子
好行惠施無諸過　供養沙門婆羅門
乃至夢寐無邪心　未曾懷孕至貞潔
恒爲心師不高舉　執意卑遜猶如賤
不貪滋味及欲樂　有慚有耻而無害
未嘗歸依諸外道　恒與眞正理相應
身語意業常清淨　昏沉睡眠皆遠離
所作無不善思惟　恒行善行未曾捨
承事舅姑如父母　愛念左右如自身
夫睡方眠復先起　善能解了諸義理
如是之女我方娶　豈得凡劣以爲妃

佛告諸比丘是時大臣乃傳此書至輸檀王所王見書已告諸臣言汝宜齎書於迦毗羅城觀諸族姓若刹帝利若婆羅門乃至毗舍首陀種族之中必有令女具斯衆德當娶是女爲太子妃即說偈言

刹利婆羅門　毗舍及首陀　有女具斯德
宜速來報我　太子心所好　以奉法爲先
汝今應審觀　無論於種姓

佛告諸比丘爾時大臣奉王勑已於迦毗羅

城求訪如是令德之女有一大臣名爲執杖其人有女名耶輸陀羅相好端嚴姝妙第一不長不短不麤不細非白非黑具足婦容猶如寶女於是大臣詣執杖家見耶輸陀羅爾時耶輸陀羅拜於大臣而問之言以何緣故而來至此大臣以菩薩書授耶輸陀羅而說頌曰

釋氏大王之太子　顏容端正甚可愛
大人之相三十二　八十種好皆圓滿
太子書中述婦德　如是之女可爲妃

爾時耶輸陀羅見菩薩書取而讀之怡然微笑報大臣曰

書載德行令悉備　惟應太子爲我夫
當以斯意速啓知　無令不肖而共居

爾時大臣見是事已歸白王言大王我於迦毗羅城處處求訪覩一賢女堪爲太子之妃端正姝妙色相第一不長不短不麤不細非白非黑具足婦容猶如寶女王曰汝所稱者誰之女耶白言執杖大臣之女名耶輸陀羅王自惟念太子相好超過世間德貌備足方可以充太子妃耳汝所稱者何必具美我當造無憂寶器隨太子意來者遺之竊使伺候觀其所好其所好者即娉爲妃乃遣金師多造無憂之器復以七寶而爲嚴飾擊鼓宣令告迦毗羅城自知女有德貌堪爲太子妃者至第七日總集王宮七日滿已諸女皆集菩薩爾時處于大殿據仁賢牀婇女圍遶時輸檀王密使內人觀察菩薩意之所向當速報我時迦毗羅城一切美女皆以瓔珞莊嚴其身至菩薩前暫覩威光不能仰視爾時菩薩

以無憂寶器次第付之皆蒙厚禮低顏而去爾時耶輸陀羅侍從圍遶最後而至姿容端正色相無雙諦觀菩薩目不暫捨怡然微笑而作是言獨不垂賜無憂之寶將非我身不足採耶菩薩報言我今於汝誠無所嫌汝自後來寶器盡耳即脫指環而以與之其環價直百千兩金耶輸陀羅受指環已復作是言所賜之物何太少乎我身雖劣止直爾耶是時菩薩盡脫所著衆寶瓔珞而以贈之耶輸陀羅言我今何爲奪於太子嚴身之寶自當以諸寶飾奉上太子作是語已不肯受之還歸本處時王使者具以上事而白王言大王當知太子意在執杖大臣之女耶輸陀羅王聞是語即遣國師詣執杖家作如是言聞卿有女堪爲太子之妃故遣相求宜知此意爾時國師奉王勑已到執杖家具陳是事爾時執杖報國師言自我家法積代相承若有技能過於人者以女妻之太子生長深宮未曾習學文武書筭圖像兵機權捷膂力世間衆藝何爲我女適無藝人應會諸釋揀選技能誰最優長當得是女爾時國師聞此語已歸白於王王聞此言愁憂不樂竊作是念我先勑諸釋種親侍太子皆白我言太子不男執杖辭此或因是也爾時菩薩詣父王所白言大王何以憂愁王時默然乃至三問王遣餘人爲說斯意於是菩薩熈怡微笑來白王言世間寧有殊能妙技與我等者王便歡喜更審問言汝今能與他人捔技藝耶如是三問菩薩答言大王但當速召有異術人我能於前現衆技藝時輸檀王於迦毗羅城外爲一

試場遍告天下過七日後若有善於技術皆集此場共觀太子現諸技藝至第七日五百釋子菩薩爲首當共出城往試場所是時執杖大臣莊飾其女載以寶車侍從圍遶來觀技藝立表號令若有技藝出於人者以女妻之時輸檀王遣將最勝白象以迎菩薩提婆達多先至城門見此勝象莊嚴第一問是誰象答言大王遣將此象以迎太子提婆達多聞是語已生嫉妬心恃力憍慢前執象鼻以手搏之於是而死難陀續到欲出城門見彼白象當路而斃問誰殺乎答言提婆達多難陀于時以手倒曳致於路側菩薩尋至問誰殺象御者答言提婆達多左手執鼻右手搏之其象爾時應手而死菩薩歎曰提婆達多甚爲不善復問御者誰能移之答言難陀以手倒曳致于路側菩薩歎曰善哉難陀爾時菩薩坐於寶輅以左足指持彼白象徐擲虛空越七重城過一拘盧舍其象墮處便爲大坑爾後衆人號爲象坑是時虛空諸天皆大歡喜歎未曾有而說頌曰

菩薩車中垂左足　以指擲象重城外
決定當能以智力　運諸衆生超死城

佛告諸比丘爾時輸檀王與諸釋種長德耆年國師大臣無量衆會集藝場所五百釋種童子皆至此場時諸釋種請毗奢蜜多爲試藝師語毗奢蜜多言應觀我等諸童子中誰最工書誰學優贍而毗奢蜜多先知菩薩解一切書無能逾者於是微笑向諸童子而說頌曰

天上人間　所有文字　太子究之　盡窮其底

吾與汝等　誰能及者　爲我說書　靡識其名
適曾校量　人天最勝

爾時五百釋種前白王言我等先知太子通達書藝無能及者而於筭術或未過人時有大臣名頞順那極閑筭術輸檀王語頞順那言汝宜觀諸童子於筭數中誰最爲優爾時菩薩自與唱數令諸童子次第下籌隨菩薩唱計不能及一一童子乃至五百皆悉錯亂菩薩是時語諸童子汝等唱數我當筭之諸童子等次第舉數菩薩運籌唱不能及都無錯謬乃至五百童子一時俱唱亦不雜亂時頞順那心生希有以偈讚曰

善哉心智奇敏捷　五百釋種無能及
彼昔皆稱我能筭　今知太子不可量

時諸釋種及一切人天同聲唱言善哉善哉太子於筭計中亦復第一皆從座起合掌頂禮白大王言善哉大王快得善利今者太子辯才智慧皆悉第一時輸檀王告菩薩言頗復能與頞順那校量筭不菩薩言大王此事可耳時彼筭師問菩薩言頗有了知百拘胝外數名以不菩薩報言我甚知之頞順那言太子能知請爲我說菩薩答言百拘胝名阿由多百阿由多名尼由多百尼由多名更割羅百更割羅名頻婆羅百頻婆羅名阿芻婆百阿芻婆名毗婆訶百毗婆訶名欝僧迦百欝僧迦名婆呼羅百婆呼羅名那迦婆羅百那迦婆羅名底致婆羅百底致婆羅名畢波婆他般若帝百畢波婆他般若帝名醯兜奚羅百醯兜奚羅名迦羅頗百迦羅頗名醯都因陀利百醯都因陀利名僧合怛覽婆百僧

合怛覽婆名伽那那伽致百伽那那伽致名尼羅闍百尼羅闍名目陀羅婆羅百目陀羅婆羅名薩婆婆羅百薩婆婆羅名毗僧以若跋致百毗僧以若跋致名薩婆僧以若百薩婆僧以若名毗浮登伽摩百毗浮登伽摩名怛羅絡叉若有解此數者即能筭知一須彌山微塵數量過此有數名度闍阿伽羅摩尼若有解此數者即能筭知恒河沙絡叉數量過此數已有數名度闍阿伽摩尼舍梨若有解此數者即能筭知恒河沙拘胝過此數已有數名婆訶那婆若爾炎致過此復有數名伊吒過此復有數名古盧鼻過此復有數名古吒鼻那過此復有數名娑婆尼叉若有解此數者能知恒河沙拘胝絡叉過此復有數名阿伽羅娑羅若有解此數者能知百拘胝恒河沙絡叉過此復有數名隨入極微塵波羅摩吸羅闍至此數已一切衆生皆不能知惟除如來及最後身菩薩方能解爾頞順那言太子云何能解極微塵數菩薩答言凡七極微塵成一阿耨塵七阿耨塵成一都致塵七都致塵成一牖中眼所見塵七眼所見塵成一兔毛上塵七兔毛上塵成一羊毛上塵七羊毛上塵成一牛毛上塵七牛毛上塵成一蟣七蟣成一芥子七芥子成一麥七麥成一指節十二指節成一搩手兩搩手成一肘四肘成一弓千弓成一拘盧舍四拘盧舍成一由旬今此衆中誰能了知一由旬內微塵數量頞順那曰我聞太子所說猶尚迷悶何況諸餘淺識寡聞惟願太子爲我宣說一由旬內有幾微塵菩薩答曰由旬微塵數量盡

阿芻婆一那由多復有三十拘胝那由多百千復有六萬拘胝復有三十二拘胝復有五絡叉復有萬二千絡叉如是筭計成一由旬塵數如是南閻浮提七千由旬西拘耶尼八千由旬東弗婆提九千由旬北鬱單越十千由旬如是四天下成一世界百億四天下成一三千大千世界其中百億四大海百億須彌山百億鐵圍山百億四天王天百億忉利天百億夜摩天百億兜率陀天百億化樂天百億他化自在天百億梵身天百億梵輔天百億梵衆天百億大梵天百億少光天百億無量光天百億偏光天百億少淨天百億無量淨天百億偏淨天百億無雲天百億福生天百億廣果天百億無想衆天百億無煩天百億無熱天百億善見天百億善現天百億阿迦尼吒天如是名爲三千大千世界縱廣之量乃至百由旬千由旬百千由旬拘胝由旬百拘胝由旬尼由多由旬如是次第由旬數量可得知之微塵之量非諸名數所能及也以是三千大千世界微塵不可筭計是故名爲阿僧祇耳菩薩說此數時頞順那及諸釋種皆大歡喜生希有心踊躍無量悉解上妙衣服衆寶瓔珞奉上菩薩讚言善哉善哉

頞順那即說偈言

拘胝室哆阿由多　如是復有尼由多
更割羅及毗婆羅　數名極至阿芻婆
而復超過無量數　此等太子皆能知
諸釋汝今悉應聽　太子世間無與等
三千大千衆草木　折以爲籌作智人
如是不足爲校量　況復五百釋童子

佛告諸比丘時有百千天人悉唱善哉善哉虛空諸天以偈讚曰

過現及未來　若干衆生心　上中下品類
一念悉皆知　何況此筭數　而不能明了

佛告諸比丘菩薩降伏諸釋童子捔試技藝跳擲奔走皆悉最勝爾時虛空諸天復說偈言

菩薩多劫行施戒　忍辱精進慈悲力
感得如是輕身心　周旋捷疾汝當聽
汝見大士常居此　不知一念往十方
遊歷佛國遍親承　未曾知彼有來去
於諸釋子得殊勝　此事不足爲希有

佛告諸比丘是時五百童子捔力相撲分爲三十二朋難陀就前騁其剛勇菩薩舉手纔觸其身威力所加應時而倒提婆達多常懷我慢凌侮菩薩謂己威力與菩薩等挺然出衆巡彼試場疾走而來欲挫菩薩爾時菩薩不急不緩亦無瞋忿安詳待之右手徐捉飄然擎舉摧其我慢三擲空中以慈悲故使無傷損告諸釋種汝宜盡來與我相撲俱生瞋忿鋭意齊奔菩薩指之悉皆顛仆時諸人天同聲唱言善哉善哉虛空諸天雨衆天華以偈讚曰

假使十方諸衆生　皆具大力如那延
最上智人於一念　纔指之時悉顛仆
假使須彌鐵圍山　大士手摩盡爲末
何況世間不堅人　而與太子校優劣
當以大慈坐道樹　降伏欲界天魔軍
復以甘露洽羣生　定知菩薩無能勝

爾時執杖大臣告諸釋子言我已觀見種種

技藝今可試射誰最爲優於是共射鐵鼓阿難陀曰可置鐵鼓二拘盧舍提婆達多曰可置鐵鼓四拘盧舍孫陀羅難陀曰可置鐵鼓六拘盧舍執杖大臣曰可置鐵鼓八拘盧舍菩薩言可將鐵鼓置十拘盧舍并七鐵猪及七鐵多羅樹置十拘盧舍外爾時阿難陀射及二拘盧舍過二鐵鼓提婆達多射及四拘盧舍過四鐵鼓孫陀難陀射及六拘盧舍過六鐵鼓執杖大臣射及八拘盧舍過八鐵鼓自此爲限皆不能越爾時菩薩引弓將射其弓及弦一時俱斷菩薩顧視更覓良弓時輸檀王心甚歡喜報菩薩言先王有弓在於天廟常以香華供養其弓勁強無人能張菩薩言試遣將來王即遣使取先王弓前持授與諸釋種子是諸釋種皆不能張然後將弓授與菩薩爾時菩薩安隱而坐左手執弓右指上弦忽然而張似不加力彈弓之響徧迦毗羅城城中居人咸皆驚怖各各相問此爲何聲時諸人天同時唱言善哉善哉虛空諸天說偈讚曰

菩薩張弓時　安然不動搖　意樂當圓滿
降魔成正覺

佛告諸比丘是時菩薩身心安隱進止閑詳然後控弦射諸鐵鼓悉皆穿過鐵猪鐵樹無不貫達箭沒於地因而成井爾後衆人號爲箭井時諸人天同聲唱言善哉善哉太子生年未曾習學乃能具有如斯技藝虛空諸天而說頌曰

今觀菩薩射　未足爲希有　當坐先佛座
而證大菩提　禪定以爲弓　空無我爲箭

決除諸見網　射破煩惱怨

佛告諸比丘如是權捷騰跳競走越逸相扠相撲書印筭數射御履水騎乘巧便勇健鉤索皆妙能辦末摩博戲占相畫工雕鏤管弦歌舞俳諕按摩變諸珍寶幻術占夢相諸六畜種種雜藝無不通達善雞吒論尼建畐論布羅耶論伊致訶娑論韋陀論尼盧致論式叉論尸伽論毗尸伽論阿他論王論阿毗梨論諸鳥獸論聲明論因明論人間一切技能及過人上諸天技藝皆悉通達於是執杖大臣白輸檀王及諸釋種一切衆會言我今以女爲太子妃佛告諸比丘爾時菩薩隨順世法現處宮中八萬四千婇女娛樂而住耶輸陀羅爲第一妃初至宮中不修婦人淺近儀式俄然露首未曾覆面時輸檀王及優陀夷竊怪是事後宮婇女咸悉宣言妃今初來應示羞恥何爲顯異無有愧容輕慢淺薄乃至如是耶輸陀羅聞此語已爲諸宮女而說頌曰

但無瑕疵　何用覆藏　行住坐卧　皆悉清淨
如摩尼寶　置於高幢　光彩照耀　一切表見
若默若語　常無私匿　以諸功德　而自莊嚴
雖衣草衣　故弊之服　無累其體　惟增美麗
若人懷惡　外飾其容　猶如毒瓶　塗之以蜜
如是等人　甚可怖畏　譬如毒蛇　不可附近
若復有人　棄惡知識　親近善友　除衆生罪
建立三寶　功不唐捐　身口意業　皆悉清淨
諸大仙人　能知他心　自當明鑒　無假覆蔽

佛告諸比丘爾時輸檀王聞耶輸陀羅能有如是智慧辯才心大歡喜即以上妙衣服寶

珠瓔珞價直無量賜耶輸陀羅以偈讚曰

太子具衆德　而汝甚相稱　今二清淨者

如酥及醍醐

方廣大莊嚴經卷第四

音釋

屐奇逆切屩也　躃地躃必益切謂足不能行而仆於地也　璣居依切大珠也　瑳七何切　憩去例切　鷖烏兮切　燠乙六切　噞烏敢切　毗紐毗頻眉切紐女久切毗紐天名也　淤依倨切淤泥濁泥池　愻蘇困切與遜同　膂力舉切脊骨也　搏晡各切手擊也　斃毗祭切死也　輅落故切車也　搩陟革切張申曰搩　控苦貢切引也　鏤盧候切雕刻也　俳謔俳皮皆切謔虛約切俳諧戲調也

方廣大莊嚴經卷第五

唐中天竺國沙門地婆訶羅奉 詔譯

樂音發悟品第十三

爾時佛告諸比丘菩薩處在深宮將欲出家天龍夜叉乾闥婆阿脩羅迦樓羅緊那羅摩睺羅伽梵釋四王常以種種供具供養菩薩歡喜讚歎又於異時諸天龍神乾闥婆等各自思惟菩薩長夜成就衆生以四攝法而攝受之是諸衆生根器已熟菩薩何故久處深宮而不出家成道度彼若不及時恐致遷移善心難保後成正覺而無可度作是念已至菩薩前頂禮希望作如是言云何當見菩薩出家學道坐菩提座降伏衆魔成等正覺具足十力四無所畏十八不共佛法三轉十二行無上法輪現大神通隨諸衆生所有意樂皆令滿足佛告諸比丘菩薩長夜不由他悟常自爲師了知世間及出世間一切善法所行之行知時非時遊戲神通未嘗退失應衆生根猶如海潮無時錯謬以神通智知諸衆生可攝益時可摧伏時可度脫時可棄捨時可說法時可默然時可修智時可誦念時可思惟時可獨處時可往剎利衆會可往婆羅門衆會可往天龍夜叉乾闥婆阿脩羅迦樓羅緊那羅摩睺羅伽釋梵護世比丘比丘尼優婆塞優婆夷等衆會之時佛告諸比丘一切最後身菩薩將欲出家法爾有十方無邊阿僧祇世界諸佛如來神通之力令其宮內鼓樂絃歌出微妙音勸請菩薩而說偈言

宮中婇女絃歌聲　以欲而惑於菩薩
十方諸佛威神力　變此音聲爲法言

尊昔見諸苦衆生　發願與彼爲依怙
善哉若記昔諸行　今正是時宜出家
尊憶昔爲衆生故　身肉手足而無吝
持戒忍辱及精進　禪定智慧皆修行
爲求菩提勝福故　一切世間無能及
是諸衆生瞋恚癡　尊以慈悲皆攝伏
尊於愚癡邪見者　而能廣起大悲心
積集福智已無邊　禪定神通極清淨
身光能至於十方　如月無雲而普照
無數音樂聲微妙　勸請菩薩速出家

佛告諸比丘爾時菩薩住於最勝微妙宮中一切所須皆悉備具殿堂樓閣衆寶莊嚴幢旛寶蓋處處羅列寶鈴寶網而嚴飾之垂懸無量百千繒綵衆寶瓔珞一切橋道以衆寶板之所合成處處皆有衆寶香爐燒衆名香珠交露幔張施其上有諸池沼其水清冷時非時華周遍開發其池之中鳧鴈鴛鴦孔雀翡翠迦陵頻伽共命之鳥出和雅音其地純以瑠璃所成光明可愛猶如明鏡莊嚴綺麗無以爲喻人天見者莫不歡喜復於一時諸婇女等樂器之音由十方佛威神力故而說頌曰

尊憶往昔發弘願　愍諸衆生無依怙
若證甘露大菩提　救濟令之離苦惱
如昔諸佛所行行　獨處空山林野閒
證得如來一切智　見諸貧乏施財寶
尊昔已行於大施　一切財寶皆能捨
爲諸衆生雨法雨　今正是時宜出家
尊於淨戒無缺減　自昔多劫常修習
解脫衆生諸煩惱　今正是時宜出家

尊修百千諸忍辱　世間惡言皆忍受
常以忍辱而調伏　今正是時速出家
尊行精進極堅强　長時修習摧魔衆
滅除一切三惡趣　今正是時宜出家
尊以勝定除諸垢　灑甘露雨洽羣生
充滿世間諸渴乏　今正是時宜出家
尊以無邊大智慧　斷除邪見愚癡惑
尊應思惟昔弘願　今正是時速出家
尊昔已行無量億　慈悲喜捨諸勝行
以此一切諸勝行　分布世間諸衆生
婇女絃歌甚微妙　以欲而惑於菩薩
十方諸佛威神力　一切皆令爲法音
尊憶往昔爲國王　有人於前而從乞
與我王位及國土　歡喜捨之無悔恨
尊昔曾爲婆羅門　名曰輸迦極精進
慈孝供養於父母　成熟無量婆羅門
及餘衆生歸善道　捨是身已生天上
尊憶往昔作仙人　歌利王瞋斷支節
起大慈心無惱恨　所傷之處皆流乳
昔作奢摩仙子時　父母居山同苦行
王以毒箭誤而中　抱慈無恨歡喜死
尊憶昔爲金色鹿　見人渡河而被漂
因起慈心以救之　後反加害無瞋恨
尊憶昔者爲仙人　寳珠誤墮於大海
起精進心抒彼海　龍王驚怖還寳珠
尊於昔者爲大仙　慈心護彼歸命鴿
有人從尊索是鴿　自割身肉而稱之
與鴿輕重乃齊等　畢至命終爲擁護
又尊昔爲奢摩仙　人來問樹有幾葉
善知多少而酬答　其人不信天來證

尊昔曾爲鸚鵡鳥　釋化爲人來詰問
所依之樹既枯折　何爲守之而不離
答云依此而成長　帝釋便生希有心
即令枯樹重榮茂　尊是受持功德者
安處世間諸衆生　置佛無邊功德海
如是十方佛威神　讚歎菩薩諸功德
變諸婇女絃歌曲　勸請菩薩速出家
尊昔長劫發弘願　拔諸衆生生死苦
請憶往昔所行行　今正是時宜出家
尊憶往昔無邊劫　以金銀等衆珍寶
頭目王位及妻子　見來求者歡喜施
昔爲首鞞幢牙王　月燈珠髻及大悲
堅猛妙目諸王等　皆有威力能行施
尊於多劫能持戒　其戒清淨如明珠
堅持守護無纖過　亦如犛牛自愛尾
尊憶曾爲大象王　獵師以箭中其身
而起慈心無所報　捐彼六牙而守戒
尊憶多劫修諸忍　因修忍故受衆苦
尊憶昔日爲熊身　見人凍餒而溫養
彼歸路逢畋獵者　將來共屠心不恨
尊以精進堅固力　爲菩提故修諸行
當伏魔王及軍衆　今正是時宜出家
尊憶昔爲駿逸馬　騰空利益諸世間
於夜叉國濟衆生　安置之於無畏處
如是精進無邊劫　神通智力除煩惱
心極調柔坐寂定　以此利益諸衆生
尊於昔者爲國王　普使衆生行十善
是諸衆生行善故　命終皆得生梵世
尊智能知善不善　及了衆生諸根性
智慧能入諸理趣　今正是時速出家

導愍衆生墮邪見　生老病死苦海中
淨除生死險惡道　示現涅槃眞實路
如是一切十方佛　讚歎菩薩諸功德
皆變婇女絃歌曲　勸請菩薩速出家
尊昔爲王名勝福　尸利尼彌訖瑟吒
及雞薩梨千耶若　法思光明堅強弓
戒月光明進德光　知恩能捨大威德
王仙月形及猛實　增長菩提求妙法
善住月光殊勝行　地塵勇施諸方主
惠施寶髮清淨身　作是及餘無量王
皆悉能捨於難捨　爲諸如來雨法雨
尊昔值遇恒沙佛　悉皆承事無空過
爲求菩提度衆生　今正是時速出家
初事不空見　值堅固華佛　以一念清淨
見毗盧遮那　又遇栴檀佛　以草炬供養
又佛入城時　以金末散地　逢法自在佛
說法讚善哉　值普光如來　一稱南無佛
見大聚光佛　供養以金華　值光幢如來
奉獻以掬豆　又見智幢佛　無憂華如來
持粥以供養　於被發弘願　又值寶髮佛
供養以明燈　見華光如來　供養以良藥
又值無畏佛　施以寶瓔珞　婆胝伽羅佛
施波頭摩寶　見娑羅王佛　供養以純乳
施名稱如來　奉以師子座　又見眞實佛
及高智如來　曾頂禮圍遶　又見龍施佛
供養以衣服　見增上行佛　施以栴檀香
又見致沙佛　供養以妙鉢　又見大嚴佛
施優鉢羅華　又值光王佛　以妙寶供養
又見釋迦佛　施以金蓮華　又值宿王佛
讚歎如來德　又見日面佛　施以莊耳華

又值妙意佛　散以真頭華　又見降龍佛
施以摩尼寶　又值增益佛　奉上衆寶蓋
又見藥師佛　奉以勝妙座　值師子幢佛
奉以衆寶網　又見持德佛　以音樂供養
又值迦葉佛　奉以衆末香　又見放光佛
以妙華供養　又值阿鞞佛　奉以妙勝臺
又見世供佛　奉以妙華鬘　又值多伽佛
曾捨天王位　又見難降佛　施以衆妙香
又值大光佛　捨身而供養　又見尚華佛
獻寶莊嚴具　又值法幢佛　散以衆妙華
又見作光佛　奉優鉢羅華　盡心而供養
如是及餘無量佛　一一皆以諸供具
供養承事無空過　願尊憶念過去佛
及憶供養諸如來　衆生苦惱無依怙
請尊憶念速出家　尊憶昔值燃燈佛
獲得清淨無生忍　及五神通無退失
從此即能往諸剎　一念遍事諸如來
有爲諸法悉無常　五欲王位皆不定
爲苦所逼諸衆生　願速出家救濟之
婇女絃歌奏清音　以欲將惑於菩薩
十方諸佛威神力　所出衆聲演法言
三界煩惱　猶如猛火　迷惑不離　恒爲所燒
猶如浮雲　須臾而滅　合已還散　如聚戲場
念念不住　如空中電　遷滅迅速　如水暴流
由愛無明　輪轉五道　循環不已　如陶家輪
染著五欲　如被網禽　欲如怨賊　甚可怖畏
處五欲者　猶如履刃　著五欲者　如抱毒樹
智者棄欲　猶如糞坑　五欲昏冥　能令失念
常爲可怖　諸苦之因　能令生死　枝條增長
由彼漂溺　生死河中　聖人捨之　如棄涕唾

如見狂犬 疾走而避 如蜜塗刀 如毒蛇首
如戈戟刃 如糞穢瓶 不能捨離 猶如餓狗
囓其枯骨 五欲不實 妄見而生 如水中月
如谷中響 如燄如幻 如水上泡 從分別生
無有實法 年在盛時 愚癡愛著 謂爲常有
不能猒捨 老病死至 壞其少壯 一切惡之
有財寶者 不知遠離 五家散失 便生苦惱
猶如樹木 華果茂盛 衆人愛之 枝葉凋零
棄而不顧 老弱貧病 亦復如是 亦如鷲鳥
世間惡之 如霹靂火 焚燒大樹 亦如朽屋
不久崩壞 有法能離 生老病死 願尊出家
爲諸衆生 説如斯法 生老病死 纏縛衆生
如摩樓迦 繞尼拘樹 能奪勢力 損壞諸根
猶如嚴霜 凋諸叢林 盛年妙色 因而變壞
譬如山火 四面俱至 野獸在中 周慞苦惱
處生死者 亦復如是 願速出家 而救脫之
尊觀病苦 損惱衆生 猶如華林 爲霜所凋
尊觀死苦 恩愛永絶 眷屬分離 無復重覩
猶如逝川 亦如華落 能害有力 令不自在
獨行無伴 隨業而去 一切壽命 爲死所呑
如金翅鳥 能食諸龍 亦如象王 爲師子食
如摩竭魚 能呑一切 亦如猛火 焚燒叢林
願尊憶昔 發弘誓願 今正是時 宜速出家
婇女妓樂 欲惑菩薩 諸佛神力 變爲法音
是諸有爲 皆當壞滅 如空中電 無暫停息
亦如坏器 如假借物 如腐草牆 亦如砂岸
依止因縁 無有堅實 如風中燈 如水聚沫
如水上泡 猶如芭蕉 中無堅實 如幻如化
猶如空拳 展轉相因 愚人不了 妄生計著
譬如人功 及以麻枲 木輪和合 以成其繩

離是和合　即不成繩　十二因緣　一一分析
過現未來　無有體性　求不可得　亦復如是
譬如種子　能生於芽　芽與種子　不即不離
從於無明　能生諸行　無明與行　亦復如是
不即不離　體性空寂　於因緣中　求不可得
譬如印泥　泥中無印　印中無泥　要因泥印
文像可覩　依止根境　有眼識生　三事和合
說爲能見　境不在識　識不在境　根境識中
本無有見　分別妄計　境界相生　智者觀察
曾無相狀　如幻夢等　譬如鑽火　木鑽人功
三種和合　得有火生　於三法中　本無有火
和合暫有　名曰衆生　第一義中　都不可得
譬如咽喉　及以脣舌　擊動出聲　一一分中
聲不可得　衆緣和合　有此聲耳　智者觀聲
念念相續　無有實法　猶如谷響　聲不可得
譬如箜篌　絃器及手　和合發聲　本無去來
於諸緣中　求聲不得　離緣求聲　亦不可得
內外諸蘊　皆悉空寂　無我無人　無壽命者
尊於往昔　值燃燈佛　已證最勝　眞實妙法
願尊於今　爲衆生故　雨甘露法　使得充足

佛告諸比丘菩薩聞是偈已專趣菩提正念不惰何以故菩薩於長夜時尊重恭敬供養正法及說法師深生淨信求於正法好樂正法住於正法隨所聽聞心無猒足開悟衆生於法施主深生尊重爲他演說無所希望亦不因法而求財寶爲衆說法未曾慳吝勇猛精進一心勤求法爲依止守護法藏住於忍辱修行般若通達方便佛告諸比丘菩薩於多劫來遠離世間知五欲之過爲成就衆生示現處於貪欲境界積集增長一切善根殊

勝福德資糧之力示現受用廣大微妙五欲境界而於其中心得自在菩薩是時憶念往昔所發誓願由是昔願思惟佛法皆悉現前而起大悲觀察世間富貴熾盛會歸磨滅又觀生死多諸煩惱險惡怖畏欲速除斷入大涅槃佛告諸比丘菩薩久已了知生死過患不取不著樂求如來眞實功德依阿蘭若寂靜之處其心常樂利益自他於無上道勇猛精進令一切衆生得安樂故得利益故得寂靜故得涅槃故常起大慈大悲能以四攝攝諸衆生無有猒倦觀諸衆生猶如一子於諸境界心無所著設大施會增長福德遠離慳貪施不望報於長夜中勇猛精進善能降伏貪瞋憍慢慳嫉煩惱未曾暫忘一切智心著大施甲被精進鎧以大悲心度脫衆生智力堅強恒無退失等心衆生隨其意樂皆令滿足知時非時悟法非法迴向菩提於惠施中三事清淨以金剛智除斷四魔戒行成就善能守護身語意業乃至小罪而懷大懼心常清淨於諸垢濁惡言毀呰輕弄誹謗打辱繫縛曾無濁亂具足忍辱心性調柔所作事業常能堅固於一切善心無退轉念智具足恒修正定獲智慧明能破諸暗心常觀見苦空無常不淨之法已善修習四念處四正勤四如意足五根五力七菩提分八聖道分又常安住奢摩他毗鉢舍那深入緣起覺悟眞實恒自了知不因他解遊三脫門了知諸法如幻如夢如影如水中月如鏡中像如熱時燄如呼聲響佛告諸比丘菩薩從多劫來於四威儀恒住如是智慧如是功德如是精進如

是利益十方諸佛復令宫中婇女樂器出微妙聲勸發菩薩又欲化諸宫中婇女即時證得四種法門何等爲四一者方便布施愛語利行同事而攝取之二者紹三寶種能使不絶不壞一切智性不退願力三者智力堅固大慈大悲不捨衆生四者有殊勝智慧資糧之力分别一切菩提分法大嚴法門得現前故以此四種爲欲成就宫中諸婇女故即於是時作大神通令諸婇女解悟樂音所出言詞百千法門所謂廣大心愍衆生心求菩提心發起深心而於佛法令生淨信遠離憍慢尊重正法知善不善憶念諸佛布施持戒忍辱精進禪定智慧六神通四攝法四無量四念處四正勤四如意足五根五力七菩提分八聖道分一一分别奢摩他毗鉢舍那無常苦空無我不淨無貪寂滅無生盡智乃至涅槃菩薩神通令音樂中出如是聲諸婇女等聞是聲已生希有心歡喜踊躍得未曾有佛告諸比丘菩薩處王宫時能令八萬四千諸婇女等發阿耨多羅三藐三菩提心復有無量百千諸天聞如是法於阿耨多羅三藐三菩提得不退轉説微妙偈勸請菩薩速疾出家

感夢品第十四

爾時佛告諸比丘諸天勸發菩薩已菩薩是時現夢於輸檀王王於夢中乃見菩薩剃除鬚髮行出宫門無量諸天圍遶而去時王從夢寤已問内人言太子今者爲在宫耶爲出遊觀内人答言太子在宫無所遊觀王心尚疑菩薩已去悵然憂惱如箭入心作是思惟

如我所夢事相既爾定知太子必當出家復作是念從今以往更勿復許太子遊觀令諸婇女誘以五欲生其愛著時輸檀王爲菩薩故造三時殿一者温煖以御隆冬二者清涼以當炎暑三者適中不寒不熱更造重門使難開閉開閉之時須五百人開閉之聲聞四十里所有善知天文極閑相法及五通仙皆悉窮問遣其先記如是等人皆云太子於吉祥門踰城而出王聞是已轉增憂惱諸比丘後於一時菩薩即便欲出遊觀乃命馭者汝可嚴駕我當暫出馭者奏王今日太子欲出遊觀王聞是已即時遣使掃飾園林復勑所司平除道路香水灑地散衆名華於寶樹間懸繒旛蓋真珠瓔珞次第莊嚴金銀寶鈴處處垂下和風揺動出微妙音從城至園周帀瑩飾精麗清淨猶若天宮復使路邊無諸可惡衰老疾病及以死屍聾盲瘖瘂六根不具非吉祥事並令驅逐爾時菩薩與諸官屬前後導從出城東門時淨居天化作老人髮白體羸膚色枯槁扶杖傴僂喘息低頭皮骨相連筋肉銷耗牙齒缺落涕唾交流或住或行乍伏乍偃菩薩見已問馭者言此曰何人形狀如是時淨居天以神通力令彼馭者報菩薩言此老人也又問何謂爲老答曰凡言老者曾經少年漸至衰朽諸根萎熟氣力綿微飲食不銷形體枯竭無復威勢爲人所輕動止苦劇餘命無幾以是因緣故名爲老又問此人獨爾一切皆然馭者答言一切世間皆悉如是菩薩又問如我此身亦當爾耶馭者答言凡是有生若貴若賤皆有此苦爾時菩

薩愁憂不樂謂馭者曰我今何暇詣於園林縱逸遊戲當思方便免離斯苦即便迴駕還入宮中時輸檀王問馭者言今日太子園林遊戲歡樂以不馭者答言大王當知太子出城行至中路忽於道上有一老人氣力衰微身體困極太子見已即便還宮時輸檀王作是思惟此是我子出家之相阿斯陀仙所言殆實於是更增五欲而娛樂之諸比丘復於一時淨居諸天既見菩薩還處五欲作是思惟我今應當更爲菩薩示現事相使得覺悟令速出家爾時菩薩復召馭者而告之言我今欲往園林遊觀汝速爲我啓奏大王嚴辦車從我當暫出王聞是已召集諸臣而告之曰太子前者出城東門道逢老人中路而返愁憂不樂今復求出欲詣園林宜應從城至園悉令清淨懸繒旛蓋燒香散華勿使糞穢不淨及老病死諸不吉祥在於衢路所司受勑嚴麗過前爾時菩薩與諸官屬前後導從出城南門時淨居天化作病人困篤萎黃上氣喘息骨肉枯竭形貌虛羸處於糞穢之中受大苦惱二人瞻侍在於路側又問馭者此爲何人報菩薩言此病人也又問何謂爲病答曰所謂病者皆由飲食不節嗜欲無度四大乖張百一病生坐卧不安動止危殆氣息綿惙命在須臾以是因緣故名爲病又問此人獨爾一切當然馭者答言一切世間皆悉如是又言如我此身亦當爾耶馭者答言凡是有生若貴若賤皆有此苦爾時太子愁憂不樂謂馭者曰我今何暇詣於園林縱逸遊戲當思方便免離斯苦即便迴駕還入宮中

時輸檀王問馭者言今日太子出城遊觀歡樂以不馭者答言大王當知太子出城行至中路忽於道側見一病人氣力綿惙受大苦惱太子見已即便還宫時輸檀王作是思惟此是我子出家之相阿斯陀仙言不虛也於是更增五欲而娛樂之諸比丘復於一時淨居諸天既見太子還受五欲作是思惟我今應當更爲菩薩示現事相使得覺悟令速出家爾時菩薩復召馭者而告之言我今欲往園林遊觀汝可嚴駕我當暫出馭者又奏大王王聞是已謂馭者曰太子前出東南二門見老病已還來憂愁今者宜令從西門出我心慮其還不喜悅宜遣内外莊嚴道路香華旛蓋倍勝於前勿使老病死等不祥之事在於道側所司受勑嚴飾倍前爾時菩薩與諸官屬前後導從出城西門時淨居天化作死人臥於輿上香華布散室家號哭而隨送之菩薩見已心懷慘惻問馭者曰此是何人而以香華莊嚴其上復有衆多眷屬而哀泣之時淨居天以神通力令彼馭者報菩薩言此死人也又問何謂爲死答曰夫言死者神識去身命根已謝長與父母兄弟妻子眷屬恩愛别離永無重覩命終之後精神獨行歸於異趣恩愛好惡非復相知如此死者誠可悲也又問惟此人死一切當然報菩薩言凡是有生必歸於死菩薩聞已轉不自安而作是言世間乃有如此死苦云何於中而行放逸我今何暇請於園林當思方便求離此苦即便迴駕還入宫中時輸檀王問馭者言今日太子出遊園苑歡樂以不馭者答言大王當

知太子出城忽於路側有一死人卧於牀上四人舁舉眷屬悲號太子見已慘然不樂遂於中路即便還宮時輸檀王作是思惟此是我子出家之相阿斯陀仙無虛謬也於是更增五欲而娛樂之諸比丘復於一時淨居諸天既見太子還於宮内處在五欲作是思惟我今應爲菩薩更現事相令速出家爾時菩薩復召馭者而告之言今日欲往園林遊觀汝可嚴駕我當暫出馭者又奏大王王聞是已謂馭者曰太子前出三門見老病死愁憂不樂今者宜令從北門出嚴飾道路香華旛蓋使勝於前勿得更有者病死等非吉祥事在於路側所司受勑嚴好過前爾時太子與諸官屬前後導從出城北門時淨居天化作比丘著壞色衣剃除鬚髮手執錫杖視地而行形貌端嚴威儀庠序太子遥見問是何人時淨居天以神通力令彼馭者報菩薩言如是名爲出家人也太子即便下車作禮因而問之夫出家者何所利益比丘答言我見在家生老病死一切無常皆是敗壞不安之法故捨親族處於空閑勤求方便得免斯苦我所修習無漏聖道行於正法調伏諸根起大慈悲能施無畏心行平等護念衆生不染世間永得解脱是故名爲出家之法於是菩薩深生欣喜讚言善哉善哉天人之中唯此爲上我當決定修學此道既見是已登車而還時輸檀王問馭者言太子出遊寧有樂不答言大王當知太子向出至於中路皆悉嚴好無諸不祥忽有一人著壞色衣剃除鬚髮執持應器杖錫而行容止端嚴威儀詳審太子

即便下車作禮言語既畢嚴駕而歸竟亦不知何所論說時輸檀王聞此語巳心自念言阿斯陀仙言無虚謬於是更增微妙五欲而娱樂之佛告諸比丘時淨居天欲令菩薩速疾出家重與父王作七種夢一者夢見有帝釋幢衆多人輿從迦毗羅城東門而出二者夢見太子乘大香象徒馭侍衛從迦毗羅城南門而出三者夢見太子乘四馬車從迦毗羅城西門而出四者夢見有一寶輪從迦毗羅城北門而出五者夢見太子在四衢道中揚桴擊鼓六者夢見迦毗羅城中有一高樓太子於上四面棄擲種種珍寶無數衆生競持而去七者夢見離城不遠忽有六人舉聲號哭時輸檀王作是夢巳心大恐懼忽然而覺命諸大臣而告之曰我於夜中作如是夢汝宜爲我唤占夢人令解斯事時淨居天化作一婆羅門著鹿皮衣立在宫門之外唱如是言我能善解大王之夢諸臣聞奏召入宫中時輸檀王具陳所夢語婆羅門如此之夢是何祥也婆羅門言大王當知所夢帝幢衆人輿出城東門者此是太子當爲無量百千諸天圍遶出家之像大王當知所夢太子乘大香象徒馭侍衛從城南門出者此是太子既出家巳得阿耨多羅三藐三菩提及以十力之像大王當知所夢太子乘四馬車從城西門出者此是太子既出家巳得阿耨多羅三藐三菩提及四無畏之像大王當知所夢寶輪從城北門出者此是太子既出家巳證阿耨多羅三藐三菩提轉法輪之像大王當知所夢太子在四衢道中揚桴擊鼓者此是

太子得阿耨多羅三藐三菩提已諸天傳聞乃至梵世之像大王當知所夢高樓太子於上棄擲寶物無數衆生競持而去者此是太子得阿耨多羅三藐三菩提已於諸天人八部之中當雨法寶所謂四念處四正勤四如意足五根五力七覺分八聖道種種諸法之像大王當知所夢去城不遠忽有六人舉聲哭者此是太子既出家已當得阿耨多羅三藐三菩提外道六師心生憂惱之像爾時化人爲輸檀王解彼夢已白言大王宜應欣慶勿生愁惱所以者何此夢吉祥獲大果報作是語已忽然不現時輸檀王聞婆羅門解夢因緣恐畏太子出家學道於是更增五欲之具是時耶輸陁羅亦夢二十種可畏之事忽然覺寤中心驚悸惶怖自失菩薩問言何所恐懼耶輸陁羅啼哭而言太子我向夢見一切大地周遍震動復見一觧白大蓋常庇蔭者車匿輙來奪我將去復見有帝釋幢崩壞在地復見身上瓔珞爲水所漂復見日月星宿悉皆隕墜復見我髮爲執寶刀者割截而去復見自身微妙端正忽成醜陋復見自身手足皆折復見形容無故赤露復見所坐之牀陷入於地復見恒時共太子坐卧之牀四足俱折復見一寶山四面高峻爲火所燒崩摧在地復見大王宮內有一寶樹彼風吹卧復見白日隱蔽天地黒暗復見明月在空衆星環拱於此宮中忽然而没復見有大明燭出迦毗羅城復見此護城神端正可喜住立門下悲號大哭復見此城變爲曠野復見城中林木泉池悉皆枯竭復見壯士手執器仗

四方馳走太子我夢如是心甚不安將非我身欲有夭喪將非恩愛與我別離此是何徵爲凶爲吉爾時菩薩聞是語已心自思惟出家時到表是徵祥乃令此妃見如斯夢慰喻耶輸陀羅言妃今不應懷此恐懼所以者何夢想顛倒無有實法設令夢見帝幢崩倒日月隕落於妃之身何所傷損車匿持蓋將去既曰夢奪皆爲虛妄但自安寢不假憂愁其夜菩薩自得五夢一者夢見身席大地頭枕須彌手擎大海足踐渤澥二者夢見有草名曰建立從齊而出其杪上至阿迦膩吒天三者夢見四鳥從四方來毛羽斑駮承菩薩足化爲白色四者夢見白獸頭皆黑色咸來屈膝舐太子身五者夢見有一糞山狀勢高大菩薩身在其上周帀遊踐不爲所汙

方廣大莊嚴經卷第五

音釋

梟鳶 梟逢夭切野鷄也鳶五晏切 鞞 賓彌切 犛 謨交切長髦牛也

嚙 五結切噬也 霹靂 霹芳辟切靂郎擊切霹靂雷之急激者 坏 普杯切未燒瓦器也 枲 胥里切有子麻也 傴僂 傴於武切僂力主切傴僂脊背曲俯也

喘 昌兗切疾息也 偃 於幰切卧也 馭 牛据切 惙 朱劣切心疲也 舁 以諸切共舉也 慘 七感切慼也 桴 芳無切擊皷杖也 隕 羽敏切墜也

渤澥 渤蒲没切澥胡買切渤澥海之別名也 杪 弭沼切末也 斑駮 駮北角切斑駮色不純也 舐 神紙切舌餂也

方廣大莊嚴經卷第六

唐中天竺國沙門地婆訶羅奉 詔譯

出家品第十五

爾時佛告諸比丘菩薩於靜夜中作是思惟我若不啓父王 私自出家有二種過一者違於法教二者不順俗理既思惟已從其所住詣父王宮放大光明一切臺殿樓閣園林倍增嚴飾光明照曜王遇光已尋便覺寤謂侍者曰此爲何光夜分未盡豈日光乎侍者答言非日光也重以偈頌而白於王

臺亭及樓閣　牆壁與園林　衆影悉不生
故非日出光　鴛鴦及翡翠　孔雀迦陵伽
群鳥未翔鳴　故非日出光　此光甚希有
昔所未曾見　能令心喜悅　除熱得清涼
應是勝德人　垂光照於此　時王從卧起
詳觀於十方　乃見菩薩身　威德無有上
深心極尊重　將欲申恭敬　菩薩以神力
固不令王起　長跪而合掌　前白父王言
大王莫愁惱　勿與我爲障　今者願出家
惟垂見哀許　王時聞此言　思惟設何計
涕泣向菩薩　而作如是言　大位及國財
一切悉能捨　除去出家事　餘皆無所惜
菩薩以妙音　重白父王言　竊有四種願
未稱於本心　大王若賜者　當斷出家望
一願不衰老　二願恒少壯　三願常無病
四願恒不死　王聞是語已　而告菩薩言
此事甚爲難　非我力能辦　諸仙雖劫壽
終歸於壞滅　誰離生老死　獨求常住身
菩薩答王言　四願若難得　今但求一願
更不受後身　王聞菩薩言　愛心稍微薄

而作如是說　我今亦隨喜　利益諸衆生
令汝願滿足　雖發如是語　心猶懷熱惱
爾時菩薩聞是語已歡喜而退雖復往來人
無知者既至明旦王召親族及諸釋種作如
是言太子昨於中夜來請出家我若許之國
無繼嗣汝等今者作何方便令其息心時諸
釋種白大王言我等當共守護太子太子何
力能强出家是時父王勑諸親族於迦毗羅
城東門之外置五百釋種童子英威勇健制
勝無前一一童子有五百兩鬬戰之車以爲
嚴衞一一車側五百力士執戟於前南西北
門各有五百如上所說於其城上周帀分布
持刀仗人復有宿舊諸釋大臣列坐四衢咸
悉營備王自簡練五百壯士擐甲持矛皆乘
象馬於城四面晝夜廵警無暫休息是時國

大夫人摩訶波闍波提於王宮内集諸婇女
而說偈言
汝等於今夜　無令著睡眠　當建妙高幢
燭以摩尼寶　四面珠瓔珞　亦發大光明
照曜宫殿中　如日咸覩見　奏彼天妓樂
絃出微妙音　華髻半月垂　寶鬘師子飾
璧璫及環玔　璀璨以嚴身　户牖設重關
堅牢持管鑰　出入咸親覲　進止悉當知
汝等侍奉人　宜應執兵器　鬬輪將羂索
矛戟及戈鋋　莫生慢怠心　周衞於階闥
汝等守太子　如人護自眼　勿使棄世間
猶如象王去　寶位絶繼嗣　國土無威光
佛告諸比丘時有二十八夜义大將般遮迦
王而爲上首先住在彼毗沙門宫共相議言
菩薩今欲出家我與汝等作何供養時四天

王告夜叉衆言菩薩將欲出家汝等應當捧承馬足時釋提桓因告三十三天衆言菩薩今夜將欲出家汝等宜應營護佐助時彼衆中有一天子名曰靜慧作如是言我當於迦毗羅城所有一切軍士婇女守菩薩者悉令昏睡無所覺知復有莊嚴遊戲天子作如是言我今當令彼城内外所有象馬及諸雜類寂然無聲復有嚴慧天子作如是言我當從彼於虛空中化爲寶路皆以金銀瑠璃硨磲碼碯眞珠玫瑰衆寶廁填散諸名華彌布其上懸繒旛蓋羅列道側復有諸大象王伊鉢羅王而爲上首作如是言我於鼻端化爲樓閣其中則有天諸婇女鼓舞絃歌而爲翊從復有諸大龍王娑樓那王而爲上首作如是言我等當吐栴檀香雲及沉水香雲雨栴檀末及沉水末妙香芬馥遍滿虛空復有法行天子作如是言我今當遣宫中所有端正女人形貌變壞不可附近復有開發天子作如是言我當於中夜時覺悟菩薩釋提桓因作如是言我今亦當爲彼菩薩開示道路如是天龍夜叉乾闥婆阿脩羅迦樓那緊陀羅摩睺羅伽等盡其所應護助菩薩爾時菩薩於音樂殿中端坐思惟過去諸佛皆發四種微妙大願何等爲四一者願我未來自證法性於法自在得爲法王以精進智救拔一切牢獄愛縛苦惱衆生皆令解脫二者有諸衆生嬰此生死黑暗稠林患彼愚癡無明瞖目以空無相無願爲燈爲藥破諸暗惑除其重障成就如是方便智門三者有諸衆生竪高慢幢起我我所心想見倒虛妄執著爲說正法

令其解悟四者見諸衆生處不寂靜三世流轉如旋火輪亦如團絲自纏自繞爲彼說法令其縛解如是四種廣大誓願正念現前爾時法行天子及淨居天衆以神通力令諸婇女形體姿容悉皆變壞所處宮殿猶如塚間作是現已於虛空中告菩薩言

面貌清淨如蓮華　功德智慧無能比
觀察女人當遠離　云何於此生著心

爾時菩薩以偈答曰

我今觀此婬欲境　一切變壞如臭屍
願得永出諸愛纏　不復於中生執著

爾時菩薩見於宮內所有美女形相變壞或有衣服墮落醜露形體或有頭髮鬔亂華冠毀裂或有容貌枯槁纓珮散壞或有脣口喎斜或有眼目角睞或呀喘將絕或涕唾交流或咳嗽不止或揮手擲足或有面色青白怪狀恐人或皮膚拆裂膿血穢汙或有悲啼或有大笑或復齘齒或復譫語或傍壁倚立或憑牀危坐或枕鼓而卧或抱箏而寢或有睡含簫管齧以作聲或取諸樂器繚亂委擲或覩然而睡或覆面在地或有張口或有閉目或失便利臭氣熢㶿或有蓋頭或有露首顛倒狼藉縱橫而卧先時所有端正美容天諸神力悉皆變壞見如是等種種相已靜念思惟女人身形不淨弊惡凡夫於此妄生貪愛起大悲心發如是言咄哉世間苦哉世間甚可怖畏凡夫無知不求解脫此處虛誑無有可愛猶如畫瓶盛諸穢毒此處難越不能自出猶如老象溺彼深泥此處劇苦猶如屠肆能斷諸命此處不淨猶如羣豕在溷廁中此

處無味妄生味想猶如餓狗齧其空骨此處自燒猶如飛蛾赴於明燭此處困竭猶如水族曝於乾地此處窮迫猶如乏鹿爲火所害此處可怖猶如死囚詣於都市此處沉没猶如涉海船舫破壞此處危懼猶如盲人墜於深谷此處無利猶如稱博財物都盡此處無潤猶如大旱草木乾焦此處能傷猶如利刀塗之以蜜愚人無智舐而求味此處損耗猶如黑月漸漸將盡此處滅諸善法無有遺餘猶如劫火焚燒一切作如是説種種譬喻審諦籌量次於已身從頭至足循環觀察亦復如是即説偈言

我愛潤業田　從緣受生死　積集衆不淨
和合成此身　脾腎肝肺心　腸胃生熟藏
皮肉將骨髓　毛髮及爪牙　運動如機關
諸蟲之窟穴　糞穢常盈滿　膿血恒流注
生死憂惱侵　老病飢渴逼　智者觀是苦
一切如怨讎　當棄虚妄身　云何生取著

菩薩如是觀自身已繫念現前寂然久默於虚空中有諸天衆告法行天子言菩薩將欲出家今者遲迴似生疑悔所以者何我見菩薩觀視婇女或熙怡微笑或顰慽不樂將非菩薩生戀著耶然彼之心猶如大海我等凡淺不能測量法行天言菩薩於無量劫捐捨一切頭目髓腦國城妻子發願求於無上菩提心不退轉何况今者是最後身而於弊欲生戀著耶爾時菩薩即從座起褰七寶所成羅網帷帳安詳徐出合掌而立正念十方一切諸佛作是念已即見天主釋提桓因及四大天王日月天子各率所統東方提頭賴吒

天王領乾闥婆主從東而來將無量百千乾闥婆衆奏諸妓樂鼓舞絃歌至迦毗羅城圍遶三帀依空而住合掌低頭向菩薩禮南方毗樓勒叉天王領鳩槃茶主從南而來將無量百千鳩槃茶衆各執寶瓶盛滿香水至迦毗羅城圍遶三帀依空而住合掌低頭向菩薩禮西方毗樓博叉天王領諸龍主從西而來將無量百千諸大龍衆各各手持諸雜珍寶眞珠瓔珞種種華香復散香雲華雲及諸寶雲亦動微妙輕靡香風至迦毗羅城圍遶三帀依空而住合掌低頭向菩薩禮北方毗沙門天王領夜叉主從北而來將無量百千大夜叉衆手捧寶珠其光照曜過於世間百千燈炬身著鎧甲手執弓刀矛戟干戈輪槊义弩至迦毗羅城圍遶三帀依空而住合掌低頭向菩薩禮爾時天主釋提桓因從三十三天與其眷屬一切諸天百千萬衆持天華鬘末香塗香衣服寶蓋無數幢旛及以瓔珞至迦毗羅城圍遶三帀依空而住合掌低頭向菩薩禮日月天子左右而至亦齎種種供養之具依空而住合掌低頭向菩薩禮爾時菩薩觀見十方仰瞻虛空及諸星宿幷覩護世四大天王乾闥婆鳩槃茶諸天龍神幷夜义等復見天主釋提桓因各領百千自部眷屬前後導從遍滿虛空弗沙之星正與月合時諸天等發大聲言菩薩欲求勝法今正是時宜速出家必定當成阿耨多羅三藐三菩提轉大法輪佛告諸比丘菩薩作是思惟於今夜靜出家時到即就車匿而語之言車匿汝宜爲我鞁乾陟來爾時車匿既聞此言竊

自思念今始夜半何用乾陟白菩薩言內外甚安無有急難好惡之事不審太子何用乾陟爾時菩薩告於車匿而說偈言

我身已具足　一切吉祥事　當欲出家去
汝今莫違我

於是車匿復聞菩薩如是偈已舉身戰掉不能自持爾時菩薩重語車匿我今欲爲一切衆生降伏煩惱結使賊故須彼乾陟莫違我意速鞁將來車匿是時故發大語望使宮內皆悉聞知白菩薩言太子恒常無有錯謬諸所作事必擇其時今者何爲而索乾陟虛空諸天以神通力令彼一切都不覺知爾時菩薩密以偈頌語車匿言

車匿汝當知　我今觀此處　一切可怖畏
猶如塚墓間　如共羅刹居　亦似蛆蟲穴
又類受胎水　縱橫狼藉眠　我見五欲苦
心意至不安　不願處此宮　於園林遊觀
覩彼老病苦　幷見於死屍　我定欲出家
汝速取乾陟

是時車匿白菩薩言太子昔在嬰孩相師占已而白王曰王之太子相好具足當作轉輪聖王我又曾聞世間智人修諸苦行或不剪爪或有倒懸或衣以樹皮或自拔頭髮或受牛鹿等禁或五熱炙身修此苦因願求樂報況復太子當爲轉輪聖王統四天下七寶具足一切世間咸謂太子必當得此轉輪王位仙人所記應無虛妄如是寶位云何棄之爾時菩薩語車匿言昔日仙人但記爲轉輪王亦復有記當成佛道於二記中何者爲定愼勿妄語車匿言昔日阿斯陀仙合掌而言大

王當知王之太子必當得成阿耨多羅三藐三菩提終不在家作輪王也何以故佛相明了轉輪聖王相不明了但諸釋種隱而勿傳恐畏太子出家學道不謂太子猶憶斯事菩薩語言車匿我昔從彼兜率下生之時在胎之時乃至出時所有諸事悉皆不忘況復仙人受我記莂而得忘耶車匿諸天復勸我言菩薩速疾出家定得阿耨多羅三藐三菩提當轉法輪是故應知必得成佛車匿我今寧被割截支體食雜毒食入大火聚投彼高巖不能在家受五欲事如是世間五欲境界皆悉無常甚可怖畏即說偈言

我昔受五欲　今實畏苦因　無始積愛流
猶如海難滿　逐欲轉增渴　處夢未覺知
坏器不堅牢　盛饌如諸毒　浮雲必銷散
泫露無久停　幻事惑彼心　水泡暫起滅
芭蕉不堅實　虛拳誑小兒　虵首不可親
毒蔓終難觸　智者當遠離　猶如避深坑

佛告諸比丘菩薩說此偈已又告車匿我亦曾作四天王天乃至六欲諸天亦曾生彼色究竟天非想非非想處我憶往昔無量生中愚癡惑亂爲麤弊欲備受衆苦打罵繫縛損害身命死入惡道今者於此深生猒離正使諸天勝妙境界尚無貪染何況就此人間五欲生戀著耶轉輪聖王雖得自在終未免於生死之患我觀世間煩惱曠野甚可怖畏無有歸依無所恃怙又常淪没生死河中憂悲險溜瞋忿奔浪嗜欲驚洄恚恨漩洑諸見羅刹常伺候人我於是中繕修六度以爲船筏智爲棹檝信作堅牢自旣濟已復當攝取一

切衆生令到彼岸是時車匿白菩薩言太子今者心決定耶菩薩報於車匿而說偈言

車匿汝當知　我今已決定　自利利他故
起於精進心　不動若須彌　終無能退轉
假使金剛雹　刀劒及干戈　雹火熱鐵團
墜在我頂上　終不於俗境　而生戀著心

爾時無量百千諸天於虛空中歡喜踊躍雨衆天華而說頌曰

最勝清淨如虛空　煙雲塵霧不能染
一切境界無所著　具足善利成菩提

於是靜慧天子及莊嚴遊戲天子於迦毗羅城令一切人民皆悉昏睡爾時菩薩告車匿言車匿汝今莫令我生憂憒宜應速疾鞁乾陟來是時車匿白菩薩言今始中夜未是行時一切宮城悉皆防衛誰應於此開諸關鑰時釋提桓因以神通力令諸門戶皆自然開車匿既覩宮城開已徬徨愁戀轉復悲啼作如是言我無伴侶此城內外所有四兵釋種羣臣王及王子耶輸陁羅後宮婇女一切昏睡無有覺知今欲何去當復語誰太子之心決定如是我今慇懃啓請莫從自惟無力豈能遮止是諸天衆於虛空中告車匿言車匿速疾嚴鞁乾陟將來勿令菩薩心生憂惱所以者何汝豈不見無量百千大菩薩衆釋提桓因及四天王諸天龍神乾闥婆等各與其衆恭敬供養光明赫弈遍照虛空車匿聞此語已告乾陟言乾陟太子今者當乘汝出即取最上金勒寶鞍諸莊嚴具用鞁馬王悲泣流淚持以奉進讚菩薩言伏願太子有所希求悉皆成滿一切障礙咸得銷除當令世間

獲安隱樂菩薩於此乘馬王巳初舉步時十方大地六種震動昇虛而行四天大王捧承馬足梵王帝釋開示寶路爾時菩薩放大光明照燭一切無邊世界所可度者皆得度説有苦衆生皆得離苦爾時菩薩迴眄俯視迦毗羅城作如是言若我從今不得盡於生死邊際終不再見迦毗羅城況復於中行住坐卧爾後衆人於此起塔諸比丘是時菩薩既出宫已宫中婇女皆悉覺寤處處求覓不見菩薩耶輸陀羅發聲大哭宛轉于地自拔頭髮絶身瓔珞悲哭而言一何痛哉一何苦哉我於今者何所依怙太子棄我而去用復活爲悲啼懊惱不能自勝宫女總集號叫哀戀如魚失水如樹斷根悲哭之聲聞於宫外是時宫女奏於父王今夜睡寤不見太子其當廄臣亦言今者失彼乾陟王聞此已發聲大喚作如是言嗚呼嗚呼我之愛子今何所去作是語已悶絶躃地傍臣即以冷水灑面良久惺悟即喚所有防衛之臣而勑之曰汝等諸將巳自不謹致失我子汝當爲我内外分行速疾求覓若得見者善言誘喻迎將還宫是時羣臣奉王勑已展轉相告銜命而行訪覓菩薩諸天神力永不得見爾時菩薩去迦毗羅城至彌尼國其夜巳曉所行道路過六由旬彼諸天龍夜叉乾闥婆等扈從至此所爲事畢忽然不現菩薩既行至彼往古仙人苦行林中即便下馬慰喻車匿善哉車匿世間之人或有心從而形不隨或有形隨而心不從汝今心形皆悉隨我世間之人見富貴者競來奉事覩貧賤者棄而遠之我今捨國

來至於此惟汝一人獨能隨我善哉車匿甚爲希有我今既得至閑曠處汝便可將乾陟俱還即自解髻取摩尼寶以付車匿告言車匿汝持此寶還於宫内奉上大王作如是言太子今者於世間法無復希求不爲生天受五欲樂亦非不孝亦無瞋忿嫌恨之心又亦不求財位封禄但見一切衆生迷於正路没在生死爲欲拔濟故出家耳惟願大王勿生憂慮大王若謂我今年少未應出家汝以我言方便諮啓生老病死豈有定時人雖少盛誰能獨免往古有諸轉輪聖王捨國求道詣於山林無有中途還受五欲我今私心亦復如是若未獲得無上菩提終不還也内外眷屬皆當於我有恩愛情可以我意善爲開解又復脫身所著瓔珞以授車匿汝可持此奉摩訶波闍波提道我爲欲斷諸苦本今故出家求滿此願勿生憂念又脫諸餘嚴身之具與耶輸陀羅語言人生於世愛必别離我今爲斷此諸苦故出家學道勿以戀著横生憂愁及語宫中諸婇女等并告釋種時年童子我今欲破無明網故方得智明所爲事畢還當相見是時車匿既聞菩薩苦切之語悲泣懊惱自投於地作如是言我既無力能令太子還於王宫若我從此獨自歸者王及姨母并諸釋種會當瞋忿笞撻於我詰責我言汝將太子棄在何處我必無辭將何酬答菩薩報言車匿勿爲此慮所以者何世間若有持所愛人言語委曲向彼陳說克蒙眷念或當賞賜但莫憂也車匿汝疾還宫無令大王生於愁惱於是車匿從地而起舉聲大哭乾陟

低頭前屈雙脚舐菩薩足淚下悲鳴爾時菩薩以手摩乾陟頂而語之言乾陟汝所作已畢莫復啼哭當大報汝諸比丘菩薩作是思惟若不剃除鬚髮非出家法乃從車匿取摩尼劒即自剃髮既剃髮已擲致空中時天帝釋見希有事心大歡喜即以天衣於空承取還三十三天禮事供養爾時菩薩剃鬚髮已自觀身上猶著寶衣即復念言出家之服不當如是時淨居天化作獵師身著袈裟手持弓箭於菩薩前默然而住菩薩語獵師言汝所著者乃是往古諸佛之服云何著此而為罪耶獵者言我著袈裟以誘羣鹿鹿見此服便來近我我因此故方得殺之菩薩言汝著袈裟專為殺害我今若得惟求解脫汝能與我此袈裟不汝若與我我當與汝憍奢耶衣汝何惜彼麤弊之服獵師報言善哉仁者如是弊衣實無所惜即取袈裟授與菩薩菩薩于時心生歡喜即便與彼憍奢耶衣時淨居天以神通力忽復本形飛上虛空如一念頃還至梵天菩薩見已於此袈裟倍生殷重爾後衆人在此起塔于時菩薩剃除鬚髮身著袈裟儀容改變作如是言我今始名真出家也於是發遣車匿將乾陟還流淚盈目以別車匿別車匿已安詳徐步經彼跋渠仙人苦行林中佛告諸比丘車匿既見菩薩志意不迴牽彼乾陟悲哀而返爾後衆人於此起塔於是車匿既辭別已遥望菩薩頭無天冠身無瓔珞種種寶服一切都無舉手椎胷悲哀啼哭無復冀望哽咽徘徊乾陟悲鳴驤首局顧瞻望躑躅淚下交流車匿于時漸到城已

譬如有人入於空宅其城內外苑囿泉林以菩薩去皆悉枯竭城中所有大小居人不覩菩薩惟見車匿並隨其後而問之言悉達太子今在何處車匿報言太子今者棄捨五欲獨處山林衆人聞已恠未曾有人人各各相視流淚共相謂言我等當隨太子而去住彼山林所以者何離聖太子何所存活城闕蕭條無可愛樂是時車匿牽彼乾陟并齎瓔珞及無價寶冠諸莊嚴具將入王宮其馬嘶聲聞於宮內是時摩訶波闍波提耶輸陀羅及後宮婇女皆來集聚共相謂言乾陟之聲今乃不遠將非太子迴還宮耶是時車匿入宮門已姨母及妃并諸婇女渴望欲見爭趣宮門惟覩車匿不見菩薩同時啼哭問於車匿太子今在何處汝獨歸來車匿答言太子棄捨五欲爲求道故在彼山林著壞色衣剃除鬚髮摩訶波闍波提聞是語已悲泣懊惱不能自勝發聲大哭責車匿言我今何負於汝取我聖子送彼山林猛獸毒蟲甚可怖畏而今獨往將何所依車匿言太子付我馬王及諸寶具逼促於我令我速還恐畏夫人橫生愁惱是時宮中諸婇女等染欲因緣故染於愛著苦惱身心悲涕哽咽摩訶波闍波提銜淚而言嗚呼太子汝身本以栴檀塗拭威德光大今者云何憔悴山野蚊䖟唼膚能安斯苦嗚呼太子在家之時衣以憍奢耶衣今者云何著麤弊服嗚呼太子在家之時百品調和香潔之饍今者云何能噉無味麤澀之食嗚呼太子在家之時坐卧茵褥無非細軟今者云何藉履荆棘能忍受之嗚呼太子在家

之時富貴之人盡心事汝猶恐有失今日云何貧賤之人或能欺汝嗚呼太子在家之時端正婇女恒常娛樂恣於五欲今者云何月放山林獨行獨住摩訶波闍波提種種言詞悲哭懊惱從地而起重問車匿我子當去之時向汝何囑我子頭髮今在誰邊復誰剃也車匿啼哭不能自勝報夫人言太子囑我汝至宮時再拜我母慇懃勸請莫生憂念道我不久得阿耨多羅三藐三菩提還當相見即執寶劒自剃頭髮擲置虛空諸天接取將還供養摩訶波闍波提重復悲泣作如是言嗚呼太子頭髮甚長柔輭青紺於一毛孔一毛旋生堪冠王冠受於王位汝今何爲割截棄擲嗚呼太子兩臂牖長踝不露現行步詳雅如師子王目如青蓮身真金色言音隱隱如

鼓如雷如此之人何堪修道審其是地當有聖王此威德人應爲其主即說偈言

若言此地非福處　不應生是勝德人
既現希有功德身　自當爲世作聖王

爾時耶輸陀羅發聲哀哭責車匿言車匿太子去時我於彼夜睡眠昏重不覺不知汝將太子送在何處今去近遠汝獨歸來車匿汝無利益是我怨讎損害於我汝作惡業今已備足不假虛啼車匿此馬常時嘶聲聞於數里當爾之夜何以寂然今日悲鳴但增哀感汝與乾陟俱爲不善令我無主城邑空虛由此乾陟及汝車匿於是車匿悲哀啼哭報耶輸陀羅言妃今不應瞋罵乾陟亦復不當責及於我我與乾陟初無過罪所以者何乾陟去時非無疑難悲鳴蹋地前却不行嘶聲徹

半由旬啼聲聞一拘盧舍但以諸天神力不令妃悟耳我與乾陟有何僁過大王先有嚴勑一切左右善加用心守護太子諸城門禁兵衞之人咸著睡眠無所覺了太子初出如日昇天放大光明普照世界行路之際我最引前初出之時我反讚助諸城門戶自然自開乾陟是時足不踐地剃髮擲空貿易衣服種種事業皆是諸天神力所爲爾時耶輸陀羅苦惱逼切忽然躃地流淚而言苦哉苦哉何故太子棄我而去豈可不聞韋陀論說古昔有王入於深山攜其妃后同修聖行何故今日獨捨我去車匿太子若爲生天修諸苦行求諸天女然彼天女何必可求乃捨王位及棄我等車匿我實不願獨自生天亦不自求人間妙樂願與我主生生之處恒作夫妻還如向時受勝果報作此語已悲哀啼哭又言車匿我主今在何處使我無端遂同孤寡於今已往不衣好衣不食美食香華瓔珞我身永絕雖復居家恒常作於山林之想耶輸陀羅以無數千言責於車匿車匿前進諫言大妃莫生如是酸切懊惱所以者何太子出時諸天翊從東方天王及乾闥婆主南方天王及鳩槃茶主西方天王及大龍主北方天王及夜叉主其身悉被金剛鎧甲或執弓刀或持矛戟或復導前或復隨後梵王帝釋及日月天皆將眷屬欲界天子化作摩那婆身天人寶女無數千億皆大歡喜將天妙華散太子上太子覩見不取不捨不貪不高猶如虛空無所罣礙我今難可一一具說爾時輸檀王遥聞宫內哀哭之聲便從自宫蒼忙而

出是時車匿齎菩薩寶冠珠纓繖蓋牽彼乾陟來至王前一一具陳頭面作禮時輸檀王既見菩薩諸莊嚴具兼聞車匿所說言詞失聲大喚作如是言嗚呼嗚呼我之愛子一旦背我今何所去自絶宛轉號咷而哭是時迦毗羅城所有居人悉皆哀哭聲震天地諸釋眷屬各各悲戀不能自持相視流淚咸來諫喻扶王令坐王雖暫穌少時還絶良久惺悟責車匿言汝將我子棄擲何處車匿惶怖白言大王太子棄捨五欲不染世間慇懃切諫都無迴意即語我言汝莫諫我我今不須一切欲樂願捨國位樂此山林時輸檀王重聞車匿如是語已流淚懊惱語車匿言我今窮矣無復氣勢手足悉折猶如朽株亦如大樹無有枝葉敵境或當輕侮於我我今單已無所能爲嗚呼我子最勝丈夫何故棄家違離我願嗚呼我子諸相滿足百福莊嚴一一相中皆悉備具伺諸婇女睡眠不覺忽然而出嗚呼我子善巧多智昔在宮内我無憂愁今捨我去無復依倚嗚呼我子上族中生恒爲衆人之所尊重棄捨寶位及以四方一切眷屬單已而去譬如白象摧折大木我子去時所有城門難開難閉開閉之時其聲遠徹云何此夜人皆不聞必是天神令無聲響嗚呼我子捐捨寶位如棄涕唾我先爲汝造三時殿調適寒暄云何一朝棄之而去娛樂曠野遊處山林甘與禽獸而爲伴侶於今已往護城諸神皆悉棄捨此城而去嗚呼我子愛念之心徹我骨髓何故棄我入於山林爾時輸檀王憶念菩薩不捨晝夜欲抑令還復思仙

人昔日有記若在家者當爲轉輪聖王七寶自然主四天下千子具足端正勇健能伏怨敵若令出家必得阿耨多羅三藐三菩提開化十方定知我子必不肯還普召大臣而告之曰卿等在家皆有子息共相娛樂目前有慰不念吾憂吾有一子奇相聖達當爲轉輪聖王主四天下一旦離別入於深山窮谷絶險無人之處飢渴寒熱今誰所悉卿等子弟宜擇五人追而侍之若中道還者滅卿五族大臣奉勅即簡五人入山求侍是時五人追不能及心自念言是爲逸人行不擇路何道之有我若歸還必滅吾族不如選可住處隨意而住於是五跋陁羅遁於山林

方廣大莊嚴經卷第六

音釋

璫都郎切充耳珠也
玔尺絹切臂環也
璀璨璀七罪切璨七旦切璀璨玉光也
鑰以灼切關下牡也
鋋市連切小矛也
髼薄紅切鬡鬆髮亂貌
睞洛代切目童子不正也
呀許加切張口貌
⿰齒吉下轄切齧齒聲也
讇丑琰切與諂同
⿰叅見丑江切直視也
熢⿰火孛熢薄紅切⿰火孛蒲没切熢⿰火孛烟盛貌
戟紀逆切枝兵也
槊所角切矛屬
鞁平祕切鞁馬也
漩洑漩旬緣切洑房六切漩洑水洄流也
繕時戰切治也
眄彌典切邪視也
廐居祐切馬舍也
笞撻笞丑知切捶也撻他達切扶也
詰苦吉切問也
驤汝陽切騰躍也
躑躅躑丈隻切躅直綠切躑躅行貌
攜戶圭切提攜也